Karl-May-Weltkarte, Amerika
Die Ziffern bezeichnen die Handlungsorte der
Karl-May-Bände 1-70
Mercator Projektion
W
90
60
30
60
30
0
30

KARL MAY'S
GESAMMELTE WERKE

BAND 59

DIE HERREN VON GREIFENKLAU

KARL-MAY-VERLAG BAMBERG

DIE HERREN VON GREIFENKLAU

ROMAN

von

KARL MAY

344. TAUSEND

KARL-MAY-VERLAG BAMBERG

INHALT

Der vorliegende Roman spielt im Jahr 1870 und ist der vierte Teil des von Karl May in den Jahren 1883/1884 geschriebenen zweiten Münchmeyer-Romans ‚Die Liebe des Ulanen' (Bd. 56 — 59 der Ges. Werke). Über die Entstehungsgeschichte, den Werdegang und die Geschicke der fünf Münchmeyer-Romane findet man Näheres in Bd. 34 der Ges. Werke, „ICH".

Herausgegeben von Dr. E. A. Schmid

Satz und Druck: Pfälzische Verlagsanstalt, Landau/Pfalz

ISBN 3-7802-0059-7

1. ENTHÜLLUNGEN

Die seltsamen Entdeckungen der letzten Tage, die sich überstürzenden Ereignisse in und um Ortry, der Schurkenstreich am Schienenstrang, das abenteuerliche Wiedersehen zwischen den Trümmern des verunglückten Zuges und nicht zuletzt die Gedanken und Gefühle um die junge und schöne Erbin des Schlosses, in dem er unter der Maske eines krüppelhaften Hauslehrers zu leben gezwungen war — all das hatte in Doktor Müller den Wunsch nach einem Stündchen Alleinsein stark werden lassen, und so hatte er sich am Nachmittag nach dem Eisenbahnunglück auf eine einsame Bank im Park von Ortry zurückgezogen, um über sich und die Umwelt ins reine zu kommen.

So saß er, in tiefes Sinnen versunken.

Doch bald wurde er aufgeschreckt, denn er vernahm Schritte, die sich von der Seite her näherten. Er blickte auf und erkannte Deephill, den Amerikaner. Höflich erhob er sich.

„Wir sahen uns heut bereits?" fragte Deephill, indem er den Hut zog. „Deephill."

„Ja, Monsieur. — Mein Name ist Müller, Doktor Müller. Ich bin der Erzieher des jungen Barons."

„Erlauben Sie, für einige Augenblicke bei Ihnen Platz zu nehmen?"

Müller verbeugte sich.

„Es wird mir eine Ehre sein." Und mit einer abermaligen Verbeugung, die ein kleines Lächeln verbarg: „Sie haben — als Gast der Herrschaft — zu befehlen!"

„O nein", lachte Deephill. „Die gewöhnliche Anschauung, daß der Erzieher gesellschaftlich unter dem steht, der ihn angestellt hat, ist uns Amerikanern nicht geläufig."

„Amerika ist zu beneiden. Es ist ein Land, das mit den schädlichen und lächerlichen Standesvorurteilen aufgeräumt hat."

„Ein Mann, dem ich die Erziehung, also das Glück und die Zukunft meiner Kinder anvertraue, kann doch unmöglich unter mir stehn."

„Vermöchten sich doch auch andere zu dieser Anschauung zu erheben!"

„Dieser Seufzer läßt mich vermuten, daß Sie sich hier in Ihrer Stellung nicht ganz glücklich fühlen?"

„Ich bin zufrieden", antwortete Müller zurückhaltend.

„Was nennen Sie zufrieden? Zufrieden ist gar nichts; Zufriedenheit ist ein Mittelding, weder warm noch kalt. Sie scheinen sehr genügsam zu sein."

„Mein Lebensweg ist mir vorgeschrieben. Ich tue meine Pflicht und vertraue auf Gott."

Deephill blickte ihm forschend ins Auge.

„Sie sind Ihrem Namen nach ein Deutscher?"

„Ja."

„Nur ein Deutscher kann so sprechen wie Sie. Nur ein Deutscher tut seine Pflicht und vertraut auf Gott. Was macht Gott aus Ihnen, wenn Sie sich nicht selber rühren?"

Müller lächelte vor sich hin.

„Haben Sie keine Sorge — wir Deutschen streben auch."

„Wonach aber? Nach Hirngespinsten, nach Idealen!"

„Das Ideale macht oft glücklicher als das Materielle."

„Und doch — —ja, nehmen Sie es mir nicht übel — ich hasse diese idealen Deutschen; sie haben mich um mein Ideal gebracht. Wohin werden sie gelangen? Wissen Sie es? Können Sie es mir sagen?"

„Von welchem Gebiet sprechen Sie?"

„Sprechen wir zunächst von der Politik."

„Davon versteh ich nichts."

„Das dachte ich mir. Diese Herren Erzieher sind überall zu Haus, nur in der Politik nicht, während jeder Angehörige eines anderen Volkes es sich angelegen sein läßt, gerade in dieser Beziehung etwas zu leisten."

„Hm! Es ist auch oft danach."

Die Augen Mister Deephills blitzten.
„Herr, wollen Sie mich beleidigen?"
Es war ein eigentümlicher Blick, den der Erzieher ihm zuwarf.
„Beleidigen?" entgegnete er. „Wie kommen Sie zu dieser Ansicht?"
„Weil Sie mir widersprechen."
„Ist ein einfacher Widerspruch eine Beleidigung?"
„Es klang so."
„Monsieur, Sie sind kein Amerikaner."
„Was sonst?"
„Ein Franzose, und zwar ein Südfranzose, wohl gar ein Korse."
„Wie kommen Sie zu dieser Vermutung?"
„Durch Ihre Gesichtszüge und Ihr hitziges Wesen. Sie erklären es für eine Beleidigung, daß ich mir erlaube, eine andre Ansicht als die Ihrige zu hegen, und hatten mich doch selber vorher auf's empfindlichste beleidigt."
„Wieso?"
„Indem Sie mir, dem Deutschen, ins Gesicht sagten, daß Sie die Deutschen hassen."
„Man darf die Wahrheit sagen."
„Wenn sie nicht beleidigend ist; im andern Fall verschweigt man sie, und wäre es auch nur aus reiner Höflichkeit oder aus wohlangebrachter Vorsicht."
„Vorsicht? Meinen Sie, daß meine Offenheit mir Schaden bringen könnte?"
„Gewiß!"
„Wer sollte mir schaden?"
„Jeder Mann, den Sie sich zum Feind machen, kann Ihnen schaden, mehr, als alle Ihre bedeutenden und einflußreichen Freunde Ihnen Nutzen bringen können."
Um die Lippen Deephills spielte ein selbstbewußtes Lächeln, und er musterte Müller einige Augenblicke.
„Also, ich setze den Fall, daß ich Sie beleidige. Wie wollen Sie mir schaden?"

Ganz langsam hob Müller die Lider und ließ seine Augen eine Zeitlang fest und ernst in denen seines Nachbars ruhn; dann zuckte er kurz die Achseln.

„Ich würde mich dadurch rächen, daß ich mich gar nicht mit Ihnen beschäftigte."

Diese Worte wurden in einem Ton gesprochen, aus dem eine gewisse Bedeutung klang, die ein aufmerksamer Mann nicht leicht zu überhören vermochte.

„Ich verstehe Sie nicht", sagte Deephill kopfschüttelnd. „Wie meinen Sie das?"

„Und doch ist es so deutlich und verständlich. Wenn ich Ihnen schade, indem ich Sie nicht beachte, bringe ich Ihnen — —"

„Jetzt glaub ich zu verstehn, mein Herr! Sie meinen, es wäre ein Vorteil für mich, daß Sie sich mit mir beschäftigen?"

„Jawohl!"

Auf den Zügen Deephills spiegelte sich deutlich Überraschung.

„Mit andern Worten, mein Herr: Sie haben ein Geheimnis. Sie können mir nützen, indem Sie es mir mitteilen, und schaden, wenn Sie es verschweigen."

Müller lächelte seltsam. „Man möchte fast glauben, daß Sie eine Art Diplomat seien. Diese Herren wittern hinter jedem Wort ein Geheimnis."

„Hier aber scheint es sich doch in der Tat um ein Geheimnis zu handeln. Ich verstehe mich auf Gesichter — und Sie scheinen nicht der Mann, der aus Eitelkeit oder Spielerei mit halben Andeutungen um sich wirft. Hab ich recht, Sir?"

„Vielleicht sind Sie selber dieses Geheimnis!" wich der andre aus.

„Oder Sie?" Er musterte Müller, der sich dem Fremden gegenüber keine Mühe gab, seine Gesichtszüge besonders zu beherrschen, mit noch größerer Aufmerksamkeit als vorher. „Mir ist, als hätte ich Sie bereits gesehn."

„Ich war nie in Amerika."

„Da nicht."

„Auch nie in Südfrankreich."

„Ich meine nicht, daß ich Sie, Ihre wirkliche Person, gesehn habe; sondern ich finde in Ihren Zügen etwas Bekanntes, Anheimelndes."

„Anheimelndes? Bei dem Deutschen, den Sie hassen?"

„Dennoch! Ich möchte einschränkend sagen, daß ich natürlich nicht alle Deutschen hasse! Sie haben gewisse Züge, die mir entweder schon angenehm gewesen sind oder doch — ah, da fällt's mir ein!"

Er faßte Müller beim Arm und drehte ihn so, daß er sein Gesicht grad vor sich hatte.

„Ja", sagte er, „ich hab's! Es ist kein Irrtum. Es sind dieselben Grundzüge, nur schärfer, ausgeprägter, mit einem Wort, männlicher. Waren Sie in England?"

„Nein."

„Haben Sie Verwandte dort?"

„Auch nicht."

Müller ahnte, was kommen werde, behielt aber seine unbefangene Miene bei.

„Sie entdecken wohl irgendeine zufällige Ähnlichkeit?"

„Ja."

„Darf ich fragen, mit wem?"

„Mit einer Dame."

„Ihrer Bekanntschaft?"

„Eigentlich nicht, obgleich ich sie gesehen und gesprochen habe. Auch Sie haben sie gesehn. Erinnern Sie sich Miß de Lissas, jener Engländerin, die heute die Verwundeten mit verband?"

„Ja. Sie war meist in Gesellschaft unserer Baronesse Marion."

„Ich bin mit ihr von Trier aus gefahren und hatte das Glück, sie zu retten. Mit dieser Dame haben Sie Ähnlichkeit, jetzt weiß ich es genau."

„Sie scherzen, Sir!"

„Nein. Diese Dame hat einen tiefen Eindruck auf mich gemacht, und jedenfalls trägt diese Ähnlichkeit die Schuld, daß ich in Ihnen nicht den Deutschen vor mir sehe."

„So bin ich dieser Dame zu großem Dank verpflichtet." Er verbeugte sich ein wenig spöttisch.

„Seien Sie nicht empfindlich, mein Lieber!"

„Oh, als Erzieher verlernt man die Empfindlichkeit, Mister Deephill! Aber die Dame, der ich ähnlich bin, muß ich mir doch einmal genauer betrachten. Kennen Sie ihren vollständigen Namen?"

„Miß Harriet de Lissa aus London. Ich bin überzeugt, daß Sie das Fräulein hier auf Ortry sehen werden, wahrscheinlich sogar schon heut abend."

„Ich bin neugierig."

„Baronesse Marion scheint Freundschaft mit ihr geschlossen zu haben und sprach davon, sie für den Abend einzuladen. Es war das vorhin beim Nachtisch, als Sie sich schon entfernt hatten."

„Diese Einladung ist nicht so leicht zu verwirklichen; sie hängt von dem Willen des Kapitäns Richemonte ab, der hier ein sehr strenges Regiment führt."

„Aber man wird doch auch hier Gastfreundschaft pflegen!"

„Auf Ortry nicht. Der Kapitän ist nicht gesellig."

„Das habe ich bemerkt. Ich bin an ihn gewiesen; ich wurde nach Ortry eingeladen; der Kapitän hat mich an der Bahn getroffen und mich gebeten, auf das Schloß zu kommen — und dennoch habe ich ihn hier noch nicht erblickt."

Müller nickte vor sich hin. „Diese Vernachlässigung scheint unbegreiflich; er ist eben ein unberechenbarer Charakter."

„Seine kühle Zurückhaltung muß mir um so mehr auffallen, als er begründete Ursache hat, sich darüber zu freuen, daß nicht auch ich zu den Opfern des heutigen Unglücks gehöre. Meine Rettung bringt ihm Gewinn."

Um Müllers Lippen flog ein fast unmerkbares Zucken, doch ging er auf diesen Gegenstand nicht ein.

„Wie ich hörte, haben Sie Ihre Rettung einem Bürger aus Thionville zu verdanken?“

„Ich zweifle, daß er ein dortiger Bürger ist. Ich saß mit ihm in einem Abteil. Er unterließ es, sich genau vorzustellen. Er sagte, daß er Pflanzensammler sei.“

„Bei Doktor Bertrand?“

„Ja, wo die Engländerin wohnt. Kennen Sie vielleicht diesen Kräutermann?“

„Ich bin ihm im Wald begegnet.“

„Er scheint mehr zu sein als das, wofür er sich ausgibt.“

„Möglich.“

Deephill warf ihm einen forschenden Blick zu.

„Sie sprechen diese Worte mit einer eigenartigen Betonung aus. Steckt irgendein verborgner Sinn dahinter?“

„Ja.“

„So habe ich mich in Ihnen getäuscht! Sie sind kein Deutscher.“

„Warum nicht?“

„Weil Sie ein Freund des sogenannten Pflanzensammlers sind.“

„Ich bin allerdings sein Freund. Ich nenne ihn sogar du, wenn wir uns unter vier Augen befinden.“

„Nun gut, so sind Sie wirklich kein Deutscher. Kapitän Richemonte wird niemals einen Deutschen anstellen; und ein Deutscher wird, wenn er Ehre besitzt, nicht gegen sein Vaterland arbeiten.“

„Ah, ich arbeite gegen Deutschland?“

„Ja. Der Pflanzensammler ist ein Eingeweihter, und Sie als sein Freund können nicht weniger sein.“

„Ja, er ist eingeweiht, und ich bin noch besser unterrichet als er, ja sogar noch mehr als Kapitän Richemonte.“

Mister Deephill machte ein sehr verwundertes Gesicht. Das hatte er nicht erwartet.

„Noch mehr als der Kapitän?“ fragte er zaudernd.

„Ja, sogar noch mehr als Graf Rallion."

„Death — Sie wissen alles?"

„Alles. Zunächst setze ich voraus, daß Sie ein Ehrenmann sind."

„Zweifeln Sie etwa daran?" fuhr Deephill auf.

„Nein. Es liegt in Ihrem Vorteil, daß Sie mir Vertrauen schenken. Ich habe eine Bitte, versichere Ihnen aber, daß ich nichts verlangen werde, was gegen Ihre Ehre oder auch nur gegen Ihren Vorteil sein würde."

„Was wünschen Sie?"

„Ihr Ehrenwort, über alles, was wir sprechen werden zu schweigen."

Deephill blickte nachdenklich auf die Hand, die Müller ihm entgegenstreckte, sagte dann aber doch:

„Sie sind eingeweiht — Sie machen auf mich einen guten Eindruck, den Eindruck, daß ich Ihnen vertrauen kann — well, hier meine Hand! Ich werde schweigen solang Sie es wünschen."

„Gut", sagte Doktor Müller nach kurzem Zögern, „gut, Vertrauen gegen Vertrauen. Außerdem, Mister Deephill, wäre es Ihr Schaden, wenn Sie mich zu täuschen versuchten. Also: Ich halte Fäden in der Hand, von denen Rallion und Richemonte keine Ahnung haben. Sie selbst, Monsieur, wissen noch weniger als diese beiden."

„Das mag stimmen. Ich hoffe aber, Genügendes zu erfahren."

„Das werden Sie. Sie sind gekommen, um Frankreich mit Geld zu unterstützen?"

„Frankreich eigentlich nicht, sondern die Veranstalter des Freischarenwesens."

„Als solche sind Ihnen nur Rallion und Richemonte bekannt?"

„Allerdings."

„Man wußte, mit welchem Zug Sie kamen und daß Sie das Geld bei sich führten?"

„Ja."

„Man wollte sich in den Besitz dieser Summen setzen, ohne sich Ihnen zu verpflichten."

„Durch die Entgleisung der Eisenbahn?"

„Ja."

„Ich glaube es, denn das ist nunmehr nachgewiesen. Nur eins ist mir da unbegreiflich, daß nämlich die Mörder diese Umstände so genau wissen konnten."

„Darüber bin ich mir völlig im klaren."

„Aber Rallion und Richemonte waren ja ganz allein im Geheimnis!"

„Das eben müßte Ihnen als smartem Amerikaner auf das Schlüssigste beweisen, wer die Mordbuben sind."

Deephill öffnete die Augen weit und blickte Müller fast erschrocken an.

„Alle tausend Teufel!" sagte er. „Sie meinen doch nicht etwa gar, daß —"

„Nun, was? Aber sprechen Sie nicht so laut!"

„— daß Rallion und Richemonte die Mörder gedungen haben?"

„Grad das und nichts anderes."

„Das wäre ja fürchterlich!"

„Oh, diese beiden haben noch ganz anderes auf dem Kerbholz. Hören Sie, was ich Ihnen sagen werde! Der Kapitän hat sich heut vor Ihnen noch nicht sehn lassen, um nicht gezwungen zu sein, mit Ihnen über den Fall zu sprechen."

„Er ließ sich mit Unwohlsein entschuldigen."

„Welches Zimmer bewohnen Sie?"

„Da oben die drei Fenster."

Er deutete hinauf. Es war dieselbe Wohnung, worin der Fabrikdirektor ermordet worden war. Müller nickte, er hatte bereits seine Beobachtungen gemacht.

„Gut!" erwiderte er. „Denken Sie einmal, ich sei allwissend: Der Kapitän hat heut ein Gift zubereitet!"

„Devil! Doch nicht etwa für mich?"

„Für Sie."

„Ich danke sehr!"

„Keine Sorge. Sie sollen nicht sterben, wenigstens jetzt noch nicht, sondern nur fest schlafen."

„Wozu?"

„Jedenfalls will er Ihre Brieftasche daraufhin untersuchen, ob deren Inhalt auch für ihn Wert hat."

„Ohne meine Unterschrift gar keinen."

„Weiß er das?"

„Ich denke."

„Trotzdem wird er kommen. Ich habe ihn beobachtet. Er hat den Eingang bei Ihnen genau untersucht und sich dann etwas von dem Schlaftrunk in ein Fläschchen gegossen; also handelt es sich um Sie."

„Ich schieße ihn nieder!"

„Das werden Sie nicht tun; denn gegenwärtig befindet sich in diesem Fläschchen und auch in der Flasche, aus der es gefüllt wurde, nur Wasser. Ich habe — heimlich — schon den Umtausch bewerkstelligt. Nun ist zu erwarten, daß er Ihnen den Inhalt des Fläschchens auf irgendeine Weise beibringt."

„Den Teufel werde ich trinken!"

„Nein, grad alles werden Sie trinken, was man Ihnen vorsetzt. Der Alte wird dann der Meinung sein, daß das Zeug bei Ihnen wirkt, und in Ihr Zimmer kommen, um Ihre Brieftasche zu untersuchen."

„Woher wissen Sie das alles?"

„Ich weiß nicht alles, aber ich vermute."

„Ich bewundere Sie! Was soll ich tun? Was Sie mir da raten, ist zu gefährlich."

„Nein. Ich bürge Ihnen mit meinem Ehrenwort, daß Sie keinen Schaden erleiden werden."

„Ihr Ehrenwort? Hm — ich kenne Sie nicht. Sie sind der Hauslehrer Müller, sonst nichts. Nehmen Sie es mir nicht übel: aber würden Sie einem Menschen, von dem Sie weiter nichts wissen, als daß er der Hauslehrer Müller ist, so mir nichts, dir nichts Leben und Vermögen anvertrauen?"

Der Deutsche überlegte.

„Gut", sagte er nach einer Weile. „Sie sollen mich kennenlernen und Vertrauen zu mir haben! Ich mußte Ihnen die Wahrheit verschweigen, weil ich Ihrer noch nicht sicher war. Doch so viel für heut: ich bin ..."

„... ein Verwandter der Miß de Lissa!" fiel ihm Deephill triumphierend ins Wort.

„Ja, Sir. Noch mehr: ich bin ihr Bruder."

Deephill klatschte sich aufs Knie.

„Sie sehn, Mister Müller, meine Menschenkenntnis täuscht mich nie. Sie sind Engländer und .. "

„Halt", sagte Müller. „Ich bitte, vorläufig nicht weiter in mich zu dringen. Es muß Ihnen zunächst genügen, daß ich gestehe, Miß Harriet de Lissa ist meine Schwester. Werden Sie sich mir nun anvertrauen?"

Mister Deephill streckte ihm beide Hände entgegen.

„Ich bin der Ihrige ganz und gar, soweit Sie nur über mich verfügen wollen."

„Gut! Sagen muß ich Ihnen noch, daß der Kapitän Sie heimlich beobachten wird. Er vermag Ihr ganzes Zimmer zu überblicken."

„Wieso?"

„Das kann ich Ihnen nicht beschreiben, werde es Ihnen aber baldigst zeigen. Was Sie nur immer in Ihrem Zimmer beginnen, müssen Sie stets in der Voraussetzung tun, daß der Alte Sie beobachtet. Sie werden also genießen, was man Ihnen bietet?"

„Ja, da Sie es wollen."

„Sie beschäftigen sich vor dem Schlafengehn mit Ihren Wertpapieren, damit der heimliche Beobachter sieht, wohin Sie diese legen."

„Sie sind schlau."

„Dann stellen Sie sich tief schlafend und bewegen sich

auch nicht, wenn er in Ihr Zimmer schleicht. Das Licht verlöschen Sie natürlich, sobald Sie sich zur Ruhe legen."

„Aber falls er mir ans Leben will?"

„Das tut er nicht; wenn Sie die Papiere nicht mit Ihrer Unterschrift versehen haben, wird er Sie schonen. Übrigens können Sie, nachdem Sie das Licht verlöscht haben, wieder aufstehn, um sich eine Waffe, ein Messer mit ins Bett zu nehmen. Später komme ich, um mich zu überzeugen, ob meine Vermutungen in Erfüllung gegangen sind."

„So soll ich meine Zimmertür nicht verschließen?"

„Verschließen Sie sie fest; ich komme trotzdem zu Ihnen, ebenso wie der Alte."

„So gibt es einen geheimen Eingang in mein Zimmer?"

„Ja."

„Nun, Monsieur, ich danke für ein so gastfreundliches Haus, worin man seines Lebens keinen Augenblick sicher sein kann."

„Verlassen Sie sich bitte auf mich! Jetzt sind wir fertig und können uns trennen. Adieu, Monsieur!"

Er erhob sich; auch Deephill stand auf, faßte ihn aber bei der Hand und hielt ihn zurück.

„Halt, Sir", sagte er, „ich will —"

„Pst", fiel Müller ein. „Nicht dieses englische Wort, selbst nicht, wenn Sie denken, mit mir unter vier Augen zu sein. In diesem Haus hat alles Ohren."

„Gut, Monsieur Müller! Noch eins, ehe wir uns trennen. Ich bin reich —"

Müller nickte gutmütig.

„— und unabhängig, auch von altem, gutem, makellosem Adel. Ich habe Ihre Schwester gesehn. Wollen Sie als Ehrenmann mir eine Frage beantworten?"

„Gern!"

„Ist das Herz dieser Dame noch frei?"

„Ich glaube es. Ich bin überzeugt, daß sie mir sonst längst ihr Vertrauen geschenkt hätte."

„Würden Sie mir erlauben, mich ihr zu nähern?"

„Wenn Sie wirklich der Ehrenmann sind, für den ich Sie halte — warum nicht?"

„Zweifeln Sie nicht daran! Sie haben recht geraten: ich bin Franzose; ich stamme aus dem schönen Süden Frankreichs. Traurige Verhältnisse, an denen ich nicht schuld trug, und die nicht den geringsten Makel auf meine Ehre werfen, trieben mich in die Ferne. Ich kann in diesem Augenblick meinen wahren Namen wieder tragen. Sollte es mir gelingen, das Herz Miß Harriets zu erringen, so dürfen Sie versichert sein, in mir einen ehrenwerten Freund und Verwandten zu finden."

Müller zeigte sich keineswegs begeistert; aber er antwortete freundlich.

„Versuchen Sie Ihr Heil! Vielleicht sind Sie glücklicher als andere. Meine Schwester ist ein ernstes Wesen. Sie ist nicht leicht zu erringen."

„Desto größern Wert hat dann der Sieg. Und, Monsieur, ich darf doch erwarten, daß sie kein Wort von unserer Unterhaltung erfahren wird?"

„Gewiß! Unser gegenseitiges Ehrenwort legt uns ja Schweigen auf. Auf Wiedersehn heut in der Nacht!"

Müller ging. Der Amerikaner blickte ihm nach.

„Wer hätte das gedacht", murmelte er. „Dieser Mann ist ein Diplomat wie selten einer. Ich bin überzeugt, daß ich ihn auch jetzt noch nicht zum kleinsten Teil durchschaue. Eine wahre Hünengestalt trotz seiner — schade um diese häßliche Verkrümmung! Eigentümlich, daß grad Bucklige meist einen so scharfen Geist besitzen. Ich werde ihm vertrauen, seinetwegen und noch mehr seiner Schwester wegen."

*

Müller begab sich in die Stadt und suchte seine Schwester auf, um mit ihr die nötigen Verhaltungsmaßregeln für die nächste Zeit zu besprechen. Bei dieser Gelegenheit erfuhr er, daß sie von Marion tatsächlich für den Abend zu Tisch geladen war. Die beiden unterhielten sich noch einige Zeit von der Angelegenheit, die Emma nach Frankreich geführt hatte. Dann verabschiedete sich Richard, um nach Ortry zurückzukehren.

Als er am Abend das Speisezimmer betrat, fand er Marion, Emma, Alexander, Mister Deephill und die Baronin. Diese war von der Neugier herbeigetrieben worden, vor Tisch die Engländerin kennenzulernen.

Emma spielte ihre Rolle ausgezeichnet und mit verblüffender Ungezwungenheit. Sie wäre von jeder Engländerin für eine Landsmännin gehalten worden.

Müller wurde von allen außer der Baronin höflich empfangen und als vollständig ebenbürtig behandelt. Er nahm sehr wenig am Gespräch teil und zog es vor, der Unterhaltung zu lauschen und seine Betrachtungen anzustellen.

Marion und Emma nannten sich bereits du. Der Blick Mister Deephills hing bewundernd an der Deutschen. Er war ein hochbegabter, fein gebildeter Mann und bemühte sich, Emma Gelegenheit zu geben, die Vorzüge ihres Geistes zur Geltung zu bringen.

Wenn Müller einmal in achtungsvoller Weise, wie es ihm als Erzieher zukam, sein Wort an Emma richtete und sie ihm dann in jener freundlich auszeichnenden und kühl wohlwollenden Art antwortete, dann glänzten die Augen Deephills vor Freude über die Meisterschaft, mit der beide ihre Rolle spielten.

Während dieser angeregten Unterhaltung öffnete sich leise eine Tür, die im Schatten lag und — der Baron trat ein, in jetziger Zeit eine Seltenheit; man hatte wohl vergessen, ihn in seinem Zimmer einzuschließen.

Niemand bemerkte ihn. Er trat unhörbar näher, bis dahin, wo der volle Strahl des Lichts auf den Kopf Emmas fiel — und stieß einen schrillen Schrei des Entsetzens aus, so daß alle erschrocken aufsprangen.

„Das ist sein Gesicht, aber er ist es nicht ganz!“ schrie er, die Arme abwehrend erhoben und die weit aufgerissenen Augen starr auf Emma gerichtet. „Ich kann ihm ja nichts tun! Er ist wieder lebendig geworden! Er wohnt da unten im Keller — im Keller — im Mittelpunkt der Unterwelt —“

Dieser unerwartete Auftritt brachte natürlich einen sehr peinlichen Eindruck hervor. Auf Marions Gesicht spiegelte sich das tiefste Mitleid. Deephill blickte erstaunt auf den Mann, von dessen Vorhandensein er keine Ahnung hatte; Müller und Emma wechselten zwei schnelle, unbeobachtete Blicke. Das Gesicht des Erziehers war leichenblaß geworden.

„Es ist der Verrückte“, sagte die Baronin kalt. „Schaff ihn fort und schließ ihn ein, Marion!“

Das Mädchen nahm den Kranken am Arm.

„Komm, Vater!“ bat sie sanft.

Er ließ sich von ihr leiten; aber unter der Tür drehte er sich noch einmal um und rief:

„Ich bin nicht schuld! Er lebt ja noch! Die Kriegskasse, oh, die Kriegskasse!“

Die Tür schloß sich hinter ihm; aber man hörte ihn draußen noch wimmern, bis er sein abseits liegendes Zimmer betreten hatte und dort eingeschlossen worden war.

Die Unterhaltung war gestört und kam auch nicht wieder in richtigen Fluß, bis die Tafel gedeckt war. Kapitän Richemonte ließ durch den Diener sagen, daß man beginnen solle, er werde später erscheinen.

Deephill saß neben Emma und suchte ihr auf alle Weise seine Aufmerksamkeit zu erweisen. Müller hatte die Baronin und Marion zu bedienen. Jene nahm dies hochmütig als etwas Selbstverständliches hin; diese aber fühlte sich öfters bewogen, den Erzieher durch einen freundlichen Blick zu belohnen.

Erst kurz vor Schluß des Mahls trat der Kapitän ein. Er begrüßte Emma und den Gast aus Amerika und entschuldigte sein spätes Erscheinen mit seinem leidenden Zustand.

„Sie müssen verzeihen — ich bin eben nicht mehr jung. Auch sah ich heute die Unglücksstelle an der Bahn und kann den schrecklichen Gedanken daran nicht wieder loswerden. Ich werde mich wohl bald wieder zurückziehen!“

Er aß sehr wenig. Auf dem Tisch stand nur ein leichter, weißer Moselwein.

„Der Rote wird für mich vielleicht besser sein!“

Mit diesen Worten erhob sich der Alte und trat an den Wandschrank. Müller ließ ein leises Räuspern hören; Mister Deephill blickte zu ihm herüber, erhielt einen Wink und verstand ihn. Beide beobachteten den Alten unauffällig, aber scharf. Er schenkte sich ein Glas Wein ein, wobei er den Anwesenden den Rücken zudrehte. Dabei zog er mit der Linken etwas aus der Tasche. Was er tat, war nicht zu sehen; aber aus seinen Bewegungen ließ sich vermuten, daß er etwas — jedenfalls eine Flüssigkeit — in eins der dort stehenden leeren Gläser tropfen ließ. Dann führte er die Hand zur Westentasche zurück und setzte sich wieder an seinen Platz.

Müller ließ ein Lächeln sehen, das nur von Deephill bemerkt wurde.

Richemonte hatte ausgetrunken. Er trat abermals zum Wandschrank und goß sich ein Glas voll, dann ein zweites, das er dem Amerikaner reichte.

„Sie müssen mich heute entschuldigen, Monsieur Deephill“, sagte er. „Morgen werde ich wieder auf der Höhe sein. Damit ich aber die Pflicht der Gastlichkeit nicht ganz verletze, will ich mir erlauben, mit Ihnen auf ein herzliches Willkommen anzustoßen. Lassen Sie uns austrinken!“

Er trank aus. Auch der Amerikaner hob sein Glas zum Mund und leerte es mit einem einzigen Zug.

Nun bot Richemonte gute Nacht und ging. Man musizierte noch ein wenig, wobei Emma einige englische Lieder vortrug. Dabei nahm Deephill Gelegenheit, Müller zuzuflüstern:

„Was nun?"

„Lassen Sie alles ruhig über sich ergehn! Ich wache! Während er bei Ihnen ist, stehe ich zu Ihrer Hilfe bereit. Ist es möglich, so zeige ich mich Ihnen sogar. Blikken Sie zwischen den Lidern hindurch!"

Nach einiger Zeit verabschiedete sich Emma und fuhr in die Stadt zurück. Deephill wollte sie begleiten, doch sie lehnte dankend ab und erbat sich die Begleitung Müllers. Das hatte ganz den Anschein, als treffe sie diese Wahl nur darum, weil Deephill der Höherstehende und Müller eigentlich der Angestellte war; doch Deephill wußte wohl, daß Bruder und Schwester jedenfalls miteinander zu sprechen hatten, und nahm daher die Zurückweisung nicht übel.

Es war sehr dunkel geworden, und, begünstigt durch das Rattern des Wagens, konnten die Geschwister halblaut miteinander reden, ohne vom Kutscher gehört zu werden.

„Ich bebe jetzt noch", sagte Emma. „Der Baron de Sainte-Marie hat mich sehr erschreckt. Was wollte er? Er sprach von einem, dem ich ähnlich sein muß, und auch von der Kriegskasse."

„Er redet irre. Ich habe bestimmte Vermutungen, über die ich aber erst selber ins klare kommen möchte."

Doch sein Schweigen hatte einen ganz andern Grund. Er wollte der Schwester keine Herzensqual bereiten, die zu beheben er jetzt noch nicht imstand war. Er hätte darauf schwören mögen, daß sein Vater, Gebhard von Greifenklau, noch lebe und da unten in den Gewölben gefangengehalten werde, weil der Kapitän wohl noch immer glaubte, von ihm erfahren zu können, wo die so oft erwähnte Kriegskasse vergraben sei.

2. AUF SCHLEICHWEGEN

Als Müller mit dem Wagen zurückgekehrt war, begab er sich in sein Zimmer, steckte Laterne, Messer und Revolver ein, verriegelte die Tür von innen und stieg zunächst durchs Fenster auf das Dach und dann am Blitzableiter in den Hof hinab. Dabei sah er, daß Kapitän Richemonte sich noch in seinem Zimmer befand, wo er lang ausgestreckt auf dem Sofa lag.

Unauffällig huschte er nun an eine geschützte Stelle dem Gebäude gegenüber und beobachtete aufmerksam die erleuchteten Fenster des Alten. Vermutlich plante dieser noch eine seiner einsamen Wanderungen durch die verborgenen Gänge. Es fragte sich nur: Würde er gleich durch den Wandschrank verschwinden oder, einer häufigen Gewohnheit folgend, nach einem nächtlichen Rundgang den Weg durchs Gartenhäuschen nehmen?

Längst war Mitternacht vorüber, als endlich das Licht oben erlosch, und das alte Schloß in der Finsternis der sternenlosen Nacht untertauchte. Der Lauscher horchte gespannt. — Richtig, jetzt hörte er leise Schritte, die sich sogleich hinter dem Haus verloren. Der Rundgang also. Müller benützte die Gelegenheit, um sich schleunigst nach dem Gartenhäuschen zu begeben und dort der kommenden Dinge zu harren. Richemonte ließ auch wirklich nicht lange auf sich warten. Seine Gestalt tauchte in der Dunkelheit auf und verschwand in dem Häuschen, in dessen Innern ein schneller Lichtschein aufzuckte, um dann wieder zu verschwinden. Müller wartete, bis das Geräusch der Schritte nach unten hin verklungen war, und folgte dann in derselben Weise, wie er es bereits früher getan hatte. Unten im Gang, der zum Schloß führte, hatte er den Alten mit der Laterne vor sich, mußte also die seinige in der Tasche steckenlassen.

So ging es bis an die Stelle, wo die vielen geheimen Gänge zusammenliefen, und dann hinauf, grad wie in jener Nacht, da der Fabrikdirektor ermordet wurde. Es handelte sich ja auch um dasselbe Zimmer, worin der Alte nach minutenlangem Horchen verschwand. Müller tastete sich unhörbar näher und erreichte die offene Tafeltür. Drin im Zimmer war es noch dunkel. Jedenfalls überzeugte sich Richemonte erst, ob der Trank gewirkt hatte. Dann wurde es plötzlich hell. Müller streckte den Kopf vor und sah, daß der Kapitän seine Blendlaterne geöffnet hatte, jedoch nur so weit, daß der matte Schein lediglich auf das Gesicht Deephills fiel.

Dieser lag mit geschloßnen Augen, unbeweglich, wie im Schlaf. Er hatte die Hände unter der Bettdecke. Jedenfalls hielt er da nach Müllers Rat irgendeine Waffe verborgen.

Richemonte betrachtete das Gesicht genau und schien befriedigt; er wendete sich vom Bett ab, um die im Zimmer befindlichen Gegenstände zu untersuchen. Sein Blick fiel auf den Tisch, auf dem die Brieftasche lag. Gedankenschnell trat er hinzu, öffnete sie und nahm ihren Inhalt in Augenschein. Dabei setzte er die Laterne auf den Tisch. Ihr Licht drang bis in die Ecke, wo sich der geheime Eingang befand. Der Alte stand jetzt davon abgewandt.

Diesen Augenblick benützte Müller. Er war überzeugt, daß Deephill, der im Schatten lag, die Augen geöffnet hielt. Er wollte ihm zeigen, daß er auf dem Posten sei, und trat also geräuschlos in den Lichtkreis. Es war dies ein Wagnis; er war hell beleuchtet, und hätte der Kapitän jetzt nur den Kopf gewendet, so wäre seine Anwesenheit verraten gewesen. Wie aber Müller recht vermutet hatte, war der Alte zu sehr mit den in der Brieftasche befindlichen Papieren beschäftigt; er blickte sich nicht um.

Da zog Deephill den Arm unter der Decke hervor und

hob ihn empor, zum Zeichen, daß er alles gesehen habe. Darauf huschte Müller wieder zurück.

Nach einiger Zeit schloß der Alte die Brieftasche, ohne etwas genommen zu haben. Er legte sie auf den Tisch zurück, griff zur Laterne, ließ ihren Mattschein wieder auf das Gesicht des Amerikaners gleiten, der seine vorherige Lage eingenommen hatte, und verließ dann das Zimmer auf demselben geheimen Weg, den er gekommen.

Müller war, als der Kapitän die Brieftasche zugeklappt hatte, die schmalen Stufen wieder hinuntergeeilt. Unten drückte er sich hinter einem Pfeiler zur Seite, um den Alten vorüberzulassen.

Richemonte kam langsam herab. Er schien sehr nachdenklich zu sein. In der Nähe des Lauschers blieb er stehn.

„Verdammt!“ hörte ihn Müller vor sich hinknurren. „Dieser Deephill ist ein vorsichtiger Kerl! Was können mir die Anweisungen nützen, wenn die Unterschrift der Firma fehlt! Diese Amerikaner sind verflucht vorsichtige Geschäftsleute. Aber unterschreiben wird er doch!“

Er schritt am Pfeiler, hinter dem Müller stand, vorüber, als wolle er zum Gartenhäuschen zurück, blieb aber nach zwei Schritten wieder stehn.

„Ob ich Rallion aufsuche?“ fragte er sich halblaut, wie es oft die Angewohnheit alter und ungeselliger Menschen ist.

Er blickte eine Weile vor sich nieder und fuhr dann fort: „Diese Marion muß gezähmt werden, und zwar baldigst! Ich will doch mit ihm sprechen, wenn er auch erschrecken wird, mich so unerwartet vor seinem Bett zu sehn.“

Er machte eine halbe Wendung und stieg dann eine andre Stufenreihe hinauf.

Auch sie führte eng zwischen zwei Mauern nach oben, die Wände standen so dicht zusammen, daß ein Mensch nur bei schiefer Körperhaltung Platz finden konnte.

Richemonte lauschte. Dann schob er auch hier ein Tafelwerk zur Seite und trat, indem er sich niederbückte, durch die entstandene Öffnung. Er befand sich im Schlafzimmer des jungen Rallion.

Der Kapitän schritt ans Bett und leuchtete dem tief Schlafenden ins Gesicht, das wegen des von Fritz empfangenen Messerstichs durch ein Heftpflaster entstellt war. Der Alte schüttelte den Grafen.

„Herr Oberst!“

Rallion warf sich herum und öffnete die Augen. Er sah Licht und schrak auf.

„Donnerwetter!“ meinte er, indem er emporfuhr. „Kapitän, wie kommen Sie in dieses Zimmer? Die Türen sind doch verriegelt!“

„Das kann für mich kein Hindernis sein. Aber bitte, sprechen Sie ein wenig leiser! Die Unterhaltung kann vorsichtiger geschehn.“

„Unterhaltung? Ah, mir scheint, daß Sie eine eigentümliche Zeit dazu gewählt haben.“

„Es ist die beste; ich kann es Ihnen versichern. Es handelt sich um Marion.“

„Um Marion? Ah, da dürfen Sie mich allerdings zu jeder Nachtzeit wecken. Aber soll ich denn im Bett —“

„Pah! Wir brauchen uns unter vier Augen nicht um Formen zu bekümmern. Bleiben Sie liegen!“

„Aber wie sind Sie denn nur hereingekommen?“

„Davon später!“

„Meinetwegen! Also was ists mit Marion?“

„Das Mädel zeigt sich höchst widerspenstig.“

„Sie behandeln diese junge Dame mit unverzeihlicher Milde. Sie können befehlen und den Starrsinn einfach brechen.“

„Das werde ich auch. Deshalb bin ich hier. Ich habe einen Plan. Wir werden Marion zwingen, Ihre Frau zu werden.“

„Das brauchen Sie mir nicht zu wiederholen, nachdem Sie mir bereits gesagt haben, daß sie nicht freiwillig ihre Zustimmung gibt. Welchen Zwang wollen Sie anwenden, Herr Kapitän?"

„Ich werde sie ein wenig der Freiheit berauben!"

„Also Gefangenschaft? Wo soll sie denn eingesperrt werden?"

„In einem von unsern Gewölben."

„Fi donc! Ein häßlicher Aufenthalt, Kapitän!"

„Desto besser — das wird sie mürbe machen."

„Wohl gar bei Wasser und Brot?"

„Bei nichts. Sie wird weder Speise noch Trank bekommen: Sie soll Hunger und Durst leiden, bis sie sich fügt."

„Was wird aber die Baronin dazu sagen?"

„Sie wird unser Verfahren gutheißen. Sie haßt Marion; sie wird uns sogar behilflich sein."

„Aber die andern werden Marion vermissen!"

„Nein, Marion wird für die andern verreist sein."

„Wie wollen Sie das anstellen?"

„Das ist nicht so schwierig; doch davon nachher. Nicht so einfach ist die Art und Weise, wie wir Marion nach dem Gewölbe bringen. Ich muß dabei auf Ihre Hilfe rechnen."

„Das wird mir Spaß machen! Die Komödie soll wohl des Nachts aufgeführt werden?"

„Natürlich."

„Wie wollen Sie da in ihr Zimmer kommen? Sie wird sich vermutlich eingeschlossen haben."

„Hatten Sie sich heut nicht auch eingeschlossen?"

„Allerdings."

„Und dennoch stehe ich hier vor Ihnen. Auf dieselbe geheimnisvolle Weise werden wir auch in Marions Schlafzimmer Eingang finden. Wir treten heimlich bei ihr ein — sie schläft — ich lege ihr ein mit Chloroform getränktes Tuch über das Gesicht — zwei Minuten genügen, und dann tragen wir sie auf Wegen, die Sie kennenlernen werden, hinab ins Gewölbe."

„Schön — und dann?"

„Hunger und Durst tun weh. Oder zweifeln Sie noch?"

„Sie wird scheinbar einwilligen, dann aber alles verraten."

„Nein. Wir werden sie nicht eher freilassen, bis sie uns ihr Wort gegeben hat, fürs ganze Leben zu schweigen."

„Ein solches erzwungnes Wort pflegt keine Geltung zu haben."

„Bei Marion doch. Sie ist ein stolzer Charakter. Ist ihr Widerstand erst einmal gebrochen, dann ist er es auch für immer."

„Gut, ich will annehmen, daß Sie recht behalten. Wie aber wollen Sie diese Reise glaubhaft machen?"

„Nichts leichter als das. Man spannt des Nachts an und bringt Marion nach dem Bahnhof."

Rallion blickte ihn fragend an.

„Ich verstehe Sie nicht."

„Nun, nicht Marion, sondern eine andre steigt ein: Die Baronin."

„Sie wird also mit ins Geheimnis gezogen?"

„Soweit es notwendig ist."

„Aber man wird die Täuschung bemerken."

„Kaum; es ist dunkel."

„Der Kutscher —"

„Ich brauche keinen Kutscher. Ich nehme die Halbkutsche und fahre selber."

„Aber der Diener ist dabei, wenn die Baronin einsteigt."

„Das werden wir vermeiden."

„Und Sie kommen mit der Baronin zurück?"

„Nein. Ich bringe sie angeblich zum Bahnhof und kehre allein zurück."

„Wie wollen Sie das anfangen?"

„Ich lasse die Baronin aussteigen, sobald wir aus dem Schloß sind, und sie kehrt im Dunkel heimlich zurück."

„Sie sind ein ganz gefährlicher Schlaukopf! Wenn ich nicht Ihr Freund wäre, könnte ich mich vor Ihnen fürchten. — Ja, so kann es gemacht werden. Aber wann soll das geschehn?"

„Sobald wie möglich. Es ist Gefahr im Verzug. Der Auftritt, den ich mit Marion gehabt habe, läßt mich befürchten, daß ich ihr in keiner Weise trauen darf."

„Also am besten noch heut, in dieser Nacht?"

„Dazu ist es zu spät. Ich muß doch vorher mit der Baronin darüber sprechen."

„Dann morgen?"

„Ja, morgen ganz bestimmt."

„Wieviel Uhr?"

„Das läßt sich jetzt noch nicht sagen. Ich werde Sie abholen."

„Auf demselben Weg?"

„Ja."

„Schön. Darf ich mir diesen Weg unterdessen einmal näher betrachten, Herr Kapitän?"

Richemonte schnitt eine Grimasse.

„Es wird besser sein, Sie warten, bis ich Ihnen diese Geheimnisse selber enthülle. Also gute Nacht!"

„Gute Nacht!"

Der Kapitän machte kehrt und trat durch die Täfelung. Draußen brachte er sie wieder in Ordnung und lauschte.

„Er ist neugierig", flüsterte er bissig in sich hinein. „Er wartet nicht, sondern wird die Sache untersuchen wollen. Aber, mein Bursche, das wird dir nicht gelingen!"

Da, wo das Holzwerk an die Mauer stieß, gab es zu beiden Seiten einen Riegel. Richemonte schob beide vor und nickte befriedigt.

„So! Jetzt mag er sich Mühe geben."

Er stieg langsam die schmalen Stufen hinab, ohne jede

Ahnung, daß er bei seiner Unterredung einen gefährlichen Zeugen gehabt hatte.

Müller war dem Kapitän gefolgt und hatte an der offenen Tür den gegen Marion gerichteten Anschlag erlauscht. Er hätte hineinspringen mögen, um den gewissenlosen Schurken die Faust an die Köpfe zu schlagen, mußte aber seinen Abscheu niederzwingen.

Als die beiden dann voneinander Abschied nahmen, schlich er sich die Stufen hinab und wartete unten, von einem Pfeiler verdeckt, auf Richemonte. Erst nach ihm verließ Müller den Platz und folgte ihm mit unhörbaren Schritten. Der Alte begab sich gradewegs in sein Zimmer, und Müller beobachtete durch das Guckloch, daß er sich zum Schlafengehn entkleidete.

„Schön“, dachte er. „Es ist also sicher, daß heut gegen Marion nichts unternommen wird.“

Nun suchte er die Treppe wieder auf, die in das Gemach Deephills führte. Der Amerikaner saß, als er bei ihm eintrat, am Tisch. Er hatte das Licht brennen.

„Endlich“, sagte Deephill. „Wie lang habe ich auf Sie warten müssen! Ich dachte bereits, daß Sie nicht mehr kommen würden.“

„Ich hatte leider eine Abhaltung, die ich nicht vorhersehn konnte.“

„Bitte, nehmen Sie Platz. Hier sind Zigarren!“

Müller brannte sich in aller Gemütsruhe eine an.

„Sie sind ein außergewöhnlicher Mann“, sagte Deephill anerkennend. „Was Sie voraussahen, ist eingetroffen.“

„Ich wußte es.“

„Aber erklären Sie mir, wie Sie das eben wissen konnten!“

„Ich hatte es einfach berechnet.“

„Aber doch nur auf Grund gewisser Beobachtungen und Erfahrungen, die Sie hier schon gemacht haben.“

„Allerdings!“

„Es kommt mir hier verschiedenes unbegreiflich vor, eins aber scheint mir sicher, nämlich daß Sie es mit mir aufrichtig gemeint haben."

„Freut mich, Sir, daß Sie mit Ihrem Vertrauen schon so weit gelangt sind! Sie glauben also nun einigermaßen meiner Warnung?"

„Vollständig! Ich halte diesen alten Kapitän Richemonte für einen Schurken."

„Damit werden Sie ihm wohl kein Unrecht tun."

„Ich glaube ferner, daß er bei der Entgleisung des Zuges eine Hand mit im Spiel hatte."

„Nur eine, Sir? — Beide, beide!"

„Sie wissen jedenfalls noch weit mehr. So sagen Sie mir aufrichtig, was ich von Richemonte zu befürchten habe!"

„Ich ziehe vor, Ihre eigene Meinung zu hören", antwortete Müller zurückhaltend.

„Nun, ich bin jetzt überzeugt, daß er sich in den Besitz meines Geldes setzen will."

„Gott erhalte Ihren Scharfsinn, Mister Deephill!" lachte Doktor Müller. „Aber verzeihn Sie mir meine Lustigkeit! Eigentlich müßte man schaudern über diesen Abgrund an menschlicher Verworfenheit. Dieser Kapitän Richemonte ist ein Teufel in Menschengestalt. Nur, um Ihr Geld zu erlangen, einen ganzen Zug mit vielen unschuldigen Leben der Vernichtung zu überantworten — entsetzlich!"

„So wäre es eigentlich am besten, ich entfernte mich einfach."

„Einen besseren Rat kann auch ich Ihnen nicht geben."

„Aber das widerstrebt meinem Wesen. Dieser alte Bösewicht soll sich in seiner eignen Schlinge fangen."

„Ich möchte Sie sehr zur Vorsicht mahnen."

„Pah! Nun ich gewarnt bin, fürchte ich nichts mehr. Noch habe ich keinen Beweis gegen ihn in Händen; ich werde mir aber solche Beweise verschaffen, selbst wenn ich dabei auf fremde Hilfe verzichten müßte."

„Wie wollen Sie das beginnen?"

„Indem ich ihm scheinbar vertraue und auf seine Absichten eingehe."

„So sind Sie verloren!"

„O nein! Ich brauche nur meine Anweisungen nicht zu unterschreiben, so bin ich sicher, daß mir nichts geschieht."

„Das scheint so; ich denke es auch. Aber Richemonte ist wirklich unberechenbar."

„Nun, zunächst bin ich noch im Vorteil: Ich habe meinen Verdacht, wovon der Alte nichts ahnt; ich habe ferner Ihre Warnung, die Sie nicht ohne triftigen Grund ausgesprochen haben werden; und ich bin schließlich im Besitz des Geheimnisses, daß es hier verborgene Örtlichkeiten gibt."

„Dieser Besitz wird Ihnen nicht viel helfen."

„Damned — ich werde den geheimen Gang, durch den der Schuft zu mir kam und durch den auch Sie gekommen sind, untersuchen. Könnten Sie mich nicht darüber aufklären?"

„Ich kenne ihn selber noch nicht vollständig. Wiederholt bitte ich Sie, auf meine Warnung zu hören und das Schloß bald zu verlassen."

„Das kann mir keinen Nutzen bringen. Sie wissen, daß ich an diese Gegend gebunden bin —"

„Das begreife ich nicht. Sie kommen, um mit dem Kapitän ein Geschäft abzuschließen; Sie sehn, daß er Sie betrügt, ja, daß er das Schlimmste sinnt. — Was ist es, was Sie noch an ihn binden könnte?"

„Ah, an ihn nichts, aber es gibt eine ganz andere Person, die mich veranlaßt, in dieser Gegend zu bleiben. Ich nehme an, daß Sie erraten, wen ich meine. Habe ich nun einmal die Absicht, hier zu verweilen, warum denn nicht auch im Schloß?"

„Weil das für Sie der gefährlichste Ort ist."

„O nein, in der Höhle des Löwen ist man oft sicherer als außerhalb. Der Kapitän kann mich finden, ob ich hier wohne oder in Thionville."

Müller erhob sich.

„Ich kann mir ein Recht, auf Ihre Entschlüsse und Bestimmungen einzuwirken, nicht anmaßen. So habe ich denn für jetzt nur noch eine Bitte."

„Sprechen Sie!"

„Lassen Sie keinen Menschen ahnen, daß Sie von mir gewarnt wurden."

„Ich werde schweigen."

„Und was auch geschehn möge, verraten Sie nicht, daß ich den heimlichen Gang kenne, der mich hierher in Ihr Zimmer führt!"

„Auch das verspreche ich Ihnen, möchte aber gern eine Gegenbitte aussprechen."

„Lassen Sie hören."

„Ich strebe nach Ihrer Freundschaft; ich sehe ein, daß diese nicht im Sturm erobert werden kann; aber ebenso deutlich erkenne ich, daß irgend etwas zwischen uns liegt, was ich leider nicht zu bestimmen vermag. Es ist etwas Unwägbares, was aber trotzdem seine Wirkung äußert. Ich wäre Ihnen zum größten Dank verpflichtet, wenn Sie mir offen und ehrlich sagen wollten, was dieses unbestimmbare Hindernis eigentlich ist."

„Sie werden es kennenlernen, seinerzeit; jetzt ist mir noch der Mund verschlossen."

„Liegt es in meiner Person?"

„Nein."

„Worin dann sonst? In meinen Anschauungen?"

„Vielleicht."

„Dann wird es mir nicht schwer werden, das, was Sie mir noch nicht mitteilen dürfen, zu erraten. Also es handelt sich um meine Anschauungen — etwa um die religiösen?"

„Nein."

„Die politischen?"

Müller ließ ein leises Pfeifen hören und wiegte den Kopf.

„Mein verehrtester Mister Deephill, wenn ich Ihnen etwas nicht mitteilen darf, so ist es mir jedenfalls auch verboten, es Sie erraten zu lassen. Das eine wäre dann genau so wie das andre."

„Sie sind ein verflixter Hartkopf! Ich glaube aber, bereits beim Erraten zu sein, und versichere Ihnen, über Ihre Worte nachzudenken."

„Tun Sie das! Es sollte mich freuen, wenn unsre Bekanntschaft nicht wertlos wäre."

„Glauben Sie mir, mein Freund — so darf ich Sie doch wohl nach diesen Stunden nennen? — glauben Sie mir, ich habe gelitten, was Tausende nicht zu tragen vermöchten. Jetzt ist es, als wolle mir nach langer Finsternis eine neue Morgenröte leuchten. Soll es eine Täuschung sein? Soll es für mich allein kein Sternchen geben, wo doch über dem Allerärmsten die Sonne Gottes leuchtet?"

Er hatte aus dem tiefsten Innern heraus gesprochen. Sein Blick hing fast wie mit Angst im Antlitz seines Gegenübers. Ergriffen streckte ihm Müller die Hand entgegen.

„Warum sollten Sie verzagen? Ich kenne die Tragik Ihres Lebens nicht, aber ich bin gewiß, daß auch für Sie noch die Sonne und die Sterne leuchten. Doch falls Sie jetzt ein Herzensglück suchen, warum werfen Sie sich dann äußeren Zufälligkeiten in die Arme, von denen Sie ein wahres Glück niemals erwarten dürfen? Wenn Sie jetzt dem König Schach bieten, so haben Sie doch nicht nötig, auch va banque zu spielen. Hier nehmen Sie meine Hand! Ich fühle, daß ich Sie schätzen könnte! Denken Sie über meine Worte nach und finden Sie das Richtige, so wird es sicherlich zu Ihrem Glück sein. — Gute Nacht!"

„Gute Nacht!“ wiederholte der Amerikaner in tiefem Sinnen.

Sein Blick folgte Müller, wie dieser sich durch den geheimen Gang entfernte und dann das Getäfel wieder in die rechte Lage brachte. So verharrte er eine ganze Weile. Endlich ging ein Leuchten über sein Gesicht.

„Es wird sicherlich zu Ihrem Glück sein!“ wiederholte er. „Ah, liebt sie mich? Hat er mit ihr gesprochen? Ich werde glücklich sein — aber nur dann, wenn ich das Richtige finde? . . .“

3. O WEH, EIN IRRTUM!

Am nächsten Vormittag ließ Kapitän Richemonte nach dem Frühstück anspannen und machte eine Spazierfahrt in den frischen Morgen hinein. Nichts konnte Müller erwünschter kommen als die Abwesenheit des Alten, bot sie ihm ja doch Gelegenheit, Marion zu sprechen, ohne befürchten zu müssen, daß er belauscht werde. Er erspähte einen günstigen Augenblick, klopfte und trat ein. Die Baronesse war einigermaßen erstaunt über seinen Besuch und blickte ihn erwartungsvoll an.

„Ich bitte sehr, nicht zu erschrecken über das, was ich zu sagen habe; ich bin gekommen, um Sie zu warnen. — Man will Sie gefangensetzen."

„Gefangensetzen?" fragte sie überrascht. „Wer und weshalb?"

„Der Kapitän und Rallion, um Sie zu zwingen, dem Oberst Ihr Jawort zu geben."

„Wer sagt das?"

„Ich habe beide belauscht."

„Wann soll das geschehn?"

„Heut nacht."

„Ah! Sie können nicht herein! Ich riegle jede Nacht zu."

„Ihre Zimmer haben einen geheimen Eingang."

„Das ist nicht möglich!"

„Ich hoffe, Ihnen das Gegenteil beweisen zu können."

Und nun erzählte Müller Wort für Wort der belauschten Unterredung. Marion konnte zuerst vor Schreck und Entrüstung keinen Laut hervorbringen. Aber dann röteten sich ihre Wangen vor Zorn.

„Sie sollen sich getäuscht haben! Sie wollen mich überraschen, diese beiden Schurken, aber sie selber werden es sein, die überrascht werden! Doch sagen Sie mir, wie sind Sie hinter diese — Gemeinheit gekommen, Monsieur Müller? Wo haben Sie die zwei belauscht?"

„Im Zimmer Rallions."

„Wie kamen Sie dorthin?"

Er zögerte.

„Ist das Geheimnis?" fragte sie.

„Ich kann das nicht leugnen. Es ist sogar ein höchst wichtiges Geheimnis."

„Das Sie mir nicht mitteilen können?"

„Ich wollte, ich dürfte Ihnen alles, alles erklären!"

„Sie dürfen also nicht?"

„Nein. Dieses Geheimnis ist nicht mein ausschließliches Eigentum."

„Das ist allerdings ein Grund. Also sagen Sie mir wenigstens so viel, wie Sie sagen dürfen!"

„Ich will das tun, indem ich andeute, daß ich nicht nur in der Absicht, Ihren Bruder zu unterrichten, nach Schloß Ortry kam."

„Das ist mir eine große Überraschung. Sie verfolgen also noch andre Absichten?"

„Nur noch eine einzige: die Beobachtung des Kapitäns."

„Ah! Sie kamen, ihn zu beobachten! Das läßt mich vermuten, daß Sie eigentlich nicht Erzieher sind."

Diese Wendung war ihm sehr unangenehm. Er beschloß, lieber eine kleine Unwahrheit zu wagen, als sich in eine schiefe Lage zu bringen.

„Was sollte ich sonst sein?" fragte er.

„Detektiv vielleicht", antwortete sie unsicher.

„Nein, Detektiv bin ich nicht, gnädiges Fräulein. Ich bin wirklich der Erzieher Alexanders. Aber ich habe einen Freund, der, als er von meiner Anstellung erfuhr, mich bat, mich nach gewissen Verhältnissen zu erkundigen."

„Darf ich diese Verhältnisse kennenlernen?"

„Sie beziehn sich auf eine Familie, über die der Kapitän einst sehr großes Unglück gebracht hat. Diese Familie leidet noch jetzt darunter, und mein Auftrag geht dahin, zu erfahren, ob nicht eine Möglichkeit besteht, Abhilfe zu schaffen."

„Dann sehe ich ein, daß Sie nicht alleiniger Besitzer Ihres Geheimnisses sind. Sie müssen verschwiegen sein, und ich darf nicht in Sie dringen."

„Ich danke aus vollstem Herzen, gnädiges Fräulein! Der Kapitän ist ein gefährlicher Mann. Ich merkte, daß er Böses sann gegen eine Person, die meine Teilnahme hat; daher beobachtete ich jeden seiner Schritte. So kam ich zu der Kenntnis, daß es hier im Schloß geheime Treppen und verborgene Türen gibt."

„Gott, so ist man hier ja bei Tag und Nacht von Gefahren umringt, die man gar nicht kennt!"

„Es gibt Augen, die über Sie wachen."

„Die Ihrigen! Ja, ich weiß es, und das beruhigt mich. Aber Sie begeben sich dadurch in größte Gefahr. Wenn der Kapitän entdeckt, daß Sie hinter seine Geheimnisse gekommen sind, so sind Sie verloren."

„Ich bin auf meiner Hut und werde meine Vorkehrungen treffen, um selbst für den Fall, daß es ihm gelänge, mich zu überwältigen, meine Freiheit rasch wiederzuerlangen."

„Wie wollen Sie das anfangen?"

„Es gibt einen, der mich befreien würde."

„Wirklich? Dieser eine müßte dann doch wissen, wo sich Ihr Gefängnis befindet!"

„Allerdings!"

„Wie? Sie haben einen Vertrauten?"

„Ja. Sie kennen ihn. Es ist Doktor Bertrands Pflanzensammler."

Marion war überrascht.

„Dieser! Ah, dieser!" sagte sie. „Der, der meine Nanon aus dem Wasser gerettet hat!"

„Derselbe. Wir sind geradezu Verbündete. Ich erzählte Ihnen bereits, daß ich das leere Grab geöffnet habe. Er war dabei und hat dann auch Ihre Mutter gesehn."

„Wirklich? Ah! Wann?"

„Sie erschien uns."

„Es war ihr Geist."

„Nein. Gnädiges Fräulein, ich wiederhole Ihnen: ich bin fest überzeugt, daß Ihre Mutter noch am Leben ist."

„Sie meinen, daß sie da unten eingesperrt wurde?"

„Ja."

„Schrecklich! Aber wir erblickten sie im Turm. Sie sahen sie dann wieder. Da hätte sie ja Gelegenheit gehabt, ihre Freiheit wiederzuerlangen."

„Ich vermute, daß sie nicht frei sein will."

„Nicht will? Das ist ja undenkbar!"

„Ich vermute sogar, daß sie freiwillig in die Gefangenschaft gegangen ist. Es gibt Mittel, ein solches Wesen zu zwingen, der Welt und allem zu entsagen."

„Ich kenne keine solchen Mittel."

„Es gibt welche — zum Beispiel die Mutterliebe."

„Wieso?"

„Man droht zum Beispiel der Mutter, ihr Kind zu töten, und sagt ihr, daß sie es nur retten kann, indem sie selber scheinbar in den Tod geht."

„Das wäre ja entsetzlich! Aber warum nicht wirklich in den Tod? Warum läßt man sie leben?"

„Es bestehen vielleicht Gründe dafür, wenn es mir auch jetzt noch unmöglich ist, sie zu erraten."

„Monsieur Müller, je länger ich Sie höre, desto mehr muß ich annehmen, daß Sie recht haben können. Aber der Gedanke, daß meine Mutter noch lebt, ist so ungeheuerlich, daß es mir beinah unmöglich wird, ihn zu fassen."

„Mir ist er Gewißheit."

„Fürchterlich! Aber, Monsieur, wenn es wahr ist, so

ist es meine heiligste Pflicht, sie aus dem Elend zu befrein, worin sie schmachtet."

„Ich habe mir längst diese Aufgabe gestellt."

„Ich danke Ihnen! Und dennoch darf ich diese Aufgabe nicht allein in Ihren Händen lassen. Sie müssen mir erlauben, mitzuwirken!"

„Oh, gern!"

„Dank! So sind wir Verbündete und Vertraute! Hier meine Hand. Verschwören wir uns gegen den Kapitän!"

„Es ist nur eins möglich: wir müssen diesen vermeintlichen Geist aufsuchen."

„Ja, Sie haben recht! Wir müssen in jene unterirdischen Gänge eindringen, und zwar bald, bald!"

„Das wird geschehn, sobald der Pflanzensammler wieder zurückgekehrt ist."

„Warum nicht eher?"

„Ich habe ihm versprochen, so lange zu warten."

„Hätten Sie das doch nicht getan! Nun ich einmal glauben muß, daß meine Mutter noch lebt, möchte ich keinen einzigen Augenblick unnütz verrinnen lassen."

„Ich muß Sie dennoch um Geduld bitten; denn ich bedarf der Hilfe meines Verbündeten. Ohne ihn kann ich es nicht wagen, in jene Gewölbe einzudringen. Es gibt da Gefahren, von denen man vorher keine Ahnung haben kann. Ein einzelner kann verloren sein, während die Anwesenheit eines zweiten ihn zu retten vermag."

„Natürlich muß ich mich fügen, denn ich erkenne Ihre Gründe an. — Sie meinen also, daß die beiden Schurken heut zu mir kommen werden? Was soll ich tun? Wie soll ich sie empfangen?"

„Sie werden sich erschrocken stellen müssen. Aber auch die beiden werden überrascht sein, Sie wach zu finden; dann allerdings werden sie wohl irgendein Märchen ersinnen, um ihr Erscheinen zu entschuldigen."

„Sie meinen, Monsieur, daß man sich nicht an mir vergreifen wird?"

„Das wird man unterlassen. Der Streich kann ja nur dann gelingen, wenn man Sie im Schlaf antrifft, so daß man Sie betäuben kann, ehe Sie um Hilfe rufen.“

„Das glaube ich auch. Sie werden eine Ausrede erfinden. Und das genügt mir nicht. Ich möchte sie auf der Tat ertappen, so daß ich ihnen ihre Schlechtigkeit beweisen kann.“

„Das ist auch nach meiner Ansicht das beste.“

„Aber wie soll man das anfangen?“

„Es hat seine Schwierigkeit“, sagte er, und nach einer Pause des Nachsinnens fuhr er fort: „Die beiden werden mit Licht kommen, aber sie dürfen es nicht mit in Ihr Zimmer nehmen. Sie werden also ihr Werk im Dunkeln ausführen.“

„Wahrscheinlich.“

„Das bringt mich auf einen Gedanken. Ihre Zofe hat ungefähr die gleiche Figur wie Sie, gnädiges Fräulein! Wenn diese Zofe an Ihrer Stelle — —!“

Marion nickte begeistert.

„Gewiß, gewiß!“ rief sie. „Das muß gehn!“

„Das Schwierige dabei ist, einen Grund zu haben, daß die Zofe in Ihrem Zimmer schlafen soll.“

„Oh, einen Vorwand werde ich sicher finden, und wenn ich sagen sollte, daß es sich um einen Scherz handle.“

„Dann wird man also dieses Mädchen betäuben und fortschaffen.“

„Man wird sie jedenfalls gleich wiederbringen, da man beim ersten Lichtstrahl den Irrtum doch sofort bemerken muß.“

„Gewiß. Und wenn sie die Zofe wiederbringen, so ist das der richtige Augenblick, ihnen zu sagen, daß sie durchschaut sind.“

„Ja, ich werde beiden meine Meinung ins Gesicht schleudern; und an dieser Genugtuung, die ich nur Ihnen verdanke, sollen Sie auch teilnehmen.“

„Ich soll dabei sein?"

„Ja. Bitte, kommen Sie einmal!"

Sie führte ihn in ihr Schlafzimmer. Es gab da eine schmale Glastür, deren Fenster mit einer Gardine verhängt war.

„Sehn Sie diese Tür?" fragte sie. „Das ist mein Kleiderraum. Wir verbergen uns darin, Sie und ich."

„Wo aber treffen wir uns, gnädiges Fräulein?"

„Sie tun, als ob Sie schlafen gehn, eilen aber kurz nach zehn Uhr hierher zu mir, natürlich heimlich — das übrige überlassen Sie mir! — Oh, welch ein Unglück für mich, wenn Sie nicht nach Ortry gekommen wären!"

Sie reichte ihm beide Hände, und in ihren Augen glänzte es feucht.

„Gnädiges Fräulein, befehlen Sie über mich!"

Er verbeugte sich und verließ das Zimmer.

*

Der Tag verging ohne besondre Ereignisse. Müller beschäftigte sich mit seinem Schüler, und am Nachmittag fuhr Marion nach Thionville, um ihre neue Freundin, Miß de Lissa, zu besuchen. Kapitän Richemonte hatte sich nur während des Mittagessens sehn lassen und kam auch während des Abendbrots nur für wenige Augenblicke in den Speisesaal. Rallion hütete das Zimmer.

So nahte die Zeit, da man zur Ruhe zu gehn pflegt. Müller verschloß seine Wohnung und schlich sich nach den Zimmern Marions.

Das Mädchen hatte schon auf ihn gewartet.

„Willkommen!" begrüßte sie ihn. „Sind Sie mit Waffen versehn?"

„Ja."

„So wollen wir uns auf unsern Beobachtungsposten zurückziehn!"

Sie verlöschte das Licht und führte ihn in die Kleiderkammer, in der eine Kerze brannte. Sie verschloß die

Tür hinter sich. Man konnte von dort aus durch die dünnen Gardinen alles bemerken, was im Schlafzimmer vor sich ging.

„So setzen wir uns! Ich habe diese beiden Sessel dazu herbeigeschafft. Nun kann die Vorstellung beginnen", sagte die Baronesse, nachdem sie das Licht ausgeblasen hatte.

„Wird die Zofe hier schlafen?"

„Ja. Ich habe freilich ein — ein gewisses Opfer bringen müssen."

„Das bedaure ich sehr."

„Es ging nicht anders; es gab keinen stichhaltigen Grund als nur diesen einzigen."

Sie sprach nicht weiter. Müller hätte diesen Grund sehr gern kennengelernt, unterließ aber jede Frage, da ihm das zudringlich erschien. Doch fuhr sie nach einigem Zögern freiwillig fort:

„Sie müssen nämlich wissen, daß ich ein sehr romantisch gestimmtes Wesen bin."

„Davon habe ich noch nichts bemerkt."

„Es ist so!" lachte sie leise vor sich hin. „Ich erzählte ihr, ich hätte über mein Herz verfügt und sei im glücklichen Besitz eines heimlich Angebeteten. Es sei mir aber verboten worden, ihm zu gehören. Darum sähen wir uns auch nur heimlich."

„Wie rührend!"

„Auch heute erwartet er mich. Aber die Baronin hat eine Ahnung. Sie könnte sich überzeugen wollen, ob ich anwesend bin, ob ich schlafe."

„Der Knoten löst sich mehr und mehr."

„So muß also die Zofe an meiner Stelle schlafen."

„Haben Sie ihr das alles gradso gesagt?"

„O nein! Ich habe wenig gesagt, sie aber viel erraten lassen. Hat sie ihre Einbildungskraft zu sehr angespannt, so ist das nun nicht meine Schuld."

„Sie wird übrigens bald in Erfahrung bringen, weshalb sie veranlaßt wurde, Ihre Stelle einzunehmen. Ah! Sehn Sie: sie kommt!"

Die Zofe trat ein, mit einem Licht in der Hand. Sie sah sich um, verschloß die Tür des Wohnzimmers und machte es sich dann im Schlafraum bequem. Sie nahm einige Bücher aus dem Schrank und blätterte nach Bildern, bis sie müde zu werden schien. Dann entkleidete sie sich, verlöschte das Licht und legte sich zur Ruh.

Als das Mädchen sich auszukleiden begann, trat Müller ans Fenster und kehrte erst, nachdem das Licht verlöscht war, zu seinem Sitz zurück.

„Es ist bereits halb zwölf!" flüsterte Marion. „Wann werden sie wohl kommen?"

„Wer weiß? Jedenfalls erscheinen sie nicht eher, bis sie denken, daß Sie fest schlafen, gnädiges Fräulein."

„Das ist eine kleine Geduldsprobe für uns."

„Bitte ruhn Sie immerhin! Ich werde aufpassen!"

„Oh, meinen Sie, daß ich schlafen könnte? Nein, ich bin in so gespannter Erwartung, daß es mir unmöglich wäre, die Augen zu schließen!"

Von nun an schwiegen sie. Es verging Viertelstunde um Viertelstunde, bis Mitternacht nahe war. Es war so still, daß man sogar das leise Atmen der Zofe hörte. Da zuckte Marion zusammen.

„Hören Sie?" flüsterte sie.

„Sie sind's — sie haben an einen Stuhl gestoßen."

Beide lauschten mit angehaltenem Atem. Eine ganze Weile herrschte wieder tiefe Stille; dann aber vernahmen sie ein Geräusch, als ob Federbetten bewegt würden. Nachher ertönten Schritte, die man jetzt nicht mehr so dämpfte wie vorher. Schließlich wurde es wieder still.

„Es ist geschehn!" flüsterte Marion.

„Sie werden ihren Irrtum bemerken und bald wiederkehren."

„Gott, welcher Gefahr bin ich entgangen! Monsieur, wie sehr danke ich Ihnen!"

Er fühlte ihre Hand in der seinen, und er gab sie nicht wieder frei; er hielt sie fest zwischen seinen Händen, und sie widerstrebte nicht. Eine seltsam gehobene Stimmung spann ihn ein, und nach einiger Zeit fühlte er — ja, es war wirklich so — eine Berührung an seiner Schulter. Ihr Kopf war dort niedergesunken, und da ließ sie ihn ruhig und vertrauensvoll liegen.

So saßen sie nun, stumm, nur in ihre Gedanken und Träume versunken, noch lange Zeit und warteten. Aber wenn sie gehofft hatten, Rallion und Richemonte würden ihren Irrtum bald entdecken und die Zofe zurückbringen, so hatten sie sich getäuscht.

*

Nach einiger Zeit ließ sich unten vom Hof herauf Pferdegetrappel hören. Es war der Kapitän, der die Baronin auf den Bahnhof brachte. Sie hatte sich nur zu gern bereit erklärt, die Rolle Marions zu spielen, und verhehlte ihre Genugtuung nicht, als ihr der Kapitän erzählte, daß der Streich gegen Marion geglückt sei. In einiger Entfernung von Ortry ließ er den Wagen halten, und sie stieg aus, um heimlich in ihre Räume zurückzukehren. Richemonte dagegen fuhr in der Richtung nach Thionville weiter. Das war notwendig, um die Täuschung vollkommen zu machen, daß die Baronesse abgereist sei.

Am andern Morgen sprach es sich schnell herum, daß Baronesse Marion plötzlich habe verreisen müssen. Der Kapitän hielt es für ein Gebot der Klugheit, am Frühstückstisch zu erscheinen, um die Anwesenden mit der Abreise seiner Verwandten bekanntzumachen. Müller hörte seine Mitteilung schweigend an, konnte aber doch nicht umhin, einen erwartungsvollen Blick nach der Tür zu werfen.

Diese öffnete sich, als man eben mit dem Frühstück begonnen hatte — Marion trat ein und grüßte in herkömmlicher Weise.

Der Alte sprang bei ihrem Anblick vom Stuhl auf und starrte sie mit weit aufgerißnen Augen an.

„Marion? Du? — Alle Teufel!“ entfuhr es ihm.

Sie nahm ruhig ihren gewöhnlichen Platz ein.

„Was ist's?“ fragte sie in gut gespielter Verwunderung. „Ist mein Erscheinen heut so auffällig.“

„Ich denke — hm — unbegreiflich!“

„Was ist unbegreiflich?“

Müller verbeugte sich höflich vor ihr.

„Herr Kapitän teilte uns soeben mit, Sie seien während der vergangenen Nacht unerwartet zu einer plötzlichen Abreise gezwungen gewesen.“

Marion schüttelte den Kopf und sagte im unbefangensten Ton:

„Da hat sich der Herr Kapitän geirrt. Ich wüßte nicht, was mich jetzt zu einer Reise veranlassen könnte.“

Richemonte vermochte sich das Erscheinen Marions nicht zu erklären. Aber seine Beherrschung war meisterhaft. Ihr Verhalten zeigte auch keineswegs etwas Feindseliges. Er beschloß also, einstweilen abzuwarten. Aber als er nach eingenommenem Frühstück für kurze Zeit am Fenster stand und Marion aus irgendeinem Grund in seiner Nähe vorüberkam, richtete er seinen stechenden Blick auf ihr Gesicht.

„Was ist das für ein Rätsel?“ zischte er. „Man sagte mir, du seist nach dem Bahnhof gebracht worden.“

„Von wem?“

„Danach habe ich nicht gefragt. Auch erfuhr ich, daß du dich während der Nacht nicht in deinem Zimmer befunden hast.“

„Wer sagte das?“

„Deine Zofe!“ log er kurzerhand.

„Es stimmt — ich war nicht in meiner Wohnung.“

Kapitän Richemonte öffnete die Augen noch weiter.

„Wo denn?“

„Kümmert dich das?“

„Natürlich! Ich hörte, du seist verreist; trotzdem erscheinst du zum Frühstück — da muß ich allerdings sehr wißbegierig sein, wie das zusammenhängt."

„Das möchte ich selber gern wissen. Ich bin nicht auf den Gedanken geraten, zu verreisen."

„Aber wo befandest du dich?"

„In Sicherheit, Herr Kapitän!"

Diese Antwort war scheinbar ganz leichthin gegeben, aber ein merkwürdiger Blick aus ihren Augen ließ ihn stutzen.

„In — in Sicherheit?" stotterte er. „Ich verstehe nicht, was du damit sagen willst."

„Ich gebe ein Rätsel auf: wer löst es?"

Sie wendete sich ab und verließ den Speisesaal. Darauf hatte die Baronin längst gewartet; sofort trat sie an den Alten heran.

„Können Sie mir das erklären?"

„Nein!"

„Was sagt sie denn?"

„Sie wich mir aus."

Die Baronin räusperte sich und ließ ein höhnisches Lächeln sehn.

„Verehrtester Kapitän", spottete sie, „ich beginne zu ahnen, daß Sie heut nacht einen bösen Streich begangen haben."

„Danke für dieses Lob!" knurrte er bissig.

„Es ist jedenfalls verdient. Darf ich fragen, wie Marions Erscheinen mit ihrer angeblichen Abreise ungefähr zusammenhängt?"

„Das weiß der Satan."

„Ich denke, sie ist Ihre Gefangne?"

„Ich war überzeugt davon."

„Sie hat sich also selber befreit?"

„Darüber werde ich mir schleunigst Klarheit verschaffen!"

Richemonte eilte zu Rallions Zimmer.

„Ah, Herr Kapitän!“ meinte der Graf, der noch im Bett lag. „Das ist ein unerwarteter Besuch!“

„Wohl auch ein unwillkommener?“

Dabei warf Richemonte einen mißtrauischen und lauernden Blick auf den Oberst.

„Unwillkommen?“ staunte Rallion. „Was denken Sie? Zwar liege ich noch im Bett; aber Sie erlauben mir, mich zu erheben. Ich wollte die heut nacht geopferte Ruhe nachholen.“

„Wann gingen Sie denn schlafen?“

„Sofort, nachdem wir uns trennten.“

„Sie haben seither das Bett nicht verlassen?“

„Keinen Augenblick. Aber warum diese Fragen? Sie kommen mir einigermaßen eigentümlich vor.“

„Mein Freundchen, Sie zeigen eine Verstellungskunst, die ich bei Ihnen bisher nicht vermutet habe.“

Verletzt richtete sich der Graf auf.

„Herr Kapitän“, rief er, „spielen Sie Theater? Ich bemerke zu meinem Erstaunen, daß Sie irgend etwas gegen mich im Schild führen! Was wollen Sie mit Ihren versteckten Anschuldigungen sagen?“

„Daß Sie mein Verbot übertraten — Sie haben dort den geheimen Ausgang entdeckt und sind in die unterirdischen Gänge gedrungen, um Marion zu befrein. Wollen Sie es etwa leugnen?“

„Kapitän, Sie sind wahnsinnig!“

„Ich kann es Ihnen beweisen: ich habe selber vorhin mit Marion gesprochen.“

„In ihrem Gefängnis?“

„Nein, sondern im Speisesaal, beim Frühstück.“

Jetzt sprang der Graf aus dem Bett, fuhr mit den Füßen in die Pantoffel und griff zum Schlafrock.

„Da muß ich doch aufstehn — wie es scheint, spielen Sie wirklich Komödie mit mir.“

„Wollen Sie etwa glauben, daß ich zum Scherzen aufgelegt bin, nachdem ich durch das Erscheinen Marions so überrascht und so — gedemütigt wurde?"

Da faßte Rallion ihn bei der Schulter.

„Kapitän, wer hat die Schlüssel zu sämtlichen Türen, durch die wir heut nacht kamen?"

„Ich!"

„Und ich soll dann diese Türen geöffnet haben? Womit denn?"

„Natürlich auch mit Schlüsseln."

„Woher soll ich diese haben?"

Der Alte stieß ein höhnisches Lachen aus.

„Halten Sie mich für einen Schwachkopf? Ich glaubte bis vorhin, die kürzlich vermißten Doppelschlüssel hinter den Kisten suchen zu müssen — jetzt aber weiß ich, daß Ihr Vater sie in Ihre Hände spielte."

„Aber, Kapitän, Mensch, Freund, sind Sie denn ganz des Teufels? Ich habe keine Schlüssel!"

„Wirklich nicht?"

„Bei meiner Offiziersehre! Und wenn ich sie hätte, was würden sie mir nützen? Ich kann doch nicht da hinaus!"

Er deutete dabei auf die Wand, die den geheimen Ausgang barg.

„Sie sind nicht da hinaus? Schön, wollen sehn."

Er trat zur Täfelung und untersuchte sie. Vielleicht hatte er in seinem ganzen Leben kein so verblüfftes Gesicht gezeigt wie jetzt.

„Diable!" fluchte er. „Es ist alles in Ordnung!" Wütend schlug er mit der Faust auf den Tisch. „Soll ich dann etwa gar annehmen, daß ich geträumt habe? Sie waren ja dabei. Waren wir nicht heut nacht in Marions Zimmer?"

„Natürlich."

„Und haben sie nach dem Gewölbe gebracht?"

„Freilich."

„Und dort eingeriegelt?"

„Gewiß."

„Na, dann stellen Sie sich bitte meinen Schreck vor, als ich sie vorhin ins Speisezimmer treten sah!"

„Haben Sie sie denn nicht gefragt?"

„Konnte ich das? Sie verhielt sich ganz unbefangen, so, als ob sie gar nichts wisse. Ein einziges Wort, das sie sagte, könnte mich vermuten lassen, daß sie mich täuschte."

„Vermutungen können uns nichts nützen. Wir müssen Gewißheit haben. Auf welche Weise sie entwischt ist, werden wir nur erfahren, wenn wir ihr Gefängnis untersuchen."

„Ja. Kleiden Sie sich schnell an und begleiten Sie mich! Ich habe Sie wirklich in starkem Verdacht gehabt."

„Sie sehn mich ebenso verblüfft, mein Lieber; aber wir werden den Schuldigen entdecken."

„Ich hoffe es, und wehe ihm! Denn wer Marion befreit hat, der muß in unsre Geheimnisse eingedrungen sein. Er muß auf alle Fälle unschädlich gemacht werden! Also ziehn Sie sich rasch an, ich werde sogleich wieder hier sein."

Er ging, öffnete aber schon nach einigen Minuten von außen die Täfelung, die Laterne in der Hand. Der Graf war eben fertig mit Ankleiden. Sie begaben sich in den Gang hinab und eilten zu der Zelle, aus der ihrer Meinung nach Marion entwichen war.

Unterwegs fanden sie nicht die leiseste Spur, daß ein menschliches Wesen hier gewesen sei. Als Richemonte das Gewölbe öffnete, in dessen rückwärtigem Teil sich das Gefängnis befand, war es ihm, als ob er ein Geräusch vernehme. Er zögerte und ergriff den Grafen beim Arm.

„Hören Sie etwas?"

„Ja. Man klopft."

„Das ist da hinten, wo wir Marion eingesperrt hatten."

„Es scheint so."

„Himmel und Hölle, es steckt also jemand drin! Und

Marion ist frei! Sollten wir" — er schlug sich vor die Stirn — „sollten wir..."

„Was denn?"

„Sollten wir statt Marion eine andre eingeschlossen haben?"

„Aber wie könnte das möglich sein?"

„Das frage ich auch."

Sie blickten einander ratlos an. Das Pochen ließ nicht nach.

„Es ist und wird nicht anders", meinte Richemonte endlich. „Wir haben eine Unrechte erwischt und hier eingesperrt."

„Aber wir haben Marion doch aus ihrem eignen Zimmer..."

„Das wird sich sofort aufklären, sobald wir sehn, wer diese Unrechte eigentlich ist."

„Ich bin verteufelt neugierig."

„Ich auch! Wir müssen so tun, als ob wir von gar nichts wissen. Kommen Sie!"

Je weiter sie nach hinten schritten, desto lauter wurde das Klopfen. Endlich hörten sie eine rufende Stimme.

„Hilfe! Laßt mich hinaus!"

Richemonte schob den Riegel zurück und öffnete. Die Zofe Marions trat ihnen entgegen. Sie hatte ihre Kleider angelegt. Ihr Gesicht war leichenblaß; man sah ihr die Angst, die sie ausgestanden hatte, deutlich an. Der Alte leuchtete ihr ins Gesicht.

„Sacrébleu, Sie sind es? — Wie kommen denn Sie in diesen Keller?"

„Mein Gott, ich habe keine Ahnung, Herr Kapitän! Oh, welche Angst ich ausgestanden habe!"

„Aber was hatten Sie denn hier unten zu suchen?"

„Nichts, Herr Kapitän!"

„Das verstehe ein andrer! Wer hat Sie denn hierhergeführt?"

„Ich weiß es nicht."

„Aber so erklären Sie mir doch Ihre Anwesenheit!"

„Ich ging gestern abend schlafen, und als ich erwachte, befand ich mich hier. Neben mir meine Kleider."

„Das klingt wie ein Märchen. Wo legten Sie sich schlafen?"

„Beim gnädigen Fräulein."

„Bei Baronesse Marion? In ihrem Zimmer?"

„Ja."

„Was? Sie haben im Bett des gnädigen Fräuleins geschlafen? Und wo befand Marion sich inzwischen?"

„Das weiß ich nicht."

„Hat sie selber Ihnen erlaubt, in ihrem Zimmer zu schlafen?"

„Sie hat es mir sogar befohlen."

„Weshalb?"

„Das weiß ich nicht."

„Sie muß doch einen Grund angegeben haben!"

Aber die Zofe wollte das, was Marion mit ihr gesprochen hatte, nicht verraten.

„Ich bin die Dienerin und habe zu gehorchen", wich sie aus, „ohne nach Gründen zu fragen."

„So sind Sie vermutlich das Opfer irgendeines dummen Spaßes geworden. Ich werde die Sache untersuchen und den Schuldigen streng bestrafen. Also Sie wissen nicht, wo Sie sich befinden?"

„Nein. Ich habe keine Ahnung."

„Nun, so wollen wir sehn, wie sich die Sache regeln läßt. Können Sie schweigen?"

„Oh, ich will gern kein Wort sagen, wenn ich nur aus diesem schrecklichen Loch herauskomme!"

„Das soll geschehn. Aber wenn ich erfahre, daß Sie einem einzigen Menschen von dieser albernen Geschichte erzählen, so haben Sie es mit mir zu tun!"

„Ich will die heiligsten Eide schwören, daß ich schweigen werde."

„Auch gegen die Baronesse?"

„Auch gegen sie."

„Aber Sie sind jedenfalls von ihr vermißt worden. Wie werden Sie Ihr Verschwinden erklären?"

„Das weiß ich noch nicht."

„Haben Sie nicht im nahen Dorf Ihre Eltern?"

„Ja."

„Nun, Sie haben heut früh gehört, daß Ihr Vater oder Ihre Mutter krank geworden sei, und sind hingegangen. Sie kehren erst jetzt zurück. Verstanden?"

„Ja, das geht."

„Und mir werden Sie alles mitteilen, was Marion sagt — jedes Wort?"

„Gern, Herr Kapitän, wenn ich nur wieder aus diesem furchtbaren Keller ..."

„Nun, ich will es glauben. Kommen Sie einmal her!"

Er zog sein Taschentuch hervor und verband ihr die Augen.

„Aber warum denn?"

„Haben Sie keine Angst, es geschieht Ihnen nichts", beruhigte er sie. „Sie brauchen nicht zu sehn, welchen Weg wir einschlagen. Folgen Sie mir — ich führe Sie."

Er verriegelte die Tür und faßte die Zofe bei der Hand. Sein Weg ging jetzt nach dem Gartenhäuschen, aus dem er sie ins Freie brachte. Dort schritt er mit ihr zwischen den Büschen einigemal im Kreis und nahm ihr dann das Tuch wieder von den Augen.

„So", sagte er, „jetzt sind Sie frei. Gehn Sie an Ihre Arbeit und halten Sie reinen Mund! Nur von Ihrem Verschwiegensein hängt es ab, ob ich den Schurken, der Sie dort eingesperrt hatte, erwische."

Sie entfernte sich, so schnell sie konnte. Der Graf stand schweigend abseits.

„Was sagen Sie dazu?" wandte sich Richemonte an Rallion.

„Eine Dummheit von uns, sogar eine sehr große. Wir hätten uns überzeugen sollen, ob wir auch wirklich Marion hatten. Aber Sie bestanden ja darauf, kein Licht sehn zu lassen. Ich bin nicht schuld."

„Ich auch nicht. Wer konnte ahnen, daß Marion auf den ganz ungewöhnlichen Gedanken kommt, die Zofe in ihrem Zimmer schlafen zu lassen?"

„Mir auch ganz unbegreiflich."

„Oh, nicht nur unbegreiflich, sondern sogar verdächtig! Man pflegt nicht sein Lager ohne ganz besondre Gründe einem andern zu überlassen."

„Es wird Ihre Sache sein, diese Gründe zu ermitteln, lieber Kapitän!"

„Ich werde mich sofort erkundigen. Kommen Sie nach dem Schloß!"

„Danke bestens. Ich habe keine Lust, mein zerfetztes Gesicht öffentlich sehn zu lassen, bevor es wenigstens einigermaßen wieder heil geworden ist."

„Sie denken, wir kehren durch den unterirdischen Gang zurück?"

„Ja, ich bitte darum."

„Gut, der Umweg ist ja nicht groß."

*

Marion befand sich bei der Rückkehr der Zofe auf ihrem Zimmer. Als sie das Mädchen erblickte, wußte sie sofort, daß der alte Kapitän sich nach dem Gewölbe begeben hatte, um eine Erklärung zu finden.

„Ich habe nach dir geklingelt und dich gesucht", sagte sie im Ton des Vorwurfs.

„Verzeihung!" antwortete die Zofe. „Ich erhielt kurz nach meinem Erwachen die Nachricht, daß meine Mutter leicht erkrankt sei."

„So bist du jetzt zu Haus gewesen?"

„Ja."

„Bis wann hast du hier geschlafen?"

„Bis — ungefähr nach — fünf Uhr."

„Es ist gut. Natürlich mußtest du deine Pflicht als Kind tun."

Das Mädchen war sehr froh, so glimpflich davonzukommen. Kaum hatte sie sich entfernt, so trat Richemonte bei Marion ein. Das war um so auffälliger, als er sich sehr selten persönlich zu ihr bemühte.

Sein Blick flog scharf und forschend durchs Zimmer. Dann setzte er sich nieder und betrachtete sie mit finsterem, unfreundlichem Blick. Sie blieb stehn und hielt ihn aus, ohne mit der Wimper zu zucken.

„Du wunderst dich, mich hier zu sehn?“ begann er.

„Beinah“, nickte sie.

„Ich habe dich etwas zu fragen: Warum gingst du so schnell, als ich im Speisesaal mit dir zu sprechen hatte?“

„Weil ich glaubte, unsere Unterredung sei zu Ende.“

„Sie sollte erst beginnen. Ich wollte wissen, wo du dich während dieser Nacht befunden hast.“

„Frag doch die Zofe!“

„Was heißt das?“

„Nun, wie du mir heut früh erzähltest, hast du die Zofe über mich ausgefragt.“

„Allerdings! Hast du etwas dagegen?“

„Meinetwegen kannst du fragen, wen du willst. Nur ist das ein Verhalten, das ich rügen muß. Man fragt nicht die Zofe über die Herrin aus!“

Seine Brauen zogen sich zusammen, und die Spitzen seines Schnurrbarts stiegen empor. Er zeigte die langen, gelben Zähne.

„Was? Rügen? Rügen willst du mein Verhalten? Mädchen, du schlägst seit einiger Zeit einen Ton an, den ich mir sehr verbitten muß!“

„Weil du stets gewohnt warst, diesen Ton für dich als Vorrecht in Anspruch zu nehmen. Was hast du mir sonst noch zu sagen?“

„Zunächst will ich wissen, wo du während der verflossenen Nacht gewesen bist.“

„Darüber bin ich dir keine Rechenschaft schuldig.“

Er sprang wütend von seinem Sessel auf.

„Das bietest du mir? Weißt du, wer hier Herr ist?"

„Der Baron de Sainte-Marie, nicht aber der Kapitän Richemonte!"

„Ich bin der Vater des Barons, dein Großvater."

„Beweise mir erst diese Verwandtschaft!"

Er war fast starr vor Staunen.

„Mädchen", knirschte er, „bist du verrückt?"

Sie wendete sich mit einer verächtlichen Handbewegung zur Seite.

„Brechen wir ab! Ich sehe, daß du nicht weißt, in welcher Weise man mit einer Dame zu verkehren hat. Du gefällst dir seit einiger Zeit ganz in dem Betragen eines Plebejers, den man wegen seines Mangels an guter Erziehung ..."

Aufgebracht packte er sie beim Handgelenk und schüttelte ihren Arm.

„Ja, ja, du bist verrückt, sonst könntest du so etwas nicht wagen! Aber ich bin nicht der Mann, der sich das bieten läßt! Ich werde dich züchtigen, wenn du bei diesem Ton bleibst!"

„Gut, so schlagen wir einen andern Ton an!"

Bevor er es zu verhindern vermochte, ergriff sie den Glockenzug und läutete so stark, daß es weithin schallte. Man hörte sofort Türen öffnen.

„Ah, diesmal gelingt es dir noch!" zischte er. „Ich will Aufsehen vermeiden, deshalb gehe ich! Das nächste Mal aber bin ich der, der dich zwingt!"

Er entfernte sich.

„Es ist nichts — packt euch zum Teufel!" schrie er der herbeikommenden Dienerschaft zu.

Dann begab er sich auf sein Zimmer, in einer Aufregung, die er kaum noch zu meistern vermochte.

4. EIN BESUCH IN DER DSCHEHENNA

Unterdessen saß Müller an seinem Tisch und arbeitete. Er schrieb an einem militärischen Gutachten, das er mit Hilfe seines Großvaters in die Hände des angeblichen Malers Haller zu spielen gedachte. Er war noch über dem Einsiegeln, als sein Blick zufällig durchs Fenster fiel — da gewahrte er draußen an der Linde das mit Fritz Schneeberg verabredete Zeichen.

„Fritz wieder da!" dachte er erfreut. „Er hat mit mir zu sprechen. Das ist schön! Er kann mir gleich diese Arbeit zur Post bringen."

Sein Auge glitt von der Linde nach dem Schloß zurück, und nun sah er einen Wagen, der sich dem Tor näherte. In ihm saßen Madelon und Nanon, die beiden Schwestern.

„Da kommen sie", murmelte er. „Die Gegenwart dieser Madelon kann mir von Nachteil sein. Ich werde mich vorerst nicht vor ihr blicken lassen."

Er wartete, bis die beiden ausgestiegen und ins Haus getreten waren; dann begab er sich durch den Park in den Wald. An der verabredeten Stelle traf er Fritz.

„Grüß Gott, Herr Doktor! Ich komme, meine Wiederkehr pflichtschuldigst zu melden."

„Grüß Gott! Ich dachte, du würdest länger bleiben. Wie ist es dir ergangen?"

„Sehr gut — mit einem Schock voll Abenteuern."

„Abenteuer? Das klingt verheißungsvoll. Komm und erzähle!"

Sie schritten miteinander tief in den Wald hinein, und Fritz berichtete seine Erlebnisse. Am Schluß langte er in die Tasche und zog einige Papiere hervor.

„Hier sind die Notizen, die ich mir in der Pulvermühle bei Schloß Malineau gemacht habe."

„Danke. Du glaubst also, daß sie für uns wichtig sind?"

„Jedenfalls. Ich habe zum Beispiel daraus ersehen, daß es die letzte Pulverladung ist, die der Kapitän empfängt."

„Das beweist, daß er mit seinen Vorbereitungen fast zu Ende ist. Wir müssen uns also sputen."

„Gewiß. Ist er gesund?"

Fritz blinzelte bei dieser Frage sehr bezeichnend mit den Augen.

„Ich habe nicht gehört, daß er sich unwohl fühlt."

„Der Glückliche! Ich fühlte mich dafür um so unwohler."

„Du?"

„Ja. Ich hatte heut nacht schreckliche Zahnschmerzen —"

„Bei deinem kerngesunden Gebiß?"

„Tut nichts. Kurz und gut, ich hatte fürchterliches Zahnreißen. Darum ging ich heut früh gleich nach meiner Ankunft zu Doktor Bertrand. Erst wollte er mir drei Zähne ziehn —"

„Unsinn! Dir Zähne ziehn!"

„Das dachte ich auch. Darum bat ich ihn um eine Arznei, die gegen das Zahnweh hilft, und erhielt dieses Fläschchen."

Er reichte Müller ein winziges Fläschchen.

„Aber das Fläschchen ist doch voll, Fritz!"

„Allerdings!"

„So hast du die Tropfen gar nicht gebraucht?"

„Werde mich hüten! Sie sind zu gefährlich."

„Wieso?"

„Fünf Tropfen helfen gegen das Zahnweh; nimmt man aber aus Versehn mehr, so ungefähr vierzig, dann — —"

„Oho! Wer fünf Tropfen nehmen soll, wird sich doch nicht so sehr verzählen, daß er vierzig nimmt."

„Hören Sie nur weiter, Herr Doktor! Man könnte ja

die schönste Veranlassung bekommen, sich zu verzählen. Also, wer vierzig nimmt, der wird krank."

„Krank? Wie meinst du das?"

„Nun, der wird so krank, daß er für mehrere Tage das Bett nicht verlassen kann."

Jetzt erst fiel Müller seine kürzliche Unterhaltung mit Fritz ein. Über sein Gesicht ging ein Lächeln befriedigten Einverständnisses.

„Schlauberger", sagte er. „Kennt Doktor Bertrand den Zweck?"

„Natürlich. Es soll einer für mehrere Tage an das Bett gefesselt werden."

„Ich meine, ob er weiß, daß der alte Kapitän es ist?"

„Ja."

„So glaubt er wohl, daß ich dich zu ihm geschickt habe?"

„Gesagt habe ich es ihm gerade nicht. Aber ich denke, er wird schon von sich selber aus den Reim gefunden haben."

„Dann mag es gehn. Fritz, ich muß dich loben. Die Tropfen kommen grad zur rechten Zeit. Der Alte soll sie schon heut erhalten."

„Ist das nicht schwierig?"

„Nein. Er pflegt sich nach Tisch ein Glas Absinth kommen zu lassen. Dabei erhält er immer dasselbe Glas, das auf dem Speiseschrank steht. Die Tropfen sind ihm also gewiß."

„Ob sie wohl heut noch wirken werden?"

„Das werden wir erfahren. Komm nach elf Uhr wieder hierher an diese Stelle! Du wirst mich treffen."

Er kehrte zum Schloß zurück. Dort erfuhr er, daß der Kapitän heute, wie so oft, das Mahl in seinem Zimmer einnehmen werde. Als Müller sich in den Speisesaal begab, tat er das um einige Minuten früher als gewöhnlich. Nanon und Madelon befanden sich schon dort. Nanon kam ihm freudig entgegen.

„Sie sehn, daß ich wieder eingetroffen bin, Herr Doktor. Hier, meine Schwester, die Sie an der Unglücksstelle bereits gesehn haben."

Er und Madelon verbeugten sich sehr förmlich voreinander, ganz so, als ob sie sich im Leben noch nie begegnet seien. Aber im Lauf der Unterhaltung erhaschte sie einen passenden Augenblick.

„Keine Sorge!" raunte sie ihm zu. „Sie haben nichts zu befürchten."

Das beruhigte ihn. Vor der Tafel, während man sich noch unterhielt, befand er sich stets in der Nähe des Schranks. Er nahm sich ein Glas Wein und benutzte diese Gelegenheit, die vorher abgezählten vierzig Tropfen in das Glas Richemontes fallen zu lassen.

Als dann der Diener eintrat, mit einem kleinen Aufwarteteller in der Hand, schenkte sich Müller selber einen Absinth ein und fragte nebenbei:

„Ein Glas auch für Herrn Kapitän?"

„Ja, Herr Doktor."

„Hier!"

„Danke!"

Der Diener nahm das Glas und entfernte sich.

Nun begann eine Zeit des Harrens für Müller. Er hörte, daß Marion wieder nach Thionville sei, um ihre Freundin Harriet de Lissa zu besuchen. Auch der Amerikaner hatte das Schloß verlassen, vielleicht zu demselben Zweck. Der Abend war nah; da entstand ein auffälliges Hin- und Herlaufen in den Gängen, und dann verließ ein Reitknecht das Schloß, um im Galopp auf der Straße nach Thionville hinzufegen. Müller verließ sein Zimmer und erkundigte sich, was das zu bedeuten habe.

„Der Herr Kapitän ist plötzlich erkrankt", antwortete der Diener.

„Was fehlt ihm?"

„Er hat einen Krampfanfall."

„Heftig?"

„Wie man es nimmt! Aber er scheint nicht sprechen und sich auch kaum bewegen zu können.“

„O weh! Das klingt ja gefährlich.“

Der Mann räusperte sich.

„Ich wollte, daß es gefährlich wäre!“

„Was sagen Sie da, mein Lieber?“

„Oh, Sie werden mich nicht verraten, Herr Doktor. Ich sage: an dem Alten würden wir doch nur unsern Peiniger verlieren.“

Nach einiger Zeit kehrte der Knecht mit Doktor Bertrand zurück, und der Arzt begab sich sogleich zum Kranken. Er untersuchte ihn und erklärte den Anfall zwar für heftig, aber keineswegs für bedenklich. Er blieb zum Abendessen da. Als er im Speisesaal erschien, wurde er mit Fragen bestürmt.

„Haben Sie keine Sorge“, antwortete er. „Es handelt sich um eine Krampfart, die nicht gefährlich ist.“

„Aber er kann schon nicht mehr sprechen“, sagte die Baronin in dem Bemühen, eine Besorgnis zu zeigen, die sie keineswegs empfand.

„Er wird die Sprache wiederfinden. Ich kenne diese Krankheit und kann Sie beruhigen. Der Herr Kapitän wird etwa zwei Tage und zwei Nächte lang unbeweglich liegen und dann wie aus einem tiefen Schlaf erwachen. Seien Sie unbesorgt.“

Er warf dabei auf Müller einen Blick, der diesem sagte, daß diese Worte besonders an ihn gerichtet seien, um ihn zu benachrichtigen, daß er von jetzt an zwei Tage lang freie Hand habe, nach Belieben zu schalten und zu walten. —

*

Nach elf Uhr begab sich Müller in den Wald, wo Fritz seiner bereits wartete.

„Guten Abend, Herr Doktor. — Er hat die Tropfen, und sie haben sehr gut gewirkt.“

„Woher weißt du das?“

„Der Arzt wurde geholt; das genügt, um zu wissen, woran man ist. Wie steht es, Herr Doktor? Wann beginnen wir unsere Entdeckungsreise?“

„Sogleich.“

„Ah, das ist gut. Haben Sie alles mit?“

„Natürlich. Wir steigen im Gartenhäuschen ein.“

So gelangten sie auf dem unterirdischen Weg dorthin, wo er sich rechts zum Schloß zog und links eine verschlossene und verriegelte Tür zu sehen war.

Sie hatten die Laternen angebrannt, und Fritz blickte neugierig in den dunklen Gang hinein.

„Hier muß es zum Schloß gehn. Nicht?“ fragte er. „Schlagen wir diese Richtung ein?“

„Nein. Ich habe diesen Teil der Geheimnisse schon kennengelernt. Jetzt muß ich wissen, was sich hinter dieser Tür verbirgt.“

„Werden wir öffnen können?“

„Ich hoffe es. Wir haben ja die Hauptschlüssel.“

Er versuchte es, und wirklich, es ging. Nun sahen sie einen Gang vor sich, der dieselbe Beschaffenheit wie der nach dem Schloß zeigte; sie sperrten die Tür hinter sich zu und schritten langsam weiter.

Nach einiger Zeit bemerkten sie zur Seite eine Tür und dahinter wieder eine.

„Was mag dort stecken?“ fragte Fritz.

„Das werden wir später erfahren.“

„Warum nicht jetzt?“

„Vorerst will ich mich nicht bei Einzelheiten aufhalten. Ich muß vielmehr vor allen Dingen Überblick über die Lage, Natur und Richtung der Gänge gewinnen. Komm weiter!“

Sie erblickten mehrere Türen, ohne aber eine zu öffnen. Nach einiger Zeit erreichten sie einen großen, viereckigen Raum, wo der Gang von einem zweiten rechtwinklig durchkreuzt wurde.

„Das ists, was ich suche", meinte Müller. „Wie es scheint, hat mich meine Ahnung nicht getäuscht."

„Wegen der Richtung dieser Gänge?"

„Ja. Gradaus kommen wir jedenfalls nach dem Waldloch, das wir bereits kennen; links nach dem alten Turm, wo der Geist der toten Baronin sein Wesen treibt; hier rechts, wo die Mauer schon einzufallen beginnt, nach der Ruine, in der du fast ergriffen worden wärst."

„Wie gehn wir jetzt?"

„Zunächst gradaus."

Schon nach kurzer Zeit blieben sie stehn. Müller beleuchtete eine der dortigen Türen.

„Die kommt mir bekannt vor. Hinter dieser Tür haben wir die Schlüssel gefunden oder vielmehr uns angeeignet. Wir wollen jetzt nach dem Quergang zurückkehren."

Als sie ihn erreichten, wendeten sie sich dem bereits verfallenden Stollen zu, der jetzt links von ihnen lag. Auch er war genau wie der vorige: auf beiden Seiten Türen, die sie aber jetzt noch nicht öffneten. Endlich standen sie vor einer Tür, die den Gang abzuschließen schien. Auch hier paßte einer der Schlüssel.

Als sie eintraten, sah Fritz sich um und gab sogleich zu:

„Ja. Sie haben recht. Hier ist die Ruine, und zwar der Saal, worin die heimliche Versammlung stattfand und ich beinah erwischt worden wäre."

„Jawohl! Machen wir kehrt, um den vierten Gang zu untersuchen, der meines Erachtens zum alten Turm führt."

Als sie diesen unterirdischen Pfad erreichten, fanden sie zunächst nichts, was ihn von den andern unterschieden hätte. Bald aber zweigte nach rechts ein zweiter Stollen ab.

„Gehn wir dahinein?" fragte Fritz.

„Ja. Wenn mich meine Berechnung nicht täuscht, führt

er in die Richtung, wo der Steinbruch liegt. Wollen einmal sehn!"

„Ah, das ist schade!" sagte Fritz. „Nun können wir nicht weiter."

„Ich möchte doch behaupten, daß wir uns nicht weit vom Steinbruch befinden. Aber laß uns nun den Hauptgang wieder verfolgen!"

Sie kehrten zurück und schritten weiter in diesen hinein. Dort gab es wieder Türen rechts und links. Plötzlich blieb Fritz stehn und hielt Doktor Müller am Arm fest.

„Pst!" warnte er.

Sofort verschwand die Laterne in Müllers Tasche, so daß es vollständig dunkel war.

„Was gibts?" fragte der Hauslehrer.

„Mir war es, als wenn jemand gesprochen hätte."

„Wo?"

„Da vorn, vor uns! Ich kann mich getäuscht haben, aber horchen wir!"

Sie verhielten sich vollständig ruhig. Wirklich, es waren Töne einer menschlichen Stimme, die von einem taktmäßigen Klopfen begleitet wurden.

„Hören Sie es jetzt?" fragte Fritz.

„Ja; sogar ganz deutlich. Laß uns vorsichtig weiterschleichen!"

Je näher sie kamen, desto vernehmlicher wurde die Stimme. Zuletzt erblickten sie einen schmalen Lichtstreifen, der aus einer nicht ganz geschlossenen Tür zu kommen schien.

„Das ist kein Mann, sondern ein weibliches Wesen!" bemerkte Fritz.

„Du hast recht; ich höre es auch. Kannst du dir denken, wer es ist?"

„Hm. Wir befinden uns jedenfalls in der Nähe des alten Turms. — Sollte es Liama sein?"

„Ich vermute, daß sie es ist."

„Wenn das wäre, so hätten wir endlich den Geist greifbar in Händen."

„Wollen weitergehn! Aber vermeide jedes Geräusch!"

Sie erreichten die Türspalte. Müller blickte hinein. Er stand am Eingang eines ziemlich großen Gemachs, in dem sich ein Bett, ein Tisch und ein Stuhl befanden. Eine einfache Öllampe hing an einem Draht von der Decke herab und beleuchtete eine weißgekleidete Gestalt, die am Boden saß und damit beschäftigt war, Maiskörner auf einem Stein zu zerklopfen. Dieses Klopfen geschah im Takt, und dazu erklangen aus dem Mund dieser Gestalt in arabischer Sprache die Worte:

„Im Namen Gottes, des Allbarmherzigen! — Die Pochende! Wer ist die Pochende? Wer lehrt dich begreifen, was die Pochende ist? An jenem Tag werden die Menschen sein wie umhergestreute Motten, und die Berge gleich bunter zerflockter Wolle. Der nun, dessen Waagschale mit guten Werken schwer beladen ist, der wird ein Leben in Freuden führen, und der, dessen Waagschale zu leicht befunden wird, wird seine Wohnung im Abgrund der Hölle haben. Wer aber lehrt dich begreifen, was der Abgrund der Hölle ist? Es ist das glühendste Feuer!"

Diese Worte über die Pochende — das bedeutet, über die pochende Stunde, die Stunde des Gerichts — waren die hundertunderste Sure des Korans, die die mohammedanischen Frauen beim Klopfen der Fruchtkörner abzusingen pflegen.

Auch Fritz betrachtete die Arbeitende.

„Kennst du sie?" fragte Müller.

„Es ist dasselbe Wesen, das durch die Gewitternacht schritt, als wir das Grab geöffnet hatten."

„Also Liama. Auch ich erkenne sie wieder."

„Welch eigentümliche Kleidung!"

„Es ist die der Beduinenfrauen."

„Dieses Weib muß einst sehr schön gewesen sein."

„Ja; Liama besitzt die Züge Marions, ihrer Tochter."

„Was tun wir? Treten wir ein?"

„Wir würden sie erschrecken."

„Aber unbenutzt können wir diese Entdeckung doch nicht lassen!"

„Keineswegs. Gehn wir eine Strecke zurück! Dann kommen wir mit lauten Schritten näher."

Sie taten das; sobald ihre Tritte hörbar wurden, öffnete sich die Tür, und Liama erschien unter ihr.

„Kommst du heut schon wieder?" fragte sie. „Laß mich doch in Ruhe weinen und in Frieden beten!"

„Sallam aaleik — Friede sei mit dir!" antwortete Müller, indem er seine arabischen Sprachkenntnisse zusammensuchte.

„Aaleik sallam — mit dir sei Friede!" entgegnete sie. „Aber wessen Stimme ist das? Ich habe sie noch nie gehört", antwortete sie in stockendem, von arabischen Brocken durchsetztem Französisch.

„Es ist die Stimme deines Erretters, der dich der Freiheit und dem Licht der Sonne wiedergeben will."

„Ich höre klingende Worte, die ich nicht mehr verstehe. Doch tritt näher!"

Sie ging in den erleuchteten Raum zurück, und Müller folgte ihr, nachdem er Fritz durch eine Gebärde bedeutet hatte, zurückzubleiben. Sie betrachtet ihn aufmerksam.

„Deine Augen sind die Augen der Güte, und in deinem Gesicht steht geschrieben das Wort der Wahrheit", sagte sie langsam. „Was bringst du mir?"

„Die Freiheit!"

„Behalte sie für dich!"

„Das Glück!"

„Liama kann nie wieder glücklich sein. Bist du von ihm gesandt?"

„Wen meinst du?"

„Den alten Weißbart, dem alle gehorchen müssen."

„Nein, er ist es nicht, der mich sendet."
„Weiß er, daß du dich hier befindest?"
„Nein."
„So fliehe eilends von hier, sonst bist du verloren! Er ist voller Macht und Grausamkeit!"
„Ich fürchte ihn nicht."
„Und ich ermahne dich, ihn zu fürchten, sonst wird er dich verschlingen, wie der Panther das unschuldige Lamm!"
Sie winkte ihm, sich schnell zu entfernen. Er aber trat näher an sie heran.
„Du bist Liama, die Tochter der Beni Aïssa?"
„Ich bin nicht Liama, sondern ihr Geist."
„Dein Vater war Menalek, der Scheik eures Stammes?"
„Er war es!"
„Hast du gekannt Saadi, den Liebling Allahs und seines Propheten?"
Jäh richtete sie sich bei dem Namen Saadi auf. Ihre Hände hoben sich dem Sprecher halb entgegen, aber dann sanken sie herab wie in müder Ergebung in ein unabänderliches Schicksal.
„Saadi", sagte sie leise. Und dann noch einmal, als lausche sie einem längst verschollenen süßen Klang nach: „Saadi! Wer bist du, daß du von Saadi sprichst? Er war meine Seligkeit, und ich ging in die Dschehenna[1], um ihn zu retten."
„So lebt er noch?"
„Ich hoffe es und bete täglich für ihn!"
„Und kennst du Marion, die Enkelin der Beni Aïssa?"
„Marion? Ja, ich kenne sie!" Sie faltete die Hände und blickte Müller flehend ins Gesicht. „Hast du sie gesehn?"
„Ja, ich sehe sie täglich!"
„Kennt sie noch den Namen ihrer Mutter?"
„Sie kennt ihn und spricht ihn oft aus!"

Hölle

„Man wollte sie töten! Um sie zu retten, ist Liama ein Geist geworden. Liama lebt nicht mehr; sie ist tot. Aber ihre Tochter lebt und wird glücklich sein!"

„Deine Tochter weiß, daß du nicht gestorben bist!"

„Um Allahs willen, sie darf es nie erfahren!"

„Sie hat große Sehnsucht, dich zu sehn und mit dir zu sprechen!"

„Ich darf nicht mit ihr sprechen! Denn ich habe geschworen beim höchsten Dschennet[1] und bei der tiefsten Dschehenna, meine Tochter nicht zu sprechen, nie wieder im ganzen Leben!"

„Wem hast du es geschworen?"

„Malek Omar!"

„Dem Mann mit dem eisgrauen Bart?"

„Ja. Er hat das Leben meiner Tochter in seiner Hand. Sie soll nicht sterben, sondern leben!"

„Kennst du auch Abu Hassan, den Zauberer?"

„Ich kenne ihn. Er ist alt und welk geworden; ich habe ihn gesehn an meinem Grab."

Der Verstand Liamas hatte sich augenscheinlich im Verlauf der vielen schweren Jahre getrübt. Doch was Müller jetzt von Liama erfuhr, das gab ihm eine furchtbare Waffe gegen Richemonte in die Hand.

„Wie bist du in diese Höhle gekommen?" fragte er.

„Ich habe sie mir selber gewählt."

„Man hat dich nicht gezwungen?"

„Nein. Ich bin tot und wohne unter meinem Grab."

„Willst du nicht leben und glücklich sein?"

„Ich bin tot. Ich bin glücklich, wenn mein Kind lebt!"

„Darf ich mir deine Wohnung betrachten?"

Er hatte eine Tür bemerkt, die jenseits weiterführte. Seine Frage brachte einen unerwarteten Eindruck hervor. Sie sprang an die Tür und stellte sich davor.

„Zurück! Wer diesen Eingang erzwingen will, der muß eines fürchterlichen Todes sterben, und ich mit ihm!"

[1] Himmel

Müller ahnte, daß diese Tür die Verbindung mit dem Grab und dem Turm herstellte. Er hätte gern das Geheimnis kennengelernt, aber er hütete sich, das arme Weib zu ängstigen.

„Ich will ihn nicht erzwingen. Ich fragte dich nur."

„Frage auch nicht! Ich darf dir nicht antworten, denn ich habe es geschworen. Verlaß mich! Ich will allein sein."

„Darf ich wiederkommen?"

„Nein, jetzt nicht."

„Auch nicht später?"

„Nur wenn du mir dann sagst, was meine Tochter mit dir vom Geist ihrer Mutter spricht."

„Ich werde es dir erzählen."

„Aber laß es den mit dem grauen Bart nicht wissen!"

„Gewiß nicht. Wirst du ihm sagen, daß ich hiergewesen bin?"

„Nein, denn sonst würde er dich erwürgen. Nun aber geh! Allah sei mit dir!"

Sie schob ihn zur Tür hinaus und verriegelte sie von innen. Fritz war von ihr gar nicht erblickt worden. Die beiden Männer tappten sich im Dunkeln fort, und Müller zog erst dann die Laterne hervor, als sie die Kreuzung der Hauptstollen wieder erreicht hatten.

„Hast du alles gehört?" fragte er.

„Ja."

„Welch eine Entdeckung! Welche Waffe gegen den Kapitän gibt sie mir in die Hand!"

„Er ist verloren, sobald Sie wollen."

„Ja, aber ich darf noch nicht wollen."

„Warum nicht? Solches Ungeziefer muß man sofort vertilgen! Es leben lassen, ist Sünde!"

„Und dennoch darf ich nicht — meines Vaters wegen."

„Ihres Vaters wegen?" staunte Fritz. „Der ist wohl jedenfalls tot."

„Nein; ich glaube, er lebt!"

„Himmel! Wo sollte er sein?"

„Hier in diesen Gewölben."

Der gute Fritz machte ein Gesicht, als ob er überzeugt sei, daß er jetzt seinen Verstand verlieren werde.

„Hier in diesen Gewölben? Kreuzmillionendonnerwetter! Herr Doktor, Sie werden doch nicht mit mir scherzen!"

„Ich denke nicht daran, in einer solchen Herzenssache einen dummen Scherz zu machen."

„So muß er heraus, und zwar sofort! Wo steckt er denn? Die Schlüssel haben wir!"

„Noch kann ich das nicht sagen. Daß er hier ist, vermute ich, gewiß ist es noch nicht. Und befindet er sich hier, so sind wir ihm grad in diesem Augenblick jedenfalls sehr nahe. Laß uns hier an diesem Ort einmal suchen, ob wir noch einen verborgenen Raum zu entdecken vermögen."

Er berichtete Fritz genau die Worte, die der Baron im Speisesaal gesprochen hatte. Hier dieses viereckige Gewölbe, von dem aus die Hauptgänge nach den erwähnten Richtungen liefen, war der ‚Mittelpunkt der Unterwelt', wie der Geisteskranke die unterirdischen Gemäuer bezeichnet hatte; hier mußte der Gesuchte sein, wenn er sich überhaupt in Gefangenschaft befand.

Die beiden forschten und boten allen ihren Scharfsinn auf. Sie dachten an bewegliche Steine wie beim Waldloch oder ähnliches: allein vergebens. Es war nichts zu entdecken.

„Wir haben ja noch keine einzige der vielen Türen geöffnet", sagte Fritz. „Vielleicht ist er da irgendwo versteckt."

„Das glaube ich nicht. Aber wissen müssen wir freilich, was sich hinter diesen Türen befindet. So wollen wir also einmal nachforschen."

Sie gingen von Gang zu Gang, von Tür zu Tür; sie waren alle mittels der Schlüssel zu öffnen. Es gab da Raum an Raum, und alle Keller waren mit Waffen und

Munition angefüllt. Das machte auf die beiden Eindringlinge einen beinahe überwältigenden Eindruck.

Wie viele Menschenleben sollten durch diese Vorräte zugrundegehn! Nein, das durfte niemals sein...

„Bevor ich zugebe, daß die Franzosen sich dieser Waffen bedienen können, würde ich den ganzen Kram in die Luft sprengen", sagte Fritz.

„Das ist auch meine Ansicht. Soviel an mir liegt, sollen diese Gewehre und Munition keinen einzigen Deutschen töten. Aber weißt du, daß der Morgen gleich anbrechen wird? Es ist Zeit, eine Pause zu machen. Wir dürfen in dieser schwierigen Sache nichts durch Überstürzung verderben."

„Warum wollen Sie dieses Raubtier, diesen Richemonte, nicht sofort unschädlich machen?"

„Weil mein Vater vielleicht elend verhungern und verschmachten müßte, wenn der Kapitän von der Polizei eingezogen würde."

„Das begreife ich; er würde der Polizei nie etwas gutwillig verraten. Andre aber kennen das Versteck des Gefangenen schwerlich — außer dem Baron. Nun dürfen wir uns nicht auf das Erinnerungsvermögen eines Irren verlassen. — Aber Liama? Was wird mit ihr?"

„Ich werde sie einstweilen lassen müssen, wo sie ist."

„Und auch niemand etwas von ihr sagen?"

„Keinem Menschen."

„Aber doch wenigstens ihrer Tochter?"

„Auch ihr nicht. Ich würde voraussichtlich ihr und der Mutter schaden. Bevor ich handle, muß ich sämtliche Geheimnisse dieser unterirdischen Gewölbe kennen. Dann wird der ganze Bau des Alten in einem einzigen Augenblick zusammenbrechen. Wehe ihm, wenn ich mit ihm abzurechnen beginne!"

5. IN DIE FALLE GEGANGEN

Die Voraussage des Arztes zeigte sich als wohlbegründet. Nach zwei Tagen erwachte der Kapitän, fühlte sich aber doch so angegriffen, daß er sich noch nicht blicken ließ. Das äußere Leben ging seinen ruhigen Gang, scheinbar ohne eine Änderung.

Marion verkehrte viel mit Harriet de Lissa, und auch Mister Deephill suchte oft das Haus des Arztes auf. Er wurde mit magnetischer Gewalt von der vermeintlichen Engländerin angezogen, und es wollte ihm erscheinen, als ob sie seine Nähe nicht ungern empfinde.

So war er auch heut gekommen, sie zu begrüßen. Er hörte, daß sie sich im Garten aufhalte, und begab sich dorthin. Deephill fand sie in einer offnen Weinlaube am Zaun und erhielt die Erlaubnis, neben ihr Platz zu nehmen.

Er fühlte sich so wunschlos glücklich in ihrer Nähe, daß er gar nicht wagte, ihr von seiner Liebe zu sprechen, in der Befürchtung, er könne durch ein falsches Wort alles zerstören.

Da kam ein kurzes, dickes Männchen hinter den Gartenzäunen langsam daher, auf dem Kopf einen riesigen Kalabreser und in den Händen eine Mappe und einen Feldstuhl.

Er schritt auf einem Rasenweg, und so mochte es kommen, daß man ihn nicht hörte. Es war Herr Hieronymus Aurelius Schneffke, der eben von Metz eingetroffen war.

Während er so, halb in Gedanken versunken, dahinschlenderte, zuckte er plötzlich zusammen und blieb stehn. Er hatte ein halblautes, wohltönendes Lachen gehört.

„Heiliger Raffael!“ flüsterte er. „Dieses Lachen kenne ich.“

Er horchte. Ja, jetzt hörte er auch die Stimme sprechen.

„Die Gesellschafterin ists, die Gesellschafterin! Das ist so fest und klar wie Pudding. Aber wo ist sie?"

Er trat dicht an den Gartenzaun und blickte durch die Latten.

„Bei Gott — dort sitzt sie in der Laube, so frisch und schön wie Blüte und Sonnenschein. Und bei ihr sitzt — Pinsel und Palette — wer ist denn das?"

Er betrachtete den Amerikaner genau.

„Ja, es stimmt; es stimmt! So ein charakteristisches Gesicht kann es nicht zweimal geben — das ist das Urbild der Zeichnung im Schloß Malineau — nur älter als das Bild. Das ist der Herr von Bas-Montagne, wie er leibt und lebt. Ich werde —"

Er wollte sich am Zaun ein wenig hochziehn, um besser sehn zu können; aber er war zu schwer. Es krachte — die beiden Latten, die er mit den Händen umklammert hatte, brachen ab, und der gute Hieronymus stürzte zur Erde nieder.

Deephill hatte das Prasseln gehört. Er sprang auf, um den Übeltäter womöglich zu erwischen, und erblickte Hieronymus Aurelius Schneffke gerade, wie er sich wieder vom Boden erhob.

„Herr, was suchen Sie hier?" fuhr er ihn an.

„Zaunlattenspitzen", antwortete Schneffke.

„Und die brechen Sie sich ab?"

„Ja."

„Zu welchem Zweck denn?"

„Um auf die Erde zu fallen. Das sehn Sie ja."

„Mann, Sie scheinen mir so eine Art Strolch zu sein!"

„Freilich, und zwar von der allerschlechtesten Sorte."

„Wollen Sie sich über mich lustig machen?"

„Nicht übermäßig viel, denn Sie sehn mir wirklich gar nicht sehr lustig aus. Wie heißen Sie denn eigentlich?"

„Ah, das ist stark! Dieser Mensch kommt her, um an

fremden Zäunen herumzuklettern, und fragt mich nach meinem Namen! Wie ist denn der Ihrige, he?"

„Der meinige ist einigermaßen selten. Ich bin der Tiermaler Hieronymus Aurelius Schneffke aus Berlin. Doch nun bitte ich, auch Ihren Namen erfahren zu dürfen."

„Das halte ich nicht für nötig. Ich gebe meine Karte nicht jedem Menschen."

„Daran tun Sie recht, wenn nämlich Ihr Name nicht viel wert ist. Wer einen guten Namen hat, braucht ihn nicht zu verschweigen."

Das war eine kräftige Tonart.

„Herr, das wagen Sie mir zu sagen?" brauste der Amerikaner auf. „Soll ich etwa —"

Er hielt inne; eine weiche Hand legte sich auf seine Schulter. Miß Harriet de Lissa war herbeigekommen.

„Wen haben Sie denn da, mein Herr?" fragte sie.

„Oh, einen Menschen, der es gar nicht verdient, daß man —"

Abermals konnte er nicht ausreden, denn sie unterbrach ihn:

„Wen sehe ich da? Das ist ja unser guter Herr Schneffke aus Berlin!"

Der Maler zog den Hut und machte eine ehrerbietige Verbeugung.

„Ja, ich bin es noch, meine Gnädige."

Er betonte dabei das Wörtchen „noch" so sehr, daß es auffallen mußte.

„Noch?" staunte sie. „Wie meinen Sie das?"

„Es gibt Leute, die heut nicht mehr das sind, was sie gestern waren."

Sie lächelte. „Ja, die Verhältnisse verändern sich oft plötzlich."

„So, daß aus Gesellschafterinnen reiche Damen werden."

„Warum nicht? Aber, Herr Schneffke, lassen Sie sich Glück wünschen, daß Sie jenen Unglückszug versäumten."

„Ich danke! Bei dem Pech, das mich verfolgt, befände ich mich heut jedenfalls unter den ewig Seligen."

„Haben Sie Ihr Ziel glücklich erreicht?"

„Ja, danke. Ich habe dort sogar ein Glück gefunden, das ich kurz vorher anderwärts vergebens suchte."

Mit weiblichem Feingefühl ahnte sie sofort, was er meinte. „Verstehe ich recht, so darf ich nochmals Glück wünschen?"

„Was meinen Sie, Gnädige?" forschte er vorsichtig.

„Sie sind — verlobt?"

„Heiliger Raffael ja, nicht ganz zwar, aber beinah."

„Das ist schön! Wie heißt sie?"

„Marie."

„Ein hübscher, poetischer und auch frommer Name."

„Ja, hübsch ist sie, poetisch ebenso und fromm auch. Sie hat so ziemlich meine Figur. Wir passen ausgezeichnet zueinander."

Jetzt vermochte sich Mister Deephill nicht mehr zu halten, und er brach in ein lautes Lachen aus.

„Und das nennen Sie..."

Miß Harriet glaubte, daß sich der kleine Maler beleidigt fühlen würde, darum sagte sie in bittendem Ton: „Mister Deephill!"

Schneffke horchte auf.

„Was? — Deephill heißt dieser Herr?"

„Ja."

„Er hat mir seinen Namen verschwiegen. Es wäre jedenfalls klüger gewesen, ihn mir zu nennen, das werde ich ihm noch beweisen. Leben Sie wohl, gnädiges Fräulein!"

Er ging, ohne sich umzuschauen. Aber als er dann um die Ecke gebogen war, blieb er einen Augenblick nachsinnend stehn.

„Wunderbar, diese Ähnlichkeit! Sollte er es wirklich sein? Deephill heißt auf französisch Bas-Montagne und auf deutsch Untersberg. Hier werde ich einmal den guten

Geist spielen und diesen Leuten zeigen, was Herr Hieronymus Aurelius Schneffke eigentlich für ein Kerl ist."

Nach dieser Begegnung begab sich der dicke Maler in die Stadt, um sich eine Unterkunft zu suchen. Er fand dabei grad das Gasthaus, das Fritz Schneeberg zu besuchen pflegte, weil es seiner Wohnung gegenüber lag. Es war derselbe Gasthof, wo die Künstler gewohnt hatten, als damals die Seiltänzerin verunglückte.

Als Schneffke eintrat, befand sich ein einziger Gast im Zimmer — Fritz. Er grüßte ihn und ließ sich ein Glas Wein geben. Nachdem ihn die Kellnerin bedient hatte, waren die beiden allein. Der dicke Maler war ein abgesagter Feind der Langeweile, und daher machte er dem bisherigen Stillschweigen kurzerhand ein Ende.

„Haben wir uns nicht bereits gesehn?"

Fritz hatte ihn längst forschend betrachtet.

„Schon mehrere Male, denke ich."

„Mir scheint es auch so, aber ich weiß den Ort nicht mehr."

„Zunächst wohl in Trier auf dem Bahnhof."

„Kann mich nicht entsinnen!"

„Aber ich desto besser. Ich stand im Bahnwagen, und Sie versäumten den Zug. Nicht?"

„Ja, das ist wahr. Ich habe das angeborene Pech, die Züge zu versäumen. Das ist nicht zu ändern."

„Und dann habe ich Sie in Etain wiedergesehn."

„Nanu? Wann denn?"

„Es war des Abends. Sie hatten sich malerisch mit einem roten Tischtuch umwickelt. Daß Sie dabei am ganzen Körper barfuß waren, will ich nicht beschwören."

„So, so — hm, hm! Ja, ich kann barfuß gewesen sein. Es war so heiß. Was sind Sie für ein Landsmann?"

„Ich stamme von drüben aus der Schweiz."

„Ihr Beruf?"

„Pflanzensammler."

„Also Botanikus? Das ist kein übles Gewerbe. Man

geht mit Pflanzen und Blumen um, und das ist viel besser als mit Tieren oder gar mit Menschen."

„Sie scheinen kein besonderer Menschenfreund zu sein, mein Herr! Darf ich nun wissen, was Sie sind?"

„Warum nicht? Ich bin Musikus."

„Was für ein Instrument spielen Sie?"

„Die Maultrommel oder das Brummeisen."

„Das ist jedenfalls das schwierigste Instrument."

„Daran ist nicht zu zweifeln."

„Und woher sind Sie?"

„Ich bin ein geborner Ungar."

„Ein Ungar? — Sie haben aber in Deutschland gelebt?"

„Nein. Keinen Augenblick."

„Das sollte mich wundern. Ich glaube, Sie in Deutschland getroffen zu haben."

„Sie irren sich. Ich kann dieses Deutschland mitsamt seinen Bewohnern nicht leiden."

„Merkwürdig. Aber einen kenne ich doch, den Sie leiden mögen."

„Möchte wissen, wer das wäre!"

„Ein gewisser Martin Tannert. Er ist Telegraphist."

„Alle Wetter — kennen Sie den?"

„Ja. Sie kennen ihn auch."

„Wer sagt das?"

„Er selber. Übrigens habe ich Sie schon öfters gesehn. Ich bin Ihnen in Berlin wiederholt begegnet. Sind Sie nicht der dicke Maler, der einmal in der Spree fast ertrunken wäre, weil er gewettet hatte, am Schornstein eines Dampfers hochklettern zu wollen?"

„Pfui Teufel, das wissen Sie?"

„Ganz Berlin sprach doch davon."

„Na, dann meinetwegen! Übrigens habe ich damals diese verteufelte Wette gewonnen."

„Sind aber dabei ins Wasser geplumpst."

„Daran war nur der Kapitän schuld, der die Sache

übelgenommen hatte. Ich wollte mich zurückziehn, gab nicht acht auf die Breite des Schiffs, stieß von rückwärts an die Brüstung und stürzte kopfüber nach hinten ins Wasser. Na, schwimmen kann ich; aber ich sah doch aus wie ein Pudding, als ich wieder auf das Trockene kam."

„Das läßt sich denken. Nun aber geben Sie wohl zu, in Berlin gewohnt zu haben?"

„Sie zwingen mich dazu."

„Und in Ungarn sind Sie nicht geboren?"

„Ich bezweifle es."

„Und Musikus sind Sie auch nicht?"

„Fällt mir nicht ein — wer so dick ist wie ich, der wird sich wohl hüten, das bißchen Luft, das er zu schnappen bekommt, so unsinnigerweise in eine Messingtute zu blasen."

„Und Ihr Deutschenhaß?"

„Reden wir nicht darüber!"

„Schön. Einverstanden. Ich nehme an, daß Sie ein sehr guter Deutscher sind. Warum unterhalten Sie sich dann französisch?"

„Na, sprechen Sie etwa deutsch?"

„Ein klein wenig."

„Nun, so lassen Sie uns sehn, wie weit Sie mit diesem Klein-wenig reichen werden. Oder haben Sie etwa geflunkert, gradso wie ich?"

„So wie Sie nicht. Ich bin wirklich Pflanzensammler."

„Aber ein Deutscher?"

„Ja — das heißt, ein Deutschschweizer."

„Wie heißen Sie denn eigentlich?"

„Schneeberg."

„Heiliger Raff ... ist Ihr Vorname Fritz?"

„Ja."

„Da brat mir einer einen Storch, aber besonders die Beine recht knusprig! Herr Fritz Schneeberg, ick kenne dir!"

„Wirklich? Aber sprechen Sie nicht so laut!"

„Freilich, in diesem verdammten Franzosenland muß man auf Filzpantoffeln laufen. Wissen Sie, daß diese Kerle damit umgehn, auf die Deutschen loszuschlagen?"

Fritz machte ein erstauntes Gesicht.

„Was Sie sagen! Unmöglich!"

Der Dicke blinzelte mit den Augen.

„Sie kleiner Schäker! Wollen Sie mich etwa dumm machen? Was ich Ihnen mitteilen will, wissen Sie besser als ich."

„Besser? Wieso? Ich begreife Sie nicht."

„Gut, ich will mich nicht in Ihre Geheimnisse einschmuggeln. Aber ich will aufrichtiger sein als Sie und Ihnen eine Mitteilung machen. Wenn Sie sich einen Pflanzensammler nennen, so sind Sie jedenfalls hier in dieser Gegend bekannt?"

„So leidlich."

„Kennen Sie Schloß Ortry?"

„Ja."

„Auch den alten Kerl, der da wohnt?"

„Sie meinen Kapitän Richemonte? Ja, den kenne ich."

„Nun, der alte Knaster soll es faustdick hinter den Ohren haben, nämlich gegen die Deutschen."

„Ich weiß, daß er die Deutschen haßt."

„Der Mensch kauft sogar Pulver."

Fritz öffnete verwundert den Mund.

„Pulver? Wozu?"

„Hören Sie, alter Fritze, tun Sie doch nicht wie ein neugeborenes Kind. Ich bin überzeugt, daß Sie neben den Pflanzen noch etwas ganz anderes sammeln."

„Was denn?"

„Na, sprechen wir nicht davon! Ich habe bereits gesagt, daß ich mich nicht in Ihre Geheimnisse drängen möchte."

„Aber fragen darf ich doch, wo Sie gehört haben, daß ich noch etwas anderes als Pflanzen sammle."

„Auf Schloß Malineau und Umgegend."

„Sie waren dort?"

„Ja. Aber davon später."

„Nein, nicht später. Was wollten Sie dort?"

„Einen einseifen."

„Witz!"

„Nein, Wirklichkeit! Ich wollte einen übers Ohr hauen, nämlich einen gewissen Charles Berteu."

„Alle Wetter, was haben Sie mit dem zu tun?"

„Vielerlei. Das ist meine Sache. Sie haben sich um meine Geheimnisse ebensowenig zu kümmern, wie ich mich um die Ihrigen."

„Was aber war es denn, das Sie mir mitzuteilen hatten?"

„Ach so — von wegen des Pulvers."

„Das der alte Knaster kauft?"

„Ja. Er bekommt eine neue Ladung."

„Wann?"

„Heut um Mitternacht."

„Woher wissen Sie das?"

„Ich habe — hm, das gehört auch zu meinen Geheimnissen. Aber ich möchte heut abend dabei sein."

„Wozu?"

„Um die Geschichte zu vereiteln."

„Herr Schneffke, um des guten Zwecks willen: nur keine Unvorsichtigkeit!"

„Unsinn. Haben Sie keine Sorge um mich! Aber es geht nicht anders; ich muß diesen Kerlen etwas auswischen. Ich habe einen Pick, einen Groll auf diese beiden Menschen!"

„Wen meinen Sie denn?"

„Diesen Charles Berteu und seinen Freund Ribeau."

„Bringen denn die zwei das Pulver?"

„Grad diese beiden."

„Wissen Sie den Ort, wo sie abladen werden?"

„Ich habe ihn erlauscht, kenne ihn aber nicht. Gibt es hier in der Nähe Steinbrüche?"

„Einen einzigen. Warum?"

„Weil das Pulver in einem Steinbruch abgeladen werden soll."

„Kreuzmillionen!"

„Nicht wahr, das überrascht Sie, mein lieber Herr Deutschschweizer? Wollen Sie sich mit mir die Sache ansehn?"

Fritz warf einen forschenden Blick auf den Dicken und schüttelte den Kopf.

„Ich weiß nicht, ob Sie der Mann sind, der bei so einer Gelegenheit zu gebrauchen ist."

„Na, hören Sie? Habe ich es erst erlauscht, so bin ich doch wohl auch der Mann dazu, heut weiter zu lauschen. Nicht Sie haben mich mitzunehmen, sondern ich bin der Mann, der zu entscheiden hat, ob auch Sie mitkommen dürfen. Verstanden, alte Botanisiertrommel? Ich gehe heut abend nach dem Steinbruch. Will ich Sie mitnehmen, so ist das eine Gefälligkeit, die ich Ihnen erweise. Punktum!"

„Ei, gehn Sie los!"

„Na, gehn Sie mit los?"

„Gut, ich begleite Sie."

„Wo wohnen Sie?"

„Hier gegenüber."

„Schön. Ich will mir in diesem Gasthof ein Zimmer mieten."

„So paßt es ja. Also ich werde nach neun Uhr erscheinen, um Sie abzuholen."

„Einverstanden. Aber es braucht niemand zu wissen, daß wir etwas miteinander vorhaben."

„Das versteht sich von selbst. Wenn ich hier eintrete, gehn Sie voran. Ich trinke nur ein Glas Wein und komme dann nach."

„Wenn ich vorangehn soll, so muß ich doch den Weg kennen."

„Das ist richtig. Sie wenden sich draußen von der Tür an rechts und biegen in die erste Gasse. Diese mündet hinaus ins Freie. Man sieht von weitem eine Gruppe hoher Erlen. Dort führt ein schmaler Weg vorüber, grad nach dem Steinbruch."

„Das genügt."

„Die Sache ist vielleicht mit einiger Gefahr verbunden. Sind Sie im Besitz von Waffen?"

„Ich habe einen Revolver. Soll ich mir vielleicht noch ein Vierteldutzend Kanonen kaufen?"

„Ist nicht nötig. Ich bringe auch eine Pistole mit. Das wird reichen. Es ist ja doch nur für den Fall, daß wir bemerkt werden."

„Na, totschlagen würde man uns doch nicht."

„Nehmen Sie die Sache nicht so leicht! Diese Franzosen lassen sich nicht ungestraft in die Karten blicken, und der alte Kapitän ist ganz der Mann danach, einem das Lebenslicht auszublasen, ohne viele Umstände zu machen."

„So wird man sich danach verhalten. Ich blase auch."

„Waren Sie vielleicht Soldat, Herr Schneffke?"

Fritz musterte dabei die Gestalt des Dicken mit einem Blick, der erraten ließ, daß er ganz bestimmt ein Nein erwarte.

„Natürlich", antwortete der Maler.

„Sie Schäker!"

„Warum, he?"

„Bei diesem Körperumfang? Sie spaßen!"

„Fällt mir nicht ein! Ich war nicht nur Soldat, sondern ich bin es sogar noch."

„Bei welcher Truppe stehn Sie?"

„Bei der dicken Artillerie. Das werde ich Ihnen —"

Er hielt inne und machte sofort in französischer Sprache eine gleichgültige Bemerkung, denn der Wirt trat ein. Schneffke richtete an ihn die Frage, ob er ein Zimmer haben könne.

Fritz sah ein, daß es jetzt unmöglich sei, die Unterhaltung fortzusetzen, und entfernte sich.

Der Maler erhielt sein Zimmer angewiesen, und er suchte es gleich auf, um sein Äußeres ein wenig aufzufrischen. Dann unternahm er einen Ausflug hinaus vor die Stadt. Es lag ihm daran, den Steinbruch noch bei Tag zu finden, um heut abend mit dem Gelände vertraut zu sein.

Als er die Häuser hinter sich hatte, erblickte er die von dem Kräutermann bezeichnete Baumgruppe und fand auch den schmalen Fußweg, der an ihr vorüber nach dem Bruch führte. Dort durchwanderte er ihn in allen Winkeln und setzte dann, da das Wetter einladend war, seinen Spaziergang noch weiter fort.

Er kam in den Wald und drang, ohne sich an die Wege zu halten, ins Dickicht ein. In Gedanken versunken, schritt er weiter, bis er plötzlich überrascht stehnblieb; denn gar nicht weit von sich hörte er eine weibliche Stimme ein Lied singen.

„Zieht im Herbst die Lerche fort,
singt sie leis ade.
Sag mir noch ein liebend Wort,
eh' ich von dir geh!
Sieh die Träne, wie sie quillt;
höre, was sie spricht!
Lieder hat die Lerche wohl,
Tränen hat sie nicht!"

„Nein, Tränen hat die Lerche nicht!" murmelte Schneffke leise vor sich hin. „Sie hat auch keine Veranlassung dazu. Es kommt kein Gerichtsvollzieher, um sie auszupfänden; sie spielt auch nicht in der Lotterie, wobei sie über die Nieten weinen könnte, und es fahren ihr auch keine Züge vor der Nase weg, daß sie vor Grimm darüber in eine Tränenflut ausbrechen möchte. Die Lerche ist viel glücklicher als Hieronymus Aurelius Schneffke, denn — wer antwortet denn da?"

Von der andern Seite her sang jetzt eine kräftige, männliche Stimme:

„Bei des Frühlings Wiederkehr
kommt die Lerch' zurück,
und Erinnrung bringt sie her
vom vergangnen Glück.
Brächte sie von dir ein Wort,
mir so hold, so licht!
Lieder hat die Lerche wohl,
Grüße hat sie nicht!"

„Hm, hm!" brummte Schneffke. „Das Ding ist höchst merkwürdig. Da rechts singt sie, und links er. Beide singen deutsch, hier in Frankreich. Ich glaube, dieser Er und Sie geben sich hier ein Stelldichein und melden sich durch diese verblümte Lerche einander an. Wollen doch einmal sehn, wo sie zusammentreffen. Aha, da knackt und knistert es!"

Er hörte, daß jemand in der Nähe vorüberging, und folgte leise. Man hätte es bei seiner dicken Person gar nicht vorausgesetzt, daß er mit solcher Gewandtheit und so vorsichtig schleichen könne. Da erklang auch schon wieder die weibliche Stimme.

„Ah, Monsieur Schneeberg — guten Tag!"

„Guten Tag, Mademoiselle!" antwortete die männliche Stimme. „Wie wunderbar, daß wir uns hier treffen!"

„Wunderbar?" dachte Schneffke. „Und dabei brüllt ihr von eurer Lerche, daß man es sechs Meilen weit hört!"

„Wollen Sie weiter, Mademoiselle?" hörte der Maler fragen.

„Nein, ich suche nach Waldblumen."

„Darf ich helfen?"

„Gern. Sie wissen ja, wo die schönsten zu finden sind."

„Oh, wo die beste und schönste jetzt steht, das weiß ich genau, Mademoiselle."

„Holla, kann dieser Mensch artig sein! Mit dieser

etwas abgetragenen Redewendung will er ihr den Kopf verdrehn. Die Waldblume muß ich sehn."

Er kroch weiter vorwärts und verstand die Worte:

„So lassen Sie uns suchen, aber nicht sofort; ich bin ermüdet und muß zuvor einige Minuten ruhn."

„Dann nehmen Sie Platz! — Hier!"

„Nein, nicht auf den Sack! Ich verderbe Ihnen immer wieder Ihre Pflanzen!"

„Nein, nein; heut sind nur Wacholderspitzen, Huflattich und Otternzungen drin; denen tut es nichts."

„Heiliges Fresko!" brummte der Maler. „Ein Stelldichein mit Wacholderspitzen, Huflattich und Otternzungen — das ist wirklich eine Neuigkeit. Und einen Sack hat der Kerl mit. Also ists der Kräutermann. Werden sehn!"

Er schob sich durch das Buschwerk weiter und gewahrte nun eine kleine, tiefliegende Lichtung. Am schräg ablaufenden Rand saß Fritz Schneeberg, und neben ihm hatte Nanon auf dem Kräutersack Platz genommen. In der Nähe stand eine stark geneigte abgestorbene Birke. Schneffke schob sich an ihr hoch. Sie bog sich durch seine Last noch tiefer, und so erhielt er eine Stellung, halb sitzend und halb auf dem nachgiebigen Stamm liegend. Auf diese Weise kam sein Kopf in gleiche Höhe mit den Spitzen des Gesträuchs, das ihn von dem Paar trennte, und er konnte alles wahrnehmen, ohne selber bemerkt zu werden.

„Wie geht es auf dem Schloß?" fragte Schneeberg.

„Gut. Der Kapitän war krank, so daß man Besorgnis hegte; aber sein Zustand hat sich gebessert."

„Geht er aus?"

„Noch nicht. Aber reden wir jetzt nicht von ihm, sondern von Ihnen. Ich hatte geglaubt, in Beziehung auf das Dunkel, das sich über Ihre Herkunft breitet, etwas tun zu können, aber leider ist die Dame, an die ich mich wendete, verreist."

„Sorgen Sie sich nicht! Ich denke jetzt lieber an meine Zukunft als an meine Vergangenheit. Übrigens stehn Sie ja unter ganz gleichen Verhältnissen wie ich. Auch Sie kennen Ihren Vater nicht."

„Ich werde ihn niemals kennenlernen."

„Das dürfen Sie nicht sagen. Gottes Wege sind wunderbar, und er führt alles gut hinaus."

Es entstand eine Pause. Die Birke, auf der Schneffke ritt, schaukelte auf und nieder; das kümmerte ihn aber nicht, denn er war tief in Gedanken versunken.

„Ja, Gottes Wege sind wunderbar", brummte er vor sich hin. „Mich haben sie hier auf diesen birknen Stamm geführt. Aber der Kerl hat wirklich nicht so unrecht; denn täuscht mich meine Vermutung nicht, so befindet sich ihr Vater hier in Thionville."

Nach einer Weile nahm Nanon das unterbrochne Gespräch von neuem auf.

„Es ist zu erwarten, daß Ihre Eltern sehr vornehme — — — Herrgott!"

„Donnerw . . . !" fiel auch Schneeberg ein.

Es gab in diesem Augenblick einen lauten Krach, und gleich darauf kam ein Mensch zu ihnen herabgelaufen. Schneffke war zu hoch an der alten Birke emporgeklettert; unter seinem Gewicht war sie gebrochen. Doch mit überraschender Geistesgegenwart und Behendigkeit war er auf den Füßen gelandet; aber die Kraft des Sturzes und der schiefe Abhang zwangen ihn, wenn er nicht auf die Nase stürzen wollte, schnell ein Bein vor das andre zu setzen. So rannte denn der kleine Dicke auf das Paar zu und vermochte nur mit letzter Anstrengung vor ihnen anzuhalten.

„Wer ist das?" fragte Nanon erschrocken.

„Ja, Monsieur, wer sind — — ah, der vermaledeite Maultrommelbläser!" rief Schneeberg in einem ziemlich zornigen Ton.

„Monsieur Schneffke!" fügte Nanon hinzu.

Dieser verbeugte sich mit verbindlichem Lächeln.

„Ja, Mademoiselle, ich bin der Maler Hieronymus Aurelius Schneffke aus Berlin."

„Was treibt Sie denn in den Wald?" erkundigte sich Fritz.

„Meine Liebe zur Natur."

„Und diese Liebe treibt Sie sogar die Birken hinauf? Ich will doch nicht etwa vermuten, daß —"

„Was vermuten Sie denn?"

„Lieber Herr, seien Sie bitte eine Minute ernsthaft — zu welchem Zweck klommen Sie dort hinauf?"

„Ich suchte die Lerche, die Lieder hat, aber keine Grüße."

„Herr, Sie haben gelauscht!"

„Fällt mir nicht ein. Sie singen und schrein ja so, daß man gar nicht zu lauschen braucht. Haben die Herrschaften vielleicht noch etwas zu fragen?"

„Nein. Nehmen Sie Ihren Hut, und dann machen Sie sich gefälligst davon!"

„Oho! Wenn ich nun mit Ihnen zu sprechen hätte?"

„Wir sind wohl fertig miteinander!"

„Oder mit dieser Dame?"

„Ich wüßte nicht, was Sie ihr zu sagen hätten."

„So weiß ich es desto besser."

„Dann suchen Sie sie bitte zu Haus auf und nicht hier im Wald, Sie neugieriger Kletterspecht!"

„Ganz nach Befehl! Habe die Ehre, meine Herrschaften!"

Der Dicke hob seinen Hut auf, machte eine spöttische Verbeugung und trollte sich davon.

Er folgte einem Waldweg. In Sinnen verloren, hörte er die Schritte nicht, die ihm eilig entgegenkamen. Der Pfad machte eine scharfe Biegung, und schon stieß der Maler mit einem Mann zusammen.

„Herr!" schimpfte er, sich den Kopf reibend.

„Mensch, passen Sie doch auf!"

Er sah sich den andern an. Es war Deephill.

„Der Tiermaler aus Berlin!“ rief der Amerikaner.

„Aufzuwarten, Monsieur!“

„Können Sie nicht besser aufpassen? Vorhin brachen Sie uns die Latten weg, und jetzt stoßen Sie sich wieder den Kopf an dem meinigen entzwei.“

„Ist er wirklich kaputt?“

„Ihr Kopf scheint schon längst kaputt zu sein. Und dabei ergehn Sie sich noch in sonderbaren und nicht grad sehr gewählten Redensarten!“

„Wieso?“

„Nun, Sie wissen wohl nicht mehr, was Sie sagten, als Sie vom Zaun fortgingen?“

„Nein. Was sagte ich denn?“

„Daß ich alle Ursache hätte, Ihnen meinen Namen zu nennen.“

„Das ist auch wirklich der Fall. Aber ich werde erst dann wieder mit Ihnen sprechen, wenn ich erkenne, daß Sie gelernt haben, mit Ihren Mitmenschen in höflicherer Weise zu verkehren.“

„Mensch!“

„Herr, Sie sind grob! Farewell!“

Der Dicke drängte ihn zur Seite und setzte seinen Weg fort. Der Amerikaner warf ihm einen ärgerlichen Blick nach.

„Ich könnte ihn ohrfeigen, diesen Flegel!“ knurrte er. „Aber Miß de Lissa hat recht. Ich bin zu hitzig. Ich muß ruhiger werden. Und ich werde es sein, damit dieses herrliche Mädchen mein eigen wird.“

Mehrere Stunden war er bei der vermeintlichen Engländerin gewesen. Er trug ihr Bild im Herzen, und es schwebte vor seinen Augen. Nur an sie dachte er und nicht an den Weg. Er bog in Gedanken rechts und links ab, ganz ohne Plan, und wunderte sich dann, daß sein Pfad sich in den Büschen verlief.

Endlich blieb er stehn, um sich zurechtzufinden. Die

Holzung war hier nicht sehr hoch und dicht, so daß es ihm möglich war, aus dem Stand der Sonne zu erkennen, welche Richtung er eingeschlagen hatte. Schon wollte er umkehren, als er ganz unerwartet seinen Namen rufen hörte.

„Sie hier, Monsieur Deephill? Sind Sie vielleicht in die Irre gegangen?"

Kapitän Richemonte stand hinter einem Baum und trat bei diesen Worten hervor. Deephill war überrascht, faßte sich aber schnell.

„Allerdings habe ich mich verlaufen, Herr Kapitän!"

„Darf ich fragen, woher Sie kommen?"

„Aus der Stadt."

„Und wohin Sie wollen?"

„Nach dem Schloß."

„Da haben Sie freilich nicht denn kürzesten Weg eingeschlagen."

„Und doch wollte ich einen Richtweg gehn, bin aber in Gedanken davon abgewichen."

„So bitte ich, mir zu folgen!"

Richemonte schritt voran, seine Augen glühten in einem bösen Licht. Er galt noch für krank, hatte aber trotzdem sein Zimmer heimlich verlassen und sich auf dem verborgenen Weg nach den unterirdischen Kellern begeben, um zu sehn, ob dort alles in Ordnung sei. Die dumpfe Luft hatte ihn heut noch beengt, und so war er einige Minuten ins Freie gegangen, um frische Luft zu schöpfen. Dabei hatte er die Annäherung eines Menschen bemerkt und in diesem zu seinem Erstaunen den Amerikaner erkannt.

Er führte ihn noch weiter in den Wald hinein, bis sich alte Ruinen vor ihnen erhoben.

„Was ist das?" fragte Deephill.

„Das sind die Überreste eines Klosters."

„Warum gehn wir hierher?"

„Es ist der kürzeste Weg zum Schloß. Bitte, folgen Sie mir nur!“

Sie betraten die Ruinen und stiegen den engen Treppengang in den Versammlungsraum hinab. Hierbei führte der Alte, da es dunkel war, seinen Gast bei der Hand. Im Saal aber befand sich eine brennende Laterne.

„Eigentümlich!“ sagte der Amerikaner. „Diese Ruinen scheinen von Ihnen benutzt zu werden?“

„Allerdings. Ich werde Ihnen alles zeigen. Wir haben noch keine rechte Zeit gehabt, über unser Geschäft zu sprechen, und können diese Gelegenheit dazu benutzen. Vorher aber werden Sie mir wahrscheinlich eine Frage gestatten? In meiner Lage muß ich sehr vorsichtig sein. Ist Ihnen jemand begegnet?“

„Nur einer.“

„Wo? Im Wald?“

„Ja.“

„Wer war er?“

„Ein fremder Maler, der hier wohl nur zum Zweck seiner Studien herumläuft.“

„Weiter niemand?“

„Kein Mensch!“

„Das ist gut. Kommen Sie!“

Er führte ihn nun von Gewölbe zu Gewölbe und zeigte ihm da alle aufgestapelten Vorräte. Deephill staunte über die gewaltige Menge, hielt aber wohlweislich mit seiner Anerkennung zurück. Endlich blieb der Alte in einem der Gewölbe stehn und stellte die Laterne auf ein Brett.

„Nun Sie sich überzeugt haben, daß wir Ernst machen und auch vorbereitet sind, können wir wohl auch unsre Angelegenheit besprechen. Bitte, setzen Sie sich!“

„Warum nicht oben im Schloß?“

„Weil ich derartiges stets hier erledige. Man ist hier am sichersten. — Sie kennen diese Schrift?“

Der Kapitän schloß eine alte, unscheinbare Truhe auf

und zog einen beschriebenen Bogen hervor. Der Amerikaner las ihn und nickte zustimmend.

„Es ist unser Vertrag."

„Sind Sie gewillt, ihn einzuhalten und uns die betreffenden Summen zu überlassen?"

„Gewiß. Ich werde Ihnen Anweisungen auf Paris geben; sie sind wie bares Geld."

„Einverstanden. Ich liebe es, jedes Geschäft glatt abzuschließen. Wann kann ich die Anweisungen erhalten?"

„Nach Unterschrift des Vertrags."

„Gut, unterzeichnen wir!"

„Wer soll unterzeichnen?"

„Sie und ich."

„Wird das genügen?"

„Jawohl. Ihre Unterschrift genügt mir vollständig."

„Das versteht sich von selber. Wer aber bietet mir Sicherheit für die Rückzahlung?"

„Ich!"

„Reicht denn Ihr Vermögen für eine solch hohe Bürgschaft?"

„Zu einem großen Teil, ja; für alles natürlich nicht."

„Dann kann ich erst unterzeichnen, nachdem ich mit Graf Rallion gesprochen habe."

„Sie wollen also nach Paris?"

„Ja."

„Bleiben Sie nur hier; ich werde ihn telegraphisch herbeirufen."

„Warum ihn aber bemühn, wenn ich genügend Zeit habe, ihn in der Hauptstadt aufzusuchen? Ich würde es unverzeihlich finden, einen vielbeschäftigten Mann wegen einer einfachen Unterschrift so weit herzuholen." Mißbilligend wandte er Richemonte halb die Schulter. „Gestatten Sie mir die Bemerkung, daß ich Ihre Art der Geschäftsabwicklung — hm — als einigermaßen merkwürdig empfinde."

„Monsieur, Ihre Sprache ist nicht die, die ich hier gewöhnt bin.“

„Und die Ihrige ist nicht die eines Geschäftsmanns!“

„Ich bin kein Geschäftsmann! Ist die Begeisterung für die Sache des Vaterlandes nicht mehr wert als alle Geschäfte?“

„Gewiß. Und dieser Vertrag hat Sie bereits überzeugen müssen, daß ich dieser Begeisterung auch wirklich in hohem Maß Rechnung getragen habe.“

„Jetzt aber scheint sie sich etwas abzukühlen.“

„Ein Wunder wäre es nicht.“

„Wie meinen Sie das?“

„Es gibt Verhältnisse und Personen, die imstande sind, abkühlend zu wirken.“

Er hatte diese Worte achselzuckend gesprochen. Der Kapitän maß ihn mit stechenden Augen von oben bis zu den Füßen herab.

„Sie sprechen von hiesigen Verhältnissen und Personen?“

„Ja.“

„Ich bitte Sie, Namen zu nennen! Bin unter diesen Personen etwa auch ich gemeint?“

„Ja.“

„Alle Teufel! Und die Verhältnisse? Wollen Sie mir diese näher bezeichnen?“

„Ich meine die verborgenen Gänge, Treppen und Türen in Schloß Ortry.“

„Ich verstehe Sie nicht. Erklären Sie sich deutlicher!“

„Die verborgenen Wege ermöglichen nächtliche Besuche, die keineswegs angenehm sind.“

Richemonte drehte sich zur Seite und hustete ins Taschentuch. Er fühlte sich getroffen und mußte sich Mühe geben, es nicht merken zu lassen. Aber diese Mühe war vergebens; das las er in dem festen Blick des Amerikaners.

„Sie überraschen mich!“ sagte er. „Haben Sie etwa nächtliche Besuche erhalten, Monsieur?“

„Leider.“

„Soll etwa ich bei Ihnen gewesen sein?“

„Ja.“

„Wer hat Ihnen das aufgebunden?“

„Meine eignen Augen und Ohren.“

„Das heißt, Sie selber wollen mich gesehn und gehört haben?“

„Ja.“

„Sie haben geträumt, mein Lieber! Wie könnte ich bei Ihnen eindringen?“

„Durch die Tapetentür in der Ecke.“

Den Alten überkam aufs neue ein kurzer, scharfer Husten. Er überwand ihn indes schnell.

„Ich kann nur wiederholen, daß Sie geträumt haben müssen. Was sollte ich denn bei Ihnen wollen?“

„Einsicht in meine Brieftasche nehmen.“

„Monsieur, sind Sie denn ganz und gar des Teufels?“

„Nein, durchaus nicht.“

Die beiden standen sich drohend gegenüber. Kapitän Richemonte sah sich zwar ertappt und durchschaut, war sich aber seines Sieges sicher; das gab ihm ein überlegenes Auftreten. Aber Deephill fürchtete den Kapitän in diesem Augenblick nicht im geringsten. Er meinte, daß das Gespräch höchstens in persönliche Tätlichkeiten ausarten könne, und da fühlte er, der junge, gewandte Mann, sich dem Alten in bezug auf Geschicklichkeit und Körperkraft weit überlegen. Beide hielten die Augen in feindseliger Schärfe aufeinander gerichtet.

„Was geht mich denn Ihre Brieftasche an?“ fragte der Kapitän. „Das Geld ist mir ja sicher, da wir den Vertrag unterzeichnen werden. Wie kann ich übrigens in Ihr Schlafzimmer eindringen und Ihre Brieftasche öffnen, da ich doch gewärtig sein muß, daß Sie in jedem Augenblick die Augen aufschlagen?“

„Sie glaubten dafür gesorgt zu haben, daß ich sehr fest schlafen würde.“

„Ich? Wieso?“

„Durch den Schlaftrunk, den Sie mir mit dem Glas Wein beim Abendessen gegeben haben.“

Die Bestürzung Richemontes wuchs, aber er suchte sie unter einem scheinbar ruhigen Ton zu verbergen.

„Monsieur, ich will nicht aus den Augen lassen, daß Sie mein Gast sind, sonst —“

Deephill machte eine abwehrende Handbewegung.

„Bitte, tun Sie sich keinen Zwang an, denn sobald wir diesen Keller hinter uns haben, werde ich Schloß Ortry verlassen. Ich kann unmöglich bei einem Mann wohnen bleiben, der mir nach dem Leben getrachtet hat!“

Dem Alten wollte die Sprache versagen.

„Nach dem — Leben habe — ich Ihnen getrachtet?“

„Ja.“

„Aber bin denn ich toll oder sind Sie es? Selbst wenn das, was Sie bisher behaupteten, wahr wäre, liegt doch darin nichts Lebensgefährliches für Sie. Ich wäre dann in Ihr Zimmer eingedrungen, um zu sehn, welcher Art Ihre Papiere sind, nicht aber in der Absicht, Ihnen nach dem Leben zu trachten.“

„Das gebe ich ja zu, aber ich meine nicht grad das.“

„Was denn sonst?“

„Den verbrecherischen Anschlag auf den Zug!“

Richemonte fuhr zurück, als ob er einen Abgrund vor sich sähe. Seine Hände durchstrichen die Luft, wie wenn sie nach einem festen Halt suchten.

„Alle Teufel — wie können Sie meine Person in Verbindung mit diesem Unglück bringen?“

„Sie wußten, mit welchem Zug ich kommen würde?“

„Sie hatten es mir doch gemeldet!“

„Sie glaubten, ich würde das Geld bar bei mir führen, vielleicht in hohen Banknoten.“

„In welcher Art Sie die Summe besaßen, das konnte mir gleichgültig sein."

„Warum veranlaßten Sie denn da die Entgleisung?"

„Sie reden irre! — Ich weiß ja gar nichts von ..."

„Auch nicht, daß Sie drei Männer dingten, die entsetzliche Katastrophe herbeizuführen?"

„Sie scheinen wirklich krank zu sein!"

„Der eine sollte die Steine auf den Bahnkörper werfen, während die andern den Bahnwärter beschäftigten. Dann sollten die beiden den Amerikaner unter den Verunglückten hervorsuchen ..."

„Schrecklich."

„... und ihm, wenn er noch lebte, den Garaus machen —"

„Das sind die Phantasien eines Tollhäuslers!"

„Und das alles nur um ein paar elende Geldscheine! Da können Sie sich denken, daß ich nicht weiter für eine Sache zu schwärmen vermag, an deren Spitze ein solcher Satan steht."

„Wenn wir auf dem Schloß sind, werde ich nach dem Arzt schicken, Mister Deephill. Irgend etwas — vielleicht auch die Aufregung über das Eisenbahnunglück — hat Ihre Nerven erschüttert. Kommen Sie, Monsieur; ich werde Ihnen oben den Beweis erbringen, daß Sie in einer gräßlichen Traumwelt leben, die Ihnen Dinge vorspiegelt, die es in Wirklichkeit nicht gibt und nicht gegeben hat. Ich kenne das; ich habe einen ähnlichen Fall von Nervenerkrankung in meiner eigenen Familie — daher zürne ich Ihnen nicht!"

„Ich glaube nicht an Ihre Beweise, werde aber noch eine ganze Stunde auf Schloß Ortry verweilen, um Ihnen Zeit zu geben, diese Beweise zu bringen."

„Gut; Sie werden mir Ihre wahnsinnigen Beschuldigungen baldigst abbitten. Kommen Sie!"

Um wieder auf den Gang hinauszugelangen, mußten sie natürlich die gleiche Tür benutzen, durch die sie in den Raum getreten waren. Deephill gab nicht acht auf die Richtung, wo diese lag. Das Dunkel täuschte, auch war er von dem Gespräch zu sehr erregt. Er folgte dem Mann, der die Lampe genommen hatte und auf eine ganz andre Tür zuschritt. Er öffnete sie, blieb stehn und sagte:

„Bitte, Monsieur. Ich muß wieder schließen."

Da verstand es sich von selbst, daß Deephill voranging. Er hatte aber noch nicht zwei Schritte gemacht, so tat es hinter ihm einen lauten Schlag; es wurde dunkel, und Riegel rasselten. Er fuhr herum und zur Tür zurück. Zu spät — sie war schon hinter ihm verschlossen worden. Er tastete nach den drei andern Seiten und gewahrte zu seinem Entsetzen, daß er sich in einer engen Zelle befand, aus der es keinen zweiten Ausgang gab.

Für den ersten Augenblick wollte Deephill an diesen satanischen Streich nicht glauben; bald aber leuchtete ihm ein, daß der Alte grausigen Ernst mache. Er schrie auf und trommelte mit den Fäusten gegen die Tür — umsonst ...

6. BLINDER EIFER ...

Am Abend trafen Hieronymus Aurelius Schneffke und Fritz Schneeberg draußen vor der Stadt zusammen, wie sie es verabredet hatten.

„Aber, Mann, wie kamen Sie heut nachmittag nur hinaus in den Wald?“ fragte Fritz.

„Auf Schusters Rappen. Oder denken Sie vielleicht, ich habe mir eine Privateisenbahn hinauslegen lassen?“

„Was wollten Sie denn draußen?“

„Mich spazierenführen. Weiter nichts.“

„So war es also Zufall, daß Sie mich trafen?“

„Ja. Der Zufall war schuld und Ihr doppelter Singsang von der berühmten Lerche, die keine Tränen und keine Grüße hat — das arme Vieh!“

„Sie hätten daheim bleiben sollen. Man braucht nicht zu wissen, daß Sie sich um diese Gegend kümmern. Und dabei ist Ihre Persönlichkeit eine so in die Augen fallende, daß —“

„— eine so von der Birke fallende, wollen Sie sagen!“

„Meinetwegen. Aber lassen wir das schon! Wir wollen kundschaften und dürfen also nicht selber bemerkt werden. Nur das Notdürftigste wollen wir sprechen.“

„Ganz wie Sie denken, mein fleißiger Sammler von Wacholderspitzen, Huflattich und Otternzungen.“

„Sie haben wahrhaftig alles gehört.“

„Alles!“

„Schändlich!“

„Nein, im Gegenteil. Ich habe Ihnen dadurch bewiesen, daß ich für so einen Gang, wie wir ihn jetzt vorhaben, geradezu geboren bin.“

„Und sind dabei doch vom Baum gefallen.“

„Im Steinbruch gibt es keine Bäume. Aber er ist sehr groß. Wo verstecken wir uns?“

„Wir verbergen uns am Eingang hinter den Felsen.

Wenn sie dann kommen, schleichen wir ihnen nach. Das ist das allerbeste."

Am Eingang des Steinbruchs lagen große Felsstücke verstreut, hinter denen sie Stellung nahmen. Was sie sich zu sagen hatten, wurde nur flüsternd gesprochen. Die Zeit verstrich langsam. Endlich hörten sie ein Geräusch, aber nicht von außen her, sondern im Steinbruch selber. Es waren Schritte, die sich näherten, und dann blieb ein hochgewachsener Mann nicht weit von ihnen stehn. Er erwartete jedenfalls den Pulverwagen, stieß wiederholt ein ungeduldiges Brummen aus und ging dann wieder zurück.

„Wer mag das gewesen sein?" flüsterte der Maler.

„Kapitän Richemonte von Schloß Ortry."

„Er selber? Das ist — — halt! Hören Sie?"

„Ja; das ist das Knarren von Achsen. Sie kommen!"

Das Geräusch der Räder wurde immer deutlicher, und endlich fuhr ein mit vier Pferden bespannter Wagen an ihnen vorüber. Wenn Fritz vielleicht gedacht hatte, daß nur zwei Personen dabeisein würden, so hatte er sich geirrt; es waren mehrere.

„Man fährt da rechts hinüber, jedenfalls bis ganz hinten in die Ecke", raunte der Pflanzensammler dem Maler zu. „Ich werde nachschleichen; Sie bleiben besser hier zurück."

„Ich zurückbleiben? Das gibt es nicht."

„Nun, dann aber äußerst vorsichtig. Auf allen vieren."

„Auf allen Zehen und Fingern, macht grad zwanzig."

Der Wagen war im Dunkel bereits verschwunden, doch dauerte es nicht lange, so kamen sie ihm so nahe, daß sie ihn wieder sehen konnten. Man hatte die Pferde ausgespannt und zur Seite geschafft. Zwei Stimmen erklangen vom Wagen her. Fritz erkannte beide sofort; es waren die des Kapitäns und Charles Berteus. Richemonte sagte in seiner scharfen, gebieterischen Weise:

„Die letzte Sendung also. Wo ist der Zettel?"

„Hier!“

Ein dünner Lichtschein leuchtete auf. Jedenfalls hatte der Alte eine Blendlaterne bei sich, mit deren Hilfe er den Inhalt des Lieferscheins prüfte.

„Es stimmt. Abladen!“

Ketten klirrten vom Wagen herab, und dann begann man, die Fässer herabzuheben.

„Es muß hier ein verborgener Eingang sein“, flüsterte Schneffke.

„Sicherlich. — Ich werde mich einmal umschaun.“

„Wie? Sie wollen sich weiter vorschleichen? Da mache ich natürlich mit.“

„Nein; das wäre die größte Unvorsichtigkeit. Einer von uns beiden genügt. Warten Sie hier, bis ich zurückkomme!“

Fritz kroch leise vorwärts und war nach einigen Augenblicken nicht mehr zu sehn.

„Was sich dieser Mensch einbildet“, brummte Schneffke. „Aber ich werde ihm beweisen, daß ich auch nicht aus Dummdorf bin. Ich suche mir eine Stelle, von der aus ich alles beobachten kann.“

Er legte sich auf den Erdboden und schob sich vorwärts. Als er in der Nähe des Wagens anlangte, bemerkte er einen felsigen Vorsprung, der sich nach und nach über die Ecke des Steinbruchs erhob und von dem aus die Beobachtung am leichtesten ausgeführt werden konnte. Er schob sich auf diesen Vorsprung zu und kroch ihn hinan.

Es war nicht ganz ohne Schwierigkeit auszuführen, doch er gelangte unbemerkt hinauf.

Unten hatte man noch einige Laternen angebrannt, deren Schein alles zur Genüge beleuchtete. Der alte Kapitän untersuchte die Ladung und gab seine Weisungen

„In Ordnung“, sagte er. „Rollt nun die Fässer hinein!“

„Ist das Loch verbreitert?“ fragte Berteu.

„Wie verabredet!“

Er leuchtete nach der Öffnung, die in die Erde führte.

„Halt!" dachte Schneffke. „Das ist der Eingang; den muß ich genau betrachten."

Er schob sich bis zur Kante des Felsens vor, um besser beobachten zu können. Da lag nun das nächtliche Treiben wie eine seltsame Vorstellung in einem Zirkustheater unter ihm. Zwar bröckelte dann und wann ein Steinchen von seinem Felsenlager und kollerte hinab; aber das störte ihn wenig. Er kannte keine Furcht, und mit angespannten Sinnen verfolgte er alles, was in den kleinen Lichtkreisen der Laternen da unten vor sich ging.

Plötzlich fühlte er eine Faust im Genick.

„Lassen Sie mich los, Sie eingebildete Botanisiertrommel", flüsterte er unwillig. „Sie sehn doch, daß ich den ganzen Pudding da unten ..."

Statt einer Antwort erhielt er einen wuchtigen Schlag auf den Schädel.

„Du verdammter Hund!" hörte er eine Stimme fluchen, die ihm bekannt vorkam. Obgleich ihm der Kopf brummte, überlegte er, wem diese Stimme wohl gehöre. Vielleicht auch war er einen Augenblick bewußtlos gewesen, denn als er die Lider öffnete, lag er neben dem Wagen, und der Lichtschein einer Laterne flimmerte ihm in die Augen.

„Der Bursche hat uns belauscht", sagte die Stimme von vorhin; und nun sah Schneffke dem Sprecher ins Gesicht — es war Charles Berteu. „Seht, er öffnet die Augen — wir wollen uns seiner versichern. Wir müssen ihn binden."

Schneffke wurde vom Boden emporgerissen und im Nu mit Stricken gefesselt.

„Halt!" rief er. „Laßt mir nur die Hände so lange frei, bis ich mich befühlt habe, wieviel Knochen ihr mir entzweigebrochen habt!"

„Wir werden dir das Maul schon stopfen", antwortete Berteu. „Die Knochen, die noch nicht gebrochen sind, schlagen wir dir entzwei, Bursche. Ich hätte nicht gedacht, daß du mir so bald wieder unter die Hände kämst!"

„Kennen Sie ihn?" mischte sich Richemonte ein.

„Sehr gut sogar. Er hat sich bei mir als Maler eingeschmuggelt, um in Malineau mit dem verdammten Mélac Ränke zu spinnen."

„Ah, das genügt, um ihn zu kennen. Woher ist er denn?"

„Das weiß der Teufel. Man darf ihm nicht glauben. Ich halte ihn für einen deutschen Spion."

„Das sollte ihm schlecht bekommen."

Der Alte trat näher, um sich den Dicken genauer zu betrachten. Er schüttelte den Kopf.

„Sehr klug sieht der Mensch nicht aus. Wenn diese Deutschen keine anderen Kundschafter auftreiben, werden sie nicht viel Erfolg haben. Dieser Fleischkloß dünkt mich ungefährlich."

„Da irren Sie sich. Übrigens, was will er zu dieser Stunde hier im Steinbruch?"

Kapitän Richemonte stieß Schneffke mit dem Fuß an.

„Ja, was wollen Sie hier?"

„Diesen Steinbruch kennenlernen. Sie haben doch gehört, daß ich Maler bin."

„Um diese Zeit sucht man keine landschaftlichen Schönheiten!"

„Ich kam erst heut nach Thionville und erkundigte mich nach den Reizen dieser Gegend. Da wurde mir dieser Steinbruch bezeichnet. Ich kam her, kroch überall herum und wurde müde. Auch hatte ich wohl ein Glas Wein zuviel getrunken. Das übermannte mich, und ich schlief da oben ein."

„Sie wollen bis jetzt geschlafen haben?"

„Ja. Ich wachte auf, hörte unter mir ein Geräusch und Stimmen, und da saß mir auch schon eine Faust im Genick."

„Glauben Sie ihm nicht, Herr Kapitän", warnte Berteu.

Richemonte packte den Maler beim Arm.

„Sind Sie allein hier?"

„Ja, ich mache solche nächtlichen Abenteuerfahrten am liebsten allein. Geteiltes Vergnügen ist doch nur halbes Vergnügen."

„Na, wenn Sie hierhergekommen sind, um sich ein Vergnügen zu machen, so werden wir Ihnen behilflich sein. Ich werde Sie nachher noch besser ins Verhör nehmen. — Ihr beiden hier führt ihn hinein in den Gang, und ihr andern durchsucht den Steinbruch. Besetzt aber vorher den Ausgang, damit keiner, der vielleicht noch hier versteckt ist, entwischen kann!"

Zwei Männer faßten Schneffke und schoben ihn vor sich her, einem Loch zu, das für ihn zwar hoch, aber kaum breit genug war. Er ließ es ohne Gegenwehr geschehen, da er einsah, daß Widerstand nicht nur unnütz, sondern sogar gefährlich sein würde.

Die Höhle erweiterte sich bald zu einem gewölbten Gang, worin er von den beiden Männern festgehalten wurde. Sie sprachen kein Wort, und er hütete sich sehr, ein Gespräch zu beginnen, da er ahnte, daß sie ihm eher Fauststöße als Antworten gegeben hätten.

Es verging weit über eine halbe Stunde. Dann endlich kam Kapitän Richemonte. Er schien Berteu noch weiter gesprochen zu haben, denn er maß den Maler mit einem finstern Blick und fauchte:

„Es war noch jemand mit Ihnen!"

„Davon weiß ich nichts."

„Leugnen Sie nicht! Meine Leute haben einen laufen hören, dem es geglückt ist, vor ihnen den Ausgang zu erreichen. Wer war es?"

„Wie soll ich wissen, wer sich außer Ihnen noch nächtlicherweile in diesem Hexenkessel herumtreibt?"

„Wir werden Sie schon zum Sprechen bringen, zunächst aber Ihre werte Person in sicherem Gewahrsam behalten."

„Wollen wir nicht seine Taschen aussuchen?" fragte einer der Männer.

„Ist nicht nötig. Wir schließen ihn ein. Er ist uns sicher, ebenso auch alles, was er bei sich trägt. Wir haben jetzt keine Zeit. Morgen werde ich mich näher mit ihm beschäftigen. Kommt, und bringt ihn mit!"

Er schritt voran, und sie folgten ihm mit dem Gefangenen tiefer in den Gang hinein. — —

*

Fritz war an der anderen Seite des Wagens herangekrochen. Dort hatte sich auf dem Steinschutt ein kleines Dickicht von Farnkraut und anderen Pflanzen gebildet, hinter dem er Schutz fand. Und von hier aus konnte er alles beobachten. Er vernahm jedes Wort; er hörte auch das Herabkollern der Felsbröckchen.

Es fiel ihm aber nicht ein, anzunehmen, daß der Maler seinen Platz verlassen könnte. Daher erschrak er nicht wenig, als der Dicke plötzlich von da oben heruntergeholt wurde. Das darauffolgende Gespräch überzeugte ihn von der Gefahr, in der er sich nun auch selber befand, und als er dann vernahm, daß der Steinbruch durchsucht und der Eingang besetzt werden solle, zog er sich eiligst zurück.

Dies konnte aber nicht vollkommen geräuschlos geschehen. Man hörte seine hastigen Schritte und kam hinter ihm her. Desto schneller sprang er von dannen. Er erreichte den Eingang und — rannte mit einem Menschen zusammen, der sich selber an den Stein geschmiegt hatte. Natürlich glaubte er, es mit einem Gegner zu tun zu haben, und faßte ihn, um ihn aus dem Weg zu schleudern. Er bemerkte aber sofort, daß dieser Mann ihm an Körperkraft zum mindesten gewachsen war, denn er selber wurde von ihm so fest bei der Kehle gepackt, daß er fast den Atem verlor. In dem Ringen, das allerdings kaum einige Augenblicke währte, fühlte er, daß der andre — einen Höcker trug.

„Herr — Dok — — tor!“ gelang es ihm hervorzustoßen.

Der Gegner ließ sofort los.

„Fritz du? Was tust du hier? Wer ist da drin? Man kommt!“

„Schnell fort, Herr Doktor!“

Mit großen Sätzen ging es nun über das angrenzende Feld hinweg, bis die Schritte der Verfolger nicht mehr zu hören waren.

„Wohin?“ fragte Müller.

„Nach dem Waldloch.“

„Warum denn?“

„Nachher! Schnell, schnell!“

Sie rannten nach dem Wald und, als sie ihn erreichten, noch eine Strecke zwischen den Bäumen dahin. Das bot zwar mancherlei Schwierigkeiten; aber sie hatten diesen Weg bereits bei Tag und auch bei Nacht gemacht, und so kamen sie glücklich zum Waldloch.

„Jetzt sollten Sie Ihre Laterne bei sich tragen!“ sagte Fritz beim Hinabklettern.

„Hab ich.“

„Oh, das ist gut! Vielleicht auch die Schlüssel?“

„Ja.“

„Herrlich. Brennen Sie an, denn wir müssen in den Stollen.“

Müller zog Laterne und Streichhölzer hervor. Während des Anzündens hatte er Zeit zu der Frage:

„Weshalb müssen wir denn hinein?“

„Um einen Menschen zu retten, um den es sonst geschehn ist.“

„Wer ist es?“

„Davon später! Wir dürfen keinen Augenblick verlieren. Der, den ich meine, ist nämlich vom Steinbruch aus in den Gang geschafft worden. Wir dringen von dieser Seite ein. Wenn wir uns beeilen, kommen wir vielleicht noch zeitig genug, um zu erfahren, in welches Gewölbe er gesperrt wird."

„Das genügt einstweilen. Also los!"

Sie hatten den Boden des Waldlochs erreicht und drangen auf die erprobte Art und Weise in den unterirdischen Gang ein. Sie verfolgten ihn bis zum Kreuzungspunkt, wo die Stollen sich schnitten. Bevor sie um die Ecke bogen, um den Gang zu betreten, der in der Richtung zum Steinbruch lief, steckte Müller die Laterne ein, um nicht vom Licht verraten zu werden. Dann erst schritten sie weiter. Kaum aber waren sie einige Schritte gegangen, so hielten sie an.

„Siehst du diesen kleinen Lichtpunkt da vorn? Der muß von einer Laterne kommen."

„Die Laterne bewegt sich."

„Ja, man nähert sich. Warten wir hier!"

Sie verhielten sich ruhig, bis sich um den Punkt ein heller Hof bildete.

„Sie sind nicht mehr hundert Schritte entfernt", meinte Müller. „Wir müssen uns etwas zurückziehn."

Jetzt schlugen sie den Rückweg ein und blieben dann in einiger Entfernung wieder halten. Sie brauchten nicht lange zu warten, so erschien auch am Kreuzungspunkt der Laternenschein.

Die beiden konnten nun ziemlich deutlich vier Männer unterscheiden, die jetzt ihre Schritte hemmten. Es wurden einige Worte gewechselt, deren Schall im Gang bis her zu den Lauschern drang. Dann hörten sie ein Schloß öffnen, und der Lichtschein verschwand.

„Sie sind dort durch die Tür", bemerkte Fritz. „Wollen wir näher?"

„Ja."

Vorsichtig schlichen sie heran. Sie wagten viel, aber es gelang ihnen, die Tür zu erreichen; sie war nur angelehnt. Müller blickte durch die Spalte. Das Gewölbe war mit Fässern angefüllt. Ganz hinten zeigte sich eine grad noch wahrnehmbare Helligkeit.

„Sehn Sie etwas?“ hauchte Fritz.

„Ja. Horch!“

„Da wurde eine Tür zugeworfen.“

„Und nun klirrte ein Riegel. Ah, sie kehren zurück. Fort!“

Sie eilten auf den Fußspitzen wieder davon. Doch sie hatten ihren vorigen Standpunkt noch nicht erreicht, da bemerkten sie hinter sich bereits wieder den Laternenschein.

„Stehnbleiben!“ flüsterte Müller. „Ihre Laterne leuchtet nicht hierher, und wir können vielleicht — — pst! Sie sprechen.“

Man hörte den einen der drei Männer sagen:

„Also morgen verhören Sie ihn?“

„Ja, es hat Zeit bis dahin.“

„Der Kerl kann sich Glück wünschen.“

„Er mag sein, was er will, ob unschuldig oder ein Spion: er hat uns belauscht und muß unschädlich gemacht werden. Jetzt also wieder hinaus zu den Fässern!“

Die Sprecher entfernten sich in der Richtung, aus der sie vorher gekommen waren. Als der Schein ihrer Laterne nicht mehr zu erkennen war, flüsterte Fritz:

„Haben Sie die Worte verstanden, Herr Doktor?“

„Ja. Verhören wollen sie den Mann, verhören und unschädlich machen. Wer ist es denn eigentlich?“

„Ein Maler; wissen Sie, der Dicke, von dem ich Ihnen schon erzählte.“

„Aber wie gerät der sonderbare Mensch in diese mißliche Lage?“

„Durch seine verflixte Vorwitzigkeit. Er scheint überdies ein ausgemachter Pechvogel zu sein. Ich traf ihn im Gasthof und erfuhr von ihm, daß die Pulverlieferung heut abend hier ankommen wird. Er wollte das beobachten, ich konnte ihn nicht davon abbringen.“

„Weiter!"

Fritz gab eine Schilderung des Zwischenfalls.

„Dieser Maler scheint immerhin gar kein unebener Kerl zu sein", sagte Müller. „Wir müssen uns seiner annehmen. Welch glücklicher Zufall, daß ich auf dich traf!"

„Aber wie kamen denn Sie zum Steinbruch?"

„Ich beobachtete den Alten, bemerkte, daß er nach den Gewölben ging, und folgte ihm, um zu sehn, was er vorhabe. Du erinnerst dich doch, daß der Gang zum Steinbruch verschüttet war?"

„Ja. Heut aber hat man ihn anscheinend geöffnet."

„Und zwar war es der Alte selber. Ich sah ihn arbeiten. Natürlich nahm ich sogleich an, daß im Steinbruch etwas geschehn werde. Das mußte ich erfahren. Von meinem Lauscherposten aus konnte ich es nicht beobachten; darum verließ ich auf Umwegen die Gewölbe durch das Waldloch und ging zum Steinbruch."

„Ah, so also ist es!"

„Ich war kaum da angelangt, so hörte ich jemand eilig gelaufen kommen. Ich drückte mich eng an den Felsen, um ihn vorüberzulassen; aber dieser Jemand wollte ebenso eng um den Felsen biegen und stieß folglich mit mir zusammen."

„Dieser Jemand war ich. Wenn ich an meinen Schädel greife, fühle ich es deutlich."

„Nun wollen wir aber den Maler herausholen."

Sie schlichen sich wieder zu jener Tür vor. Müller öffnete mit seinem Schlüssel, trat mit Fritz ein und schloß sodann hinter sich zu. Nun nahm er die Laterne aus der Tasche und ließ ihren Schein über die Fässerreihen laufen.

„Wo mag er sich nun befinden?" fragte Fritz.

„Da ganz hinten muß er sein, wo ich den Lichtschein bemerkte. Suchen wir!"

Sie schritten nach dem Hintergrund des Gewölbes und

stellten fest, daß dort einige Fässer entfernt worden waren. Dadurch wurde eine hinter ihnen verborgene, stark mit Eisen beschlagene Tür sichtbar.

Zu ihrer Freude tat der Schlüssel abermals seine Schuldigkeit. Sie gelangten in einen leerstehenden, kleinen viereckigen Raum. Etwas Dickes, was an der Erde gekauert hatte, erhob sich mühsam.

„Jetzt schon ins Verhör?“ fragte es.

„Nein!“ antwortete Müller.

„Was denn? Soll ich etwa eine Partie Sechsundsechzig mit Ihnen spielen?“

„Sie scheinen sehr gut gelaunt zu sein, Herr Schneffke!“

„Warum soll ich nicht? Ich bin hier vortrefflich versorgt.“

„So können wir also wieder gehn. Wir glaubten, Ihnen einen Gefallen zu erweisen, wenn wir Ihnen beistehn und Ihre Stricke zerschneiden.“

„Hallo, das klingt nicht übel! Wer sind Sie denn?“

„Ein Bekannter Ihres Bekannten.“

„Welches Bekannten?“

„Dieses da.“

Er deutete dabei auf Fritz, der bisher hinter ihm gestanden hatte.

„Bitte, leuchten Sie ihm doch einmal ins Gesicht!“

Müller tat es.

„Heiliger Pinsel! Das Wiesenschaumkraut! Wie kommen denn Sie hierher?“

„Zu Fuß!“

„Das habe ich gesehn, Sie Spaßvogel. Aber —“

„Zeigen Sie lieber erst Ihre werten Pfoten her!“

Fritz zog sein Messer und schnitt die Stricke entzwei.

„So, da sind Sie nun frei. Ein andermal unterlassen Sie gefälligst solche Dummheiten!“

„Welche Dummheiten?“

„Ich hatte Ihnen gesagt, daß Sie auf Ihrem Platz bleiben sollten!“

„Ich erinnere mich hoher Herr. Wir können ja gleich wieder hingehn!"

„Sie scheinen unverbesserlich zu sein."

„Was hatte ich denn zu befürchten?"

„Den Tod, mein Bester!"

„Donner und Doria! Schwere Jungs sind's ja, die da draußen — aber wäre es wirklich so schlimm geworden?"

„Ganz gewiß!"

„Nun, so will ich Ihnen herzlich danken! Um mich wäre es wohl nicht sehr schade gewesen; aber ich habe noch einige Pflichten zu erfüllen, ehe ich der schönen Welt ade sage. Bitte mir nur zu erklären, wie es Ihnen möglich war, mich zu befreien."

„Jetzt ist zu einer Erklärung keine Zeit!" drängte Müller. „Wir müssen uns schleunigst entfernen, wenn diese Leute nicht drei Gefangene haben sollen, anstatt des einen."

„Ist mir lieb. Gehn wir also!"

„Nicht so. Nehmen Sie die Stricke vom Boden auf! Der Kapitän darf sich nicht erklären können, auf welche Weise Sie entwischt sind."

„Ganz richtig. Da sind sie; ich bin also bereit."

Sie brachen auf, und Müller schloß alle Türen hinter sich zu. Durch den Gang gelangten sie in das Waldloch. Dem Maler fiel es freilich schwer, durch die niedrigen Ausgänge zu schlüpfen, die für seinen Durchmesser gar nicht eingerichtet waren. Im Freien holte er tief Atem und sagte:

„Meine Herren, es war wirklich eine verdammte Geschichte!"

„Schlimmer noch, als Sie denken", ergänzte Müller. „Doch jetzt das Notwendigste. Ich bitte Sie, von dem, was Sie heut erlebt haben, nichts verlauten zu lassen. Wann reisen Sie ab?"

„Heut und morgen wohl noch nicht. Ich habe hier zu tun."

„Ich will Sie nicht nach der Art Ihrer Geschäfte fragen; aber es ist meine Pflicht, Sie darauf aufmerksam zu machen, daß es für Sie am besten wäre, schleunigst zu verduften."

„Warum?"

„Weil der Kapitän alles tun wird, sich Ihrer zu bemächtigen. Lassen Sie sich nicht von ihm sehen! Ich denke, daß ich noch mit Ihnen sprechen werde. Eilen Sie nach Haus!"

„Nach Haus? Jetzt? Das schmeckt mir gar nicht. Ich möchte nach dem Steinbruch!"

„Wozu?"

„Um diese Kerls weiter zu beobachten."

„Überlassen Sie das lieber mir! Hier, Herr Schneeberg wird Sie begleiten. Es genügt vollständig, wenn ich allein erfahre, was gegenwärtig dort im Steinbruch vorgeht. Gute Nacht!"

Sein Licht verlöschte. Es raschelte im Laub, und dann war er verschwunden.

Schneffke suchte mit seinen Augen das Dunkel zu durchdringen.

„Dieser Herr hat eine sehr bestimmte Art und Weise, mit einem gottbegnadeten Maler zu sprechen. Wer ist er?"

„Der Hauslehrer auf Schloß Ortry, Doktor Müller."

„So, so! Er sagte gute Nacht. Ist er wirklich fort?"

„Natürlich!"

„Na, so wollen wir ihm gehorchen und auf den Steinbruch verzichten. Was haben Sie noch vor?"

„Nichts. Ich gehe nach Haus."

„Schön! Trudeln wir also miteinander! Sie kennen den Weg?"

„Genau. Kommen Sie; aber schweigen wir jetzt! Es ist nicht nötig, daß uns jemand bemerkt."

Der Dicke gehorchte, wenn auch widerwillig. Erst, als der Wald hinter ihnen lag und man nun besser unterscheiden konnte, ob man beobachtet sei oder nicht, wisperte er:

„Sagen Sie mir einmal, wie Sie auf den Gedanken gerieten, mich herauszuholen! Ich hätte es für ein Ding der Unmöglichkeit gehalten."

„Und doch war es nicht schwierig. Ich kenne diese unterirdischen Gänge und traf dazu Herrn Doktor Müller, der noch besser unterrichtet ist als ich. Da wurde es verhältnismäßig leicht, bis zu Ihnen zu gelangen."

„Dennoch bin ich Ihnen großen Dank schuldig. Ich bitte, mir zu sagen, wie ich ihn abtragen kann."

„Ich tat meine Pflicht, weiter nichts."

„Das ist sehr bescheiden. Ich werde mich also derselben Bescheidenheit befleißigen und Ihnen gegenüber auch nur meine Pflicht tun."

„Ich wüßte nicht, welche Pflicht Sie meinen könnten."

„Ich bin überzeugt, daß Sie das nicht wissen. Ich möchte Sie nämlich sehr gern glücklich sehn. Nicht wahr, Sie lieben Nanon?"

„Herr!"

„Nun ja — jetzt möchten Sie lieber gar grob werden, und doch meine ich es so gut mit Ihnen. Ich kann Sie nämlich von einer Last befreien."

„Was meinen Sie damit?"

„Ein gewisses Geheimnis, das sich auf — hm, auf die Abstammung Nanons bezieht."

Fritz hielt den Schritt an und legte die Hand fest um den Arm des Malers.

„Herr Schneffke, diese Sache ist mir zu heilig, als daß ich einen Scherz darüber dulden könnte!"

„Ich spreche sehr im Ernst."

„Wollen Sie etwa behaupten, die Abstammung Nanons zu kennen?"

„Nein und ja; es gibt Zufälligkeiten, die, miteinander verglichen, zu Schlüssen führen können. Seien wir aufrichtig — Sie lieben Nanon?"

„Ja."

„Nun gut! Sie haben mir einen großen Dienst erwiesen, und so will ich Ihnen nach Kräften förderlich sein. Mit einem Wort: Sie sollen Nanon haben."

„Ich wüßte wirklich nicht, welchen Einfluß Sie auf mein Geschick ..."

„Bitte, fühlen Sie sich nicht durch meinen Ton gekränkt! Ich hab eine etwas lockere Zunge, aber im übrigen bin ich zuzeiten durchaus ernst veranlagt."

„Nun, ich bin sehr gespannt auf das, was Sie mir mitzuteilen haben."

„Das glaube ich Ihnen. Ich vermute nämlich, daß Nanon nicht Eltern gewöhnlichen Standes gehabt hat. Ich war auf Schloß Malineau."

„Ich auch. Und doch ist dort nichts zu erfahren gewesen."

„Sie haben nichts erfahren und die beiden Schwestern auch nicht. Dennoch ist es möglich, daß andere etwas erfahren. Glauben Sie, daß Nanon Sie wiederliebt?"

„Vielleicht."

„Pah, vielleicht! Sie liebt Sie; das ist sicher! Ich habe es bemerkt, als ich auf der Birke hing. Aber glauben Sie, daß sie Ihnen ihre Hand reichen würde, wenn sie auf einmal Gewißheit bekäme, daß ihr Vater ein Adliger sei?"

„Die Liebe fragt nicht nach Äußerlichkeiten."

„Aber diesem Vater würde es vielleicht nicht passen."

„Das wäre abzuwarten."

„Ich will Ihnen helfen, sich diesen Vater so zu verpflichten, daß er Ihnen die Tochter nicht verweigern kann."

„Sie sprechen gradso, als ob Sie sich entschlossen hätten, meine Vorsehung zu sein."

„Das ist auch wirklich der Fall. Sie sollen heut dem Maler Hiernonymus Aurelius Schneffke nicht umsonst aus der Patsche geholfen haben. Können Sie jetzt mit mir noch einmal in den Gasthof kommen?"

„Ich möchte es lieber unterlassen."

„Weshalb?"

„Man soll nicht merken, daß wir miteinander zu tun haben. Der Wirt ist ein Verbündeter des Kapitäns Richemonte."

„Das ist schade. Ich hätte Ihnen gern schon heut ein Mittel in die Hand gespielt Nanons Abstammung zu entschleiern."

„Dann stehe ich Ihnen zur Verfügung, aber nicht im Gasthof. Ich bitte Sie vielmehr, mich nach meiner Wohnung zu begleiten."

„In die Apotheke?"

„Ja. Sie haben mich in fiebernde Spannung versetzt. Lassen Sie uns eilen!"

Nach kurzer Zeit hatte er mit dem Maler sein Zimmer erreicht und Licht gemacht. Dann erwartete er mit Ungeduld die Mitteilung seines Gastes.

„Haben Sie Papier und Bleistift hier?" fragte Schneffke.

„Ja. Wollen Sie schreiben?"

„Nein, zeichnen."

„Was denn?"

„Das werden Sie bald sehn. Geben Sie her!"

Er erhielt das Verlangte, setzte sich an den Tisch und riet:

„Brennen Sie sich eine Zigarre an und lassen Sie sich die Zeit nicht lang werden! Ich muß meine Zeichnung aus der Erinnerung machen, und da heißt es die Gedanken zusammennehmen."

Fritz folgte diesem Rat; er rauchte, und Schneffke zeichnete. Minute um Minute verging; es wurde eine Viertelstunde daraus. Endlich legte Hieronymus den Stift weg und hielt das Papier in die Nähe der Lampe, um es genau zu betrachten.

„Ich denke, es ist geglückt", sagte er zufrieden.

„Was haben Sie gezeichnet? Darf ich es sehn?"

„Bitte!"

Fritz erblickte einen Frauenkopf von süßer Lieblichkeit. Er hielt ihn in kürzerer und größerer Entfernung vor die Augen und rief:

„Das ist ja Nanon!"

„Nanon? — Wirklich?"

„Ja. Nur dünkt sie mir um einige Jahre älter und reifer!"

„So, so!" lächelte Schneffke. „Sind Sie Ihrer Sache gewiß? Ich habe im Gegenteil gedacht, Madelons Bild zu zeichnen."

„Madelons? — Ja, es könnte auch Madelon sein."

„Aber, mein Lieber, wenn es wirklich meine Absicht gewesen wäre, Nanon zu zeichnen! Sehn Sie sich das Bild genau an!"

Fritz musterte nochmals die Zeichnung und legte sie schließlich zweifelnd auf den Tisch zurück.

„Ich werde nicht klug daraus. Das ist sowohl Nanon als auch Madelon, nur älter und herber."

„Ich werde Ihnen auf die Sprünge helfen. Wenn diese Zeichnung die von Madelon und Nanon ist und doch auch wieder nicht ist, wessen Bild könnte es dann sein?"

Fritz dachte einen kurzen Augenblick nach; dann zuckte es wie eine Erkenntnis über sein Gesicht.

„Meinen Sie etwa die Mutter?"

„Warum nicht?"

„Also die Mutter soll es sein? Haben Sie denn die Dame gekannt? Sie ist doch längst tot."

„Ich habe einmal ein Bild gesehn, ganz so wie dieses. Und darunter standen die Worte, die ich jetzt auch unter diesen Kopf schreiben werde. — Hier!"

Das entsprach zwar nicht der Wahrheit; aber es paßte so in seinen Plan. Fritz warf einen Blick auf die Zeilen und las:

„Mon doux et aimé becquefleur — mein süßer, lieber Kolibri! — Herrgott! Mann, wie kommen Sie zu diesen Worten?"

„Ganz so, wie ich erzähle. Ich habe sie gelesen."

„Und Nanon hat mir gesagt, sie wisse von ihrer Mutter, daß diese vom Vater stets mit dem Kosenamen Kolibri gerufen worden sei. Aber was veranlaßt Sie, aus diesem Namen und der Ähnlichkeit zu folgern, daß —"

„Nun, daß —?"

„Daß dieser Kopf das Bild von Nanons Mutter sei?"

„Dieses Geheimnis müssen Sie mir schon noch lassen. Sie werden später das Weitere erfahren."

„Darf ich Nanon das Bild zeigen?"

„Ja."

„Auch Madelon?"

„Auch ihr, doch stelle ich meine Bedingungen: Sie verraten nicht, von wem es ist."

„Gut! Sonst darf ich das Bild niemand sehn lassen?"

„O doch! Sie sollen es noch einer dritten Person zeigen, aber auch ohne zu sagen, woher es stammt."

„Wer ist diese dritte Person?"

„Ich habe sie hier im Garten bei der Engländerin gesehn."

„Meinen Sie etwa Mister Deephill?"

„Deephill, ja, so heißt er. Von ihm werden Sie bestimmt Auskunft erhalten."

„Sie spannen mich auf die Folter, Herr Schneffke", rief Fritz. „Rätsel über Rätsel!"

Hieronymus wiegte den Kopf hin und her, ein verschmitztes Lächeln um den Mund.

„Macht nichts. Um so größer wird die Überraschung, mein lieber Kräutermann. — Verraten will ich Ihnen nur: wenn mich nicht alles täuscht, werden Sie grad diesen Mister Deephill eines Tags als olle, nette Zugabe in die Arme schließen."

„Was soll das heißen?"

„Mein Geheimnis! In diesem Fall werden Sie außer einer herzigen Braut und einer reizenden Schwägerin auch noch einen recht sonderbaren und mürrischen Kauz als Ahnherrn in Kauf nehmen müssen."

„Deephill — olle, nette Zugabe — herzige Braut — reizende Schwägerin — mürrischer Kauz als Ahnherr: daraus werd' ein andrer schlau! — Sie wollen doch nicht etwa sagen, daß dieser Amerikaner in unmittelbarem Zusammenhang mit Nanons Abstammung steht?"

Der gute Schneffke merkte, daß er in seinem Übereifer doch schon zuviel verraten hatte, und enthüllte nun dem staunenden Fritz mehr und mehr von seinen Entdeckungen, die er in Berlin bei Untersberg, dem alten Bas-Montagne, gemacht hatte; er sprach von jenem Bild bei Mélac in Malineau, das Deephill in jungen Jahren darstellte, von den wiedergefundenen Geburtsurkunden Nanons und Madelons, dem Brief an den Beschließer und allem, was damit zusammenhing.

„Alle Wetter, das haben Sie ja großartig gemacht!" meinte Fritz, nachdem Schneffke geendet hatte. „Das gibt eine Freude! Aber verraten darf ich noch nichts?"

„Gar nichts!"

„Was aber antworte ich, wenn man mich nach dem Zeichner fragt?"

„Das Bild ist ein Studienkopf, entworfen von einem Freund, an den Sie schreiben werden, um Aufklärung zu erhalten. Ich will vorerst im Hintergrund bleiben."

„Gut, ich verstehe. Hoffentlich begegne ich Nanon bereits morgen. Und Deephill will auch erscheinen. Wo finde ich Sie dann?"

„Hm. — Sie sagten, mein Gastwirt sei der Verbündete des Kapitäns. Das ist nach dem, was heut vorgefallen ist, gefährlich. Ich werde also ausziehn."

„Wohin?"

„Das weiß ich noch nicht, werde es Ihnen aber durch einige Zeilen mitteilen."

„Ich bitte sehr darum! Diese Angelegenheit ist mir über alle Maßen wichtig."

„Nun, laufen Sie nur nicht schon während der Nacht nach Schloß Ortry, sondern lassen Sie die Damen erst ausschlafen! Jetzt aber ist's genug. Ich werde gehn!"

Sie schieden. Fritz war so erregt, daß er nicht schlafen konnte. Er lief noch stundenlang im Zimmer umher, schmiedete Pläne und erging sich in tausenderlei Erwägungen. Endlich fühlte er sich doch körperlich und seelisch so angegriffen, daß er das Lager aufsuchte.

Die Folge blieb nicht aus. Als Fritz erwachte, war der Mittag nah; es hatte schon elf Uhr geschlagen. Und als er dann durch das Fenster blickte, sah er — Doktor Müller die Straße heraufschreiten und ins Haus treten. Was hatte dieser Besuch zu bedeuten? Er brauchte nicht lang zu grübeln, da trat Müller bei ihm ein.

„Warst du heut schon fort?" fragte der Hauslehrer.

„Nein."

„So kann ich auch von dir nichts erfahren. Ich hielt es für möglich, daß du Deephill zufälligerweise begegnet seist."

„Suchen Sie ihn?"

„Ja. Ich hatte ihn zu sprechen und fand ihn nicht. Als ich mich erkundigte, erfuhr ich, daß Richemonte gesagt habe, der Amerikaner sei heimlich abgereist."

„Und das glauben Sie nicht?"

„Nein. Er hätte sicher vor seiner Abreise noch mit mir gesprochen. Ich ging daher zu meiner Schwester, habe aber auch nichts weiter erfahren, als daß er gestern nachmittag hier war."

„Ist er dann auf dem Schloß gewesen?"

„Nein. Es hat ihn niemand gesehn."

„Niemand gesehn? Da fällt mir ein — ah, das wäre doch ein verdammter Streich!"

„Was?"

„Dieser Maler Schneffke strich gestern im Wald herum, und ich erfuhr von ihm so nebenbei, daß er dem Amerikaner begegnet ist."

„In welcher Gegend?"

„Es muß gewesen sein, kurz nachdem ich mit dem Maler zusammentraf, also vermutlich zwischen dem alten Turm und der Klosterruine."

„Ah! Ich befinde mich in Sorge um Deephill. Der Kapitän trachtet ihm nach dem Leben. Wer weiß, was geschehn ist!"

„Dieser Satan! — Und grad jetzt brauche ich den Amerikaner notwendig!"

„Wozu?"

„Wegen einer Auskunft über Nanons Eltern."

„Und Deephill soll diese Auskunft geben können?"

„Ja. Bitte, Herr Doktor, haben Sie die Güte, sich einmal dieses Bild anzusehn."

Er erzählte seine Unterredung mit dem Maler. Müller hörte aufmerksam zu und betrachtete das Bild sehr genau.

„Dieser Aurelius Hieronymus Schneffke scheint eine Zusammensetzung von Klugheit und Dummheit, List und Vertrauensseligkeit zu sein", sagte er schließlich. „Was er dir hier gesagt hat, beweist, daß er die ganze Angelegenheit pfiffig angepackt hat, wobei ihm allerdings auch das Glück ein wenig hold war. Deephill ist auf keinen Fall verreist. Ich werde nach ihm forschen."

„In den Gewölben?"

„Auch dort."

„Soll ich helfen?"

„Ja. Ich will jetzt meine Erkundigungen fortsetzen und erwarte dich Punkt drei Uhr im Waldloch."

Er ging, und bald darauf verließ auch Fritz die Stadt, um die Nähe des Schlosses aufzusuchen.

Der Zufall war ihm übrigens günstig, denn als er vom alten Turm her den Weg zum Park einschlug, kamen ihm — die beiden Schwestern entgegen.

Sie waren sehr erfreut, ihn zu sehn, und luden ihn ein, sie auf ihrem Spaziergang zu begleiten. Es war ein schöner Tag, und so wanderten sie durch den Forst, bis die Damen müde wurden und den Vorschlag machten, im Moos auszuruhn. Während der Unterhaltung kam die Rede auch auf die Erlebnisse in Malineau, auf den alten Berteu und auf Familienangelegenheiten.

„Ihren Vater haben Sie also gar nicht gekannt?" fragte Fritz, der froh war, das Gespräch auf diesen Gegenstand gebracht zu haben. „Sie wissen auch nicht, was er war?"

„Gar nichts wissen wir, außer einigen Nebensachen."

„Da fällt mir ein: sagten Sie nicht einmal, Mademoiselle Nanon, Ihr Vater habe die Mutter gern mit dem Kosenamen Kolibri gerufen?"

„Ja."

„Eigentümlich! Daran wurde ich gestern erinnert."

„Wieso?"

„Ich suchte alte Briefe durch und fand dabei ein Blatt mit einem Studienkopf. Unter diesem stand die merkwürdige Unterschrift: ‚Mein süßer, lieber Kolibri'."

„Das ist allerdings wunderbar. Wessen Bildnis war es?"

„Es war kein Bildnis, sondern ein Studienkopf."

„Kann man ihn einmal sehn?"

„Nun, wenn ich nicht irre, habe ich das Blatt bei mir."

Er nahm die Brieftasche heraus, suchte eine Zeitlang darin, zog dann die Zeichnung hervor und gab sie ihnen. Er befand sich in großer Spannung, welchen Eindruck sie machen werde.

Kaum hatten die Schwestern einen Blick auf den Kopf geworfen, so fuhren sie auf.

„Die Mama!" rief Madelon.

„Ja, die Mama! O mein Gott, das ist sie wirklich, die liebe, gute Mama!" erklärte auch Nanon.

Fritz stellte sich verwundert.

„Wie? Ihre Mama soll das sein? Erinnern Sie sich Ihrer Mutter denn noch so deutlich?"

„Ganz und gar! Wir waren noch Kinder, als sie starb,

aber wir hatten sie sehr lieb, und wen man so liebhat, den kann man nie vergessen!"

„Und selbst wenn wir uns irrten", fügte Madelon hinzu, „denken Sie doch hier an diese Unterschrift! Wer könnte da noch zweifeln? Von wem ist das Bild?"

„Ein Freund von mir hat es gezeichnet, damals als angehender Maler. Er schenkte es mir, weil mir das Bild sehr gefiel."

„Aber wie kann dieser Freund unsre Mutter kennen? Ah, ich spreche wirklich wie ein Kind! Ich weiß ja nicht einmal, wo er gelebt hat. Vielleicht in dieser Gegend?"

„Nein, sondern in Deutschland. Ich glaube nicht, daß er jemals in diese Gegend gekommen ist!"

„Wo befindet er sich jetzt?"

„Auf einer Reise. Er schreibt mir, er werde bald heimkehren und mich dabei besuchen."

„Das wäre schön! Er wird uns sagen müssen, wer ihm zu diesem Kopf gesessen hat. Er ist so charakteristisch gehalten und so sauber gearbeitet, grad — ah, es wäre wohl lächerlich, das zu sagen!"

„Was?"

„Ich sah während der Bahnreise die Tierbilder eines Mitreisenden, des Tiermalers Schneffke. Dort waren es Tierköpfe, und hier ist es ein Menschenkopf, aber der ist ganz in derselben Weise ausgeführt. Man möchte beinah sagen, daß Schneffke auch diesen Kopf gezeichnet hat."

Fritz wunderte sich über den Scharfblick Madelons. Er hatte seinen Zweck erreicht, denn er hatte den Beweis, daß dieser Kopf wirklich der sei, für den Schneffke ihn ausgegeben hatte. Nun brannte er darauf, mit dem Amerikaner zusammenzutreffen.

7. DURCHKREUZTE PLÄNE

Fritz begleitete die beiden Schwestern bis in die Nähe des Schlosses zurück und begab sich dann zum Waldloch, wo er sich zunächst überzeugte, daß man ihn nicht beobachte. Pünktlich um drei Uhr stellte sich Müller ein.

„Sind wir sicher?“ fragte er.

„Es ist niemand in der Nähe.“

„So wollen wir den Eingang öffnen.“

„Der Amerikaner ist also noch immer verschwunden?“

„Ja. Wir müssen untersuchen, ob er hier vielleicht in eine Falle geraten ist.“

„Dann können wir auch gleich nach einem zweiten sehn, Herr Doktor.“

„Wen meinst du?“

„Sie sprachen von einem Keller des Mittelpunkts, des ‚Mittelpunkts der Unterwelt‘, wenn ich mich recht entsinne?“

„Ja. Ich vermute meinen Vater dort.“

„Wir fanden diesen Keller aber nicht. Heut während der Nacht nun ist mir ein Gedanke gekommen ...“

„... den ich errate. Es wird ganz der meinige sein. Du hast an Schneffke gedacht?“

„Ja.“

„Er befand sich in einem Raum, wo wir noch nicht gewesen waren.“

„Und dieser Raum lag nicht weit vom Mittelpunkt.“

„Richtig! Und aus dem Verlies, wo der Maler steckte, führte eine Tür weiter.“

„Wohin mag sie gehn?“

„Wir werden es heut erfahren. Komm!“

Sie zogen den Stein weg, krochen in die Öffnung und schlossen sie von innen. Auf dieselbe Weise gelangten sie auch in den Gang. Dort brannte Müller seine Laterne an.

Nun suchten sie das Gewölbe auf, worin gestern Hieronymus Aurelius Schneffke gesteckt hatte. Alle Türen, die sie öffneten, versperrten sie wieder hinter sich.

An Ort und Stelle schloß Müller die zweite Tür auf, die er gestern bemerkt hatte. Sie führte in eine runde Halle, die leer war und keine andre Tür besaß. Aber grad in der Mitte ging ein Loch von etwa zwei Meter Durchmesser in die Tiefe hinab.

„Was mag das sein?“ fragte Müller.

„Ein Brunnen vielleicht.“

„Möglich. Doch erkennt man keine Spur irgendeiner Vorrichtung, wie sie bei Brunnen üblich sind. Dieses Loch kommt mir verdächtig vor.“

„Ob es tief sein mag?“

„Wollen sehn!“

Er suchte nach einem Stein, fand aber keinen.

„Ich habe Siegellack einstecken“, bemerkte Fritz.

„Schön. Brich ein Stück davon ab!“

Sie ließen das Stückchen hinabfallen und horchten. Es dauerte mehrere Sekunden, bevor sie einen leisen Ton vernahmen. Der Brunnen war ungewöhnlich tief.

„Hast du den Schall richtig gehört?“ erkundigte sich Müller.

„So ziemlich. Es klang nach Wasser. Auf festen Grund ist der Siegellack nicht gefallen.“

„Das denke ich auch. Wollen eine zweite Probe machen!“

Er brannte Streichhölzchen, die viel Schwefel enthielten, an und warf sie hinab. Die schwefelige Flamme sank ziemlich schnell zur Tiefe und verlöschte unten so rasch, daß mit Gewißheit auf Wasser zu schließen war.

„Das war also vergebens“, sagte Müller. „Es ist ein Brunnen, weiter nichts; kein Schacht, wie ich erst dachte. Wir wollen aber nichts unversucht lassen und noch an die Wände klopfen.“

Auch das führte zu nichts. Die Mauern waren rundum

massiv, natürlich mit Ausnahme der Tür, durch die sie beide gekommen waren.

„Also wieder hinaus! Suchen wir nun den Amerikaner!"

„Aber wo? Diese unterirdischen Gänge sind so ausgedehnt, daß man tagelang umherirren kann."

„Ich habe eine Vermutung. Da vorn, wo wir den Alten mit Rallion belauschten, scheint der Gefängnisraum zu sein. Wollen zuerst dort nachforschen!"

Sie bogen von dem jetzigen Gang nach links ab, in der Richtung, die zum Schloß führte, und erreichten die wohlbekannte Tür und den Keller, worin die Kisten aufgestapelt waren. Dort blieben sie zunächst stehn, um zu lauschen. Es war nichts zu hören. Nun begaben sie sich nach dem Hintergrund, wo Müller an die Tür klopfte.

„Ist jemand da drin?" fragte er.

Keine Antwort.

„Steckt jemand hinter dieser Tür?" wiederholte er.

Da war es, als ob ein Räuspern zu vernehmen sei.

„Warum wird nicht geantwortet?"

Abermals dasselbe Räuspern, doch keine Antwort.

„Es steckt jemand drinnen, unbedingt", sagte Fritz. „Aber weshalb antwortet man nicht?"

„Werden es gleich erfahren."

Müller schob die Riegel zurück und öffnete. Er ließ den Schein der kleinen Laterne auf den Boden fallen — eine Gestalt lag zusammengekrümmt zu seinen Füßen, regte sich aber nicht.

„Warum antworten Sie nicht?" fragte er .

Beim Klang dieser Stimme sprang der Bewohner der Zelle auf.

„Höre ich recht? — Sie, Herr Doktor?"

„Ja."

„Ich dachte, der Kapitän sei es; daher schwieg ich!"

„Aber, Mister Deephill, wie geraten Sie in diese schauderhafte Lage?"

„Der alte Teufel hat mich in die Falle gelockt. Wie aber kommen Sie hinter seine Schliche und dann hierher, mir zu öffnen?"

„Davon nachher. Jetzt bemühen Sie sich zunächst heraus! So! Schieben wir die Riegel wieder vor! Setzen Sie sich auf diese Kiste und erzählen Sie uns, wie es Richemonte angefangen hat, Sie herabzulocken!"

„Zuvor die Frage: kennen Sie diese Räumlichkeiten alle? Und auch den Zweck, wozu sie gebraucht werden?"

„Genau."

„Gut, so kann ich ohne Umschweife davon sprechen."

Deephill berichtete nun, wie er gestern dem Kapitän im Wald begegnet sei und was darauf alles geschehen war.

„Welchem Umstand aber habe ich diese unerwartete Befreiung zu verdanken?"

Müller klärte ihn darüber auf. „Und was werden Sie nun unternehmen?"

„Ich gehe natürlich gradewegs von hier zum Staatsanwalt, um diesen Satan in Ketten schlagen zu lassen."

„Vielleicht tun Sie das doch nicht. Ich bitte Sie, die Anzeige aus Rücksicht auf mich zu unterlassen. Hören Sie meine Gründe an! Ich setze zwar damit alles aufs Spiel, aber ich weiß, daß Sie ein Ehrenmann sind, der mein Vertrauen nicht zu mißbrauchen vermag. Sie sind Franzose und lieben Ihr Volk und Ihr Vaterland?"

„Ich liebe mein Vaterland, aber die Erfahrungen, die ich gegenwärtig mache, sind nicht geeignet, diese Liebe zu vertiefen."

„Sie haben geäußert, daß Sie die Deutschen hassen!"

„Zu wem?"

„Zu mir und zu diesem da."

Müller ließ den Lichtschein auf Fritzens Gesicht fallen.

„Ah, der Pflanzensammler! — Sie, Sie kommen, mich zu befreien?"

„Warum soll er das nicht? Er wird noch mehr für Sie tun, wie Sie bald erfahren werden. Lernen Sie erst die Deutschen kennen! Auch ich bin einer!"

„Auch Sie?" fragte Deephill, indem er einen Schritt zurücktrat. „Wirklich auch Sie?"

„Ja. Sie verzeihn, daß ich Ihnen das nicht früher sagte. Die Umstände gestatteten das nicht."

„Aber, mein Gott, diese — diese Dame, Miß Harriet de Lissa!"

„Ist meine Schwester!"

„Also auch eine Deutsche?"

„Ja."

„Was höre ich? Das ist ja — ah!"

Er holte tief Atem. Wäre es heller gewesen, hätte man sehn können, daß beinahe Totenblässe sein Angesicht bedeckte. Müller legte ihm beruhigend die Hand auf die Schulter.

„Bitte, urteilen Sie nachher! Fritz, geh vor an die Tür und paß auf, daß wir nicht überrascht werden."

„Ein Deutscher! Ein Deutscher!" wiederholte Deephill. „Und das sagen Sie mir hier grad an diesem Ort? Wenn das der alte Kapitän wüßte!"

„Nur Gott lenkt die Geschicke der Völker; den Kapitän fürchten wir nicht. Bitte, setzen Sie sich mir gegenüber und hören Sie zu!"

Mister Deephill nahm Platz, und Müller begann mit halblauter Stimme zu erzählen von seinem Großvater Hugo und seiner Großmutter Margot. Er erzählte weiter und weiter, alles, was seine Familie erlitten und erduldet hatte. Er nannte den Namen Greifenklau nicht, wohl aber den Namen des Kapitäns.

Deephill hörte wortlos zu, und selbst als die Erzählung zu Ende war, schwieg er noch eine ganze Weile; dann hauchte er vor sich hin:

„Schrecklich! Kann es solche Menschen geben?"

„Gewiß. Sie haben das ja an sich selber erfahren."

„Ich?“

„Ja. Hat man nicht ein geliebtes Weib und zwei herzige Kinder von Ihrer Brust gerissen? Der das tat, war Ihr eigener Vater, und Ihr Weib, das mit allen Lebensfasern an Ihnen hing, war eine Deutsche.“

„Sie irren — sie liebte mich nicht; sie war mir nicht treu und verließ mich schamlos eines andern wegen.“

„Das ist eine niederträchtige, fein ausgesonnene Lüge! Halten Sie Ihr Weib dessen für fähig, sie, die Sie einst nicht anders nannten als ‚mon doux et aimé becquefleur‘?“

Mit einem Ruck fuhr Deephill von seinem Sitz auf.

„Herr, woher wissen Sie das?“

„Warten Sie einen Augenblick!“

Müller holte sich von Fritz den von Schneffke gezeichneten Frauenkopf und gab das Blatt dem Amerikaner.

„Sehn Sie und lesen Sie“, sagte er, indem er das Licht der Laterne auf die Zeichnung richtete.

Der Blick Deephills fiel auf das Blatt. Seine Hände begannen zu zittern; ein tiefer, tiefer Atemzug hob seine Brust.

„Amély, Amély“, stöhnte er dann. „Ja, es ist Amély, mein Kolibri. O Gott, o Gott!“

Er ließ die Zeichnung aus den Händen fallen und brach beinah zusammen. Seine Brust hob und senkte sich krampfhaft. Er vermochte nicht, ein Schluchzen zu unterdrücken.

Müller schwieg. Endlich raffte Deephill das Blatt wieder auf.

„Lebt sie noch?“

„Nein. Nur der Zufall hat uns dieses Blatt in die Hand gegeben. Das und Weiteres werden Sie dort von meinem Gefährten erfahren.“

„Ihr Gefährte? Ah — — Sie sind selber der Sohn jener Familie, von der Sie erzählten, nicht wahr?“

„Ja. Sie raten richtig.“

„Und Sie sind gekommen, sich an dem Kapitän zu rächen?"

„Nein. Ich überlasse Gott die Rache; aber ich tu meine Pflicht. Werden Sie mir dabei Hindernisse bereiten wollen, Monsieur Gaston de Bas-Montagne?"

„Wie? Sie kennen meinen Namen?"

„Natürlich. Ich besitze nicht nur das Bild Ihrer Frau, sondern weiß auch, wo Ihre Kinder —"

„Meine Kinder? Gott, o Gott! Sagen Sie mir um alles in der Welt: leben sie noch?"

„Ja. Wenn Sie es wünschen, können Sie sie heut noch begrüßen."

Deephill legte die Hände vor die Augen. „Meine Kinder am Leben!" stammelte er. „Welche Seligkeit!"

„Hm!" lächelte Müller. „Sie haben sie vielleicht schon gesehn, eine der Schwestern ganz gewiß."

„Wo denn?"

„Hier in der Nähe. Ist Ihnen hier nicht vielleicht eine Dame begegnet, die Ihrer verstorbnen Frau ähnlich ist?"

„Doch! Ich war ganz betroffen davon."

„Wer war es?"

„Fräulein Nanon. Ich wiederhole, daß ich beim Anblick dieser jungen Dame fast bestürzt war; aber —"

„Was: aber?"

„Die Ähnlichkeit kann nur ganz zufällig sein."

„Haben Sie sich auch nach ihren Familienverhältnissen erkundigt, Herr Deephill?"

„Ja. Sie ist eine Waise aus Schloß Malineau in der Gegend von Etain."

„Aber Sie erfuhren doch auch, daß sie eine Schwester hat?"

„Ja. Ich bin mit dieser Schwester gefahren. Sie befand sich mit mir im Zug."

„Und das Gesicht von Fräulein Madelon ist Ihnen nicht aufgefallen? Sie beiden Schwestern ähneln sich ja außergewöhnlich."

„Madelon trug im Zug einen Schleier."

„Aber auffallen muß Ihnen doch wenigstens jetzt, daß es zwei Schwestern gibt, die Waisen sind, ihren Vater nicht gekannt haben und eine große Ähnlichkeit mit Ihrer Frau besitzen!"

„Allerdings! Aber — wollen Sie damit sagen, daß Nanon und Madelon meine Kinder sind?"

„Ja, sie sind es. Es ist kein Zweifel mehr!"

„Wie wollen Sie das beweisen? Die bloße Ähnlichkeit ist doch kein Beweis."

„Das ist wahr. Aber Fritz Schneeberg wird imstande sein, Ihnen weitere Aufklärungen zu geben."

„So kommen Sie schnell! Schnell nach Schloß Ortry, wo ich meine Kinder ... o Gott!"

Er wandte sich, um davonzustürmen; Müller aber hielt ihn zurück.

„Halt, nicht so rasch! Denken Sie wirklich daran, jetzt nach Ortry zu gehn?"

„Gewiß! Natürlich!"

„Ich möchte ein Zusammentreffen zwischen Ihnen und dem Kapitän noch vermeiden."

„Aber ich muß nach Ortry, um meine Kin ..."

„Das ist nicht notwendig, Fritz Schneeberg mag Sie zu meiner Schwester führen, die sich wegen Ihres Verschwindens schon in Sorge befand."

„Wirklich?" fragte Deephill mit großen Augen.

„Ja. Ich ging zu ihr, um mich zu erkundigen, ob Sie vielleicht bei ihr gewesen seien. Ihr Erscheinen wird sie beruhigen. Dann führe ich Ihnen Ihre Töchter zu. Also verschwinden wir! Vorher aber wollen wir dafür sorgen, daß hier keine Spur meiner Anwesenheit zu finden ist."

„Noch eins, mein bester Herr Doktor! Sie haben mir Freiheit und Leben gerettet. Ich hätte die Sonne nie wiedergesehn. Sie können versichert sein, daß ich Ihnen das nicht vergessen werde. Ich bin in Ihrer Schuld, verfügen Sie über mich nach Belieben."

Müller warf ihm einen ernsten, forschenden Blick zu.

„Wissen Sie, was das heißt? Haben Sie auch an die Tragweite dieses Wortes gedacht? — Nun, was meine Person betrifft, so haben Sie nicht die geringste Verbindlichkeit. Richten Sie Ihre Dankbarkeit dort an den, den ich jetzt meinen Gefährten nenne, und an einen zweiten, den Sie wohl noch kennenlernen werden. Dennoch aber sehe ich voraus, daß ich gezwungen sein werde, Sie mit Bitten zu belästigen. Werden Sie diese berücksichtigen, so sind nicht Sie mein Schuldner, sondern ich bin der Ihrige."

„Bitten, die mit Ihrem vermutlichen Auftrag in Beziehung stehn?"

„Ja."

„Ich werde sie erfüllen."

„Aber Sie sind Franzose!"

„Und Sie sind Deutscher. Ich haßte die Deutschen und kam, um das Meinige zu ihrem Nachteil beizutragen. Aber ich denke schon ganz anders, Herr Doktor. Betrachten Sie mich als Ihren Freund! Sie können versichert sein, daß ich nichts tun werde, was Ihnen bei der Erfüllung Ihrer Pflicht hinderlich sein könnte."

„Ich danke Ihnen!"

„Und zum letzten, Herr Doktor: wer ist dieser zweite, von dem Sie vorhin sprachen?"

„Ein Maler, der sich jetzt in der Gegend von Thionville aufhält."

Deephill horchte auf.

„Er ist also nicht von hier?"

„Nein."

„Wohl ein kleiner, dicker Kerl mit Kalabreserhut?"

„Ja."

„Ah, den kenne ich, wenn Sie nämlich diesen sonderbaren Hieronymus Aurelius Schneffke meinen."

„Den meine ich allerdings."

„Ihm bin ich Dank schuldig?“

„Ja, sogar sehr großen, wie Sie jedenfalls bald erfahren werden.“

„O weh, ich bin mit ihm bös zusammengeraten!“

„Weshalb?“

„Einer Kleinigkeit wegen. Mein verteufelt heißes Blut! Ich bin ungemein hitzig, Herr Doktor!“

„Das läßt sich bei einiger Mühe wohl ändern. Doch kommen Sie; dieser Ort lädt nicht zum Verweilen ein. Und was wir noch zu besprechen haben, hat Zeit für später.“

Sie gingen. Im Freien gab Müller Fritz den Auftrag, in der Stadt sofort nach dem Maler zu suchen und ihn ins Apothekerhaus zu führen. Dann trennten sie sich.

Müller schlug die Richtung nach dem Schloß ein. Da er auf den gebahnten Pfaden einen Umweg gemacht hätte, so drang er in gerader Richtung mitten durch den Wald. Er war noch nicht weit gekommen, so blieb er stehn und lauschte.

Ein eigentümlicher Ton, der sich jetzt wieder hören ließ, war an sein Ohr gedrungen.

„Was mag das sein? Die Stimme eines Tieres? Das ist ein Brummen oder Blöken, wie ich es noch nicht gehört habe — dumpf, verworren und tief!“

Er horchte weiter. Der Ton ließ sich zum drittenmal vernehmen.

„Das ist keine Tierstimme. Merkwürdig! Will einmal sehn!“

Er ging dem Schall nach und blieb von Zeit zu Zeit stehn, um zu horchen.

„Wahrhaftig, das ist ein Mensch! Er ruft in zwei Sprachen, deutsch und französisch, wie aus der Erde heraus.“

„Hallo!“ rief er laut. „Wer ist hier?“

„Vorwärts, vorwärts!“ klang es als Antwort.

„Ja, wo sind Sie denn?“

„Donnerwetter — hier im Loch!“

„Und wo ist das Loch?"
„Sehn Sie es denn nicht?"
„Nein. Rufen Sie noch einmal, aber lauter."
„Hier, hier!" brüllte es. „Oder soll ich etwa singen?"
„Ja, singen Sie!" lachte Müller.
„Schön!" klang es ihm dumpf und hohl entgegen. Dann erscholl es, wie aus einem Grab heraus:

„Mein Lieb ist eine Alpnerin,
gebürtig aus Tirol.
Sie trägt, wenn ich nicht irrig bin,
ein schwarzes Kamisol!"

„Schon gut!" lachte Müller, der bei dieser drolligen Art unwillkürlich an den unverwüstlichen Maler von gestern denken mußte. „Ich bin da!"
„Gott sei Dank!"
Müller stand vor einer grünen, dichtmoosigen Stelle, in deren Mitte ein kleines Loch zu sehn war. Dieses hatte kaum den Durchmesser einer halben Elle. War hier wirklich ein Mann hinabgestürzt? In diesem Fall mußte die eigentliche Öffnung weiter sein und wurde von dem wuchernden Grün trügerisch versteckt. Der Doktor blieb in vorsichtiger Entfernung davor halten.
„Sind Sie hier hinabgestürzt?" fragte er.
„Leider."
„Hören Sie mal, mein Freund, wie heißen Sie denn?"
„Schneffka."
„Schneffka? Ah, dann sind Sie wohl der berühmte Tiermaler mit dem Vornamen Hieronymus Aurelius?"
„Sie kennen mich?"
„Habe die Ehre. Bin Doktor Müller."
„Doktor Müller? Juchhei! Das ist der Richtige. Das ist der, den ich hier ganz allein gebrauchen kann. Hier gibt es nämlich Geheimnisse."
„Wirklich?"
„Das Loch ist nicht von ungefähr. Es ist mit Absicht gemacht, ganz künstlich. Ein breites, tiefes Loch. Oben drauf

Knüppel gelegt, darüber Erde, und diese Erde mit Moos bepflanzt. Die Knüppel müssen an der Stelle, wo ich durchgebrochen bin, verfault sein. Das ganze Ding ist so eingerichtet wie eine Grube in den indischen Dschungeln zum Tigerfang."

„Diesmal hat sich allerdings kein Tiger gefangen."

„Etwa ein Rhinozeros?"

„Will es nicht in Abrede stellen."

„Hol Sie der Teufel!"

„Schön."

„Vorher angeln Sie mich aber fein hinaus!"

„Wie tief sind Sie denn gefallen?"

„Dreimal Mannstiefe wird es wohl betragen."

„Wenn Sie sich zehn Minuten gedulden wollen, so hole ich Hilfe."

„Was für welche?"

„Es sind unweit von hier junge Bäume gefällt worden. Ich hole einen Stamm."

„Schön. Laufen Sie!"

Müller war vorher an dem Holzschlag vorübergekommen. Dort fand Müller einen Baum, der von Ästen befreit und stark genug war, den dicken Maler zu tragen. Er nahm ihn auf die Schulter und schleppte ihn zurück.

Wieder bei der Grube, untersuchte er sorgfältig den Boden, um nicht selber einzubrechen.

„Na, so machen Sie doch schon!" erscholl es von unten ungeduldig.

„Gleich, lieber Herr Schneffka. — Jetzt aufgepaßt!"

Müller ließ den Stamm hinabrutschen.

Er hörte ein Stöhnen und Pusten, dann ein Murren und Schimpfen in der Tiefe.

„Das ist doch eine ganz verfluchte Patsche, in die ich da geraten bin. Es will nicht gehn."

„So gibt es nur ein Mittel: ich komme einmal hinab."

„Dann stecken wir beide in der Tinte."

„Keine Sorge. Bin ich unten, so kann ich schieben, und Sie gelangen leichter herauf."

„Na, da versuchen Sie es!"

„Treten Sie beiseite!"

Müller umfaßte den Stamm, schlang dann auch die Beine darum und rutschte vorsichtig hinab.

„Da bin ich", sagte er, als er den Boden unter seinen Füßen fühlte.

„Station Hölle! Fünf Minuten Aufenthalt!" verkündete Hieronymus Aurelius Schneffke.

„Vielleicht auch etwas länger. Befinde ich mich einmal hier, so will ich auch genau wissen, wo ich bin."

„Dazu gehört eine Laterne."

„Hab ich."

„Sie scheinen Tag und Nacht bereit zu sein, sich als Einbrecher zu betätigen."

„Man muß hier stets auf alles gefaßt sein. Aber, Herr Schneffke, was treiben Sie im Wald?"

„Studien."

„Was für welche?"

„Erdkundliche, wie Sie sehn. Ich untersuche das Erdinnere."

„Sie sollten das Herumspazieren lieber bleiben lassen. Sie konnten Hals und Beine brechen."

„Keine Sorge; ich bin ein Meister des Fallens. Ich schlenderte so in meinen Gedanken durch den Wald, da kriegte die Erde ein Loch, und ich schoß hinab. Unten kam ich grad auf den Teil zu sitzen, wo die Engel keine Flügel haben. Auf diese Weise habe ich weder mir noch den Steinplatten hier einen Schaden getan."

„Steinplatten gibt es hier? Wollen die Lampe anzünden."

Beim Schein des Lichts stellten sie fest, daß der Luftschacht viereckig, also auf künstliche Weise hergestellt war. Sie befanden sich in einem Gang, der etwas mehr als Manneshöhe und eine Breite von fünf Fuß hatte.

„Da vorn und auch hinten gibt es Türen“, erklärte Schneffke.

„Haben Sie sie gefühlt?“

„Ja. Ich tappte mich fort und bin an drei Türen gewesen. Weiter aber getraute ich mich nicht. Diese Gegend scheint ganz von Schächten und Gängen durchzogen zu sein.“

„Die Türen waren verschlossen?“

„Ja.“

„Was für Schlösser?“

„Die gewöhnlichen Kastenschlösser.“

„Wollen einmal sehn, ob mein Schlüssel paßt.“

„Heilige Palette! Auch Schlüssel haben Sie mit? Sagen sie mal, Verehrtester, haben Sie nicht zufällig auch eine Berliner Weiße mit Himbeer bei sich? Meine Kehle ist vom Rufen so rauh wie ein Reibeisen!“

Müller steckte den Schlüssel in das Schloß der ersten Tür; er paßte.

„Fein, das klappt wie Pudding!“ meinte der Maler. „Bin neugierig, was da drinnen steckt.“

Müller öffnete. Das kellerartige Gewölbe war leer, und das gleiche ergab sich beim Öffnen der zwei andern Türen.

„Wir müssen die Untersuchung unbedingt fortsetzen“, sagte Schneffke eifrig.

„Ich denke das Gegenteil. Wir kehren an die Oberwelt zurück.“

„Warum? Man muß doch wissen, wer oder was hier steckt.“

„Erstens ist das zu gefährlich — —“

„Warum?“

„Es kann leicht da oben jemand vorübergehn und den Baumstamm im Loch bemerken.“

„Das ist wahr.“

„Und sodann habe ich keine Zeit und Sie auch nicht.“

„Ich? Pah, ich bin nicht beschäftigt.“

„Sie werden aber Beschäftigung erhalten. Fritz Schneeberg ist nach Thionville gegangen, um Sie zu suchen."

„Wozu?"

„Sie sollen einem dort anwesenden Herrn einen Liebesdienst erweisen."

„Soll ich ihn etwa rasieren?"

„Nein, das nicht."

„Oder einen Knopf anflicken?"

„Nein. Der Herr ist ein Amerikaner und heißt Deephill —"

„Ah, der! Er sitzt immer bei der Engländerin im Garten und schnauzt die Leute an, die zufällig einmal ein paar Zaunlatten abbrechen."

„So. Haben Sie auch welche abgebrochen?"

„Nur zwei. Das ist doch wenig genug."

„Und da wurde er grob?"

„Sehr."

„Darum erzählte er mir, daß er mit Ihnen zusammengeraten sei."

„Sagte er das? Na, ich bin nicht rachsüchtig und trage keinem Menschen etwas nach. Dieser Amerikaner hat mich angebellt wie der Mops den Mond. Der Mond aber lächelt über den Mops, und so soll auch mein gnadenreiches Licht diesen Herrn Deephill in friedlich-poetischem Schimmer belächeln."

„Bravo! Sie treffen auch Schneeberg bei ihm."

„Das ist mir sehr lieb. Ich will Ihnen aufrichtig sagen, daß ich nur Schneebergs wegen von dieser Sache gesprochen habe. Er liebt die Nanon Köhler. Und da er es ist, der mich gestern aus der Patsche befreit hat, soll er die Nanon bekommen."

„Wer wird Sie aus der heutigen Patsche befreien?"

„Sie jedenfalls."

„Nun, haben Sie da nicht auch für mich so eine kleine Belohnung bereit?"

„Wollen sehn. Also, um bei Schneeberg zu bleiben,

möchte ich haben, daß der Amerikaner ihm zu Dank verpflichtet wird. Ich selber aber möchte verborgen sein, so hinter den Wolken, ganz wie das Schicksal, wenn es seine geheimnisvollen Fäden von der Spindel leiert. Der Amerikaner muß ihm aus reiner Dankbarkeit seine Tochter geben. So kommt dieser Deephill zu seinen Kindern und dieser Schneeberg zu einer Frau. Es sollte mich wundern, wenn ich nicht auch in die erfreuliche Lage käme, Ihnen nützen zu können."

„Wollen es wünschen. Vielleicht bringt Ihr Fall in dieses Loch mir das, wonach ich längst gestrebt habe."

„Was ist das?"

„Eigne Angelegenheit."

„Erlauben Sie eine Frage, nicht aus zudringlicher Neugier! Ich hege nämlich gewisse Vermutungen!"

„Nun, was vermuten Sie?"

„Ich habe über diesen Mister Deephill so meine Gedanken. Er ist ein reicher Amerikaner. Er kommt zum Kapitän Richemonte. Dieser hetzt auf das äußerste gegen Deutschland. Deephill ist sein Verbündeter, er bringt ihm Geld, und zwar sehr viel."

„Sie scheinen mir nicht ohne Scharfsinn."

„Finden Sie? Weiter: dieser Deephill aber ist kein Amerikaner, sondern ein französischer Edelmann, ein Feind Deutschlands. Wie wäre es, wenn wir ihn nach Deutschland, nach Berlin entführten?"

„Er hat bereits mit dem Kapitän gebrochen."

„Wirklich? Da ist er klug gewesen. Aber das ist immer nur ein halber Erfolg. Er ist dennoch Franzose und nicht als sicherer Mann zu betrachten. Man muß ihn nach Berlin bringen. Er muß ein Deutscher werden!"

„Wie wollen Sie das fertigbringen?"

„Indem ich ihn heute, morgen oder übermorgen, ganz wann es Ihnen beliebt, mit nach Berlin nehme."

„Das wollen Sie ausführen? In welcher Weise?"

„Oh, er wird närrisch darauf sein, mit mir nach Berlin zu gehn. Kommen Sie nachher auch mit zum Apotheker?"

„Ja."

„Nun, so werde ich Ihnen den Beweis liefern, daß ich meiner Sache sicher bin."

„Sie machen mich neugierig. Doch ich denke, wir kehren jetzt an die Oberwelt zurück. Ich werde den Stamm halten. Wenn Sie oben anlangen, müssen Sie sich einen kräftigen Schwung geben, um sich über das Moos hinüberzuschnellen. Werden Sie das fertigbringen?"

„Ich werde einen echten, rechten Panthersprung ausführen."

„Also fassen Sie an!"

„Jetzt! Eins — zwei — drei!"

Mit Müllers Unterstützung ging es rascher, als dieser erwartet hatte.

„Da bin ich! Fabelhafter Sprung, was?"

Einige Augenblicke später stand Müller neben ihm. Man zog nun den Stamm aus dem Loch und verschloß es derart, daß von der Öffnung nichts mehr zu sehn war.

„Jetzt den Baum wieder an seinen Ort", sagte der Hauslehrer. „Sie müssen sogleich in die Stadt. Werden Sie sich von hier aus zurechtfinden?"

„Sehr leicht."

„So eilen Sie — auf Wiedersehen!"

„Guten Tag, Herr Doktor!"

Nachdem Müller den Baumstamm an seine frühere Stelle geschafft hatte, begab er sich zum Schloß und nahm in dessen Nähe die Haltung eines unbefangnen Spaziergängers an.

*

Kurz vor diesem kleinen Abenteuer war der Briefträger auf dem Schloß gewesen und auf dem Hof dem alten Kapitän begegnet.

„Für mich etwas?"

„Nein!"

„Für wen sonst?"
„Für das gnädige Fräulein."
„Brief?"
„Ja."
Marion befand sich bei Nanon und Madelon, als sie das Schreiben erhielt. Es trug den Poststempel Etain. Das befremdete sie, da sie dorthin keinen Briefwechsel hatte. Aber die Erklärung kam sogleich, und ihr freudiges Lächeln verriet, daß der Inhalt angenehm war.

„Wißt ihr, wo dieser Brief geschrieben wurde?" fragte sie. „Auf Schloß Malineau. Hört!"

Sie las vor:

„Meine gute Marion!

Dir für Deine lieben Zeilen herzlich dankend, bin ich gezwungen, Dich um Entschuldigung zu bitten, daß ich Dir nicht eher antwortete. Aber wir hatten soviel zu tun, daß mir das Schreiben zur Unmöglichkeit wurde.

Jetzt benutze ich die erste freie Viertelstunde, um Dir mitzuteilen, daß ich mit Großpapa auf Malineau eingetroffen bin, um die nächste Zeit hier zu verweilen.

Wäre es Dir nicht möglich, meine liebe Freundin, mich einmal hier aufzusuchen? Ich sehne mich so sehr nach Dir; ich habe Dir soviel zu erzählen, und nach Ortry kommen, das geht ja nicht. Du weißt, welche Scheu ich vor diesem alten, weißbärtigen Kapitän habe.

Also laß Dich recht bald sehn! Auch Großpapa lädt Dich dringend ein, und mit größter Ungeduld erwartet Dich Deine Ella von Perret."

Marion hatte noch das letzte Wort des Briefs auf den Lippen, da klopfte es, und Müller trat ein. Er sah das Schreiben in Marions Händen.

„Ich störe, Entschuldigung! Ich würde mich sofort zurückziehn, aber ich komme mit einer Bitte, die ich an die beiden Damen Köhler richten möchte."

„Unter vier Augen?“

„Nein. Haben die Damen vielleicht Zeit und Lust, einen Spaziergang nach Thionville zu unternehmen? Doktor Bertrand erwartet Sie.“

„Bertrand? Das muß eine wichtige Veranlassung haben“, wunderte sich Nanon.

„Sie vermuten richtig. Es handelt sich um das Geheimnis, das Ihre Abstammung umgibt.“

Sofort bestürmten ihn Nanon und Madelon mit Fragen und Vermutungen.

„Nun, es hat sich eine Spur entdecken lassen, die, wenn sie verfolgt wird, auf den Namen Ihres Vaters führt.“

„Unsres Vaters?“ fragte Madelon schnell. „Eine Spur von ihm? Wer hat sie gefunden?“

„Ein Maler, der —“

„Oh“, fiel Nanon ein, „wohl der wunderliche kleine Dicke, der vom Baum stürzte?“

„Allerdings.“

„Warum kommt er nicht gleich hierher?“

„Er scheint sich, wie so viele andre, vor Kapitän Richemonte zu scheuen. Er traf mich und trug mir auf, Ihnen seine Bitte mitzuteilen.“

„Dann müssen wir zu ihm. Schnell, schnell, Madelon!“

„Ich werde sogleich anspannen lassen!“ meinte Marion.

„Bitte, nein, nicht anspannen!“ wehrte Müller. „Ich habe triftige Gründe, den Kapitän noch nicht merken zu lassen, worum es sich handelt. Gehn Sie zu Fuß! Tun Sie so, als ob Sie einen einfachen Spaziergang unternähmen.“

„Und ich? Darf ich nicht mit?“

Die beiden Schwestern blickten Müller fragend an.

„Die Angelegenheit ist für das gnädige Fräulein kein Geheimnis. Ich selber werde auch erscheinen.“

„Sie auch? Da gehn wir alle vier zusammen.“

„Bitte, mich zu entschuldigen. Ich möchte nicht, daß der Kapitän mich bei Ihnen sieht.“

„Aber unterwegs kommen Sie zu uns?“

„Vielleicht!“
„Dann rasch, rasch!“
Die beiden Schwestern eilten davon. Marion legte Müller die Hand auf die Schulter.
„Sie wissen noch mehr, als Sie zugeben?“
„Ja, Ihnen will ich es anvertraun. Der Vater der beiden Damen scheint gefunden zu sein.“
„Mein Gott, welches Glück! Wo ist er?“
„In Thionville. Sie kennen ihn gut: es ist Deephill.“
Sie trat erstaunt zurück.
„Dieser? — Ein Amerikaner?“
„Er ist kein Amerikaner, sondern ein Franzose, ein Baron de Bas-Montagne.“
„Das ist eine wundervolle Nachricht für die beiden. Auch ich freue mich sehr mit ihnen. Darf ich noch eine Frage an Sie richten?“
„Bitte.“
„Lesen Sie!“
Sie gab ihm den Brief aus Malineau.
„Soll ich reisen?“
„Warum nicht, gnädiges Fräulein? Weiß der Kapitän davon?“
„Nein.“
„Ausgezeichnet! Es kann nämlich notwendig werden, daß Sie Ortry verlassen, ohne ihm mitzuteilen, wohin Sie gehn. Lassen Sie also niemand etwas erfahren!“
„Aber Madelon und Nanon wissen es schon!“
„Die werden schweigen.“
„Warum aber läßt Doktor Bertrand diese beiden zu sich kommen? Sie wohnen ja hier und Deephill auch!“
„Deephill nicht mehr!“
„Nicht? Ich habe ihn seit gestern nicht gesehn. Aber verabschiedet hat er sich noch nicht.“
„Es war ihm unmöglich. Er war gefangen!“
„Gefangen? — Sie scherzen!“
„Im Gegenteil — ich bin sehr ernst!“

„Aber warum? Von wem? Wo?“

„In den unterirdischen Kellern!“

„Herrgott! Wohl so, wie man mich einsperren wollte?“

„Ja, in einer der Zellen! Der Kapitän wollte ihm sein Geld abnehmen und ihn dann beseitigen!“

„Jesus, mein Heiland! Wer hat ihn befreit?“

„Ich.“

„Sie und Sie und immer wieder Sie! Aber mir ist so angst. Ich befinde mich unter Teufeln! Herr Doktor, führen Sie mich weg aus dieser Hölle!“

„Wohin, gnädiges Fräulein?“

„Wohin Sie nur immer wollen! Es ist mir, als ob ich grad unter Ihrem Schutz am sichersten sein würde. Von Ihnen kommt alles, was hier gut und erfreulich ist. Ich möchte wetten, daß auch Sie den Vater Nanons auffanden.“

„Daß er der Vater ist, habe ich nicht geahnt. Zugeben aber will ich, daß er ohne mein Hiersein vielleicht schon tot wäre!“

„Dann wären die beiden Mädchen genau so vaterlos, wie ich es leider bin. Denn ich kann dem schwachsinnigen Mann, den ich doch Vater nennen muß, unmöglich Liebe entgegenbringen. Immer habe ich eine unerklärliche, fast krankhafte Abscheu vor diesem Menschen gehabt. Verzeihen Sie, Herr Doktor — ich weiß, das klingt unkindlich und herzlos — aber ich kann nicht dafür! — Und das ist so, solang ich zu denken vermag! Oh, Herr Doktor, es ist schrecklich. Und meine Mutter — — tot! Zwar äußerten Sie, sie sei möglicherweise noch am Leben, aber — —“

Sie stockte. Er hatte sich vorgenommen, ihr noch nichts mitzuteilen, aber angesichts ihres Grams floß ihm das Herz über.

„Ich behaupte es noch jetzt“, sagte er einfach.

„Sie müssen sich irren!“

„Nein. Ich behaupte sogar, daß Sie dieses Schloß nicht ohne Ihre Mutter verlassen werden!“

Ihre Augen wurden unnatürlich groß, ihre Wangen entfärbten sich.

„Herr Doktor", stieß sie hervor, „was soll ich von diesen Worten denken?"

„Daß sie wahr sind. Ihre Mutter lebt. Ich habe mit ihr, mit Liama, gesprochen!"

„Herrgott! Ist's wahr? Wann?"

„Als der Kapitän krank lag. Ich habe während dieser Krankheit nach Liama gesucht und sie gefunden!"

Marion ließ sich kraftlos auf einen Sessel nieder.

„Ich muß mich fassen. Ich bin meiner Sinne kaum mächtig; aber ich will ruhig und sachlich bleiben. Sagen Sie, wo sich meine Mutter befindet!"

„In einem Gewölbe unter dem leeren Grab. Dort habe ich mich mit ihr unterhalten."

„Fragte sie nach mir?"

„Ja."

„Himmel! Wollte sie mich nicht sehn?"

„Nein. Sie hat geschworen, tot zu sein und auf ihr Kind zu verzichten."

„Dann ist sie es nicht; dann ist es eine andre!"

„Warum?"

„Kann eine Mutter auf ihr Kind verzichten? Ich bin überzeugt, daß auch Sie einer liebenden Mutter eine solche Tat nicht zutraun. Habe ich recht, Herr Doktor?"

„Sie haben unrecht. Grad weil sie eine liebende Mutter ist, hat sie sich dazu bestimmen lassen."

„Können Sie sich das erklären?"

„Ja. Liama ist verschwunden, um ihr Kind zu retten. Kapitän Richemonte hat ihr gedroht, es zu töten, wenn sie ihm nicht gehorcht. Sie hat ihm Gehorsam geleistet, um ihr Kind vor dem Tod zu bewahren. Um es nicht noch jetzt in Gefahr zu bringen, verzichtet sie auch heut noch, ihr Kind zu sehn, obgleich all ihr Denken an ihm hängt. Glauben Sie mir nun?"

Marion sprang von ihrem Sitz auf. Ihre Augen glühten. Ihre Stimme klang heiser:

„Ja, ja, nun glaube ich! Es ist entsetzlich! Meine Mutter, meine arme, arme Mutter! Herr Doktor, darf ich sie sprechen?"

„Sie will nicht."

„Aber ich will's!"

„Ich gehorche."

„Oh, ich danke Ihnen! — Wann?"

„Heut abend. Können Sie um Mitternacht das Schloß unbemerkt verlassen?"

„Wenn ich es will, so kann ich es. Wissen Sie, was ich tun werde?"

„Ich ahne es."

„Nun?"

„Sie werden mit ihr von Ortry fortgehn?"

„Nein. Ich werde mit ihr in Ortry bleiben. Ich werde die Polizei der ganzen Umgegend in die Gänge des Schlosses führen; ich werde — !"

Sie ging mit verkrampften Händen in bebender Erregung auf und ab. Und grad jetzt kehrten die beiden Schwestern zurück.

„Schweigen Sie!" warnte Müller sie. „Ich muß jetzt gehn. Fassung! Fassung!"

*

Als kurze Zeit später die drei Damen die Freitreppe hinabstiegen, kam Kapitän Richemonte grad aus dem Stall. Er trat Marion in den Weg.

„Du hast einen Brief bekommen?"

„Ja."

„Von wem?"

„Von der Person, die ihn geschrieben hat!"

„Du wirst unverschämt!" knirschte er. Sein Schnurrbart sträubte sich und man sah seine großen Zähne. „Eine solche Antwort kannst du einem Kind oder einem Irrsinnigen geben, nicht aber mir. Ich frage: woher ist der Brief?"

„Du wirst den Poststempel schon gelesen haben!"

„Nein, denn ich war überzeugt, daß du es mir selber mitteilen wirst!"

„Du hast seit kurzem oft Überzeugungen, die sich später als hinfällig erweisen."

Sie wendete sich ab. Er packte sie am Arm.

„Halt! Wohin?"

Sie befreite sich mit einem Ruck.

„Das kümmert Sie nicht, Herr — Richemonte!"

Sie ging, an ihrer Seite die beiden erschrockenen Schwestern.

Der Kapitän stand wie an die Stelle gebannt. In seinem Innern kochte es. Wut und Furcht schüttelten ihn. Endlich bezwang er sich und rief den Stallknecht.

„Hast du die Damen gesehn?"

„Ja."

„Wohin haben sie sich gewendet?"

„Zum Wald."

„Du gehst ihnen nach, um zu erkunden, wohin oder zu wem sie sich begeben! Aber wenn du es so dumm anfängst, daß sie dich bemerken, jage ich dich zum Teufel!"

Damit drehte er sich um und suchte sein Zimmer auf. Ruhelos ging er hin und her. Die Minuten wurden ihm zu Ewigkeiten. Endlich kehrte der Knecht zurück.

„Kerl, wo treibst du dich so lang herum? Du mußt doch längst wissen, wohin sie sind!"

„Nach Thionville ist es weit, Herr Kapitän!"

„Ah, nach der Stadt sind sie?"

„Ja. Zu Doktor Bertrand."

„Es ist gut!"

Er wandte dem Knecht den Rücken.

„Noch eins, Herr Kapitän!" wagte der Mann zu sagen.

„Nun?"

„Wissen der gnädige Herr, von wem die Damen erwartet wurden? Der Maler stand am Fenster."

„Welcher Maler?"

„Der mit dem Grafen von Rallion kam. Ich habe mir den Namen nicht merken können."

„Haller?"

„Ja, Haller hieß er."

„Unsinn! Dieser Maler ist weit weg von hier."

„Er ist da, in Thionville, bei Doktor Bertrand; er stand am offenen Fenster und begrüßte die Damen von weitem."

„Wenn Haller wirklich nach Thionville käme, so wäre ich der erste, den er aufsuchte."

„Aber er war es — ich täusche mich nicht!"

Jetzt konnte Richemonte nicht länger an der Echtheit der Nachricht zweifeln. Was war das? Haller zurück, ohne zu ihm zu kommen? Das unverschämte Verhalten Marions, die ihm die Herkunft des Briefes verheimlichte? War dieser Brief etwa von Haller, dem verkappten Grafen Caligny? Hatte er sie darin zu Bertrand bestellt? Weshalb? Immer mehr Fragen tauchten auf, für die er keine Antwort fand.

„Spann sogleich an!" befahl er.

Fünf Minuten später jagte er nach Thionville.

Er konnte nicht wissen, daß der Stallknecht den Pflanzensammler für den vermeintlichen Maler Haller gehalten hatte, der ihm ja sehr ähnlich sah.

8. WIEDERGEFUNDEN

Als Fritz Schneeberg mit Mister Deephill die Stadt erreicht hatte, bat er ihn, zu Bertrand zu gehn. Er selber werde sich nach dem Maler umschauen. Deephill begab sich indes nach dem Zimmer, das Emma von Greifenklau bewohnte, und klopfte an. Als er auf ihren Ruf eintrat, sprang sie mit einem kleinen Schrei freudiger Überraschung von Sitz auf.

„Monsieur Deephill! — Wieder hier?"

„Um Ihnen zu zeigen, daß ich unversehrt bin", fügte er hinzu und küßte ihre Hand.

„Wo steckten Sie denn so lange?"

„In Gefangenschaft. Ich befand mich in den Händen eines niederträchtigen Schurken."

„Um Gottes willen — in Gefangenschaft? In den Händen eines Schurken? — Wer ist das denn, Sir?"

„Kapitän Richemonte."

„Ah! — Aber warum?"

„Um mir einige Millionen abzunehmen und mich dann jedenfalls zu meinen Vätern zu versammeln."

„Unmöglich!"

„Nun, Sie kennen doch diesen Menschen zur Genüge."

„Ich?" fragte sie mit dem Ausdruck verwunderter Spannung.

„Ja, Sie, die Sie seine Feindin sind", lächelte er.

„Wie kommen Sie zu dieser Annahme?"

„Auf dem einfachsten Weg: Ihr Herr Bruder hat es mir mitgeteilt."

„Mein Bru . . . ?"

„Ja. Ich begreife, daß Sie sich durch meine Worte befremdet fühlen. Aber was ich seit gestern erlebt habe, hat mich Ihrem Herrn Bruder so nahe gebracht, daß er Vertrauen zu mir gefaßt hat. Sie sind keine Engländerin."

„Was sonst?"

„Eine Deutsche."

„Aber Mister Deephill!"

„Bitte, erschrecken Sie nicht! Ich habe beinah auch Lust, ein Deutscher zu werden. Er hat mir die Geschichte Ihrer Familie erzählt, doch ohne deren Namen zu nennen."

„Was soll ich dazu sagen?"

„Ich bin sein Freund und weiß sogar, was er hier will — nein, haben Sie keine Sorge — wie könnte ich ihn verraten, da er mich vom Tod errettet hat!"

„Er?"

„Ja, er und dieser Fritz Schneeberg, der jetzt in der Stadt herumläuft, um einen Menschen zu suchen, von dem ich niemals geglaubt hätte, daß er mir nützlich werden könnte."

„Wen?"

„Den dicken Maler, der die Zaunlatten abbrach."

„Schneffke? Was soll denn der?"

„Zu Ihnen eilen. Da habe ich wahrhaftig vergessen, Ihnen die Hauptsache zu berichten. Man will sich nämlich bei Ihnen ein Stelldichein geben. Ich muß bitten, die Schuld nicht auf mich zu werfen. Ihr Herr Bruder hat diese Anordnung getroffen."

„Ein Stelldichein? Bei mir? Wer?"

„Er, ich, Schneeberg, Schneffke und die Damen Nanon und Madelon von Schloß Ortry."

„Eine wahre Versammlung! Zu welchem Zweck?"

„Die eigentliche Veranlassung bietet meine Person. Ich muß annehmen, daß Ihnen meine Verhältnisse unbekannt sind, gnädiges Fräulein."

„Ich weiß, daß Sie sich Deephill nennen und Bankherr in den Vereinigten Staaten sind."

„Deephill ist die Übersetzung meines wirklichen französischen Namens. Eigentlich heiße ich Baron Gaston de Bas-Montagne. Ich heiratete eine Deutsche, die mich während meiner Abwesenheit verließ und die beiden Kinder, zwei liebe, kleine Mädchen, mit sich nahm. Ich habe lange

Jahre nach ihr gesucht, sie aber nicht gefunden. Heut nun erfahre ich, daß sie gestorben ist, daß aber die beiden Mädchen noch leben."

Emma hatte ihm mit steigender Teilnahme zugehört.

„Wer brachte Ihnen diese Nachricht?" fragte sie warm.

„Ihr Herr Bruder."

„Woher weiß er das?"

„Von Schneeberg oder Schneffke."

„Sehr sonderbar! Ich gönne Ihnen von ganzem Herzen das Glück, die Kinder noch am Leben zu wissen; aber man muß da vorsichtig sein. Sind Beweise vorhanden?"

„Man will sie mir bringen."

„Und wo sind die Kinder?"

„Jetzt auf Schloß Ortry."

„Auf Ortry? Doch nicht — etwa — Nanon und Madelon?" fragte sie zögernd.

„Ja."

„Das sind — Ihre Töchter?"

Tiefbewegt trat sie ans Fenster und blickte stumm hinaus. Ihre Bestürzung gab ihm einen Stich ins Herz. Er sah sehr jung aus und war auch nichts weniger als alt; er hatte nur früh geheiratet. Er hatte gehofft, das Herz dieser vermeintlichen Engländerin Miß de Lissa zu gewinnen, und nun — ? Schämte sie sich, dem Vater so großer Töchter, von denen sie die eine sogar Freundin nannte, ihre Teilnahme gezeigt zu haben?

Langsam drehte sich Emma wieder um. Ihr Gesicht war ernst, aber ruhig, und ihre Stimme klang vollkommen klar, als sie ihm die Hand reichte.

„Ich gönne es Ihnen von ganzem Herzen, die Langverlorenen wiederzufinden und freue mich mit Ihnen. Beide sind wert, die Töchter eines solchen Mannes zu sein. Wissen es denn die Mädchen schon?"

„Bisher wohl nicht, aber es ist möglich, daß Ihr Bruder sie inzwischen in Kenntnis setzte."

In fliegender Eile erzähle er ihr nun, was geschehen

war, seit er sie gestern verlassen hatte. Kaum war er damit zu Ende, so klopfte es, und Fritz trat ein.

„Nun?“ fragte Emma gespannt. „Wo ist der Maler?“

„Ich konnte nur ausfindig machen, wo er wohnt; zu treffen war er nicht. Ich habe aber hinterlassen, daß er hier erwartet wird.“

Deephill reichte ihm die Hand und drückte sie kräftig.

„Sie kennen also die beiden Schwestern genauer?“

„Madelon war mir bereits längere Zeit bekannt; Nanon aber sah ich erst vor kurzem hier das erstemal.“

„Haben Sie sich öfters getroffen?“

„Zufällig, bei Spaziergängen. Kürzlich starb ihr Pflegevater. Sie fuhr mit der Schwester zu seinem Begräbnis. Da sie diese Reise nicht ohne Schutz unternehmen wollte, bat sie mich um meine Begleitung.“

„Bestand denn irgendeine Gefahr?“

„Ja. Die Befürchtung hat sich denn auch als sehr begründet erwiesen. Wir haben ein kleines Abenteuer erlebt, das ich Ihnen, bis der Maler kommt, berichten kann.“

Er begann zu erzählen, war aber noch nicht zu Ende, als er durch einen lauten Wortwechsel gestört wurde, der unten auf der Treppe in französischer Sprache geführt wurde.

„Nein! Sie dürfen nicht!“ rief eine Stimme. „Ich verbiete es Ihnen, Monsieur!“

„Mir verbieten? Du Wurmsamenhändler und Pflasterkasten!“ lachte eine zweite Stimme. „Pack dich zum Teufel!“

„Es soll kein Fremder hinauf!“

„Ich bin kein Fremder, mein lieber Latwergenmeister!“

Und damit polterte Hieronymus Aurelius Schneffke zur Tür herein.

Geschmeidig verbeugte er sich zunächst vor Emma.

„Ihr Diener, Miß! Soll ich mich wieder einmal zu Ihren Füßen legen?“

„Ich danke. Nehmen Sie lieber Platz wie gewöhnliche Sterbliche!"

„Das fällt mir schwer. Ich bin leider nur zu Ungewöhnlichem geboren. Ergebenster Diener, Monsieur Deephill! Ist der Zaun bereits ausgebessert?"

„Ich werde nachsehn."

„Wie ich höre, bin ich gesucht worden?"

„Hat es Ihnen Ihre Wirtin nicht bestellt?"

„Nein. Ich erfuhr er von Herrn Doktor Müller."

„Von dem? Waren Sie denn in Ortry?"

„Nein."

„Wo denn?"

„Im Loch."

„In welchem Loch?"

„Ja, da haben Sie schon wieder einen Beweis, daß ich nur zu Ungewöhnlichem geboren bin. Ich war draußen im Wald und brach in den Erdboden ein, ziemlich tief hinab. Ich befand mich in einem unterirdischen Gang. Da kam der Herr Doktor und half mir heraus. Bei der Gelegenheit sagte er mir, daß ich erwartet werde. Mit der Geschwindigkeit eines Schnellzugs eilte ich hierher, traf aber unten den gelehrten Apothekerjüngling, den ich schon von früher ins Herz geschlossen habe. Es wäre beinah zu einem Faustkampf gekommen!"

„Sie sind unverbesserlich!" lachte Schneeberg.

„Diese hohe Tugend besitze ich von jeher."

Fritz zeigte durchs offne Fenster auf die Straße:

„Sie nahen!"

„Sind sie allein?" fragte Deephill erregt.

„Fräulein Marion ist dabei."

„Der Herr Doktor nicht?"

„Nein."

Mit geröteten Wangen traten die drei Damen ein. Marion hatte den Schwestern nichts verraten, dennoch herrschte eine Stimmung, wie sie sich wohl immer vor einer wichtigen Entscheidung einstellt. Man war gespannt, fühlte sich gepreßt und sogar verlegen.

Gleich hinter ihnen erschien auch Müller in der noch offenen Tür.

„Hatten Sie vor Ihrem Fortgehn vielleicht eine Unterredung mit dem Kapitän, gnädiges Fräulein?" wandte er sich sofort an Marion.

„Ja."

„Unfreundlich?"

„Noch mehr als das!"

„Sagten Sie ihm, wohin Sie wollten?"

„Nein."

„Nun, er wird es dennoch sehr schnell erfahren. Ich war eher da als Sie und trat drüben ins Gasthaus. Von dort beobachtete ich den Stallknecht des Kapitäns, der Ihnen nachgeschickt wurde. Es ist vielleicht gar zu erwarten, daß Richemonte selber nachkommt."

„Wozu?"

„Vielleicht malt ihm sein böses Gewissen vor, daß hier etwas Feindseliges besprochen werden soll. Das will er unterdrücken."

„Darf er mich da sehn?" fragte Deephill.

„Und mich?" fügte Schneffke hinzu.

„Je nach den Umständen", antwortete Müller. „Mich aber darf er keinesfalls zu Gesicht bekommen. Und stellt er sich wirklich ein, so gehn die Herren bitte ins Nebenzimmer. Nach seinem Verhalten wird es sich richten, wie Mademoiselle zu handeln hat. Fritz, bleib am Fenster, um aufzupassen!"

Er setzte sich und blickte sich lächelnd im Kreis um, der ihn Aufklärung heischend anstarrte.

„Meine Herrschaften, ich habe den Damen Nanon und Madelon große Überraschungen angekündigt. Herr Schneffke, wollen Sie die Güte haben, zu beginnen?"

„Hm!" brummte der dicke Maler. „Beginnen? Gut, da will ich bei dem wichtigen Augenblick beginnen, wo ich mich den zwei Damen und Herrn Schneeberg abends in Etain vorstellte."

„Dieser Augenblick soll höchst dramatisch gewesen sein", lachte Müller.

„Dramatisch bin ich stets. Ich bin der Dichter meines eigenen Lebens und spiele dieses Stück zu meinem Vergnügen. Zaungästen und Leuten mit Freikarten gestatte ich jedoch keinerlei Kritik. Also, Herr Doktor, wenn jener große Augenblick an der Tür und auf der Treppe des Gasthofs zu Etain Ihnen vielleicht zu dramatisch erscheint, so beginne ich bei etwas anderem, beim Wichtigsten, nämlich beim Geld. Nicht wahr, meine beiden jungen Damen, Ihre Frau Mutter ist arm gestorben?"

„Ja", antwortete Nanon.

„So haben Sie gedacht. Aber Sie hat dem Schurken Berteu fünfzehntausend Frank geborgt. Sein Sohn mag sie Ihnen zurückgeben."

„Woher wissen Sie das?"

„Die Anweisung steckte im Pastellbild. Übrigens, Monsieur Deephill, war Ihnen vielleicht der berühmte Porzellanmaler Merlin in Marseille bekannt?"

„Sehr gut. Er war weit älter als ich, aber mein Freund."

„Hat er etwas für Sie gemalt?"

„Mein Bildnis in Pastellfarbe."

„Das M, sein Zeichen, befindet sich unten in der Ecke?"

„Gewiß."

„Und auf der Rückseite des Bildes steht ‚Baron Gaston de Bas-Montagne'?"

„So ist es, so ist es! Haben Sie dieses Bild gesehn?"

„Ja. Es war etwas abgeblaßt, doch habe ich es nach Kräften aufgefrischt."

„Sie haben dieses Bild aufgefrischt?" wiederholte Deephill überrascht. „Wo denn?"

„Auf Schloß Malineau bei Etain. Aber dann auch noch ein zweites Bild, Monsieur, wenn Sie gestatten."

Er machte eine bezeichnende Handbewegung zu Fritz,

der ihn sofort verstand und die Bleistiftskizze des Frauenkopfs aus seiner Brieftasche nahm, die Deephill bereits kannte. Dennoch langte er hastig danach und rief von neuem erregt:

„Meine Frau, meine Frau! Amély, mein lieber, süßer Kolibri! Sie ists, sie ists!"

Er drückte das Blatt in größter Aufregung an seine Lippen, wurde aber im gleichen Augenblick von vier Mädchenarmen umschlungen.

„Vater, Vater, lieber Vater!"

Mit einem schluchzenden Ausruf zog er seine Töchter an sich. Tief gerührt und wortlos standen die andern dabei.

„Es ist kein Zweifel!" rief nun Deephill. „Es bedarf keines weiteren Beweises! Unsere Herzen haben gesprochen. Meine Kinder! Meine Kinder! — Gott, ich danke dir!"

Erst nach einer ganzen Weile legte sich der Sturm der Aufregung.

„Monsieur Schneffke", fragte der glückliche Vater, nachdem er sich aus der Umarmung Nanons und Madelons gelöst hatte und nun, ihre Hände in den seinen, zwischen ihnen stand, „wie kommen Sie dazu, meinen Kolibri zeichnen zu können?"

„Ich fand das Bild Ihrer Frau bei einem Bekannten."

„Wer ist das?"

„Ein Sonderling."

„Er muß doch einen Beruf haben."

„Ja. Er ist von Beruf Quälgeist. Das heißt, er macht sich und andern, zu denen auch ich gehöre, das Leben so sauer wie möglich. Am besten ist, ich zeichne Ihnen seinen Kopf."

Er nahm sein Skizzenbuch zu Hand, und behende fuhr der Stift übers Papier.

Deephill betrachtete die Zeichnung in tiefem Sinnen.

„Mein Vater, mein Vater — zwar um vieles älter, aber

er ist es! Ich habe lange Jahre nach ihm gesucht, ohne nur eine Spur zu finden, und Sie, Monsieur Schneffke, wissen alles."

Kopfschüttelnd legte er das Blatt beiseite.

„Hören Sie zu!" bat Hieronymus Aurelius Schneffke mit einem bei ihm ungewohnten Ernst.

Er begann zu erzählen, von Anfang bis zu Ende; aber er verriet nicht, daß der Vater des Amerikaners in Berlin wohne, und nannte auch dessen jetzigen Namen nicht. Als er seine Schilderung mit der Abreise von Schloß Malineau beendet hatte, gestand Müller:

„Mein bester Herr Schneffke, jetzt weiß ichs bestimmt: Sie sind ein tüchtiger Junge!"

„Ein prachtvoller Mensch!" fügte Deephill hinzu. „Sie haben mit einer Umsicht gehandelt, die Ihnen alle Ehre macht. Ihnen allein habe ich es zu verdanken, daß ich meine Kinder sehe und auch den Vater finden werde."

„Mir allein? Unsinn! Übertreiben Sie nicht! Diesen beiden liebreizenden Mädchen haben Sie es zu verdanken, daß Sie sie haben. Wenn sie nicht mehr lebten, wäre mein ganzer berühmter Scharfsinn der reine Quark!"

„Sie haben ein goldenes Herz. Hier meine Hand! Und vergessen Sie nicht: ich bin in Ihrer Schuld bis an mein Lebensende!"

„Das wäre das erstemal in meinem Leben", sagte Schneffke mit feierlichem Gesicht, „daß ich den heiligen Beruf eines Gläubigers auszufüllen hätte. Und das wäre der einzige Beruf, den auszufüllen ich mich durchaus nicht getraue!"

Alle lachten, nur der Maler blieb ernsthaft.

„Indes", drängte Deephill. „Sie haben noch nicht gesagt, wie mein Vater sich jetzt nennt. Er muß seinen Namen geändert haben, sonst hätte ich ihn gefunden."

„Er hat ihn nicht geändert, sondern ihn nur, so wie Sie, in eine andre Sprache übersetzt, nämlich in die deutsche. Er nennt sich Untersberg."

„Er ist ein Deutschenhasser fast bis zum Übermaß — und wohnt doch in Deutschland?"

„Das wird einen Grund haben, den ich ahne — einen seelischen Grund."

„Welchen?"

„Er war Deutschenfeind. Sie heirateten eine Deutsche, und er verstieß Sie deshalb. Er machte Ihre Frau unglücklich, trieb sie mit den Kindern in die Fremde hinaus und schilderte sie Ihnen als treulos."

„Ja, das tat er."

„Aber jeder Mensch hat ein Herz, ein Gewissen. Die Reue kam, je später, desto gewaltiger. Der Sohn fort, dessen Weib und Kinder verschollen. Er konnte nichts wieder gutmachen; darum legte er sich wenigstens eine Buße auf: er verließ Frankreich und ging nach Deutschland. Er lernte die ihm verhaßte Sprache und wurde Einsiedler, um auf die Vorwürfe seines Gewissens Tag und Nacht zu lauschen."

„Einsiedler? Lebt er so in der Abgeschiedenheit?"

„O nein. Er wohnt in einer großen Stadt."

„Wo? Ich will und muß ihn aufsuchen. Er hat zwar schlimm an mir gehandelt, aber er ist mein Vater. Wir werden ihm vergeben — nicht wahr, meine Kinder?"

Die beiden Mädchen nickten ihm freudig zu.

„Also in welcher Stadt?" forschte Deephill weiter.

„In Berlin."

„Straße und Hausnummer, Herr Schneffke?"

„Halt, halt, mein lieber neugebackner Papa! Das geht nicht so schnell wie das Brezelbacken. Wir müssen vorsichtig sein. Wann wollen Sie hin zu ihm?"

„Morgen fahren wir nach Schloß Malineau, um mit Monsieur Mélac zu sprechen. Sodann gehts gleich nach Berlin."

„Sachte, sachte! Der alte Herr würde Sie hinauswerfen."

„Warum?"

„Weil er überhaupt außer mir keinen einzigen Menschen zu sich läßt."

„Aber seinen Sohn? Seine Enkelinnen?"

„Erst recht nicht. Man durfte ja davon gar nicht sprechen. Er muß auf ganz andre Weise gepackt werden."

„Wie denn?"

„Das weiß ich heut noch nicht. Ich habe Ihnen gesagt, daß er bestrebt ist, Ihren Kopf zu zeichnen Vielleicht kann ich ihm einmal so von ungefähr Ihr Bild zuschmuggeln. Was darauf folgt, muß man abwarten."

„Ihr Rat ist nicht schlecht. Werden Sie sich auf der Reise nach Berlin uns anschließen?"

„Gern."

„Und ebenso lieb wäre es mir, wenn Sie morgen mit uns nach Etain fahren wollten."

„Lieber heut noch."

„Das geht nicht. So wichtig mir diese Angelegenheit ist, ich mag sie doch nicht überstürzen."

„Pst", warnte Fritz vom Fenster her. „Ein Wagen aus Ortry!"

„Der Alte?" fragte Müller.

„Ich weiß es noch nicht. Das Verdeck ist geschlossen. Ich kenne aber die Pferde."

Er trat vom Fenster zurück, um nicht selber auf seinem Posten bemerkt zu werden, und schaute durch die Vorhänge.

„Ja, der Kapitän. Gehn wir hinaus?"

„Gewiß!" antwortete Müller. „Kommen Sie, meine Herren!"

Kaum hatte sich die Tür zum Nebenzimmer hinter den vieren geschlossen, so ging die Tür zum Treppenhaus auf, und Richemonte trat ein. Er verbeugte sich vor Emma von Greifenklau.

„Verzeihung, daß ich störe, Miß de Lissa! Ich hörte, daß meine Enkelin sich hier befindet, und komme, sie abzuholen."

„Sie stören keineswegs. Bitte, nehmen Sie Platz, Herr Kapitän!"

Er setzte sich auf den Rand des Sessels, so wie einer, der bereits im nächsten Augenblick wieder aufbrechen will. Sein Auge schweifte forschend im Zimmer umher.

„Ich glaubte, Herrengesellschaft hier zu finden."

„Wieso?"

„Ich sah Hüte draußen liegen. War vielleicht Herr Maler Haller hier?"

„Ein Maler Haller?" antwortete Emma. „Wie kommen Sie darauf?"

„Ich glaube zu wissen, daß er hier gewesen ist."

Sie erriet sofort den Zusammenhang: die Ähnlichkeit Fritzens mit Haller.

„Sie dürften sich sehr irren", widersprach sie.

„Kaum", erwiderte er höhnisch überlegen.

Sie erhob sich und maß ihn mit einem verächtlichen Blick.

„Sie scheinen nicht gelernt zu haben, mit Leuten von Bildung zu verkehren, Herr Kapitän!"

„Ah!" stieß er hervor. „Wenn ich nun beweisen kann, daß Sie mich täuschen?"

„So wäre Ihr Verhalten immer noch nicht zu entschuldigen. Selbst wenn Herr Haller hier wäre, hätten Sie noch lange nicht das Recht, ohne Anmeldung bei einer Dame einzudringen. Übrigens würde Ihnen Ihr ‚Beweis' wohl schwerfallen."

Sie trat zur Nebentür und öffnete.

„Herr Schneeberg, bitte!"

Fritz trat ins Zimmer.

„Nun, da haben wir ja den Herrn Haller", spottete der Alte, indem er höchst befriedigt dem Deutschen die Hand entgegenstreckte. „Diese Dame hat also doch gelogen."

Marion hatte sich bisher teilnahmslos verhalten. Jetzt hielt sie es für angebracht, einzugreifen.

„Verzeihn Sie, Miß de Lissa! Mein Großvater wird alt.

Er leidet an Sinnestäuschungen und hat sogar zuweilen Anfälle eines ungefährlichen Irrsinns. Man darf nicht auf ihn hören."

Richemonte stand da, als ob er zur Bildsäule geworden sei. Das war ihm noch nie geboten worden.

„Was sagst du? Was meinst du?" stieß er zischend zwischen den Zähnen hervor.

„Eine Dame wie meine Freundin eine Lügnerin nennen, das ist Irrsinn, und diesen Herrn hier für den Maler Haller halten, das ist ein Beweis von Sinnestäuschung. Mach dich nicht lächerlich, sondern sieh dir den Herrn genauer an! Herr Schneeberg, Pflanzensammler bei Herrn Doktor Bertrand."

Der Alte fuhr zurück und stieß einen erstaunten Pfiff aus.

„So, so! Berteu sprach von diesem Mann. Ein deutscher Spion, den wir unschädlich machen werden. Gibt es vielleicht in Etain oder Malineau auch etwas für Sie zu tun, Monsieur Schneeberg?"

„Wüßte nicht, was ich dort zu suchen hätte."

„Aber Sie hatten etwas zu suchen."

„Freilich! Ich suchte fünfzehntausend Frank, die der ehrenwerte Monsieur Berteu Mademoiselle Nanon und deren Schwester schuldet."

„Sie sind wohl der Beschützer dieser Damen?"

„Es kam mir ganz so vor, als ob in Malineau Damen gar sehr des Schutzes bedürften. Ist das auf Schloß Ortry vielleicht auch der Fall, Herr Richemonte?"

„Frechling! Ich werde mit der Polizei sprechen. Man wird Ihnen das Handwerk legen." Und sich an Marion wendend, fragte er höhnisch: „Gibt es vielleicht noch mehrere solche Spione hier? Die Hüte draußen scheinen auf die Anwesenheit noch einiger solcher Gesellen zu deuten."

Sie zuckte die Schultern und öffnete an Stelle Emmas die Nebentür zum zweitenmal!"

„Bitte, Herr Hieronymus!"

Schneffke trat ein.

Hätte den Alten der Schlag getroffen, es hätte kein anderes Bild geben können. Er wußte genau, daß er diesen Menschen eingesperrt hatte und noch dazu in Fesseln. Tausend Eide hätte er geschworen, daß dieser Bursche sich tief unter der Erde befinde, und nun stand er hier leibhaftig vor ihm. Richemonte fragte sich in dieser Sekunde ernstlich, ob Marion denn vielleicht doch vorhin recht gehabt habe, als sie behauptete, daß er an zeitweisem Irrsinn leide.

Der kleine, dicke Maler lachte den bestürzten Alten lustig an.

„Sie machen ja ein Gesicht wie eine geräucherte Schlackwurst, die von den Ratten angeknabbert wird! — Kommen Sie gefälligst zu sich, Alter, sonst denke ich, daß Ihnen Ihr letztes bißchen Verstand flötengegangen ist!"

„Wie — wie — heißen Sie?" stammelte der Kapitän.

„Hieronymus Aurelius Schneffke, mein lieber, alter Groß-, Ur- und Kapitalspitzbube. Sie meinen, die Klugheit mit Löffeln gefressen zu haben; aber prosit die Mahlzeit! Kaum hatten Sie mich fest, so kam einer, der ließ mich wieder heraus. Ich glaube, er hieß Ribeau, der Busenfreund eines gewissen Berteu."

„Lügner!"

„Sprich keinen Unsinn, altes Krokodil! Du bist so dumm, daß der, der dich betrügen will, die Wahrheit sagen muß, denn du glaubst sie ja doch nicht. Alter Halunke, für dich ists am besten, du legst das Licht ins Bett und bläst dich selber aus."

Richemonte fuhr sich mit beiden Händen an den Kopf. Wachte er? Träumte er?

„Schuft! Spion, verdammter!" gurgelte er endlich hervor.

„Sei still, du brauchst dich hier nicht erst vorzustellen! Wir kennen dich schon."

„Ich werde sofort zur Polizei schicken! Sobald ich dieses Haus verlassen habe, wird man sich deiner und dieses Kräutermenschen bemächtigen! Das also ist die Gesellschaft, mit der die Baronesse Marion de Sainte-Marie umgeht!"

Marion lachte spöttisch.

„Es fehlt noch einer, um sie vollständig zu machen!"

Sie stieß die Tür auf, und Deephill trat ein. Ein unverständlicher Schrei kam von den bleichen Lippen Richemontes. Sein Gesicht, eben noch vor Wut gerötet, wurde aschfarben. Die Adern an seiner Stirn traten weit hervor; seine Augen starrten gläsern auf den Amerikaner.

„Nun, kennst du ihn?" fragte Marion.

Man hörte die Zähne des Alten knirschen, aber sprechen konnte er nicht.

„Deine Krallen sind stumpf geworden, alte Hyäne!" sagte Deephill schneidend. „Du wirst in deinem eigenen Bau verhungern. Fort mit dir, verkriech dich in die unterirdischen Gänge von Ortry — bis die Gerechtigkeit dich hervorholt! Aber grüße mir zuvor den jungen Rallion! Er weiß die Hauptschlüssel, die du verloren glaubtest, sehr gut zu gebrauchen."

Der Alte taumelte zur Tür. Wie im Traum wankte er die Treppe hinab, und wie im Traum gelangte er in seinen Wagen. Kaum war dieser um die Ecke gebogen, so überholte ihn ein zweites Fuhrwerk. Dessen Insasse ließ halten, als er Richemonte erblickte, und rief ihm zu:

„Herr Kapitän! Wie gut, daß ich Sie hier treffe! Ich wollte hinaus nach Ortry zu Ihnen."

Der Alte wendete ihm sein leichenstarres Antlitz zu. Beim Anblick dieses Mannes belebte es sich sofort. Er gewann augenblicklich die Sprache wieder.

„Herr Haller! Ah, das ist die Erlösung! Wann kamen Sie nach Thionville?"

„Vor zwei Minuten mit dem Zug."

„Warum blieben Sie nicht in Berlin?"

„Man hat mich drahtlich zurückgerufen. Ich stieg hier aus, um es Ihnen zu melden. Nun habe ich nicht nötig, nach Ortry zu fahren."

„Haben Sie etwas ausgerichtet, Graf?"

„Viel, sehr viel!"

„Mit diesem Greifenklau?"

„Mit seinem Großvater. Er selber war verreist, zu einem Verwandten. Aber ich habe alle seine Arbeiten gelesen. Diese Preußen sind zehnmal dümmer, als ich annahm."

„Ich weiß es."

„Wir werden leichtes Spiel haben. Preußen ist nicht gerüstet, und Süddeutschland geht mit uns! — Leben Sie wohl!"

„Wollen Sie wirklich nicht mit nach Ortry?"

„Nein. Es ist nun überflüssig. Der Zug hält eine Viertelstunde; er steht noch da, ich komme noch mit ihm fort. Baldigst mehr! — Kutscher, zum Bahnhof zurück!"

Die beiden Wagen hatten so nah nebeneinander gestanden, daß es den Sprechern leicht geworden war, das Gespräch flüsternd zu führen. Nicht einmal einer der Kutscher hatte ein Wort erlauschen können. Das Lohngeschirr des Grafen Caligny, des angeblichen Malers Haller, lenkte um.

„Also Glück auf den Weg!" sagte der Alte noch. „Adieu, Monsieur!"

„Adieu, Herr Kapitän!"

Droben am Fenster hatte Müller mit Schneffke gestanden, um den Alten einsteigen und fortfahren zu sehn. Er war kaum ihren Blicken entschwunden, als Hallers Gefährt vorübereilte.

„Ei, seh ich recht?" stutzte Schneffke.

Müller bog sich ein wenig weiter vor, fuhr aber sofort wieder zurück.

„Haller!"

„Ja, Haller!" stimmte der Dicke bei, indem er verdutzt

dem Wagen nachsah. Gedankenvoll blieb er am Fenster stehn. Plötzlich aber kam Leben in ihn: „Ah, er kehrt zurück! Ich werde ihn rufen!"

Er schob den Kopf zum Fenster hinaus, aber Müller faßte den Maler bei den Schultern und zog ihn schnell herein.

„Begehn Sie keine Dummheit!"

„Dummheit? Mein Freund Haller aus Stuttgart..."

„Lassen Sie sich das nicht aufbinden! Er ist kein Maler, sondern der französische Rittmeister Graf Caligny. Er ist als Spion nach Berlin gegangen!"

„Heilige Palette! Sie müssen sich irren."

„Nein. Er war in Ortry, bevor er nach Berlin ging, und kommt jetzt wieder, um dem Alten Bericht zu erstatten. Er hat ihn eingeholt und bereits mit ihm gesprochen und nun lenkt er wieder dem Bahnhof zu."

Er kehrte ins Wohnzimmer zurück. Mit gesenktem Kopf folgte ihm Hieronymus Aurelius Schneffke.

„Haben Sie Haller gesehn, Herr Doktor?" rief Marion Doktor Müller entgegen.

„Ja, gnädiges Fräulein!"

„Welche Ähnlichkeit mit Fritz!"

„Mit mir?" fragte Fritz.

„Ganz täuschend."

„Schade, daß ich nicht auch am Fenster war."

Das Dienstmädchen steckte den Kopf zur Tür herein.

„Herr Schneeberg, eine Depesche!"

Fritz nahm und öffnete sie.

„Ists wichtig?" fragte der Maler neugierig.

„Gar nicht. Der Mann konnte auch schreiben!" antwortete Fritz gleichmütig. „Jetzt, meine Herrschaften, können wir wieder auf unsre Angelegenheit zurückkommen. Ist vielleicht noch irgend etwas aufzuklären?"

Dabei spielte er Müller heimlich das Telegramm in die Hand.

„Für den Augenblick wohl nicht", antwortete Deephill.

„Wir haben uns nur über unsere morgige Abreise zu besprechen."

Müller hatte einen raschen Blick auf das Papier geworfen. Es enthielt nur das eine Wort „Zurück". Das war das Zeichen, Ortry zu verlassen und wieder in Berlin einzutreffen. Er fühlte einen schmerzlichen Stich im Herzen, ließ sich aber nichts merken.

„Wann fahren Sie?" erwiderte er ruhig.

„Doch wohl morgen früh mit dem ersten Zug", meinte der Amerikaner. „Wenn ich auch heut noch bleibe, so will ich doch von morgen an jede Stunde nutzen. Kinder, packt eure Sachen zusammen und kommt dann hierher! Auf Schloß Ortry sollt ihr keinen Augenblick mehr bleiben! Wie hübsch, Herr Schneeberg, wenn auch Sie mit nach Malineau könnten!"

Fritz warf einen schnellen Blick auf seinen Vorgesetzten.

„Vielleicht gibt ihm Herr Doktor Bertrand noch einmal Urlaub", lächelte Müller. „Wenn Sie meinem Rat folgen wollen, so packen Sie ein, was Mademoiselle Nanon in Ortry hat, und schicken es nach Berlin voraus. So sind Sie von allen Weiterungen befreit. Das ist das allerbeste."

„Wird mich der Kapitän gehn lassen?" meinte Nanon.

„Der Schuft wird nicht gefragt!" begehrte Deephill zornig auf.

„Wenn ich doch auch mitfahren könnte!" seufzte Marion. „Das wäre eine Erlösung für mich!"

„Ich erwarte euch hier, liebe Kinder!" sagte Deephill zärtlich. „Bleibt nicht zu lang aus!"

Die drei Mädchen brachen auf. Müller flüsterte Deephill, der seine Töchter bis zur Tür begleiten wollte, schnell und unbemerkt noch zu:

„Bitte, sagen Sie heimlich den beiden Damen, daß sie Marion nicht verraten sollen, was sie von mir wissen!"

„Gern!"

„Kommen Sie bald nach, Herr Doktor?" fragte Marion.

„In einigen Minuten."

„Mir ist so bang. Ich verliere Nanon. Wen habe ich noch außer Ihnen? Ach könnte ich doch nun auch fort!"

„Sie können fort!" antwortete er leise.

Ungläubig sah sie ihm in die Augen.

„Ja. Aber es muß Geheimnis bleiben. Niemand darf es ahnen, nicht einmal die Schwestern! Auch Sie und ich reisen ab — falls Sie wollen!"

„Wann?"

„Morgen. Nach Malineau."

„Ach! ..."

Die drei Mädchen gingen, und Müller kehrte mit dem Amerikaner zu den andern zurück.

„Herr Doktor, haben Sie Vertrauen zu mir?" fragte Deephill unterwegs.

„Ja, Herr Baron!"

„Lassen Sie doch den Baron! Mir ist, als hätte ich mit dem andern Namen auch eine neue Weltanschauung angenommen. Bitte, lassen Sie mich wissen, woran ich bin! Das Telegramm, das Herr Schneeberg erhielt, war eigentlich für Sie bestimmt? Ich sah, daß er es Ihnen zusteckte!"

„Ich leugne es nicht!"

„Darf man den Inhalt erfahren?"

„Ich reise auch."

„Ah, dachte es mir! Ihr Fräulein Schwester mit?"

„Natürlich."

„Bitte, wohin?"

„Wir haben das gleiche Ziel wie Sie: Berlin!"

„Glänzend! Aber ich muß leider erst nach Malineau."

„Ich werde dafür sorgen, daß wir uns treffen. Für jetzt aber muß ich mich verabschieden. Fritz, du begleitest mich!"

Seine Schwester zog ihn zur Fensternische und flüsterte: „Das kommt so plötzlich! Befehl vom Kommando?"

„Ja. Es macht mir einen Strich durch die Rechnung."

„Wenn Vater sich wirklich als Gefangener in Ortry befände! Mein Gott!"

„Ich will eben mein möglichstes tun. Ich wage alles. Jetzt brauche ich keine Rücksicht mehr zu nehmen. Wer sich mir heut entgegenstellt, der ist verloren!"

„Wäre es nicht dennoch besser gewesen, ihr hättet Richemonte der Polizei übergeben?"

„Nein. Er entkommt uns nicht. Jetzt aber wäre seine Festnahme verfrüht. Ich kenne das Schloß, die Niederlagen und alles Nötige. Käme Richemonte fort, so würden Änderungen eintreten, die meinen ganzen Plan vernichteten. Es muß so bleiben."

Er ging mit Fritz. Unten trafen sie Bertrand.

„Herr Doktor", sagte Müller, „haben Sie bemerkt, daß der Kapitän oben war?"

„Ja."

„Wir hatten einen unangenehmen Auftritt."

„Ich habs mir gedacht."

„Er wird Ihnen zürnen, daß diese Personen hier waren. Sie werden in Ungelegenheiten kommen, vielleicht sogar in Gefahr geraten."

„Ich fürchte mich nicht. Miß de Lissa wohnt bei mir. Ich kann ihr nicht vorschreiben, wen sie in ihrer Wohnung empfangen darf und wen nicht. Und was den Alten betrifft, so verstehe ich, ihm entgegenzutreten."

„Vielleicht kommt die Zeit, wo ich Ihnen so danken kann, wie ich es wünsche. Haben Sie nicht einige feste, längere Stricke? Ich brauche sie und möchte mich doch nicht dadurch, daß ich welche kaufe, verraten."

„Genug. Ich selber werde nachsehn."

„Und noch eins: Sie haben für Ihre Tätigkeit auf dem Land Pferd und Wagen?"

„Ja."

„Wieviel Personen faßt der Wagen?"

„Vier, außer dem Kutscher."

„Würden Sie ihn mir verkaufen?“

„Ich möchte Ihnen nicht Ausgaben verursachen, die nicht unbedingt notwendig sind. Wie lange brauchen Sie das Geschirr, Herr Doktor?“

„Auf höchstens zwei Tage.“

„Warum denn da kaufen? Ich leihe es Ihnen ja ganz gern.“

Müller ging mit Dank darauf ein. Die Stricke wurden ausgesucht. Fritz machte ein Paket daraus, und dann erhielt er von seinem Herrn den Befehl:

„Jetzt kaufst du noch Licht für die Laterne. Erwarte mich am Waldweg, wo wir uns immer treffen! Ade!“

*

Kapitän Richemonte war in einer ganz unbeschreiblichen Stimmung nach Ortry zurückgekehrt. Er eilte sofort zu Rallion. Dieser lag nachlässig auf dem Sofa und las in einem Buch.

„Ah, Herr Kapitän! — Ein unerwarteter Besuch!“

„Wirklich? Ich denke, Sie haben mich jetzt immer zu erwarten.“

„Wieso? Weshalb?“

„Nun, der Schlüssel wegen.“

„Welcher Schlüssel?“

„Zu den unterirdischen Gewölben.“

„Was ist denn schon wieder los mit diesen Schlüsseln?“

„Tausend Teufel, wissen Sie sich gut zu verstellen! Aber meine Geduld ist zu Ende, Herr! Heraus mit den Schlüsseln, sag ich!“

„Sie sind toll, Kapitän!“

„Sie leugnen immer noch? — Aber jetzt habe ich den Beweis!“

„Unsinn!“

„Der, den Sie befreit haben, hat es mir selber verraten!“

„Ich habe jemand befreit? Wer war es denn?“

„Reizen Sie mich nicht — ich warne Sie!“

Rallion klappte heftig sein Buch zu und warf es auf den Tisch.

„Kapitän, Sie sind seit einiger Zeit unbegreiflich. Sie versprachen mir Ihre Enkelin und halten nicht Wort. Sie schleppen mich in Versammlungen, in denen ich verwundet werde. Nun nennen Sie mich gar einen Dieb! Das habe ich satt. Ich lasse mich nicht länger hänseln. Mein Vater hat vorhin gedrahtet — morgen oder übermorgen reise ich!"

Richemonte fletschte die Zähne.

„Nein, mein Freund — so einfach entkommen Sie mir nicht! Ihr Herr Vater wird sich freuen, wenn ich ihm über Sie berichte!"

„Kapitän!"

„Wo ist denn die Depesche?"

„Hier!"

Rallion warf ihm das Telegramm hin. Es enthielt die Worte:

‚Dränge auf Entscheidung und komm sofort! Alles ist vorbereitet.'

„Sie sehn also", lächelte Rallion böse, „wie es steht. Bekomme ich Marion oder nicht?"

„Verdammt! Ehe ich ein Wort über das Mädel rede, will ich erst Klarheit über diese Schlüsselgeschichte!"

„Klarheit? Von mir? — Lächerlich!"

„Hols der Teufel! Nur Sie kommen in Frage!"

„Das ist dümmer als dumm! Würden Sie vielleicht, bevor Sie mich weiter verdächtigen, die Güte haben, mir zu erklären, wieso Sie auf Ihren verrückten Verdacht kommen?"

„Also gut: gestern ergriffen wir einen Spion. Ich lasse ihn fesseln und schließe ihn in dieselbe Zelle, in die wir die Zofe anstatt Marions steckten. Einen andern Gefangenen brachte ich ebenfalls hinter Schloß und Riegel — ich bin überzeugt, beide festzuhaben. Vorhin fällt mir Marions Wesen auf. Ich lasse sie beobachten und erfahre, daß sie zu dieser verdammten Engländerin gegangen ist. Ich fahre nach. Wen finde ich dort?"

„Nun?"

„Diese beiden Gefangenen!"

„Sie träumen!"

„Leider nicht! Ich muß ausgesehn haben wie ein Nilpferd!"

„Was Sie da erzählen, ist doch ganz unmöglich!"

„Durchaus nicht unmöglich, Herr Graf! Der eine Gefangene sagte mir, ich solle Sie grüßen, und Sie hätten die Schlüssel."

Rallion lachte laut auf.

„Und das haben Sie geglaubt? Merken Sie denn nicht, daß der Kerl Sie nasführt?"

„Nasführt?"

„Wer war denn noch bei den Gefangenen?"

„Marion und —"

„Was sagen Sie? Marion war bei ihnen? Und Sie ahnen noch immer nichts?"

„Denken Sie etwa, daß sie die Schlüssel hat?"

„Wer denn sonst?"

„Wie will sie denn dazu gekommen sein?"

„Auf zehnerlei Weise! Vielleicht sind Sie von ihr schon längst beobachtet worden."

„Ich möchte schwer daran glauben. Aber wenn ich mir überlege, daß sie es war, die mir die befreiten Gefangenen vorstellte . . ."

„Sie stellte die beiden Burschen vor? Na, wollen Sie noch andere Beweise? Die Schlüssel hat sie, das ist gewiß."

„Wieso?"

„Sie ließ die Zofe in ihrem Bett schlafen; sie muß also unsern Plan belauscht haben."

„Teufel auch — so wirds sein!"

„Sie konnte dies aber nur dann tun, wenn sie die heimlichen Gänge, Treppen und Türen kannte."

„Satansweib!"

„Sie kann sich also ganz leicht, während Sie schlafen, bei Ihnen einschleichen und die Schlüssel borgen oder sich einen Wachsabdruck machen."

„Daran hab ich allerdings noch nicht gedacht."

„Sie durchkreuzt unsre Pläne; sie wird immer widerspenstiger, wie Sie selber sagen; es entwischen Ihnen Gefangene, die ganz sicher hinter Schloß und Riegel waren; Marion wird bei diesen Gefangenen gefunden, denen sie den Rat gegeben hat, mich zu verdächtigen. Das tut sie auch wieder nur, weil sie mich haßt. — Wenn Sie nun noch nicht wissen, woran Sie sind, so ist mir das unbegreiflich!"

Richemonte schritt hin und her, fuchtelte mit den Armen und stieß allerhand unverständliche Laute aus. Endlich sagte er, stehenbleibend:

„Sie haben recht. Ich war blind: Sie aber haben mich geheilt."

„Endlich! Aber was weiter?"

„Ich mache sie unschädlich."

„Auf welche Weise?"

„Indem ich nun doch den Plan ausführe, den sie uns vereitelt hat. Ich warte, bis sie in ihrem Zimmer ist; dann hole ich Sie ab. Wir dringen durch das Täfelwerk bei ihr ein."

„Gut, gut! Ich bin sehr gespannt. Aber man wird sie vermissen?"

„Lassen Sie es meine Sorge sein, hierauf eine Antwort zu geben, die die Frager befriedigen wird."

„Alle? Hm! Einen doch wohl nicht."

„Wen?"

„Diesen verdammten, buckligen Hauslehrer!"

„Sie hassen ihn."

„Pah! Ich weiß genau, daß Sie ihn ebenso hassen, ja, daß Sie ihn sogar fürchten!"

„Fürchten? Sind Sie toll? Ich habe ihn nur zu berücksichtigen. Dieser Lauscher hat einige Kleinigkeiten bemerkt, deren Ruchbarwerden mir zwar keinen Schaden, aber Unannehmlichkeiten bringen könnte."

„Nun gut, so legen Sie es darauf an, daß er kündigt."

„Da wird er sich hüten!"

„Hat er kein Ehrgefühl?"

„Gar keins. Er wird lieber manches verschlucken, als eine so gutbezahlte Stellung aufgeben."

„Es gilt den Versuch."

„Ich werde ihn machen. Werde ich den Menschen so halb und halb in Frieden los, so soll es mir auch auf ein Vierteljahresgehalt nicht ankommen."

„Tut er denn seine Pflicht? Er scheint viel abwesend zu sein, wie ich bemerkt habe."

„Er geht sehr viel aus. Das gibt vielleicht die Veranlassung zu einer Auseinandersetzung. Also halten Sie sich bereit! Ich werde Sie abholen."

Er ging und beobachtete dann von seinem Fenster aus die Straße, die zur Stadt führte. Unterdessen schickte er den Diener, um sich nach Müller zu erkundigen und auch zu erfahren, welchen Unterricht er heut erteilt habe.

„Heut hat er keinen Unterricht gegeben", lautete der Bescheid.

„Ist er denn nicht im Haus?"

„Er ist heut stets fort gewesen. Nur einige Augenblicke hat man ihn gesehn; dann ist er wieder verschwunden."

Nach einiger Zeit sah der Alte Marion mit den beiden Schwestern die Straße zum Schloß daherkommen; zu gleicher Zeit schritt Müller nachdenklich auf dem Wiesensteg heran. Er hatte die Stadt später als die Damen verlassen, war aber einen kürzern Weg gegangen; so kam es, daß er fast im gleichen Augenblick mit ihnen auf dem Schloßhof anlangen mußte.

In grimmiger Laune ging Kapitän Richemonte hinab und wartete. Draußen vorm Tor traf Müller mit den Damen zusammen und betrat mit ihnen den Hof.

„Herr Doktor", rief Richemonte laut, „Sie wurden gesucht."

„Ich stehe zu Diensten!"

„Das habe ich nicht gefunden. Wenn man Sie braucht, sind Sie nicht vorhanden. Haben Sie heut Unterricht erteilt?"

„Nein!"

Auch die Damen waren unwillkürlich stehngeblieben.

„Warum nicht? Weshalb sind Sie angestellt?"

„Um meinen Zögling zu erziehn. Die Erziehung aber besteht nicht im Unterricht allein. Man muß jeden nach seiner Besonderheit behandeln. Ich habe es für nötig befunden, dem jungen Herrn Baron jetzt einige Ruhe zu gewähren."

„Ruhe? — Ihm oder Ihnen, Herr Doktor?"

„Vielleicht beiden zugleich."

„Das kann ich nicht billigen. Ich bezahle keinen Erzieher zu dem Zweck, sich Ruhe zu gönnen. Ein andrer würde sich sein Gehalt zu verdienen suchen."

„Dann möchte ich raten, es doch einmal mit einem andern zu versuchen, Herr Kapitän. Ich gehe noch heut, wenn mich der Herr Baron entläßt."

„Schön! Ich werde das in Ordnung bringen und Ihnen, damit Sie nicht darunter leiden, ein Vierteljahresgehalt auszahlen. — Leben Sie wohl, Herr Doktor!"

„Ebenso, Herr Kapitän!"

Der Alte hatte nicht gedacht, den unbequemen Menschen so leicht loszuwerden. Er hatte ihn vor den Damen gedemütigt und schritt stolz von dannen.

„Was haben Sie getan, Herr Doktor!" raunte ihm Marion auf der Freitreppe zu. „Sie haben nun keine Stellung."

„Oh, eine viel, viel bessere und ehrenvollere. Ich dachte nicht, so gut von ihm loszukommen."

„Aber ich?"

„Lassen Sie mich sorgen! Sie dürfen versichert sein, daß

ich alles tun werde, was in meinen Kräften steht, Sie gegen die Absichten dieses Menschen in Schutz zu nehmen. Wir können nicht weiter darüber sprechen, da wir jetzt hier bei Ihrem Zimmer angelangt sind. Es würde auffallen, denn wir dürfen nicht vergessen, daß wir jedenfalls scharf beobachtet werden."

Sie trennten sich, er, um seine Sachen zu packen, und sie, um über alles nachzudenken, was sie heut erfahren hatte.

Einsam und in Gedanken versunken schritt sie in ihrem Zimmer auf und ab, wohl über eine halbe Stunde lang; dann ließ sie sich auf den Sessel nieder, der vor dem Tisch stand. So saß sie mit dem Rücken zur Tür, die ins Vorzimmer führte.

Unterdessen hatte der Kapitän Oberst Rallion aufgesucht, von dem er mit Spannung erwartet wurde. Er trug einen geöffneten Brief in der Hand.

„Dieser Brief ist bereits einige Stunden da, ohne daß ich es wußte. Man hat ihn mir während meiner Abwesenheit auf den Schreibtisch gelegt."

„Geht der Inhalt auch mich an?"

„Sogar sehr."

„Von wem ist er?"

„Von Ihrem Vater. Hören Sie!"

Er las:

„Mein bester Kapitän!

Die politische Lage ist ganz plötzlich eine solche geworden, daß ich Sie persönlich sprechen muß. Da ich aber nicht so bald wieder nach Ortry kommen kann, so ersuche ich Sie, spätestens am Tag nach Empfang dieses Schreibens mit dem ersten Frühzug nach hier abzureisen. Es hat große Eile. Ich habe das Empfinden, daß das Wetter noch eher losbricht, als wir vermuteten. Natürlich bringen Sie meinen Sohn mit. Es steht ihm die Auszeichnung bevor, zu den Gardezuaven versetzt zu werden.

Ihr Jules, Graf von Rallion."

Indem Richemonte den Brief wieder zusammenfaltete und einsteckte, fragte er: „Was sagen Sie dazu?"

„Eine große Auszeichnung! Wir haben ja nur das eine Zuavenregiment bei der kaiserlichen Garde, zwei Bataillone stark. Das freut mich sehr. Aber das andre — die schnelle Abreise?"

„Die bekümmert Sie?"

„Natürlich! Denn was wird nun mit Marion?"

„Pah! Die ist Ihnen sicher, bis Sie wiederkehren. Auf ein paar Tage mehr oder weniger, die Sie warten müssen, kommt es doch wohl nicht an."

„Ist sie schon zu Haus?"

„Ja; ich sah sie eben kommen."

„Und, wann holen wir sie?"

„Gleich jetzt."

„Und wenn sie um Hilfe ruft?"

Richemonte stieß ein höhnisches Lachen aus.

„Da habe ich ein Stück alten Pelz, das sie schon verhindern wird zu schreien. Ich drücke es ihr aufs Gesicht und binde es fest. Zu gleicher Zeit nehmen Sie die Stricke, die ich mitgebracht und draußen liegen habe und fesseln ihr Hände und Füße. Sie ist ganz sicher unser, denn jetzt soll es ihr nicht mehr einfallen, an ihrer Stelle die Zofe fangen zu lassen."

„Dann los!"

„Vorher noch eins: ich habe mit diesem Müller gesprochen."

„Ah, schon? Von seiner Entlassung?"

„Ja."

„Ging er ohne weiteres darauf ein?"

„Mit Vergnügen, wie es schien. Er geht sofort; er wird einpacken und dann verschwinden."

„Endlich sind wir diesen anmaßenden Menschen los. Ich habe ihm nicht über den Weg getraut."

„Er war ein verschlossener, undurchdringlicher Charakter; ein gefährlicher Junge. Doch halten wir uns mit ihm nicht auf. Wir haben mehr zu tun. Kommen Sie! Schließen Sie vorher den Eingang! Man muß vorsichtig sein."

Rallion verschloß seine Tür, und dann krochen sie durch das geöffnete Täfelwerk. Draußen zogen sie Filzschuhe über ihre Stiefel und schlichen zu Marions Vorzimmer.

Sie lauschten. Es ließen sich regelmäßige, durch die Entfernung gedämpfte Schritte hören.

„Sie scheint im Zimmer auf und ab zu gehn", meinte Rallion.

„Ja. Wir müssen also warten."

Schließlich wurde es drin still.

„Jetzt!" raunte Richemonte seinem Spießgesellen zu. „Haben Sie die Stricke bereit?"

„Ja."

„Sie wird sich natürlich sträuben. Seien Sie nicht zu zart mit ihr. Je fester wir zugreifen, desto eher werden wir mit ihr fertig."

Ein leises Rascheln ließ sich vernehmen. Der Alte öffnete das Täfelwerk. Sie blieben einige Augenblicke horchend stehn, und da sich nichts im Zimmer regte, so waren sie überzeugt, nicht gehört worden zu sein.

„Vorwärts!" flüsterte Richemonte.

„Lassen wir hier offen?"

„Natürlich!"

Sie traten ins Vorzimmer; es befand sich niemand darin. Sie schlichen sich zu den Türvorhängen und blickten hindurch. Marion saß am Tisch, den Kopf in die Hände gestützt.

Der Alte nickte dem Grafen zu, schob die Vorhänge zur Seite und trat ein, in beiden Händen das Pelzstück. Rallion folgte ihm auf den Fersen.

Der Kapitän machte zwei rasche Schritte vorwärts — ein unterdrückter Schrei — der Alte hielt dem Mädchen den Pelz so fest auf den Mund, daß es nicht mehr rufen konnte. Zugleich schlug Rallion ihm die Stricke um die Arme; dann fesselte er ihm auch die Füße.

„So!“ knurrte Richemonte vergnügt. „Diesmal ist das Täubchen eingefangen. Es soll uns nicht wieder das Zöfchen in die Hände schieben. Schnell fort mit ihr!“

Sie trugen die wehrlose Marion, die durch den Überfall bewußtlos geworden war, ohne große Anstrengung hinaus. Der Alte schob die Täfelung wieder zu und verriegelte sie.

„Wohin nun?“ fragte Rallion.

„Zunächst hinunter in den Gang. Hier stehn die Laternen. Brennen wir sie an!“

Sie schafften Marion bis zur Tür des Gewölbes, in dessen rückwärtigem Teil außer dem Aufenthaltsraum Richemontes das Verlies Deephills gewesen war. Da der Kapitän seine Last niederlegte, fragte Rallion:

„Hierhinein?“

„O nein. Hier wäre sie nicht sicher aufgehoben, denn von da ist mir einer entwischt, ohne daß ich es mir erklären kann. Ich will einmal nachschauen, ob ich eine Spur entdecke. Bleiben Sie hier zurück, um über die Gefangene zu wachen!“

Er öffnete die Tür und trat in das Gewölbe, woraus er erst nach längerer Zeit verdrießlich zurückkehrte.

„Etwas gefunden?“

„Nein. Nicht das Geringste. Fassen Sie wieder an! Wir gehn weiter.“

Sie trugen Marion nun bis an den Kreuzungspunkt der Gänge und bogen dann rechts ein. An der Tür, durch die sowohl die Zofe als auch der dicke Maler gebracht worden waren, legten sie das Mädel auf den Boden.

„Nun, sehn Sie“, meinte Richemonte, „auch hier ist mir einer entsprungen, sogar durch zwei verschlossene Türen. Ich werde einmal voranschreiten.“

Er öffnete die Tür und verschwand dahinter. Es dauerte eine geraume Zeit, bis er wieder erschien.

„Man ist wirklich versucht, an Zauberei zu glauben. Hier ist ebenfalls der Gefangene verschwunden, ohne die geringste Spur zurückzulassen, aus der man schließen könnte, auf welche Weise ihm die Flucht geglückt ist."

„So bleibt es dabei: es besitzt jemand die Schlüssel — und dieser Jemand ist Marion. Wohin tragen wir sie jetzt?"

„Hierherein."

„Was? Hierherein? Von wo soeben einer entschlüpft ist?"

„Ja. Aber haben Sie keine Sorge! Sie entflieht mir nicht. Vorwärts!"

Das Mädchen wurde nach dem runden Raum geschafft, der sich hinter dem befand, in dem Schneffke gesteckt hatte. Dort legten sie es auf den Boden nieder.

„Sehn Sie diesen scheinbaren Brunnen? Es ist der Eingang zu den Räumen, in die mir sicherlich kein Unberufener dringen wird."

„Gehn Stufen hinab?"

„Nein."

„Eine Leiter?"

„Auch nicht."

„Wie gelangen wir denn da hinab?"

„Ja, das ist das Rätsel!" lachte Richemonte. „Der dicke Kerl, der hier steckte, und der, der ihn befreit hat, sie beide haben jedenfalls auch untersucht, ob da hinabzukommen sei. Sie werden mit der Hand hinabgegriffen haben, um nach Stufen zu suchen, haben aber nichts gefunden. Ich bin überzeugt, daß sie meinen, es wirklich mit einem Brunnen zu tun gehabt zu haben. Es sind Eisenstangen eingefügt, die oberste allerdings so tief, daß man sie nicht mit der Hand erreichen kann."

„Mittels dieser Stangen steigt man hinab?"

„Ja. Auf der zwölften Sprosse halten wir an. Dort öffnet sich ein Gang, den wir durchschreiten müssen. Ich steige voran und halte Marion, die Sie an einem Strick herablassen. Dann folgen Sie."

So geschah es. Richemonte kletterte hinunter; Marion erhielt einen Strick unter den Armen hindurch und wurde daran hinabgelassen. Rallion stieg nach und trat in den Stollen, worin der Alte bereits seiner wartete. Sie trugen ihre Last den Gang entlang, stiegen mehrere Stufen empor und kamen endlich an eine Stelle, wo es merklich heller wurde.

„Wir gelangen wohl gar ins Freie?"

„Bewahre! Wir befinden uns zwar wieder in gleicher Höhe mit den Gewölben, aber ins Freie führt dieser Gang nicht. Der Schimmer kommt von oben herab. Ein Luftloch, weiter nichts. Vorwärts!"

„Noch weit?"

„Nein. Sehn Sie die Türen rechts und links?"

„Ja."

„Rechts die fünfte."

Sie schritten weiter und entfernten sich von dem Luftloch. Als sie die fünfte Tür erreichten, öffnete der Kapitän. Es gähnte ihnen eine finstere Gruft entgegen. Auf dem Boden lag Stroh. Sonst war nichts vorhanden. In diesen düstern Raum wurde die noch immer bewußtlose Marion gelegt. Dann verließen sie das Gewölbe, das der Alte sorgfältig verschloß.

„Wohin nun?"

„Zurück, um Lebensmittel zu holen."

„Für Marion?"

„Für sie und für andre. Sie wird nämlich nicht meine einzige Kostgängerin sein. Ich habe noch zwei andre Personen zu versorgen, und da ich nach Paris fahre und nicht weiß, wann ich wiederkomme, will ich sie hinreichend mit Wasser und Brot versehn. Ich will Ihnen einen großen Beweis meines Vertrauens geben, indem ich Ihnen den Gefangenen zeige, der sich noch hier unten befindet — zur Sühne für meinen Verdacht gegen Sie. — Kommen Sie!"

„Wer ist der Mann?"

„Ein Deutscher. Er kam, um eine Kriegskasse auszugraben, die den Franzosen gehört. Ich habe ihn daran gehindert, indem ich mit ihm kämpfte und ihn dann heimlich als Gefangenen nach Ortry schaffte."

„Wie heißt er?"

„Er ist ein Greifenklau, der Angehörige jener Familie, die ich hasse, wie ich niemand sonst gehaßt habe."

Er ging nun einige Türen weiter und öffnete eine. Als der Alte in das Loch leuchtete, sah Rallion, daß dieses fußhoch mit fauligem Stroh angefüllt war. Und darauf lag ein Mensch, zusammengeringelt wie ein Hund, mit Kleidern auf dem Leib, die kaum noch Fetzen genannt werden konnten.

„Das ist er!" sagte Richemonte, dessen Gesicht vor teuflischer Freude leuchtete. „Ich räche an ihm, was ich an seiner Familie nicht mehr rächen kann. Er weiß, wo die Kasse vergraben liegt; er soll es mir sagen, und er tut es nicht. Er bleibt deshalb so lang hier, bis er es gesteht, und dann —"

Er hielt inne.

„Und dann?"

„— dann muß er dennoch sterben!" flüsterte der Alte, damit der Gefangne es nicht hören sollte.

Der Mann war an Ketten gefesselt, so daß er sich kaum drei Fuß weit bewegen konnte. Sein graues Haar hing ihm bis auf die Hälfte des Rückens herab, und sein wilder Bart zeugte von der langen Zeit, die dieser Unglückliche hier bereits verbracht hatte. Die Wangen waren eingefallen, die Augen lagen tief.

„Hast du Hunger, Greifenklau?"

Keine Antwort.

„Ob du Hunger hast, frage ich!"

„Nein", erklang es matt und hohl.

„Durst?"

„Nein."

„Willst du frei sein?"

„Nein."

„Hund, sag die Wahrheit, sonst erhältst du die Peitsche! Willst du frei sein?"

„Durch dich nicht!"

„Durch wen denn?"

„Die Meinigen werden kommen und mich holen."

Richemonte schlug eine heisere, höhnende Lache an.

„Wenn sie kommen, so stecke ich sie zu dir. Ich würde deine ganze Brut ausrotten, wenn sie sich zu mir wagte!"

„Das ist meine Rache!" wandte er sich zu Rallion, indem er die Zelle wieder verschloß „Die Schlüssel zu seinen Fesseln hängen an einem Nagel drin bei ihm, und er kann nicht dazu, eben weil er gefesselt ist."

„Eigentlich schrecklich!"

„Und doch noch nicht schrecklich genug! So rächt sich ein Richemonte!"

9. IM ‚MITTELPUNKT DER UNTERWELT'

Müller war auf sein Zimmer gegangen, um seine Sachen zu packen. Der Koffer wurde von einem Stallbediensteten zum Bahnhof befördert, und dann entfernte sich der so schnell entlassene Hauslehrer, ohne von irgendeinem Menschen Abschied zu nehmen.

Er tat, als sei er willens, den Weg nach der Stadt einzuschlagen, wendete sich aber, als es nicht mehr bemerkt werden konnte, dem Wald zu, wo er an der verabredeten Stelle auf Fritz Schneeberg traf.

„Hast du alles besorgt?"

„Ja, Herr Doktor."

„Es hat sich ausgedoktert, lieber Fritz."

„Leider! Wir müssen fort!"

„Ja Wir sind die letzte Nacht hier; aber diese Zeit will ich auch nutzen Ich werde alles durchsuchen."

„Und wieder nichts finden."

„Oh, wahrscheinlich doch. Wir glaubten bisher, alle Räumlichkeiten kennengelernt zu haben, aber es ist nicht wahr. Es gibt noch Gänge, die wir nicht durchforscht haben."

„Den Gang, in den der Dicke gestürzt ist?"

„Ja. Und vielleicht ist dies der richtige. Der irrsinnige Baron sprach von einem ‚Mittelpunkt der Unterwelt' —"

„Er meinte den Kreuzungspunkt der uns bisher bekannten Gänge."

„Nein. Ich habe nachgedacht und mir die Lage überlegt. Die Gänge sind oft gewunden. Ihr Kreuzungspunkt liegt nicht, wie ich erst glaubte, in der Mitte. Wenn ich vom Schloß eine Linie nach dem Steinbruch und von dem alten Turm eine zweite nach der Klosterruine ziehe, so schneiden sich diese beiden Geraden jedenfalls so ziemlich auf dem Punkt, wo Hieronymus Aurelius Schneffke in die Tiefe gefahren ist."

„Ah!"

„Dort soll, nach der Aussage des Verrückten, sich der befinden, dessen Person mit der Kriegskasse in Verbindung steht. Wer könnte das sein, wenn nicht mein Vater?"

„Da werden wir rangehn wie Blücher, Herr Doktor. Sie haben sich doch den Ort gemerkt?"

„Sehr genau. Komm nur! Wir wollen keine Minute versäumen."

Sie drangen mit großen Schritten in den Wald ein, bis sie den Ort erreichten, wo die gefällten Bäume lagen.

„Hier ist es wohl?"

„Nein, weiter drüben. Aber wir brauchen einige Stämmchen."

Fritz nahm deren drei auf die Schultern, und Müller tat dasselbe. Bei dem Loch legten sie die Hölzer kreuzweise darüber. Dann kniete der Doktor, da die Unterlage nun vollständige Sicherheit bot, nieder, um einen der Stricke am Kreuzungspunkt zweier Stämmchen zu befestigen.

Während er das tat, war es ihm, als ob er unter sich ein Geräusch vernehme.

„Still, Fritz!" warnte er. „Ich höre etwas!"

Er horchte und schob das Moos ein wenig zur Seite. Ein Lichtschein näherte sich.

„Schnell, knie mit her!"

Im nächsten Augenblick lag Fritz neben ihm. Auch dieser machte sich ein Loch ins Moos, um besser sehn zu können. Von unten herauf ertönten die Worte:

„Wir gelangen wohl gar ins Freie?"

„Bewahre. Wir befinden uns zwar wieder in gleicher Höhe mit den Gewölben, aber ins Freie führt dieser Gang nicht. Der Schimmer kommt von oben herab. Ein Luftloch, weiter nichts. Vorwärts!"

„Noch weit?"

„Nein, sehn Sie die Türen rechts und links?"

„Ja."

„Rechts die fünfte."

Der Lichtschein verschwand nach der entgegengesetzten Seite.

„Hast du gehört?" flüsterte Müller.

„Ja."

„Auch gesehn?"

„Alle drei."

„Ich nur einen. Das Moos ist hier bei mir zu dicht."

„Wen haben Sie erkannt?"

„Den Kapitän. Wer waren die andern?"

„Rallion. Die beiden trugen einen gefesselten Menschen. Es schien eine Frau zu sein."

Müller zuckte zusammen.

„Eine Frau? — Hast du das genau beobachtet?"

„Ja. Der Kopf war eingewickelt."

„Herrgott! Hast du nichts vom Kleid bemerkt?"

„Es schien hellgrau zu sein. Aber die beiden Laternen gaben so wenig Licht, daß ich mich leicht täuschen kann."

„Fritz, da ist wieder ein Schurkenstreich ausgeführt worden! Marion trug ein hellgraues Kleid."

„Sie meinen doch nicht etwa, daß die Schufte Fräulein Marion in solch ein Loch schleppen?"

„Gewiß meine ich das. Sie haben es doch bereits einmal versucht! Und denk an den Auftritt bei Doktor Bertrand! Ich klimme jetzt am Seil hinunter!"

„Aber man wird Sie entdecken!"

„Ich glaube nicht. Sagte der Alte nicht, daß es die fünfte Tür sei?"

„Ja."

„Nun, ich war schon unten und weiß, daß die Türen in einer Entfernung von ungefähr zwanzig Schritten voneinander angebracht sind. Das gibt über hundert Schritte, eine Strecke, die mir vollständig genügt. Sie können mich gar nicht bemerken."

„Es ist ungeheuer gefährlich. Darf ich mit?"

„Nein. Du mußt hierbleiben; ich komme mit deiner

Hilfe viel rascher hinab und herauf. Du wirst es leicht merken, wenn ich wiederkomme. Das andre Ende des Seils behältst du in der Hand. Greift jemand daran, und es ist unten dunkel, so bin ich es. Siehst du aber den Lichtschein zurückkehren, so ziehst du es schnell herauf, damit man es nicht bemerkt. Also rasch!"

„Ihre Revolver sind doch geladen?"

„Ja."

„Gut. Wenn Sie schießen, komme ich hinab, und dann soll der Teufel diese verdammten Schufte holen!"

Während dieser letzten Worte hing sein Herr bereits am Seil und verschwand schnell unter dem Moos.

Müller faßte festen Boden und blickte sich um; weit hinten sah er Lichtschein. Er glitt auf den Zehenspitzen weiter. Es gelang ihm, so nahe zu kommen, daß er die Unterhaltung der beiden fast ganz verstehn konnte.

Richemonte trat in eine Zelle. Was er dort tat und sprach, das konnte Müller nicht beobachten — aber sein plötzlich wildpochendes Herz und seine Ahnung sagten ihm, daß der, bei dem sich jetzt die beiden befanden, sein Vater sei. Glühende Sehnsucht und ein ungebärdiger Grimm tobten in ihm; aber er beherrschte sich. Er mußte seine ganze Besonnenheit wahren.

Endlich verschloß der Alte die Tür.

„... So rächt sich ein Richemonte!" hörte Müller ihn jetzt deutlich sagen.

Rallion murmelte eine Antwort, die Müller nicht verstand; der Kapitän antwortete etwas darauf, was vom Klappern der Schlüssel verschlungen wurde; aber dann sagte Rallion mit dem Ton und der Gebärde grenzenlosen Erstaunens:

„Und das ist Ihr — — Neffe?"

„Ja. Vielleicht erzähle ich ..."

Weiter hörte Müller nichts mehr. Denn jetzt wurde es für ihn höchste Zeit, sich davonzumachen. Auf den Zehen lief er beinahe Trab; er mußte ja bereits in Sicherheit sein, wenn die beiden unter dem Luftloch eintrafen.

Er erreichte es. Der Strick hing noch. Er ergriff ihn und schwang sich hinauf. Im Nu war er oben, strich das auseinandergerissene Moos zusammen und legte sich nieder.

„Haben Sie etwas entdeckt?“ flüsterte Fritz.

„Pst — man naht!“

Sie sahen nun beim Schein der Laterne Richemonte mit Rallion unten vorübergehn.

„Ich mußte mich verflixt beeilen, um von ihnen nicht erwischt zu werden“, flüsterte Müller. „Nun sofort wieder hinab!“

„Ich mit?“

„Ja. Übrigens“ — er holte tief und schwer Atem — „mein Vater ist unten.“

„Herr des Himmels! Haben Sie ihn gesehn?“

„Nein.“

„Aber wenn der Alte zurückkehrt?“

„Wir lassen es darauf ankommen! Los!“

Er griff sich am Seil hinunter und einen Augenblick später stand Fritz neben ihm.

Ohne Zögern schritten sie auf die fünfte Tür rechts zu. Der Doktor öffnete und ließ einen Strahl der Laterne in das Gewölbe fallen. Er sah Marion, an Händen und Füßen gefesselt, auf dem Stroh. Ein angstbleiches Antlitz blickte zu ihm auf.

Im nächsten Augenblick kniete er neben ihr und zerschnitt ihre Fesseln. Das Blut kehrte bei seinem Anblick in ihr Gesicht zurück, und ihr Blick ruhte mit einem Strahl auf ihm, der ihm bis ins tiefste Herz drang. In ihrer seelischen Erschütterung war sie nicht imstand, ein Wort herauszubringen; es bedurfte längeren gütigen Zuredens, bis sie sich so weit von ihrem Schrecken erholt hatte, daß sie kurz zu erzählen vermochte, wie sie in die Hände dieser beiden Elenden gefallen war.

„Aber wie konnten Sie wissen, daß ich mich in dieser schrecklichen Gefahr befand?“ schloß sie ihren Bericht.

„Davon nachher! Wir haben noch eine Aufgabe vor uns. Bitte treten Sie hinaus in den Gang!“

Müller verschloß die Zelle, nachdem er die zerschnittenen Fesseln eingesteckt hatte, um keine Spur zurückzulassen.

„Was nun?“ fragte Fritz. „Sie sagten doch vorhin, daß auch Ihr —“

Müller warf ihm einen warnenden Blick zu.

„Behalten wir unsre Besonnenheit! Vor allen Dingen muß ich wissen, wie dieser Gang mit den übrigen Gängen in Verbindung steht. Sehn konnten Sie nichts, gnädiges Fräulein?“

„Nein.“

„Aber hören?“

„Ich glaube, ich war mehrmals bewußtlos — nur zwischendurch habe ich einiges wie aus weiter Ferne gehört.“

„Darf ich das Wenige wissen?“

„Man hatte mich auf kalte feuchte Steine gelegt, und da sprachen sie von einem Brunnen, der aber in Wirklichkeit keiner sei.“

„Ich war dort und habe ihn gesehn.“

„Ich auch“, fügte Fritz hinzu. „Was soll es denn sein, wenn es kein Brunnen ist?“

„Ein Eingang Es sind Eisenstangen eingefügt, auf die man treten kann.“

„Dann muß aber die oberste dieser Stangen so tief unten sein, daß man sie mit der Hand nicht erreichen kann.“

„Das eben sagte der Kapitän.“

„Hat man Sie da hinabgetragen?“

„Die beiden stiegen hinunter; ich wurde an einem Strick hinabgelassen.“

„Wohin ging es dann?“

„Ich hörte sagen, daß sich nach zwölf Stufen ein Gang

öffne. Dahinein wird man mich gebracht haben, wie ich vermute."

„Aber dieser liegt in der gleichen Ebene mit den andern —"

„Ich habe gefühlt, daß ich später eine Reihe von Stufen hinaufgetragen wurde."

„Ah — hörten Sie vielleicht Türen öffnen?"

„Nein!"

„Schön, das genügt. Sie, gnädiges Fräulein, und ich werden auf diesem Weg zurückkehren."

„Wohin?"

„Aber warum denn nicht zu unserm neuentdeckten Luftloch hinauf, Herr Doktor?" fiel Fritz schnell ein.

„Ich habe meine Absicht. Dahinauf wirst du mit dem andern Gefangenen müssen!"

„Noch ein Gefangener?" fragte Marion.

„Ja. Wir werden ihn ebenfalls befreien. Er befindet sich gar nicht weit von hier. Bitte, wollen Sie hier warten?"

„Warum soll ich nicht mitgehn?"

„Der Anblick des Gefangenen wäre zu gräßlich für Sie."

„Alles, was Sie tun, Herr Doktor, ist wohlüberlegt und gut; ich muß Ihnen gehorchen. Aber hier diese Finsternis!"

„Wir lassen Ihnen eine Laterne zurück!"

„Bleiben Sie nur nicht zu lange!"

Die beiden huschten weiter in den Gang hinein.

„Warum darf sie nicht mit?" fragte Fritz leise.

„Weil sie noch nicht zu wissen braucht, daß der Gefangene mein Vater ist."

„Aber es muß doch herauskommen, wenn wir ihn hin zu ihr bringen."

„Wieso denn?"

„Nun, er wird Sie doch seinen Sohn nennen!"

„Ich sage ihm gar nicht, daß ich sein Sohn bin!"

„Herr Doktor, bringen Sie das übers Herz? Ich sehe doch keinen Grund!"

„Es gibt sogar mehrere. Zunächst soll Marion noch nicht wissen, wer und was ich bin; und sodann muß ich den Vater schonen. Der Gedanke, frei zu sein, wird ihn überwältigen. Hört er, daß ich sein Sohn bin, so kann ihn die Freude töten. Man darf ihm das Glück nur nach und nach beibringen. Das klingt beinah herzlos; aber du kennst mich, du weißt, daß ich auch ein bißchen Herz habe!"

„Oh, Herr Doktor, was das betrifft, so ist — ah, das Licht nähert sich, Demoiselle erscheint also!"

Es war so, Marion kam ihnen nach.

„Zürnen Sie nicht!" bettelte sie. „Ich war allein, und Sie standen beratend beieinander, ich glaubte, es gebe irgendeine Gefahr."

„Es gibt keine!" beruhigte sie Müller. „Aber, da Sie nun hier sind, so sollen Sie auch bleiben. Doch müssen Sie sich auf Schreckliches gefaßt machen."

„Schrecklicher kann es nicht sein als die Einsamkeit in diesen Gängen!"

Müller zog den Schlüssel und öffnete. Er atmete tief, tief ein und stieß die Luft fast pfeifend durch die Nase aus. Er mußte seine ganze Selbstbeherrschung zusammenreißen, um nicht unter lautem Schluchzen sich dem Vater zu erkennen zu geben.

Der Gefangene bewegte sich nicht, als der Schein des Lichts abermals in seine Zelle drang. Aber beim Anblick dieses Elends stieß Marion einen lauten Schrei des Entsetzens aus.

„Vater im Himmel! — Liegt hier ein Mensch?"

Müller knirschte mit den Zähnen.

Beim Klang der Frauenstimme hob der Gefangne den Kopf.

„Ein Weib! Wahrhaftig ein Weib!" stammelte er. „Was willst du von mir?"

Marion trat näher.

„Ich bringe Ihnen die Freiheit!"

„Die Freiheit? Oh, welcher Hohn!"

„Es ist kein Hohn, es ist die heilige Wahrheit!"

Er richtete sich weiter auf und blinzelte in das Licht.

„Weib, Mädchen, betrüge mich nicht!" murmelte er mit zitternder Stimme.

„Man betrügt Sie nicht", sagte Müller heiser und versuchte vergebens, seinen Worten Festigkeit zu geben. „Glauben Sie mir, es ist die Wahrheit!"

Er hatte diese Worte unwillkürlich in deutscher Sprache gesprochen.

„Was höre ich? Man spricht Deutsch?" fuhr der Gefangene auf. „Mein Gott! Wie lang habe ich diese Klänge nicht gehört!"

Und laut weinend brach er wieder zusammen.

Fritz schluchzte, und Müller preßte wohl die Zähne zusammen, aber die Tränen flossen ihm doch über die Wangen herab.

Marion kniete neben dem armen Mann auf dem feuchten Stroh.

„Wo sind die Schlüssel zu Ihren Fesseln?"

„Dort an dem Nagel."

„Hier sind sie!" rief Fritz. „Ihre Ketten werden fallen!"

„Gott, mein Gott!"

Der Gefangne richtete sich noch einmal halb auf und schlug die gefesselten Hände vors Gesicht, dann sank er langsam wieder auf das faulige Stroh zurück.

„Er ist ohnmächtig", sagte Marion weinend.

„Er wird wieder zu sich kommen!" erwiderte Müller, mehr um sich, als sie zu beruhigen.

Dabei kniete er neben ihr nieder und schloß dem Bewußtlosen die eisernen Handschellen auf. Dann trug er ihn behutsam hinaus in den Gang und unter das Luftloch.

„Wie ihn aber hinaufbringen?" fragte Fritz.

„Zieh deinen Rock aus, wir knüpfen ihn hinein! Dann ziehst du ihn am Seil empor!"

Das war rasch getan, und dann stieg Fritz hinauf und zog, während Müller mit ausgebreiteten Armen unter der teuren Last stand. Als sie oben angekommen war, wandte sich Müller an Marion.

„Gedulden Sie sich einen Augenblick, gnädiges Fräulein! Ich kehre gleich zurück."

Er schwang sich am Seil hinauf und untersuchte den Vater.

„Wie steht es?" flüsterte Fritz besorgt.

„Er lebt, ist aber sehr schwach. Wenn er erwacht und fragt, so sagst du ihm noch nichts."

„Aber wenn er fragt, wer wir sind?"

„Du bist Pflanzensammler, und ich bin Hauslehrer. Im übrigen verweist du ihn an mich."

„Und hier soll ich warten?"

„Nein. Bis er erwacht, trägst du die Baumstämme hinüber an ihren alten Platz. Dann suchst du mit ihm zum Waldloch zu kommen, wo wir uns treffen werden."

„Aber warum kommen Sie nicht gleich mit?"

„Weil ich jetzt dem Verstand mehr zu gehorchen habe, als dem Herzen. Ich will, noch bevor Richemonte wiederkehrt, mit Marion zu ihrer Mutter."

„Zu Liama?"

„Ja. Wir nehmen auch sie mit."

„Oh, welch ein Schlag für den Alten! Wohin wird sie geschafft?"

„Das wird sich finden. Spute dich jetzt und gib dir Mühe, nicht entdeckt zu werden!"

Er konnte es sich nicht versagen, den Vater auf die eingefallene Wange zu küssen; dann erst ließ er sich am Seil hinab, das Fritz sofort wieder emporzog.

„Wie haben Sie den armen Menschen gefunden?" fragte Marion.

„Er wird sich erholen."

„Gott sei Dank! Sie scheinen ihn zu kennen?"

„Ja."

„So erklären Sie mir, wie — —"

„Bitte, bitte — heben wir das für später auf! Jetzt muß es unsre Sorge sein, in Sicherheit zu sein, bevor der Kapitän zurückkehrt. Wir müssen eilen. Sind Sie kräftig genug?"

„Ich bin bei Ihnen, und da geht es."

„Stützen Sie sich auf mich!"

Sie legte ihren Arm in den seinigen, und nun schritten sie in den andern Teil des Ganges hinein.

„Wenn uns nun der Kapitän entgegentritt?" flüsterte sie erschauernd.

„Er hat uns mehr zu fürchten als wir ihn. Auf alle Fälle nehme ich es mit ihm auf."

Sie erreichten die Stufen und stiegen sie hinab. Dann ging es wieder eben fort, bis zu jener Stelle, wo der Gang in den Brunnen mündete. Müller leuchtete hinauf.

„Also hierherunter sind Sie gekommen? Nun, da werden wir wohl auch hinaufgelangen."

„Die Eisenstäbe sind stark", bemerkte Marion, indem sie einen befühlte.

„Und nur in Fußweite auseinander. Das läßt sich bequem steigen. Wollen Sie es wagen?"

„Gewiß. Es ist kein Wagnis, sondern fast bequemer als eine Leiter."

„Nur oben werden Sie sich meiner Hand anvertrauen müssen. Also bitte!"

Sie kamen glücklich in dem runden Brunnenraum an. Von dort aus öffnete Müllers Schlüssel die Türen, so daß sie in den Quergang gelangten. Nun bog der Hauslehrer links ab, und als er um die Ecke getreten war, blieb er stehn.

„Jetzt endlich können Sie ein wenig ruhn. Nun mag der Kapitän zurückkehren; er kann uns nicht mehr begegnen."

„Gott sei Dank!"

Er fühlte, daß sie sich schwer auf seinen Arm legte. Sie

war doch nicht so stark, wie sie sich den Anschein gegeben hatte. Nur durch seine Nähe hatte sie den Mut gefunden. Jetzt war es ihr, als müsse sie vor Schwäche zusammenbrechen. Deshalb wagte er es, den Arm um sie zu legen, um sie besser zu stützen.

„Monsieur Müller!“ murmelte sie.

„Mademoiselle?“

„Wissen Sie noch, als ich Sie im Steinbruch traf, und was Sie mir da sagten? Sie versicherten, mich zu lieben.“

„Ich wagte es.“

„Haben Sie vielleicht geglaubt, daß ich Ihnen wegen dieses Geständnisses zürne?“

„Sie, das von Gott mit allen Gaben begnadete Kind des Hochadels, und ich — — ah!“

Marion ergriff seine Hand.

„Was ist Adel? Die Menschenklassen sind auch von Menschenhirnen geschaffen worden. Ich glaube nur an den Adel des Herzens. Oh, ich bin recht arm und elend, wie selten eine. Was ich noch besitze, das ist Ihr Schutz und Ihre Freundschaft. Was wäre ich ohne Sie? Herr Müller, ich wollte, es bliebe so — immer und immer! Ich möchte nichts weiter als bei Ihnen und mit Ihnen sein!“

Sie schwieg, als erwartete sie eine Antwort. Sie wußte, daß er nie mehr das erste Wort sprechen werde. Darum hatte sie jetzt den Bann gebrochen.

Es dauerte eine Weile, bevor er antwortete.

„Und jenes Bild“, sagte er, „das Ihnen im Steinbruch entfiel?“

Er hatte die Laterne eingesteckt. Es war vollständig finster, und darum sah er nicht, welch glühende Röte sich bei diesen Worten über ihr Gesicht verbreitete. Aber er fühlte, daß ihre Hand erzitterte.

„Was ist mit ihm?“

„Trug es nicht die Züge, die Sie im Herzen getragen haben?“

Sie schwieg.

„Es war ja nur ein Traumbild“, flüsterte sie nach langer Pause.

„Aber ein unvergeßliches. Können Sie wirklich sagen, daß Sie die Herrin Ihres Herzens sind?“

„Sind Sie nicht gar zu viel der Herr des Ihrigen?“

„Seien Sie gnädig, Mademoiselle! Geben Sie diesem Herzen Zeit! Das Ihrige wird ja sogleich überaus in Anspruch genommen werden.“

„Wodurch?“

„Ich bin im Begriff, Sie zu jemand zu führen, der Ihnen auch nicht — gleichgültig ist; zu jemand, den Sie für einen Geist halten.“

„Oh, Sie meinen meine Mutter, von der Sie behaupten, daß sie lebt?“

„Fühlen Sie sich stark genug, sie zu sehn?“

„O ja, ja! Kommen Sie, kommen Sie rasch!“

„Warten Sie noch! Es liegt mir nämlich sehr viel daran, die Ärmste von hier zu entfernen. Sie soll erkennen, daß sie dem alten Betrüger ihr Versprechen nicht zu halten braucht.“

„Wohin wollen Sie sie bringen?“

„Ich denke, nach Malineau.“

„Ah, zu Ella von Perret?“

„Zu Ihrer Freundin. Der General wird Sie gern in seinen Schutz nehmen. Bei ihm sind Sie sicher vor jeder Gefahr, auch sicher vor Rallion und dem Kapitän.“

„Sie haben recht“, sagte sie schnell. Aber langsamer fügte sie hinzu: „Und Sie?“

„Ich kann allerdings nicht in Malineau bleiben; doch wir werden uns wiedersehn.“

„Wann?“

„Das ist nicht genau zu bestimmen.“

„Wohin werden Sie gehn?“

„Mein Beruf führt mich in nächster Zeit nach — Paris.“

Er dachte dabei an den drohenden Kriegsausbruch und an das Ziel der deutschen Truppen.

„Aber Ihre Anschrift werden Sie mir zurücklassen!"

„Ich kenne sie selber noch nicht, werde sie Ihnen aber dann mitteilen. Doch jetzt, bitte, gehn wir weiter!"

Ohne noch ein Wort zu sagen, schritt er ihr voran. Die Tür, die bei seinem vorigen Besuch offen gestanden hatte, war jetzt verschlossen. Er zog den Schlüssel und öffnete. Der ihm schon bekannte Raum war durch eine Lampe erleuchtet. Liama saß mit gekreuzten Beinen nach orientalischer Weise am Boden und ließ die Gebetskugeln durch die Finger gleiten. Sie hielt den Rücken gegen die Tür gerichtet und bewegte sich auch dann nicht, als sie vernahm, daß jemand kam.

Marion war draußen geblieben, Müller aber trat ein.

„Liama!" sagte er.

Sie hörte sofort, daß dies nicht die Stimme des Kapitäns war und wandte den Kopf. Als sie Müller erblickte, sprang sie schnell auf.

„Du?" fragte sie.

„Ja, ich", antwortete er freundlich.

„Warum kommst du wieder?"

„Weil ich mit dir sprechen will."

„Habe ich dich nicht gewarnt? Der Weißbart ist schrecklich in seinem Grimm."

„Ich verachte ihn. Er hat mich mehr zu fürchten als ich ihn; denn er ist ein Lügner und Betrüger, und er betrügt auch dich. Er ist dein Feind und ein Feind deines Kindes."

„Meines Kindes? Nein. Er hat geschworen, Marion zu schützen, und er wird Wort halten."

„Er hat den Schwur gebrochen."

„Beweise es!"

Er trat zur Seite. Hinter ihm stand Marion unter der Tür. Liama starrte sie mit weitgeöffneten Augen an, indem sie langsam die Arme ausbreitete.

„Wer ist das? Wen bringst du da?"

„Mutter!"

Dieses eine Wort nur sprach Marion — es war, als berge der süße Klang dieses Wortes allein eine Zauberkraft, die das Elend der vergangenen Jahre auszulöschen und die trüben Schleier geistiger Umnachtung zu zerreißen vermöchte — zwei, drei Schritte, dann lagen sich Mutter und Tochter in den Armen.

Müller trat aus der Tür und schloß sie sacht. Er wollte die Seligkeit der beiden nicht durch seine Gegenwart entweihen und lieber Wächter ihrer Sicherheit sein. Jubelnde und klagende Töne erklangen drin in dem Raum. Niemand schien an ihn zu denken. Er zog die Uhr. Eine Viertelstunde verging und noch eine. Da wurde die Tür geöffnet.

„Bist du noch da?" fragte Liama heraus.

„Hier!"

„Komm herein!"

Er trat ein und zog die Tür hinter sich zu. Die einstige Liama war eine ganz andere geworden. Ihre Augen blitzten, und ihre Wangen hatten sich gerötet.

„Was du mir gesagt hast, das ist wahr", sagte sie. „Du willst, daß Marion vor dem Weißbart fliehen soll, und ich soll mit ihr gehn?"

„Ja."

„Gut. Ich gehorche dir. Mein Schwur hat keine Gültigkeit; denn er hat den seinigen gebrochen."

„Hast du etwas mitzunehmen?"

„Nein, nichts."

„Werde ich wieder ins Schloß zurückkehren?" fragte Marion.

„Nein, Mademoiselle."

„Aber ich habe doch manches, was ich mitnehmen muß!"

„Ich werde es Ihnen besorgen. Wir gehn jetzt zu Doktor Bertrand. Dort schreiben Sie alles auf, was Sie brauchen. Können wir also fort?"

„Ja."

Liama erfaßte Marions Hand.

„Komm, mein Kind! Ich kann nicht fluchen in dieser heiligen Stunde des Wiedersehens — doch Allah wird ihn treffen mit seinem Zorn und ihn vernichten mit seinem Grimm!“

Müller schritt mit der Laterne voran, und sie folgten ihm durch den Gang bis hinaus in das Waldloch. Es war unterdessen dunkel geworden, und man konnte nicht weit blicken.

„Pst!“ erklang es hinter einem Baum.

„Fritz?“

Der Gerufene trat heran.

„Ist — der Gefangene bei dir?“

„Ja. Er liegt dort im Moos und schläft. Die frische Luft ermüdet ihn. Es ist ein Herzeleid, wie es ihm ergangen ist.“

„Wie lang ist er gefangen gewesen?“ fragte Marion.

„Volle elf Jahre.“

„Und diese Ewigkeit hat er in dieser Zelle gesteckt?“

„Vermutlich.“

Sie schlug die Hände zusammen, fühlte sich aber unfähig, ein Wort zu sagen.

„Führe uns zu ihm!“ befahl Müller.

Fritz brachte sie eine Strecke weiter in den Wald hinein, wo Gebhard von Greifenklau schlafend lag. Sein Atem ging ruhig. Man merkte fast, wie mit jedem Atemzug Erquickung in seinen Körper kam.

„Lassen wir ihn schlafen!“

„Aber dürfen wir hier noch länger warten?“ bemerkte Fritz.

„Kann er zur Stadt gehen? Und darf Liama in ihrer orientalischen Kleidung gesehn werden? Eile du, so schnell du kannst, zu Doktor Bertrand; spanne seinen Wagen an und komm heraus, uns abzuholen.“

„Wo treffe ich Sie?“

„Drüben am Waldrand, wo der Feldweg vorübergeht.“

„Und wenn Bertrand fragt — — ?"

„Du sagst nichts! Beeile dich! Wir haben heut noch sehr viel zu tun!"

Fritz stürmte fort. Die andern ließen sich im Gras und Moos nieder, Marion neben der Mutter und Müller neben seinem Vater. Er bewachte dessen Atemzüge, während Mutter und Tochter eng umschlungen miteinander flüsterten.

Nach längerer Zeit weckte Müller seinen Vater, und er führte ihn, der schwach wie ein Kind war, an die Waldecke. Bald langte Fritz mit dem Wagen an. Die fünf stiegen ein und fuhren zur Stadt, wo des alten Gebhard von Greifenklau eine Freude wartete, die ihn die Qualen seines Kerkers fast vergessen ließ.

*

Unterdessen war Richemonte mit Rallion auf den heimlichen Wegen zurück ins Schloß gelangt. Er hatte nun drei Gefangene zu versorgen, und weil er bereits am nächsten Morgen mit dem ersten Zug abreisen wollte, mußte er die Lebensmittel noch heut hinunterbringen. Da es ihm aber unmöglich gewesen wäre, so viel Vorräte auf einmal hinabzuschaffen, so bat er den Grafen, der ja nun in die Geheimnisse des unterirdischen Ortry eingeweiht war, ihm dabei zu helfen. So stiegen sie mit Brot und Wasser beladen hinunter. Einen großen Krug und ein Brot ließen sie an der Kreuzung zurück, um dies später Liama zu bringen. Mit dem übrigen Vorrat kletterten sie den Brunnen hinab und gelangten endlich in den Gang, worin der beiden eine große Überraschung harrte.

Vor der Zelle Marions setzte der Kapitän seinen Wasserkrug nieder und öffnete, fuhr aber, als ob er einen Geist gesehn habe, zurück. Die Zelle war leer.

„Rallion!" murmelte er und tastete nach seiner Stirn, „Rallion, sagen Sie mir, ob ich wache oder träume! Wo ist Marion?"

Auch der Oberst zeigte sich aufs äußerste bestürzt.

„Hier geht in Wirklichkeit der Teufel um. Anders kann ich mir die Geschichte nicht erklären."

„Unsinn! Der Teufel spukt nur in Ihrem Gehirn. Sie muß einen heimlich Verbündeten haben. Anders ist es nicht möglich. Aber ich muß diesem Menschen auf die Spur kommen, ich muß!"

„Dann haben wir uns also geirrt, als wir Marion im Verdacht hatten, sich die Schlüssel angeeignet zu haben. Der Schuldige ist ein andrer."

„Wir werden ihn jetzt fangen; begegnet ist uns kein Mensch. Alle Türen sind geschlossen gewesen. Er hält sich also hier versteckt. Durchsuchen wir den Gang; er ist glücklicherweise nicht sehr lang."

Richemonte nahm den Revolver in die Hand und schritt mit der einen Laterne voran. Rallion folgte ihm mit der andern. Sie erreichten das Ende des Ganges, ohne irgend etwas entdeckt zu haben.

„Nun?" fragte Rallion, halb höhnisch und halb erwartungsvoll.

„Nichts und niemand!" knirschte der Alte. „Vielleicht sind sie miteinander hier noch in irgendeiner Zelle versteckt. Suchen wir!"

„Was befindet sich in den Zellen?"

„Sie sind leer, außer der, worin der Deutsche steckt. Sehn wir nach!"

Er öffnete eine Zelle nach der andern; sie waren alle ohne Ausnahme leer. Als er dann das Verlies Greifenklaus aufschloß und mit der Laterne hineinleuchtete, stieß er einen lauten Fluch aus.

„Tod und Teufel — was ist das?"

„Was gibts?" erkundigte sich Rallion und beugte sich vor. „Wetter noch einmal! Der Kerl ist fort!"

„Unbegreiflich! Passen Sie auf, ob wir Spuren finden!"

Aufgeregt schlugen sie die Richtung zum Brunnen ein, mit den Laternen am Boden suchend; hart am Brunnen blieb Richemonte stehn.

„Schauen Sie her! — Was ist das?“

„Talgtropfen am Boden!“

„Ja. Ganz frisch. Sie stammen aus einer Laterne. Wir beide aber brennen Öl. Was folgt daraus?“

„Hier sind sie entflohen.“

„Die Hunde kennen also auch diesen Gang und diesen Weg. Steigen wir hinauf! Vielleicht findet sich noch eine Spur.“

Sie kamen bis dahin, wo Müller mit Marion gestanden, vorher aber seine Laterne eingesteckt hatte. Beim Verschließen der Blende hatte er wieder einen Talgtropfen verloren.

„Hier wieder“, knurrte Richemonte. „Sehn Sie?“

„Ja, ganz deutlich.“

„Kein Zweifel. Sie sind hier gegangen — und sollten sie etwa —“

„Was?“

„Da hinten steckt auch so eine Art Gefangne.“

„Vielleicht haben sie auch diese befreit!“

Richemonte wankte einen Augenblick und mußte sich mit einer Hand an der Stollenwand stützen.

„Wollen sehn“, sagte er ächzend.

Er ging, sichtlich mit schweren Füßen, vorwärts und untersuchte die Tür.

„Sie ist verschlossen.“

Hastig öffnete er und trat ein. Rallion folgte.

Die Lampe brannte noch.

„Hier ist sie nicht“, meinte der Alte beklommen. „Vielleicht ist sie da draußen in der Nebenstube.“

Rallion wollte ihm auch dahin folgen, aber er wies ihn mit barschen Worten zurück.

„Bleiben Sie! Da draußen haben Sie nichts zu suchen!“

Als er nach einiger Zeit zurückkam, zeigte sein Gesicht offen den Ausdruck völligen Verstörtseins.

„Auch sie ist fort!“ murmelte er zähnefletschend.

„Wer?“

„Das ist Nebensache. Ich hatte der Person gewisse Freiheiten gewährt, schloß sie aber heut ein. Beide Türen sind noch verschlossen, trotzdem ist sie weg."

„Das ist freilich Pech über Pech."

„Mehr als Pech. Sie wissen nicht, was dabei für mich auf dem Spiel steht. Es bleibt mir nichts andres übrig, als die Eingänge zu vernichten oder zuzuschütten und einstweilen ..." Er stockte.

„Was denn?" forschte Rallion neugierig.

„... einstweilen zu verschwinden und das Weite zu suchen."

„Ist es denn so gefährlich?"

„Ja. Ich muß Gras darüber wachsen lassen. Das wird, falls der Krieg losbricht, nicht lange dauern."

„Aber die Eingänge zerstören, das erfordert Arbeit und Zeit."

„Gar nicht. Ich habe für einen derartigen Fall meine Vorbereitungen getroffen. Kommen Sie!"

Sie kehrten zur Kreuzung zurück. Dort schien eine der Steinplatten zerbrochen zu sein. Der Kapitän nahm zwischen zwei Rissen ein Steinchen heraus, und sofort kam ein Draht zum Vorschein. Er zog daran, und fast im gleichen Augenblick rollte ein donnerartiges Getöse durch die Gewölbe. Langsam verhallte das Grollen in der Ferne.

„Was war das?" fragte Rallion erschrocken.

„Kleine Minen."

„Die Eingänge zusammengestürzt?"

„Zum Teil. Und auch noch andres ist vernichtet."

Er zog die Uhr.

„In einer Stunde geht ein Zug nach Paris. Mit diesem fahren wir."

„Warum nicht erst morgen?"

„Ich werde mich nicht hersetzen, bis man die Hände nach mir ausstreckt! Ein lustiger Krieg, und dann ist alles wieder gut!"

Eine Viertelstunde später verließen beide das Schloß Kapitän Richemonte trug all sein bares Geld bei sich. —

10. DIE VERGANGENHEIT WIRD LEBENDIG

Selten wird ein Haus auf einmal so viel Glück beherbergt haben wie das Heim Doktor Bertrands an jenem ereignisreichen Abend. Droben im Oberstübchen saßen Liama und Marion eng umschlungen nebeneinander und flüsterten sich Worte der Liebe und Zärtlichkeit ins Ohr. Im Zimmer, das Emma von Greifenklau bewohnte, weilten Nanon und Madelon mit ihrem Vater, der sich nicht satt sehen konnte an seinen beiden Kindern. Das größte Glück indes wohnte sicher im Herzen der drei, denen Doktor Bertrand sein Studierzimmer eingeräumt hatte. Gebhard von Greifenklau hatte ein reinigendes und erquickendes Bad genommen; Bart und Haar waren in Ordnung gebracht. Er saß auf dem Sofa und hielt die Hände seiner Kinder in den seinigen. Emma und ihr Bruder hatten sich erst allmählich und unter Beobachtung der zartesten Vorsicht ihrem Vater zu erkennen gegeben. Die Freude hätte sonst das Herz, das im Verlauf weniger Stunden die ganze Stufenleiter von der tiefsten Verzweiflung bis zur höchsten Seligkeit durchlief, brechen müssen.

Stunde um Stunde verstrich. Die drei Glücklichen wurden dessen nicht gewahr, bis es an die Tür klopfte.

Hieronymus Aurelius Schneffke steckte den Kopf mit großer Wichtigkeit herein.

„Ist es erlaubt, meine Herrschaften?“

„Ja“, antwortete Richard von Greifenklau, der mit dem Namen Müller auch den Buckel abgelegt hatte — allerdings nur für die verstohlenen Stunden dieses ersten Wiedersehns. „Das ist Herr Schneffke aus Berlin, dessen Schwiegervater du beinahe geworden wärst, lieber Vater.“

„Wieso?“ fragte Gebhard von Greifenklau.

„Er hatte es auf Emma abgesehn.“

„Ach so!“

„Er hielt sie für eine Gesellschafterin und betete sie so an, daß er ihretwegen sogar zu Pferd stieg."

„Es war ein kluges Pferd!" lachte Schneffke. „Es setzte mich ganz regelrecht zu ihren Füßen ab. Später ward ich ihr Beschützer und Reisebegleiter, mußte aber bald auf das erwartete Glück verzichten, weil die angebetete Gesellschafterin unterdessen eine missige Engländerin geworden war."

„Die sie aber auch nicht bleiben wird."

„Nicht?"

„Nein. Miß de Lissa ist eigentlich meine Schwester, Emma von Greifenklau."

Der Dicke machte ein Gesicht wie eine Gans, wenn es gewittert.

„Heiliges Himmelblau!"

Alle lachten.

„Haben Sie etwas dagegen einzuwenden?" forschte der ehemalige Doktor Müller.

„Hm! Wie lange bleibt sie denn Ihre Schwester?"

„Ich hoffe, für immer."

„Das bezweifle ich. Bei dieser Dame wird kein Mensch klug, wer und was sie eigentlich ist. Heut halten Sie sie im Ernst für Ihre Schwester, und morgen stellt sich vielleicht heraus, daß sie die Tante Ihrer Schwiegermutter ist. Ich bleibe mißtrauisch — das ist klar wie Pudding. Von jetzt an verliere ich die Gefühle meines Innern nur an Damen, die mittels Geburts- und Impfschein nachgewiesen haben, wer sie sind. Eine andre hat nie wieder einen Fußfall von mir zu erwarten."

Aber er nahm selber den Fall nicht tragisch, denn er stimmte laut ins Lachen der übrigen ein.

„Was für eine Neuigkeit bringen Sie denn?"

„Ich trank auf dem Bahnhof ein Glas Bier. Der Zug kam an, und da ging ich. Draußen am Fahrkartenschalter standen zwei. Raten Sie, wer sie waren!"

„Besser ists, Sie sagen es."

„Das ist richtig; denn Sie erraten es in Ihrem Leben doch nicht. Der alte Kapitän war es und noch einer, der ein zerschnittenes Gesicht hatte."

„Rallion? — Und was taten sie?"

„Ich stand ganz nah bei ihnen; sie aber hatten es so eilig, daß sie mich gar nicht beachteten. Der Alte bezahlte zwei Fahrkarten erster Klasse nach Paris."

„So ist er fort?"

„Ich sah ihn mit Rallion einsteigen, und dann ging der Zug ab."

Diese Nachricht kam Richard sehr gelegen. Er stieg zu Marion und ihrer Mutter hinauf und brachte ihnen die Neuigkeit, aber erst, nachdem er sich wieder in Doktor Müller verwandelt hatte.

„Jetzt gibt es die beste Gelegenheit, zu holen, was Sie zur Reise brauchen, Mademoiselle Marion. Sie kehren zu diesem Zweck selber nach Ortry zurück."

„Das tue ich. Wer geht mit?"

„Ihre Mutter."

„Wie? Darf sie gesehn werden?"

„Ich wünsche sogar sehr, daß sie von der Baronin gesehn wird. Aber ich begleite Sie."

Eine Viertelstunde später saß er auf dem Bock und fuhr Marion und Liama nach Ortry. Dort übergab er dem Stallknecht die Zügel und begleitete die beiden Damen nach Marions Zimmer.

Die Erscheinung Liamas konnte nicht auffallen, da Frau Doktor Bertrand ihr einen langen Regenmantel und Hut geliehen hatte.

Kaum waren sie eingetreten, als ein Diener meldete, die Frau Baronin erwarte das gnädige Fräulein bei sich.

„Ich bin beschäftigt", antwortete Marion.

Der Diener ging, kehrte aber mit dem Befehl zurück, augenblicklich Folge zu leisten.

„Sagen Sie der Frau Baronin, daß sie mir nicht das

geringste zu befehlen hat! Aber richten Sie das ja ganz wörtlich aus!"

Die Baronin wurde wegen ihres Hochmuts und herrschsüchtigen Wesens von der gesamten Dienerschaft gehaßt. Der Beauftragte überbrachte, um die stolze Frau zu ärgern, den Befehl sehr gern wörtlich. Sofort machte sie sich erbost auf den Weg nach Marions Zimmer.

Das hatten Müller und Marion vermutet. Deshalb baten sie Liama, in den kleinen Nebenraum zu treten, von dem aus die zwei seinerzeit die Entführung der Zofe beobachtet hatten.

„Was soll das heißen?" fuhr die Baronin ins Zimmer. „Warum kommst du nicht?"

„Weil ich keine Zeit habe, wie ich sagen ließ."

„Wenn ich befehle, hast du zu gehorchen!"

„Darauf habe ich dir sagen lassen, daß du mir nichts zu befehlen hast!"

„Unerhört! Solche Frechheiten . . ."

„Sei wählerischer in deinen Ausdrücken, sonst muß ich auf deine Entfernung dringen!"

„Was fällt dir ein — — ah, wer ist denn das? Der Herr Doktor! Ich denke, Sie sind fort?"

„Wie Sie sehn, bin ich hier", antwortete Müller ruhig.

„Was suchen Sie hier?"

„Die notwendige Bildung und Höflichkeit im Verhalten gegen andre!"

„Ah! Ist das etwa gegen mich gerichtet?"

„Nur gegen Sie!"

„Unverschämter! Entfernen Sie sich!"

Müller rührte sich nicht.

„Ich befehle Ihnen, sich zu entfernen!"

„Und ich bitte Sie herzlichst zu bleiben, Herr Doktor!" sagte Marion.

„Ich werde . . ." begann die Baronin erbost.

„Nichts wirst du!" wurde sie scharf von Marion unterbrochen. „Was ists, was du mit mir zu sprechen hast?"

„In Gegenwart Fremder schweige ich natürlich!"
„Das ist mir nur lieb!"
Sie hatte den Schrank geöffnet und suchte nach den Dingen, die sie mitzunehmen gedachte.
„Warum packst du?"
„Weil ich abreise."
„Wohin?"
„Das geht dich nichts an."
„Unverschämt! Von wem hast du die Erlaubnis?"
„Ich denke, keine Erlaubnis nötig zu haben."
„Da bin ich denn doch gezwungen, meine Rechte aufs entschiedenste zu wahren. Du wirst dich ohne meine Einwilligung nicht entfernen! Ich bin deine Mutter!"
„Aber eine sehr seltsame."
„Willst du mich etwa veranlassen, dir zu beweisen, daß ich mir nötigenfalls Gehorsam erzwingen kann?"
„Wie willst du das anfangen?"
„Ich rufe die Dienerschaft!"
„Die Diener dürfen selbst auf deinen Befehl sich nicht an mir vergreifen!"
„So schicke ich zur Polizei."
„Ich warne dich! Die Polizei wird dich festnehmen, wenn ich es von ihr verlange!"
Die Baronin stampfte mit dem Fuß auf.
„Was willst du damit sagen?"
Marion wollte antworten; aber Müller winkte ihr zu und entgegnete an ihrer Stelle:
„Gnädiges Fräulein wollen jedenfalls andeuten, daß es genug Veranlassung gibt, die einstige Hirtin in Gewahrsam zu nehmen."
Die Baronin erbleichte.
„Herr, welche Sprache wagen Sie?"
„Eine Sprache, die die Schäferstochter Adeline Verdy wohl verstehn könnte."
„Sie sind wahnsinnig!"
„Der Wahnwitz ist Ihr eigenes Feld, auf dem Sie es

zur Baronin gebracht haben — nämlich der Wahnwitz Ihres Mannes. Denken Sie an den Doppelmord bei der Kriegskasse!“

Sie zitterte am ganzen Körper.

„Ich begreife Sie nicht!“

„An die beiden, die von Ihrem Mann mit der Hacke erschlagen wurden, und an den, den der Kapitän fast erstach, den Sie aber pflegten, um ihn dann einzusperren und dadurch Baronin zu werden.“

Trotz dieser niederschmetternden Anklage raffte sie sich noch einmal auf.

„Was habe ich mit Ihnen zu schaffen? Was geht mich das alles an? Tun Sie, was Ihnen beliebt! Jetzt aber befehle ich Ihnen sich zu entfernen! Ich bin die Herrin dieses Hauses!“

„Sie? Da irren Sie sich sehr.“

„Wer sonst?“ fragte sie frech.

„Ich werde Ihnen die wirkliche Gebieterin von Ortry zeigen.“

Er öffnete die Tür zum Nebengemach.

„Hier! Kennen Sie diese Dame?“

Liama hatte Regenmantel und Hut abgelegt und trat in ihrem alten verschlissenen und oft geflickten langwallenden Gewand ein, doch das Gesicht unverschleiert.

Die Baronin wich zurück. Sie war bis auf den Tod erschrocken und schlug die Hände vors Gesicht. Es gab keinen Zweifel: das war Liama.

„Allah il Allah, we Mohammed rasuhl Allah!“ sagte die Beduinin und legte die Hände über die Brust. Dann sprach sie langsam weiter; man merkte, wie sie die französischen Worte, die sie einstens gelernt, mühsam aneinanderfügte: „Du kennst mich noch, du Falsche! Das hier ist mein Kind — ich bin hier die Gebieterin! Komm, du Freund der Bedrängten“, wandte sie sich zu Richard von Greifenklau, „ich werde dir zeigen, wer hier zu befehlen hat!“

Sie nahm ihre Tochter bei der Hand und schritt voran — Müller folgte. Die Baronin wankte hinterher, vom bösen Gewissen getrieben.

Es ging in den Speisesaal und durch die Gemächer der Schloßherrin. Die Baronin folgte stumm, ohne ein Wort. Am Zimmer des irrsinnigen Barons blieb Liama stehn. Leise öffnete sie die Tür und trat ein. Die andern folgten. Der Kranke schaute auf; sein Blick schweifte ausdruckslos im Kreis umher und blieb zuletzt auf der Tochter der Beni Aïssa haften.

„Liama!" schrie er auf.

Er tat einige Sprünge, warf sich ihr zu Füßen und umfaßte ihre Knie.

„Liama, Liama, rette mich!"

„Vor wem?" fragte die Beduinin.

„Vor ihnen! Sie schuldigen mich an! Ich bin es gewesen; aber sag ihnen, daß ich es nicht gewesen bin! Dir glauben sie, mir aber nicht!"

„Wo sind sie denn?"

„Überall sind sie, überall! Sie verfolgen mich auf Schritt und Tritt. Rette mich!"

„Was sollst du getan haben?"

„Halt!" fiel die Baronin schnell ein. „Mein Mann ist krank. Niemand darf ihn ausfragen. Niemand darf ihn sprechen."

Sie packte ihn bei der Hand, um ihn aus seiner knienden Stellung hochzuziehn. Er aber klammerte sich angstvoll an Liama und rief in kläglichem Ton:

„Fort mit ihr, fort mit der Schlange! Liama, laß sie nicht heran! Beschütze mich!"

„Er redet Unsinn!" erklärte die Baronin. „Er darf nicht noch mehr aufgeregt werden."

Der Irrsinnige befand sich in einem Zustand, der erwarten ließ, daß man vieles von ihm erfahren könne, was bisher noch verborgen gewesen war. Darum faßte Müller die Baronin beim Arm.

„Zurück, Madame!"

In ihren Augen loderte wildester Haß auf. Sie ballte die Fäuste und stampfte mit den Füßen.

„Noch ein solches Wort, und ich lasse Sie hinauswerfen!" rief sie drohend.

„Pah!" lachte er. „Das Schäfermädchen hat das Zeug nicht dazu, mich hinauswerfen zu lassen! Gehn Sie!"

Er zeigte auf die Tür.

„Gut, so werde ich klingeln!"

Sie stürzte zum Glockenzug.

„Ja, klingeln Sie!" meinte Müller ruhig. „Aber den ersten Diener, der kommt, werde ich zur Polizei schicken!"

Sein Ton klang so fest und sicher, daß sie den Schritt innehielt.

„Zur Polizei? Wozu?"

„Um Sie festnehmen zu lassen!"

„Weshalb?"

„Wegen Doppelehe!"

„Ah!"

„Wegen rechtswidriger Gefangenhaltung Gebhard von Greifenklaus!"

„Sie sind ein Teufel!"

„Ich weiß alles. Entfernen Sie sich augenblicklich, sonst bin ich es, der klingelt!"

Er schob sie zur Tür hinaus, die er hinter ihr verschloß. Sie war so verblüfft, daß sie nicht mehr daran dachte, zu widerstreben.

Ihre Entfernung machte auf den Baron sichtlich einen beruhigenden Eindruck.

„Fort ist sie, fort!" rief er. „Gott sei Dank!"

„Sprechen Sie mit ihm!" flüsterte Müller Liama leise bittend zu.

Sie beugte sich zu dem noch immer vor ihr Knienden nieder und legte ihm die Hand auf den Kopf. Das schien ihm wohl zu tun. Er lächelte zu ihr auf.

„Nur du kannst mir helfen, Liama! — Sie stehn alle da, rund um mich her — hier, da und dort, überall."

„Wer?“

„Der Deutsche, den wir erschlagen haben.“

„Wo?“

„Im Wald. Wegen der Kriegskasse.“

„Wie hieß er?“

„Greifenklau.“

„Wo ist er jetzt?“

„Er ist tot, tot, tot!“

„Wirklich?“

„Ja. Aber sein Geist lebt noch!“

„Wo?“

„Unten in der Erde. Im ‚Mittelpunkt der Unterwelt‘. In den tiefen Kellern des Schlosses.“

„Hast du ihn gesehn?“

„Ja.“

„Wann?“

„Das weiß ich nicht mehr. Der Alte hat ihn mir gezeigt. Der Mord lag mir auf der Seele, und er wollte mich beruhigen. Darum redete er mir vor, Greifenklau sei nicht tot, sondern lebe noch.“

Er zeigte mit der Hand plötzlich zur Seite. Seine Augen blickten starr und erschrocken nach einem Punkt.

„Wer steht dort?“

„Hadschi Omanah.“

„Oh, der fromme Marabut?“

„Ja.“

„Kennst du ihn denn?“

„Ich habe ihn ja begraben.“

„Wo?“

„Auf dem Berg in seiner Hütte. Und da steht auch sein Sohn. Er droht mir mit der Hand. Er hat einen Totenkopf und zeigt mir die Zähne. Rette mich!“

Der Irre befand sich in fürchterlicher Angst. Schweiß tropfte ihm von der Stirn. Es war jener grauenvolle Zustand, den der alte Kapitän immer nur mit roher Gewalt gebändigt hatte.

„Hast du den Sohn des Marabut denn auch gesehn?" fragte sie weiter.

„Ja."

„Wo denn?"

„Auch auf dem Berg. Ich habe ihn ja ermordet!"

Müller stand hinter Liama und raunte ihr zu, was sie sagen solle.

„Ermordet?" forschte sie. „Du selber?"

„Ja."

„Warst du allein da?"

„Der Alte war mit. Er gebot mir, ihn zu töten."

„Warum?"

„Weil ich Baron werden sollte."

„Warst du denn nicht Baron?"

„Nein, o nein!"

„Was warst du denn?"

„Ich war ja Henri Richemonte, der Vetter und Pflegesohn des Kapitäns."

„Und wer war der Herr Baron?"

„Es gab zwei."

Er konnte sich sichtlich nur schwer auf die Einzelheiten besinnen. Es mußte alles sehr vorsichtig aus ihm herausgelockt werden.

„Zwei?" fragte Liama. „Wer war das?"

„Der Vater und der Sohn."

„Welcher war der Vater?"

„Der Marabut. Er lag im Sterben, als wir kamen, und den Sohn tötete ich, weil er die Papiere hatte. Und dann begruben wir sie in der Hütte."

„Was für Papiere?"

„Die Papiere des Ermordeten. Ich konnte damit beweisen, daß ich der junge Sainte-Marie sei, und sagte, mein Vater sei tot. — Hilfe, Liama! — Da steht noch einer und noch einer!"

„Wer?"

„Menalek, der Scheik der Beni Aïssa!"

Sie legte die Hand aufs Herz, als ihr Vater erwähnt wurde.

„Was will er von dir?"

„Er fordert Rechenschaft über seinen Tod. Wir haben ihn in die Hände der Franzosen gegeben. Und den andern auch."

„Welchen andern?"

„Saadi. Er mußte sterben, weil ich Liama haben wollte, seine Frau. Ich nannte mich Mahmud Ben Ali, und der Alte war —"

Er hielt inne, um sich zu besinnen.

„Wer war er?"

„Er war Malek Omar, der Fakihadschi. Er war der Spion der Franzosen und der Beduinen. Er verriet sie aber beide. Oh, errette mich!"

Er schauderte zusammen und versuchte, sich hinter ihr vor den Geistern zu verbergen, die ihm sein böses Gewissen zeigte.

„Sei still", sagte sie mit leiser Stimme, wie sie es früher wohl oft getan hatte, um ihn bei seinen Anfällen zu beruhigen. „Saadi ist nicht tot."

„Nicht? Dort steht ja sein Geist!"

„Es ist Täuschung. Saadi lebt."

Der Wahnsinnige glaubte ihren Worten.

„Du sagst es, und du lügst nie. — Ja, du hast recht — sein Gesicht ist jetzt verschwunden — und mein Kopf schmerzt nicht mehr."

Er erhob sich langsam und wankte zu einem Polsterstuhl, wo er ermattet in sich zusammensank. Sie ließen ihn gehn und entfernten sich wortlos. Was sie jetzt erfahren hatten, wußten sie schon zum großen Teil; Liama aus ihrer Vergangenheit, von der sie inzwischen ihrer Tochter berichtet und Müller aus den Aufzeichnungen, die Marion von Hassan, dem Zauberer, empfangen und ihm anvertraut hatte. Manches aber erschien neu und war wohl geeignet, ihnen Stoff zu den seltsamsten und wichtigsten Schlußfolgerungen zu geben. —

11. EINE STUNDE DES HÖCHSTEN GLÜCKS

Es war Abend. Der greise Hugo von Greifenklau, der einstige Liebling des Feldmarschalls Blücher, hatte Besuch. Sein Verwandter, General Kunz von Eschenrode, befand sich bei ihm.

Ida, seine Schwiegertochter, saß still und abgehärmt dabei. Während ihre Rechte mechanisch die Nähnadel führte, wanderten die Gedanken zu ihren Kindern, die im fernen Frankreich weilten, woher nur selten einmal Botschaft kam. Frankreich — dieses Wort barg für sie all das, was an Elend und Herzeleid in ihr Leben gedrungen war. Dort war ja auch Gebhard, ihr Gatte, verschollen. —

Ida hörte nichts von der lebhaften Unterhaltung der beiden Männer.

Diese plauderten von vergangenen Tagen, von ihren Kriegserlebnissen, und so war es kein Wunder, daß das Gespräch auf die gespannte politische Lage kam.

„Er fängt wieder an! Paß auf, er fängt wieder an", sagte Greifenklau. „Napoleon hat sich in die Tinte geritten und will sich nun durch einen Krieg wieder herausbeißen."

„Das ist allerdings zu befürchten."

„Zu befürchten? Haben wir etwas zu befürchten, wie?"

„Gott gebe, daß es gut geht!"

„Es wird gut gehn! Wie sollte es anders sein?"

„Wir sind leider nicht allwissend."

„Nein, aber beobachten können wir, rechnen können wir. Wir sehn, daß der Franzmann am Ende seiner Weisheit ist. Er fiebert; man muß ihm zur Ader lassen. Eher gibt er nicht Ruhe."

„Leider muß der Bader, der ihn zur Ader läßt, auch sein eignes Blut opfern."

„Das ist stets so gewesen. Wir haben damals unser Blut

auch hergeben müssen. Und wer war schuld daran? Etwa wir?“

General von Eschenrode schüttelte langsam den Kopf. „Du meinst, Napoleon sei schuld gewesen?“ fragte er.

„Natürlich!“

„Da bin ich andrer Ansicht.“

„Was? Andrer Ansicht? Willst du ihm etwa das Wort reden?“

„Nun, das fällt mir nicht ein; aber ich betrachte ihn von einem andern Standpunkt als du.“

„So, so — von einem andern Standpunkt! Von welchem denn, wenn ich fragen darf, he?“

Wenn die Rede auf Napoleon kam, pflegte Hugo stets heftig zu werden, obgleich er es so schlimm gar nicht meinte. Und das wußte der General.

„Vom Standpunkt der Sachlichkeit“, lächelte er.

„Bin ich etwa nicht sachlich?“

„Nein.“

„Hoho! Ich bin kein junger Springinsfeld mehr, kein Sausewind, der an nichts denkt. Ich bin alt genug, um ruhig beobachten und urteilen zu können. Ich halte mich für ebenso sachlich wie du dich.“

„Aber nur in dieser Angelegenheit nicht.“

„Beweise es!“

„Du bist damals zu sehr mitgenommen worden; du hast zu viel Schlimmes zu leiden und zu dulden gehabt. Darum läuft dir selbst jetzt noch, nach so langen Jahren, die Galle über, wenn du an jene Zeiten denkst. Und dabei urteilst du ungerecht.“

„Na, ich denke, daß du mich kennst. Wir werden doch nicht uneins werden. Dieses Bonaparte wegen erst recht nicht. Er ist es gar nicht wert. Er war doch nichts weiter als ein großer Räuber, ein großer —“

„Ein großer Herrscher“, fiel der General ein, „und ein noch größerer Feldherr. Wenn du jene außergewöhnliche

Zeit kaltblütig und unparteiisch beurteilst, so wirst du über Napoleon anders denken lernen."

„Wie denn?"

„Nun, ich nannte diese Zeit außergewöhnlich."

„Weiter!"

„Also mußte sie auch ungewöhnliche Erscheinungen hervorbringen."

„Richtig!"

„Und ungewöhnliche Männer."

„Auch das gebe ich zu."

„Zu diesen aber gehörte Napoleon. Er war ein Kind seiner Zeit."

„Wie jeder andre Mensch auch, ja."

„Er war vielleicht, ja, ganz gewiß, der ureigenste Sohn der Revolution."

„Ist das eine Ehre für ihn?"

„Wenn es keine Ehre für ihn sein sollte, so ist es doch ein Entschuldigungsgrund. Niemand kann für die Zeit, in die er hineingeboren wird. — Gibst du etwa nicht zu, daß die Revolution die notwendige Folge der damaligen Zustände war?"

„Was das betrifft, so stimme ich dir bei. Die Luft war verdorben, es lagen Ansteckungskeime und Dünste über der Welt; es mußte ein Sturm kommen."

„Du erklärst also die Revolution für berechtigt?"

„Für berechtigt nicht, aber für begründet."

„Das ist eins. Was einen Grund hat zu sein, das hat auch das Recht des Daseins."

„Meinetwegen. Ich bin kein Wortklauber."

„Und wenn du die Revolution für berechtigt hältst, so erklärst du auch ihren größten, begabtesten Sohn, nämlich Napoleon, für berechtigt."

„Du sprichst wahrhaftig wie ein Professor!"

„Sage lieber, wie ein Rechtsanwalt. Ich verteidige den Angeklagten."

„So laß dich nur von seinem Neffen gut bezahlen!"

„Ich verlange keine Bezahlung; ich tue es aus Gerechtigkeitsgefühl. Bonaparte hat viel, viel gefehlt, aber er hat auch manchen Segen gebracht. Der Sturmwind, den er entfachte, hat vieles Verfaulte zum Land hinausgejagt."

„Auf wie lange? Die Fäulnis begann sofort wieder."

„Daran ist nicht er schuld. Übrigens war damals Napoleon ein gefallener Löwe. Man hatte ihm die Pranken gefesselt, er wurde von England zu Tod gequält. Einen gestürzten Gegner aber, der sein Unglück mit Würde trägt, muß man achten."

„Du sprichst nicht übel."

„Habe ich dabei nicht recht?"

„Mit dieser Bemerkung, ja."

„Ich sage dir, daß ich ihn nicht nur achte, sondern sogar bewundere."

„Oho!"

„Es gibt viele Deutsche, die ihr Vaterland lieben, den damaligen Druck schwer empfanden und doch mit Begeisterung von ihm sprechen."

„So — wer sind denn diese guten Leute?"

„Ich kenne genug deutsche Dichter, die dem großen Kaiser ihre Feder weihten."

„Zum Beispiel?"

„Heinrich Heine."

„Der war ein Abtrünniger."

„Mag sein, aber — kennst du seine ‚Grenadiere'?"

„Sind mir noch nicht vor die Augen gekommen."

„Wie ergreifend schildert da Heine die Opfertreue und die Inbrunst, mit der die Krieger des großen Napoleon an ihrem Feldherrn hingen."

„Das ist die Pflicht eines jeden Soldaten."

„Natürlich! Ich weiß das auch. Aber es gibt da doch wohl einen Unterschied. Die Preußen liebten ihren alten Fritz über alle Maßen — —"

„Das will ich meinen."

„Aber es war — hm, wie drücke ich mich aus? Es war

etwas sehr viel Gemütlichkeit dabei. Die Liebe des französischen Soldaten war blindlings, war abgöttisch. Es gibt kein andres Wort als dieses, das den Nagel auf den Kopf trifft.“

„Und das schildert dieser Heinrich Heine?“

„Ja. Er erzählt von zwei französischen Grenadieren, die todmüde aus den Schneefeldern Rußlands zurückkehren, wo sie gefangen gewesen sind. Sie hören in Deutschland, daß Frankreich besiegt und der Kaiser gefangen sei. Das schmettert sie nieder. Der eine sagt:

— — — wie weh wird mir!
Wie brennt meine alte Wunde!“

„Was ist das weiter? Es brennt manchem alten Krieger die Wunde, die er erhalten hat.“

„Der Dichter meinte, daß die alte Wunde aufgebrochen sei, so daß der Grenadier sich daran verbluten müsse. Der andre antwortet:

— — — das Lied ist aus.
Auch ich möcht' mit dir sterben,
doch hab' ich Weib und Kind zu Haus,
die ohne mich verderben.“

„Das ist sehr verständig und vernünftig von diesem Mann. Er hat für seine Familie zu sorgen.“

„So aber dachte der andre Krieger nicht. Er entgegnet:

Was schert mich Weib, was schert mich Kind,
ich trage weit beßres Verlangen.
Laß sie betteln gehn, wenn sie hungrig sind!
Mein Kaiser, mein Kaiser gefangen!“

„Dieser Mensch . . .!“ knurrte der alte, grimmige Haudegen.

„Der Dichter kann ja den Mut und die Liebe des Grenadiers zu seinem Feldherrn nicht packender schildern als in dieser Weise. Er fährt fort:

Gewähr mir, Bruder, eine Bitt'!
Wenn ich jetzt sterben werde,
so nimm meine Leiche nach Frankreich mit,
begrab mich in Frankreichs Erde!
Das Ehrenkreuz am roten Band
sollst du aufs Herz mir legen,
die Flinte gib mir in die Hand
und gürt mir um den Degen!
So will ich liegen und horchen still
wie eine Schildwach' im Grabe,
bis einst ich höre Kanonengebrüll
und wiehernder Rosse Getrabe.
Dann reitet mein Kaiser wohl über mein Grab,
viel Schwerter klirren und blitzen:
Dann steig' ich gewappnet hervor aus dem Grab,
den Kaiser, den Kaiser zu schützen!"

Der General hatte geendet, und auch Greifenklau schwieg.

„Und diese alten Krieger, wer hat sie niedergehauen?" sagte er endlich.

„Ihr natürlich!"

„Ja, wir! Und ebenso werden wir ihre Nachfolger besiegen!"

„Ich wünsche von ganzem Herzen, daß deine Ansicht die richtige sei. Aber Frankreich ist stärker, als du denkst."

„Es hat seine Weltstellung seit Sadowa verloren."

„Daher schnaubt es auch seitdem Rache für Sadowa. Es hat sich gerüstet, und nun müssen wir eben abwarten, wie die Würfel fallen."

„Ich mache mit!"

„Bist du toll? Du, in deinen Jahren?"

„Oho! Noch habe ich Mark in den Knochen. Es bleibt dabei: ich mache mit! Am liebsten als Mitkämpfer; aber leider wird man mich da zurückweisen. Es bleibt mir also nichts übrig, als unter die Krankenpfleger zu gehn."

„Aber bedenke die Anstrengung!"

„Ich fürchte sie nicht. Ich gehe mit der Gardereiterei, da bleibe ich in Richards Nähe."

„Ob er es billigen wird, daß du dich solchen Gefahren und Anstrengungen aussetzt?"

„Ich werde ihn wohl schwerlich um seine Erlaubnis fragen. Ich hoffe, da drüben, jenseits der Grenze, mit jemand zusammenzutreffen, mit dem ich noch eine alte, sehr alte Rechnung zu begleichen habe."

„Du meinst Kapitän Richemonte? Es wäre wohl besser, ihn jüngern Leuten zu überlassen."

„Jüngern? Ich sage dir, wenn ich an diesen Menschen denke, so fühle ich mich wie ein Zwanzigjähriger. Wehe ihm, wenn er das Unglück hätte, zwischen meine Fäuste zu geraten!"

Der alte Greifenklau hatte sich von seinem Sitz erhoben. Seine Augen blitzten, seine Hände waren geballt. Beim Anblick des greisen Recken hielt es der General fürs beste, das Gespräch abzulenken.

Der Diener trat ein.

„Gnädiger Herr, eine Dame wünscht Sie zu sprechen!"

„Heut abend noch? Hat sie ihren Namen gesagt?"

„Sie will ihn selber nennen."

„Das ist merkwürdig; ist sie eine Unbekannte?"

„Nein!"

„Ah, so kenne ich sie? Also vermutlich eine Überraschung! Kerl, was machst du für ein Gesicht? Du lachst von einem Ohr zum andern, und doch glaube ich, daß deine Augen naß sind. Schockschwerenot, es wird doch nicht Emma —"

„Emma!" rief auch Ida von Greifenklau, die schon beim Nennen von Richards Namen aus ihrem Sinnen aufgeschreckt war und nun gespannt die Unterhaltung verfolgt hatte.

„Ja, sie ist's, sie ist's!"

So tönte es vom Eingang her, und Emma warf sich abwechselnd der Mutter und dem Großvater in die Arme.

Hugo von Greifenklau drückte sie an sich und strich ihr nur immer wieder mit der Hand über das reiche Haar.

„Hab ich euch sehr erschreckt? — Großpapa, es wird dir doch nichts schaden?"

„Nein. Für eine solche Freude sind meine alten Knochen noch stark genug. Aber laß mich sitzen!"

Emma führte den Alten wieder zum Sofa, und dann begrüßte sie auch den Onkel General.

„Du bist erst jetzt angekommen?" erkundigte sich Greifenklau.

„Ja, vor einer Viertelstunde."

„Aber doch nicht allein? Wohl mit Madelon?"

„Mit ihr und noch einigen, die ihr kennenlernen werdet."

„Gut, daß du da bist. Der Krieg wird erklärt, und dort in und bei Ortry wird es bald gefährlich werden. Wo steckt denn jetzt Richard? Ist er auch hier?"

„Willst du ihn sehn?"

„Natürlich! Spielt nur kein Theater mit uns!"

Er stand auf und schritt zur Tür. Die Mutter folgte aufgeregt. Da kam ihnen Emma zuvor und öffnete.

Herein trat — Doktor Müller.

Alle stutzten, als sie ihn erblickten.

„Richard! Irre ich mich denn?" rief der Großvater. „Ah, ja, du hast dich ja verkleiden müssen. Komm her, mein Junge, laß dich auch von mir umarmen!"

Sie lagen Brust an Brust, nachdem Richard seine Mutter in kindlich-rührender Weise begrüßt hatte. Dann schob der Alte ihn von sich und betrachtete ihn abermals.

„Bucklig also! Höre, der Buckel geht doch herunter?"

„Sofort!"

„Und diese schwarze Perücke?"

„Da liegt sie!"

Dabei nahm er sie ab und warf sie zu Boden. Einen Griff unter den Rock, wo er die Schnalle öffnete, und auch der Höcker fiel herab.

„Aber das dunkle Gesicht! Du siehst aus wie ein Südländer!"

„Das ist leider Walnußsaft und wird nicht leicht zu entfernen sein."

„Und dein Bart, dein prächtiger Bart! Schade um ihn, mein Junge!"

„Oh, der wird wieder wachsen! — Aber ich muß doch auch den Onkel begrüßen!"

Hugo von Greifenklau klingelte und befahl dem Diener, Wein zu bringen und das Abendessen zu besorgen. Als der Mann sich entfernen wollte, hielt er ihn indes noch einmal zurück.

„Halt, Mensch; du machst ja ein Gesicht, wie ich es noch gar nicht bei dir gesehn habe. Du siehst aus wie Weihnachtsabend. Was hast du denn?"

„Freude, gnädiger Herr."

„Worüber?"

„Ich habe auch Besuch bekommen."

„So, so. Wer ist es denn?"

„Der Fritz."

„Welcher Fritz? Wohl der Wachtmeister?"

„Ja, freilich!"

„Wo steckt er denn?"

„Im Vorzimmer."

„Dann nur immer herein mit ihm!"

Fritz Schneeberg trat ein, als Pflanzensammler gekleidet, mit einem Sack auf dem Rücken. Hugo von Greifenklau lachte und streckte ihm die Hand entgegen.

„Willkommen, Wachtmeister, willkommen! Ist dies Ihre Verkleidung gewesen?"

„Zu Befehl, Herr Rittmeister."

„Dann legen Sie schleunigst ab! Sie sollen heut mit uns zu Abend essen."

„Ja, das ist recht, lieber Großvater", sagte Richard. „Ich habe ihm sehr viel zu verdanken. Er hat uns allen große Dienste geleistet."

Auch der General streckte dem Wachtmeister die Hand entgegen, und es war ein eigentümlicher, tief aus dem Herzen herausschimmernder Blick, den der junge Mann auf Eschenrode warf. Dann entfernte er sich und kam nach wenigen Minuten in seinem Ulanenwaffenrock wieder.

„So ist's recht! Setzen Sie sich her zu uns! Da stehn Zigarren, und hier ist Wein. Schenken Sie sich ein, Herr Wachtmeister! Bald wird aufgetragen; das wird unsern Reisenden willkommen sein. Und dann, wenn wir gegessen haben, soll das Erzählen beginnen. Ich bin begierig, eure Erlebnisse zu erfahren."

Richard räusperte sich.

„Lieber Großvater, es wird besser sein, wenn wir mit unserm Bericht nicht so lang warten."

„Warum?"

„Ich habe keine Zeit. Ich muß mich noch heut melden, und es ist möglich, daß ich schon morgen Berlin wieder verlasse. Darum wäre es gut, alles, was wir zu besprechen haben, schnell zu erledigen."

„Na, so schieß los, mein Junge!"

„Also: wir haben nicht nur in Beziehung auf die militärische Aufgabe, sondern auch in persönlicher Angelegenheit große Erfolge gehabt."

„In bezug auf unsre Familie?"

„Ja. Zunächst meine ich damit Onkel Eschenrode."

„Mich?" fragte der General verdutzt. „Ich habe doch mit euerm Aufenthalt in Frankreich nichts zu schaffen."

„Aber dieser Aufenthalt hat sehr viel mit dir zu schaffen. Denn es handelt sich um die — Löwenzähne."

Er sprach das Wort langsam und mit schwerer Betonung aus. Der General fuhr auf, starrte ihn an und griff sich mit beiden Händen an den Kopf.

„Verstehe ich dich recht? Die Löwenzähne?"

„Ja."

„Herr, mein Gott! Sprich, sprich schnell!"

„Nun, Fritz hat eine Spur gefunden, daß der eine dieser Zähne noch vorhanden ist."

„Ist's wahr? Ist's wahr? Aber wie und wo ist diese Spur gefunden worden?"

Eschenrode befand sich in einer sehr erklärlichen Aufregung. Er zog das Taschentuch, um sich die Stirn zu wischen, setzte sich nieder und griff mechanisch nach dem Wasserglas.

„Übrigens brauchst du noch nicht in Begeisterung zu geraten", fuhr Richard fort. „Die Angelegenheit ist noch keineswegs klar; sie muß geprüft werden. Also Ruhe, Ruhe!"

„Gut, ich will ruhig sein, wenn mir's in diesem Fall auch wirklich schwer fällt. Es war ja nur von einer Spur die Rede. Also, wo habt ihr sie gefunden?"

„In Ortry. Der eine Zahn ist vorhanden. Fritz — hat — ihn!"

„Sie, Herr Wachtmeister?" staunte Eschenrode. „Oh, zeigen Sie ihn!"

Das Gesicht Fritzens war totenbleich; seine Hand zitterte sichtbar, als er in die Tasche langte und den Löwenzahn hervorzog, um ihn dem General zu geben.

Dieser griff hastig zu

„Er ist's!" rief er laut, als er den ersten Blick darauf warf. „O mein Gott!"

Er wollte den Zahn öffnen, allein seine Hände bebten noch mehr als die des Wachtmeisters. Es dauerte eine geraume Zeit, bis der Inhalt zum Vorschein kam.

Der alte Greifenklau hatte während der letzten Minuten kein Wort gesprochen, aber seine Augen waren mit größter Spannung auf den General gerichtet. Jetzt fragte er:

„Ist's wirklich einer der Zähne?"

„Ja, ja!" ächzte der General. „Es ist der rechte — der aus der rechten Kinnlade — ich habe ihn meinem — Erstgebornen umgehängt. Richard, schnell, heraus damit: bei wem ist dieser Zahn hier gefunden worden?"

„Bei einem ganz armen Teufel."

„Seit wann ist er im Besitz des Zahns gewesen?"

„Seit frühester Kindheit."

„Wie alt ist er?"

„Grad so alt, wie die beiden Knaben jetzt sein würden."

„Mein Heiland! Ihr kennt doch seinen Namen?"

„Versteht sich."

„Wo lebt er?"

„Hier in Berlin."

„Seit wann?"

„Oh, seit langer, langer Zeit. Wir alle haben ihn sehr gut gekannt."

„Was ist er?"

„Wachtmeister bei den Gardeulanen."

„Wie? Also in deinem Regiment?"

„Ja, sogar in meiner Schwadron."

Fritz saß da mit völlig blutleerem Gesicht; er wagte nicht, die Augen zu erheben. Der General war aufgesprungen; er starrte Richard wie geistesabwesend an, brachte aber kein Wort hervor. Der alte Greifenklau schlug mit der Faust auf den Tisch, daß die Gläser klirrten.

„Gott steh mir bei! Nein, das wäre doch ..."

„Nun, was denn?" fragte Richard lachend.

„Der Betreffende ist Wachtmeister deiner Schwadron?"

„Ja."

„In deiner Schwadron ist nur ein einziger Wachtmeister."

„Natürlich."

„So ist — alle Teufel, es will fast nicht heraus — so ist dieser Fritz Schneeberg hier jener vertrackte Wachtmeister?"

„Jawohl."

„Und Besitzer des Zahns?"

„Gewiß."

„Er hat ihn zeit seines Lebens bei sich getragen: sapperlot und sapperment, Eschenrode, General, Kamerad und Freund: der Fritz da ist der eine von deinen Tausendsassas!"

Kunz von Eschenrode fand noch immer kein Wort. Er hielt den Blick auf Fritz gerichtet; er hob die Arme und ließ sie wieder sinken. Schließlich erbarmte sich Richard seiner und gab Fritz einen derben Rippenstoß. „Los doch!" raunte er ihm dabei zu.

Da stand Fritz von seinem Platz auf, blickte den General unsicher an und stotterte, die Finger an der Hosennaht:

„Verzeihung, Exzellenz, ich — ich..."

Jetzt kam Leben in den General. Er stieß einen Jubelruf aus, stürzte sich auf Fritz zu und riß ihn in seine Arme.

„Mein Sohn, mein Sohn!" Mehr brachte er nicht hervor, aber es lag eine ganze Welt voll Wonne in diesem einen Wort.

Nun trat eine tiefe Stille ein. Aller Augen waren naß. Ida, die ihre Kinder fest bei den Händen hielt, schluchzte auf im Gedanken an die Schwester, die nun nach so vielen Jahren der Trauer endlich einen ihrer Jungen wieder haben sollte. General Kunz von Eschenrode weinte wie ein Kind. Fritz war bleich, aber gefaßt. Er vermochte nicht an sein Glück zu glauben und entzog sich der Umarmung des Generals.

„Exzellenz, wenn Sie sich irren —"

„Nein, ich irre mich nicht! Jetzt fühle ich es! — Sag

Vater zu mir, mein Sohn! Du wirst mir viel, sehr viel zu erzählen haben, aber das verschieben wir auf später. Jetzt mußt du sofort mit zu deiner Mutter!"

„Kunz, bist du toll?" sagte Hugo von Greifenklau.

„Toll? Wieso?"

„Du bist selber so angegriffen, daß du kaum stehn kannst — wie soll es erst mit deiner Frau werden!"

„Du hast recht. Aber darf ich ihr denn die Wonne versagen, ihren Sohn — ach, es ist wie im Märchen!"

„Bereite sie schonend vor; gib ihr Tropfen um Tropfen, damit sie es ertragen lernt. Jetzt setzt du dich her und tust mir ordentlich Bescheid in Rheinwein! Prost! — Wir haben noch vieles zu besprechen."

„Mehr als du denkst, Großpapa", meinte Emma.

„Wie? Habt ihr vielleicht noch etwas auf dem Herzen?"

„Frage Richard!"

„Nun, Junge?"

„Ja, es gibt noch einiges, was euch freuen wird", sagte Richard gedehnt und warf einen scheuen Blick auf seine Mutter, die noch immer aufgeregt und wortlos bei ihm stand.

„Was ist's, mein Junge?"

„Man hat mir nämlich", begann Richard von neuem zögernd, „von einem fremden Mann erzählt, der vor Jahren in den hinter Sedan liegenden Bergen Schätze gesucht haben soll. Er sei ein Deutscher gewesen."

„Und du nimmst an, daß man meinen Gebhard" — Ida stockte — „daß man euern Vater gemeint hat, Richard?"

„Ich nehme es nicht nur an, ich weiß es."

„Nicht wahr, man hat ihn ermordet?"

„Man wollte es."

„Wer?"

„Richemonte."

„Ah! Wieder dieser Schurke!" knirschte der Alte in neuerwachtem Haß. „Sie sind zusammengeraten?"

„Ja."

„Und da hat mein Gebhard unterliegen müssen?" stieß Ida hervor.

„Unterliegen, ja; Florian wurde bei dem Zusammenstoß getötet."

„Der gute treue Florian! Und Gebhard?"

Hugo von Greifenklau erhob sich bei diesen Worten von seinem Sitz, legte die Fäuste auf den Tisch und blickte mit den Augen eines Mannes, der durch eiserne Türen sehen will, den Enkel an.

„Vater wurde schwer verwundet."

„Er blieb leben? Sprich!"

„Ja."

„O mein Gott!" weinte die Mutter auf und sank in einen Stuhl.

„Warum kehrte er dann nicht zu uns zurück?"

„Kapitän Richemonte hielt ihn fest!"

Hugo von Greifenklau hob die gefalteten Hände.

„Gott im Himmel, laß mich diesem Satan noch einmal begegnen!"

„Er wird seinen Lohn finden", sagte Richard laut und fest.

„Aber dein Vater! — Rede, Junge: lebt — er — noch?"

„Ich — vermute es."

„Sieh mich einmal an! Sehe ich jetzt aus wie ein altes Weib, das sich von irgendeiner — traurigen Botschaft niederwerfen läßt?"

„Nein."

„Nun, so rede offen! Auch Mutter wird ihr Herz fest in die Hände nehmen, nicht wahr? — Ich liebe das Ausweichen und Geschontwerden nicht! Zum Kuckuck, ich will die Wahrheit wissen, und zwar schnell! Er ist tot?"

„Nein."

Ein tiefer Atemzug hob des alten Rittmeisters breite

Brust. Emma stand bei der Mutter und hatte beruhigend ihren Arm um deren Hals gelegt.

„Er lebt", sagte Hugo gefaßt. „Wo? Noch in der Gefangenschaft?"

„Nein. Ich war mit Fritz bei ihm. Wir haben ihn befreit!"

„Und wo steckt er?"

„Er ist — auf dem Weg nach hier."

„Auch das ist nicht wahr, Richard. Ich kenne dein Gesicht. Vorwärts! — Heraus damit, heraus! Er ist hier, und ihr habt ihn versteckt!"

Er kam hinter dem Tisch hervor, kräftig und schnell, wie ein junger Mann.

„Ja, der Vater ist da", jauchzte Emma auf und herzte und küßte die zitternde Mutter.

„Wo ist er, wo?"

„Er wartet im Nebenzimmer."

Da stieß der Alte einen lauten Schrei aus und stürzte zur Tür. Von ihren Kindern gestützt, folgte Ida von Greifenklau.

12. VATER UND SOHN

Auch der dicke Maler Hieronymus Aurelius Schneffke war mit in Berlin angekommen. Er ging zunächst in seine Wohnung und alsbald nach Nummer 16 derselben Straße, wo er im Hinterhaus vier Treppen hoch klingelte.

Es ließen sich schlurfende Schritte hören, und dann fragte die Stimme des alten Sonderlings Untersberg:

„Wer ist da?"

„Ich, der Maler Schneffke."

Die Tür wurde nur so weit geöffnet, wie es die Sicherheitskette zuließ. Der Alte lugte durch die Spalte.

„Sind Sie allein?"

„Ja."

„So kommen Sie!"

Der Maler durfte eintreten. Hinter ihm verschloß der Alte sofort wieder und winkte seine Dogge als Wächter herbei.

Das Zimmer war im gleichen Zustand wie vor Schneffkes Abreise. Der Alte schien eben Abendbrot gegessen zu haben; denn auf dem Tisch stand ein Teller mit einem harten Brotrest und einer dürren Käserinde.

Untersberg bot dem Maler Platz an und beobachtete den Dicken eine ganze Weile wortlos.

„Sie waren also in Frankreich?" begann er nach einiger Zeit.

„Ja."

„Haben Sie den jungen Berteu gesehn?"

„Ja."

„Und mit ihm gesprochen?"

„Viel."

„Viel? So. Hatten Sie Gelegenheit dazu?"

„Ich habe sie mir verschafft. Ich tat, als ob ich das Schloß zeichnen wolle; er kam dazu und sagte mir, daß er einige Bilder besitze, die er ausbessern lassen möchte; ob ich diese Arbeit übernehmen könne."

„Sie sagten zu?"

„Natürlich! Und ich habe ihn bei dieser Gelegenheit gehörig ausgehorcht."

„Wußte er etwas?"

„Oh, er war so vertrauensselig, daß er mir alles gesagt hat, was ihm auf dem Herzen lag."

„Was denn?"

„Vom bevorstehenden Krieg."

„Was weiß er denn davon?"

„Sehr viel."

„Woran ist sein Vater gestorben?"

„Er ist an einem Knochen erstickt."

„Hat er vor dem Ende seinem Sohn etwas anvertraut?"

„Nein."

„Das wissen Sie genau?"

„Sehr genau. Er hat ein Schweinskotelett gegessen. Dabei war ihm der Knochen in die Gurgel geraten. Fünf Minuten darauf war er schon eine Leiche."

„Das ist gut. Das ist schön. Wie haben Sie sonst Ihre Zeit dort verbracht?"

„Ich habe Berteu die Gemälde gereinigt, bin spazierengegangen und habe mir auch das Schloß besehn."

„Es gehört jetzt dem Grafen von Perret?"

„Ja."

„Was tun Sie morgen?"

„Ich werde von der Reise ausruhn."

„Kommen Sie zu mir! — Wir werden ein wenig nach dem document du divorce suchen."

„Gute Nacht!"

„Gute Nacht! Also kommen Sie morgen!"

„Sehr früh aber kann ich nicht", sagte der dicke Maler, während er zur Tür ging.

„Warum nicht?"

„Ich will zu Fräulein Köhler."

Im nächsten Augenblick hatte ihn Untersberg am Arm gepackt.

„Zu einem Fräulein Köhler?" fragte er mit zusammengezogenen Brauen.

„Ja."

„Wie heißt sie noch?"

„Madelon — Gesellschafterin der Gräfin Hohenthal."

„Was wollen Sie bei ihr?"

„Ich soll sie malen."

„Was? Malen? Eine Gesellschafterin?"

„Ja."

„Hat sie denn Geld, das Bild zu bezahlen?"

„Ich male es umsonst."

„Sind Sie des Teufels?"

„Nein; aber verliebt."

„Herr, Sie sind ein Lügner! Als Sie sich vor Ihrer Reise bei mir einfanden, waren Sie schon verliebt."

„Das bin ich oft."

„Sie sagten, in die Gesellschafterin der Gräfin von Eschenrode."

„Ich erinnere mich."

„Und jetzt zeigt es sich, daß sie bei der Gräfin von Hohenthal ist!"

„Es ist doch nicht die gleiche!"

„Nicht?"

„Nein. Mit der vorigen war es nichts; sie war arm und hatte gewöhnliche Eltern. Bei dieser Madelon Köhler aber ist es ganz anders."

„Wieso? Ist sie denn reich?"

„Oh, sehr! Und nicht bloß das."

„Was noch?"

„Sie ist auch vornehm."

Untersberg lachte spöttisch.

„Vornehm?"

„Oh, sie hat es bis vor kurzem nicht gewußt, daß sie selber von Adel ist."

„Von Adel? Eine — Köhler?"

„Das ist ein falscher Name, den ihre Mutter zuletzt getragen hat. Sie heißt eigentlich Madelon de Bas-Montagne."

Der Alte sank auf seinem Stuhl zusammen und stieß einen langen Seufzer aus.

„Was ist Ihnen?" fragte der Maler. „Fühlen Sie sich nicht wohl?"

„Ja. Ich habe wahrscheinlich zu viel zu mir genommen, und mein Magen ist ja ebenso alt wie ich. Doch das braucht Sie nicht zu kümmern. Bitte, erzählen Sie weiter, Herr Schneffke! Wo haben Sie diese Madelon kennengelernt?"

„In Malineau."

„Sie war dort?"

„Ja. Sie war mit ihrer Schwester Nanon gekommen, um den alten Berteu zu begraben, der ihr Pflegevater gewesen ist. Das waren wohl die beiden Mädchen, nach denen ich fragen sollte?"

„Ja — ich wollte es Ihnen zwar verschweigen; nun haben Sie es aber doch erraten."

„Was denn?"

„Daß ich diese beiden Mädchen meinte!"

„Warum hegen Sie denn für die zwei eine solche Teilnahme?"

„Ich war mit Berteu bekannt. Er schrieb mir zuweilen und erwähnte dabei seine Pflegetöchter. Einige Monate vor seinem Tod kündigte er mir an, er habe mir ein Geheimnis mitzuteilen, das für die Mädchen von hohem Wert sei. Dann kam plötzlich die Nachricht, er sei gestorben. Darum sandte ich hin, um zu erfahren, ob er seinem Sohn das gesagt habe, was eigentlich für mich bestimmt war."

Schneffke hatte nicht die Absicht gehegt, dem Alten

heut zu gestehen, daß alles an den Tag gekommen sei. Jetzt aber hielt er es für besser, zum Angriff vorzugehen.

„Hm!“ brummte er nachdenklich. „Seinem Sohn hat Berteu nichts gesagt; aber das Geheimnis ist dennoch an den Tag gekommen.“

„Wie denn?“

„Das darf ich nicht sagen.“

„Und worin besteht es?“

„Eben darin, daß der Name der Mädchen nicht Köhler ist, sondern Bas-Montagne. Sie sind die Töchter einer französischen Freiherrnfamilie.“

„Wie wollen sie das beweisen?“

„Durch ihre Geburtsscheine.“

„Sind diese Urkunden denn vorhanden?“

„Ja; sie sind in Schloß Malineau gefunden worden.“

„Wo haben sie gesteckt?“

„In einem Buch der Bibliothek“, log Schneffke.

„So kann man doch nicht behaupten, daß sie sich grad auf diese beiden Mädchen beziehn.“

„O doch! Es hat nämlich ein Brief ihrer Mutter dabeigelegen. Sie muß eine sehr unglückliche Frau gewesen sein.“

„Wieso?“

„Sie war eine Deutsche und heiratete den Baron Gaston de Bas-Montagne gegen den Willen seines Vaters. Dieser suchte sie zu verderben. Während sein Sohn verreiste, zwang er sie, zu entsagen. Sie entfernte sich mit ihren zwei Kindern und ließ einen Brief an ihren Mann und für ihren Schwiegervater einen Schein zurück, wonach sie in die Scheidung willigte.“

Wieder ließ Untersberg einen schweren Seufzer hören.

„Ist Ihnen nicht wohl?“ heuchelte Schneffke Teilnahme. „Soll ich Ihnen irgendeine Arznei holen?“

„Lassen Sie mich in Ruh! Erzählen Sie weiter!“

„Nun, als der junge Baron von seiner Reise heimkehrte, log ihm der Vater vor, sein Weib sei ihm untreu geworden und habe mit einem andern die Flucht ergriffen. Der Sohn nahm sich dies zu Herzen und ist seitdem verschwunden. Man hat nichts wieder von ihm gehört."

„Verschwunden — verschwunden!" ächzte der Alte.

„Was haben Sie nur? Tut Ihnen etwas weh?"

„Nein; aber Ihre Erzählung greift mich an."

„Die kann Sie doch gar nicht berühren!"

„Nein; aber man hat doch Mitgefühl."

„Ja, Sie sind ein edler Mensch; so wie Sie hätte der alte Baron sein sollen, dann wäre die arme Frau nicht verstoßen und verjagt worden, der arme, gute, süße, becque-fleur!"

Erregt fuhr der Alte auf.

„Was für ein Wort sagen Sie da, Herr! Wissen Sie, was es zu bedeuten hat?"

„Es war der Kosename für die unglückliche Frau", sagte Schneffke scheinbar harmlos. „Der junge Baron hat sie stets seinen kleinen, lieben, guten, süßen Kolibri genannt. Er muß sie sehr liebgehabt haben."

Mit einem schluchzenden Laut legte der Alte den Kopf in die Hände.

„Sie sind krank, Herr Untersberg."

„Nein. Sie verstehn herzzerreißend zu erzählen."

„Meinen Sie? Ja, die arme Frau tut mir aufrichtig leid. Sie hat sterben müssen, vereinsamt, verstoßen und verurteilt. Wissen Sie, wie ich sie mir vorstelle?"

„Nun, wie?"

„Darf ich mir hier dieses Blatt Papier nehmen?"

„Nehmen Sie!"

Der Maler setzte sich an den Tisch, griff zu Stift und Papier und begann zu zeichnen. Der Alte sah ihm mit Spannung zu. Es dauerte kaum zehn Minuten, so hielt ihm Schneffke das Blatt hin.

„Sehn Sie, so stelle ich mir diese Frau vor. So muß

sie gewesen sein, als sie noch glücklich und kaum zwanzig Jahre zählte."

Untersberg blickte auf die Zeichnung.

„Herr, mein Heiland! Das ist sie; das ist sie!" rief er. „So, ja, so war sie!"

„Wie?" staunte Schneffke. „Haben Sie denn die Frau gekannt?"

„Nein."

„Aber Sie sagen ja, daß sie es sei!"

„Nun, Sie sind doch ein tüchtiger Maler und müssen sie also getroffen haben. Haben Sie sie denn gesehn?"

„Nein."

„Und treffen sie so vorzüglich."

„Das ist kein Wunder. Ich habe mir von ihr erzählen lassen; ich kenne ihren Charakter, ihre Gemütsanlage, ihre Tugenden — was braucht ein guter Maler mehr?"

„Wieso?"

„Verstehn Sie etwas von Gesichtskunde? — Nun, das ist einfach so: nach den Zügen kann man bei einiger Übung auf die Charaktereigenschaften eines Menschen schließen. Wenn ich jemand sehe, weiß ich sofort, ob er jähzornig oder sanftmütig, kurzentschlossen oder schwerfällig ist. — Sehn Sie, das finden Sie vollkommen begreiflich. Na, dann muß doch die Geschichte auch umgekehrt passen, nicht wahr? Sagen Sie mir, wie ein Mensch handelt, und ich sage Ihnen, wie er aussieht!"

Da erhob sich der Alte rasch von seinem Stuhl.

„Also wenn man Ihnen einen Menschen beschreibt, können Sie sein Gesicht zeichnen?"

„Ja."

„Auch wenn es kein Weib, sondern ein Mann ist?"

„Gewiß."

„Hat man Ihnen vielleicht den Baron Gaston beschrieben?"

„So ziemlich."

„Getrauen Sie sich, ihn zu treffen?"

„Ja, doch vielleicht nicht mit einemmal!"

„Wollen Sie es nicht versuchen?"

„Danke! Ich habe Sie schon zu lange belästigt."

„Oh, das war ja keine Belästigung. Ich bitte Sie wirklich darum."

„Ich könnte nicht, selbst wenn ich wollte."

„Warum nicht?"

„Wenn mir dieser Kopf gelingen soll, so muß ich ihn mit Buntstiften zeichnen. Die müßte ich mir erst besorgen."

„So eilen Sie!"

„Ich begreife Sie nicht, Herr Untersberg. Sie tun, als ob Leben und Tod von dieser Zeichnung abhinge."

„Eilen Sie!" beharrte der Alte eigensinnig.

Er drängte den Maler hinaus.

Als Untersberg allein war, veränderte sich sein Gesicht. Er nahm den Kopf, den Schneffke gezeichnet hatte, und betrachtete ihn mit Augen, aus denen ein unversöhnlicher Haß leuchtete.

„Dich habe ich elend gemacht, und deine Brut soll noch elender werden!" stieß er zwischen den Zähnen hervor. „Aber ihn muß ich wiederhaben, ihn, meinen Sohn! Wenn dieser Maler wirklich seine Züge trifft, so muß meine Anzeige den Verlorenen finden."

Er stieß ein heiseres Lachen aus. Es klang wie das Gelächter eines Wahnsinnigen.

Schneffke hatte in Malineau das Bild des Barons Gaston gesehen. Er wußte, daß er es recht gut mit gewöhnlichem Bleistift wiedergeben könne; aber er hatte während seiner Unterredung mit dem Alten den Entschluß gefaßt, dessen Sohn, Deephill, herbeizuholen. Es galt also, nach einem Vorwand zu suchen, sich zu entfernen, und da war er auf den Gedanken gekommen, farbige Stifte für notwendig zu erklären.

Als er jetzt die Treppe hinabstieg, schüttelte er den Kopf und brummelte vor sich hin.

„Daß der Alte einen kleinen Knopf im Gehirn hat, das dachte ich immer; daß dies aber ein gar so großer ist, das war mir doch nicht aufgefallen. Ich denke, wenn ich ihm seinen Sohn bringe, so schnappt er entweder vollends über, oder er geht in sich und wird ein andrer Kerl. Beides kann nicht schaden. Mister Deephill wird sich wundern, daß er seinen alten Isegrim heut noch sehen wird."

Schneffke fand Deephill in seinem Hotel. Nanon wohnte bei ihm. Madelon dagegen hatte es nicht übers Herz gebracht, ihre gütige Herrin so schnell zu verlassen. Die Gräfin war ganz entzückt, zu erfahren, daß Madelon nicht nur ihre Herkunft, sondern auch ihren Vater ermittelt hatte, und freute sich, als sie hörte, das Mädchen wolle noch bei ihr bleiben, bis in ihre Verwandtschaftsverhältnisse die gewünschte Klarheit gekommen sei.

Nanon war noch beim Auspacken ihrer Sachen, wobei sich auch das Bild des Vaters befand, das der dicke Maler beim Beschließer Mélac auf Schloß Malineau entdeckt hatte. Sie reichte es Deephill.

„Da ist dein Bild, lieber Vater. Wie schön wäre es, wenn wir auch eins von der Mutter besäßen!"

„Ja, mein Kind. Zwar kann ich mich ihrer Züge noch sehr gut erinnern, aber ich freute mich doch, wenn ich sie nicht nur mit geistigem Auge zu erblicken brauchte. Und du und Madelon, ihr könnt euch ja doch kaum an die Mutter erinnern."

„Hat es denn kein Bild von ihr gegeben?"

„O doch; und zwar ein sehr gutes und kostbares. Es war sogar von Meisterhand."

„Wohin mag es gekommen sein?"

„Sie hat es leider —"

Da klopfte es. Schneffke trat ein.

„Ich störe? Entschuldigung, meine Herrschaften."

„Sie stören nie, mein bester Herr Schneffke", antwortete Deephill, indem er ihm die Hand drückte.

„Das freut mich. Ah, das Bild! Ich errate Ihr Gespräch."

„Wirklich?"

„Sie sprachen von der, die das Bild besessen hat."

„Richtig."

„Mein Kommen steht in engster Beziehung zu ihr."

„Wieso?"

„Sie könnten sich eigentlich selber denken, daß mein erster Gang in Berlin zu Ihrem Vater war."

„Sie waren bei meinem Vater? Haben Sie ihm von mir erzählt?"

„Das konnte mir nicht einfallen. Wenn wir etwas von ihm erfahren wollen, wie er es angefangen hat, Sie von Ihrer Frau zu trennen, so müssen wir ihn überrumpeln."

„Sie glauben also immer noch, daß mein Vater an der Trennung die Schuld trägt?"

„Natürlich. Er hat Ihre Frau gezwungen, Sie zu verlassen."

„Wodurch? Etwa durch Drohungen?"

„Vielleicht. Dann aber auch dadurch, daß er sich an ihr gutes Herz wendete. Er hat ihr vorgestellt, daß sein Stammbaum durch die Mißheirat befleckt sei. Er hat ihr zu beweisen gesucht, daß sie Ihnen nicht nur einen unauslöschlichen Makel gebracht, sondern auch alle Ihre Ansprüche an das Leben, an die Zukunft vernichtet habe. Er hat nicht gerastet, bis sie im Widerstand ermüdete und er seinen Zweck erreicht sah."

„Aber sie hätte mir doch eine Nachricht hinterlassen sollen, ja, hinterlassen müssen! — Eine Zeile, eine einzige Zeile!"

„Das hat sie auch getan."

„Ich habe nichts erhalten!"

„Er hat ihren Brief unterschlagen."

„Herrgott! Woher wissen Sie das?“

„Durch einen Zufall. Der Brief, den sie damals an Sie geschrieben hat, ist noch vorhanden.“

„Wo? Wo?“

„Hier in Berlin. Bei demselben Mann, der auch das verborgene Bild besitzt, ohne daß er es noch weiß — bei Ihrem Vater.“

„So lassen Sie uns zu ihm gehn, schnell, schnell!“

Er griff nach Hut und Mantel und wollte eiligst das Zimmer verlassen. Schneffke stellte sich ihm in den Weg.

„Halt, nicht so hastig, Herr Baron! Es gibt vorher noch einiges zu erwähnen.“

„Was soll es noch geben? Nichts, gar nichts! Ich höre, daß alles bei meinem Vater zu erfahren ist!“

„Nichts, gar nichts werden Sie erfahren.“

„Oho!“

„Ich sagte Ihnen schon, daß er nur mit mir verkehrt.“

„Kann er seinen Sohn abweisen?“

„Es ist ihm zuzutraun. Aber ich selber werde Sie einlassen.“

„Ohne seinen Willen?“

„Mit oder ohne ihn. Wir gehn jetzt. Sie lassen sich jedoch zunächst gar nicht blicken. Sie warten vor der Tür, bis ich Ihnen öffne.“

„Einverstanden!“

„Es ist möglich, daß er mich, wenn er Sie erkennt, aus dem Zimmer weist, das aber geben Sie nicht zu.“

„Warum nicht?“

„Er würde Ihnen gegenüber leugnen; ich aber bin imstand, ihm alles zu beweisen, was er gegen Sie und Ihre Frau gesündigt hat; ich muß also bleiben.“

„Kommen Sie!“

„Und mir sagst du kein Wort?“ sagte Nanon vorwurfsvoll.

„Verzeih, mein Kind! Aber ich weiß, daß du genau

so empfindest wie ich — ich muß eilen, mich von der Unschuld deiner guten Mutter zu überzeugen!"

Mister Deephill, der Baron Bas-Montagne, vermochte seine Unruhe und Ungeduld kaum zu meistern. Als sie die letzte Treppe emporstiegen, sagte Schneffke:

„Hier in dieser dunklen Ecke bleiben Sie bitte, bis ich Sie einlasse. Er wird Sie beim Öffnen nicht sehn."

Er klopfte an die Tür, und die schlurfenden Schritte näherten sich.

„Wer ist draußen?"

„Schneffke."

„Endlich!"

Der Alte öffnete und verriegelte die Tür sofort wieder, als der Maler eingetreten war.

„Sie sind ja eine ganze Ewigkeit fortgeblieben", zankte er.

„Ich fand nicht eher die richtigen Stifte."

„Gut. Hier ist Papier."

Schneffke zog die farbigen Stifte hervor, setzte sich an den Tisch und begann zu zeichnen. Der Alte stand hinter ihm und folgte jeder Bewegung seiner Hand.

Der gute Hieronymus spannte ihn dadurch auf die Folter, daß er zunächst nur die Umrisse des Kopfes zeichnete.

„Das Gesicht! Das Gesicht!" drängte Untersberg.

„Alles hat seine Zeit."

Jetzt begann er mit Stirn, Nase und Mund. Schon als er das eine Auge beendet hatte, rief der Alte:

„Himmel, er ists! So war er, ganz genau so!"

„Warten Sie doch!"

Untersberg wartete hinter ihm mit halb erhobener Hand, bereit, das Papier sofort nach dem letzten Strich zu fassen. Er hatte das Aussehen eines bösen Geistes, der im Begriff steht, sich auf eine arme Seele zu stürzen. Sein heißer Wunsch, das Bild seines Sohnes zu besitzen, wurde in diesen Minuten erfüllt.

„So“, sagte Schneffke und stand auf. „Da ist der Kopf. Sie meinen also, daß er ähnlich ist?“

„Vollkommen! Her damit!“

Seine Augen ruhten mit stierem Blick auf dem Blatt, als wolle er das Papier durchbohren.

„Das ist mein“, sagte er mit heiserer Stimme, „das bekommen Sie nicht wieder. Ich werde es sofort einschließen, sofort.“

Er eilte ins Nebenzimmer. Der Hund folgte ihm. Das war dem Maler lieb. Er sprang an die Tür und öffnete.

„Schnell, schnell!“

„Wo ist er?“ fragte Deephill.

„Da draußen. Verbergen Sie sich hinter dem Ofen!“

Kaum war Deephill-Bas-Montagne in seinem unbequemen Versteck, als auch schon der Alte zurückkam. Er schloß die Tür zum Nebenzimmer, ohne zu bemerken, daß der Hund draußen geblieben war.

„Also sind Sie mit dem Kopf zufrieden?“ schmunzelte Schneffke.

„Ja, ja“, antwortete Untersberg mit einem Anflug von Verdrießlichkeit. Sein Blick ruhte dabei forschend auf dem Frager.

„Das ist mir lieb.“

Untersberg stand mitten in der Stube und antwortete nicht.

„Sie wollen das Bild behalten?“

„Sagen Sie einmal“, begann Untersberg ohne Übergang, „mir sind bei diesem Bild eine Reihe von Bedenken aufgetaucht. Ist es wirklich nur ein Ergebnis Ihrer Einbildungskraft?“

„Nein“, erwiderte Schneffke trocken.

„Ah!“

„Nein. Jeder Zeichner muß etwas Wirkliches zugrunde legen; so ist es auch hier.“

„Sie haben also einmal einen solchen Kopf gesehn?“

„Ja. In Thionville.“

„War die Ähnlichkeit groß?"

„Sehr. Nur war der Mann älter, als ich ihn hier bei Ihnen gezeichnet habe."

„Was war er?"

„Bankier aus Nordamerika. Sein Name war Deephill, auf französisch Bas-Montagne und auf deutsch Untersberg."

Wie von einer Schlange gebissen, fuhr der Alte zurück.

„Mensch, ist das wahr?"

„Ich lüge selten."

„Wo befindet sich dieser Mann jetzt?"

„Hier", erklang es vom Ofen her.

Untersberg drehte sich erschrocken um. Seine Augen drohten aus den Höhlen zu quellen; ein Zucken lief um seine Lippen; die Finger der erhobenen Hände griffen in die Luft, als wollten sie etwas halten, das ihnen immer aufs neue entglitt.

„Gaston!" rief er.

Auf Deephills Gesicht stand nicht das kleinste Zeichen der Freude darüber, den Vater wiederzusehn.

„Gaston! Wie kommst du hier herein?"

„Ist das alles, woran du denkst? Denkst du nur an den Riegel, den du vorgeschoben hattest? Denkst du an nichts Wichtigeres?"

„Oh, ich denke daran! Komm an mein Herz!"

Er breitete die Arme.

„Laß das!" wehrte Deephill kühl. „Wir müssen zunächst einmal Klarheit schaffen zwischen uns."

„Gaston, deine Sprache zerschneidet mein Herz!"

„Komm, setz dich her zu uns!" forderte ihn Deephill mit erzwungener Ruhe auf, ohne auf seine Klage einzugehn.

Der alte Baron ließ seinen Blick von einem zum andern schweifen. Seine Lippen bebten; auf seinem Gesicht stritten Freude und Schreck.

„Ich begreife dich nicht!“ stieß er hervor.

„Du wirst mich begreifen lernen. Erinnerst du dich noch des Tags, wo meine Frau verschwand?“

„Ja.“

„Weißt du, weshalb?“

„Natürlich! Weil sie dich betrogen hatte!“

„Das ist nicht wahr! Damals habe ich an diese Untreue geglaubt, jetzt aber nicht mehr. Von einer Flucht war keine Rede.“

„Wie willst du ihre Entfernung sonst nennen?“

„Eine Folge deiner Machenschaften.“

„Gaston, ich kenne dich nicht wieder! Wenn du mich schon verdächtigst, dann mußt du auch Beweise dafür erbringen!“

„Gut! — Wo hast du den Brief, den sie mir zurückließ?“

„Ich weiß von keinem Brief.“

„Herr Schneffke, jetzt sind Sie an der Reihe.“

„Ah, was will dieser Mensch denn dabei?“

Schneffke stand ruhig von seinem Stuhl auf und schritt zu jenem Kolibri-Gemälde, das er damals mit den andern gereinigt hatte, und hinter dem nebst Amélys Bild auch ihre beiden Briefe verborgen waren. Er nahm es von der Wand, entfernte den Rahmen und zog das Porträt hervor.

„Hier, meine Herren, darf ich höflichst bitten?“

„Alle Teufel!“ schrie der Alte. „Der becque-fleur!“

Mit einem raschen Sprung warf er sich auf den Maler, um ihm das Bild zu entreißen; aber Deephill kam ihm zuvor. Er faßte den Vater bei den Schultern und drückte ihn in einen Stuhl.

„Hierher setzt du dich und bleibst sitzen, bis ich mit dir fertig bin! Hier ist das Bild Amélys, nach der ich vergebens gesucht habe. Wie kommt es hierher?“

„Ich will es sagen“, erklärte Schneffke. „Er selber hatte

es hier versteckt, aber den Ort vergessen, wo er es verbarg."

„Was fällt Ihnen ein?" fauchte Untersberg.

„Haben Sie etwa nicht nach dem document du divorce gesucht, Herr von Bas-Montagne?"

„Mon Dieu!" stöhnte der Alte, und sein Gesicht nahm plötzlich wieder einen irren Ausdruck an.

„Und hat die arme Amély etwa nicht einen Brief an Sie geschrieben, bevor sie sich entfernte?"

„Ich weiß von nichts!"

„Ich meine folgenden Brief."

Er hatte das eine der Schreiben geöffnet und las jene wenigen trostlosen Zeilen der unglücklichen Frau, womit sie dem alten Baron ihre Zustimmung zur Scheidung von seinem Sohn Gaston gab.

Kaum hatte der Maler geendet, so sprang der Alte wieder von seinem Sitz auf.

„Das ists, das ists! Her damit!"

Aber sein Sohn drückte ihn abermals auf den Stuhl nieder.

„Ich bitte dich, sitzenzubleiben! Ich gebe nicht zu, daß du dich an diesem Bild oder an dem Brief vergreifst!"

Dann wandte er sich an Schneffke mit einer Stimme, der man deutlich die ungeheure Erregung anmerkte.

„Das steht auf diesem Papier? Zeigen Sie!"

Er nahm den Brief in die Hand und betrachtete Zeile für Zeile, Wort für Wort.

„Ihr Todesurteil!", flüsterte er. „Sie hat mich geliebt; sie mußte sich von mir trennen, und ist daran gestorben. Gott, mein Gott! Und warum?"

Er hob den Kopf und erschrak beim Anblick, den sein Vater bot. Dessen Augen stierten ins Leere, und seine bleichen Lippen murmelten:

„Es ists, es ists, das document du divorce."

„Großer Gott!" murmelte der Maler. „Und es ist Ihr Vater."

„Entsetzlich!“ stöhnte Deephill. „Denken Sie nur: wie mag er sie gepeinigt haben, bis sie diesen Brief schrieb! Ein jedes ihrer Worte hier ist eine Flut von Tränen.“

„Ich war schon damals tief gerührt, als ich die Zeilen zum erstenmal las.“

„Wann war das?“

„Am Tag meiner Abreise nach Frankreich.“

„Wie kamen Sie zu diesem Schreiben?“

Schneffke erzählte.

„Und Sie haben — ihm hier — nichts davon gesagt?“

„Nein. Weil ich bereits ahnte, daß Madelon eins der Mädchen sei. Freilich konnte ich es mir nicht träumen lassen, daß ich sobald danach Sie treffen würde. Ich steckte also das Bild und die beiden Briefe an ihren Ort zurück, um zur geeigneten Zeit Gebrauch davon zu machen.“

„Sie sagen ‚die beiden Briefe‘. Waren denn zwei da?“

„Ja. Ich sprach vorhin im Hotel davon, daß Ihre Frau für Sie einen Brief zurückgelassen habe.“

„Richtig! Ist er dabei?“ fragte er hastig.

„Hören Sie!“

Und nun vernahm Gaston zum erstenmal die schmerzerfüllten Abschiedsworte seines geliebten Weibes, seiner Amély, an ihn, ihren Gatten, der sich von seinem Vater hatte täuschen lassen.

Der Baron war aufgesprungen und durchmaß das Zimmer mit großen Schritten. Jetzt blieb er mit weitgeöffneten Augen starr vor Entsetzen stehn. Dann entrang sich seiner Brust ein heiserer Schrei.

„Amély, meine arme, unschuldige Amély!“

Er drehte sich um und die Hände ineinander verkrampft, trat er zu seinem Vater:

„Und du hast das alles gewußt?! Du selbst warst der Verderber unsres harmlosen Familienglücks! Du ließt die Frau zugrunde gehn und kümmertest dich nicht um deine Enkelinnen! Sie konnten ebenfalls sterben und verderben!“

Mit einer gewaltigen Willensanstrengung raffte der Alte seine Kräfte zusammen. Er erhob sich langsam von seinem Stuhl.

„Ich mich um sie kümmern? Warum? Sie sind die Kinder einer Deutschen."

„Die Kinder meiner geliebten Amély!"

„Was geht mich dein Weib an? Ich habe es niemals als Schwiegertochter anerkannt."

„Aber ihre Kinder wirst du als Enkelinnen anerkennen!"

„Nie, nie!"

„So bist du mein Vater gewesen. Kommen Sie, Herr Schneffke!"

Deephill wandte sich der Tür zu, hatte sie aber noch nicht erreicht, als er seinen Namen in einem ängstlichen Ton rufen hörte. Er wandte sich um; Untersberg streckte die rechte Hand aus, als ob er seinen Sohn zurückhalten wolle.

„Wohin gehst du, Gaston? Kommst du wieder?"

„Wenn ich diese Tür hinter mir habe, werde ich nie mehr meinen Fuß über deine Schwelle setzen."

Tonlos und fremd klang die Stimme des Sohns. Ein Ausdruck verzehrender Angst breitete sich über die Züge des Alten.

„Gaston, du willst wirklich deinen Vater verlassen?"

„Ich habe keinen Vater mehr!"

Bei diesen Worten wandte er sich abermals zum Gehn. Mit einer Schnelligkeit, die man dem alten Sonderling nicht zugetraut hätte, war dieser ihm nachgeeilt und hatte ihn am Arm gepackt.

„Gaston!" bettelte er.

„Laß mich!"

„Gaston, ich will es dir gern glauben, daß du viel erduldest hast. Aber weißt du, daß auch ich all die Zeit her Unsägliches gelitten habe?"

Diese Worte berührten eine empfindsame Stelle in

der Seele Deephills. Bei seinem eignen Elend war ihm niemals der Gedanke gekommen, daß der Urheber seines Unglücks, von den Rachegöttinnen seines Gewissens gepeinigt, ein trauriges Dasein fristen könnte. So, wie jetzt sein Vater vor ihm stand, bot er ein Bild, das eher Mitleid als Abscheu erweckte. Aber er verschloß sein Herz.

Der Alte hob bittend seine Hände und fuhr fort:

„Ich habe mich so sehr nach dir gesehnt, mein Junge — Jahr um Jahr hab ich nach dir gesucht — und du willst mich verlassen!"

„Du willst es nicht anders. Sagtest du nicht soeben, daß du meine Kinder nie als deine Enkelinnen anerkennen werdest?"

Untersberg gab keine Antwort. Die widersprechendsten Empfindungen malten sich auf seinem Antlitz. Die alten Standesvorurteile kämpften einen letzten schweren Kampf mit der Liebe zu seinem einzigen Sohn.

Nach einer langen Pause hob der Alte den Kopf. „Wenn ich — wenn ich aber — deine Töchter anerkenne — wirst du — wirst du dann — —"

Er sprach die Frage nicht ganz aus, sondern blickte mit dem Ausdruck ungeheurer Angst seinen Sohn an.

„Oh, wenn du das über dich brächtest, so würde ich darin ein Zeichen sehen, daß du das Vergangene bereust", sagte Deephill ernst und nachdrücklich. „In diesem Fall würde ich alles zu vergessen suchen und mich bemühen, dich wieder als meinen Vater zu betrachten."

Ein tiefer Seufzer hob die Brust des Alten. Tränen füllten seine Augen und seine Stimme zitterte, als er seinem Sohn beide Hände entgegenstreckte.

„So will ich versuchen, alles wieder gutzumachen — oh, Gaston, laß mich nur nicht wieder so entsetzlich allein — so entsetzlich allein..."

Das Eis war gebrochen. Des kleinen Malers Gewaltkur hatte ihre Wirkung getan: der in den Vorurteilen seines Standes befangene Starrsinn des alten Edelmanns war überwunden.

*

Als sie die Straße wieder erreichten, blieb Deephill stehn und fragte Schneffke:

„Sind Sie für heut abend irgendwo beschäftigt?"

„Nein."

„So kommen Sie mit zu mir! Ich muß Leute haben, die ich mein Glück mitfühlen lassen kann."

„Was nützt mir Ihr Glück! Ich werde Ihnen einen senden, dem es mehr Nutzen bringen wird als mir."

„Wen meinen Sie?"

„Warten Sie es ab! — Gute Nacht!"

Hieronymus Aurelius Schneffke bog schnell um eine Ecke, und als er sich vor Mister Deephill und seinem Glück sicher wußte, ging er mit ruhigeren Schritten nach der Wohnung der Familie Greifenklau. Deren Mitglieder befanden sich in der besten Stimmung, als der Diener einen fremden Herrn meldete.

„So spät noch?" fragte Hugo. „Wie heißt er?"

„Er nannte sich Tier- und Kunstmaler Hieronymus Aurelius Schneffke."

„Ah, unser Dicker!" lachte Richard. „Er mag kommen!"

Als der Maler eintrat, faßte er ihn bei der Hand und führte ihn in die Mitte der Stube.

„Hier, meine Lieben, ist unser Freund und Künstler, dem wir zu verdanken haben, daß ich den Vater fand!"

Hugo von Greifenklau hielt Schneffke die Hand entgegen.

„Seien Sie uns von ganzem Herzen willkommen! Setzen Sie sich und nehmen Sie mit teil an der Freude, die wir Ihnen verdanken!"

„Gern, Herr Rittmeister. Aber ich habe vorher eine Botschaft."

„An wen?"

„An den Herrn Wachtmeister Schneeberg."

„Bitte, Sie meinen wohl den Herrn Wachtmeister von Eschenrode?"

Der Dicke verzog sein Gesicht zu einem behaglich breiten Grinsen.

„So ist der Pudding also bereits heut abend zum Klappen gekommen?"

„Ja."

„Was bringen Sie mir denn, lieber Freund?" fragte Fritz.

„Mit den Bas-Montagnes ist es glatt geworden: der Baron hat seinen Vater gefunden."

„Ah, Sie sind wirklich ein Allerweltskünstler!"

„Es hat sich bei dieser Gelegenheit herausgestellt, daß Frau Amély unschuldig ist, daß also auf den beiden jungen Damen nicht der mindeste Makel haftet. Und die Hauptsache: es ist nun über allen Zweifel erhaben, daß die zwei Mädchen wirklich die Töchter des Barons Deephill oder des amerikanischen Bankiers Bas-Montagne sind — oder wie Sie Ihren künftigen Schwiegerpapa benennen wollen. Na, werden Sie nur nicht rot, Sie grünes Wiesenschaumkraut Sie! Also: der Baron Deephill ist soeben von seinem Vater zu Fräulein Nanon zurückgekehrt. Beide sind allein; beide befinden sich in der glückseligsten Stimmung, und wenn der Herr Wachtmeister Schneeb— wollte sagen von Eschenrode —"

Mit beiden Händen schnitt Fritz den Wortschwall des dicken Malers ab.

„Ich danke Ihnen, lieber Schneffke, und werde Ihren Wink befolgen. Man wird mich hier schon entschuldigen. Ich muß den Baron de Bas-Montagne sogleich beglückwünschen. In spätestens einer halben Stunde bin ich wieder zurück, Vater, dann gehen wir heim — zur Mutter!"

Er hatte während der letzten Worte den Säbel umgeschnallt und eilte zur Tür hinaus.

„In einer halben Stunde? — Na na", zweifelte Hieronymus Aurelius Schneffke hinter ihm her und rieb sich zufrieden die Hände. — — —

13. IN ALGIER

Wenn man in der Stadt Algier von der Straße Bab el Qued nach der Kasbahstraße einbiegt und sich dann um die erste Ecke rechter Hand wendet, kommt man an eins der berühmtesten Kaffeehäuser der alten Seeräuberstadt. Aber dem Äußeren dieses Hauses sieht man seine Berühmtheit nicht an. Es ist schwarz und alt. Kein Stein scheint mehr auf dem andern halten zu wollen, und der Eingang ist schmal und niedrig wie die Tür zu einer Hütte.

Durch ihn gelangt man zunächst in einen langen, dunklen Flur, dann aber in einen großen freien Hof, der von prächtigen Säulenbogen umgeben ist, unter denen sich kleine, lauschige, nach dem Hof zu offene Gemächer rundum aneinanderreihen.

Diese Gemächer sind für die Gäste bestimmt.

Inmitten des Hofs plätschert ein Springbrunnen, der von dem vollen Wipfel einer Sykomore überschattet wird. Hier sitzen des Abends, während die Ausländer unter den Säulenbogen plaudern und rauchen, die Eingeborenen, in ihre weiten, weißen Gewänder gehüllt, ‚trinken' ihren Tschibuk, wie der Maure sich auszudrükken pflegt, und schlürfen einen Fingan[1] Kaffee nach dem andern.

Dabei lauschen sie dem Vortrag des Hakawati, des Märchenerzählers, der sie im Geist nach Damaskus und weiter führt und ihnen die phantastischen Bilder aus Tausendundeiner Nacht vor die Augen zaubert. So auch heut.

Doch nicht immer sind es Märchen. Der Hakawati berichtet auch von Mohammed dem Propheten, von den Kalifen, von dem großen Salah-ed-din, den die Christen Saladin nennen, von Tarik, dem Eroberer, vom spani-

[1] Tasse

schen Reich der Mauren. Er beschreibt die Pracht und Herrlichkeit des Altertums und schildert ebenso die Gegenwart.

Hat er Mekka, die heilige Stadt, besucht, so beschreibt er seine Pilgerreise; und ist er weit ins Innere der Wüste gekommen, so entrollt er die Geheimnisse der Sahara vor ihren Augen. Er spricht vom Samum, von den Djinns, den bösen Geistern, vom Löwen, dem Beherrscher des Wüstenrands und während er spricht und erzählt, dichtet er in blumenreicher Prosa, was der deutsche Dichter Freiligrath einst in Verse gegossen hat:

„Da liegt der Maure unter Palmen,
vom Sonnenbrand herbeigeführt;
das Dromedar nascht von den Halmen,
die noch der Samum nicht berührt.
Da trinkt das Gnu sich an der Quelle,
der lebensfrischen, voll und satt;
da naht verschmachtend die Gazelle,
vom wilden Jagen todesmatt.
Da geht der Löwe nach der Beute,
der König, kampfesmutig aus,
und in die unbegrenzte Weite
brüllt er den Herrscherruf hinaus.
Und Mensch und Tier, Gnu und Gazelle,
sie zittern vor dem wilden Ton
und jagen mit Gedankenschnelle,
entsetzt, von Furcht gepackt, davon."

Eben als der Hakawati bis hierhergekommen war, trat ein neuer Gast in den Hof. Er blieb am Eingang stehen und blickte sich um. Da schien er den, den er gesucht hatte, gefunden zu haben und schritt auf ihn zu.

„Sallam aaleik!" grüßte der Eingetretne.

„Aaleik sallam", antwortete der andere. „Wie bin ich erfreut, dich zu sehn!"

„Allah hat mich beschützt."

„Darf ich fragen, wo du warst?"

„Ich erzähle es dir."

„So komm!"

Er führte ihn in eins der nach dem Hof zu offenen Gemächer. Ein Diener des Kawehdschi, des Kaffeewirts, brachte Tabak und Kaffee. Sie setzten sich nebeneinander auf das Polster nieder, und der Neuangekommene brachte seinen Tschibuk in Brand.

Er war jünger als der andere, ihm aber so ähnlich, daß man gleich auf den ersten Blick diese beiden für Brüder halten mußte.

Und so war es auch. Der Ältere war Abu Hassan, der Zauberer, und der Jüngere war Saadi, der Gatte Liamas, von dem man geglaubt hatte, daß er erschossen worden sei.

„Nun erzähle", bat Hassan. „Wo bist du gewesen?"

„Im Auresgebirge. Ich suchte die Hütte des toten Marabut, des Hadschi Omanah, wie wir miteinander vereinbart hatten. Ahnst du, was ich fand?"

„Die Überreste des Marabut."

„Ja, aber ich habe in der Hütte nachgegraben und dabei noch ein zweites Gerippe entdeckt."

„Das seines Sohnes?"

„Jedenfalls; dieser Sohn ist ermordet worden."

„Allah il Allah! So habe ich also recht vermutet."

„Ja, die Mörder kennst du so gut wie ich, denn du hast mich ja dorthin geschickt, um nachzuforschen."

„Bist du deiner Sache sicher?"

„Ganz sicher, denn ich habe noch einen Fund gemacht. Wie gut, daß wir gelernt haben, die Sprache der Franzosen zu sprechen und zu schreiben!"

Er griff in den Gürtel, zog ein kleines Päckchen hervor und öffnete es. Es enthielt mehrere Schreiben, die er Hassan hinreichte.

„Hier, lies und staune!"

Die Zeilen waren deutlich zu erkennen; beides, Papier und Schrift, gut erhalten, obgleich alt.

Während Hassan las, drückte sich auf seinem sonnenverbrannten Gesicht ein wachsendes Erstaunen aus. Als er fertig war, legte er die Papiere zusammen und gab sie an Saadi zurück.

„Welch eine Entdeckung!"

„Ist sie nicht wichtig?"

„Wichtiger als alles andre. Allah hat deinen Fuß geführt und deine Hand geleitet!"

„Glaubst du, daß er mir verzeihn wird, in die Hütte des Marabut eingedrungen zu sein?"

„Er wird dir verzeihn; denn es war ja sein eigener Wille. Wo fandest du diese Papiere? Mit im Grab bei dem Toten?"

„Nein. Da wären sie verfault."

„Wo denn?"

„In der Mauer. Sie lagen dort versteckt. Das Häuschen ist alt, und die Steine sind aus den Fugen gegangen. Einer der Steine, den ich streifte, fiel herab. Hinter ihm war ein Loch; da staken die Papiere."

„Welch eine Schickung! Es sind Abschriften."

„Vom Gouverneur unterzeichnet und besiegelt."

„Aber wozu die Abschriften, wenn sie die Urschriften hatten?"

„Aus Vorsicht, zu ihrer Sicherheit. In den Schluchten des Auresgebirges gibt es böse Menschen. Geschah etwas, wobei die Urschrift vernichtet wurde, so war doch wenigstens die Abschrift noch vorhanden."

„Du hast recht. Allah hat deinen Fuß geführt, so daß unsere Feinde jetzt in unsere Hand gegeben sind. Mit Hilfe dieser Papiere können wir beweisen, daß die wirklichen Sainte-Marie tot und daß Malek Omar und sein angeblicher Sohn Mahmud Ben Ali Betrüger sind. Die Rache wird ihr Haupt erheben und die Mörder unseres Glücks vernichten. Die Vergeltung ist sogar näher, als du glaubst, denn es hat sich etwas ereignet, das uns auf baldige Rache hoffen läßt."

„Was?“
„Frankreich wird mit Deutschland Krieg führen.“
„Ist das gewiß?“
„Ja. Deutschland soll überrumpelt werden. Hast du davon noch nichts gehört?“
„Nein.“
„Die ganze Provinz ist in Bewegung. Die Regimenter der Turkos und Spahis werden nach der Küste gezogen, um schnell eingeschifft werden zu können.“
„Allah sei Dank! Sind die Oasen dann von Soldaten entblößt, so werden wir uns erheben.“
Hassan schüttelte den Kopf.
„Das ist eine trügerische Hoffnung. Die Stämme Algeriens werden sich nicht erheben.“
„Warum nicht?“
„Es fehlt ihnen ein Führer.“
„Wir haben viele tapfere Scheiks.“
„Aber keinen Abd el Kader! Nein, nicht hier in der Heimat können wir uns rächen.“
„Wo denn?“
„Drüben, jenseits des Meeres, wenn der Krieg begonnen hat. Diese Franzosen jubeln schon. Sie sind siegestrunken, bevor der Krieg noch erklärt worden ist. Aber hast du die blonden Männer der Fremdenlegion gesehn?“
„Ja, das sind die tapfersten.“
„Das sind Deutsche. Hast du gehört, von wem Napoleon der Große vernichtet worden ist?“
„Von den Deutschen.“
„So wird es auch diesmal werden.“
„Allah gebe es!“
„Alle Gläubigen beten zu Allah, daß unsere Unterdrücker vernichtet werden. Und jeder Muslim ist bereit, das Seinige zu tun.“
„Und doch müssen unsere Brüder für Frankreich fechten.“
„Sie werden es nicht tun.“

„Oh, man wird sie zwingen!"

„Sie werden sich nicht zwingen lassen, sondern zum Feind überlaufen, wenn man sie gegen ihn führt. Es geht durch die Reihen der Spahis und Turkos eine heimliche Bewegung, von der du dich bald überzeugen sollst. Aber was kümmert uns das jetzt? Wir haben anderes zu tun. Ich weiß, wie wir uns persönlich an Frankreich rächen können."

„Nun?"

„Indem wir Kapitän Richemonte vernichten."

„Was sollte das Frankreich schaden?"

„Habe ich dir nicht erzählt, daß ich drüben erfuhr, er stehe an der Spitze einer Verschwörung gegen Deutschland?"

„Du sagtest es."

„Nun, wenn wir ihn stürzen, so bricht der ganze Plan zusammen. Diese Abschriften müssen ihn verderben."

„So willst du wieder nach Ortry, obwohl du von diesem Ort geflohen bist?"

„Ich floh vor dem Geist, den ich erblickte."

„Hassan, weißt du genau, daß es ein Geist war?"

„Ja."

„Liama könnte vielleicht noch leben!"

„Könnte da der Baron ein anderes Weib haben?"

„Da drüben gelten vielleicht andere Gesetze."

„Man hat nichts anderes gewußt, als daß Liama das christlich angetraute Weib des Barons sei."

„So gibt es dennoch eine Möglichkeit, daß sie noch lebt! Man hat sie nur beseitigt. Hast du ihren Geist genau betrachtet? Du bist zu eilig gewesen! Warum hast du dann nicht wenigstens in der Stadt gewartet? Du konntest erfahren, welchen Ausgang es genommen hat!"

„Sollte ich mich als Leichenräuber festnehmen lassen?"

„Ich will dich nicht tadeln, daß du zu vorsichtig gewesen bist. Wir werden hinüberfahren, und dann untersuche ich selber das Grab. — Da kommen neue Gäste.

Gehn wir, Hassan! In unserer Wohnung können wir ungestört weitersprechen."

Sie bezahlten, was sie genossen hatten, und verließen das Kaffeehaus.

Es war Mondschein. Hassan und Saadi wandelten im Schatten der Häuser. Als sie aber um eine Ecke bogen, gerieten sie in das volle Licht, ebenso auch ein Mann, der von der anderen Seite kam und fast mit ihnen zusammengeprallt wäre.

Alle drei hielten ihre Schritte an und sahen einander in die Gesichter.

„Hassan, der Zauberer!" entfuhr es dem Fremden.

„Der Bajazzo!" rief Hassan. „Mensch, wie kannst du es wagen — — Allah, Allah!"

Er stieß Schmerzensrufe aus, weil er von dem Mann einen fürchterlichen Hieb in die Magengegend erhalten hatte, so daß er an die Mauer taumelte. Der einstige Bajazzo rannte davon. Saadi wollte ihm nach, hielt es aber doch für nötiger, nach dem Bruder zu sehen.

„Ists gefährlich?"

„Nein. Es ist schon vorüber. Dorthin rannte er — schnell ihm nach!"

Beide eilten hinter dem Bajazzo her.

Sie kamen bis ans Ende der Straße, ohne ihn erblickt zu haben, und sahen nun nach rechts und links in die Querstraßen hinein, konnten ihn aber nicht entdecken.

„Er ist fort!"

„Entkommen, der Schuft!"

„Du kanntest ihn?"

„Freilich!" sagte Hassan. „Er war ein Mitglied meiner Truppe und wird von der Polizei gesucht, weil er den Tod seiner Stieftochter verschuldet hat."

„Hätte ich das gewußt! Ich wäre ihm sogleich gefolgt, um ihn festzuhalten."

„Man wird ihn ohnedies ergreifen; denn ich gehe gleich

am Morgen zur Polizei, um zu melden, daß er sich hier befindet."

Sie setzten ihren Weg fort, ohne zu ahnen, daß sich der, von dem sie sprachen, ganz in ihrer Nähe befand. Neben dem Eckhaus, wo sie das kurze Zwiegespräch führten, stand nämlich ein altes unbewohntes Häuschen, das halb in Trümmern lag. Die Tür hing zwar noch in den Angeln, wurde aber nicht mehr verschlossen.

Hinter diese Tür war der Bajazzo geschlüpft und hörte deutlich, was Hassan erzählte.

„Verräter!" murmelte er hinter ihnen her. „Ich stoße dir das Messer in den Leib, sobald du mir wieder begegnest!" Wie gut, daß diese beiden Menschen nicht ahnten, welch ein prächtiger Schlupfwinkel dieses alte Seeräuberhaus ist!

Er tappte sich im Finstern bis in den Hof und kletterte da an einer Mauer empor. Drüben sprang er in den Hof eines anderen Gebäudes hinab, schlich sich weiter und gelangte an eine Tür, an die er klopfte. Drinnen ertönte eine Stimme.

„Wer da?"

„Ich selber!"

„Gleich!"

Nach wenigen Augenblicken wurde geöffnet. Der Bajazzo trat in einen jetzt ganz dunklen Raum.

„Warum hast du kein Licht?" fragte er.

„Brauche keins."

„Hast wohl geschlafen?"

„Ja."

„Faulpelz!"

„Kann man was Besseres tun?"

Der Bajazzo antwortete vorerst nicht. Er brannte eine alte Lampe an, die er in eine Mauernische stellte. Nun erkannte man den kellerartigen Raum, der früher wohl als Badestube benutzt worden war. Jetzt war er völlig leer. Nur in der einen Ecke lag eine alte Strohmatte. Daneben stand ein Krug. Auf der Matte aber hockte kein andrer als — Vater Heimlich, der ehemalige Pariser Kaschemmenwirt.

Der Bajazzo brachte einen Zigarrenstummel aus der Tasche, brannte ihn an und setzte sich auf den Steinboden. Vater Heimlich sog den Duft des Krauts gierig ein.

„Sacrébleu!“ meinte er. „Das ist nichts Gewöhnliches. Wie kommst du zu so einer Auserlesenen?“

„Ich sah den Stummel am Kai liegen.“

„Glückskind! Den hat kein Lump weggeworfen. Hast du sonst etwas mitgebracht?“

„Nichts.“

„Auch kein Geld?“

„Nein.“

„So bin ich gescheiter gewesen als du. Ich begebe mich lieber gleich gar nicht in die Gefahr, erkannt und erwischt zu werden. Ist nachher der Mond hinab, so gehe ich, um Wasser zu holen und einige Datteln zu stehlen; das reicht ganz gut bis morgen. Ich bin froh, die See zwischen Paris und mir zu haben, und will jetzt nicht gleich wieder verwegen sein wie ein Leiermann.“

„Hast auch Ursache dazu.“

„Ich denke, du ganz ebenso.“

„Habe soeben erst den Beweis erlebt.“

„Wieso?“

„Ich hatte ein hübsches Wiedersehn.“

„Mit wem?“

„Mit einem früheren Brotherrn von mir.“

„Doch nicht etwa mit Hassan, dem Zauberer?“

„Grad dieser war's.“

„Alle Teufel!“

„Sieh, wie du dich freust!“ höhnte der Bajazzo.

Vater Heimlich war von seinem Lager aufgesprungen.

„Wie kommt dieser Kerl nach Algier?“

„Dumme Rede! Er kann viel eher nach Algier kommen

als jeder andere meiner früheren Herren. Er ist ja ein Eingeborener."

„Hat er dich erkannt?"

„Sofort."

„Verflucht! Was sagte er?"

„Er hatte noch einen bei sich. Diese beiden Kerle hätten mich höchstwahrscheinlich festgehalten; aber ich gab ihm eins auf den Leib, so daß er taumelte, und riß aus."

„Verfolgten sie dich?"

„Natürlich. Es gelang mir aber, drüben hinter die Tür zu huschen. Sie blieben in der Nähe stehn, und ich hörte, was sie schwatzten."

„Was sagten sie?"

„Hassan will gleich morgen früh melden, daß er mich gesehn hat."

„Verdammt! Erfährt man, daß wir hier in Algier sind, so wird sicher ein Kesseltreiben auf uns abgehalten."

„Vielleicht sind wir dann schon fort."

„Werden wir denn ohne Geld verschwinden?"

„Du sagst ja, daß du keins hast."

„Das ist auch Wahrheit. Aber was nicht ist, das kann noch werden."

„Ah! Du hast also eine Gelegenheit erspürt? Raus mit der Sprache!"

„Es war ein zweites, unerwartetes Wiedersehn."

„Mit wem? Kenne ich ihn?"

„Auch sehr gut."

„Ein Pariser?"

„Ja. Der Lumpenkönig."

„Alle Teufel! Mascaret? Was will der in Algier?"

„Ich weiß es bereits, obgleich es nicht leicht war, das zu erkunden. Er hat nämlich so etwas wie eine Heereslieferung übernommen, wahrscheinlich für hiesige Truppen, und hat sich nun an Ort und Stelle begeben, um Auskünfte einzuziehn."

„Wo wohnt er?"

„Im Hotel du Nord."
„Allein?"
„Seine Tochter ist bei ihm."
„Bedienung?"
„Kein Mensch. Dazu ist er zu geizig."
„Hat er dich erblickt?"
„Nein. Ich stand am Kai, als er ausgebootet wurde, und bin ihm bis ans Hotel gefolgt."
„Gewiß hat der Kerl Geld mit! — Du meinst, wir wollen ihn schröpfen?"
„Ja! Es kann sich uns gar nichts Gelegeneres bieten. Wir müssen morgen früh fort sein. Ohne Geld geht das nicht. Wir holen es bei Mascaret."
„Weißt du, welche Zimmer er bewohnt?"
„Selbstverständlich. Ich habe nicht eher geruht, als bis ich das erfahren habe. Er hat drei Zimmer im ersten Stock, zwei für sich und eins für seine Tochter."
„Wie liegen diese Zimmer?"
„Nummer eins ist sein Arbeits-, Nummer zwei sein Schlafzimmer und Nummer drei das für das Weibsbild."
„Wollen wir es wagen, offen zu ihm zu gehn?"
„Das ist das beste."
„Aber da wird man uns entdecken."
„Man wird uns nicht so genau betrachten. Übrigens haben wir drüben den alten Sansjour, der uns für kurze Zeit zwei Kaftans leihen wird. Das wird uns so verstellen, daß man uns später nicht erkennen kann."
„Wie weit gedenkst du zu gehn, wenn er sich weigert, in den Beutel zu greifen?"
„Unter Umständen sogar — — so weit!" Er fuhr sich dabei mit dem Finger quer über den Hals.
„Ja", lachte der Bajazzo. „Er verdient es nicht besser."
„In diesem Falle hieße es freilich, das Bündel auf Nimmerwiedersehn schnüren."
„Wir können nur gewinnen, wenn wir wagen."
„Gut! Also wann?"

„Besser ist's, wir versäumen keine Zeit. Schleichen wir also lieber schon jetzt zu Sansjour."

Sie löschten die Lampe und verließen den Raum. Draußen halfen sie einander auf eine Mauer und sprangen dann in den benachbarten Hof hinab. Auch hier herrschte eine wahre Grabesstille. Sie huschten im Schatten nach einer Ecke, wo sie an eine niedrige Tür leise klopften.

Ein unterdrücktes Husten ließ sich hören, dem man es anmerkte, daß es als Antwort gelten solle. Aber erst nach einiger Zeit wurde geöffnet.

„Wer klopft?" fragte eine Frauenstimme.

„Freunde."

„Wie heißen sie?"

„Wir sind Nachbarn."

„Ah, daran erkenne ich die Messieurs!"

„Ist Monsieur Sansjour daheim?"

„Bringen Sie etwas?"

„Nein."

„So will ich erst sehn, ob er Zeit hat!"

Sie ging und schloß die Tür vor ihnen.

„Verdammte Hexe!" murmelte der Bajazzo.

Nach einigen Minuten wurde die Tür wieder geöffnet. Die Alte streckte den Kopf heraus.

„Die Messieurs sollen kommen."

Sie ließ die beiden eintreten, verriegelte die Tür und schritt ihnen dann voran. Es ging durch einen langen, engen Flur, den die beiden jedenfalls kannten; denn sie folgten der Alten ohne Zaudern, bis sie eine Tür öffnete, aus der ihnen der Schein einer trüben Lampe entgegenfiel.

Die Stube war klein und enthielt nichts als einen Tisch und vier alte Stühle. Auf dem Tisch stand die brennende Öllampe, und auf einem Stuhl davor saß Sansjour.

Er war vielleicht sechzig Jahre alt und besaß ein vertrauenerweckendes, ja, fast ehrwürdiges Aussehen. Wer ihn nicht kannte, hätte wohl nicht geglaubt, daß er der berüchtigste Hehler des ganzen Landes war.

„Carmen, kehre zurück zum Eingang“, sagte er, „und wache, daß unser Gespräch nicht gestört werde!“

Nachdem die Alte sich entfernt hatte, fuhr er fort:

„Willkommen, Messieurs! Nehmen Sie Platz und sagen Sie, womit ich so guten Freunden dienen kann.“

Sie setzten sich, und Vater Heimlich ergriff das Wort.

„Wir wünschen zwei Kaftans für ganz kurze Zeit.“

„Wie lange ungefähr?“

„Zwei Stunden.“

„Gegen Sicherheit?“

„Wir haben kein Geld.“

„Hm!“ brummte er bedenklich.

„Wir lassen unsre Röcke hier.“

„Diese Röcke sind nicht viel wert.“

„Na, geben Sie uns die Kaftans getrost auf Pump! Wenn wir zurückkehren, werden wir reichlich zahlen.“

Er nickte vor sich hin, musterte sie mit einem scharfen Blick und lächelte überlegen.

„Das will ich wohl glauben.“

Es lag etwas in diesen Worten, was den Bajazzo stutzig machte.

„Wie meinen Sie das?“ fragte er.

„Ich meine, daß da, wohin Sie gehen werden, etwas zu holen ist.“

„Nun, wohin wollen wir denn?“

„Ins Hotel du Nord.“

Sie erschraken sichtlich.

„Fällt uns nicht ein!“ sagte Vater Heimlich.

Sansjour grinste.

„Streiten wir uns nicht! Ich kenne meine Leute genau. Ist Ihnen vielleicht der Name Mascaret bekannt?“

„Nein.“

„Sollte ich mich wirklich irren? Sie, mein Bester, sind doch heut so viel um das Hotel geschlichen!“

„Ich?“ fragte der Bajazzo. „Da irren Sie sich.“

Sansjour nickte ihm wohlwollend zu.

„Sie können aufrichtig sein. Mein Geschäft bringt es mit sich, daß ich meine Kunden überwachen lasse. Ich weiß, daß Sie am Hotel du Nord gekundschaftet haben. Daraus schließe ich, daß Sie dort etwas beabsichtigen. Und da ich hörte, daß ein alter Bekannter dort abgestiegen ist, so — —“

„Wen meinen Sie?“

„Monsieur Mascaret.“

„Sie irren sich wirklich. Wir kennen keinen Mascaret.“

„Wenn das so ist, so kenne ich Sie auch nicht.“

„Wir haben Ihnen unsre Namen gesagt.“

„Ja. Sie heißen Marmont und Ihr Kamerad hier Chapelle?“

„Ja.“

„Nun, so täusche ich mich unmöglich. Sie müssen diesen Monsieur Mascaret sehr genau kennen.“

„Gar nicht.“

„Und doch. Gestatten Sie mir nur, Ihrem Gedächtnis ein wenig zu Hilfe zu kommen.“

Er öffnete den Tischkasten und nahm daraus zwei Zeitungsblätter, von denen er beiden je eins reichte.

„Bitte, lesen Sie!“

Kaum hatten sie einen Blick darauf geworfen, so sahen sich die zwei betroffen an.

„Tausend Teufel!“ stieß Vater Heimlich erschrocken hervor.

„Himmeldonnerwetter!“ brummte der Bajazzo.

„Was ist denn?“ fragte Sansjour gelassen.

„Ein Steckbrief“, knirschte Vater Heimlich.

„Gegen wen denn?“

„Gegen einen Schenkwirt aus Paris, der dort père Chattemite genannt wurde.“

„Und gegen einen Akrobaten namens Grigaut“, setzte der Bajazzo hinzu.

„Kennen Sie die beiden Männer nicht, Monsieur Marmont?“

„Nein.“

„Und Sie auch nicht, Monsieur Chapelle?“

„Nein.“

Plötzlich nahm das Gesicht des Händlers einen sehr strengen Ausdruck an; er stand von seinem Sitz auf.

„Gute Nacht!“ sagte er barsch.

„Was soll das heißen? Warum denn?“ fragte Vater Heimlich.

„Das fragen Sie noch? Ich behandle meine Geschäftsfreunde mit Vertrauen, verlange aber auch Vertrauen von ihnen. Nur so ist ein Zusammenwirken möglich. Kennt man sich genau, so weiß man auch, wie man sich am besten nützen kann. Nicht?“

„Ich lasse das gelten.“

„Also warum verleugnen Sie sich dann?“

„Wer sagt Ihnen denn, daß ich Vater Heimlich bin?“

„Und ich der Akrobat Grigaut?“ fiel der Bajazzo ein.

„Ich weiß es, damit basta!“

Die beiden blickten einander fragend an. Mit einem so scharfen Kopf hatten sie es noch nicht zu tun gehabt.

„Nun?“ forschte Sansjour, als sie zauderten. „Mißtrauen Sie mir?“

„Wir kennen Sie noch nicht lange genug.“

„Ich Sie auch nicht, he? Glauben Sie wohl, daß ich Ihnen etwas abgekauft hätte, wenn ich nicht genau unterrichtet wäre, wer Sie sind? Sie werden verfolgt; aber grad darum sind Sie mir sichere, also willkommene Leute. Hier meine Hand, Vater Heimlich!“

Er streckte ihm die Hand entgegen.

„Na, meinetwegen!“ schlug dieser ein. „Ich will es wagen, den Kopf in den Rachen des Löwen zu stecken. Schnappt er zu, na, dann adieu!“

„Und Sie, Monsieur Grigaut?“

„Meinetwegen. Hier, meine Hand!“

Sansjour setzt sich wieder.

„Jetzt läßt sich ganz anders sprechen. Wir müssen Vertrauen haben und werden einander nicht verraten. Werden Sie mir nun wohl auch gestehn, daß Sie ins Hotel du Nord wollen?"

„Na, denn ja!" erklärte Vater Heimlich.

„Zu Mascaret?"

„Ja."

„Wollen Sie ihn anpumpen?"

„Vielleicht."

Der Blick Sansjours schien die beiden durchdringen zu wollen.

„Ich will Ihnen gestehn, daß auch ich früher in Paris gewohnt habe. Ich kenne den Lumpenkönig und habe alle Ursache, mich zu freuen, wenn Sie ihn nicht schonen. Denken Sie, daß es Ihnen gelingt, ihn anzuzapfen?"

„Wir hoffen es."

„Dann kommen Sie zu Geld und können sich das kaufen, was Ihnen am allernötigsten ist."

„Was?"

„Pässe."

„Teufel!" sagte Vater Heimlich anerkennend. „Abe woher nehmen? Können Sie uns vielleicht einen guten Ra geben?"

„Ich kenne einen kleinen Beamten, dem Formulare un Siegel aller Art zur Verfügung stehn."

„Also echt? Nicht nachgemacht? Das wäre vorzüglich Aber ist er teuer?"

„Ich halte ihn für billig."

„Welche Preise hat er?"

„Alle Papiere vom Geburtsschein an bis zum Paß, au einen beliebigen Namen, von hundert Frank aufwärts, j nach Schwierigkeit."

„Das geht. Wo aber wohnt dieser Beamte, und wi heißt er?"

„Das darf ich nicht sagen."

„So nützt uns Ihre ganze Mitteilung nichts."
„O doch. Ich erbiete mich gern, den Vermittler zu machen, Messieurs."
„Das läßt sich hören. Aber wie lang dauert es, bis man die Papiere erhält?"
„Das kommt auf die Umstände an."
„Ich setze den Fall, wir müßten noch in dieser Nacht von hier fort."
„Dann hätten Sie zweihundert Frank für eine Person mehr zu bezahlen, würden aber dafür die Papiere schon binnen zwei Stunden in Empfang nehmen können."
„Und wann ist das Geld zu zahlen?"
„Bei Aushändigung der Papiere. Wollen Sie die Bestellung aufgeben?"
„Ja."
„Auf welche Namen?"
„Ist gleich. Wie aber steht es nun mit den Kaftans?"
„Die bekommen Sie. Doch vorher noch eine Frage. Sie sprachen davon, daß Sie möglicherweise die Stadt noch während dieser Nacht verlassen müssen?"
„Dieses Muß kann allerdings eintreten."
„Wohin werden Sie sich wenden?"
„Das weiß der Teufel. Man sucht uns ja schon überall."
„Ich rate Ihnen, außer Landes zu gehn."
„Also nach Marokko oder Tunis? Bis wir da die Grenze erreicht haben, sind wir längst ergriffen."
„Es gibt doch noch eine andre Grenze, die See."
„Aber dahinaus ist es ja am allerschwierigsten! Und — lauter französische Schiffe."
Sansjour zeigte eine überlegene Miene.
„Nur nicht gleich verzagen!" sagte er. „Sie haben ja Freunde, auf die Sie sich verlassen können!"
„Wen denn zum Beispiel?"
„Nun, mich. Sie würden noch vor Anbruch des Tages an Bord sein."

„Und wohin? Etwa nach Frankreich?"

„Das hieße ja, Sie in die Hölle schicken! O nein, sondern nach Spanien."

„Wetter, das wäre das beste! Nach welchem Hafen?"

„Zunächst nach Palma auf Mallorca."

„Was ist es für ein Schiff?"

„Da muß ich mich freilich auf Ihre Verschwiegenheit verlassen, Messieurs! Ich will Ihnen gestehn, daß ich zuweilen ein klein wenig die habgierigen Zollbeamten meide. Gehässige Menschen nennen das Schmuggel. Ist Ihnen der Weg bekannt, der durch das Tor el Oued nach der Spitze Pescade führt?"

„Ja, wir sind ihn gegangen."

„Nun, kurz vor Sonnenaufgang wird an dieser Spitze ein kleiner Schoner liegen, der Sie aufnehmen wird, wenn Sie zur rechten Zeit eintreffen."

„Aber am Bab el Oued steht ein Militärposten!"

„Keine Sorge. Der läßt Sie vorüber. Ich weiß, welcher Mann Posten steht. Er ist schon bestochen. Er wird schlafen, wenn wir kommen. Ich muß auch selber hinaus. Wir gehn zusammen."

„So sind wir also aller Sorgen ledig. Nun aber handeln! Bitte, die Kleidungsstücke!"

„Erst muß ich Sie noch etwas fragen. Werden Sie unter Ihrer Flagge zu Mascaret, dem Lumpenkönig, gehn? Oder wäre es Ihnen lieber, von der Bedienung später nicht wiedererkannt zu werden?"

„Das wäre freilich besser."

„Nun, das kann ja leicht gemacht werden."

„Wie?"

„Durch Perücken und Bärte. Ich habe einige solche Kleinigkeiten zur Verfügung."

*

Unterdessen saß der Lumpenkönig mit seiner Tochter im Hotelzimmer.

Er hatte eine Menge Papiere vor sich, und dabei lag

eine Brieftasche, deren Umfang ahnen ließ, daß ihr Inhalt ein erkleckliches Sümmchen darstelle.

Der Zimmerkellner klopfte und trat ein.

„Sind der gnädige Herr für zwei Herren zu sprechen?" erkundigte er sich.

„Für wen?"

„Sie wollen ihre Namen nicht sagen."

„So mögen sie wieder gehn!"

„Der eine von ihnen erklärte, daß es sich um Lieferungen handle."

„Das ist natürlich etwas anderes!"

„Und daß sie ihre Namen nur aus Geschäftsgründen verschweigen."

„Sie mögen kommen!"

Der Kellner entfernte sich.

„Liebe Agnes", sagte Mascaret zu seiner Tochter, „da es sich um Geschäftsangelegenheiten handelt, bitte ich dich, mich eine halbe Stunde allein zu lassen."

Sie begab sich in ihr Zimmer, und in demselben Augenblick traten die beiden Besucher bei ihrem Vater ein. Sie grüßten mit tiefen Verneigungen.

„Guten Abend, Messieurs", dankte er. „Womit kann ich Ihnen dienen?"

„Mit einer Auskunft", antwortete Vater Heimlich.

„Worüber?"

„Es betrifft den Grund Ihrer Anwesenheit. Wir hören, daß Sie im Begriff stehn, bedeutende Lieferungen für das Heer zu übernehmen?"

„Ich gebe zu, daß man Ihnen nichts Unrichtiges gesagt hat. Darf ich wissen, in welcher Beziehung Ihre Gegenwart zu dieser Angelegenheit steht?"

„Das ist für jetzt noch geheim."

„Und Ihre Namen?"

„Die kennen Sie."

„Ich glaube kaum."

„O doch!"

„So bitte ich, meinem Gedächtnis zu Hilfe zu kommen!"

„Gern. Vielleicht erkennen Sie uns nur deshalb nicht, weil wir damals nicht diese Bärte trugen. Legen wir sie also ab!"

„Mein Gott!" sagte Mascaret erstaunt. „Vater Heimlich!"

„Ah, jetzt erkennen Sie mich!"

„Und Grigaut?"

„Ja, Grigaut, der Bajazzo!"

„Sie hier, in Algier! Sie sind ja verloren, wenn man Sie hier findet!"

„Das kümmert uns nicht!"

„Was wünschen Sie denn von mir?"

„Das werden Sie gleich hören. Setzen wir uns!"

Er drückte Mascaret auf einen Sitz nieder, und er und sein Genosse nahmen rechts und links von ihm Platz.

„Können Sie sich an unsere letzte Zusammenkunft in Paris erinnern?" fragte Vater Heimlich.

„So leidlich."

„Sie waren damals nicht sehr entgegenkommend."

„Das will ich nicht bestreiten."

„Wird Ihr Aufenthalt hier von längerer oder kürzerer Dauer sein?"

„Ich gedenke sehr bald wieder abzureisen."

„Ganz wie wir. Auch uns vermag Algier keinen Vorteil mehr zu bieten. Sie freilich können leichter scheiden als wir."

„Wieso?"

„Sie sind jedenfalls mit den Mitteln, deren man zu der Reise bedarf, versorgt."

Hatte der Lumpenkönig bisher vermutet, daß es nur auf eine Bettelei abgesehn sei, so wurde diese Vermutung nunmehr zur Gewißheit. Er kannte diese beiden Kerle und ihre Verhältnisse; er war überzeugt, ohne Opfer von ihnen nicht wieder loszukommen, und so beschloß er, es zu bringen.

„Vielleicht sind Sie jetzt im Vorteil gegen mich“, begann er in dem Bestreben, dieses Opfer auf ein möglichst geringes Maß herabzuschrauben. „Meine Reisekasse ist so zusammengeschmolzen, daß mir nur noch so viel bleibt, um nach Paris zurückzukommen.“

„Ich bin überzeugt, daß Ihr Name hier fast ebenso bekannt ist wie in Paris. Übrigens — dieses Ding hier scheint mir nicht sehr arm ausgestattet zu sein.“

Bei diesen Worten deutete der Wirt auf die Brieftasche, die noch auf dem Tisch lag. Der Lumpenkönig griff rasch nach ihr, steckte sie ein und sagte gleichmütig:

„Verträge und ähnliche Papiere, aber leider kein Geld, wie Sie vielleicht denken.“

„Nun, das ist uns gleich. Wir haben es zunächst nicht mit Ihrer Brieftasche, sondern mit Ihnen selber zu tun.“

„Wieviel werden Sie brauchen?“

„Das ist leichter gefragt als gesagt. Die Polizei streckt ihre Arme nach uns aus. Wollen wir wirklich in Sicherheit kommen, so müssen wir weit fort. Selbst Amerika bietet uns keinen Schutz. Wir müssen nach Australien. In welcher Klasse wir die Überfahrt machen, ob erster oder zweiter oder gar nur Zwischendeck, das bleibt natürlich Ihrem Ermessen anheimgestellt.“

Mascaret erschrak.

„Wie?“ meinte er. „Höre ich recht? Sie scheinen anzunehmen, daß ich die Kosten der Überfahrt tragen könnte?“

„Gewiß können Sie das!“

Der Lumpenkönig erhob sich.

„Messieurs, ich sehe den Zweck einer weitern Unterhaltung nicht ein. Machen wir es kurz: welche Summe verlangen Sie?“

Auch die beiden standen auf. Sie wußten, daß der Augenblick des Handelns gekommen sei.

„Gut!“ sagte Vater Heimlich. „Ich will Ihnen den Willen tun. Geben Sie uns fünfzigtausend Frank, so sind Sie uns für immer los.“

„Fünfzigtau — — — ?“

Er brachte das Wort nicht heraus. Er stand starr und mit offenem Mund.

„Ja, fünfzigtausend Frank. Oder sollte Ihnen das zuviel sein? Das wäre lächerlich!“

„Lächerlich?“

„Also, wie beliebt es Ihnen?“

In dem Ton und in der Haltung der beiden Strolche lag etwas, was den Lumpenkönig die Gefährlichkeit seiner Lage erkennen ließ. Diese zwei Menschen waren, seiner Überzeugung nach fähig, kurzen Prozeß mit ihm zu machen. Es gab nur das eine: auf gute Art aus dem Zimmer hinauszukommen. Darum beschloß er, sie zu täuschen, indem er sich den Anschein gab, auf ihre Forderung, wenn auch zögernd, einzugehn.

„Fünfzigtausend, das ist viel zu hoch! Ich hatte höchstens an fünftausend gedacht.“

„Darüber ist gar nicht zu reden!“

„Sagen wir sechstausend?“

„Ausgeschlossen.“

Er versuchte weiter herabzuhandeln; sie aber ließen sich nicht darauf ein. Da tat er, als sei er in die Enge getrieben.

„Nun, so sollen Sie die Summe haben. Ich werde also zu meiner Tochter gehn und . . .“

„Wozu?“

„In ihrem Zimmer befindet sich meine Kasse.“

„Ach so“, höhnte der Bajazzo.

Vater Heimlich lachte.

„Das haben Sie sich nicht schlecht ausgesonnen, mein bester Monsieur Mascaret! Man sieht es Ihnen an, daß es Ihnen nur darum zu tun ist, uns aus den Fingern zu kommen.“

„Aber meine Herren! Ich kann Ihnen ja nichts geben, wenn Sie mich das Geld nicht holen lassen.“

„Zeigen Sie uns erst einmal Ihre Brieftasche! Enthält sie wirklich kein Geld, so wollen wir glauben, daß Sie es bei Ihrer Tochter haben. In diesem Fall können Sie das Zimmer verlassen, wir aber gehn natürlich mit.“

„Es ist nichts drin.“

Bei diesen Worten tat er einige Schritte nach der Tür zum Nebenraum. Schnell aber stellte Vater Heimlich sich ihm in den Weg.

„Halt!“ zischte er. „Ohne unsre Erlaubnis kommen Sie nicht fort. Heraus mit der Brieftasche!“

„Soll ich um Hilfe rufen?“

„Das wirst du nicht!“

Dabei faßte er Mascaret mit beiden Händen bei der Gurgel. Dieser wollte schreien, brachte aber keinen Laut mehr hervor. Er suchte sich zu befreien; aber in demselben Augenblick packte ihn auch der Bajazzo so fest, daß er sich nicht zu rühren vermochte. Sein Gesicht wurde erst rot und dann blau; dann sank er zusammen — er hatte die Besinnung verloren.

„Laß ihn fallen!“ sagte Vater Heimlich. „Er hat genug!“

Sie ließen den Bewußtlosen auf die Erde gleiten.

„Aber wenn er erwacht, wird er uns verraten“, meinte der Bajazzo.

„Dagegen gibt es ein gutes Mittel.“

„Welches?“

„Dieses!“

Mit diesen Worten stieß er dem Lumpenkönig sein Messer bis an das Heft in die Brust.

„Herrgott!“ murmelte der Bajazzo erschrocken.

„Ich glaube gar, du erschrickst! Sei kein Kind! Meine Sicherheit ist mir lieber als das Leben dieses Menschen. Nun laß uns nachsuchen!“

Er zog Mascaret die Brieftasche aus dem Rock.

„Donnerwetter!“ sagte er, im höchsten Grad erstaunt.

„Da steckt ja ein ganzes Vermögen! Wir haben genug. Komm!"

„Halt! Erst die Bärte und Perücken wieder vor!"

Nach wenigen Minuten hatten sie das Hotel du Nord wieder verlassen. —

Zwischen dem Zimmer Mascarets und seiner Tochter lag ein drittes; und so war kein Laut der Unterredung mit den beiden Raubmördern zu der Tochter gedrungen. Sie wartete eine Weile und trat dann in den Zwischenraum, um zu horchen, ob der Besuch sich noch bei ihrem Vater befinde. Als sie nichts hörte, öffnete sie die Tür. Die Besucher waren fort, aber der Vater lag am Boden mit dem Messer in der Brust.

Sie stieß einen schrillen Schrei aus und sank neben ihm nieder. Das Bewußtsein wollte ihr schwinden; doch die Kindesliebe war stärker als der Schreck. Sie dachte nicht daran, das Messer aus der Brust zu ziehn. Sie stützte den Kopf des Vaters und rief:

„Vater, mein Vater! O Gott, o mein Gott! Vater, erwache, erwache!"

Sie drückte und schüttelte ihn. Sie rief ihm die zärtlichsten Namen ins Ohr. Endlich öffnete er die Augen und richtete den gläsernen Blick auf sie.

„Vater, mein guter Vater! Sprich doch ein Wort! Siehst du mich? Erkennst du mich?"

Sein Blick gewann Ausdruck. Seine Hand bewegte sich nach der Brust und griff nach dem Heft des Messers. Da schien er den Ernst seiner Lage zu erkennen.

„Agnes!" flüsterte er.

Sein Gesicht wurde fahl; das Blut war aus seinen Lippen gewichen.

„Vater Heimlich war es", flüsterte er.

„Vater Heimlich? Wer ist denn das?"

„Und Grigaut, der Bajazzo."

„Gott, mein Gott! Sie haben dich verwundet! Sie wollten dich töten!"

Sie griff nach dem Messer.

„Nein“, sagte er mit matt abwährender Gebärde. „Hier habe ich — oh, sie ist fort!“

Er hatte nach der Stelle gefühlt, an der die Brieftasche gewesen war.

„Was? Was ist fort?“

„Das Geld. Sie haben — mich — beraubt!“

Aber in diesem Augenblick kam ihr das Bewußtsein, daß sie kostbare Minuten verschwendete, anstatt Hilfe für den Verblutenden zu holen. Sie sprang auf; doch er hielt sie durch einen Ausruf zurück.

„Warte, warte!“ erklang es flehend. „Ich muß, muß dir — —“

Einige Tropfen Blut quollen zwischen seinen Lippen hervor. Sie sah es und schrie laut auf.

„Ag — — nes“, röchelte er. „Komm — höre mich!“

Sie kniete neben ihm nieder und blickte ängstlich auf seine kraftlosen Lippen.

„Ich — — ich heiße — nicht — — nicht Mascaret!“

„Wie denn?“ schluchzte sie.

„George — — oh — mein — mein Gott! Daheim in — Paris — Geldschrank — Papier lesen — —“

Er hatte das mit letzter Anstrengung hervorgestoßen, dann sank sein Kopf nach hinten. Entsetzt raffte sie sich auf und stürzte hinaus.

„Hilfe! Mörder!“ schrie sie in den Flur.

Dann brach sie zusammen.

Die Bedienung eilte herbei. Eine Minute später hatte die Kunde sich durch das ganze Hotel verbreitet. Ein Militärarzt untersuchte Agnes.

„Sie ist nur ohnmächtig. Schafft sie fort und sorgt für sie! Sie darf vorläufig die Leiche nicht sehn.“

Dann untersuchte er auch Mascaret.

„Die Klinge ist in der Nähe des Herzens eingedrungen. Er war nicht mehr zu retten.“

Die beiden Mörder hatten unangefochten das Hotel

verlassen. Sie mußten zu Sansjour, machten aber einen Umweg, um etwaige Nachforschungen irrezuleiten.

Sie begaben sich zunächst zum Gouvernementsplatz, dann am Artillerie-Train vorüber nach der Straße, die sich in der Richtung der Zivil- und Militärverwaltung teilt. Sie ließen die erste zu ihrer Rechten und schritten auf die zweite zu. Dort stießen sie auf eine ungewöhnliche Volksmenge.

„Vive Napoléon!"

„A bas les Prussiens!"

„Revanche pour Sadowa!"

Da und dort erschollen Schimpfrufe auf Bismarck.

Das veranlaßte sie, stehn zu bleiben.

„Was gibt's?" erkundigte sich der Bajazzo.

„Das wissen Sie noch nicht? — Der Kaiser hat Preußen den Krieg erklärt. Die algerischen Regimenter werden marschieren. Alle, Zuaven und Turkos, werden schon eingeschifft."

„Ist das wahr?"

„Ja, ja; Sie hören es doch."

Der Bajazzo wollte noch weiterfragen; aber Vater Heimlich zog ihn beim Arm mit sich fort.

„Dummkopf!" raunte er ihm zu „Wir dürfen uns doch nicht blicken lassen."

Sie gingen weiter, vorsichtig die hell erleuchteten Stellen der Straße meidend.

„Krieg, Krieg!" sagte der Bajazzo. „Weißt du, was das bedeutet?"

„Daß Preußen Prügel bekommt."

„Was gilt mir Preußen! — Ich meine in bezug auf uns."

„Auf uns? Du hast recht. Die ganze Welt wird nur mit dem Krieg beschäftigt sein. Man hat keine Zeit, auf uns zu achten. Ich glaube, wir dürfen es wagen, nach Paris zu gehn. Aber daran können wir ja später denken. Komm!"

Sie erreichten ohne Zwischenfall die Wohnung Sansjours und wurden von dessen Frau anstandslos eingelassen.

„Nun?“ fragte er. „Haben Sie Geld?“

„Ja!“

„Genug?“

„Übrig bleibt uns freilich kaum etwas.“

„Ist auch nicht nötig.“

„Wie steht es mit den Papieren?“

„Sie sind schon beschafft. Hier lesen Sie!“

Er gab ihnen einige Dokumente, die sie sorgfältig prüften, darunter auch zwei Pässe, die ihre genaue Beschreibung enthielten.

„Das ging verteufelt schnell!“ lachte Grigaut.

„Sind Sie zufrieden?“

„Vollkommen.“

„Ich hoffe, daß euer Geld ebenso gut ist.“

„Natürlich. An wen haben wir die Überfahrt zu zahlen?“

„An mich.“

Sie handelten sich einige Kleidungsstücke ein und bezahlten. Sansjour steckte schmunzelnd das Geld in seinen Schrank.

„Sie sehn, daß ich es gut mit Ihnen gemeint habe. Machen Sie sich nun fertig, die Stadt zu verlassen!“

Der Händler mußte wirklich ausgezeichnete Beziehungen besitzen; es klappte alles so, wie er gesagt hatte.

Am Bab el Oued lehnte der Posten am Schilderhaus und schien zu schlafen. Sie gelangten unbehelligt aus der Stadt.

Als sie später die Spitze Pescade erreichten, stieß Sansjour einen leisen Pfiff aus. Gleich darauf hörten sie Schritte. Ein Mann tauchte aus dem nächtlichen Dunkel vor ihnen auf.

„Wo ist der Kapitän?“ fragte Sansjour.

„Dort im Boot.“

„Steht alles gut?“

„Alles. Folgen Sie mir!“

Eine halbe Stunde später kehrte der Schmuggler allein nach der Stadt zurück. — — —

14. DER LÖWENZAHN

Die zwischen Frankreich und Preußen herrschende Spannung hatte sich bis zur Unerträglichkeit gesteigert. Es war anzunehmen gewesen, daß dieses auf künstliche Weise herbeigeführte Unwetter sich mit einem fürchterlichen Schlag entladen werde — und das war nun geschehen.

Napoleon III. hatte diese Entladung veranlaßt. Um seinem wankenden Thron einen neuen Halt zu geben, mußte er das mit ihm unzufriedene Volk beschäftigen; er mußte seine Flitterkrone mit neuem Glanz schmücken — so zwang er denn den Krieg herbei. Er wußte, daß er va banque spielte; aber er hoffte auf sein oftbewährtes Glück.

„Brusquez le roi!" hatte er seinem Vertreter Benedetti nach Bad Ems gedrahtet.

Das heißt in gutem Deutsch: „Beleidigen Sie den König!" Benedetti gehorchte. Er drängte sich auf der Promenade von Bad Ems an König Wilhelm und „brüskierte" ihn. Er erhielt die von Napoleon wohlberechnete Zurückweisung; die Folge war Frankreichs Kriegserklärung.

Nun bemächtigte sich die französische Kriegspresse des Falls und versetzte das ganze Volk in ein Fieber, das seinen Höhepunkt natürlich in der Hauptstadt, in Paris erreichte.

— — — — — — — — — — — — — — — — — — —

In dem uns bekannten Haus der Rue Richelieu wurde die Glocke des ersten Stockwerks gezogen. Martin, der seinem Herrn nach Paris vorausgeeilt war, packte mit großem Eifer die Koffer, denn es war ja höchste Zeit, daß sie sich schleunigst aus dem Staube machten. Unwirsch über die Störung lief er zur Tür, doch hellte sich seine Miene sofort auf beim Anblick des Eintretenden.

„Ah, Monsieur Belmonte! Auch schon zurück?"

„Wie du siehst. — Hast du Neues?" fragte der Weinreisende, als sie ins Zimmer getreten waren.

„Eine ganze Menge!"

„Auch meine Ernte ist reichlich."

„Wie lange bleiben wir noch hier?"

„Wohl kaum länger als bis morgen. Der Boden wird zu heiß. Wir arbeiten diese Nacht, und dann können wir aufbrechen."

„Schön. Ich hoffe, daß wir bald wiederkommen, und zwar nicht als Weinhändler. Aber, mein bester Monsieur Belmonte, wissen Sie, was für eine Entdeckung ich gemacht habe?"

„Laß hören!"

„Vater Heimlich ist da."

„Weißt du das genau?"

„Ja. Ich habe ihn selber gesehn."

„Wann?"

„Heut früh. Auf dem Versailler Bahnhof. Ich war gerade dort, als der Zug anlangte. Unter den aussteigenden Reisenden waren zwei, die hart an mir vorüberstrichen. Sie sprachen miteinander, und der Kuckuck soll mich reiten, wenn ich nicht den einen an der Stimme erkannte."

„Vater Heimlich?"

„Ja."

„Und der andre?"

„Ich weiß nicht, wohin ich ihn tun soll; aber seine Haltung und sein Gang schienen mir nicht unbekannt. Wahrscheinlich war auch er verkleidet."

„Wohin gingen sie?"

„Sie schlugen die für uns glücklichste Richtung ein, die es nur geben kann, nämlich nach dieser Straße."

„Bist du ihnen gefolgt?"

„Natürlich! Sie gingen, denken Sie sich den Zufall, in das uns gegenüberliegende Haus."

„Und du ihnen nach?"

„Ja, freilich nur bis in den Hof, um zu sehn, wo sie verschwinden würden."

„Nun?"

„Da drüben im Hinterhaus, zu ebenem Boden, gibt es eine Schnapsschenke. Da hinein verschwanden sie. Ich habe den Koffer zum Einpacken hier ans Fenster gestellt und aufgepaßt. Sie sind noch nicht wieder heraus."

„Warum bist du ihnen denn nicht in die Kneipe gefolgt?"

„Konnte ich? Man müßte sich verkleiden."

„Nun, so werde ich das Versäumte nachholen. Ich muß wissen, wer der andere ist."

„Hm! Eine Ahnung habe ich freilich."

„Welche?"

„Der Gang war ganz ähnlich dem, den ich an dem Harlekin beobachtet habe, der bei Vater Heimlich verkehrte."

„Meinst du den Bajazzo Grigaut?"

„Ja!"

„Wenn du dich nur nicht irrst — das wäre ein Fang!"

„Vater Heimlich ein noch viel größerer. Er war es doch, der Fräulein von Perret gefangenhielt. Der Bajazzo war da wohl nicht dabei."

„Aber er ist mir in anderer Beziehung wichtig. Hast du die Schminke und alles übrige zur Hand?"

„Alles."

„So will ich mir sofort ein anderes Gesicht malen. Ich muß hinüber; ich muß wissen, woran ich bin."

Martin öffnete einen Doppelboden des Koffers, in dem sich allerlei Gegenstände befanden, wovon er das Nötige auszuwählen begann. Plötzlich hielt er in dieser Beschäftigung inne, schnippste mit dem Finger und rief:

„Holla, da kommt mir ein Gedanke!"

„Laß hören!"

„Wollen Sie Vater Heimlich verhaften lassen?"

„Natürlich!"

„Dann kommen Sie mit der Polizei in Berührung, und das müssen wir jetzt vermeiden."

„Meine Papiere sind ausgezeichnet."

„Ja, aber besser ist besser. Wissen Sie, wer am meisten darauf brennt, ihn zu fangen?"

„Nun?"

„Der General von Perret. Wie wäre es, wenn wir diesen braven Vater Heimlich dem General nach Schloß Malineau schickten?"

„Wie wollen wir das anfangen?"

„Oh, es ist nicht sehr schwer. Ich denke mir, daß Vater Heimlich nur für kurze Zeit hier sein wird. Vielleicht hat er eine Kleinigkeit zu tun. Jedenfalls aber darf er sich nicht blicken lassen. Ihm ist ein Unterschlupf notwendig, wo man ihn nicht kennt. Wie nun, wenn ihm das in Malineau scheinbar geboten würde?"

„Dieser Gedanke hat etwas für sich. Wollen sehn. Ich muß mich erst umschaun, bevor ich einen Entschluß fassen kann. Freilich, wenn der andere wirklich der Bajazzo wäre, so könnte man den beiden gar keine bessere Falle stellen. Vor allen Dingen will ich mich umkleiden."

Mit Hilfe Martins war er in kurzer Zeit so verwandelt, daß kein Mensch ihn erkennen konnte. Der Diener mußte dafür sorgen, daß er während des Fortgehens von niemand im Haus bemerkt wurde.

Wie kam es, daß sich Hohenthal so sehr um den Bajazzo kümmerte? Der Leser weiß bereits, daß er den Auftrag hatte, die Festung Metz und ihre Umgebung auszukundschaften. Während er damit beschäftigt war, kam ihm der Gedanke, nach Ortry zu fahren und sich mit seinem dortigen „Kollegen" in Verbindung zu setzen. Welche Überraschung, als er in dem Hauslehrer

Doktor Müller seinen Freund, Richard von Greifenklau, erkannte!

Als sie ihre Erlebnisse und Erfahrungen austauschten, kam auch die Rede auf den Bajazzo und seine Beziehung zu den verschwundenen Kindern des Generals von Eschenrode. Hohenthal ärgerte sich nicht wenig darüber, daß er in Paris nur die Hand nach dem Verbrecher hätte auszustrecken brauchen, um ihn gefangenzunehmen und das Geheimnis aus ihm herauszupressen. Richard bat ihn, wenn er nach Paris zurückgekehrt sei, die Augen offenzuhalten. Es war ja immerhin möglich ja sogar wahrscheinlich, daß sich der Bajazzo noch in der Landeshauptstadt aufhielt.

Man kann sich daher das freudige Erstaunen Hohenthals vorstellen, als er gleich nach seiner Rückkehr in Paris von der Anwesenheit des Bajazzo erfuhr ......

Belmonte schritt über die Straße und trat durch das gegenüberliegende Haus in den Hof. Dort bemerkte er, daß die erwähnte Schnapsschenke eine ganz gewöhnliche Spelunke war, was ihm sehr lieb sein mußte. Er trat ein und befand sich in einem nicht großen und äußerst niedrigen und düsteren Raum, worin es fast unausstehlich nach Schnaps und schlechtem Tabak roch.

An einem ungedeckten Tisch hockten allein zwei Männer, in denen er die Gesuchten vermutete.

Er grüßte und setzte sich an den Nebentisch; sie dankten mürrisch und schienen sich nicht weiter um ihn bekümmern zu wollen. Nachdem er eine Weile gewartet hatte, schob er seinen Stuhl zu ihnen herum.

„Messieurs, ist vielleicht einer von Ihnen der Wirt?"

„Nein", antwortete Vater Heimlich abweisend über die Schulter hinweg.

„Wo ist er denn?"

„Da draußen."

Er deutete nach einer dem Ausgang entgegengesetzten

Tür. Belmonte klopfte an, und nun trat der Besitzer ein, von dem er einen Schnaps verlangte und erhielt.

„Sie sind fremd in dieser Straße?“ forschte der Wirt.

„Ja.“

„Dachte es. Wenigstens waren Sie noch nicht bei mir.“

„Ich bin überhaupt fremd in der Stadt. Ich war noch nie in Paris.“

„Und kommen grad jetzt her? Das ist merkwürdig.“

„Wieso?“

„Nun, Sie sind doch wohl noch nicht über das Militärdienstalter hinaus, und jetzt muß jeder Kriegspflichtige an seinem Ort eintreffen.“

„Das ist richtig, und grad deshalb bin ich nach Paris gekommen. Ich muß mit ins Feld, und daheim mangelt es an Ersatz. Den will ich hier suchen.“

„Ah, so! Na, dann viel Glück!“

Er entfernte sich, und Belmonte goß tapfer einen Schluck des schlechten Getränks hinunter.

Die beiden andern musterten ihn mißtrauisch.

„Darf man wissen, woher Sie sind?“ fragte Vater Heimlich.

„Aus der Metzer Gegend. — Es ist das eine verdammte Geschichte.“

„Was?“

„Mein Vater ist Schloßvogt und zugleich Verwalter der Landwirtschaft. Infolge des Krieges werden fast alle unsre Leute eingezogen, und sie fehlen daheim. In der Gegend gibt es keinen Ersatz, und so schickte mich der Vater nach Paris. Ich habe nur einen einzigen Menschen gefunden, der sich dingen ließ, ich brauche aber drei. Kein Mensch will mit, obgleich die Stellen sehr gut sind.“

„Was für Stellen sind es?“

„Die Stelle eines Forstwarts und seines Gehilfen.“

„Da sind doch wohl Forstkenntnisse erforderlich?“

„Durchaus nicht; der Forstwart hat nur darauf zu achten, daß nichts gestohlen wird.“

„Und wann sind diese Stellen zu besetzen?“

„Sofort!“

„Welche Empfehlungen verlangt Ihr Vater?“

„Empfehlungen? Mein Gott, wozu Empfehlungen?“

„Aber er kann doch nicht den ersten besten anstellen!“

„Er muß es leider. Er ist froh, überhaupt jemand zu bekommen.“

Es entstand eine Pause. Belmonte griff nach einem Zeitungsblatt und las. Die beiden andern sprachen leise miteinander.

„Du, Bajazzo, was sagst du dazu?“

„Das wäre nicht übel.“

„Forstwart — man steckt im Wald; kein Mensch hat sich um uns zu kümmern. Man könnte Gras über die Geschichte wachsen lassen. Nicht?“

„Freilich.“

„Zudem sieht dieser Kerl nicht sehr klug aus. Wenn sein Vater nicht gescheiter ist, so sind wir geborgen. Soll ich mit ihm reden?“

„Meinetwegen. Aber wir müssen doch vorher unsern Plan zur Ausführung bringen.“

„Natürlich. Dazu genügt der heutige Abend. Mein Haus steht gänzlich leer. Sobald es dunkel ist, können wir unbemerkt hinein. In einer halben Stunde ist die Sache gemacht. Dann sind wir in Paris fertig.“

„Stimmt das auch so mit dem Löwenzahn?“

„Ja. Ich habe ihn noch. Er ist bei den andern Sachen.“

„Wollen wir damit zum Grafen Caligny?“

„Das ist noch zu überlegen. Ich halte es für gefährlich, anderseits aber könnten wir ihm ein hübsches Sümmchen ablocken.“

„Das wäre nicht notwendig, wenn diese verdammte Polizei nicht die Nummern der Kassenscheine veröffentlicht hätte.“

„Wir konnten nicht wissen, daß der Lumpenkönig sie kurz vorher vom Bankhaus geholt hatte, das dann dummerweise das Verzeichnis einschickte. Wenn wir zum Grafen wollten, so müßtest du gehn. Ich darf mich nicht blicken lassen."

Nach einer Weile wendete sich Vater Heimlich wieder an Belmonte.

„Würden Sie sich wohl ein wenig zu uns hersetzen?"

„Warum?" fragte der Verkleidete mit gespielter Verwunderung.

„Wir möchten in Ihrer Angelegenheit mit Ihnen sprechen."

„Ach so!"

„Vielleicht wissen wir jemand für Ihren Vater."

„Das wäre ausgezeichnet!"

„Ja, zwei sogar."

„Noch besser! Wer sind diese beiden?"

„Wir selber."

„Ah, Sie? — Da darf ich wohl fragen, wer Sie sind?"

„Ja. Hier mein Paß."

„Und hier der meinige."

Belmonte nahm die beiden Ausweise in Empfang und prüfte sie. Er schien sehr befriedigt zu sein; denn er nickte einige Male.

„Schön, schön! Nur muß ich Ihnen gestehn, daß ich nicht die Macht habe, das Gehalt zu bestimmen. Das ist meines Vaters Sache."

„Oh, das hat keine Eile!"

„Wann können Sie antreten?"

„Gleich. Wann wollen Sie zurück?"

„Sobald ich eben die noch fehlenden zwei gefunden habe. Einen hatte ich schon; nun Sie zwei, da bin ich eigentlich fertig."

„Wir haben aber heut noch eine kleine Angelegenheit in Ordnung zu bringen."

„Gut, so warte ich."

„Morgen können wir jedenfalls mit. Vielleicht macht es sich auch, daß wir schon mit dem Nachtzug aufbrechen können. Wo wohnen Sie?"

„Gar nicht. Ich kann bleiben, wo es mir beliebt."

„Schön! Wollen wir uns heut abend hier treffen?"

„Wann?"

„Es wird spät werden. Vielleicht elf Uhr!"

„Ich werde mich einstellen."

„So sind wir also einig. Dürfen wir fragen, wie Ihre Heimat heißt?"

„Schloß Malineau bei Etain."

Vater Heimlich mußte eine Bewegung der Überraschung unterdrücken.

„Wem gehört das Schloß?"

„Dem Baron von Courcy."

„Ich denke, es ist Eigentum des Generals Perret?"

„Das war es. Er hat es verkauft."

„Ach so! Die Herrschaft wohnt dort?"

„Nein. Nur wir wohnen da. Es ist sehr einsam, aber schön. Es wird Ihnen gefallen."

Er verließ das Lokal eher als sie, und es gelang ihm, unbemerkt in seine Wohnung zu gelangen. Martin hatte am Fenster gestanden und seine Rückkehr beobachtet.

„Sie waren noch drüben?"

„Jawohl. Du hattest recht, es war Vater Heimlich."

„Und der andre?"

„War der Bajazzo."

„Haben Sie mit ihnen gesprochen?"

„Nicht nur gesprochen; ich habe Sie sogar angestellt."

„Angestellt? Wieso?"

„Als Forstbedienstete für Schloß Malineau."

„Großartig! Sie werden hinreisen?"

„Wir beide und sie beide."

Er erzählte seine Unterredung, die er mit den zwei Verbrechern gehabt hatte, und fügte hinzu:

„Du bist also auch angestellt und zwar — na, als was denn wohl? Was denkst du?"

„Gärtnergehilfe."

„Gut. Jetzt muß ich schleunigst einen Brief nach Malineau schreiben."

„An den General?"

„Nein, sondern nur an Mélac. Ich habe meine Absicht, den General vorher nichts wissen zu lassen. Bleib hier am Fenster und beobachte das Haus da drüben. Der Abend wird bald hereinbrechen; dann stellen wir uns beide auf die Lauer."

Er schrieb den Brief, den Martin sogleich zur Post besorgte; dann begaben sich beide in neuer Verkleidung auf die Straße. Sie sagten sich, daß Vater Heimlich und der Bajazzo jetzt wohl miteinander ausgehn würden.

Sie hatten noch nicht lang gewartet, so traten die zwei Erwarteten aus dem Tor und schritten langsam die Straße hinab.

„Ihnen nach", sagte Belmonte. „Du drüben und ich hüben. Sie dürfen uns aber nicht entdecken."

Sie trennten sich und bemerkten nach einiger Zeit zu ihrem Erstaunen, daß sich die Gauner nach der Straße begaben, in der die frühere Gaststätte des Vater Heimlich lag.

Dort blieb der Bajazzo auf der Straße, jedenfalls, um Wache zu halten. Der Schenkwirt aber schlüpfte, nachdem er sich mehrfach umgesehn hatte, durch eins der tiefliegenden Fenster, dessen Scheibe er geschmeidig und geräuschlos eindrückte.

Nach ungefähr einer halben Stunde kehrte er zurück und entfernte sich mit dem Bajazzo. Die beiden Verfolger blieben in angemessener Entfernung hinter ihnen.

Der Weg ging einer belebten Gegend zu, bis endlich die Verbrecher einige Augenblicke vor einem palastähnlichen Gebäude haltmachten. Der Bajazzo trat dort ein, und Vater Heimlich zog sich nach der gegenüberliegenden Straßenseite zurück.

„Was mag der Kerl in diesem Haus wollen?" fragte Martin.

„Das möchte auch ich wissen. Ohne guten Grund wagt sich ein solcher Mensch nicht in ein derartiges Haus. Ich muß erfahren, wem es gehört."

„So gehn wir vorbei."

„Daran dürfen wir nicht denken. Ich vermute, daß die beiden nun wieder nach der Schenke umkehren werden, wo sie mich erwarten. Sie müssen also, wenn wir hinter ihnen bleiben wollen, erst an uns vorüber."

„So ist es jedenfalls besser, wir gehen vor ihnen her."

„Nein. Wir müssen zurückbleiben, um zu erfahren, wem der Palast gehört. Da, dieser Hausflur ist nicht erleuchtet. Treten wir ein!"

Sie huschten in den dunklen Flur des Hauses, vor dem sie gestanden hatten, und beobachteten von da aus den Eingang des Gebäudes, worin der Bajazzo verschwunden war.

Sie hatten noch nicht lang Posten gefaßt, so hörten sie nahend leise Schritte.

„Zurück!" flüsterte Belmonte seinem Diener zu.

Kaum hatten sie Zeit, einige Schritte tiefer in den Flur zu treten, so huschte — Vater Heimlich herein. Er schien seinen Genossen hier erwarten zu wollen. Belmonte und Martin standen nun unbeweglich wie Bildsäulen, um auch nicht das geringste Geräusch zu verursachen.

*

Als der Bajazzo drüben eingetreten war, hatte ihn ein Diener gefragt, was er hier zu suchen habe.

„Hier wohnt der Graf de Caligny?" erkundigte er sich.

„Ja."

„Ist der alte Herr Graf zu Hause?"

„Für Sie wohl schwerlich."

„Vielleicht doch. Ich habe mit ihm zu sprechen."

Der Diener musterte ihn mit einem geringschätzenden Blick.

„Ich gebe Ihnen den Rat, lieber zu verzichten."

„Und ich rate meinerseits abzuwarten, was der gnädige Herr beschließen wird."

„Ist Ihre Angelegenheit denn für den Herrn Grafen so wichtig?"

„Allerdings."

„Nun, so will ichs wagen. Gehn Sie eine Treppe hoch ins Anmeldezimmer!"

Dort erging es dem Bajazzo ähnlich, aber er ließ sich nicht abweisen und wurde schließlich zum Kammerdiener grob.

„Melden Sie, daß ich mit dem Herrn dringend über den Herrn Rittmeister zu sprechen habe!"

„Sie meinen den jungen Herrn?"

„Ja."

„Wie ist Ihr Name?"

„Den werde ich nur dem Grafen selber nennen."

Der Diener zuckte die Achsel, verschwand aber doch in der nächsten Tür. Sie führte ins Rauchzimmer, und darin saß der junge Graf Caligny, der als Maler Haller in Berlin gewesen war.

„Was gibt es?"

„Ein fremder Mensch wünscht den gnädigen Herrn zu sprechen."

„Meinen Vater?"

„Ja."

„Vater hat keine Zeit."

„Der Mann beharrt aber auf der Bitte."

„Was will er?"

„Er behauptet, Ihretwegen zu kommen."

„Meinetwegen? — Wer ist der Mann?"

„Er will seinen Namen nur dem gnädigen Herrn nennen."

„Das klingt ja recht geheimnisvoll! Warte, ich werde ihn selber empfangen. Laß ihn kommen!"

Der Diener öffnete, und der Bajazzo trat ein. Er hatte erwartet, den alten Grafen zu treffen; als er statt dessen den Offizier erblickte, befiel ihn eine Verlegenheit, die er nicht zu verbergen vermochte. Caligny-Haller musterte ihn aufmerksam.

„Was wollen Sie?" fragte er mißtrauisch.

„Ich bitte, den gnädigen Herrn Vater sprechen zu dürfen!"

„Er hat keine Zeit. Teilen Sie mir mit, was Sie zu sagen haben!"

„Das geht nicht."

„Warum nicht? Sie kommen meinethalben, wie ich gehört habe. So kann ich auch verlangen, zu erfahren, was Sie wollen. Also reden Sie!"

Grigaut machte eine Bewegung, als ob er sich schnell entfernen wolle.

„Halt!" sagte der Rittmeister. „Sie bleiben! Sie kommen mir verdächtig vor. Warum verschweigen Sie Ihren Namen? Sie wollen mit Vater über mich sprechen, und zwar über einen Gegenstand, den ich nicht erfahren soll. Ich befehle Ihnen, Ihr Anliegen vorzubringen!"

„Es ist unmöglich!"

„Das kennen wir, mein Lieber! Ich werde zur Polizei senden."

Er tat einen Schritt nach dem Tisch, auf dem die Klingel lag. Des Bajazzos bemächtigte sich eine ungeheure Angst. Mit der Polizei durfte er auf keinen Fall zusammengeraten.

„Verzeihung", sagte er hastig. „Wenn ich lieber schweigen möchte, tu ich das nur um Ihretwillen."

„So, so. — Und warum?"

„Weil ich nicht weiß, ob Sie davon wissen oder nicht."

„Wovon?"

„Daß Sie nicht der Sohn des Grafen Caligny sind!"

Der Rittmeister zuckte zusammen; sein Gesicht drückte das größte Erstaunen aus.

„Ich nicht sein Sohn? Mann, sind Sie bei Sinnen?"

„Es ist so, wie ich sage."

„Ich habe wirklich große Lust, Sie als einen entsprungenen Tollhäusler festnehmen zu lassen."

„Sie werden das nicht tun. Ich wollte Ihnen nichts mitteilen. Nun Sie mich aber gezwungen haben, bitte ich Sie, den gnädigen Herrn rufen zu lassen. Er wird bestätigen, was ich erzählt habe."

Der Rittmeister starrte den Sprecher mit weitgeöffneten Augen an.

„Wer sind Sie?"

„Ich bin ein armer Teufel, ein Tischler, und heiße Merlin."

„Folgen Sie mir!"

Bei diesen in entschloßnem Ton gesprochnen Worten faßte ihn der Rittmeister beim Arm und schob ihn durch ein Nebenzimmer in die Bücherei. Dort saß der alte Graf am Arbeitstisch; er blickte überrascht auf.

„Verzeihung, Vater, daß ich störe!" sagte der junge Graf. „Ist dir vielleicht dieser Mann bekannt?"

Graf Caligny erhob sich und betrachtete den Bajazzo.

„Nein. Ich habe ihn nie gesehn, wenigstens nie bemerkt."

„Er scheint verrückt zu sein; er behauptet, daß ich nicht dein Sohn bin."

Der Graf wechselte jäh die Farbe, faßte sich aber schnell.

„Dann ist er allerdings geistig gestört", meinte er leichthin. „Schick ihn fort!"

Er hatte in dieser Angelegenheit einen einzigen Vertrauten, nämlich seinen früheren Angestellten, den jetzigen Vater Heimlich. Da dieser flüchtig war und vermutlich nicht wiederkehren konnte, fühlte er sich seiner Sache sicher.

Aber der Bajazzo ließ sich nicht so leicht abweisen; er hob beschwörend die Hände.

„Bitte, Herr Graf, mir zu glauben, daß ich im vollen Besitz meiner Sinne bin! Ja, Sie hatten einen Sohn. Er starb. Ihre Frau Gemahlin war schwach und kränklich; sie durfte den Tod ihres Kindes nicht erfahren. Um sie am Leben zu erhalten, taten Sie aus Liebe für sie einen schweren Schritt. Sie verheimlichten ihr den Tod des Sohnes und nahmen einen andern Knaben von gleichem Alter an Kindesstatt an. Das wurde dadurch ermöglicht, daß Ihre Frau Gemahlin sich wegen ihrer schwachen Gesundheit für längere Zeit außer Landes befand.“

„Wer hat Ihnen dieses Märchen aufgebunden?“

„Es ist kein Märchen, sondern die Wahrheit! Sie gaben damals Ihrem Kammerdiener den Auftrag, nach einem geeigneten Kind zu suchen.“

„Was Sie sagen!“

„Sie schenkten diesem Mann Vertrauen. Später täuschte er es. Sie jagten ihn fort. Er wurde nachher unter dem Namen Vater Heimlich bekannt und berüchtigt.“

„Gestehn Sie: woher haben Sie diese Geschichte?“

„Von Vater Heimlich selber.“

„Der Schurke lügt!“

„O nein, denn ich bin es, der ihm damals den Knaben lieferte, gnädiger Herr.“

„Sie?“

„Ja.“

„Und wann soll denn diese romantische Geschichte geschehn sein?“

Der Bajazzo nannte das Jahr, den Monat und den Tag genau.

Graf Caligny erhob sich. Er schwankte und griff sich an den Kopf.

„Vater“, rief der Rittmeister, „beweise diesem Mann, daß er sich irrt!“

Der Graf wandte sich ab. Er kämpfte mit sich. Dann kehrte er sich wieder dem Bajazzo zu.

„Treten Sie ins Vorzimmer, und warten Sie, bis ich Sie rufe!"

Der Bajazzo gehorchte.

Vater und Sohn standen sich gegenüber

„Vater, was bedeutet das?"

Der Graf schüttelte den Kopf.

„Es kommt zu plötzlich über mich. Ich kann nicht widersprechen. — Bernard, er spricht die Wahrheit."

Da lehnte sich der Offizier an den Tisch. Er hielt sich an ihm fest. Er zitterte.

„Mein Gott!" stöhnte er. „Ich nicht — dein — Sohn! Ich — ich — — oh, mein Heiland!"

Graf Caligny nahm zärtlich seine beiden Hände.

„O doch, du bist mein Sohn; du bist und bleibst mein Kind. Du solltest nie erfahren, daß du von andern Eltern stammst. Nun aber dieser Mann aufgetreten ist, ist es mir unmöglich, es zu verschweigen. Komm, setz dich!"

Er drückte ihn in einen Sessel und ließ sich selber wieder in den Arbeitsstuhl sinken.

„Es ist so, wie er sagt: die Mutter war durch die Geburt unseres einzigen Kindes außerordentlich angegriffen. Ihre Nerven litten; ihre Brust wurde krank. Sie mußte den Knaben mir überlassen, um ein anderes Klima aufzusuchen. Meine damaligen amtlichen Pflichten erlaubten mir nicht, sie zu begleiten. Da starb der Knabe. Ich wußte, daß sie seinen Tod nicht überleben werde, und mußte die geliebte Frau retten. Ich gab dem Diener Auftrag, mir einen andern Knaben zu suchen."

Der Rittmeister hörte diese Worte wie im Traum.

„Und dieser andre Knabe — war ich?"

„Ja."

„Und wer —" fragte er stockend, „wer sind denn — meine Eltern?"

„Arme Schuhmachersleute."

„O Gott, o Gott!“

„Fasse dich! Was du hörst, ist ja kein Unglück, sondern ein Glück für dich.“

„Verkauft haben sie mich! — Verkauft!“

„Sie waren arm. Sie wußten, daß dir dadurch ein Glück beschert wurde, das sie dir nicht bieten konnten.“

„Und doch kann ich den Gedanken nicht fassen, das Kind andrer Eltern zu sein, nicht dein — — ah, nicht Ihr — Ihr — — Ihr Sohn zu sein!“

„Bernard! Was fällt dir ein!“ rief der Graf. „Es bleibt doch alles, wie es war! Du bist mein Sohn, mein Erbe! Ich liebe dich.“

„Hast — — hast du selber mit meinen Eltern gesprochen?“

„Nein. Es ging alles durch den Diener. Mein Dienst ließ mir damals nicht die geringste Zeit.“

„So weißt du nicht, ob sie noch leben?“

„Nein. Sie haben dich vollständig abgetreten.“

Der Rittmeister schritt im Zimmer auf und ab. Seine Brust arbeitete heftig. Endlich, nach einer Weile blieb er vor dem Grafen stehn.

„Es soll auch nach dieser Aussprache alles so bleiben, wie es bisher war?“

„Natürlich!“

„Vater, ich . . .!“

Er konnte nicht weitersprechen. Tränen entquollen seinen Augen. Der Graf nahm ihn in seine Arme und drückte ihn an sich.

„Beruhige dich, Bernard! Du bist mir wert und teuer wie mein eignes Kind!“

„Aber welche Absicht führt diesen Mann hierher? Er sagt, daß der Diener mich von ihm übernommen habe!“

„Ich werde mich erkundigen. Bist du gefaßt genug, daß ich ihn jetzt zurückrufen kann?“

„Ich bitte dich darum!“

Der Graf öffnete die Tür und ließ den Bajazzo wieder eintreten.

„Sie behaupten also, daß Heimlich damals den Knaben von Ihnen bekommen habe?"

„Ja."

„Er erklärte doch, das Kind von armen Schuhmachersleuten erhalten zu haben!"

„Er hat gelogen, um das Geld, das Sie für die Eltern bestimmten, für sich zu behalten."

„Unerhört! — Aber dann wären Sie wohl der Vater?"

„Nein. Der Knabe war ein Findelkind."

„So sind seine Eltern unbekannt?"

„Ja."

„Wer hat ihn gefunden?"

„Ich. Ich befand mich damals auf der Wanderschaft und wollte nach Paris. In den Ardennen entdeckte ich im tiefen Schnee einen halb erfrorenen Knaben. Ich nahm ihn auf. Niemand wollte ihn mir wieder abnehmen. Ich behielt ihn bei mir und brachte ihn mit nach Paris. Da traf ich Ihren Diener. Er sah den Jungen und nahm ihn mit."

„Ist denn von der Behörde nicht nachgeforscht worden, wer die Eltern des Knaben sein könnten?"

„Nein. Ich verstand die Sache nicht; ich kannte die Gesetze nicht. Ich hielt mich für berechtigt, das Kind als mein Eigentum zu betrachten."

„Vielleicht wurde es ausgesetzt."

„Ich glaube doch eher, daß es verlorengegangen ist. Einem Kind, das man aussetzt, nimmt man alles, wodurch seine Abstammung verraten werden könnte."

„Hatte dieser Knabe denn etwas Derartiges bei sich?"

„Ja. Einen Löwenzahn an goldener Kette."

„Einen Löwenzahn? — Sonderbar! Ist er noch vorhanden?"

„Ich glaube, er ist noch herbeizuschaffen."

„Wie?" fiel der Rittmeister hastig ein. „Wer hat ihn?"

„Das möchte ich nicht verraten."

„Ich verstehe Sie. Es handelt sich wohl wieder — um eine Belohnung."

Der Bajazzo ließ ein verlegenes Lächeln sehn.

„Herr Rittmeister! Sie wären damals erfroren, wenn ich mich nicht Ihrer angenommen hätte."

„Das mag wahr sein. Weiter!"

„Ich bin sehr arm."

„Kurz: ist der Zahn noch da?" fragte der alte Graf.

„Ich will ihn herbeischaffen, wenn der gnädige Herr bedenken wollen, daß ich..."

Der Graf machte eine Bewegung der Ungeduld.

„Wieviel verlangen Sie?"

„Wieviel wollen der Herr Graf einem armen Mann bewilligen, der einstmals in einem harten Winter in selbstlosester Weise ..."

„Mann, das ist doch keine Sache, um die man handeln und feilschen kann wie um einen Sack Kartoffeln! Sie haben den Knaben gefunden und sind also jedenfalls selber im Besitz des Zahns. Geben Sie ihn heraus, und ich bürge Ihnen für eine gute Belohnung."

„So will ich Ihnen vertrauen. Hier ist er!"

Er zog den Zahn nebst Kette hervor und reichte ihn hin. Die beiden andern betrachteten den Gegenstand.

„Morbleu!" rief der Graf. „Eine Grafenkrone!"

„Wahrhaftig!" murmelte der Rittmeister. „Diesen Zahn habe ich bei mir getragen?"

„Ja, mit der Kette um den Hals."

„Warum haben Sie beides damals nicht mit hergegeben?"

„Ich will aufrichtig sein. Ich dachte, später einmal zu einer großen Belohnung zu gelangen."

„Mensch, da haben Sie ein Verbrechen begangen! Aber es sei Ihnen nicht angerechnet. — Wo wohnen Sie?"

Der Bajazzo gab eine Wohnung an, wie sie ihm grad einfiel.

„Sind Sie bereit, zu beschwören, daß ich es bin, den Sie damals gefunden haben?"

„Ja."

„Und daß ich diesen Zahn an der Kette bei mir getragen habe?"

„Ja."

„Ich werde mir Ihre Wohnung aufschreiben und mich zur gegebenen Zeit an Sie wenden. Aber warum kommen Sie grad heut zu uns?"

„Die Not — — von der ich sprach."

„Gut!" sagte der Graf. „Sie sollen nicht vergebens gekommen sein. Sie brauchen Geld?"

„Ja. Sehr viel."

„Ungefähr?"

„Darüber habe ich noch nicht nachgedacht."

Der Graf blickte ihn scharf an.

„Ich verstehe. Sie wollen uns das Geheimnis verkaufen. Wir sollen dafür so viel bezahlen, wie es für uns wert ist. Hab ich es erraten?"

„Ja, Herr Graf!"

Graf Caligny zog seinen Schreibtischkasten auf, öffnete ein Päckchen und nahm eine Anzahl Banknoten heraus.

„Noch sind wir Ihrer nicht sicher", sagte er. „Wir müssen erst sehn, wie diese Angelegenheit sich entwickelt. Ich gebe Ihnen jetzt tausend Frank. Später, wenn wir Klarheit haben, belohnen wir Sie nach Verdienst."

Der Bajazzo bedankte sich unterwürfig und steckte die Noten ein.

„Haben Sie sonst noch etwas zu sagen?" erkundigte sich der alte Graf.

„Nein."

„So gehn Sie! Wir werden Sie jedenfalls in allernächster Zeit aufsuchen."

Grigaut entfernte sich. Auf seinem Gesicht spiegelte sich die Enttäuschung, daß er den Alten nicht allein getroffen und deshalb nicht mehr hatte heraushandeln können. Mürrisch ging er über die Straße und schritt auch an der Tür vorbei, hinter der Vater Heimlich seiner wartete.

Er wurde aber durch einen leisen Ruf angehalten.
„Pst! Bajazzo!“
Vater Heimlich stand vor ihm.
„Ich bin fertig. Komm!“ sagte der Bajazzo.
„Nein, nein!“ meinte der frühere Schenkwirt. „Wir müssen aufpassen, ob man dir vielleicht nachschleicht. Komm einige Augenblicke hier herein!“ Er zog ihn hinter die Tür. „Wie ist es gegangen?“
„Schlecht!“
„Hast du Geld?“
„Keinen Centime.“
„Der Teufel hole diesen Geizkragen! So hast du doch nicht etwa den Löwenzahn hingegeben?“
„Leider doch!“
„Bist du verrückt?“
„Ich kann nichts dafür. Statt zum Alten wurde ich zum Jungen geführt. Er drohte mir gar mit der Polizei. Ich habe mich herausgelogen und gesagt, daß ich ihn als Kind in den Ardennen gefunden hätte, mit dem Zahn an der Kette um den Hals.“
„Sie fragten natürlich, wer du bist?“
„Ja. Ich bin der Tischler Merlin.“
„Und wo du wohnst?“
„Ich habe die erstbeste Straße und Hausnummer angegeben.“
„Und sie wollen dich aufsuchen?“
„Ja. Dann soll ich meine Belohnung erhalten.“
„So sind wir geprellt!“
„Noch nicht. Ich soll doch wiederkommen!“
„Und wenn sie dich suchen und nicht finden?“
„So haben sie sich eben meine Wohnung nicht richtig gemerkt.“
„Na, der Zahn nützt ihnen doch nichts. Sie werden diesen deutschen Grafen von Eschenrode niemals entdecken. Komm — wie es scheint, läßt man dich in Ruh.“

*

„Das war eine Geduldsprobe!“ sagte Martin, als die beiden Verbrecher den Hausflur verlassen hatten. „Wir haben eine volle Viertelstunde dagestanden, ohne uns regen zu dürfen.“

„Aber wir sind glänzend belohnt worden!“

„Glänzend? Das sehe ich nicht ein.“

„Das, was ich hier gehört habe, ist sehr viel wert.“

„Sie sprachen von einem Zahn, von einer Grafenkrone, von einem Knaben. Wie reime ich das zusammen?“

„Später, später! Jetzt wollen wir ihnen nach.“

Sie begaben sich zu der Branntweinschenke, wohin sie Belmonte bestellt hatten.

„Soll ich auch hinein?“ fragte Martin.

„Es ist nicht notwendig. Nimm Bart und Perücke ab und geh nach Haus! Ich komme bald nach.“

Als er in die Kneipe trat, fand er mehrere Gäste vor. Vater Heimlich und der Bajazzo hatten sich in eine Ecke zurückgezogen. Er setzte sich zu ihnen und erhielt ein Glas zugeschoben.

„Nun, haben Sie sich die Sache überlegt?“ erkundigte er sich.

„Ja. Wir sind ins reine gekommen“, antwortete Heimlich, „und werden mitgehn.“

„Topp?“

„Topp!“

Sie reichten sich die Hände.

„Sie werden es nicht bereuen“, sagte Belmonte. „Bei uns und mit uns läßt sich nicht so übel leben.“

„Das sollte uns freuen. Wann fahren wir ab?“

„Der andre, den ich angeworben habe, kann erst morgen früh acht Uhr.“

„So müssen wir eben bis dahin warten.“

„Ja. Wir treffen dann am Abend auf Schloß Malineau ein.“

15. DIE ‚FORSTGEHILFEN'

Doktor Bertrand saß in seinem Arbeitszimmer und las die Zeitungsberichte. Sein Gesicht ließ nicht auf eine erfreuliche Stimmung schließen. Da erklangen draußen Schritte; es klopfte, und auf seine Aufforderung trat — der alte Kapitän Richemonte ein.

Der Arzt erhob sich von seinem Sitz und grüßte.

„Sie, Herr Kapitän? Ich hörte, daß Sie für längere Zeit von Ortry abwesend seien."

„Das war, ist aber nicht mehr. Erlauben Sie, daß ich mich setze!"

Er nahm Platz und musterte den Arzt mit einem eigentümlichen Blick.

„Herr Doktor, Sie sind mein Hausarzt —"

Er hielt inne. Bertrand nickte schweigend.

„Als solcher besitzen Sie mein Vertrauen —"

„Danke!"

„Sind Sie sich dessen bewußt?"

Bertrand blickte ihm überrascht ins Gesicht.

„Wenn ich glaubte, es nicht zu besitzen, würde ich auf die Ehre, Ihr Hausarzt zu sein, verzichten."

„Und doch hat sich in letzter Zeit mancherlei ereignet, was — na, schweigen wir davon! Sie sind Österreicher?"

„Geborener."

„Und von Herzen?"

„Ja."

„So müssen Sie die Preußen hassen!"

„Ich hasse keinen Menschen deshalb, weil er ein Preuße ist."

„Redensart! Preußen hat Österreich schändlich hintergangen. Es wird jetzt seine Strafe erleiden. Frankreich marschiert nach Berlin. Sie sollen Gelegenheit erhalten, sich zu rächen."

„Von welcher Gelegenheit sprechen Sie?"

„Nun, haben Sie nicht den Aufruf des Kaisers gelesen?"

„Allerdings."

„Er fordert das Volk auf, zum Schwert zu greifen."

„Das Heer."

„Nein, das ganze Volk. Wir werden uns erheben wie ein Mann. Frankreich wird ein einziger Riese sein, von Waffen starrend. Die Erde wird unter seinem Tritt erbeben. Man bildet die Scharen der Franktireurs; über einen großen Teil dieses Kampfverbandes ist mir Befehl anvertraut worden. Sie werden beitreten."

„Ich? Als Franktireur?"

„Ja, aber nicht als Mitkämpfer. Ich erteile Ihnen hiermit den Rang eines Regimentsarztes. Wir bedürfen ärztlicher Kräfte. Sie sind der erste, dem ich Gelegenheit gebe, sich Ruhm und Ehre zu erwerben."

Bertrand schüttelte nachdenklich den Kopf.

„Danke, Herr Kapitän. Ich muß ablehnen."

„Sie wollen auf die Ihnen angebotene Gelegenheit verzichten? Aus welchem Grund?"

„Ich bin für die Stadt verpflichtet. Mein Wirkungskreis ist mir angewiesen. Ich darf nicht fort."

„Das heißt: Sie wollen einfach nicht? Wie nun, wenn man Sie zwingt? Wir brauchen Ärzte."

„Meine bisherigen Kranken brauchen mich ebenso."

„Das klingt sehr schön! Fast scheint es wahr zu sein, was man sich über Sie in die Ohren flüstert."

„Was?"

„Man hat Sie beobachtet. Man ist in letzter Zeit sehr mißtrauisch geworden."

„Dafür kann ich nichts."

„Wirklich nicht? Haben Sie nicht mit diesem Doktor Müller verkehrt?"

„Natürlich, denn Sie selber haben ihn mir vorgestellt. Das war doch eine Empfehlung für ihn."

„Er war ein Undankbarer. Ferner hatten Sie einen

Menschen bei sich, der die ganze Gegend als Spion durchstreifte."

„Wer soll das sein?"

„Ihr Kräutersammler."

„Er wurde mir von Komtesse Marion und ebenso von Mademoiselle Nanon empfohlen."

„Diese beiden sind ebenso unzuverlässig wie jener deutsche bucklige Doktor der Philosophie. Wie hieß der Sammler?"

„Schneeberg."

„Ein deutscher Name. Er war also ein Deutscher?"

„Ein Schweizer, glaube ich."

„Wo weilt er jetzt?"

„Ich weiß nicht. Ich habe ihn entlassen."

„Daran haben Sie recht getan. Sodann hat man jenen Amerikaner Deephill bei Ihnen gesehn."

„Auch ihn lernte ich durch Sie selber kennen."

„Er wurde mir empfohlen. Man hatte mich getäuscht. Also Sie weisen die Einreihung als Regimentsarzt wirklich von der Hand?"

„Meine Pflicht gebietet mir, auf dem Posten, auf dem ich mich befinde, auszuharren."

„Mögen Sie das nicht bereuen! Sie machen sich durch diese Weigerung verdächtig. Man wird ein wachsames Auge auf Sie haben."

„Soll das eine Drohung sein?"

„Nein, sondern eine Warnung. Und noch eins: Was ist Ihnen vom Aufenthalt meiner Enkelin bekannt?"

„Deren Aufenthalt muß doch Ihnen am besten bekannt sein, Herr Kapitän."

„Ja freilich! Aber Sie kennen ihn auch?"

„Nein. Die Leute sagen, Sie hätten Ihre Enkelin an einen sicheren Ort gebracht, weil Sie die Verwirrung der jetzigen Zeit bereits damals vorausgeahnt hätten."

„Wer das sagt, hat nicht so ganz unrecht. Ich muß

gehn, gebe es aber noch nicht ganz auf, Sie als Feldarzt bei meiner Truppe zu sehn."

Der Arzt geleitete ihn bis zur Haustür und kehrte dann zu seiner Zeitung zurück. Aber da klopfte es abermals an die Tür.

„Herein!"

Ein fremder, etwa fünfzigjähriger Mensch trat ein, hoch und stark gebaut.

„Doktor Bertrand?" fragte er.

„Womit kann ich dienen?"

„Ich bringe Ihnen Grüße."

„Von wem?"

„Von Mister Deephill in Berlin."

„Der Tausend!"

„Ebenso von Miß de Lissa, Nanon und Madelon."

„Sie kennen die Herrschaften?"

„Ja."

„Aber, Mann, Sie kommen von Berlin und wagen sich in diese Gegend?"

„Ich bin vorsichtig."

„Aber von einem grüßen Sie mich nicht!"

„Wen meinen Sie?"

„Herrn Doktor Müller."

„Der hat nicht nötig, Sie grüßen zu lassen, weil er vor Ihnen steht!"

Diese letzten Worte sprach der Fremde allerdings mit Müllers Stimme. Aber sein Gesicht war doch ein ganz anderes.

Der Arzt trat nahe zu ihm heran, um ihn zu betrachten.

„Welch ein Meisterstück!" rief er aus. „Ja, Sie sind es, Herr Doktor! Aber, um Gottes willen, fast hätten Sie ihn bei mir getroffen!"

„Den Alten?"

„Ja. Haben Sie ihn beobachtet?"

„Natürlich. Ich sah ihn eintreten und wartete auf sein Fortgehn. Sprach er von seinen Angehörigen?"

„Nein. Er behauptete zu wissen, wo Fräulein Marion sich befindet."

„Doch nur zum Schein!"

„Sicherlich. Aber, Herr Doktor, ich hätte nicht erwartet, Sie so schnell wiederzusehn."

„Ich mußte zurück, und zwar ausgerechnet zu Ihnen."

„In eigener Angelegenheit?"

„Nein, obgleich ich von allen die herzlichsten Grüße auszurichten habe."

„Also in — in dienstlicher Angelegenheit?"

„Ja."

„Ich hoffe, daß Sie mir Vertrauen schenken. Ich bin ein Deutscher durch und durch, wenn auch nur Deutsch-Österreicher. Die Provinz, in der ich jetzt wohne, wurde Deutschland geraubt, sie ist deutscher Boden; der Krieg richtet sich nicht gegen Preußen, sondern gegen ganz Deutschland, und so mache ich mich keines Verrats schuldig, wenn ich Sie nach Belieben schalten lasse."

„Hier meine Hand. Sie sind ein wahrer Freund!"

„Danke. Blicken Sie sich hier in der Gegend um, oder schauen Sie in die Zeitungen! Überall Überhebung, Übermut und doch dabei die größte Dummköpfigkeit. Das ist mir zum Ekel. Und dabei kommt dieser Kapitän zu mir, um mich zum Regimentsarzt zu machen."

„In welchem Regiment?"

„Bei den Franktireurs!"

„Was haben Sie geantwortet?"

„Ich habe natürlich abgelehnt und dafür von ihm allerlei Drohungen anhören müssen."

„Wenn er sich nach Ärzten umsieht, scheint er es sehr eilig zu haben."

„Auf mich mag er verzichten."

„Die Wahrheit zu sagen: mir liegt daran, zu erfahren,

wann die Neuerung der Franktireurs in Kraft treten soll."

„Das kann ich Ihnen mitteilen. Das Heer soll schleunigst an die Grenze geworfen werden. Die Herren Freischützen sollen selbstverständlich erst hinter dem Heer aus der Erde wachsen. Bis das die Grenze überschritten hat, wird ein jeder zu Haus bleiben!"

„Nun, da wird mir das Herz leicht; denn ich weiß, daß die hunderttausend Franktireurs, von denen französische Gerüchte prahlen, sich gar nicht in Bewegung setzen werden — einige wenige ausgenommen."

„Wirklich?"

„Ganz gewiß. Man spielt den Krieg in Feindesland, das ist richtig. Aber bevor ein Franzose über die Grenze kommt, sind wir über seine Schwelle."

„Das sollte mich freuen, ist aber nach allem, was man hier liest und hört, ganz unmöglich. Preußen ist nicht gerüstet, und die anderen Deutschen sind es auch nicht."

„So sehn Sie doch gefälligst mich an! Bin ich nicht ein Preuße?"

„Ein sehr ansehnlicher sogar."

„Und stehe ich nicht bereits in Frankreich? Passen Sie auf, wie das gehn wird! Durch unser schnelles Einrücken kommen wir nicht nur der feindlichen Absicht zuvor, sondern wir zertreten auch zugleich dem giftigen Gewürm der Franktireurs den Kopf."

„Ich ahne, Sie kommen wegen der Vorräte, die sich hier befinden, so schnell zurück?"

„Ja. Und da habe ich eine Bitte an Sie. Es wird ein Freund von mir eintreffen und sich Ihnen vorstellen."

„Er ist mir willkommen. Wie heißt er?"

„Irgendwie, ich weiß es noch nicht. Ich bitte um Ihre Gastfreundschaft für ihn. Er wird sehr zurückgezogen bei Ihnen leben und höchstens des Abends oder des Nachts einen Spaziergang unternehmen. Es gilt, die bedeutenden Vorräte, die sich in den Gewölben von Ortry befinden, für uns unschädlich zu machen. Am liebsten wäre es uns natürlich, wenn wir so schnell hierhergelangten, daß der Feind gar keine Zeit fände, sie zu benutzen."

„Das ist schwierig."

„Gewiß. Eben darum wollen wir Vorkehrungen treffen, lieber alles zu zerstören als zuzugeben, daß man es gegen uns anwendet. Ich werde also mit dem erwarteten Freund die Gewölbe aufsuchen. Wir haben uns mit den nötigen Sprengstoffen ausgerüstet. Dann muß ich allerdings wieder fort. Er aber bleibt zurück und wird, sobald er sich überzeugt, daß es nötig ist, den ganzen Kram in die Luft sprengen. Dazu bedarf er nur einer brennenden Zigarre."

„Das würde ja ein wahres Erdbeben geben!"

„Allerdings! Also wollen Sie den Freund aufnehmen?"

„Wann trifft der Herr ein?"

„Voraussichtlich morgen abend. Ich werde die Muße, die mir bis dahin bleibt, zu einem kleinen Ausflug benutzen."

„Weiß schon!" lachte der Arzt. „Nach Schloß Malineau natürlich!"

„Erraten! Haben Sie vielleicht Nachricht von Fräulein Marion erhalten?"

„Leider nicht. — Wie aber ist es in Berlin gegangen? Hat Deephill seinen Vater gefunden und sich mit ihm ausgesöhnt?"

„Ja. Das hat Auftritte gegeben, die ich Ihnen ein andermal schildern muß. Mein Zug wird bald von hier abgehn!"

„Und der dicke Maler?"

„Der war bei dieser Aussöhnung Hahn im Korb. Er hat mich gebeten, nach Malineau zu gehn und Marie Mélac zu grüßen. So, das wäre es, was ich Ihnen mitzuteilen habe. Und nun bitte ich um Erlaubnis, mich verabschieden zu dürfen."

„Sie werden die Bahn in Metz verlassen?"

„Ja."

„Und dann? Welche Gelegenheit benutzen Sie nachher?"

„Ich werde ein Geschirr mieten."

„Da sind Sie zu abhängig. Wollen Sie nicht mein Pferd nehmen? Wenn Sie reiten, sind Sie Ihr eigener Herr."

„Das wäre mir freilich lieber, aber ich möchte mit Ihrem Pferd nicht auf dem hiesigen Bahnhof auffallen!"

„Da ist bald geholfen. Ich reite hinaus, übergebe das Pferd und händige Ihnen den Verladeschein ein."

„Aber unauffällig, bitte ich!"

„Versteht sich. Es wird längst Nacht sein, wenn Sie nach Malineau kommen. Wie aber, wenn man Sie in Metz für verdächtig hält?"

„Das befürchte ich nicht."

„Oh, das ist ein Waffenplatz ersten Rangs; es geht da jetzt zu wie in einem Bienenkorb, und man ist äußerst argwöhnisch."

„Nun, ich bin auf alle Fälle vorbereitet. Man wird mir nichts anhaben können." — —

*

Einige Stunden später verließ Doktor Müller in Metz die Bahn und bestieg das Pferd Doktor Bertrands.

Es war dunkel geworden. Der Gaul war zwar für den Arzt ganz brauchbar, für einen Dauerritt aber nicht sehr geeignet. Hinter Conflans zeigte er sich so ermüdet, daß Müller im Gasthof eines Dorfes einkehrte, um das Tier ein wenig ausruhen zu lassen.

Das Gastzimmer war gut besetzt, freilich nur von älteren Leuten, da die jüngeren eingezogen worden waren. An einem Tisch saßen vier Männer, die augenscheinlich hier fremd waren. Vielleicht gehörte ihnen das leichte Wägelchen, das, mit zwei Pferden bespannt, draußen im Hof hielt.

Müller verlangte ein Glas Wein und einen kleinen Imbiß. Während des Essens hörte er das Gespräch der vier Leute.

„Wie weit ist es noch bis Schloß Malineau?" erkundigte sich einer.

„Wir fahren noch zwei Stunden."

Als Müller diese letzte Stimme hörte, sah er überrascht auf und warf einen scharfen, forschenden Blick auf den Sprecher. Dann nahm er eine gleichgültige Miene an und wandte sich mit höflicher Verbeugung an die Leute.

„Die Herren wollen nach Malineau?"

Jetzt blickte der vorige Sprecher auf, um ihn genau zu betrachten.

„Ja, Monsieur", sagte er.

„Auch ich will dorthin. Ich kenne den Weg nicht. Dürfte ich mich anschließen?"

„Eigentlich ist der Wagen schon für uns vier zu klein, aber wir werden Rat schaffen."

„Was das betrifft, so kann ich Sie beruhigen! Ich bin beritten."

„Noch besser! Bleiben wir also beisammen."

Nach einer kleinen Weile stand der Sprecher auf und ging hinaus. Müller folgte ihm unauffällig. Der andre stand hinter einer Ecke des Hauses.

„Donnerwetter, Greifenklau, bist du des Teufels!" fragte er.

„Hohenthal! Dich hätte ich in diesem Nest nicht erwartet. Bist du denn noch nicht daheim?"

„Nein. Ich erhielt noch im letzten Augenblick Gegenbefehl. Aber du warst schon fort?"

„Ja, ich bin aber wieder hier, wie du siehst. Dein Martin ist dabei, nicht?"

„Ja."

„Und die beiden andern?"

Artur von Hohenthal legte ihm die Hand auf die Schulter.

„Du, das ist grad für dich eine wichtige Nachricht! Hast du die Kerle noch nie gesehn?"

„Nein."

„Ja, die Burschen sind gut verkleidet. Weißt du, ich erzählte dir kürzlich von meinem Pariser Erlebnis: Die Komtesse von Perret wurde geraubt —"

„Ja. Du befreitest sie und ließest dich dafür von ihr in Fesseln schlagen!"

„Kannst du dich auch noch des Kerls besinnen, der die Untat ausgeheckt hat?"

„Ja. Ich habe auch in den Zeitungen davon gelesen. Es gelang ihm, zu entrinnen. Vater Heimlich nannte man ihn."

„Richtig! Nun, ich habe ihn hier bei mir."

„Welcher von beiden?"

„Der kleinere mit der behäbigen Gestalt."

„Bravo, das ist ein Fang!"

„Aber erst der andere!"

„Wer ist der?"

„Das ist der Kerl, den du haben willst. Und dein Fritz sehnt sich ebenso nach ihm, nämlich wegen des Löwenzahns."

„Meinst du etwa Grigaut, den Bajazzo?"

„Natürlich ist er's! Aber tadellos vermummt."

„Großartig. Wie aber bist du zu den beiden Burschen gekommen?"

„Auf die einfachste Weise. Ich heiße Mélac; mein Vater ist Beschließer auf Schloß Malineau, und ich habe die beiden als Forstleute für uns angeworben."

„Mach keine Witze!"

„Auf Ehre! Laß dir erzählen!"

Er berichtete ihm in kurzen Worten, was er von seiner letzten Ankunft in Paris an bis heute erlebt hatte.

„Glaubst du nun, daß er es ist?"

„Ja, nun glaube ich es. Gott sei Dank, daß wir den Kerl endlich haben! Aber nach dem, was du im Hausflur erlauscht hast, müßte doch der junge Caligny der Bruder meines guten Fritz sein."

„Wenn alle Berechnungen stimmen — ja!"

„Wie nahe ist er da seinen Eltern gewesen, und wie sehr hat mich seine Ähnlichkeit mit Fritz überrascht! Er hat also auch einen Löwenzahn?"

„Ja; der Bajazzo hat ihn hergeben müssen."

„Gut, sehr gut. Was aber gedenkst du mit den beiden Kerlen in Malineau anzufangen?"

„Nun, den Kaschemmenwirt wollte ich dem General Perret zum Geschenk machen."

„Er wird sich freuen. Und den andern?"

„Mit dem hatte ich einen ganz eigenen Plan. Weißt du, wenn wir ihn der französischen Polizei überliefern, so wird er zwar wegen Unterschlagung der Kasse und fahrlässiger Tötung seiner Stieftochter bestraft, aber für dich geht er verloren, zumal bei den jetzigen Kriegsverhältnissen. Besser wäre es, es würde ihm in Preußen der Prozeß gemacht. Er hat doch die beiden Kinder geraubt. Ich wollte ihn auf irgendeine Weise über die Grenze locken. Das geht aber nicht, da er mich ja nun als den kennt, der ihn angestellt hat."

„Aber wenn du die Verkleidung ablegst?"

„So ist es noch schlimmer; dann erkennt er mich als den sogenannten ‚Changeur', der damals die Komtesse von Perret befreite."

„Wie nun, wenn ich ihn hinüberlockte?"

„Dieser Gedanke ist nicht schlecht."

„Er wird auf Malineau doch ebenso wie Vater Heimlich eingesteckt?"

„Natürlich!"

„Ich befreie ihn und —"

„Fabelhaft! Ja, das ist gut, das lasse ich gelten!"

„Er gewinnt Vertrauen zu mir und wird mir gern über die Grenze folgen, da er sich in Deutschland sicherer weiß als hier in Frankreich."

„Ausgezeichnet — so wird es gemacht. Nur ist es mir nicht lieb, daß du mit uns reiten willst.“

„Warum?“

„Du hättest vor uns eintreffen können, um den alten Mélac vorzubereiten. Ich habe ihm zwar geschrieben, wie ich dir sagte; aber er könnte mir dennoch ein Unheil anrichten.“

Martin kam herbei und meldete, daß Vater Heimlich und der Bajazzo unruhig würden, da er sich auf so lange Zeit entfernt habe.

„Gut, ich komme gleich. Richard, wir kehren in Etain noch einmal ein. Da wird es wohl Zeit für ein paar unbelauschte Worte geben. Du sagst da, daß du erst morgen nach dem Schloß wolltest und darum lieber zurückbleibst, nimmst Abschied von uns, gehst scheinbar auf dein Zimmer, reitest aber trotzdem voraus.“

So wurde es auch durchgeführt.

In Etain kehrte man ein. Greifenklau erklärte, daß er so spät am Abend nicht mehr aufs Schloß wolle, und ließ sich ein Zimmer geben. Er nahm Abschied und zog sich zurück, stieg insgeheim aber zu Pferd und ritt im Galopp nach Malineau.

Er hatte Marion hingebracht, kannte also die Gegend leidlich. Zwischen dem Dorf und dem Schloß floß ein kleines Wasser. Da stieg er ab, wusch sich die Schminke fort, setzte eine andere Perücke auf, die er zu diesem Zweck bei sich trug, und nahm aus den Satteltaschen so viel Zeug, wie er brauchte, um sich am Rücken wieder zu verunstalten. Dann ritt er weiter zum Schloß.

Fast sämtliche Fenster des ersten Stockwerks waren erleuchtet. Das konnte bei den beiden, Vater Heimlich und dem Bajazzo, Mißtrauen erwecken. Er sprang vom Pferd, band es an und klopfte beim Beschließer. Er fand ihn mit Frau und Enkelin beisammen.

„Herr Doktor Müller, Sie?“ fragte er erstaunt.

„Ja. Bitte, Fräulein, schaffen Sie schnell mein Pferd in den Stall! Niemand darf es sehn."

Marie bemühte sich sofort um sein Tier, und Greifenklau wendete sich an ihren Großvater.

„Sie haben heut aus Paris einen Brief erhalten? Haben Sie ihn verstanden?"

„Nicht ganz. Ich soll einen Sohn haben, der —"

Da keine Zeit zu verlieren war, unterbrach Greifenklau den Alten.

„Bitte, merken Sie sich kurz folgendes: Dieses Schloß gehört nicht mehr dem Herrn General, sondern ist an einen Baron von Courcy verkauft, der heut zufällig hier anwesend ist. Ferner: Herr Belmonte, der damals Ihre junge Herrin rettete, hat den Übeltäter und einen seiner Spießgesellen gefangen. Um sie auf gute Art hierherzubringen, hat er sich für Ihren Sohn ausgegeben."

„Jetzt allerdings versteh ich die Sache!"

„Ja, so ist sie. Die beiden Spitzbuben sind nämlich verkleidet. Sie suchen einen Ort, wo sie sich unbehelligt aufhalten können, und da hat Herr Belmonte vorgegeben, daß Sie zwei Forstleute brauchen. Er hat sie als solche in Dienst genommen und wird in einer Viertelstunde mit ihnen hier sein."

„Herr, mein Heiland, solche Verbrecher!"

„Haben Sie keine Angst! Sie empfangen sie freundlich, bieten ihnen Essen an und sagen dann, daß sie zum Baron kommen sollten, der sie anstellen werde. Sie führen sie natürlich zum General. Was da geschieht, wird sich finden. Herr Belmonte bringt seinen Diener Martin mit, den Sie bereits kennen. Auch diese beiden sind verkleidet. Der Diener ist scheinbar als Gartenbursche angestellt. Sie werden also mit den Verbrechern nicht allein sein. Wenn Sie im Zweifel sind, was Sie tun sollen, so lassen Sie Herrn Belmonte handeln. Teilen Sie das auch Fräulein Marie mit, daß sie keinen Fehler macht! Ich werde mich jetzt hinauf zum General begeben."

Oben wurde er vom Diener sofort erkannt und gleich angemeldet. Er fand sämtliche Bewohner im Speisesaal. Der General kam ihm freundlich entgegen und reichte ihm die Hand.

„Sie wollen sich wohl erkundigen", fragte er, indem er auf Marion deutete, „wie es Ihrem Schützling geht?"

„Oh, Mademoiselle de Sainte-Marie befindet sich in guter Hut. Ich komme in einer anderen dringenden Angelegenheit. Bitte, Exzellenz, lassen Sie sämtliche Lichter, außer in einem einzigen Zimmer, gleich löschen!"

„Warum?"

„Ich erkläre es Ihnen nachher! Es ist jetzt keine Zeit zu verlieren."

Er begab sich selber in die anstoßenden Gemächer, um die Kerzen zu verlöschen, und ein Diener tat auf einen Wink des Schloßherrn dasselbe in den übrigen Räumen. Einige Augenblicke später war nur noch der Speisesaal erleuchtet.

„Das sind ja ganz befremdliche Maßregeln!" sagte jetzt der General zu Müller.

„Die aber notwendig sind!" erklärte dieser. „Sie erhalten nämlich Besuch, Exzellenz, der nicht wissen darf, daß Sie sich hier befinden."

„Sonderbar. Welcher Art ist dieser Besuch?"

„Vater Heimlich."

Bei diesen Worten fuhren alle auf.

„Vater Heimlich? Vater Heimlich?" erklang es von allen Lippen.

„Ja. Es ist endlich geglückt, dieses Menschen habhaft zu werden, meine Herrschaften."

„Und er kommt hierher?"

„Ja, und zwar in Begleitung eines seiner Genossen, den Fräulein von Sainte-Marie kennt. Ich meine nämlich den Bajazzo, der in Thionville seine eigene Tochter vom hohen Seil stürzen ließ."

Das war eine Kunde, die alle in die größte Aufregung

versetzte. Greifenklau erklärte den Zusammenhang, doch ohne Belmonte und Martin mit Namen zu nennen.

„Erstaunlich!“ sagte der General.

„Oh, für den Herrn Doktor ist nichts erstaunlich!“ schaltete Marion ein.

„Bitte, bitte“, meinte Müller. „In dieser Angelegenheit bin ich ohne alles Verdienst. Hören Sie, es fährt ein Wagen vor! Das sind sie. Wir haben also die Lichter nicht zu früh verlöscht.“

„Aber wer sind denn die beiden Männer, die mir die Bösewichter bringen?“ fragte der General.

„Ich bin nicht beauftragt, es zu sagen“, lächelte Müller. „Der eine gilt, wie bereits bemerkt, als der Sohn Ihres Beschließers Mélac. Es wird gut sein, Exzellenz, sich mit einigen Waffen zu versehn. Den beiden Menschen ist nicht zu trauen. Lassen Sie die Messer von der Tafel entfernen!“

Die Ankömmlinge waren indessen aus dem Wagen gestiegen und beim Beschließer eingetreten.

Belmonte gab dem alten Mélac die Hand.

„Guten Abend, Vater. Endlich wieder da!“

„Guten Abend, mein Sohn!“ antwortete Mélac. „Wie ich sehe, ist die Reise nicht umsonst gewesen?“

„Ja. Hier ist der Gärtner, und hier die beiden Männer für den Forst. Ich habe ihre Papiere schon geprüft und für gut befunden.“

„Schön. Es trifft sich ja zufällig, daß der gnädige Herr selbst bestimmen kann.“

„Der Baron?“

„Ja. Er kam heut hier an, um für einen Tag im Schloß abzusteigen. Denkst du nicht, daß wir ihm diese drei Männer besser gleich vorstellen?“

„Besser ist es auf jeden Fall. Es ist sogar unsre Pflicht und Schuldigkeit, da er einmal anwesend ist. Aber erst wollen wir einige Minuten ausruhn.“

Sie nahmen Platz. Es war Vater Heimlich und dem

Bajazzo natürlich nicht recht, daß sie mit dem Baron reden sollten, doch ließen sie es sich nicht merken.

„Essen wir etwas, oder gehn wir vorher hinauf?" fragte Belmonte.

„Fertig ist fertig. Am besten, wir gehn erst hinauf."

„Na, versuchen wir es! Kommen Sie, meine Herren!"

Oben meldete der Beschließer sie an, während die andern warteten. Bald öffnete ein Diener die Tür und ließ sie eintreten. Im Speisesaal befanden sich Müller und Mélac. Der Diener trat zurück, und weder Vater Heimlich noch der Bajazzo bemerkte, daß er von außen leise die Tür verschloß.

Müller, Belmonte und Martin hatten die Hände in den Taschen an den Kolben ihrer Revolver.

„Das dauert lange!" flüsterte Heimlich, dem es unbehaglich zu werden begann.

„Geduld!" sagte Belmonte. „Ah, man kommt!"

Die Nebentür öffnete sich, und der General trat ein. Seine Enkelin und Marion folgten.

Vater Heimlich fuhr zurück. Seine Augen vergrößerten sich und waren mit einem Blick des Entsetzens auf die Eintretenden gerichtet. Aber er war ein zu hartgesottener Sünder, als daß er sich gänzlich um seine Besinnung hätte bringen lassen.

„Tausend Teufel — wir sind verraten!" schrie er auf. „Fort! Hinaus, Bajazzo!"

Er sprang zur Tür — aber drei Revolverläufe blinkten im Schein des Kronleuchters.

„Pah! Nicht jede Kugel trifft. Kehrt! Schnell, schnell!"

Er versuchte die Tür aufzureißen. Sie war verschlossen. Und nun eilten auch von der andern Seite zwei bewaffnete Diener herein.

„Gebt euch keine Mühe!" rief General Perret. „Ihr seid gefangen!"

„Mit welchem Recht?" fragte Heimlich frech, der die letzte Rettung in seiner Verkleidung sah.

„Macht euch nicht lächerlich! Ihr seid erkannt. Eure Maske nützt euch nichts."

„Also verraten! Und durch wen? Wart, euch Halunken zeige ich es noch!"

Er erhob beide Fäuste und stürzte sich auf Martin, erhielt aber von ihm einen so gewaltigen Schlag an die Schläfe, daß er zusammenbrach.

„Bindet sie!" befahl der General.

Der Bajazzo war vollständig eingeschüchtert. Er wagte keinen Widerstand. Sein Kumpan war bewußtlos, und so wurden beide gebunden und fortgeschafft. Man schloß sie einzeln in zwei feuerfeste Kellergewölbe ein.

„Und nun meinen Dank!" wendete sich General Perret an seine Gäste. „Welcher von Ihnen ist denn der prächtige Sohn meines alten Mélac?"

„Ich, Exzellenz!" antwortete Belmonte.

„Darf ich vielleicht Ihren richtigen Namen hören?"

„Sie kennen ihn bereits."

„Wohl kaum."

„O doch! Mit Erlaubnis!"

Bei diesen Worten griff er nach einer auf der Tafel stehenden Wasserkaraffe, goß ein wenig auf das Taschentuch, fuhr sich damit über das Gesicht und entfernte Bart und Haar. Martin tat das gleiche.

„Monsieur Belmonte!" rief der General.

„Wahrhaftig, Monsieur Belmonte", stieß Ella von Perret hervor, indem sie in freudigem Erstaunen die Hände zusammenschlug.

„Martin! Martin! Ach ja, er ist's!" erklang es hinter ihnen mit schüchterner Stimme.

Es war die hübsche Alice, die sich bisher furchtsam beiseite gehalten hatte.

Nun gab es eine ganze Menge eiliger Fragen und Antworten, bis der General auf den besten Gedanken kam.

„Das Mahl ist auf so wundersame Weise unterbrochen

worden, daß wir es von neuem beginnen müssen! Dabei haben wir Zeit, uns alles erklären zu lassen."

Auch die Familie Mélac wurde geladen. Nach der Tafel bildeten sich kleine Gruppen. Diese Gelegenheit benützte Müller, um mit Marie Mélac ein paar vertrauliche Worte zu sprechen.

„Ich habe noch eigens etwas für Sie", sagte er. „Werden Sie es erraten?"

„Wohl schwerlich!"

„Einen Gruß von einem gewissen Maler."

„Von Herrn Schneffke?" fragte sie errötend.

„Ja. Außer dem Gruß aber auch noch etwas. Hier!"

Er zog ein Briefchen hervor und gab es ihr. Sie dankte erglühend, war aber bald verschwunden, um sich mit dem Schreiben ohne Zeitverlust bekanntzumachen.

„Wieder einmal sind Sie der Retter gewesen", sagte Marion zu Müller.

Er antwortete nicht und zog nur ihre Hand an die Lippen.

Am Fenster stand Belmonte mit Ella. Ihr Auge ruhte fast stolz auf seiner männlichen Gestalt.

„Sie scheinen zu meiner Vorsehung bestimmt zu sein", meinte sie. „Sie erscheinen, wenn man es am wenigsten erwartet."

„Und ich bin Ihnen willkommen?"

„Ein Retter ist immer willkommen!"

Und an der Tür zum Nebenzimmer lehnte Alice. Martin trat auf sie zu.

„Da ist mein liebes Schwälbchen, dem ich ein Nest bauen soll. Kein Mensch blickt her, komm, komm!"

Ohne daß sie es ihm wehren mochte, zog er sie hinaus ins Nebenzimmer, drückte sie an sich und küßte sie.

„Ist dir's recht, daß ich hergekommen bin?"

„Oh, wie mich das freut! Wie lange bleibst du?"

„Wohl nur einige Stunden."

„Aber du kommst wieder?"

„Natürlich! Und zwar bald, recht bald, um dich zu holen, mein gutes Mädchen."

Und noch später standen Greifenklau und Hohenthal beieinander im ernsten Gespräch.

„Wann reitest du ab?" fragte Hohenthal.

„So bald wie möglich."

„Und nimmst den Bajazzo mit?"

„Ja."

„Dann kannst du aber nicht über Metz. Dort nehmen sie ihn dir ab. Eine Festung darf solch ein Kerl in jetziger Zeit gar nicht betreten. Aber wie bringst du ihn denn über die Grenze?"

„Das ist die Frage. Zwei Reiter und ein Pferd."

„Nimm meinen Wagen! Du hängst dein Pferd hinten an. Dann verkaufst du den Kram und gibst mir bei Gelegenheit den Erlös."

„Das könnte ich machen, aber wie kommst du selber fort?"

„Ich borge mir Geschirr bis zur Bahn. Mach dir überhaupt um mich keine Sorge! Wie lange bleibst du in Thionville?"

„Noch drei Tage."

„So lang darf ich nicht warten. Wir treffen uns also erst wieder in Berlin. Laß aber unterdessen den Bajazzo nicht aus dem Auge!"

*

Der Bajazzo lag gefesselt auf dem harten Steinboden eines Gewölbes. Er hatte alle Hoffnung aufgegeben und glaubte alles verloren. Er hatte seinen Willen im Schnaps vertrunken; darum fand er jetzt in sich keinen Halt und schluchzte wie ein Kind.

Plötzlich horchte er auf. Er hörte, daß der Riegel leise zurückgeschoben wurde.

„Pst! Ist jemand hier?" fragte eine Stimme.

„Ja", flüsterte er.

„Die Gefangnen?"

„Nur einer."

„Wo ist der andere?"

„Ich weiß es nicht."

„Nun, dann kann ich eben nur den einen befreien. Ich habe keine Zeit, das ganze Schloß zu durchsuchen. Kommen Sie!"

„Ich bin ja gefesselt."

„Na, wozu hab ich ein Messer?"

Wenige Augenblicke später schlichen sie sich fort, hinaus bis dahin, wo in der Nähe des Gehölzes der Wagen stand, an den hinten das Reitpferd angebunden war. Sie stiegen ein, und dann setzten sich die Pferde in scharfen Trab.

Greifenklau hatte den Buckel und die Verkleidung wieder entfernt. Er sah gradso wie vorher aus, bevor er ins Schloß gekommen war. Der Bajazzo musterte ihn von der Seite.

„Sie sind es! Weshalb helfen Sie mir?"

„Ich belauschte Ihre Begleiter und merkte, daß man Sie betrog. Ich hörte Sie sprechen. Ihre Aussprache fiel mir auf. Sie sind ein Deutscher?"

„Ja, eigentlich."

„Ich bin auch von drüben. Darum beschloß ich, Sie zu retten. Das war ganz leicht, da ich im Schloß zu tun hatte. Ich blieb nur scheinbar in Etain zurück.

„Woher haben Sie plötzlich den Wagen?"

„Den habe ich mir ‚geliehn'. Konnten wir zu zweien auf meinem Pferd reiten? Den Kerlen, die es so schlimm mit Ihnen meinten, geschieht's ganz recht, daß sie den Wagen verlieren."

„Wohin bringen Sie mich?"

„Nach Thionville."

„O weh!" entfuhr es ihm.

„Haben Sie keine Sorge! Ich gehe da zunächst zu einem Freund, bei dem Sie vollständig sicher sind. Bei der ersten Gelegenheit überschreiten wir dann die Grenze. Oder bleiben Sie lieber hier?"

„Um keinen Preis! Ich will hinüber."

„Schön! Nun haben Sie die Wahl, ob wir beisammenbleiben wollen oder nicht."

„Wenn es Ihnen recht ist, bleiben wir beisammen."

„Recht so. Ich will jetzt nicht fragen, wer und was Sie sind. Landsleute müssen sich in solchen Zeiten unterstützen. Sie werden schon auch noch erfahren, wer ich bin."

Bei Doktor Bertrand wurde dem Bajazzo eine sichere Stube angewiesen. Nach einigen Tagen reisten sie zu Fuß nach der Grenze. Und erst drüben benutzten sie die Bahn. So ging es bis Köln. Dort aber wurde der Bajazzo plötzlich, ohne daß er wußte weshalb, im Gasthof festgenommen. Beim Verhör fragte er danach und erhielt zur Antwort, daß man ihn nach Berlin bringen werde, wo er sichere Auskunft über die Ursache seiner Verhaftung erhalten werde. Er ahnte noch immer nicht, daß er sie seinem Befreier und Reisebegleiter zu verdanken habe. — — —

16. DER ZUSAMMENBRUCH

Am neunzehnten Juli war die französische Kriegserklärung in Berlin überreicht worden, und am achtundzwanzigsten desselben Monats übernahm Napoleon III. in Metz das Oberkommando über die französische Rheinarmee, nachdem er der Kaiserin Eugenie die Regentschaft übertragen hatte.

Das französische Heer beabsichtigte, einer stehenden Pariser Redensart zufolge, einen ‚Spaziergang nach Berlin' zu machen; aber es kam anders. Die deutschen Heereskörper rückten über die feindliche Grenze, ehe die Franzosen die ihren noch schlagbereit hatten.

Am vierten August erstürmte die kronprinzliche Armee Weißenburg und den Geisberg. Zwei Tage später war die siegreiche Schlacht bei Wörth, bei der das Heer Mac-Mahons niedergerungen wurde. Und nun folgte Schlag auf Schlag. Die französischen Streitkräfte wurden an allen Punkten zurückgeworfen. Sie wurden gezwungen, sich immer und immer wieder zurückzuziehn. Sie fanden keine Zeit, sich zu sammeln und festzusetzen. Über Paris wurde der Belagerungszustand verhängt.

Niemand wurde durch dieses ungestüme Vordringen der Deutschen mehr in Wut versetzt als der alte Kapitän Richemonte. Zuerst hatte er Befehl erhalten, die letzten Schritte zur Bildung seiner Franktireurverbände erst dann zu tun, wenn man die deutsche Grenze überschritten habe und er sich also im Rücken des eigentlichen Heeres befinde. Dazu war es aber nicht gekommen; und da die französischen Heeresleiter schon für sich soviel zu tun hatten, daß sie die Köpfe verloren, so hatte man nicht Zeit gefunden, an ihn zu denken, und er war ohne alle Nachricht und Unterweisung geblieben.

Nun hauste er auf Ortry, giftig und blindwütend; er besaß keine Möglichkeit zu selbständigem Handeln, denn er mußte ständig bereit sein loszubrechen, sobald er den Befehl erhielt.

Tiefe Erbitterung gegen die Deutschen herrschte natürlich auch in der Umgegend. Handel und Wandel stockten. Kein Arbeiter fand Beschäftigung. Man hatte Zeit genug, sich mit den Kriegsneuigkeiten zu befassen; und da diese meist günstig für die Deutschen lauteten, so wuchs der Grimm von Stunde zu Stunde. —

*

Es war gegen Morgengrauen, als mehrere Reiter durch einen Wald ritten, der in einer Entfernung von ungefähr zwei Stunden östlich von Ortry liegt. Sie waren von der Straße, die von Merzig aus in westlicher Richtung nach Sierk führt, nach Süden abgewichen, um unbemerkt die Gegend von Thionville zu erreichen.

Sie zählten nur ihrer zwölf und waren in Zivil. Von Zeit zu Zeit blieb einer von ihnen halten und riß mit dem Messer ein Rindenstück von einem der am schmalen Fahrweg stehenden Bäume. Dies war ein Zeichen für jene, die nachkommen sollten

Voran ritt ein breitschultriger stattlicher Reiter mit männlich ernstem, dunklem Gesicht, von einem Schnurrbärtchen geschmückt, das jedenfalls erst einige Wochen alt war. Dieser Reiter war — bucklig.

Der Morgen wurde heller und heller. Man konnte bereits in weite Entfernung sehen. Da sagte einer der jüngeren Herren zu dem Buckligen:

„Wie steht es, Herr Rittmeister? Sind wir bald an Ort und Stelle? Zwölf Stunden im Sattel!“

„Ist Ihnen das zu viel, Herr Leutnant?“

„Nein; das wissen Sie ja. Aber weil dieser Ritt zu gefährlich war, wollte ich meinen Fuchs nicht aufs Spiel setzen und nahm hier diesen Gaul. Er kann kaum weiter.“

Da wandte sich einer der anderen zu dem Leutnant.

„Denken Sie an Uhland, Herr Kamerad:

‚Dem Pferde war's so schwach im Magen;
fast mußte der Reiter die Mähre tragen.'"

Die Herren lachten.

„Pst! Nicht so laut, meine Herren!" warnte der Bucklige. „Wir befinden uns in Feindesland. Und da — ah, dort steht die Eiche! Warten Sie!"

Er gab seinem Pferd die Sporen und galoppierte fort. Von seitwärts her winkte die dichte Krone einer Eiche von der bewaldeten Höhe. Der Rittmeister jagte am Weg hin und bog sodann zwischen die lichtstehenden Bäume ein. Dort, am Stamm der Eiche, stand ein junger Mann.

„Grüß Gott!" sagte der Rittmeister. „Sind sie da — also hat alles geklappt?"

„Alles in Ordnung, Herr Oberleutnant!"

„Oho! Der Oberleutnant ist gewesen! Man hat mich zum Rittmeister gemacht!"

„Meinen Glückwunsch, Herr Rittmeister!"

„Danke. Haben Sie den ausgewählten Platz immer im Auge behalten?"

„Jawohl, es kommt nie jemand in diese tiefe Schlucht, mitten im Wald. In dem anschließenden Talkessel finden unter Umständen zehn Schwadronen Platz."

„Habe nur zwei — und eine Kompanie Jäger. Wann erhielten Sie meinen Auftrag?"

„Vorgestern abend. Aber, Herr Rittmeister, wie können Sie es wagen, mit diesen Leuten durch feindliches Gebiet zu marschieren, um ein Schloß zu besetzen, das ebenfalls mitten im Land des Feindes liegt?"

„Das ist nicht so schwer, wie Sie denken. Erstens sind wir nur in der Nacht geritten und haben jeden bewohnten Ort vermieden, und zweitens bin ich überzeugt, daß ich in Ortry nicht lange eingesponnen sein werde."

„Aber man konnte Sie dennoch bemerken. Man konnte Ihnen begegnen!"

„Das ist auch geschehn."

„So ist Ihr Ritt verraten?"

„Nein. Zwölf Mann in Zivil sind wir an der Spitze. Wer uns begegnete, wurde festgenommen und den Nachfolgenden übergeben. Auf diese Weise haben wir mehrere Gefangene gemacht, die wir erst morgen wieder entlassen werden. Thionville ist natürlich von den Franzmännern besetzt?"

„Allerdings."

„So war es Ihnen unmöglich, bei Doktor Bertrand zu bleiben?"

„Ja, ich mußte fort. Aber ich habe einen wunderbar schönen Platz gefunden. Und zwar in Ortry selber, nämlich im Dorf bei einem Häusler, den der Alte aus dem Dienst gejagt hat. Ich gelte für einen Verwandten von ihm."

„War das nicht zu waghalsig?"

„O nein. Dieser Mann ist so wild auf Kapitän Richemonte, daß ich mich ganz auf ihn verlassen kann. Übrigens wurde er mir von Doktor Bertrand, der ihn vorher gehörig unter die Sonde genommen hat, empfohlen."

„Wie steht es nun mit den Franktireurs?"

„Sie warten nur auf das Zeichen."

„Oh, das wird heut noch gegeben werden. Wir sind sehr gut unterrichtet. Haben Sie vielleicht eine Ahnung, wie hoch ihre Zahl sein wird?"

„Man munkelt von fünfhundert solcher Kerls, die sich in Ortry ausrüsten wollen."

„Wir werden sie festnehmen. Sonst alles in Ordnung?"

„Ja. Die Vorräte sind vollständig vorhanden, und hier sind die Schlüssel."

Der Bucklige nahm sie an sich.

„Sie werden uns jetzt unser Versteck anweisen. Dort habe ich Zeit genug, Ihnen meinen Plan mitzuteilen. Kommen Sie!"

Dieser bucklige Reiter war kein anderer als der ehemalige Hauslehrer Doktor Müller und Ulan Richard von Greifenklau. Der junge Mann in Bürgerkleidung war Leutnant Zander, dem Greifenklau beim Verlassen von Ortry die Bewachung des Ortes überlassen hatte.

Sie kehrten nach dem Fahrweg zurück, wo die anderen warteten. In demselben Augenblick kam ein Reiter angesprengt. Er trug den Waffenrock eines Ulanenleutnants und hielt vor Greifenklau.

„Haupttrupp nur noch fünfhundert Schritte zurück, Herr Rittmeister. Sollen wir absitzen?"

„Nein, herankommen."

Der Zug setzte sich wieder in Bewegung und schwenkte dann auf Befehl, nachdem die Reiter abgesessen waren und die Pferde beim Zügel ergriffen hatten, in den pfadlosen Wald ein.

In einer knappen halben Stunde erreichte man die Schlucht, die nach dem einsam im Forst gelegenen Talkessel führte. Dort wurden Posten ausgestellt, die den Befehl erhielten, jede Person, die sich in der Höhe zeigte, gefangen abzuliefern.

Sodann wurde eine längere Beratung im Kreis der Offiziere gehalten. Zum Schluß brachen die Herren, die in Zivil waren, mit Greifenklau auf, um sich die Geheimnisse von Ortry einzuprägen, damit zur gegebenen Zeit kein Fehler begangen werde.

Fritz Schneeberg, ebenfalls in bürgerlichem Anzug, schloß sich ihnen an. — —

*

In seinem Arbeitszimmer saß der alte Kapitän Richemonte mit mehreren Männern — seinen Vertrauten, die später seinen Stab bilden sollten. Er war sichtlich schlechtester Laune. Er hatte ein Notizbuch in der Hand, aus dem er mit beinahe fauchender Stimme folgende Stellen vorlas:

„Am 19. Juli Kriegserklärung. — Nächsten Tag Vorpostenscharmützel bei Saarbrücken. — Kampf bei Wehrden, Gefecht bei Hagenbach am 23., unglücklich für uns. — Ebenso die Gefechte bei Weißenburg und Wörth verloren. — General Douay tot. — Das feindliche Hauptquartier bereits in Kaiserslautern."

„Der Teufel hole diese Halunken!" warf einer der Anwesenden zornig ein.

Richemonte fuhr fort:

„Paris im Belagerungszustand! — Hagenau verloren. — Saargemünd und Forbach ebenso. — Bazaine kommt nach Metz. — Mac-Mahon flieht nach Nancy. — Der gesetzgebende Körper fordert die Abdankung des Kaisers. — Festung Lützelstein verloren, Straßburg eingeschlossen. — Festung Lichtenberg zum Teufel. — Frankreich borgt eine Milliarde, um den Krieg fortsetzen zu können. — Übergang der Bayern über die Vogesen. — Pfalzburg erobert durch die Deutschen. — Lebœuf nimmt seine Entlassung als Generalstabschef."

Er schleuderte das Notizbuch mit einem Fluch auf den Tisch:

„Was sagt ihr dazu, he?"

„Ich hielt das für unmöglich!" meinte einer.

„Ich auch. Wer ist schuld an all diesen Unfällen?"

„Hm!"

„Ja, hm! Jetzt läßt sich gar nichts sagen. Der Teufel ist im Hauptquartier dieser verdammten Deutschen. Aber dieser Schleicher, der Moltke, soll es uns doch nicht machen wie einst Blücher, der in der Hölle braten möge! Ich habe — — was willst du?"

Diese Frage war an einen eintretenden Diener gerichtet.

„Ein Brief, Herr Kapitän."

Der Alte öffnete und las. Seine Stirn legte sich in tiefe Falten. Er stieß eine lästerliche Verwünschung aus.

Aller Augen ruhten mit fast angstvoller Spannung auf ihm.

„Da steht es, das Unglaubliche: unsere Armee ist bei

Metz über die Mosel zurück, und die Deutschen haben die wichtigen Linien von Saar-Union, Grand-Tenquin, Faulquemont, Fouligny und Retangs längst überschritten. Ihre Reiterei steht schon bei Lunéville, Metz, Pont-à-Mousson und Nancy."

Flüche und Schimpfworte wurden laut.

„Still!" knurrte der Alte. „Das ist noch nicht alles! Das große Hauptquartier des Feindes befindet sich bereits zu Verny im Seinetal; die Bahn nach Paris ist bei Frouard zerstört, und Bazaine hat das Oberkommando über die ganze Armee übernommen. Nancy ist besetzt — der Kaiser ist von Metz nach Verdun gefahren. Die Preußen treiben unsere Truppen bis unter die Kanonen von Metz. — Wißt ihr, was das alles zu bedeuten hat?"

„Daß Metz belagert werden soll."

„Ja! Und Metz verloren, alles verloren! Jetzt warte ich keinen Augenblick länger. Während sich diese deutschen Kettenhunde um Metz legen, jagen wir ihnen von hinten unsere Kugeln in den Pelz. Ich warte nicht, bis ich den Befehl erhalte. Vielleicht ist es schon nicht mehr möglich, mir einen Boten zu senden. Ich bin auf mich selber angewiesen und werde zu handeln wissen. Es mag losgehn!"

Zustimmende Rufe ertönten im Kreis.

„Nun gut, so gebt das Zeichen! Heut um Mitternacht sollen sich die Mannschaften heimlich im Park einfinden."

„Warum heimlich?"

„Seht ihr das nicht ein, ihr Toren? Könnte der Feind so weit gekommen sein, wenn er nicht genau über alles unterrichtet wäre? Er hat geschickte Kundschafter; das ist gewiß. Und grad wir als Freischärler sind zur größten Vorsicht gezwungen. Das Völkerrecht verbietet die Bildung von Franktireurkorps. Werden wir erwischt, so behandelt man uns als Räuber und macht uns ohne Federlesen den Garaus. Die Deutschen werden, das ist sicher, auch hier erscheinen. Sie dürfen nicht erfahren, daß die Bewohner dieser Gegend zu den Waffen gegriffen haben. Darum also Vorsicht! Sobald ich morgen weitere Nachrichten erhalten habe, dann —“

Er wurde unterbrochen. Zwei Männer traten ein: Charles Berteu und sein Freund Ribeau. Sie kamen unter allen Zeichen größter Erregung.

„Herr Kapitän, wichtige Nachrichten!“ sagte Berteu, indem er auf einen Stuhl sank und sich den Schweiß von der Stirn wischte. „Sehr wichtige Nachrichten!“

„Gute?“

„Zunächst eine ganz armselige, ganz verfluchte: Diese deutschen Hunde stehn mit der Hölle im Bund! Die Preußen haben Vigneules an der Maas besetzt und sind in St. Mihiel eingezogen. Die Festung Marsal hat sich ergeben, und vor Bar-le-Duc lassen sich bereits Ulanen sehn. Einer der feindlichen Generäle rückt schon von Metz nach Verdun vor.“

„Alle Teufel! Das ist ja unsere Rückzugslinie!“

„Leider! Es steht schlimm, sehr schlimm! Man spricht schon davon, daß der Feind einen seiner Generäle zum Gouverneur des Elsaß ernennen werde.“

Der Alte stampfte mit dem Fuß auf.

„So dürfen wir keine Minute verlieren! Bazaine steckt in Metz, und Mac-Mahon befindet sich in Châlons, um seine geschlagenen Truppen zu sammeln. Er beabsichtigt jedenfalls, dann herbeizueilen, um Metz zu entsetzen. Geht aber der Feind bereits nach Verdun vor, so wird dies dem Marschall zur Unmöglichkeit gemacht. Ihr müßt also da drüben auch zu den Waffen greifen, und zwar augenblicklich!“

„Das wollen wir! Wir warten nur auf Ihre Anweisungen.“

„Nun, die sollen Sie haben! Wieviel Mann werden Sie zusammenbringen?“

„Fünfhundert.“

„Also so viel wie ich. Wir werden zusammen tausend Leute haben. Damit läßt sich schon etwas ausrichten. Wo versammeln Sie sich?"

„In Fleurelle, hinter Schloß Malineau. Und dieser Name bringt mich auf die zweite Nachricht, die ich Ihnen zu melden habe; sie ist gut."

„Dann schnell heraus damit! Gute Nachrichten sind jetzt so selten, daß man sie nicht schnell genug hören kann."

„Also hören Sie: ich habe sie."

„Wen?"

„Fräulein Marion."

„Ah! Wo befindet sie sich?"

„Eben auf Malineau, bei der Tochter des Generals Perret. Und noch eine zweite Dame weilt dort. Ich habe erfahren, daß sie von Mademoiselle Marion Mutter genannt wird, von den andern Madame Liama."

„Liama!" stieß der Alte hervor. „Ah, Liama! Habe ich sie wieder! Berteu, Ihre Nachricht ist für mich Goldes wert! Sie müssen sogleich wieder aufbrechen!"

„Warum?"

„Sie müssen nach Fleurelle und unsere Leute zusammenrufen. Sie übernehmen einstweilen den Befehl und haben dafür zu sorgen, daß Schloß Malineau in Ihren Besitz kommt. Sie bemächtigen sich dieser beiden Frauenzimmer. Ich folge nach und stoße mit den Meinigen zu Ihnen. Wie es jetzt steht, wird der Kaiser einstweilen abtreten. Man wird eine vorläufige Regierung bilden. Es wird ein wenig Verwirrung geben, und diese benutzen wir. Messieurs, kommen Sie mit mir hinab in die Gewölbe, damit Sie für den heutigen Abend Bescheid wissen!"

Man stand auf und ging zur Tür; der Alte aber hob die Hand:

„Nein, nicht dort hinaus! Es gibt einen anderen Weg. Folgen Sie mir!"

Er öffnete den Wandschrank und ließ die Leute in die Doppelwand hineintreten. Dann verschloß er die Tür wieder und schritt den anderen voran.

„Halt! Pst!" machte er und horchte gespannt nach unten. Dann fügte er hinzu: „War mir doch, als ob jemand da unten über die Stufen liefe. Aber hier kann ja kein Mensch sein. Also gehn wir weiter! Ich werde Sie dann durch das Waldloch entlassen."

Und doch hatte er sich nicht geirrt.

Greifenklau war in die geheimnisvollen Gänge eingedrungen, um sie seinen Begleitern zu zeigen. Damit fertig, ließ er sie im letzten Gang warten und begab sich mit Fritz ins Innere des Schloßgebäudes. Er wollte gern wissen, wo sich der alte Kapitän Richemonte befand.

Die beiden erreichten seine Wohnung und waren so glücklich, draußen vor der dünnen Holztäfelung stehend, die Unterredung, die im Zimmer stattfand, zu belauschen. Sobald sie hörten, daß der Alte in die Gewölbe wollte, entfernten sie sich. Greifenklau wäre gewiß rascher entkommen; Fritz aber war mit der Treppe nicht so vertraut und tastete sich zu langsam hinab. Unten stolperte er sogar. Greifenklau durfte ihn nicht zurücklassen und faßte ihn bei der Hand. Da hörten sie das „Halt! Pst!" des Alten.

„Stehn bleiben!" raunte Greifenklau dem Gefährten zu.

Sie vernahmen nun deutlich, was der Kapitän hinzufügte, und als sie die Schritte der Franzosen wieder hörten, eilten sie weiter. Das ging jetzt, da es keine Stufen mehr gab, schneller. Der Kapitän konnte mit seinen Begleitern nur langsam weiter. Darum hatten die beiden bald einen Vorsprung erlangt, der sie in Sicherheit brachte.

Als sie später wieder auf ihre Gefährten stießen, befahl ihnen Greifenklau, ihm zu folgen.

Er führte sie durch den Gang, der in das Waldloch mündete. Draußen brachten sie die Verschlüsse hinter sich wieder in Ordnung, so daß nichts von ihrer Anwesenheit bemerkt werden konnte.

Im Freien sagte Greifenklau:

„Es sind also noch mehrere bei ihm. Er wird sie hier herauslassen. Ich möchte gern wissen, was gesprochen wird. Beim Abschied pflegt man häufig eine kurze Wiederholung des beendeten Gesprächs zu geben; ich hoffe also, irgend etwas zu erlauschen, woraus ich auf die Anordnungen schließen kann, die der Kapitän für den heutigen Abend getroffen hat."

„Das ist gefährlich!" bemerkte einer der Herren.

„Nicht so sehr, wie Sie denken. Hier, grad über dem Loch, wächst ein dichter Brombeerstrauch. Darin verberge ich mich. Sie brauchen nur ein wenig nachzuhelfen, dann bin ich unsichtbar."

„Und wo warten wir?"

„Da oben in dem Buchengestrüpp. Sollte ich in Gefahr geraten, so schieße ich meinen Revolver ab, und Sie eilen herbei."

Die Dornenzweige wurden möglichst auseinandergezogen und dann über Greifenklau, nachdem er sich auf den Boden gelegt hatte, wieder so geschlossen, daß er nicht zu sehen war.

Richard von Greifenklau hatte dort eine harte Geduldsprobe abzulegen. Endlich glaubte er unter sich ein Geräusch zu vernehmen, und gleich darauf wurde der Stein von dem Loch, das den Ausgang bildete, entfernt.

Die Männer kamen heraus.

„Also, haben Sie sich alles gemerkt, Messieurs?" fragte Richemonte. „Sie speisen heut mit mir zu Abend, und Punkt zwölf Uhr begeben wir uns ins Gewölbe. Sie, Levers, können allerdings nicht mit an diesem Mahl teilnehmen, da Sie die Versammelten hier zu erwarten haben. Sie verschließen den Zugang natürlich wieder und bringen alle Leute in den großen Raum, worin die Kleidervorräte aufgestapelt liegen. Jeder erhält eine Bluse und ein Käppi, dann die Waffen. Ich lasse dieses Gewölbe offen, und Sie können, falls ich nicht gleich erscheine, die Einkleidung immer beginnen. So, das ist alles, was ich noch zu sagen hatte. Adieu, Messieurs!"

Er gab ihnen die Hand, und sie gingen. Nur zwei blieben bei ihm zurück, Berteu und Ribeau.

„Wann darf ich Sie in Fleurelle erwarten, Herr Kapitän?" fragte Berteu.

„Sehr bald. Auf dieser Seite der Mosel ist für uns nichts zu tun. Noch bleibt uns der Weg über Briey offen, und den werden wir benutzen. Wir marschieren noch während der Nacht fort."

„Und ich soll mich unter allen Umständen des Schlosses Malineau bemächtigen?"

„Ja. Auf alle Fälle."

„Welchen Vorwand habe ich? Es gehört dem Grafen Perret, der französischer General ist."

„Pah! General außer Dienst. Nun, ein Grund ist sehr leicht gefunden. Sie haben gehört, daß die Deutschen das Schloß nehmen wollen, und so kommen Sie zur Verteidigung."

„Ein guter Vorwand! Auf diese Weise bin ich der Beschützer des Schlosses und der Damen."

„Diese brauchen, bis ich eintreffe, nicht zu merken, daß sie Ihre Gefangenen sind."

„Aber wie nun, wenn sich schon Militär in der Nähe oder gar im Schloß selber befindet? Dann kann ich doch nicht verlangen, daß das Kommando mir übergeben wird."

„Allerdings nicht. In diesem Fall haben Sie nur zu beobachten, daß meine Enkelin und diese Liama sich nicht entfernen. Das weitere werde ich bestimmen, wenn ich eintreffe. Haben Sie sonst noch eine Frage?"

„Nein. Ich hoffe ja, daß wir uns bald wiedersehn."

„Jedenfalls. Adieu!"

„Adieu, Herr Kapitän!"

Die beiden Freunde gingen, und der Alte zog sich ins Innere des Gangs zurück.

Nun wand sich Greifenklau vorsichtig aus den Dornen hervor und begab sich zu den wartenden Kameraden. Er ließ sie in den Talkessel zurückkehren.

Er schritt mit Fritz Schneeberg voran, da sie beide die Gegend kannten.

Ein Fehler ist es freilich, Fritz noch Schneeberg zu nennen; denn er war von General von Eschenrode längst als Sohn anerkannt worden. Greifenklau hatte mit dem gefangnen Bajazzo einen Sturm im Familienleben seiner Verwandten hervorgerufen. Freilich war davon nicht viel in die Öffentlichkeit gedrungen. Die politischen und kriegerischen Ereignisse der Gegenwart hatten alle Aufmerksamkeit so in Anspruch genommen, daß das endliche Auffinden eines der verschollenen Söhne des Generals fast gar nicht beachtet worden war. Das einzige nach außen hin wirkende Ereignis war die Ernennung Fritzens zum Leutnant.

Greifenklau verkehrte mit ihm natürlich noch viel vertrauter als früher. Sie duzten sich, und es war dem für seine Dienste zum Rittmeister ernannten Richard eine herzliche Genugtuung, den Freund, dem er schon immer zugetan war, auch jetzt noch bei sich behalten zu können.

Während sie, in kleinem Abstand von den andern gefolgt, nebeneinander herschritten, fragte Fritz:

„Hast du deine Verfügungen für den Abend schon getroffen, Richard?"

„Ja. Wir werden ein wenig Theater spielen."

„Wieso?"

„Nun, der Alte kennt und — haßt dich und mich. So bereiten wir ihm die freudige Überraschung eines Besuchs."

„Doch nicht etwa grad dann, wenn er mit seinen sauberen Kameraden bei der Tafel sitzt?"

„Doch, grad dann. Diese Männer haben vieles zu besprechen. Ich denke, er wird in seiner Wohnung auftragen lassen."

„Das wird allerdings eine sehr hübsche Überraschung werden."

„Fast so groß wie die deiner Nanon, als ich dich als meinen Vetter vorstellte."

„Die liebe Nanon! Wo wird sie sich jetzt befinden?"

„Irgendwo beim Heer. Ich achte den Entschluß, mit ihrer Schwester unseren Truppen als Krankenpflegerin zu folgen. Du wirst mit Nanon jedenfalls recht glücklich sein."

„Ich bin davon überzeugt. Keine ist süßer als Nanon! Da unten im Wald trafen wir uns. Ich sang: ‚Zieht im Herbst die Lerche fort!' Dann setzte sie sich auf meinen Kräutersack und guckte mich mit so lieben Augen an, daß mir Hören und Sehen verging."

„Beneidenswerter!"

„So? Bist du etwa zu beklagen?"

„Du hast ja gehört, in welcher Gefahr sich Marion befindet. Und ich bin nicht bei ihr!"

„Machst du dich nicht schleunigst auf den Weg zu ihr?"

„Werde ich Erlaubnis erhalten?"

„Allemal!"

„Ich muß morgen abend in Saint-Barbe eintreffen. Ist es möglich, so bin ich eher dort. Und sollte ich ein Pferd totreiten, obgleich ich sonst kein Schinder bin."

„Ich bin bei dir. Gibt man dir die Erlaubnis, wird man sie mir wohl nicht versagen. Du hast dich so verdient gemacht, daß man gezwungen ist, deine Bitte zu berücksichtigen."

„Wenn unser linker Flügel weit genug vorgeschoben

ist, wird man mir die Erlaubnis nicht verweigern. Und dann, dann —“

„Dann werden wir zwei ernste Wörtchen mit diesem Berteu und seinem Freund Ribeau sprechen“, fiel Fritz ein.

*

Der Tag verging, es wurde Abend. Neun Uhr war vorüber; da regte sich ein eigentümliches, geheimnisvolles Leben in dem Teil des Waldes, der in der Nähe des alten Klosters lag.

Aus dem schmalen Waldweg, der von Osten her auf die Ruine mündete, drangen zwei Schwadronen Ulanen und dann eine Kompanie Jäger hervor. Die Ulanen erhielten den Befehl, hier zu warten, dann aber zur geeigneten Zeit hervorzubrechen — zehn Minuten nach zwölf Uhr mußte Schloß Ortry von ihnen in der Weise umzingelt sein, daß niemand von dort entrinnen könne.

Die Jäger folgten ihren Offizieren ins Innere der Ruine. Dort wurden die mitgebrachten Leuchten angezündet, und die Leute drangen nun durch den Gang ein, durch den sich Fritz damals in den Versammlungssaal gewagt hatte.

Richard von Greifenklau führte sie weiter in das Innere der Gewölbe. Beim Kreuzpunkt blieb er stehn. Die Offiziere der Kompanie standen hinter ihm.

„Meine Herren“, sagte er, „Sie sehn hier diese offene Tür. Sie führt in den Raum, wo sich die fünfhundert Menschen Blusen und Käppis holen sollen. Erst nachdem sie eingekleidet sind, sollen sie bewaffnet werden. Dazu aber dürfen wir es nicht kommen lassen. Wir nehmen sie, ehe sie diese Gewölbe verlassen, gefangen. Um das mit Sicherheit zu können, müssen wir sie einschließen. Ich öffne Ihnen die Türen der zwei Keller, die zu beiden Seiten der Kleiderkammer liegen; dort verstecken Sie sich, Herr Hauptmann Bernhardi, Herr Oberleutnant Hendrick. — Ich werde zur rechten Zeit erscheinen, um das Zeichen zu geben. Sie halten Ihre Türen offen, aber so, daß man von außen nichts bemerkt. Ich werde, wenn ich komme, bei Ihnen, Herr Oberleutnant leise anklopfen und meinen Namen nennen. Jetzt folgen Sie mir!"

Er öffnete die beiden Türen, und die Gewölbe wurden besetzt.

Für sich hatte er nur zehn Mann von der Kompanie zurückbehalten; diese waren im Gang bei ihm und Fritz geblieben. Er gab einen Wink und führte sie dem Schloß zu. Unter dem Gartenhaus zog er seine Uhr und warf einen Blick auf das Zifferblatt.

„Dreiviertel elf Uhr", sagte er. „Wir haben länger gebraucht, als ich dachte. Jetzt kannst du an die Oberwelt steigen."

Fritz, der mit den Heimlichkeiten des Gartenhauses vertraut war, eilte hinauf, während Greifenklau mit den Soldaten den Weg fortsetzte.

Bei den geheimen Treppen gab er strengen Befehl, jedes Geräusch zu vermeiden, und schlich mit ihnen empor.

Nur er hatte ein Licht. Die Leute trugen schwere Stiefel und übrigens auch ihre ganze Ausrüstung. Es war also für sie keine Kleinigkeit, ihm so geräuschlos, wie er es verlangte, zu folgen. Sie tasteten sich nur langsam vorwärts, und als sie oben neben ihm standen, konnte es wohl schon halb zwölf Uhr sein.

Als sie nun nebeneinander hielten, hörten sie laute Stimmen.

„Sie sind da", flüsterte Richard ihnen zu. „Ich werde zuerst allein eintreten; sobald ich aber Ihren Namen nenne, Sergeant, folgen Sie nach! Wer Widerstand leistet, erhält eine Kugel. Nur den alten Weißbärtigen schont mir; den muß ich lebendig haben." —

Fritz war durch den Park in den Garten gelangt und ging von da aus zunächst ins Freie, um die bestimmte Zeit abzuwarten. Er sah die Fenster von Richemontes Zimmer erleuchtet.

Als halb zwölf Uhr vorüber war, begab er sich ans große Tor des Hofs. Es stand offen, jedenfalls auf besonderen Befehl des Kapitäns. Fritz trat ein, aber kein Mensch war zu sehn. Darum ging er über den Hof und stieg die breite Freitreppe hinauf. Erst oben kam ihm ein Diener entgegen, der ihn ganz erstaunt betrachtete.

„Was wollen Sie so spät?" fragte er.

„Ich muß zum Herrn Kapitän!"

„Unmöglich! Jetzt ist keine Empfangszeit."

„O doch! Der Herr Kapitän empfängt ja."

„Das sind Herren, die — die —"

„Zu denen auch ich gehöre!"

„Ach so! Da muß ich Sie anmelden."

„Das ist nicht nötig. Ich bin für jetzt bestellt und habe strengen Befehl, mich nicht erst anmelden zu lassen."

Er schob den Mann zur Seite und ging weiter. Der Diener blickte ihm verdutzt nach.

„Sonderbar", brummte er vor sich hin. „War das nicht der Kräutermann des Doktor Bertrand? Der ist auch ein Vertrauter des Kapitäns? Wer hätte das gedacht!"

Aus Richemontes Zimmer tönten laute Stimmen. Fritz klopfte an die Tür und trat ein, als er die laute Antwort des Alten hörte.

Dieser mochte geglaubt haben, daß es der Diener sei; als er Fritz erblickte, machte er ein höchst erstauntes Gesicht.

„Wer hat Ihnen erlaubt, hier einzutreten?"

„Entschuldigung, Herr Kapitän", sagte Fritz höflich. „Ich habe Ihnen eine wichtige Botschaft zu bringen."

„Sie mir? Sind Sie nicht der — der Kräutersammler des Doktor Bertrand?"

„Ja."

„Und Sie wagen sich zu mir? Was haben Sie mir zu sagen?"

„Ich soll Sie warnen vor einem gewissen Doktor Müller."

„Vor dem entlassenen Erzieher? Diable! Was ist's mit ihm?"

„Er sinnt auf Rache."

„Das weiß ich. Wissen Sie vielleicht, wo er steckt?"

„Er soll sich in der Nähe des Schlosses herumtreiben."

„Ei, was Sie sagen! Wie kommt es, daß grad Sie mich warnen? Wer hat Sie geschickt?"

„Raten Sie!"

„Fällt mir nicht ein!"

Kapitän Richemonte war von seinem Stuhl aufgestanden, ging an Fritz vorüber zur Tür, schloß sie rasch und zog den Schlüssel ab. Ein höhnisches Grinsen glitt unheimlich über sein Gesicht.

„Jetzt merken Sie wohl, daß Sie eine Dummheit gemacht haben, he? Sie sind geradezu in die Höhle des Löwen gelaufen, der Sie verschlingen wird; denn Sie sind mir längst verdächtig gewesen. Sie sind unser Gefangener!"

„Was? Ich Ihr Gefangener? Sie sind der meine!"

„Ich? Der Ihrige? Mensch, sind Sie verrückt?"

Richemonte stieß ein heiseres Gelächter aus, in das die anderen einstimmten.

„Der Mensch ist übergeschnappt", sagte er. „Oder spielt er nur den Wahnsinnigen, um loszukommen? Aber da hat er sich verrechnet. Wir werden ihn einschließen!"

„Wohl da, wo die Zofe gesteckt hat?" fragte Fritz.

Der Alte horchte auf.

„Welche Zofe?"

„Ich meine dasselbe Loch, in das auch der kleine dicke Maler eingesperrt worden war."

„Hölle und Teufel! Was wissen Sie davon?"

„Oder meinen Sie den Kerker, worin Gebhard von Greifenklau schmachtete, oder den Raum, in den einst Deephill verschwand?"

Da sprang Richemonte auf ihn zu und faßte ihn bei der Brust.

„Ah, habe ich endlich den Kerl!“ brüllte er voller Wut. „Halunke, jetzt sollst du mir beichten, auf welche Weise — Tod und Verdammn — wer ist das? Wer hat hier —“

Das Wort blieb ihm im Mund stecken. Der Wandschrank hatte sich geöffnet, und Richard von Greifenklau war eingetreten.

„Guten Abend, Herr Kapitän!“ grüßte er.

„Was — was — — was — —“ stammelte der Alte.

„Was das ist?“ fragte Richard. „Besuch ist es!“

Jetzt gewann Richemonte wieder die Herrschaft über sich. Sein Blick leuchtete tückisch auf, und seine langen, gelben Zähne nagten am weißen Schnauzbart.

„Schön“, feixte er. „Besser konnte es nicht kommen. Die Vögel haben sich gefangen. Verdacht hatte ich bereits damals. Jetzt aber weiß ich bestimmt, wer mir mein Haus durchsuchte. Aber Sie sind heut, da Sie heimlich zurückkehrten, in Ihr eigenes Verderben gerannt. Hier hinaus“ — er deutete nach der Tür — „hier hinaus können Sie nicht, und da, wo Sie jetzt hereinkamen, noch weniger. Ich verspreche Ihnen, daß Sie noch heut nacht aufgeknüpft werden. Da unten harren fünfhundert Mann tapferer französischer Krieger. Ihnen laufen Sie in die Arme!“

„Französische? — Das reden Sie mir nicht ein.“

„Sie werden sie sehn.“

„Na, da werde ich Ihnen Ihre Krieger zeigen, die da warten. Sergeant Baumann, herein!“

Im nächsten Augenblick standen zehn deutsche Jäger längs der Hinterwand aufgestellt, die Gewehre schußfertig auf die Franzosen gerichtet.

„Nun, Herr Kapitän, was sagen Sie zu diesen Franzosen?“

Ein lautes Stöhnen war die einzige Antwort. Die Augen schienen dem Alten aus dem Kopf treten zu wollen; er fand keine Worte und sah aus wie einer, den der

Schlag im nächsten Augenblick treffen muß. Er rang nach Atem, und endlich stieß er einen lauten Schrei aus.

„So sieht einer aus, den der Teufel holt", meinte Fritz und deutete auf ihn.

Das aber gab dem Kapitän die Fassung wieder.

„Hund!" brüllte er. „Sag das noch einmal, und ich zermalme dich!"

Nun traten auch die Vertrauten Richemontes einen Schritt näher. Sie vergaßen um des Alten willen für einen Augenblick die drohend auf sie gerichteten Gewehrläufe.

„Halt! Bewegt euch nicht!" gebot Greifenklau. „Ein Wink von mir, und zehn Schüsse krachen. Und damit der Herr Kapitän Richemonte nicht zweifeln kann, daß es mir ernst ist, so will ich ihm sagen, daß ich eigentlich nicht Müller heiße. Mein Name ist Richard von Greifenklau, Rittmeister im königlich preußischen Gardeulanenregiment. Und hier steht Fritz von Eschenrode, mein Kamerad."

„Ein — ein — buckliger Rittmeister", stieß der Alte gehässig hervor, indem er auf einen Stuhl sank.

„Der Buckel wird von jetzt an verschwinden. Aber horch! Fritz, geh hinab! Sie sind da."

Von unten herauf ertönte Pferdegetrappel.

Fritz nahm dem jetzt völlig widerstandslosen Richemonte den Türschlüssel ab, entfernte sich und kehrte nach wenigen Augenblicken mit einem Ulanenoberleutnant zurück. Dieser grüßte und meldete Greifenklau:

„Schloß Ortry von allen Seiten umzingelt, Herr Rittmeister — zehn Minuten nach zwölf."

„Danke, Herr Oberleutnant. Sie sind pünktlich. Bringen Sie mir diese Leute hier hinunter in den Speisesaal. Ich werde dafür sorgen, daß auch die anderen Bewohner des Schlosses dort erscheinen."

Er verschwand mit Fritz. Während dieser auf seinen Befehl die Dienerschaft zusammenrief, begab er sich selber zur Baronin. Sie befand sich in ihrem Gemach und war ans Fenster getreten in der Überzeugung, daß französische Reiterei eingetroffen sei. Sie erstaunte daher nicht wenig, als sie Greifenklau eintreten sah.

„Doktor Müller", stieß sie hervor.

„Einstweilen mag ich das in Ihren Augen noch sein. Wo ist Ihr Sohn?"

„Er schläft."

„So soll er weiterschlafen. Sie aber bitte ich mitzukommen!"

Das war in so bestimmtem Ton gesagt, daß sie unwillkürlich Folge leistete. Als er mit ihr in den Saal trat, wurden durch die andere Tür die übrigen Gefangenen herbeigeführt.

„Herr Oberleutnant, bitte, nehmen Sie die Leute unter Ihre Obhut, bis ich zurückkehre! Folge mir, Fritz!"

Beide entfernten sich, kehrten in das Zimmer Richemontes zurück, und von da aus stiegen sie in den Gang hinab; diesmal ohne Licht.

Als sie ihr Ziel fast erreicht hatten, vernahmen sie ein dumpfes Stimmengewirr.

„Sie sind versammelt", meinte Fritz.

„Und zwar scheinen sich alle im Gewölbe zu befinden. Es ist im Gang finster. Wir werden also leichte Arbeit haben."

Sie schlichen weiter bis zur nächsten Tür. Dort klopfte Richard von Greifenklau an und nannte leise seinen Namen. Sofort wurde geöffnet, und Oberleutnant Hendrik trat heraus.

„Alles bereit und in Ordnung", meldete er.

„Schön! Nähern Sie sich mit den Ihrigen so leise wie möglich. Ich werde Hauptmann Bernhardi holen."

Dort gab er dasselbe Zeichen, und nun kamen die Jäger von beiden Seiten herbei. Er trat zu der angelehnten Tür des Gewölbes und warf einen Blick hinein.

Der Raum war sehr groß. Er bildete einen Saal von bedeutender Länge und Breite. An der Rückwand standen eine Menge Kisten, die jetzt geöffnet waren. Fünfhundert Menschen bildeten die verschiedensten Gruppen. Man teilte sich in die Blusen und Kopfbedeckungen.

„Keiner beachtet den Eingang", sagte Greifenklau. „Soll ich Ihnen die Sache überlassen, Herr Hauptmann?"

„Ich bitte darum!"

„Gut. Ich werde hier warten."

Er trat mit Fritz weiter zurück, um den Jägern Raum zu lassen. Ein leises Kommando des Offiziers, und die Jäger schritten mit dumpf im Takt klingenden Schritten in den Saal. Die beiden Zurückgebliebenen hörten vielstimmige Rufe, ein wirres Getöse, das aber von der Stimme des Hauptmanns übertönt wurde. Nach kurzer Zeit kam Bernhardi heraus und meldete, daß der Befehl ausgeführt sei. Die Franzosen hatten sich in ihr Schicksal ergeben.

„Nehmen Sie Ihre Jäger wieder heraus! Hier ist der Schlüssel zur Tür; er schließt auch alles andere. Lassen Sie den Eingang verrammeln! Passendes Zeug dazu finden Sie in jedem andern Raum. Im übrigen kennen Sie Ihren Befehl. Leutnant Zander, der sich als Wächter hier befand, wird Ihnen jede gewünschte Auskunft erteilen. Gute Nacht!"

Er ging mit Fritz. Sie kehrten durchs Zimmer des Kapitäns zum Speisesaal zurück. Dort herrschte große Aufregung. Der Kapitän — — war fort.

Der Oberleutnant selber hatte ihn mit bewacht. Zehn Jäger und mehrere Ulanen hatten sich im Saal befunden. Der Alte hatte sich ganz bewegungslos verhalten, war aber plötzlich auf und nach dem Kamin gesprungen. Die Mauer hatte sich geöffnet und im nächsten Augenblick hinter ihm geschlossen.

Das war nun freilich eine höchst unangenehme Botschaft. Eben wollte Greifenklau zum Kamin treten, da hörte man draußen einen Schuß, dann noch einen.

„Ob er das war?" fragte Fritz.

„Möglich!" antwortete Richard.

Dann trat er an den Kamin.

„Hat man hier untersucht?" erkundigte er sich bei dem Sergeanten.

„Ja, Herr Rittmeister. Auch der Herr Oberleutnant hat nicht entdecken können, wie man da öffnet."

„Wo ist er jetzt?"

„Er ging selber, um den Ring fester schließen zu lassen."

„Bewachen Sie die übrigen gut, ich kehre bald wieder."

Er fand die gleiche Vorrichtung wie bei den anderen geheimen Türen, ergriff ein Licht, winkte Fritz und öffnete. Sie traten ein und verschlossen hinter sich.

„Ah, auch eine Treppe!" meinte Fritz.

„Sie kann aber nicht nach den uns bekannten Gewölben führen. Ich müßte sie sonst entdeckt haben."

Sie stiegen hinab und gelangten zwar in einen schmalen Gang, aber er führte zu einer niedrigen eisernen Tür, die nur angelehnt war. Als sie hinaustraten, befanden sie sich im Schloßhof.

„Wie dumm!" meinte Greifenklau. „Wer aber konnte ahnen, daß hier so eine Ausfallpforte sei! Ich habe sie wohl bemerkt, ihr aber keine Beachtung geschenkt."

In diesem Augenblick kam der Offizier zum Tor herein. Er sah Greifenklau beim Schein der brennenden Hoflaterne, kam auf ihn zu und grüßte.

„Herr Rittmeister, der Kapitän ist entkommen, doch ohne meine Schuld!"

„Ich weiß es. Ich hätte den Saal untersuchen sollen. Hier durch dieses Pförtchen ist er ins Freie gelangt. Warum hat man geschossen?"

„Er hat sich durchgeschlichen. Die beiden Ulanen, zwischen denen er hindurchschlüpfte, haben Feuer gegeben."

„Wurde er getroffen?"

„Ich weiß es nicht. Er scheint entkommen zu sein. Die

beiden Leute haben seinen weißen Bart und sein weißes Haar erkannt. Er ist es gewesen."

„Lassen Sie mit Laternen nach Blutspuren suchen!"

„Dürfen wir es wagen, Laternen zu zeigen?"

„Ja. Ich hoffe, nach ein Uhr Nachricht zu bekommen, daß Oberst von der Heidten uns von Thionville aus die Hand reicht. Er hat Befehl erhalten, im Eilmarsch heranzurücken. Ich kehre in den Saal zurück."

Der Oberleutnant ging.

„Eine verteufelte Geschichte!" brummte Fritz.

„Allerdings. Aber unsere Aufgabe, die hiesigen Vorräte zu fassen, ist glanzvoll gelöst. Dem Oberbefehlshaber kann es gleichgültig sein, daß der Alte entwischt ist. Nur in unserer Privatangelegenheit macht es uns einen Strich durch die Rechnung."

„Ich denke, er wird nach Malineau eilen."

„Wahrscheinlich. Aber wenn es mir möglich ist, soll ihm das nicht gelingen. Wir reiten nachher fort."

„Was geschieht mit der Baronin und ihrem Mann?"

„Sie bleiben hier gefangen. Ich werde die nötigen Befehle hinterlassen."

*

Kurz vor zwei Uhr kam ein Reiter, der nach Rittmeister von Greifenklau fragte und diesem meldete, daß Oberst von der Heidten Thionville gegenüber am diesseitigen Ufer der Mosel angekommen sei. Der Besitz von Ortry war gesichert.

Eine Stunde später verließen Greifenklau und Fritz von Eschenrode das Schloß. Sie hatten einen weiten Ritt vor sich.

17. EIN HUSARENSTREICH

Am nächsten Tag hielt ein Wagen vor dem Tor des Schlosses Malineau. Graf von Perret stieg aus und wurde von seiner Enkelin auf das herzlichste bewillkommnet. Er hatte Vater Heimlich, seinen Gefangnen, nach Metz, geschafft, um ihn der Behörde zu übergeben. Seine Abwesenheit war für längere Zeit berechnet gewesen; darum hatte Ella ihn noch nicht zurückerwartet. Als sie ihm das auf seinem Zimmer sagte, schüttelte er traurig den Kopf.

„Mein Kind, ich konnte nicht länger dort verweilen!" erklärte er. „Es wäre mir sonst vielleicht unmöglich gewesen, vor Monaten zu dir zurückzukehren."

„Warum?" fragte sie erstaunt.

„Ich bin zu alt, um persönlich in den Gang der Ereignisse einzugreifen. Ich konnte nur Rat geben. Man hat meine Ansichten berücksichtigt, soweit es möglich war; aber daß alle, alle Schlachten für uns verloren gingen, das konnte man nicht wissen. Metz sieht einer schweren, langwierigen Belagerung entgegen. Ich habe es verlassen, um bei dir zu sein. Schon morgen vielleicht hätte ich nicht mehr zu dir gelangen können."

„Mein Gott! So sind die Deutschen so nah?"

„Ich denke, daß wir sie auch hier in Malineau sehen werden."

„Wie du mich erschreckst!"

„Fürchte dich nicht, sie sind keine Barbaren. Nur dumme Leute können von ihnen als von halbwilden Menschen sprechen. Grad jetzt geben sie uns eine Lehre nach der andern. Leider ist das Entgelt, das wir dafür zahlen müssen, so hoch, daß man weinen möchte!"

Die Nachricht, die er mitgebracht hatte, verbreitete sich schnell unter den übrigen Bewohnern des Schlosses. Sie war aufregend genug, und doch gab es drei Personen, denen es nicht einfiel, ins allgemeine Klagen einzustimmen, nämlich den Beschließer Mélac mit Frau und Enkelin.

Diese drei saßen noch spät am Abend beisammen. Alice befand sich bei ihnen. Sie sprachen natürlich über die Ereignisse der Gegenwart und tauschten ihre Meinungen darüber aus. Da klopfte es leise an den Fensterläden.

Sie glaubten sich getäuscht zu haben; aber das Klopfen wiederholte sich. Mélac öffnete.

„Wer da?" fragte er.

„Bitte, lassen Sie mich ein, Monsieur Mélac. Ich bin es, Martin, der Weinhändler!"

„Ah, Martin!" rief Alice. „Geschwind, Monsieur, öffnen Sie, schnell, schnell!"

Der Alte schloß das Fenster und nickte ihr freundlich zu.

„Meine Beine sind alt und müde. Öffnen doch Sie, Mademoiselle!"

Sie errötete, ließ es sich aber nicht zweimal sagen. Draußen im Flur brannte kein Licht mehr, denn die Herrschaften hatten sich zur Ruhe begeben.

„Martin, wirklich?" fragte sie, indem sie aufsperrte.

„Ja. Ah, du, mein Schwälbchen. Wart, her mit dem Schnäbelchen! So! Noch einmal!"

„Nein, nein! Sonst merken sie es drinnen. Komm!"

Er trat mit ihr in die Stube. Erst jetzt bemerkte Alice, daß er den rechten Arm in einer Binde trug.

„Herr, mein Gott!" schrie sie auf. „Was ist mit dir?"

„Verwundet bin ich, mein Kind. Es ist aber weiter nichts als ein tüchtiger Säbelhieb."

„Von wem denn?"

„Von einem deutschen Husaren."

„Der Unmensch, der! Oh, diese Deutschen! Diese Husaren. Und die Ulanen sollen noch schlimmer sein!"

„Ja, Kind, das sagt man. Ich lag im Lazarett. Da dachte ich an dich und an den guten Papa Mélac. Ich habe keinen Menschen, an den ich mich wenden kann, und da beschloß ich, nach Malineau zu wandern. Vielleicht erlaubt man mir, dort zu bleiben, bis ich wieder eintreten kann."

„Natürlich, mein bester Monsieur Martin!" nickte Mélac eifrig. „Der gnädige Herr wird sich freuen und die gnädige Demoiselle auch. Sie spricht so gern von Ihnen und Monsieur Belmonte. Wie geht es ihm?"

„Danke, gut. Er steht bei meiner Schwadron."

„Er ist doch nicht etwa auch verwundet?"

„Nein, er läßt alle herzlich grüßen. Eigentlich hat er mich auf den Gedanken gebracht, nach Malineau zu gehn. Er sagte scherzend, daß er nachkommen werde, wenn er auch so eine Schramme bekäme wie ich."

„Davor wolle ihn unser Herrgott in Gnaden behüten!" sagte Frau Mélac, indem sie die Hände faltete. „Sie aber, Monsieur Martin, sollen bei uns nach Kräften gepflegt werden. Ich gehe jetzt, um Ihnen das zweifenstrige Gaststübchen, das gleich neben unsrer Wohnung liegt, vorzubereiten."

„Ja, tu das, meine Liebe!" meinte ihr Mann. „Ich werde einstweilen eine Flasche Wein holen, und während wir trinken, werden Sie die Güte haben, uns vom Krieg zu erzählen."

Das geschah. Sie saßen noch lange Zeit beisammen, und es war reichlich spät geworden, als sie endlich zur Ruhe gingen.

Erst am andern Morgen konnte dem Grafen gemeldet werden, wer sich als Verwundeter im Schloß befand. Er begrüßte Martin aufs herzlichste und lud ihn zur Tafel ein.

Nach der Mittagszeit ließ sich ein ununterbrochenes, dumpfes Rollen vernehmen, fast wie von einem Erdbeben.

„Was ist das?" fragte Ella von Perret.

„Kononendonner, mein Kind."

„Also eine Schlacht?"

„Ja, und zwar, wie es scheint, eine fürchterliche. Gott

möge uns in Gnaden bewahren, daß das Morden nicht auch in diese Gegend kommt!"

Der ganze Tag wurde in ängstlicher Spannung verbracht. Der General sandte Boten aus, um Erkundigungen einzuziehen, konnte aber nichts Gewisses erfahren.

Wohl über neun Stunden lang hatte das Dröhnen gewährt, da endlich schwieg es. Der General saß mit Ella, Marion und Alice beim Abendessen. Liama war nicht zugegen; sie pflegte ihr Zimmer nur auf Minuten zu verlassen und auch Martin hatte sich bereits zurückgezogen.

Die während des ganzen Tages gehegte Besorgnis war gewichen. Man begann, sich freier zu unterhalten. Da trat der Diener ein und meldete Herrn Berteu.

„Berteu?" fragte der Graf. „Der Sohn des toten Verwalters?"

„Ja."

„Für den bin ich nicht zu sprechen!"

„Verzeihung, Exzellenz — er läßt sich nicht abweisen!"

„Wirf ihn hinaus!"

„Er sagt, daß — ah, da ist er!"

Der Diener zog sich durch die Tür zurück, durch die Berteu eingetreten war. Dieser trug eine dunkle Bluse mit rotem Kragen und auf dem Kopf ein Käppi mit goldener Tresse. Ein Säbel hing ihm an der Seite.

„Ich hörte, daß man mich nicht einlassen will!" sagte er in frechem Ton. „Wer hat diesen Befehl gegeben?"

„Ich", entgegnete der General. „Gehn Sie!"

„Ich lasse mir einen solchen Befehl nicht — —"

„Hinaus!" rief der Graf, indem er sich erhob und nach dem Glockenzug griff.

Als Berteu die Achseln zuckte, ohne zu gehorchen, zog er die Glocke, daß es im ganzen Schloß widerhallte. Die Diener kamen herbeigestürzt; zugleich auch Mélac.

„Schafft diesen Menschen fort!" befahl der Graf.

Aber sein Befehl fand keinen Gehorsam.

„Nun?" rief er drohend.

„Gnädiger Herr, es geht nicht!" sagte Mélac. „Unten stehn seine Leute, über dreihundert Mann!"

„Was für Leute?"

Berteu trat noch einen Schritt näher und lachte höhnisch.

„Ja, das ist eine Überraschung. Wir kamen so leise, daß uns kein Mensch hörte. Jetzt aber wird man Ohren für uns haben müssen!"

„Was will denn dieser Mensch, Mélac?" fragte der General. „Warum behält er die Mütze auf. Seit wann duldet ein Diener es so ruhig, daß sein Herr beschimpft wird?"

„Von einer Beschimpfung ist keine Rede!" trumpfte Berteu auf. „Ich bin es, der hier Achtung zu verlangen hat! Ich gedenke, von jetzt an hier mein Hauptquartier aufzuschlagen, Herr von Perret."

„Hauptquartier? Verstehe ich recht?"

„Ja. Ich bin Befehlshaber eines ganzen Bataillons Franktireurs. Ich werde hier wohnen und verlange, daß meine Soldaten Pflege und Unterkommen finden!"

„Lächerlich!"

„Lächerlich? Haben Sie nicht den Kanonendonner gehört? Unser Heer ist in einer neunstündigen Schlacht abermals geschlagen worden. Die Truppen des Kronprinzen von Preußen sind in Châlons eingezogen. Zwei deutsche Heere sind auf dem Marsch nach Paris. Thiers hat beantragt, den Kaiser abzusetzen. Man wird es genehmigen. Da haben Sie alles. Jetzt wird das Volk sich erheben! Der Arbeiter wird zu seinem Recht gelangen. Wir bilden Regimenter und Divisionen, unter deren Fußtritten die Erde erzittern wird. Wir werden den Erbfeind über die Grenze werfen, um ihn in seinem eigenen Land zu zermalmen. Dazu aber bedürfen wir wenigstens ebensoviel, wie die Heere gebraucht haben, die nichts anderes konnten, als sich von den Deutschen schlagen zu lassen. Ich stehe hier als Befehlshaber meiner Truppen und verlange Wohnung und Verpflegung."

„Kein einziges Zimmer erhalten Sie!"

„Oho!"

„Und keinen Schluck Wasser. Ehrenhafte Soldaten werde ich jederzeit bei mir aufnehmen, Freibeuter aber jage ich fort!"

„Gut! Merken Sie sich genau, was Sie sagten! Was man uns nicht gibt, das werden wir uns nehmen! Übrigens verlange ich unverzügliche Auslieferung zweier Frauenzimmer!"

„Welcher?"

„Einer gewissen Liama und einer gewissen Marion de Sainte-Marie."

„Die befinden sich unter meinem Schutz."

„Sie geben sie nicht gutwillig heraus?"

„Nein!"

„Wir werden sie uns holen! Herr Kapitän Richemonte, unser Führer, wird bald eintreffen. Ihm haben wir sie abzuliefern!"

„Er mag sie sich holen!"

„Tun Sie nicht so stolz, alter Mann! Wen haben Sie denn, der Ihnen helfen könnte? Ein paar Diener und den Schließer. Die werden wir einfach mit dem Besen aus dem Schloß fegen, wenn sie sich nicht fügen."

Berteu ging.

„Herrgott!" klagte Ella. „Großpapa, was fangen wir an?"

„Kommt schnell nach meiner Bücherei! Bringt Wasser und Speisen! Schnell, schnell!"

Die Diener sprangen, während der Graf hinauseilte, um die starke Gangtür zu schließen und zu verrammeln. Der umsichtige Mélac hatte das gleiche auch mit dem großen Eingangstor getan, sobald Berteu hinaus in den Hof getreten war. Als dann Einlaß begehrt wurde, waren genug Vorräte zusammengetragen worden, um eine kleine Belagerung aushalten zu können.

Mélac hatte seine Frau und seine Enkelin mit nach oben genommen, dabei aber — Martin vergessen.

Jetzt hatten die Franktireurs ihre Beratung beendet. Sie klopften unten an. Als nicht geöffnet wurde, begannen sie, sich mit Gewalt Einlaß zu verschaffen.

Der Graf stand oben an einem dunklen Fenster und blickte hinab, ohne daß man ihn von unten bemerken konnte.

„Wahrhaftig, das sind wenigstens dreihundert Mann!" sagte er. „Man wird uns zu tun geben!"

„Großpapa, du willst dich doch nicht etwa wehren?" bat Ella in größter Besorgnis. „So wenige gegen so viele!"

„Kind, wir dürfen uns nicht freiwillig ergeben! Ich bin Offizier! Ich sterbe lieber, als daß ich mir von diesem Berteu Befehle erteilen lasse."

„Ja, wir verteidigen uns!" rief Marion kaltblütig. „Geben Sie mir ein Gewehr, Exzellenz!"

Jetzt hatten die Freischärler unten den Eingang zertrümmert. Sie drangen ins Schloß und die Treppe hinauf. Dort begannen sie die verschanzte Tür zu bearbeiten. Da ertönte von innen die Stimme des Grafen:

„Zurück! Sonst werden wir schießen!"

Ein Kolbenstoß war die Antwort. Die Tür erzitterte unter neuen Stößen. Da aber krachte im Innern ein Schuß. Die Kugel durchschlug die Tür und verwundete einen der Angreifer, der laut aufschrie und zurückwich.

Aber die Nachfolgenden drängten vor, und ganz hinten erschollen die Befehle Berteus.

„Zerschlagt die Tür! Wir müssen hinein!"

Einige Beherzte gehorchten. Kaum aber hatten sie ihre Arbeit begonnen, so schallten mehrere Schüsse, und abermals wurden einige verwundet.

Sich niederschießen zu lassen, dazu waren diese Menschen nicht hierhergekommen. Sie hatten auf eine gefahrlose Brandschatzung gerechnet. So zogen sie sich zurück und hielten Beratung.

„Der Graf hat mich getroffen", brüllte der zuerst Verwundete. „Blut um Blut! Kameraden, ihr müßt uns rächen!"

Wenige stimmten bei. Die meisten waren dagegen.

„Unsinn!" erklärte Berteu. „Warum wollen wir das Leben wagen? Dieser alte General hat da oben ein ganzes Zimmer voll Waffen. Wir hungern ihn mit seiner Sippe einfach aus."

„Dann sitzen wir in vierzehn Tagen noch da", meinte ein stämmiger Schmied. „Laßt mich nur machen! Wir müssen ganz ruhig sein, damit sie denken, daß wir den Angriff aufgegeben haben. Dann aber rennen wir mit einem gewaltigen Stoß die Tür in Stücke."

Er ging mit noch einigen anderen zum Wirtschaftsgebäude. Bereits nach kurzer Zeit brachten sie zwei schwere Wagendeichseln geschleppt. Die kräftigsten Männer wurden ausgewählt, und dann ging man ans Werk. Während der Haupttrupp der Franktireurs vor dem Schloß lärmen mußte, um die Aufmerksamkeit der Belagerten auf sich zu ziehen, schlichen sich diese Leute leise bis zur Tür herauf. Es gab einen fürchterlichen Krach; die Tür, für solche Angriffe nicht gefertigt, prasselte auseinander. Der eine Flügel war aus den Angeln gerissen worden und fiel in den Gang hinein. Zwar gaben die Belagerten sofort einige Schüsse ab, die aber nicht trafen, da die Stürmenden zur Seite gesprungen waren und man überhaupt die Vorsicht gebraucht hatte, kein Licht zu brennen. Ein Zielen war also dem General unmöglich.

Gleich darauf drangen die Freischärler weiter vor und drückten ihre Gewehre aufs Geratewohl ab. Die Kugeln pfiffen durch den leeren Gang, denn alle hatten sich zurückgezogen.

Der Graf hatte erkannt, daß mit so wenigen Personen eine ganze Zimmerreihe nicht zu halten sei. Darum befahl er, während er im Flur den Eingang verteidigte, die Waffen und die Nahrungsmittel nach zwei Turmzimmern am

Giebel zu bringen. Dies geschah, und dann war auch er dorthin geeilt. Die Tür wurde verschlossen und so gut wie möglich verrammelt. Die Franktireurs rückten wieder näher.

Als sie sich aber auch an dieser Tür zu schaffen machten, krachten drin ununterbrochen Schüsse. Das Holz war nicht stark. Die Kugeln drangen leicht durch, und mehrere der Angreifer wurden verletzt. Wütend zogen sie sich zurück.

„Setzen wir den roten Hahn aufs Dach!" schrie einer.

„Unsinn!" rief Berteu. „Das Schloß gehört uns. Wollen wir unser Eigentum vernichten? Sehn wir lieber, was es enthält! Wir werden vieles finden, was wir gebrauchen können!"

Dieser Vorschlag rief ungeheuren Jubel hervor. Die Bande zerstreute sich augenblicklich in alle Räume des Schlosses.

In der Nähe der Turmzimmer wurde es ruhig. Dadurch kam es, daß die Insassen das Klirren mehrerer Steinchen gegen die Fenster vernahmen. Sie blickten hinaus.

„Herr Jesus!" sagte Mélac. „Monsieur Martin! Den haben wir ganz vergessen!"

„Ist er es wirklich?" fragte General Perret vorsichtig.

„Ja, ich erkenne ihn. Er trägt den Arm in der Binde."

Perret öffnete leise das Fenster.

Martin, der es gewahrte, rief mit gedämpfter Stimme: „Herr Graf, halten Sie aus! Ich bringe Hilfe!"

„Bis wann?"

„Das weiß ich nicht genau, ich bringe sie aber bestimmt."

Er hatte noch in seinem Zimmer gesessen, und da die Läden geschlossen waren, hatte er von dem Nahen der Franktireurs nichts bemerkt. Erst als sie ins Schloß drangen, wurde er aufmerksam. Er verlöschte das Licht, und da sie alle nach der großen Treppe drängten, konnte er seine Tür unbemerkt ein wenig öffnen. Er hörte, was sie sprachen; er vernahm, daß Liama und Marion an den alten Kapitän ausgeliefert werden sollten.

Rasch öffnete er Fenster und Laden und sprang hinaus. Kein Mensch sah das; denn alle befanden sich im Schloß. Er musterte die Fenster und bemerkte am Lichtschein, daß sich die Überfallenen nach den Turmzimmern zurückzogen.

Er huschte also nach der Giebelseite und warf Steinchen an das Fenster. Nachdem er versprochen hatte, Hilfe zu holen, eilte er zum Wirtschaftsgebäude. Dort traf er einen Mann.

„Wer sind Sie?“ fragte Martin.

„Der Kutscher.“

„Und Sie sehen so gleichmütig zu, wie Ihre Herrschaft bedrängt wird?“

Der Mann zuckte die Achseln. „Was soll ich tun?“

„Nun, so geben Sie mir ein Pferd! Ich will Hilfe holen.“

Der andere richtete seine riesige Gestalt auf und lachte höhnisch.

„Sehr gescheit sind Sie nicht, mein Lieber!“ Dabei faßte er Martin fest bei den Schultern. „Sie sind mein Gefangener!“

„Teufel!“ fluchte Martin, der nun merkte, daß er einem Franktireur in die Hände gelaufen war.

Der Mann schob Martin, der sich scheinbar drein fügte, vor sich her der Stalltür zu. Dann zog er den Schlüssel heraus und steckte ihn ins Schloß. Dabei war er gezwungen, sich abzuwenden.

„Eigentlich brauchten Sie sich nicht hierherzubemühn“, meinte Martin in höflichem Ton.

„Warum?“

„Ich kann mir selber öffnen.“

„Das ist meine Sache. Ich werde doch nicht —“

Er sprach nicht weiter; er fiel wie ein Klotz zur Erde. Er hatte von Martin einen Hieb gegen die Schläfe empfangen, der ihm die Besinnung raubte.

„So, mein Bursche“, brummte der Deutsche. „Das war ein richtiger Husarenhieb. Merke ihn dir!“

Er schloß auf, trat ein und brannte ein Streichholz an. Auf der Streu lag ein Mann gefesselt.

„Nanu! Wer sind Sie?"

„Zum Teufel, ich bin der Kutscher!"

„Ah, einen Augenblick!"

Martin schnitt die Stricke durch.

„Danke schön!" sagte der Rosselenker. „Wer sind Sie denn? Ein Franktireur wohl nicht?"

„Nein. Der General wird belagert; man plündert das Schloß. Ich will Hilfe holen."

„Schön, schön; tun Sie das!"

„Wieviel Pferde sind hier?"

„Jetzt nur drei."

„Eins muß ich haben. Können Sie die beiden andern in Sicherheit bringen?"

„O doch! Ich müßte schnell anspannen und in das Nachbardorf fahren. Beim Maire bin ich geborgen."

„Tun Sie, was Sie denken! Draußen liegt Ihr Wächter; ich habe ihn niedergeschlagen. Schließen Sie ihn hier ein! Welches Pferd ist das schnellste?"

„Der Rotschimmel. Ich werde ihn losmachen. Soll ich ihn satteln?"

„Daß inzwischen die Franktireurs kommen, nicht wahr? Heraus mit dem Gaul!"

Der Kutscher brachte das Pferd, und der Husar sprang auf. Daß er weder Sattel noch Zaum hatte, das war ihm sehr gleichgültig. Er jagte trotz der Finsternis wie der wilde Jäger davon, zunächst nach Dorf Malineau, dann durch Etain und sodann nach Fresnes zu. Dort hoffte er Freunde zu treffen.

Ja, er stieß auf deutsche Truppen; aber die, die er suchte, nämlich Leute von der elften Kavalleriebrigade, zu der sein Regiment gehörte, fand er nicht. Und doch hatte er sie eigentlich hier zu suchen.

Endlich hörte er, daß er viel, viel näher an Metz heran müsse, und richtig, im Lauf des Vormittags traf er auf

Angehörige seines Trupps und fand endlich seinen Rittmeister in der Nähe von Trouville, an der Straße, die von da nach Puxioux führt.

„Du, Martin?“ sagte Hohenthal. „Schon wieder hier?“

„Ja, Herr Rittmeister. Sie schickten mich grad zur rechten Zeit nach Malineau. Der General sitzt mit seinen Damen tief in der Patsche.“

„Wieso?“

Er erzählte, was geschehn war. Jetzt hatte er den Arm nicht in der Binde, sondern bewegte ihn nach Belieben.

„Eine dumme Geschichte!“ meinte Hohenthal. „Wir hoffen, hier gebraucht zu werden, wenigstens erwarten wir Befehl zum Vorrücken, und nun kommt diese miserable Nachricht!“

„Wollen wir Mademoiselle Ella sitzen lassen?“

„Ella?“ lächelte der Rittmeister. „Du meinst natürlich die andere, nämlich Alice.“

„Auch mit, selbstverständlich.“

„Ich weiß nicht, ob mir der Alte die Erlaubnis gibt. Erstens geht der Ritt durch unsicheres Gebiet. Wie leicht können wir auf den Feind stoßen!“

„Wir sind Husaren, Herr Rittmeister.“

„Das ist richtig. Aber der Alte beurteilt die Angelegenheit anders als wir, die wir beteiligt sind. Trotzdem — es handelt sich um den General von Perret, einen alten, ehrenwerten und verdienten Offizier; aber wichtiger scheint mir die Tatsache, bei der Gelegenheit das Schwefelpack von Franktireurs vor die Plempe zu kriegen und dabei ein bißchen zu kundschaften. Ich gehe erst zum Oberst und dann weiter. Leg einstweilen den Waffenrock an!“

Das war bald geschehn. Martin mußte lange warten, und seine Ungeduld trieb ihn hin und her. Endlich kehrte Hohenthal zurück. Sein Gesicht leuchtete vor Freude.

„Geglückt?“ fragte Martin.

„Ja.“

„Wieviel?“

„Ganze Schwadron."

„Heissa, heirassassa!"

„Ist mir nicht leicht geworden."

„Aber unser Grund, wegen des alten, verdienten ehrwürdigen Generals, mit der hübschen Enkelin..."

„Halts Maul und mach, daß du in den Sattel kommst! Der Ausflug soll zugleich ein Erkundungsritt sein. Also sag es den Herren Leutnants! In zehn Minuten heißts drauf und dran!"

Das war eine Lust, als die Jungs hörten, daß es sich um eine Franktireurbande handle. Im Nu saßen sie im Sattel. Dann ging es lustig gen Westen, zwischen Conflans und Fresnes hindurch auf Etain zu.

Hohenthal ritt nach einer ausgezeichneten Generalstabskarte dieser Gegend. So kam es, daß er alle möglichen Richtwege einschlug und jedes Zusammentreffen vermied. Auch Etain wurde umgangen. Dann hielt die Schwadron an einem Waldrand, und die Offiziere berieten sich noch einmal.

„Am besten wäre es, wir würden die Kerls über den Haufen reiten und unsere Klingen an ihnen versuchen", sagte der Oberleutnant. „Erstürmen können wir das Schloß doch auf keinen Fall."

„Das ist richtig", meinte Hohenthal. „He, Martin!"

Martin drängte sein Pferd herbei.

„Sagtest du nicht, daß so ein Schuft am Stall Wache gehalten habe?"

„Ja. Leider weiß er, daß ich Hilfe holen will."

„Das ist ja prächtig!"

„Verzeihung! Ich dachte, ich hätte eine Dummheit begangen."

„Eigentlich ja; in diesem Fall aber nicht. Man wird uns erwarten. Leutnant von Hornberg, Sie reiten mit Ihrem Zug langsam nach Malineau, lassen sich aber in nichts ein. Ihre Aufgabe ist, die Aufmerksamkeit dieser Kerle auf sich zu lenken. Unterdessen machen wir einen Umweg, um von der andern Seite nach Malineau zu gelangen. Ich sehe hier auf meiner Karte so einen Weg, der uns passen könnte. Nehmen Sie an, daß wir in drei Viertelstunden dort sein werden! Sie treffen in dieser Zeit ebenfalls ein und plänkeln mit den Kerlen ein bißchen hin und her, damit ich sie auf passendes Gelände bekomme, am liebsten gleich vor die Vorderseite des Schlosses. Dann fegen wir sie über den Haufen. Scharfe Hiebe, Kinder, scharfe Hiebe! Also vorwärts, Leute!"

*

Der Nachmittag war angebrochen. In und um Malineau sah es übel aus. Man hatte die Möbel aus dem Schloß geschafft, auf einen Haufen geworfen und angebrannt. Aus Rache dafür, daß der Wächter niedergeschlagen und eingeschlossen worden war, hatte man auch das Wirtschaftsgebäude angesteckt. Es brannte lichterloh, und kein Mensch dachte ans Löschen.

Der Keller enthielt viel Wein. Die Freischärler waren über den Vorrat hergefallen und befanden sich nun in einem bedenklichen Zustand. Die Fenster wurden zertrümmert. Man hatte nicht viel bares Geld gefunden und verlangte mehr. Der General sollte es schaffen. Es war eine Abordnung an ihn abgeschickt worden, die die Kleinigkeit von einer Million verlangt hatte. Er hatte mit einer Kugel geantwortet.

Das verdoppelte den Grimm. Und nun hatte man dem Grafen eine letzte Forderung bekanntgegeben: wenn er bis heute abend zehn Uhr nicht die verlangte Summe schaffe, so werde man das Schloß anbrennen und ihn im Feuer umkommen lassen.

Der Posten, den Martin so schön versorgt hatte, berichtete, es sei jemand fortgeritten, um Hilfe für den Grafen zu holen. Daher hatte Berteu in der Gegend nach Etain Posten vorgeschoben, die ihn von allem Auffälligen benachrichtigen sollten.

Er selber saß in einem Zimmer des Schlosses und hörte

mit Vergnügen auf die Schüsse, mit denen man die Belagerten in Atem hielt. Man schoß von innen nach der Tür, hinter der sie sich befanden, und von außen nach den Fenstern der beiden Turmzimmer.

Da kam einer der ausgesandten Späher eiligen Laufs über den Schloßplatz.

„Sie kommen!“ rief er, noch bevor er die Tür hinter sich geschlossen hatte.

„Wer denn?“

„Die Feinde. Zwischen Etain und dem Dorf weiden sie ihre Pferde.“

„Wie? Was?“

„Ja, auf der Wiese.“

„Dann sind es keine Feinde. Wie sahn sie aus?“

„Rot. Und sie trugen Pelzmützen mit einem roten Zipfel.“

„O weh! Das sind deutsche Husaren!“

„Na, dacht ichs doch!“

„Sie werden vorher füttern, daß die Pferde frische Kräfte zum Angriff haben. Warte, ich werde mich selber um diese Sache bekümmern!“ —

Die Belagerten hatten während der ganzen Nacht kein Auge zugetan. Sie mußten für jeden Augenblick gerüstet sein. Je roher die Franktireurs sich zeigten, desto größer wurde die Gefahr, und als der General Weinflaschen in den Händen dieser Leute bemerkte, sagte er:

„Gott gebe, daß die Hilfe noch vor Abend kommt! Wenn es dunkel wird, sind wir verloren. Diese Menschen werden betrunken sein, und dann sind sie vollständig unzurechnungsfähig.“

Die Worte steigerten die Besorgnis. Marion blieb gefaßt; ihre Mutter war völlig teilnahmslos. Ella bangte mehr für den Großvater als für sich. Die Familie Mélac verhielt sich still, befand sich aber in sehr gedrückter Stimmung, und die Diener lugten voller Angst durch das Fenster nach der ersehnten Hilfe.

Freilich mußten sie sich sehr in acht nehmen, da die Franktireurs zu den Fenstern hereinschossen. Die Decke des Zimmers war mit Kugeln gespickt.

Einer der Diener wies hinaus.

„Exzellenz, es muß etwas los sein. Die Franktireurs laufen so auffällig nach dem Wald, dem Dorf entgegen."

Der Graf überzeugte sich.

„Vielleicht kommt Monsieur Martin mit der ersehnten Hilfe", sagte er. „Wehe dann diesen Menschen! Ein jeder französische Offizier wird sie sofort erschießen lassen. Wenn der Entsatz nur stark genug ist!"

„Sie kommen zurück!" bemerkte Ella.

Man sah allerdings, daß die Freischärler sich nach dem Schloß zurückzogen. Sie hatten ihre Waffen ergriffen und bildeten einzelne, nach dem Dorfwäldchen gerichtete Abteilungen.

„Ah! Dort, Großpapa!" rief Ella.

Sie deutete nach der Straße. Dort wurde der Zug Husaren sichtbar.

„O weh!" rief Graf Perret.

„Was? Das ist ja Hilfe."

„Nein, Kind. Das sind preußische Husaren."

„Herrgott — Preußen!"

„Ja, Feinde! Aber es ist wahr, Hilfe werden sie uns doch bringen, wenn sie sich überhaupt mit den Franktireurs einlassen."

„Es sind ihrer zu wenig!"

„Vorhut, Kind! Dahinter kommt der Haupttrupp. Warten wir es ab."

„Und du denkst, daß wir von ihnen nichts zu fürchten haben, Großpapa?"

„Nichts als Einquartierung."

„Ah, wenn sie doch nur schnell kämen!"

„Leider nicht! Sie steigen ab", sagte Marion.

„Ja", sagte der General. „Sie sehn, daß sie zu schwach sind, und erwarten die Ihrigen."

„Werden diese bald erscheinen, Großpapa?"

„Wer kann das sagen? Ah — schaut!"

Drüben am Waldessaum wurde ein leichtes Rauchwölkchen sichtbar, dann ließ sich ein einzelner, scharfer Knall hören.

„Sie schießen!" meinte Mélac in frohem Ton.

„Ja, sie beginnen wirklich, sich zu ordnen. Kinder, sie bilden die Vorhut eines größeren Trupps. Wir scheinen gerettet zu sein, wenn nicht — —"

„Was meinst du, Großpapa?"

„Wenn nicht unsre Leute kommen, die Monsieur Martin holt. Treffen diese auf die Deutschen, so sind beide so miteinander beschäftigt, daß uns die Franktireurs unterdessen niedermetzeln können."

Schuß um Schuß krachte da drüben. Die Husaren hatten ihre Pferde in den Schutz der Bäume gebracht und eröffneten von dort aus ein ziemlich lebhaftes Feuer auf die Freischärler. Diese erwiderten das Feuer hitzig und rückten langsam vor, so daß bald ein breiter Raum zwischen ihrer Rückenlinie und der Vorderseite des Schlosses entstand.

Da stieß Liama einen lauten Ruf aus. Sie hatte am Seitenfenster gestanden, das nach dem Park führte, und deutete nun mit dem ausgestreckten Arm dort hinaus. Der General trat neben sie.

„Alle Wetter!" rief er aus. „Rettung, Rettung! Welch ein schlauer Gedanke! Seht ihr die roten Reiter da hinter den Bäumen des Parks? Das ist eine ganze Schwadron. Der Rittmeister ist ein tüchtiger Offizier. Er lenkt die Aufmerksamkeit der Franktireurs nach vorn, hat sie unbemerkt umritten und wird sie nun überfallen. Wir sind gerettet."

„Gott sei Dank!" seufzte Ella.

„Ja, paßt auf, Kinder! Die Franktireurs haben keine Ahnung. Sie werden zwischen zwei Feuer kommen. Die da vorn werden sofort auch losbrechen, wenn die da im

Park — — paßt auf, paßt auf! Seht ihr den Rittmeister? Prächtiger Kerl! Ich bin ein guter Franzose — aber sagt mir nichts gegen diese preußischen Reiter!"

„Er zieht den Degen!" sagte Ella.

„Ja, nun geht's los. Da, da! Welch ein Anblick! Hört ihrs?"

„Hurra! Hurra!"

Unten riefens die Husaren. In vollem Lauf kamen sie von rechts aus dem Park gesprengt, an der Front des Schlosses hin, dann schwenkten sie im Nu nach rechts und von hinten in die Freischärler hinein.

„Prächtig! Prächtig! Sie reiten wie die Teufel!" rief der alte Soldat begeistert.

„Ich finde es gräßlich", rief Ella. „Mein Gott, die armen Menschen!"

Die Franktireurs hatten gar keine Zeit zur Besinnung. Sie waren überritten, bevor es einem von ihnen einfiel, einen Schuß zu tun. Und ehe sie sich aufrafften zur Flucht, hatten die Husaren kehrtgemacht und kamen von neuem über sie.

Der Zug, der vorhin geplänkelt hatte, brach unterdessen zwischen den Bäumen hervor. Verwundet oder nicht — wer laufen konnte, der lief — viele aber wälzten sich am Boden. Und nun hörte man den Rittmeister den Befehl zum „Streuen" geben.

„Fangt mir die Kerls ein!" rief er. „Aber nicht zu weit!"

Er selber hielt in der Nähe des Schloßtors, einen Wachtmeister an seiner Seite. Beide sprangen ab und traten ein.

„Er kommt!" sagte Graf Perret. „Er ist zwar ein Deutscher, aber ein vortrefflicher Offizier. Wir müssen ihm entgegengehn, um ihm zu danken. Kommt!"

Sie eilten durch die Reihe der Zimmer.

Rittmeister von Hohenthal aber war doch so schnell gewesen, daß er schon zu der einen Tür in den Salon trat, während General Perret und die Seinen durch die entgegengesetzte kamen. Er ging auf den General zu und grüßte artig.

„Rittmeister von Hohenthal von den preußischen Husaren, Exzellenz!"

Alle standen erstarrt. Sie trauten ihren Augen nicht.

Der General faßte sich zuerst.

„Herr Rittmeister, ich weiß nicht, ob ich recht vernommen habe", sagte er. „Bitte um Wiederholung Ihres Namens!"

„Von Hohenthal, Exzellenz."

„Danke!"

„O Gott!" Ella rief es aus. Ihre Augen waren mit einem unbeschreiblichen Ausdruck auf ihn gerichtet.

„Herr Rittmeister", fuhr der General fort, „es ist ein höchst glücklicher Zufall, der mir erlaubt — —"

„Zufall?" lächelte Hohenthal. „O nein, Herr General!"

„Was könnte es anderes sein?"

„Nun, haben Exzellenz nicht nach mir geschickt?"

„Nach Ihnen geschickt?"

„Allerdings. Sie ließen mir sagen, daß Sie von den Franktireurs bedrängt seien. Ich stand in der Nähe von Metz und eilte sofort herbei, um den Mückenschwarm zu zerstreuen."

„Sie sehen mich erstaunt, ja fast betroffen! Ich soll zu Ihnen gesandt haben? Zu einem deutschen Offizier? Wen denn?"

„Den da! — Wachtmeister Tannert!"

Martin hatte hinter der Tür gewartet. Er trat jetzt herein und stand vor seinem Rittmeister stramm.

„Martin! Oh, mein Martin!"

Mit diesem Ruf flog Alice auf ihn zu. Sie breitete die Arme aus; sie bebte vor Freude. Er aber stand wie aus Stein gehauen und machte ein so ernsthaftes Gesicht, daß sie einen Schritt vor ihm stehn blieb und die Arme sinken ließ. Sie erglühte vor Scham.

„Herr Rittmeister, darf ich?" fragte er.

„Los!" lachte Hohenthal.

„Zu Befehl! Na, komm her, mein Schwälbchen! Wenn du dich fangen lassen willst, so will ich dich auch festhalten!"

Er drückte sie an sich und küßte sie. Nun gingen auch den andern die Augen auf.

„Monsieur Belmonte — —" stieß der Graf hervor.

„Bitte, Exzellenz, Graf Artur von Hohenthal, königlich preußischer Husarenrittmeister."

„Ah, ah, ah, ah!" dehnte der General. „Darum, darum Ihre wiederholten Siege."

„Nicht nur darum, Exzellenz. Ich folgte dem Befehl und tat meine Pflicht. Wollen Sie mir zürnen?"

„Nein. Ich heiße Sie vielmehr als meinen Retter willkommen. Hier meine Hand!"

Sie schüttelten sich die Hände; dann trat der Rittmeister zu Ella und machte ihr seine Ehrenbezeigung.

„Gnädiges Fräulein, werden Sie weniger nachsichtig sein als Exzellenz?"

Sie erglühte, aber sie reichte ihm ebenfalls die Hand.

„Graf, Sie haben uns aus einer bösen Lage befreit. Ich werde es Ihnen nie vergessen. Sie scheinen zu unserm Retter bestimmt. Geht dirs nicht ähnlich, liebe Marion?"

Diese verneigte sich vor dem Rittmeister.

„Ich glaube, ich habe ja auch so einen Retter, der sicher erscheint, sobald ich mich in Gefahr befinde."

Der Oberleutnant trat ein und meldete:

„Zweiundsechzig Gefangene, darunter dreißig Verwundete. Wohin damit?"

„Hinunter in die Keller einstweilen."

Der Rittmeister stellte den Oberleutnant vor, bat um Entschuldigung und begab sich mit ihm und dem Wachtmeister hinab.

Ella stand neben Marion am Fenster.

„Ist das nicht ein Wunder, liebe Marion?"

„Ein großes Wunder und ein noch größeres Glück; denn er liebt dich, wie du ihn liebst."

Ella errötete und sagte, um die Verlegenheit zu überwinden:

„Nun sollte der — du weißt, wen ich meine — auch Offizier sein, Marion!"

„Unmöglich! Ich habe ihn dir ja beschrieben, seine — verwachsene Gestalt!"

„Ah, ja! Verzeih! Ich wollte dir nicht weh tun! Lieber will ich dir wünschen, daß dein Traum zur Wahrheit werden möge. Du hast ihn gesehn, in Sachsen."

„Träume sind Schäume! Ich sage dir, daß ich diesen armen Doktor mehr liebe, als ich den Offizier geliebt hätte."

„Prächtiger Offizier!" rief jetzt der am anderen Fenster stehende General. „Seht, wie er Vorposten ausstellt und Streifposten entsendet! Ja, diese Deutschen verstehn sich auf den Dienst. Also ein Graf? Wer hätte das gedacht! — Ich muß hinab zu ihm, der Gefangenen wegen. Die werden das in ihrem Leben nicht wieder versuchen."

In jugendlichem Eifer eilte er hinaus.

„Aber, liebes Kind", sagte Marion zu Alice, „nun ist er ja auf einmal ein Deutscher!"

Alice hob die Schultern und deutete zum Fenster hinaus.

„Mademoiselle haben gesehn, was die Deutschen können! Sie gewinnen Schlacht auf Schlacht und retten uns aus jeder Gefahr, in die wir durch unsere Landsleute gebracht werden."

„Sie haben recht, liebe Alice. Auch Ihr Martin ist ein ganzer Mann. Tannert nannte ihn der Rittmeister."

„Jetzt aber wollen wir uns erinnern, daß wir unseren Gästen gegenüber Pflichten haben!" fuhr Ella aus ihrem Sinnen auf. „Sehn wir also nach, was das Raubgesindel übriggelassen hat."

Hohenthal, der mit seinen Offizieren zum Essen geladen wurde, ließ sich erst nach langem Zureden bewegen, noch ein halbes Stündchen zu bleiben.

Kaum aber hatte man sich gesetzt und zu speisen begonnen, so hörte man unten den Hufschlag eines herangaloppierenden Pferdes; gleich darauf trat ein Unteroffizier ein.

„Herr Rittmeister, französische Reiterei im Anzug!"

„Aus welcher Richtung?"

„Es scheint von Briey her."

„Wie weit von hier?"

„In zehn Minuten können sie hier sein."

„Wie stark?"

„Zwei Schwadronen Gardekürassiere und eine Schwadron Gardedragoner!"

„Ah!"

Jetzt erhob er sich von seinem Stuhl. Der General mit all den Seinen war blaß geworden. Sollte sein Retter einer so überlegenen Macht in die Hände fallen?

„Herr Rittmeister, ziehn Sie sich schnell zurück!" drängte er. „Noch ist es Zeit. Die Truppen sind Ihnen an Zahl dreifach überlegen, und gar Gardekürassiere!"

Wenn Hohenthal den Gedanken gehabt hatte, das Schloß zu verlassen, jetzt dachte er nicht mehr daran. Sollte er in Gegenwart der Heißgeliebten feig erscheinen?

„Herr Oberleutnant, was meinen Sie?"

„Ganz das, was Herr Rittmeister meinen", antwortete der Angeredete kalt.

„Gut, so sind wir einig! Exzellenz, ein preußischer Husar flieht auch vor Übermacht nicht!"

„Um Gottes willen!"

„Herr von Hohenthal, ich bitte Sie inständig, schonen Sie sich", fiel Ella ihrem Großvater in die Rede.

Der Rittmeister warf ihr einen Blick des Dankes zu.

„Ich darf nicht gegen Pflicht und Ehre handeln. Wachtmeister Tannert, es mögen sofort zwei Leute nach Trouville jagen und den Oberst um Verstärkung ersuchen. Ich halte mich bis dahin."

„Zu Befehl, Herr Rittmeister!"

Die Tür klappte schon hinter ihm ins Schloß.

„Exzellenz kennen den Kriegsbrauch", wandte sich Hohenthal an den General, „und werden mir verzeihn. Ich erkläre Schloß Malineau in Belagerungszustand. Ich muß vor allen Dingen meine Pferde retten; denn ohne sie sind wir verloren. Die Tiere werden im Schloß selber untergebracht, und sollte es im Salon oder hier im Speisesaal sein!"

„Erdgeschoß und Keller bieten Raum genug", bemerkte der General mit zustimmender Verbeugung.

„Danke verbindlichst. Gestatten Sie, daß ich meine Vorbereitungen treffe!"

Er verließ mit den Seinen den Saal.

„Das ist ein Soldat — bei Gott!" sagte General Perret über den Tisch. —

18. RALLIONS ENDE

Der alte Richemonte war auf seiner Flucht, die mehr Hindernisse fand, als er erwartet hatte, bis in die Gegend von Briey gekommen. Er war zu Fuß, fühlte sich außerordentlich ermüdet und setzte sich am Rand der Straße, die durch ein Gehölz führte, nieder.

Er hatte noch nicht lang gesessen, so hörte er Hufschlag, und bald erblickte er einen Streifposten Gardekürassiere, der aus der Richtung erschien, in die er flüchtete. Als die Reiter ihn sahen, zügelten sie vor ihm die Gäule. Es war ein Sergeant mit vier Soldaten.

„Wer sind Sie?"

„Mein Name ist Richemonte, Kapitän der alten Kaisergarde", antwortete er stolz.

Der Sergeant grüßte ehrerbietig.

„Entschuldigung, mein Kapitän, aber ich muß meine Pflicht tun! Woher kommen Sie?"

„Ich kenne Ihre Pflicht, Sergeant; doch ich sage Ihnen, daß ich mich freue, Sie zu treffen. Vielleicht finde ich dadurch einen Offizier, zu dem ich gern möchte. Steht Ihre Eskadron in der Nähe?"

Sie wissen, daß ich diese Frage nicht beantworten darf. Welchen Offizier meinen Sie?"

„Oberst Graf Rallion."

„Kürassier Lebeau, steigen Sie ab, lassen Sie den Herrn Kapitän aufsitzen und führen Sie ihn zum Oberst Rallion!"

Der Mann sprang ab, Richemonte setzte sich mit seiner Hilfe in den Sattel, dann ging es zurück, während die Streife weiterritt.

Als das Gehölz zu Ende war, ging es über eine Anhöhe, von der aus man ein breites Tal überschaute, worin es von Soldaten wimmelte. Nach einer Viertelstunde waren sie unten; der Kürassier Lebeau hielt vor einem Haus und führte den Kapitän hinein.

Wahrhaftig, da saß Rallion an einem Tisch, über Karten gebeugt. Als er Richemonte erblickte, sprang er erstaunt auf.

„Kapitän? Ah, das ist wahrlich eine große Überraschung!“

„Ich glaube es!“

„Wie sehn Sie aus? Dieser Hut!“

„Geborgt von einem Bauersmann.“

„Teufel, wie kommt das?“

„Ich bin auf der Flucht. Die Preußen sind in Ortry und auch in Thionville.“

„Sie — sind — des — Teufels!“ kam es nur stoßweise aus dem Mund des Oberst.

„Ja. Ich war schon gefangen, bin aber entkommen.“

„Und unsre Vorräte . . . ?“

„. . . haben diese Preußen.“

„Unglaublich!“

„Dieser Doktor Müller — ah, er ist ein Greifenklau!“

„Sie scherzen! Erzählen Sie!“

Der Alte begann seinen Bericht. Er war nicht, wie der Ulanenoffizier gesagt hatte, durch den Sperrgürtel geschlüpft, sondern er war zurückgewichen und hatte sich wieder in den Schloßhof geschlichen.

Dort war er hinter ein paar Fässer gekrochen, um die Ablösung des Sperrgürtels abzuwarten. Die Fässer hatten sich ganz in der Nähe des eisernen Türchens befunden, durch das er entronnen war, und so hatte es ihm glücken können, das Gespräch Greifenklaus mit Fritz und dann auch dem Wachtoffizier zu belauschen.

Erst im Morgengrauen hatte er entweichen können; aber die ganze Gegend und auch das rechte Moselufer waren mit Posten besetzt gewesen, die auf jeden Weg zu achten hatten. Ein Bauer, der ihm zu Dank verpflichtet war, hatte ihn aufgenommen, ihm einen Hut und Geld gegeben, und ihn dann einen Abend später über die Mosel gebracht.

Diese Erzählung machte einen tiefen Eindruck auf den Oberst.

„Marion in Malineau und dieser Müller will hin! Er ist ein Greifenklau! Kapitän, wir haben uns entsetzlich betrügen lassen! Er steht in Berlin, sie war in Berlin; sie waren Liebesleute."

„Die Hölle verschlinge sie!"

„Darum also ließ sie sich von ihm so gern aus dem Wasser ziehn, und darum wollte sie von mir nichts wissen! Diese beiden haben unsere Geheimnisse belauscht! Oh, das muß gerächt, fürchterlich gerächt werden!"

„Wie denn?"

„Nun, wir reiten nach Malineau."

„Grad darum wollte ich Sie bitten! Das war es ja, was mich veranlaßte, Sie aufzusuchen. Wir finden fünfhundert Franktireurs dort."

Rallion verzog verächtlich die Lippen.

„Ich trau ihnen, ehrlich gesagt, nichts zu. Übrigens dürfen Sie nicht glauben, daß dieser kluge, durchtriebene Bursche ganz allein nach Malineau geht. Er nimmt sicher eine Abteilung Reiter mit. Wir müssen hin!"

„Werden Sie die Einwilligung des Korpskommandeurs bekommen?"

„Sofort. Ich werde es schon zu Gehör zu bringen wissen. Übrigens kennen Sie den Einfluß meines Vaters. Man verdirbt es nicht gern mit mir. Ich gehe jetzt. Dort steht mein Koffer. Es befinden sich auch Zivilsachen darin. Nehmen Sie sich unterdessen heraus, wessen Sie bedürfen! Ich schwöre Ihnen, daß ich diesem buckligen, verkappten Deutschen mit dieser meiner eigenen Hand den Kopf spalten werde!"

Er stürmte fort. Es dauerte nicht lang, so kehrte er wieder zurück.

„Nun?"

„Habe die Erlaubnis!"

„Wann geht es fort?"

„In einer Viertelstunde. Drei Eskadrons begleiten uns. Zwei Gardekürassiere und eine Gardedragoner. Das sind Kerls, die es mit dem Teufel aufnehmen, also auch mit einem Greifenklau!"

Der Kapitän erhielt ein Pferd, und in einer Viertelstunde trabten sie ab.

Nach einem langen Ritt in der Nähe des Ziels angelangt, schwenkten sie von der nach Etain führenden Straße rechts ab und hielten auf einem ziemlich reitbaren Feldweg grad auf Schloß Malineau zu.

Sie ritten hier durch lauter Wald. Der Oberst, die drei Rittmeister und der alte Kapitän an der Spitze.

Ein lauter Ruf ließ sie mitten in ihrem Gespräch aufhorchen, und unter den Waldbäumen trat ein Mann hervor, der ein blutiges Taschentuch um den Arm trug.

„Herr Kapitän, Herr Kapitän!"

Mit diesen Worten kam er näher. Richemonte kannte ihn; es war einer seiner Franktireurs. Er zügelte sein Tier.

„Sie sind verwundet?"

„Wir haben auf Schloß Malineau gegen deutsche Reiterei gekämpft."

„Ah, sehn Sie, Oberst! — Wer befehligt diese?"

„Ein junger Husarenrittmeister."

„Also Husaren — keine Ulanen?" stutzte er. „Wie ist es denn abgelaufen?"

„Sehr schlecht. Wir sind zersprengt; die Hälfte wurde verwundet, und ich übertreibe nicht, wenn ich sage, daß wenigstens fünfzig gefangen sind."

„Aber Kerl, wie ist das möglich? Erzählen Sie!"

Der Freischärler schilderte den Vorgang. Als er geendet hatte, ballte Kapitän Richemonte die Fäuste.

„Wie albern und jungenhaft! Ihr alle habt die Rute verdient. Wohin ist denn dieser Berteu?"

„Ich weiß nicht. Keiner konnte sich um den andern kümmern."

„Na, trösten Sie sich!" sagte Rallion. „Wir werden diese Scharte auswetzen. In einer halben Stunde befindet sich das Schloß in unsern Händen. Dann können Sie sich die gefangenen deutschen Helden ansehen, von denen Sie sich niederreiten ließen."

Der Zug setzte sich wieder in Bewegung. Aber jetzt beorderte der Oberst einige Aufklärer an die Spitze.

An der linken Seite des Schlosses, wo der Park an den Wald stieß, war dessen vorstehender Rand abgeholzt. Es gab da einige Reihen Holzklafter und Reisigbündel, zwischen denen noch die Baumstümpfe aus der Erde ragten.

An dieser Stelle mußten die Franzosen vom Schloß aus gesehen werden. Aber eigentümlich, obgleich sie das Gelände vollständig überblicken konnten, war es ihnen doch nicht möglich, die Spur eines feindlichen Reiters zu bemerken.

„Sie sind abgezogen", meinte der Alte enttäuscht.

„Oder liegen im Hinterhalt", fügte der Oberst hinzu. „Seien wir vorsichtig!"

„Pah! Hinter uns, sowie rechts und links von uns Wald. Wir können von Reitern nur vom Schloß selber aus angegriffen werden. Also vorwärts!" sagte Richemonte.

Der letzte Mann der letzten Eskadron hatte kaum die Waldlinie überschritten, so hörte man aus einem Fenster des Schlosses einen Schuß fallen. Sofort hielt der Zug an. Im gleichen Augenblick wurde das Tor geöffnet, und es trat ein Husarenoffizier heraus, der sich, ein weißes Taschentuch in der Hand, ihnen näherte.

„Prachtvoll!" meinte der Oberst. „Ein Unterhändler! Man will wegen der Übergabe mit uns sprechen."

Der Husar kam heran und blieb grüßend vor den Offizieren stehn.

„Gestatten die Herren", sagte er in gutem Französisch.

„Leutnant von Hornberg von den königlich preußischen Husaren."

Die Offiziere nannten ihre Namen.

„Ich habe den Auftrag", fuhr Leutnant Hornberg fort, „Ihnen mitzuteilen, daß Schloß Malineau sich in Belagerungszustand befindet."

„Wer gab Ihnen diesen Auftrag?" fragte Rallion.

„Der Befehlshaber, Rittmeister Graf von Hohenthal."

„Ein Rittmeister Hohenthal befehligt hier?"

„Jawohl!"

„Nicht ein Rittmeister von Greifenklau?"

„Nein."

„Sonderbar! Wo hat dieser Herr Befehlshaber denn eigentlich seine Truppen?"

„Ich bin nicht befugt, das kundzutun", lächelte der Husar.

„Nun, wir werden bald genug hinter diese Geheimnisse kommen, Herr Leutnant. Wir beabsichtigen nämlich, dem Herrn General Grafen von Perret, der doch Besitzer des Schlosses ist, einen Besuch abzustatten."

„Vielleicht ist Ihnen das erlaubt, natürlich unter gewissen Bedingungen."

„Wir beabsichtigen aber, unsern Besuch ganz bedingungslos zu unternehmen."

„Das wird wohl kaum möglich sein."

„Dann grüßen Sie also den Grafen Hohenthal von mir, dem Grafen Rallion, und sagen Sie ihm, daß ich binnen einer halben Stunde beim Herrn General erscheinen werde, mit oder ohne Erlaubnis, das ist mir gleich. Adieu!"

„Der Herr Rittmeister wird sich freuen, Sie begrüßen zu können", antwortete der Husar in höflicher Zurückhaltung. Dann kehrte er ins Schloß zurück.

„Unverschämter Junge, dieser rote preußische Gimpel!" knurrte der Oberst. „Meine Herren, wo stecken nach Ihrer Meinung diese Herren Husaren?"

„Wir müssen erkunden", meinte der Dragonerrittmeister. „Soll ich Streifposten vorschicken, Herr Oberst?"

„Tun Sie das!"

Paarweise ritten die Trupps in verschiedener Richtung ab. Ein junger Leutnant spornte sein Pferd und trabte dem Schloß zu. Da erschien an einem geöffneten Fenster des ersten Stocks Hohenthal.

„Zurück!" rief er herab.

Der Franzose zog verächtlich die Schulter empor und ließ sein Pferd weitergehn. Da krachte ein Schuß, und der Reiter fiel, durch den Kopf geschossen, vom Pferd.

Ein hundertstimmiger Schrei erscholl auf französischer Seite. Der Oberst griff wütend an seinen Degen.

„Das sollen sie mir bezahlen!" brüllte er. „Dieses arme, unschuldige Kerlchen! Holt ihn her!"

Dieser Befehl war an einige Dragoner gerichtet. Sie gehorchten. Sofort blitzte es aus mehreren Fenstern auf. Zwei der Leute sanken tot vom Pferd, und die andern flohen zurück.

Der Kapitän schüttelte beide Fäuste.

„Man wird euch das mit Zinsen wieder heimzahlen, ihr Schurken!" murmelte er. „Wollen wir nicht gleich hin und das Tor einschlagen?"

„So schnell nun nicht, Herr Kapitän! Wir wissen jetzt wenigstens das eine: nämlich, daß sich die Herren im Innern des Schlosses befinden. Warten wir erst die Rückkehr unserer Aufklärer ab."

Sie zogen sich ein wenig zurück. Die Leute kamen und berichteten, daß sich in der ganzen Umgebung des Schlosses kein preußischer Soldat befinde.

„Nun gut, so sind sie drin! Da haben wir sie also fest!" meinte der Oberst.

„Das scheint nicht so leicht!" sagte der Dragonerrittmeister.

„Kinderleicht! Wir lassen die Tür und die geschlossenen Läden einschlagen, so sind wir drin."

„Und die, die das tun sollen, werden aus den oberen Fenstern heraus erschossen."

„Unsinn! Wir beherrschen ja die Fenster von unten. Während die Hälfte der Mannschaft stürmt, hält die andere Hälfte die Deutschen von den Fenstern fern. Zwei Gardekürassiere und ein Gardedragoner werden es doch mit einem dummen preußischen Husaren aufnehmen, meine Herren!"

Es wurde gegen diesen Plan gesprochen; aber der Oberst setzte seinen Willen durch. Die Mannschaften mußten absteigen. Die Pferde wurden unter Obhut einiger Leute zur Seite außer Schußweite geführt. Dann trennte man die Mannschaften in zwei Abteilungen, um das Schloß in der geplanten Weise zu stürmen.

Nun gab Oberst Rallion den Befehl zum Angriff.

Ohne Zögern rannte die eine Abteilung auf das Schloß los, während die zweite Mannschaft die Fenster des ersten Stockwerks unter Feuer setzte. Dort wurden in demselben Augenblick sämtliche Läden des Erdgeschosses geöffnet — eine fürchterliche Salve krachte den Angreifern entgegen. Mann um Mann stürzte zu Boden.

Die Unverletzten zauderten.

„En avant, en avant!" schrie der Oberst.

Sie gehorchten. In langen Sätzen stürmten sie weiter und erreichten die Mauer, wo sie sich sicher wähnten.

„Brav!" stieß der Oberst erleichtert hervor. „Diese verdammten Preußen zielen besser, als ich dachte. Aber sie sind schon halb besiegt. Unsere Leute sind an der Mauer des Hauses vor jeder Kugel sicher. Wehe dem Feind, der sich an einem der Fenster sehn lassen wollte!"

Auf sein wiederholtes Kommando versuchten die Franzosen, in die Fenster zu steigen. Einer hob den andern, aber — — ein Schrei der Wut erscholl rings um das Gebäude; diejenigen, die das Einsteigen gewagt hatten, fielen in die Arme derer, von denen sie gehoben wurden, zurück, von den Säbelhieben der Husaren getroffen. —

Leutnant von Hornberg hatte dem Rittmeister von Hohenthal gemeldet, wie er empfangen worden war, und welchen Bescheid er erhielt.

„Wollen sehn, ob er es so weit bringt, in der angegebenen Zeit seinen Besuch zu machen."

Er schickte zum General Perret.

„Exzellenz", sagte er, „eigentlich ist es meine Pflicht, mich aller Personen, die das Schloß bewohnen, zu versichern. Ich glaube aber überzeugt sein zu dürfen, daß dies nicht nötig ist. Ich bitte Sie um Ihr Ehrenwort, daß keiner von Ihren Leuten etwas unternimmt, was nicht mit meinen Absichten in Einklang zu bringen ist."

„Ich gebe es für mich und für alle die Meinigen."

„Ich danke. Darf ich Sie bitten, sich in das oberste Stockwerk zurückzuziehn?"

„Ich gehorche natürlich!"

„Aber Sie werden die Güte haben, mir Ihren Beschließer zu senden. Ich bedarf sämtlicher Schlüssel, die vorhanden sind."

„Er steht zu Ihrer Verfügung. Aber, Herr Rittmeister, in welcher Weise wird wohl der Angriff erfolgen?"

„Das werde ich erst nach näherer Beobachtung wissen. Es ist möglich, daß sie das Erdgeschoß stürmen und zugleich den ersten Stock beschießen, weil wir uns da oben sehn ließen. Natürlich werde ich Sorge tragen, daß Ihr Eigentum möglichst geschont wird. Bitte, kehren Sie zu den Damen zurück, um sie zu beruhigen!"

„Mélac mußte sämtliche unteren Räumlichkeiten öffnen. Hohenthal ließ die Fenster aufwirbeln, die geschlossenen Läden aber nur lösen. Dann gab er Befehl, im Fall eines Angriffs zuerst eine Salve zu geben, dann aber jeden Eindringling mit dem Säbel zurückzuweisen. Auf diese Art wurde die Munition gespart. Auch durfte sich dann keiner am offenen Fenster blicken lassen. Hinter dem

Fensterpfeiler stehend, war der Verteidiger gedeckt und konnte doch den Säbel nach Kräften brauchen.

So waren sie gerüstet, den Feind zu empfangen. — —

*

Richard von Greifenklau war, nachdem er mit Fritz Schloß Ortry verlassen hatte, in die Gegend von Metz geritten. Dort standen die deutschen Heere im Begriff, den Marschall Bazaine einzuschließen.

Die beiden Ulanen kamen erst am Morgen nach Sillegny, wo man sich zum Kampf vorbereitete. Um zu ihrer Truppe zu gelangen, mußten sie noch weiter nach Ars Laquenepy. Dort erfuhren sie, daß andere Verfügungen getroffen worden seien. Das Gardeulanenregiment war noch in der Gegend von Gorge zu suchen.

Dorthin gelangten sie erst am Nachmittag, während seit Vormittag im Norden die Kanonen donnerten; ein Zeichen, daß da eine Schlacht im Gang war.

In Gorge erfuhren sie endlich, daß drei Schwadronen nach Chambley geworfen worden seien. Über den Aufenthalt der übrigen konnten sie nichts erfahren.

„Verteufelte Geschichte!“ meinte Fritz. „Wir wollen und wir müssen nach Schloß Malineau, um die Absichten dieses Richemonte zuschanden zu machen. Dazu bedürfen wir der Erlaubnis. Wo aber den Oberst finden?“

„Es bleibt uns nichts übrig, als eben nach Chambley zu reiten“, entgegnete Greifenklau mißmutig.

„Könnten wir denn nicht auf eigene Faust handeln?“

„Das wäre bedenklich.“

„Warum? Es ist uns ja weder Zeit noch Ort bestimmt, wann und wo wir zum Regiment stoßen sollen.“

„Aber unser Dienstbefehl lautet, sofort eintreffen, nachdem wir unsere Vorkehrungen in Schloß Ortry getroffen haben.“

„Nun, mit dieser Vorkehrung sind wir ja noch nicht fertig! Kapitän Richemonte gehört doch auch dazu! Er ist entflohn. Wir müssen ihn suchen und finden!“

„Nicht übel!“ lachte Richard. „Warten wir, wie es in Chambley aussieht.“

Wenn sie gewußt hätten, daß der alte Kapitän nicht so schnell fortgekommen war und noch in der Gegend von Ortry bei einem Bauern steckte, so hätten sie sich keine solche Sorge gemacht.

„Übrigens“, meinte Fritz, „scheint mir, als ob wir auf diese Weise nicht mehr sehr weit gelangen werden. Mein Gaul ist so müde, daß ich ihn mit der Kutsche weiterschaffen möchte.“

„Bis Chambley muß er unbedingt aushalten. Mein Pferd lahmt schon seit einer Viertelstunde. Müssen wir heut noch weiter, so wird es notwendig sein, uns nach anderen Gäulen umzuschauen.“

Aber schon nach kurzer Zeit erkannten sie, daß sie das angegebene Ziel schwerlich erreichen würden. Straßen und Wege waren von Teilen des dritten und zehnten Armeekorps verstopft, die nach Trouville und Vionville geworfen wurden. Es blieb den beiden nichts übrig, als von der Richtung abzuweichen und den Umweg über Saint Julien de Gorge einzuschlagen.

Als sie dort eintrafen, war es Nacht geworden. Sie konnten unmöglich weiter. Sie fanden kein anderes Nachtquartier als einen alten Schuppen, wo sie glücklicherweise etwas Stroh entdeckten.

Im Morgengrauen ging es wieder fort. Sie gelangten aber, weil es überall von Militär wimmelte, nach Chambley erst ziemlich spät.

Dort fand Greifenklau endlich Gardeulanen, aber auch nur eine einzige Schwadron. Die andern beiden waren nach Troyon beordert worden, dem Heer des Kronprinzen entgegen.

Wie gern hätte der Rittmeister sich sofort an die Spitze dieser Leute gesetzt, um sie nach Malineau zu führen — aber das war unmöglich. Er mußte sich mit dem Etappenkommandanten ins Einvernehmen setzen, und dann waren noch andere Schritte zu tun, so daß es sehr spät wurde, als er endlich von Buxières, wohin er gesandt hatte, die Erlaubnis bekam, die Schwadron zu dem angegebenen Zweck zu verwenden.

Mittlerweile hatten er und Fritz Schneeberg-Eschenrode sich neue Pferde besorgt und fort ging's.

Aber Etain lag weit, und Greifenklau sah sich zu denselben Vorsichtsmaßregeln gezwungen, die auch Hohenthal angewendet hatte, um nicht bemerkt zu werden: er vermied soviel wie möglich alle bewohnten Orte, ritt endlich auch um Etain in einem weiten Bogen herum und kam mit seiner Schwadron auf dieselbe Straße, auf der Oberst Rallion sich mit seinen drei Eskadrons dem Schloß genähert hatte.

Sie hatten vielleicht noch fünf Minuten zu reiten, bevor sie aus dem Waldweg ins Freie gelangten; da hörten sie vor sich Schüsse fallen.

„Man ist schon bei der Arbeit", meinte Fritz.

„Das sind wohl die Franktireurs!" bemerkte ein Offizier.

„Schwerlich", antwortete Greifenklau. „Das war eine so ordnungsmäßige Salve, daß ich annehme, es befindet sich Militär vor uns."

„So müssen wir aufklären."

„Gewiß. Bleiben Sie mit den Leuten zurück! Fritz, steig mit ab! Wir gehn unter den Bäumen vor. Hören Sie drei Revolverschüsse hintereinander, Herr Oberleutnant, so eilen Sie herbei; denn dann befinden wir uns in Gefahr."

Dort, wo man den Wald niedergeschlagen hatte, fanden die beiden Kundschafter hinter den Reisighaufen ein sicheres Versteck, aus dem sie alles ungefährdet beobachten konnten.

„Ah!" flüsterte Fritz. „Das sind allerdings keine Franktireurs, das sind Gardekavalleristen!"

„Kürassiere und Dragoner. Sie wollen das Schloß stürmen. Warum? Man stürmt doch nur einen Ort, wenn sich der Feind dort befindet!"

„Richtig! Wer könnte das sein?"

„Das weiß der Kuckuck. Schau, wieder eine Salve! Das sind tapfere Burschen dort drin!"

Greifenklau nahm seinen Feldstecher und richtete ihn nach den Fenstern des Schlosses.

„Kein Mensch ist zu sehn."

„Natürlich!" meinte Fritz. „Ließe sich einer blicken, so wäre er ja auch verloren. Das Schloß ist umzingelt, und auf jedes Fenster sind einige Gewehre gerichtet. Es hat den Anschein, als ob da ein alter schlauer Fuchs ausgeräuchert werden solle. Schau, Richard, dort hinter der Baumgruppe hält der Stab der Belagerer! Sieh sie dir mal genau an!"

„Alle Teufel!" stieß Greifenklau hervor, als er den Feldstecher vor die Augen hielt.

„Was?"

„Da hält ein Oberst, ein ganz junger Kerl. Ich kann das Gesicht nicht genau erkennen; aber ich möchte wetten, daß es unser lieber Herr von Rallion ist. — Ah, jetzt wendet er sich nach rechts. Ich seh ihn genauer. Bei Gott, er ists! Und Fritz, kennst du den Menschen in Zivil neben ihm?"

„Ja; der Weißbart? Höre, ist das nicht gar unser alter Freund Richemonte?"

„Ich möchte es fast annehmen. Aber wenn er es wirklich ist, so muß ich daraus schließen —"

„Was denn?"

„Wäre der Alte nicht dabei, so dürfte man vermuten, daß man eine Bande Franktireurs umzingelt hat, um sie wegen irgendeiner Schurkerei zu bestrafen; aber weder Rallion noch der Kapitän würden das tun."

„Da, da, da", sagte Fritz schnell hintereinander. „Siehst du es? Da, am Giebel?"

„Ja. Nieder mit den Köpfen! Das soll ein Zeichen für

uns sein, und diese Franzosen könnten daraus auf unsere Anwesenheit schließen.“

Sie bückten sich hinter den Reisighaufen, bemerkten aber auch sogleich, daß sie nicht gefährdet waren.

„Fritz, hast du’s erkannt? Eine rote Husarenjacke. Man hat uns vom Schloß aus bemerkt und will uns sagen, wer sich dort befindet.“

„Also preußische Husaren. Wie aber kommen sie nach Schloß Malineau?“

„Wer weiß? Jedenfalls ein Streiftrupp. Wir müssen ihnen unbedingt zu Hilfe eilen.“

„Natürlich. Es sind brave Kerle. Und scharfe Augen haben sie: uns hier zu bemerken!“

„Allerdings. Komm!“

Sie traten wieder unter die Bäume und eilten zur Schwadron zurück.

„Nun?“ fragte der Oberleutnant neugierig.

„Drei Schwadronen französischer Gardekavallerie belagern eine preußische Husarenstreifwache, die im Schloß Schutz gesucht hat“, antwortete Fritz.

„Da kommen wir zur rechten Zeit. Oder?“

Der Offizier warf einen fragenden Blick hinter sich auf seine Leute. Greifenklau verstand ihn.

„Ob wir zu schwach sind, diesen drei Schwadronen gegenüber?“

„Es ist meine Pflicht, diesen Gedanken auszusprechen.“

„Gewiß! Aber —?“

„Die Jungs reiten in die Hölle, wenn wir wollen! — Horch!“

Man hörte vom Schloß her ein Signal.

„Ah!“ meinte Fritz. „Die Herren sehen ein, daß es auf diese Weise mit der Belagerung doch nicht vorwärts geht. Sie rufen ihre Leute wieder zusammen. Man wird einen Kriegsrat halten.“

„Das benutzen wir und hauen auf sie ein!“ ergänzte Greifenklau. „Die Kerls sind, außer den Offizieren, abgesessen. Ihre Pferde stehn links von der Mündung dieses Wegs unter dem Schutz einiger Dragoner. Kommen wir zwischen Reiter und Pferde, so sind sie verloren. Herr Oberleutnant, es sind ein Drittel Dragoner und zwei Drittel Kürassiere. Sind sie zu Fuß, so haben wir leichte Arbeit. Wir reiten sie nieder. Gehn wir näher, daß auch Sie Umschau halten können!" —

Oben an einem Fenster des Dachstocks hielt Mélac Ausguck. Er blickte nach der Seite hinaus, von der die Feinde gekommen waren. Das Auge des Schließers streifte dabei auch den Waldrand und blieb auf einem Punkt haften, an dem sich etwas Farbiges zeigte.

Er sah schärfer hin; aber er war alt und konnte das, was sich dort befand, nicht deutlich erkennen. Darum begab er sich ins Nebenzimmer zu den andern.

„Bitte, wo ist der Herr General?" fragte er. „Ich glaube, es kommen neue Feinde."

„Großer Gott!" seufzte Ella.

„Es war mir, als ob ich drüben hinter dem Reisig etwas Buntes, etwas Militärisches entdeckt hätte."

„Großpapa ist für einige Augenblicke hinuntergegangen. Komm, liebe Marion, wollen sehn, was es ist!"

Mélac führte sie. Kaum hatten sie einen Blick hinausgeworfen, so rief Ella:

„Wirklich neue Soldaten!"

„Sind es Franzosen oder Deutsche?" fragte Marion ruhig.

„Man kann es nicht genau erkennen."

„Was tun? Wir müssen es wohl Rittmeister von Hohenthal wissen lassen."

„Natürlich! Monsieur Mélac, holen Sie schleunigst den Rittmeister!"

Der Alte eilte fort. Nach wenigen Sekunden brachte er Hohenthal, den einer seiner Leute begleitete.

„Wo ist es?" fragte er ohne alle Einleitung.

„Dort, grad meinem Arm nach, hinter dem Reisighaufen", antwortete Ella.

Sein Auge folgte der Weisung. Ein Blitz der Freude zuckte über sein Gesicht.

„Herunter mit deiner Jacke!" gebot er dem Husaren. „Halte sie ans Fenster, damit die da drüben merken, daß sich hier Husaren befinden."

Der Mann gehorchte. Der Rittmeister nahm sein Glas ans Auge.

„Alle Wetter!" entfuhr es ihm.

Er warf noch einmal einen kurzen Blick hinüber.

„Zurück!" befahl er dem Husaren. „Sie haben uns schon bemerkt. Sie verbergen sich, weil unser Zeichen den Feind auf sie lenken könnte."

„Dürfen wir erfahren, wer es ist, Herr Rittmeister?" erkundigte sich Marion.

„Eigentlich nicht", lächelte er. „Doch will ich es Ihnen nicht vorenthalten: ich habe dort zwei preußische Ulanenoffiziere entdeckt."

„Was bedeutet das?"

„Daß in wenigen Minuten Ihnen Gelegenheit geboten wird, den tapfersten Ulanenoffizier kennenzulernen. Ich habe ihn mit meinem Glas deutlich erkannt. Ein Freund von mir, Richard von Greifenklau, kommt, diesen Herren da unten eine Lehre zu geben."

„Greifenklau?" hauchte Marion.

Sie war sehr bleich geworden.

„Ja. Wenn ich recht vermute, befindet er sich nicht allein in der Nähe. Bitte, treten Sie in das Eckzimmer, so werden Sie Zeugen eines lebhaften Kampfes sein. Ich muß hinunter."

Er eilte mit seinem Begleiter fort.

Ella legte den Arm um Marions Schulter.

„Du bist erschrocken?" fragte sie besorgt. „Nicht wahr, Greifenklau hieß der Offizier, den du in Dresden sahst?"

„Ja. Und dessen Bild ich besitze."

„Ob er es wirklich ist?"

„Jedenfalls."

Marion strich sich mit der Hand über die Stirn und sann vor sich hin.

„Wirst du nicht mit ihm sprechen können?" fragte Ella weiter.

„Es war ein Traum", entgegnete Marion leise, „ich aber gehöre der Wirklichkeit. Seine Anwesenheit kann keinen Einfluß auf mich haben."

Da hörte man das Zeichen, das auch Greifenklau mit den Seinigen vernommen hatte. Einige Augenblicke später kam der General.

„Ah, hier seid ihr! Die Reiter ziehn sich zurück. Der Kampf scheint ein Ende zu haben."

„O nein", entfuhr es Ella.

Überrascht hob der General den Kopf.

„Warum nicht? Weißt du es anders?"

„Ja. Es sind preußische Ulanen im Wald. Rittmeister von Hohenthal sagte es."

„Nun, dann Achtung, Kürassiere! Aber, wo stecken die Ulanen?"

„Sie sind fort; man sieht sie nicht mehr."

Man hörte auf der Treppe schnelle Schritte; Rittmeister von Hohenthal trat ein.

„Die Damen haben Ihnen Mitteilung gemacht?" fragte er den General.

„Ja."

„Es tut mir leid, daß es mir nicht vergönnt ist, Ihre Vaterlandsliebe zu schonen, Exzellenz. Es ist eben Krieg. Übrigens werden Sie jetzt, wenn ich mich nicht irre, ein seltenes Reiterstück zu sehen bekommen."

„Sie haben schon ein unvergleichliches geliefert."

„Oh, Freund Greifenklau kommt! Das ist eine Klasse für sich."

„Greifenklau? Diesen Namen habe ich schon einmal gehört. So hieß ein preußischer Offizier, der sich der außerordentlichen Gunst Ihres Marschalls Blücher erfreute."

„Und dieser hier ist jenes Mannes Enkel."

„Ah, die Belagerer haben sich zurückgezogen. Man wird das Schloß einkreisen und nach weiteren Truppen senden."

„Das ist zu erwarten; aber sie werden in der Ausführung dieses Vorhabens ein bißchen gestört werden. Hören Sie das Pferdegetrappel im Erdgeschoß?"

„Ja. Sie werden doch nicht etwa einen Ausfall machen?"

„Gewiß werde ich das."

„Welch ein Wagnis! Sie wollen die Deckung, die Sie hier finden, aufgeben?"

„Warum nicht? Ah — Exzellenz, da drüben!"

Er deutete durchs Fenster.

„Bei Gott! Preußische Ulanen!" rief General Perret.

„Gardeulanen! Die Spitze läßt sich vorsichtig blicken. Jetzt ist meine Zeit gekommen. Ich muß die Aufmerksamkeit des Feindes auf mich lenken, damit Greifenklau sich unbemerkt nähern kann. Auf Wiedersehn!"

Er eilte hinab.

„Gott, mein Gott!" klagte der General. „Und ich darf unsern Leuten kein Zeichen geben! Es will mir das Herz abdrücken!"

Ein Hornruf schmetterte durch die Räume des Hauses.

„Was bedeutet das?" fragte Ella.

„Es wird wohl heißen: Fertig zum Angriff!" meinte der General.

„Sieh! Unsere Soldaten starren alle zum Schloßtor!"

„Dieser Rittmeister ist wahrhaftig so tollkühn, das Tor zu öffnen. Ich glaube gar, er hat seine Husaren im Innern des Hauses aufsitzen lassen. Hört!"

Von drüben her, wo die Franzosen hielten, vernahm man ein schallendes Gelächter. Die Reiter schauten noch immer nach dem Eingang des Schlosses und nahmen die Karabiner unter den rechten Arm.

„Die Husaren sind verloren, wenn sie jetzt wirklich den Ausfall wagen“, meinte der General mißbilligend.

Ella legte die Hände auf die Brust.

„Herrgott, wende das ab!“ flüsterte sie.

Drüben, wo Oberst Rallion hielt, ertönte ein scharfer Befehl. Seine Leute bildeten eine doppelte Schützenlinie. Die erste Reihe legte das Gewehr im Knien an, die zweite zielte im Stehn. So erwarteten sie die Husaren — es war kein Zweifel, daß die tollkühnen Reiter schon im ersten Augenblick verloren waren, wenn sie aus dem Schutz des Tors hervorsprengten. —

„Heiliger Himmel! Da drüben, da drüben!“ schrie der General.

Er deutete zum Waldesrand hinüber, den sie in den letzten Minuten aus den Augen gelassen hatten. Dort brachen die Ulanen wie ein Unwetter hervor, ganz vorn Greifenklau mit erhobenem Säbel. Das alles war so schnell gegangen, daß die Franzosen es gar nicht bemerkt hatten. Jetzt erst, da der Boden unter den Hufen der feindlichen Rosse erdröhnte, wendeten sie die Köpfe.

„Hurra! Hurra!“

Mit diesem Ruf waren sie auch schon heran, die preußischen Ulanen.

Und jetzt antwortete es auch vom Schloß her. Durch das geöffnete Tor spritzten die Husaren ins Freie. Mit hochgeschwungenem Säbel stürzten sie sich auf die Franzosen.

„Herr, mein Heiland!“ stöhnte Mutter Mélac und barg das Gesicht in beide Hände.

„Gut, gut!“

Dieses Lob entfuhr dem Mund des Generals. Er konnte es nicht zurückhalten, er mußte selbst dem Feind Bewunderung zollen.

Die Offiziere der Franzosen hatten sich bisher ziemlich fern gehalten, so daß ihre Gesichtszüge nicht zu unterscheiden gewesen waren. Und da Rittmeister von Hohenthal nichts über die Unterredung des Unterhändlers mit Oberst Rallion geäußert hatte, so wußte Marion nicht, wer die französischen Offiziere eigentlich waren.

Sie hatte wohl bemerkt, daß sich ein Nichtsoldat bei den Offizieren befand und daß dieser ein alter Herr sein müsse. Jetzt, als die Ulanen heranstürmten und die verdutzten Franzosen diesen unerwarteten Feind bemerkten, gab der Alte seinem Pferd die Sporen und riß es zur Seite. Es stieg in die Höhe und galoppierte dem entgegengesetzten Teil des Waldes zu. Hierbei schaute der Greis wütend zurück, so daß Marion sein Gesicht erkennen konnte.

„Himmel! Der Kapitän!“ rief sie aus.

„Welcher Kapitän?“ fragte Ella.

„Richemonte!“

„Dein Peiniger? Wo?“

„Dort — der Alte, der eben im Wald verschwindet!“

„So ist dieser ganze Überfall auf dich abgesehn gewesen!“

„Jedenfalls. Allen Heiligen sei Dank! Er ist fort!“

Der Angriff war glänzend gelungen; aber die Übermacht war doch zu groß, und die verzweifelten Franzosen wehrten sich wie die Teufel. Zuerst waren sie einfach überritten worden, wobei die Lanzen entsetzliche Ernte hielten. Nun aber setzten sie sich zur Wehr. Sie ergriffen die ihnen entfallnen Karabiner, oder sie zogen blank. Es gelang ihnen zwar nicht, zu ihren Pferden zu kommen, aber sie fochten tapfer zu Fuß. Das Gefecht löste sich in Einzelkämpfe auf.

„Dort, der Oberst!“ rief General Perret begeistert. „Er verteidigt sich gegen zwei Husaren. Ein tüchtiger Fechter. Ah, wirklich, den kenne ich! Das ist Rallion!“

„Rallion?“ fragte Marion entsetzt. „Ja, ja, gewiß! Jetzt erkenne ich ihn auch! Es war also wirklich auf mich abgesehn!“

„Welcher mag denn wohl Greifenklau sein?" flüsterte ihr Ella zu.

„Der Anführer, der voranritt!"

„Wo ist er?"

„Der Anführer?" fragte der General. „Das ist er, mitten im Knäuel drin! Er trägt die Abzeichen eines Rittmeisters. Mille tonnerres, ist das ein Kerl! Seht, wie er mit dem Säbel umzugehn versteht! In der Rechten das Eisen und in der Linken die Pistole!"

Marion faltete die Hände. Plötzlich stieß sie einen lauten Angstschrei aus.

„Herrgott — er ist verloren!"

Ein Dragoner hatte sich von hinten an das Pferd Greifenklaus gedrängt und holte mit dem Säbel aus. Der Rittmeister aber bemerkte es, drehte sich um und schoß ihm eine Kugel durch den Kopf.

„Gerettet!" stöhnte Marion.

„Er läßt sein Pferd steigen!" rief der General. „Da, da bekommt er Hilfe! Ein Leutnant, ein riesiger Kerl, mit noch mehreren — alle Teufel, hauen die zu!"

„Rallion ist seine beiden Husaren noch immer nicht los", sagte Ella jetzt. „Paß auf, Marion — der Ulanenrittmeister hat ihn erblickt — er fegt heran — er ruft den Husaren etwas zu — sie lassen vom Oberst ab — er will ihn für sich allein haben — ah, die Anführer im Zweikampf miteinander!"

General Perret hielt die Hände um das Fensterkreuz gekrampft und schaute mit zusammengebissenen Zähnen hinüber.

Man hatte die Worte Greifenklaus oben im Schloß nicht hören können. Richard war es bisher noch nicht gelungen, an Rallion heranzukommen. Er hatte sich mitten im Kampfgewühl befunden. Jetzt aber, da er mit Fritzens Hilfe, den der General als den „riesigen Kerl" bezeichnet hatte, seine Bedränger losgeworden war, spornte er sein Pferd auf Rallion zu.

„Halt! Zurück. Dieser gehört mir!" brüllte er die beiden Husaren an.

Sie ließen sofort von Rallion ab und suchten sich andre Arbeit.

Jetzt erblickte der Oberst seinen neuen Feind.

„Sacré!" rief er. „Doktor Müller! — Ah, ich weiß — Verdammter Greifenklau! — Fahr zur Hölle, verfluchter Hund!"

Er riß sein Pferd herum, holte zu einem fürchterlichen Hieb aus. Er schlug indes eine Finte und wollte nun mit sausender Klinge einen tödlichen Schlag zwischen Ohr und Schulter des Gegners führen.

Aber er hatte Greifenklau unterschätzt — sein Säbel glitt an der Klinge des anderen ab. Der harte Gegenschlag riß ihm fast den Korb aus der Faust.

Richard von Greifenklau hob sich in den Bügeln.

„Hinab mit dir!" knirschte er zwischen den Zähnen.

Ein harter Hieb fegte Rallion den Helm vom Kopf — ihm folgte blitzschnell ein Hieb aus hoher Luft — Rallion sank mit gespaltenem Kopf hintenüber aus dem Sattel.

Droben im Dachzimmer ertönte ein lauter, mehrstimmiger Schrei.

„Ein fürchterlicher Mann", sagte der General.

Marion atmete tief auf und ließ die Stirn ermattet auf die Schulter Ellas sinken, die selber an allen Gliedern zitterte.

„Ich kann nicht mehr", stöhnte Ella.

„Es ist zu viel", hauchte Marion.

Mutter Mélac war längst in einen Stuhl gesunken. Auch der General fühlte sich erschüttert; er wischte sich den rinnenden Schweiß von der Stirn.

„Gehn wir wieder in unser Zimmer", sagte er tief aufatmend. „Das — das —" er besann sich, daß er als alter Soldat seine Ergriffenheit doch nicht zugeben durfte, und setzte hinzu: „— das ist nichts für euch."

*

Als Greifenklau den Oberst niedergeschlagen hatte, wendete er sein Pferd wieder zurück. Er sah den Husarenrittmeister bedrängt und eilte ihm zu Hilfe. Bisher hatte er noch keine Zeit gehabt, sich um ihn zu kümmern.

„Was!“ rief er, während er seinem Freund mit zwei Hieben Luft verschaffte, „Artur, du?“

„Bonjour, Richard! Machen wir reinen Tisch!“

Aber die schwerste Arbeit war schon getan. Die letzten Dragoner und Kürassiere wandten sich zur Flucht — der Sieg war endgültig.

Gleich zu Anfang hatte sich eine kleine Abteilung Ulanen auf die Dragoner geworfen, denen die Pferde anvertraut waren. — Der Handstreich gelang. Niedergeritten und niedergekämpft hatten die Feinde es nicht vermocht, wieder zu ihren Tieren zu kommen. Wer nicht tot war, der war gefangen, und nur wenigen glückte es, zu entrinnen.

Greifenklau und Hohenthal schüttelten einander die Hände.

„Das war Hilfe zur rechten Zeit, Richard! — Wie aber wußtest du, daß man mich hier frikassieren wollte?“

„Kein Wort wußte ich davon!“

„Nicht? Und du kommst doch nach Malineau? Also aus reinem Zufall!“

„Nein! Ich komme von Ortry, wo ich erfuhr, daß der Kapitän hier Marion holen wollte. Ich glaubte, Franktireurs zu treffen, nicht aber dich!“

„Oh, diese Kerle habe ich mir ordentlich vor den Pallasch genommen.“

„Marion ist doch da? Ist sie wohlauf?“

„Gewiß! Ich erkannte dich, als du da drüben hinter dem Reisig stecktest. Sie stand neben mir, und ich sagte ihr, daß Herr von Greifenklau mich befreien werde.“

„Was erwiderte sie?“

„Nichts! Oder doch so gut wie nichts.“

„Wieso?“

„Nun, sie hauchte deinen Namen, mein Freund, und ihre schönen Wangen wurden bleich!"

„Ich muß zu ihr!"

„Bitte, nicht so stürmisch! Du kannst dir denken, daß ich dabeisein möchte. Übrigens haben wir zunächst hier noch ein bißchen aufzuräumen und dann die weiteren Schritte zu beraten. Doch wo ist der Kapitän?"

„Entwischt, wie es scheint!"

„Verdammt!"

„Ich konnte leider nich schnell genug an ihn heran; er uns sehn und Fersengeld geben, das war eins. Doch habe ich einige Ulanen auf seine Spur gesetzt."—

Nicht weit von diesen beiden hielten noch zwei andere nebeneinander: Fritz von Eschenrode und Martin Tannert. Der ehemalige Gehilfe des Weinreisenden hatte den ehemaligen Kräutersammler kurz vor dem ersten Trompetensignal, das zum Sammeln blies, erblickt.

„Ist's möglich, Fritz?"

„Daß ich hier bin?"

„Das weniger. Du bist ja immer dort, wo man dich am wenigsten vermutet — aber — des Teufels Großmutter hole meine Augen — wirklich und wahrhaftig Achselstücke! Verzeihung, Herr Leutnant."

„Tut nichts zur Sache! Du wirst sie dir auch noch holen!"

„Schwerlich! Was will ich damit machen? Na, herzlichen Glückwunsch, Herr Leutnant!"

*

Die Bewohner des Schlosses warteten der Dinge, die nun kommen würden.

Endlich trat Hohenthal ein. Ellas Augen streiften ängstlich über ihn, ob er vielleicht verwundet sei. Er bemerkte es mit einem seltsamen Glücksgefühl.

„Sie haben das Feld behauptet, wie ich sah!" empfing ihn Perret. „Hoffentlich gab es nicht zu viele Opfer?"

„Wir sind glimpflich davongekommen. Leider aber nicht Ihre Kameraden."

„Ich ahnte es."

Der alte General blickte dabei schmerzvoll vor sich nieder.

„Ja, der Krieg ist grausam und unerbittlich, und man muß tun, was der Augenblick gebietet!"

„Sie haben Gefangene?"

„Eine ganze Anzahl!"

„Was tun Sie mit ihnen?"

„Sie stecken im Keller bei den Franktireurs. Wir werden sie abliefern!"

„Eine Frage gestatten Sie wohl noch: wird Schloß Malineau besetzt bleiben?"

„Darüber muß ich noch mit Herrn Rittmeister von Greifenklau sprechen. Ich werde ihm den Befehl abtreten."

„Wo befindet sich Herr von Greifenklau?"

„Er wird gleich um Erlaubnis bitten, sich Ihnen vorstellen zu dürfen."

„Oberst Rallion befand sich bei den Truppen, von denen Sie angegriffen wurden?"

„Ja. Er hatte noch einen Kapitän Richemonte bei sich. Beide beabsichtigten — ah, da kommt er ja! Meine Herrschaften, gestatten Sie mir, Ihnen meinen Kameraden Herrn Rittmeister von Greifenklau vorzustellen!"

Richard war nach kurzem Anklopfen eingetreten, grüßte die Anwesenden, wartete, bis ihm die Namen genannt worden waren, und wendete sich dann an General Perret.

„Verzeihung, Exzellenz, daß ich durch die Verhältnisse gezwungen bin, auf so ungewöhnliche Weise hier einzudringen. Hoffentlich ist es bald möglich, Sie von der Anwesenheit ungebetener Gäste zu befreien!"

„Sie sind zwar ungeladen, aber nicht unwillkommen, Herr Rittmeister", entgegnete Perret höflich. „Ich bin

Offizier, wenn auch nicht mehr aktiv; ich werde Sie nicht hindern, Ihre Pflicht zu tun."

Marion betrachtete Greifenklau, als ob sie ein Gespenst erblickte, mit einem Ausdruck, den man Angst hätte nennen mögen. Sie zitterte, und ihr Gesicht war leichenblaß.

Greifenklau tat, als ob er dies nicht bemerke, und gab der Unterhaltung eine allgemeine Richtung. Als sie sich aber erhob und ermüdet hinauswankte, vermochte er sich nicht mehr zu beherrschen.

„Fräulein de Sainte-Marie, bitte! Es gibt in meiner Schwadron einen, der behauptet, Sie zu kennen. Er wünscht, Ihnen vorgestellt zu werden."

Marion wandte sich um.

„Wie ist sein Name, Herr Rittmeister?"

„Eschenrode. Er ist ein Sohn des Generals der Infanterie Graf Kunz von Eschenrode."

„Ich erinnere mich nicht, einen Herrn dieses Namens zu kennen."

„Er behauptet, Grüße nach Ortry mitgebracht zu haben, ist auch gestern dort gewesen, hat aber nicht die Ehre gehabt, Sie zu treffen."

„Grüße von wem?"

„Von Fräulein Nanon Köhler, die allerdings, wie er mir mitteilte, jetzt einen andern Namen trägt."

Ihre Wangen röteten sich ein wenig.

„Von Nanon?" sagte sie. „O bitte, lassen Sie ihn zu uns kommen!"

„Sogleich!"

Greifenklau öffnete das Fenster und rief hinab:

„Herr Leutnant von Eschenrode wird gebeten, zu mir zu kommen!"

Der Herr Leutnant schien bereitgestanden zu haben; denn kaum war der Befehl erfolgt, so öffnete sich auch schon die Tür.

„Gestatten Sie!" stellte Greifenklau vor. „Leutnant von Eschenrode."

Marion stand noch in der Nähe der Tür. Als sie Fritzens Gesicht erblickte, fuhr sie erschrocken zurück.

„Mein Gott", sagte sie, „das ist ja ..."

Er schlug die Sporen zusammen.

„Zu Befehl — der Pflanzensammler Schneeberg!"

„Ist's möglich — ist's — —"

Sie stockte und blickte ratlos um sich. Sie hatte diesen Mann bei Doktor Müller gesehen. Jetzt befand er sich bei Greifenklau. Sie konnte den Gedanken nicht zu Ende denken.

„Ja", lachte der Rittmeister. „Der Herr Leutnant hat in der Gegend von Thionville ein wenig Maskerade gespielt. Sie werden es ihm doch verzeihn, gnädiges Fräulein?"

„Verzeihn? Ich habe ja nicht das Recht, über ihn zu richten", stammelte sie.

Greifenklau zog ihre Hand an die Lippen.

„Dann darf ich die Hoffnung hegen, daß Sie auch einem anderen verzeihen werden, der ebenso gezwungen war, seinen eigentlichen Namen zu verbergen!"

Eine tiefe Röte schoß in Marions Gesicht.

„Sie — Sie — sind — Sie waren — Gott, Sie waren Doktor Müller?"

„Ja, gnädiges Fräulein!"

„O Gott! — Ella!"

Sie streckte den freien Arm aus. Sie wankte und sank der herbeieilenden Freundin an die Brust. Ella führte sie behutsam aus dem Raum.

Als Fräulein von Perret nach einiger Zeit zurückkehrte, trat Richard ihr auf dem Flur entgegen.

„Gnädigste Komtesse, hat sie sich beruhigt?"

„Ja, Sie Böser, Unvorsichtiger!"

„Wo befindet sie sich?"

„Dort im letzten Gemach, das die Franktireurs am wenigsten zerstört haben!"

„Zürnt sie mir?"

„Fragen Sie lieber die Ärmste selber!"

Greifenklau ging und klopfte an die gewiesene Tür. Ein halblautes „Herein" — er öffnete.

Marion saß auf dem Sofa, die Stirn in die Hände gestützt.

Er zog die Tür hinter sich ins Schloß.

„Darf ich?"

Sie traf ihn mit einem seltsamen Blick.

„Sie sind Befehlshaber dieses Schlosses — wer dürfte Ihnen den Zutritt versagen?"

„In diesem Augenblick", sagte er weich und zärtlich, „bin ich weder Befehlshaber des Schlosses noch Richard von Greifenklau. In diesem Augenblick bin ich nichts anderes als — als der Erzieher Müller."

Als sie nicht antwortete, trat er näher und ließ sich an ihrer Seite nieder.

„Marion, es ist mir sehr schwer geworden, aber ich durfte nicht anders. Wollen Sie mir Ihre Hand geben zum Zeichen, daß Sie mir alles vergeben?"

„Hier, Herr — Doktor!"

Sie lächelte dabei, halb glücklich und halb wehmütig.

„Verzeihen macht Freude, Marion. Sie aber sind traurig. Und doch möchte ich in Ihren Augen einen kleinen freudigen Schimmer sehn!"

Da sank ihr Kopf an seine Brust. Sie weinte. Er zog sie innig an sich.

„Marion!"

„Richard!"

„Weshalb bist du traurig?"

„Weil du mir kein Vertrauen geschenkt hast!"

„Ich war nicht als Privatperson in Ortry und mußte mein Geheimnis wahren, selbst vor dir. Ich durfte dir nichts sagen, obgleich ich so glücklich war, dich endlich gefunden zu haben."

Wie heller Sonnenschein flog's über ihr Gesicht.

„Gefunden? Du hast mich gesucht?"

„Ja. Ich hatte dich in Dresden gesehn, auf der Straße nach Blasewitz, im Vorüberreiten. Nur einen Augenblick lang — aber deine Züge waren mir doch unauslöschlich ins Herz geschrieben. Ich fühlte, daß ich dich lieben müsse, und doch warst du mir so unbekannt wie ein Stern, den man vom Himmel niederfallen sieht. Du freilich kanntest wenigstens meinen Namen!"

„Du vermutest das?"

Sie senkte den Kopf noch tiefer.

„Ich sah ihn auf der Rückseite meines Bildes, das du im Steinbruch verlorst", lächelte er. „Meine geliebte Marion, wie unendlich glücklich machst du mich! Nie hätte ich gedacht, grad in Ortry, bei unserm Todfeind, das Glück meines Lebens zu finden!"

„Todfeind?"

„Ja. Marion. Erinnerst du dich des Namens Greifenklau, nach dem ich dich fragte, als du mir den Brief Abu Hassans zeigtest? Und denkst du noch an den armen Gefangenen, den ich mit dir zugleich befreite?"

Sie nickte erstaunt.

„Es war mein Vater Gebhard von Greifenklau."

„Barmherziger Himmel! Oh, dieser Kapitän! Und heut wollte er mich zwingen, mit ihm von hier fortzugehn!"

„Ich wußte es, daher kam ich her!"

„Du? Du wußtest es?"

„Ja — ich war bei ihm in Ortry."

„Wie ist es jetzt dort?"

„Das Schloß befindet sich in unsern Händen. Alle Verschwörer sind unsere Gefangenen und — doch, das weißt du nicht, und ich werde es dir später erzählen. Jetzt denke ich daran, daß du Fritz, den Kräutersammler, gar nicht nach den Grüßen gefragt hast, die er dir bringen sollte."

„Er ist — Nanons Verlobter?"

„Ja. Er ist Nanons Verlobter und Graf Calignys Bruder. Du kennst ja den Grafen."

„Calignys Bruder? Wie ist das möglich?"

„Auch das werde ich dir später erklären, meine süße Marion. Jetzt möchte ich nichts erzählen und nichts sagen. Jetzt möchte ich dir nur in deine Augen blicken und —"

Er hielt inne und sah ihr mit strahlenden Augen in das glücklich lächelnde Angesicht.

Dann preßte er seine Lippen auf ihren Mund.

„Richard, mein Richard! Wie glücklich, wie selig bin ich!"

„Ja, es ist ein Gottesgeschenk, daß sich das Herzeleid nun endlich in Freude kehrt! — Wo ist deine Mutter? Ich sah sie noch nicht!"

„Sie ist auf ihrem Zimmer. Die Unruhe und Aufregung der letzten Tage haben sie außerordentlich angegriffen. Aber was werden die Deinen sagen, wenn sie erfahren, daß grad ich dein Herz besitze?"

„Sie werden sich mit mir freuen. Meine Schwester kennt dich schon und hat dich ins Herz geschlossen."

„Deine Schwester?"

„Ja, meine Schwester — Miß de Lissa."

„Mein Gott! Miß Harriet ist deine Schwester?"

„Ja."

„Richard, wie wunderbar ist das alles! Wie glücklich machst du mich!"

Es klopfte leise, und die Tür wurde ein wenig geöffnet.

„Darf ich stören?" fragte Ella durch die Spalte.

„Komm, komm!"

Bei diesen Worten sprang Marion auf und eilte ihr entgegen.

„Verzeihung!" sagte die Komtesse. „Aber, Herr Rittmeister, Sie werden gesucht."

„Wo?"

„Im vorderen Zimmer."

Er ging und fand einen der Ulanen, die er dem Kapitän nachgeschickt hatte.

„Zurück von der Verfolgung!" meldete dieser.

„Aber nicht gefangen?"

„Nein."

„So ist er leider für uns verloren?"

„Zu Befehl, Herr Rittmeister, nein! Er kommt wieder zurück."

„Wie soll ich das verstehn?"

„Mit einer Truppe afrikanischer Reiter."

„Spahis?"

„Ja, so heißen sie wohl."

„Erzähle!"

„Wir vermochten dem Alten nicht auf die Fersen zu kommen. Er hatte einen großen Vorsprung, und wir kannten ja die Gegend nicht, daß wir ihm den Weg hätten abschneiden können. Aber seine Spur fanden wir. Sein Pferd hatte im Galopp den Waldboden so sehr aufgerissen, daß wir gar nicht irren konnten. Wir folgten ihm. Es ging, wie ich auf meiner Karte feststellte, auf Samogneux zu. Wir kamen wieder in einen Wald, der sich über eine Höhe zog. Von da oben bemerkten wir im Tal einen Zug Spahis, der uns grad entgegenritt. Auf ihn traf der Alte. Wir sahen deutlich, daß er mit dem Anführer sprach und sich dann dem Trupp anschloß."

„So führt er sie natürlich hierher."

„Ja. Wir jagten schleunigst zurück, um von ihnen in offener Gegend nicht entdeckt zu werden. Nicht weit von hier, jenseits des Waldes, sahen wir sie von der Höhe herabreiten."

„Konntet ihr sie zählen?"

„Nein, aber einige hundert sind's bestimmt."

„Wie weit von hier darf man sie jetzt noch schätzen?"

„Sie können in einer halben Stunde hier sein."

„Gut! Fertig?"

„Zu Befehl!"

„Abtreten!“

General Perret hatte diese Meldung mit angehört. „Herr Rittmeister, was werden Sie tun?“

„Hierbleiben!“

„Ich darf mir nicht anmaßen, auf Ihre Entschließung bestimmend einzuwirken; aber meinen Sie nicht, daß Sie sich in eine zu große Gefahr begeben?“

„Ich habe jetzt nur zu bedenken, daß ich die Bewohner des Schlosses nicht gewissen Möglichkeiten preisgeben darf. Übrigens scheint Schloß Malineau bestimmt zu sein, kriegerische Wichtigkeit zu erlangen. Der Kronprinz von Preußen befindet sich weit im Westen von hier. Wenn ein feindlicher Truppenkörper sich unserer Verbindungslinie nähert, muß das eine Veranlassung haben, die ich kennenlernen möchte.“

„Es wird wieder zum Kampf kommen.“

„Möglich.“

„Ihre Kräfte sind geschwächt. Die zersprengten Franktireurs und Reiter können sich sammeln und mit den Spahis den Angriff erneuern.“

„Wir werden sie empfangen.“

„Ganz gewiß!“ meinte Hohenthal, der bisher wortlos zugehört hatte. „Ich bin noch nicht dazu gekommen, dir zu sagen, daß ich Verstärkung erwarte.“

„Woher?“

„Aus Trouville. Ich sandte zwei Boten ab, als ich von der Ankunft der Reiter hörte.“

„Wann können diese Leute eintreffen?“

„Vielleicht schon am Abend, jedenfalls aber noch während der Nacht.“

„Nun, so ist ja gar nichts zu befürchten. Die Sonne ist hinab; bald ist es dunkel. Die Außenposten sind bezogen und werden den Spahis beweisen, daß wir auf unserer Hut sind. Das Weitere wird sich finden.“

Er traf seine Vorkehrungen.

Es war kaum dunkel geworden, so hörte man auf der

Seite, wo der Feind erwartet wurde, ein ziemlich lebhaftes Gewehrfeuer. Es kam die Meldung, daß die Spahis versucht hätten, sich dem Schloß zu nähern. Als aber das Feuer auf sie eröffnet wurde, hätten sie sich zurückgezogen.

Sie versuchten den Vorstoß dann auf der andern Seite, doch auch dort waren die Deutschen wachsam. Vereinzelte Schüsse fielen. Greifenklau, dessen Vorposten rings um das Schloß standen, verengte diesen Kreis mehr und mehr, um keine Lücken zu lassen, durch die die Angreifer zu dringen vermochten. Zögernd folgten die Spahis, und als der Rittmeister später Umschau hielt, konnte er sich überzeugen, daß außerhalb seiner Posten sich ein feindlicher Ring gebildet hatte, der es ihm unmöglich machen sollte zu entkommen.

19. FELDWEBEL PUDDING

Es gab zwar keinen Mondschein, doch vermochte man im freien Feld einige Schritt weit zu sehn. Hinter dem Dorf zogen sich ein Erbsen- und ein Kartoffelfeld nebeneinander hin. Sie waren durch einen mit Gras bewachsenen Rain voneinander getrennt. Hier schoben sich mit äußerster Vorsicht zwei menschliche Körper vorwärts.

Vom Wald her fiel ein Schuß.

„Wieder einer!" flüsterte der eine.

Der Vorankriechende hielt inne und wandte den Kopf zurück.

„Es ist gewiß so, wie ich sagte: unsere Husaren sind eingeschlossen. Nicht?"

„Ganz meine Meinung, Herr Feldwebel."

„Aber mir sollen sie doch keinen Riegel vorschieben; das ist so klar wie Pudding. Vorwärts!"

Sie verfolgten ihre Richtung, bis sie an das Ende des Rains gelangten, das an einen Wald stieß.

„Jetzt links am Waldrand hinauf!" befahl der Feldwebel.

Er war klein und dick, schien aber trotzdem eine große Behendigkeit zu besitzen.

Es dauerte eine Weile, bis der Wald eine Spitze bildete, hinter der sich eine Straße vom Schloß her verlor. Es war dieselbe, auf der heut Oberst von Rallion mit seinen Reitern gekommen war.

„Halt!" flüsterte der Dicke. „Duck dich!"

Das Getrappel eines Pferdes näherte sich.

Zwei Männer nahten. Einer hatte einen weißen Mantel umhängen, der andre war dunkel gekleidet und führte das Pferd am Zügel.

„Hier können Sie aufsteigen", sagte der Weißmantel. „Die Vorpostenkette dieser verfluchten Deutschen zieht sich dort nach rechts hinüber. Hier merken sie also nicht, daß sich jemand entfernt. Haben Sie den Brief gut versteckt? Das ist die Hauptsache."

„Im Stiefelfutter."

„Ganz wie bei mir. Mac-Mahon ist ein Schlaukopf. Er gab mir zwei gleichlautende Schreiben. Kommt das eine nicht ans Ziel, weil es vernichtet werden muß, so wird wenigstens das andere in Bazaines Hände gelangen. Sie glauben also, daß Sie den Weg zu ihm noch frei finden?"

„Bestimmt. Ich bin überzeugt, daß der Feind heut zurückgedrängt wurde. Und selbst wenn das nicht der Fall wäre, so würde ich mich durchzufinden wissen."

„Grad deshalb vertraue ich Ihnen diesen einen Brief an. Sie kennen hier alle Wege. Also Sie wissen nicht, ob Oberst Rallion entkommen ist?"

„Nein, Oberst. Ich war so klug, den Kampf nicht abzuwarten. Freilich hatte ich keine Ahnung, daß Sie so nahe waren."

„Machen Sie sich keine Sorge! Wenn er gefangen ist, so werden ihn die Deutschen herausgeben müssen. Mit Tagesanbruch greife ich den Feind an; dann setze ich den Ritt weiter fort, um den Brief zu übergeben. Jetzt gute Nacht, Herr Kapitän!"

„Gute Nacht, Herr Oberst."

Der Reiter stieg auf.

„Und Sie halten Wort in Beziehung auf das Mädchen und liefern es ab?"

„Ich gab Ihnen mein Wort. Diese Demoiselle de Sainte-Marie werde ich mir nicht entgehn lassen."

Der Weißmantel kehrte zurück, und der Reiter trabte die Straße entlang in den Wald hinein.

Die beiden Lauscher verhielten sich einige Minuten lang ruhig.

„Verdammt! Den Kerl sollte ich kennen!" flüsterte der dicke Feldwebel.

„Den Weißen?"

„Nein. Das war ein afrikanischer Menschenfresser. Ich meine den andern. Er wurde Kapitän genannt und hatte ganz die Stimme eines Mannes, an dem ich meinen Narren gefressen habe. Also ein Brief von Mac-Mahon an Bazaine! Sehr hübsch. Höre, hier wartest du! Bin ich in zwei Stunden noch nicht wieder da, so haben sie mir den Kopf auf den Rücken gedreht und mich einbalsamiert. Dann schleichst du dich zurück und sagst, daß bei Tagesanbruch der Tanz losgehn soll."

Er bewegte sich wie eine Schlange, immer an der Erde über die Straße hinüber. Es war, als ob er sich zeitlebens in dieser Fortbewegungsart geübt habe.

Drüben kam er wieder unter die Bäume und schwenkte links ab, in der Richtung des Schlosses. Bald erkannte er einen mattglänzenden Punkt vor sich.

„Schau! Da steht so ein Bärlappsamenhändler!" dachte er. „Der will Vorposten sein?"

Er kroch weiter, kaum einige Schritte an dem Weißmantel vorüber. Sein Auge hatte sich an die Dunkelheit gewöhnt, und so sah er nach einiger Zeit eine andere Gestalt, aber dunkel gekleidet, an einem Baum lehnen.

„Das ist ein Deutscher", dachte er. „Will doch sehn, ob er mich bemerkt!"

Er glaubte, die Postenkette vollständig durchbrochen zu haben.

Darum erhob er sich und verfolgte seine Richtung aufrechtgehend weiter. Er kam aus dem Wald. Da lag Reisig und Scheitholz. Noch war er nicht weit gekommen, so erklang es vor ihm:

„Halt! Wer da?"

„Gut Freund!"

„Die Losung!"

„Unsinn! Ich kann doch nicht wissen, was ihr hier für eine habt!"

„Halt, sonst schieße ich!"

„Verdammt! Ich habe es eilig; ich muß zu Rittmeister von Hohenthal."

„So warte, bis ich abgelöst werde!" sagte der Posten und musterte die putzige Gestalt mißtrauisch. „Wird gleich geschehn."

Der Dicke sah ein, daß er sich darein ergeben müsse. Er blieb auf derselben Stelle stehn, während der andre den Karabiner auf ihn gerichtet hielt. Endlich kam die Ablösung.

„Herr Sergeant, ein Spion!" meldete der Posten. „Er hat sich da vorn hereingeschlichen und behauptet, zu Rittmeister von Hohenthal zu müssen."

„Schön, mein Bursche. Mit solchem Volk macht man kein Federlesens. Vorwärts, Anton!"

Der Dicke wurde in die Mitte genommen. Er tat es, ohne nur eine Silbe dagegen zu sagen.

Im Schloß wurde er dem Ulanenwachtmeister abgeliefert.

„Ein Spion, Herr Wachtmeister! Herr Rittmeister von Greifenklau wird sich freuen."

Als der Gefangene diesen Namen hörte, zuckte es über sein Gesicht.

„Mensch, wie heißen Sie?" fragte der Wachtmeister.

„Pudding!"

„Hübscher Name! Was sind Sie?"

„Pudding!"

„Was? — Na, dick und fett genug sind Sie dazu. Woher sind Sie?"

„Pudding!"

„Kerl, glauben Sie etwa, daß Sie sich im Kasperltheater befinden? Hier handelt es sich um Leben oder Tod! Also, woher sind Sie?"

„Pudding!"

Der Wachtmeister ging grimmig, die Meldung zu machen. Zwei Mann führten den Gefangenen nach.

Die preußischen Offiziere befanden sich mit den Bewohnern im Gesellschaftsraum.

„Herr Rittmeister, es wurde ein Spion eingefangen!" lautete die Meldung. „Der Ulan Schellmann hat ihn erwischt. Da hat er ganz gut Deutsch gesprochen. Auf meine Fragen antwortete er aber nur mit dem einen Wort Pudding."

„Herein mit ihm!"

Die Tür öffnete sich, und die beiden Soldaten traten mit dem Gefangenen ein. Dieser schritt schnell auf Greifenklau zu und stand grüßend stramm.

„Herr Rittmeister, melde mich als Spion. Die französischen Linien glücklich durchquert, von unsern Leuten aber festgenommen."

„Schneffke!" rief Greifenklau erstaunt.

„Zu Befehl. Hieronymus Aurelius Schneffke, Tiermaler. Im Nebenberuf Feldwebel der königlich preußischen Landwehr."

„Wie kommen Sie hierher?"

„Auf meinem Bauch."

„Das müssen Sie erzählen."

„Zu Befehl."

„Nein, Wachtmeister", lachte Greifenklau, „dieser Mann ist kein Spion. Abtreten!"

Die drei folgten diesem Befehl.

„Also woher, lieber Feldwebel?"

„Aus Trouville. Der Herr Rittmeister von Hohenthal hat Verstärkung verlangt. An hoher Stelle vermutete man Wichtiges; daher wurden zwei Schwadronen Husaren und zwei Kompanien Infanterie abgesandt, diese natürlich auf allerlei Gefährten. Wir haben Etain besetzt, und ich bin mit einem Kameraden, der mich im Wald erwartet, vorgegangen, um dem Herrn Rittmeister unsere Ankunft zu melden und etwaige Befehle zu erbitten."

„Welch eine Verwegenheit!"

„Oh, mir geschieht nichts. Feldwebel Schneffke ist ebenso ein Künstler wie der Tiermaler Schneffke."

„Es ist wirklich ein Wunder, daß Sie vom Feind nicht bemerkt wurden. Je zwanzig Schritte ein Posten."

„Ich bin zu dick, um entdeckt zu werden. Ich passe in diese dicke Finsternis."

„Woher haben Sie denn diesen Anzug?"

„Ein beleibter Lohgerber in Etain hat ihn mir borgen müssen. Er ist mir viel zu eng. — Aber ich habe gehorsamst noch sehr Wichtiges zu melden."

„Schießen Sie los!"

„Es ist ein Brief von Mac-Mahon an Bazaine unterwegs, Herr Rittmeister."

„Woher wissen Sie das?"

„Ich hab es erlauscht. Der eine der Briefe ist jetzt auf dem Weg nach Metz, und der andre befindet sich in dem Stiefelfutter des Oberst, der Sie belagert."

Hieronymus Aurelius Schneffke erstattete nun ausführlichen Bericht.

„Kapitän wurde der andre genannt?" vergewisserte sich Greifenklau.

„Zu Befehl!"

„Und geflohen ist er bei unserm Angriff?"

„Jawohl!"

„Sollte es etwa der alte Richemonte sein? Sie kennen den doch auch?"

„Werde ihn nie vergessen. Hab ihn vorhin trotz der Dunkelheit an der Stimme erkannt. Übrigens hat er sich von dem andern ausbedungen, daß dieser Fräulein de Sainte-Marie festnehmen und abliefern soll."

„Eine neue Teufelei, die ihnen aber nicht gelingen soll. Wer befehligt Ihre Abteilung?"

„Major von Posicki."

„Hat er Ihnen irgend etwas anvertraut?"

„Nein. Ich habe mir Ihre Befehle zu erbitten."

„Wann ist er zur Verfügung?"

„In jedem Augenblick."

„Getrauen Sie sich denn, wieder glücklich durchzuschlüpfen?“

„Ich denke, daß sie mich nicht erwischen.“

„Sagen Sie dem Major, daß er noch während der Nacht den Feind umstellen soll. Mit Tagesanbruch werde ich angreifen, dann befinden sich die Herren Spahis zwischen zwei Feuern. — Haben Sie Hunger oder Durst?“

„Nein, danke — aber eine Bitte.“

„Welche?“

„Darf ich, bevor ich aufbreche, erst einmal mit dem Beschließer Mélac sprechen?“

„So, so! Ich habe nichts dagegen und gestattete Ihnen eine halbe Stunde.“

„Zu Befehl, Herr Rittmeister!“

Er machte kehrt; unten klopfte er bei Mélac an und hört die Stimme Maries antworten. Als er eintrat, sah er, daß die Großeltern zugegen waren; trotzdem aber stieß Marie einen lauten Freudenschrei aus und flog ihm um den Hals.

Droben aber, im Gesellschaftszimmer, sagte General Perret, indem sich in seinem Gesicht ein eigentümliches Lächeln zeigte:

„Es ist wirklich wunderbar, wie dieses preußische Heer sich zusammensetzt! Doktoren der Philosophie werden Rittmeister, Weinhändler werden Rittmeister und Wachtmeister, und aus dem dicksten Maler wird immer noch ein höchst brauchbarer Feldwebel der Landwehr.“

Die beiden Offiziere lächelten.

Unten bei Papa Mélac nahm das Gespräch eine innige Wendung zwischen Marie und ihrem Hieronymus. Der alte Schließer aber befand sich nicht mehr in den Jahren, in denen man Liebe speist und Mondschein trinkt.

„Also, mein bester Herr Schneffke, Sie sagen, daß Sie unsere Marie liebhaben?“ fragte er.

„Unbändig!“

„Nun, ich sage Ihnen aufrichtig, daß Sie mir gleich im

ersten Augenblick gefallen haben. Aber jetzt sind Sie Soldat; da dürfen Sie nicht an die Erfüllung persönlicher Wünsche denken."

„Tu ich auch nicht. Ich warte geduldig, bis dieser Napolium davongejagt ist. Dann komm ich wieder, um mir Marie zu holen. Sie geben mir Ihr Wort, Monsieur Mélac?"

„Ja, mein Wort und meine Hand!"

Sie schlugen ein.

Der Maler mußte natürlich den Weg wieder zurücklegen, auf dem er gekommen war. Einer der Unteroffiziere brachte ihn zum Posten. Dort kauerte er sich auf die Erde nieder, um seine Kriechpartie zu beginnen. Noch aber war er nicht weit gelangt, da war es ihm, als ob er dicht vor sich zwei eigenartige Punkte erblicke.

„Sind das Menschenaugen?" dachte er.

Er kroch zur Seite und wartete. Wirklich, da schob sich eine menschliche Gestalt leise und langsam an ihm vorüber.

Wer war das? Freund oder Feind? Irrte er nicht, so trug der Mensch weite Pluderhosen, so wie sie bei den Orientalen getragen werden. Was tun?

Kurz entschlossen kehrte Schneffke um, hart hinter dem andern her. Es gelang ihm, dem Mann zu folgen, ohne von ihm bemerkt zu werden.

Der Fremde kam an dem Posten vorüber; aber nun hielt Schneffke es für geraten, einzugreifen. Er schlug einen kurzen Bogen, traf Kopf an Kopf mit dem andern zusammen und faßte ihn an der Kehle, die er ihm so zusammendrückte, daß er keinen Laut von sich zu geben vermochte.

„Pst!" machte er dann leise. „Kamerad!"

Der Posten fuhr zusammen.

„Wer da?"

„Leise, ganz leise — ich habe einen Spion!"

Der Ulan sprang hinzu und bückte sich nieder, um besser sehn zu können.

„Herrgott, der Dicke wieder ... !"

„Haben Sie nicht eine Schnur?" schnitt ihm Schneffke das Wort ab.

„Einen Riemen."

„Her damit! Wir binden ihn, und dann schaffe ich ihn zum Wachthabenden."

Der Gefangene war wohl auch ein kräftiger Mensch, aber er war überrascht worden; er war in der Gefahr des Erstickens, und so ließ er sich die Arme fesseln, ohne sich zur Wehr zu setzen.

„So, Gevatter, nun steh auf!" meinte Schneffke. „Wir gehn spazieren."

Er zog den andern vom Boden hoch und schaffte ihn fort. —

*

„Verzeihung, Herr Rittmeister!" meldete einige Zeit später der Ulanenwachtmeister. „Ein Spion!"

„Wieder?" fragte Greifenklau. „Wohl wieder ein Pudding?"

„O nein. Jetzt ists ein echter. Der dicke Feldwebel hat ihn sogar selber gefangengenommen."

„Herein damit!"

Schneffke brachte seinen Gefangnen. Kaum hatte Greifenklau einen Blick auf ihn geworfen, so fuhr er erstaunt hoch.

„Der Zauberer!"

Der Gefangene hatte starr vor sich niedergeschaut. Bei diesen Worten hob er den Blick.

„Abu Hassan!" rief Greifenklau.

Der Beduine blickte ihn forschend an.

„Herr, kennst du mich? Wo hast du mich gesehn?"

„Das ist jetzt Nebensache."

„Mir klingt deine Stimme bekannt; ich muß mit dir schon einmal gesprochen haben."

„Möglich. Was tust du hier?"

„Ich bin dein Gefangener. Töte mich!"

„Wie? Du willst sterben, ohne — Liama wiedergesehn zu haben?"

„Liama? Allah? Was weißt du von ihr?"

„Mehr als du! Aber sag, wie du hierher nach Malineau kommst!"

„Man hat mich gezwungen, unter die Spahis zu gehn."

„Ach so! Du befindest dich draußen bei denen, die uns eingeschlossen haben?"

„Ja. Man nahm uns fest und steckte uns in das Regiment, mich und meinen Bruder —"

„Saadi?"

„Herr!" staunte Abu Hassan.

„Erzähl weiter!"

„Wir sind in den Krieg gezogen bis heut und bis hierher. Sollen wir weiter mit? Sollen wir unser Blut und unser Leben geben für die, mit denen wir eine ewige Blutrache haben? Nein! Während mein Bruder Wache steht, geh ich, um zu forschen, ob uns der Feind der Franzosen beschützen werde, wenn wir Zuflucht bei ihm suchen."

„So bist du demnach kein Spion, sondern ein Überläufer?"

„Ja. — Herr, darf ich meinen Bruder holen?"

„Wärst du ein Spion, so müßte ich dich töten lassen; aber ich will dir glauben, denn ich kenne dich. Du bist also gezwungen worden, deine Heimat zu verlassen?"

„Ich hätte sie auch so verlassen, aber nicht als Soldat."

„Wohin wolltest du?"

„Ich bin Hassan, der Zauberer; ich zeige den Leuten die Kunststücke, die sie mir bezahlen."

„Ist Saadi auch ein Zauberer?"

„Nein."

„Warum nahmst du ihn mit?"

„Er sollte sehn —"

Er stockte.

„Ich weiß, was du sagen willst", ergänzte Greifenklau. „Er sollte Marion sehn, die Tochter Liamas."

„Herr, woher weißt du das?"

„Ich kenne deine Gedanken. Wie lange hat Saadi, dein Bruder, Wache zu stehn?"

„Eine Stunde; dann löse ich ihn ab."

„Komm, ich will dir jemand zeigen!"

Während Feldwebel Pudding wartete, begab sich Greifenklau mit Abu Hassan eine Treppe höher. Dort blieb er an einer Tür halten und lauschte. Drin hörte man eine weibliche Stimme.

„Hier sollst du eintreten!" sagte Greifenklau, und es war, als bebe seine Stimme trotz dem rauhen Befehlston.

„Wer ist da drinnen?"

„Frag nicht! Geh hinein!"

Er öffnete, ohne anzuklopfen, und schob den Beduinen in das Zimmer. Erst war alles still; dann aber hörte er einen lauten Aufschrei Hassans.

„Liama! — Allah il Allah we Mohammed rasuhl Allah! — Bist du Liama, oder bist du es nicht?"

„Hassan!" jubelte sie. „Hassan!"

„Sie kennt mich! — Sie ist kein Geist, keine Erscheinung! Sie lebt; sie ist! — — Liama!"

Ausrufe des Erstaunens, des Entzückens, der Verwunderung, der Klage — Greifenklau packte den Säbelgriff fester; er hatte keine Zeit; er öffnete die Tür.

„Hassan, komm! Die Zeit ist abgelaufen."

„Herr, sei gnädig! Laß mich noch bei der Tochter der Beni Aïssa. Sie soll mir erzählen —"

„Du sollst sie wiedersehn, noch heut — komm!"

Hassan warf einen schmerzvollen Blick auf Liama und gehorchte.

„Also du willst mit deinem Bruder zu uns kommen?" fragte Greifenklau.

„Ja, Herr, wenn du es erlaubst."

„Wie heißt dein Oberst?"

„Parcoureur."
„Was für ein Mann ist er?"
„Er ist ein Mann, den alle hassen."
„Kämpft er selber mit in der Gefahr?"
„Ja; mutig ist er."
„Das ist gut; vielleicht gibt sich dann eine Gelegenheit, ihn von den Seinen abzusondern und gefangenzunehmen."
„Willst du das? Warum?"
„Ich habe mit ihm zu reden."
„Herr, nimmst du mich mit meinem Bruder hier auf, wenn wir den Oberst herbeischaffen?"
„Ich behalte euch auch ohne ihn. Aber wie wolltet ihr ihn in eure Gewalt bringen?"
„Sehr leicht. Er selber macht die Runde und prüft die Posten. Wenn er kommt, bringen wir ihn dir!"
„Gut. Geh jetzt und hole deinen Bruder! Feldwebel, bringen Sie ihn wieder dahin, wo Sie ihn festgenommen haben. Er ist ebensowenig ein Spion wie Sie."
„Hm!" meinte Schneffke verwundert, während er sich mit Hassan entfernte. „Ein Spion also nicht. Aber was denn sonst? Na, er wurde ins Regiment gezwungen. Kein Wunder, wenn er es eigenmächtig wieder verläßt."
Als sie bei dem Posten ankamen und der Feldwebel nicht wieder umkehrte, flüsterte Hassan ihm zu:
„Du gehst nicht wieder ins Schloß?"
„Nein; ich muß weiter."
„Über die Wächter hinaus?"
„Ja."
„Du brauchst nicht so zu schleichen wie vorhin — kannst aufrecht gehn wie ich. Mein Bruder wird dich nicht anhalten. Komm, folge mir!"
„Beim heiligen Michelangelo! Eine Granate soll dich fressen, mein Freund, wenn du mich an der Nase führst!"
Nach diesem Kraftwort wagte es Hieronymus Aurelius Schneffke, sich ihm anzuvertrauen und er hatte es nicht zu bereuen. Er gelangte ungeschoren durch die Kette der

Vorposten und traf seinen Kameraden an derselben Stelle, wo er ihn verlassen hatte. — —

*

Fast eine Stunde war vergangen, da erkannte der Posten, der Feldwebel Pudding und später Abu Hassan als Spion bei Greifenklau eingeliefert hatte, zwei Männer, die sich auf ihn zu bewegten. Er hatte seine Anweisungen erhalten, und so fragte er nicht nach der Losung, sondern nahm nur das Gewehr schußfertig unter den rechten Arm, den Zeigefinger am Abzug, um im Fall eines Verrats gerüstet zu sein.

Die beiden Männer schleppten einen dritten und schafften ihn nach dem Schloß.

Am Eingang stand Wachtmeister Martin Tannert; er hatte mit Spannung auf diesen Augenblick gewartet.

„Ists gelungen?“ fragte er.

„Dem Sohn der Wüste mißlingt kein Überfall“, entgegnete Hassan, der Zauberer.

„Tragt den Gefangnen hinein!“

Er wurde in die Wachtstube gebracht. Im Mund steckte ein Knebel. Die Hände waren mit einer Schnur gefesselt, und um den Kopf hatten sie ihm ein Turbantuch gewunden. Im übrigen war ihm nichts geschehn. Er trug sogar noch alle seine Waffen.

Erst jetzt wurden sie ihm abgenommen. Man ließ Hassan und Saadi in ein Nebengemach treten, damit er sie nicht sofort erblicken möge; dann löste man ihm die Fesseln. Oberst Parcoureur holte erst sehr tief Atem, blickte sich dann um und stieß einen grimmigen Fluch aus.

„Wo bin ich?“ fragte er.

„In Schloß Malineau.“

„Diable! Wo stecken die Halunken, die es wagen, sich an mir zu vergreifen?“

„Das geht uns nichts an, Herr Oberst. Uns kümmert vielmehr der Besuch, den Sie uns machen.“

„Besuch? Der Teufel hol diesen Besuch! Diese hundsföttische, niederträchtige Art, einen Soldaten auf hinterlistige Weise ..."

„Verzeihung, der Herr Rittmeister von Greifenklau wünscht Sie zu sprechen. Bitte, folgen Sie uns!"

Greifenklau empfing ihn höflich, aber kalt. Es befanden sich nur die Offiziere bei ihm.

„Herr Kamerad", brach der Oberst sofort los, „ist es in Deutschland Brauch, Menschen zu stehlen?"

„Wohl schwerlich. Sind Sie gestohlen worden?"

„Ja."

„Dann scheinen Ihre Freunde keinen großen Wert auf Sie zu legen, sonst hätte man Sie besser bewacht."

„Herr Rittmeister!" begehrte der Oberst auf.

„Schon gut. Spione und ähnliche Leute weiß man zu behandeln, Monsieur."

„Halten Sie mich etwa für einen Spion?"

„Ja. Vielleicht sind Sie sogar noch mehr als das! Was haben Sie mit Kapitän Richemonte in Beziehung auf Mademoiselle de Sainte-Marie besprochen?"

Der Oberst wechselte die Farbe.

„Nichts, gar nichts."

„Wo ist der Kapitän gegenwärtig?"

„Ich weiß es nicht."

„Besinnen Sie sich, bitte. Haben Sie ihn nicht mit einem Brief nach Metz zu Marschall Bazaine geschickt?"

„Wie käme ich dazu?"

„Aber vielleicht besitzen Sie selber einen solchen Brief an den Marschall?"

„Herr Rittmeister, in Friedenszeiten würde ich Sie für eine solche Erklärung vor die Klinge fordern! — Von wem sollte ich einen solchen Brief haben?"

„Vom Marschall Mac-Mahon."

Parcoureur wurde sichtlich unruhig. Er gab sich die größte Mühe, gleichgültig zu erscheinen.

„Wie kommen Sie zu dieser Vermutung?"

„Das ist Nebensache. Können Sie mir Ihr Ehrenwort geben, daß Sie einen solchen Brief nicht bei sich tragen?"

Parcoureur schwieg.

„Gut", fuhr Greifenklau fort, „Sie sind also im Besitz des Schreibens. Ich muß Sie ersuchen, es mir auszuhändigen."

„Das würde ich auf keinen Fall tun, selbst wenn ich es hätte!"

„So zwingen Sie mich, Sie durchsuchen zu lassen. Ich bitte Sie, Herr Oberst, gütigst nicht vergessen zu wollen, daß ich Ihnen Gelegenheit gegeben habe, diese peinliche Untersuchung zu vermeiden."

Er klingelte; ein Bursche erschien.

„Holen Sie einen Stiefelknecht!" befahl er. „Der Herr Oberst wünscht, es sich bei uns bequem zu machen."

Das Gesicht des Obersten wurde aschfahl. Das hatte er nicht erwartet. Er mußte erkennen, daß Greifenklau gut unterrichtet war. Aber er preßte die Lippen zusammen und wartete, was man beginnen werde. Vielleicht auch glaubte er, daß man sich hüten werde, einem französischen Offizier Gewalt anzutun.

Der Soldat brachte den Stiefelknecht. Auf einen Wink Greifenklaus trat er zu dem Franzosen und schickte sich an, diesem beim Ausziehn behilflich zu sein.

„Fort, cochon!" schrie Parcoureur. „Wenn es denn sein muß, so tu ich es selber."

Er zog die Stiefel aus und setzte sich dann rittlings auf seinen Stuhl, daß er die Deutschen gar nicht sah.

„Zu Befehl, Herr Rittmeister!"

Bei diesen Worten hielt der Bursche triumphierend die Stiefel hoch.

„Da drin befindet sich ein Brief versteckt, jedenfalls hinter dem Futter. Schauen Sie nach!"

Der Soldat begann, mit dem Taschenmesser das Futter loszutrennen. Im ersten Stiefel war nichts; im zweiten aber fand sich ein kleiner Umschlag.

Greifenklau öffnete ihn. Er enthielt einen mehrfach zusammengefalteten Brief auf sehr dünnem Papier, unterschrieben und unterstempelt vom Marschall Mac-Mahon.

Der Inhalt lautete, ins Deutsche übersetzt:

„Herr Kamerad!

Soeben geht mir der Kriegsplan des Marschalls Palikao zu. Seine Weisung an mich lautet, mittels eines Flankenmarsches über Sedan und Thionville Ihnen die Hand zu reichen. Ich breche infolgedessen von Châlons auf, hoffe, Sie in guter Stellung in und bei Metz zu finden und überlasse es Ihrer Einsicht und der Sachlage, ob Sie durch irgendwelche Vorstöße mir erleichtern wollen, Sie zu finden. Zur Sicherheit fertige ich ein Doppel dieses Briefes.

Mac-Mahon."

Greifenklau faltete den Brief zusammen und steckte ihn wieder in den Umschlag.

„Nun, Herr Oberst", sagte er, „sehn Sie ein, daß ich sehr gut unterrichtet war?"

„Zum Teufel, Monsieur! Mir bleibt nichts übrig, als eine Kugel durch den Kopf —."

Greifenklau winkte den Soldaten, sich zu entfernen.

„Schonen Sie sich!" wandte er sich an Parcoureur. „Ihr Leben wird wahrscheinlich für Ihren Kaiser nicht ganz wertlos sein, obgleich es eigentlich uns verfallen ist. Sie werden natürlich bei uns bleiben, bis ich weitere Bestimmungen über Sie erhalten habe. Ich weise Ihnen ein Zimmer an und fordere von Ihnen das Versprechen, es nicht ohne die Erlaubnis des Befehlshabers zu verlassen."

„Wer ist das?"

„Jetzt bin ich es. In einigen Minuten aber wird es dieser Herr, Rittmeister Graf von Hohenthal, sein."

Hohenthal sah ihn überrascht an.

„Jetzt, Herr Oberst, ersuche ich Sie, mir zu folgen."

Greifenklau wies ihm ein Zimmer an und gab ihm

einen Husaren zur Bedienung und Bewachung. Dann kehrte er zu den Kameraden zurück.

„War's ein guter Fang?" forschte Hohenthal.

„Ein sehr guter. Hier, lies!"

„Donnerwetter, das ist allerdings wichtig! Der Brief muß sofort zum Stab, zu Moltke. Wer schafft ihn hin?"

„Ich selber. Ich möchte ihn natürlich keinem andern anvertraun."

„Ganz richtig. Also darum werde ich Befehlshaber. Aber, Freundchen, wie willst du hinauskommen? Wir sind eingeschlossen."

„Ich werde mich durchhauen. Wir unternehmen einen überraschenden Vorstoß, grad auf die Straße hin. Da müßte es mit dem Teufel zugehn, wenn es mir nicht gelänge, durchzuschlüpfen."

„Aber allein reitest du nicht?"

„Nein, Leutnant von Eschenrode begleitet mich."

„Das ist wieder einmal ein Ding nach meinem Herzen!" lachte Fritz.

„Was aber tun wir mit den beiden Überläufern?" erkundigte sich Hohenthal.

„Die brauchst du weder als Gefangne zu behandeln noch überhaupt bewachen zu lassen. Sie werden im Gegenteil die besten Beschützer für Frau Liama und Mademoiselle Marion sein. Es tut mir wirklich leid, daß ich nicht dabeisein kann, wenn ihr beim Tagesgrauen über die Spahis herzieht. Denn unser Streich gelingt auf alle Fälle."

„Aber ob wir uns für die Dauer hier halten werden, das ist eine andere Frage."

„Nein, das ist im Gegenteil gar keine Frage. Nach dem, was wir von Mac-Mahons Absichten wissen, ist es notwendig, Etain und Umgegend auf jeden Fall zu halten. Wir müssen mit der Maaslinie in Fühlung sein, und so versteht es sich von selbst, Schloß Malineau derart zu besetzen, daß es nicht wieder verlorengehn kann. Ich werde das an geeigneter Stelle zum Vortrag bringen."

„Das beruhigt mich. Wann reitest du?"

„In einer halben Stunde."

„Ah, einige Minuten für den Abschied!"

„Nein, kleiner Schäker! Lassen wir die Damen immerhin schlafen. Was ich zu sagen hatte, das ist gesagt, und jetzt sind wir vor allen Dingen Soldaten."

20. IN DER WERKSTATT DER GESCHICHTE

Kurz vor Ablauf einer Stunde sammelten sich zwei Züge Ulanen vor dem Schloß. Das geschah fast völlig geräuschlos. Kaum aber hatten sie sich in Bewegung gesetzt, so ertönten die Rufe der französischen Wachen. Schüsse krachten, Flüche und Befehle schollen durch die Nacht.

Die Deutschen gewannen jedoch die Straße und fegten auf das Dorf zu.

Die Gegner hatten, obgleich ein Verhau auf die leichteste Weise herzustellen gewesen wäre, sich in allzugroßer Sicherheit gewiegt und die Straße offengelassen, so daß die Reiter das Dorf erreichten und es auch durchritten, ohne auf ein Hindernis zu treffen.

Dort gab nun Greifenklau Befehl, wieder umzukehren. Sie jagten durch die verdutzten Feinde, die dieses verrückte Manöver durchaus nicht begriffen, zum Schloß zurück, ohne einen einzigen Mann zu verlieren, da es zu gar keinem Widerstand kam.

Nur Greifenklau und Fritz waren, wie geplant, jenseits des Dorfes zurückgeblieben. Sie setzten ihren Weg fort. Vor Etain stießen sie auf Major Posicki. Greifenklau erstattete ihm Bericht über die Lage auf Schloß Malineau; dann ritten sie weiter, die ganze Nacht hindurch.

Als sie am Morgen in Onville anlangten, erfuhren sie, daß am vorigen Tag eine Schlacht gewonnen worden sei, die bekannte Schlacht von Vionville-Mars-la-Tour. Es hatten infolgedessen bedeutende Truppenverschiebungen stattgefunden; trotzdem gelang es Greifenklau, über Saint Marcel hinaus das dritte Armeekorps zu erreichen, dessen Befehlshaber er durch seine Darstellung bewog, eine genügend starke Abteilung nach Etain zu werfen.

Dort, im Hauptquartier des dritten Korps, erfuhr er auch, wo das Große Hauptquartier zu suchen sei; er erreichte es kurz nach Mittag. Die Offiziere befanden sich in höchster Anspannung. Er erklärte, daß er eine Nachricht von ungeheurer Wichtigkeit bringe, und so wurde er sofort Moltke gemeldet.

Er war kaum durch die eine Tür ins Vorzimmer getreten, als man durch die andere einen Mann brachte, der in Zivil gekleidet war und das Zeichen der Genfer Konvention, die Binde mit dem roten Kreuz, am Arm trug. Ihn sehn und erkennen war eins. Er trat auf den Offizier, der den Mann begleitete, zu.

„Herr Hauptmann, bitte, wo waren Sie mit diesem Mann?"

„Drinnen!" antwortete dieser kurz und wies mit der Hand hinter sich auf Moltkes Zimmer.

„Wer ist er?"

„Er hat sich in der Nähe herumgetrieben und verdächtig gemacht; doch ist es ihm gelungen, sich auszuweisen. Er soll entlassen werden."

„Wie nennt er sich?"

„Bonblanc aus Soissons."

„Faustdicke Lüge! Entlassen Sie ihn nicht! Geben Sie scharf acht auf ihn und warten Sie, bis ich drinnen gewesen bin!"

„Herr Rittmeister kennen ihn?"

„Nur zu gut."

„Impossible!" fiel der Mann ein, bleich bis an den Rand der Haare.

Der Hauptmann blickte überrascht auf.

„Alle Wetter!" sagte er. „Er hat Sie verstanden?"

„Natürlich. Er spricht ja geläufig Deutsch."

„Und uns gegenüber behauptete er, kein Wort zu verstehn! Da, Herr Rittmeister, man winkt Ihnen — ich werde also auf das Weitere warten!"

Als Greifenklau bei dem plänereichen Schlachtendenker eintrat, saß dieser an einer langen mit Karten bedeckten

Tafel. Er erwiderte den Gruß des Offiziers mit dem ernsten, unmerklichen Kopfnicken eines Vielbeschäftigten.

„Sie bringen Wichtiges?"

„Zu Befehl! Hier."

Der Rittmeister legte den Brief auf den Tisch.

Moltke las. Kein Zug seines Gesichts veränderte sich.

„Wie gelangte dieses Schreiben in Ihre Hand?"

Greifenklau berichtete mit knappen Sätzen.

„Jener Kapitän Richemonte hat das Doppelstück dieses Schreibens?"

„Jawohl."

„Es scheint ihm gelungen zu sein, es richtig abzuliefern; wenigstens wurde er bisher nicht ergriffen. Man ist Ihnen großen Dank schuldig, Herr Rittmeister; man wird sich Ihrer erinnern. Sie stoßen jetzt zu Ihrer Truppe?"

„Jawohl."

Moltke neigte kurz die hohe Stirn, warf einen wohlwollenden Blick auf den jungen Offizier und beugte sich über seine Karten, den Zirkel schon wieder in der Hand.

Doch Greifenklau klappte noch einmal mit den Sporen.

„Sonst noch etwas, Herr Rittmeister?"

„Wenn ich mir eine Bemerkung gestatten darf . . ."

„Sprechen Sie!"

„Soeben wurde ein Mann abgeführt, der sich, wie ich auf meine Erkundigung hin erfahre, Bonblanc nennt."

„Und?"

„Er soll entlassen werden — ich habe mir indes erlaubt, dem Hauptmann die Weisung zu geben, im Vorzimmer mit ihm zu warten. Dieser Mann ist nämlich kein andrer als Graf Rallion, dessen Sohn als Oberst bei den Gardekürassieren stand."

Nur ein flüchtiges Zucken in den scharfgemeißelten Zügen des großen Schweigers verriet Greifenklau, welch einen Eindruck seine Nachricht auf den Generalstabschef machte.

„Kennen Sie ihn?"

„So genau wie mich selber.“

„Herein mit ihm!“

Greifenklau öffnete die Tür und winkte dem Hauptmann mit seinem Gefangnen.

Mit frecher Stirn und gewandtem Französisch versuchte Rallion zu leugnen. Erst als Greifenklau auf die Narbe der Hand verwies, die er durch Fritz in der Klosterruine erhalten hatte, gab Graf Rallion seine krampfhaften Versuche auf — er brach vollkommen zusammen.

Als kurze Zeit später Greifenklau mit Fritz das Große Hauptquartier verließ, nahm er die Genugtuung mit, daß einer der gemeinsten und herzlosesten Feinde seiner Familie sich in festem Gewahrsam befand.

Schweigend ritten die beiden unzertrennlichen Freunde nun übers Schlachtfeld. Sie waren stolz auf den Sieg der deutschen Waffen, und doch versiegelte ihnen das ungeheure Blutopfer, das hier zwei Völker dem Ehrgeiz eines einzigen Mannes gebracht hatten, die Lippen. Stumm spornten sie ihre Gäule, um rascher über die weitgedehnte, wellenförmige Hochebene zu kommen.

Der Kampf hatte eine wahrhaft grauenvolle Vernichtung hinterlassen. Die Felder waren mit Leichen bedeckt, Freund und Feind stumm nebeneinander. Im Wirbelwind flatterten die weißen Aktenbogen der französischen Intendanturwagen gleich Möwen übers Feld. Die Waffen blitzten grell im Sonnenglanz — aber die Hände derer, die sie geführt, waren kalt, erstarrt, im Todeskrampf zusammengeballt. Wie roter Mohn und blaue Kornblumen leuchteten die Waffenröcke der Toten weithin über die Höhen, tief hinab in die Täler. Dazwischen die kleinen Hügel der Pferdeleichen und hier und da ein umgestürzter Wagen. Es war ein so entsetzliches Bild, wie es selbst Magenta, Solferino und Sadowa nicht geboten hatten.

Und in den Dörfern harrte der beiden stummen Reiter ein noch viel gräßlicherer Anblick . . .

So jagten sie bis in die Gegend von Hanonville. Dort

lag das Gardekorps; und die beiden Offiziere stießen endlich zu den Ihrigen.

Greifenklau fand bald die Schwadron, die er vorher befehligt hatte. Während er nun mit seinem Nachfolger in lebhafter Unterhaltung die Ereignisse der letzten Tage besprach, merkte er nicht, wie ihn sein Kamerad durchs Lager führte, einem großen langgestreckten Zelt entgegen, worin die Ärzte mit den Helfern und Helferinnen ihres Amtes walteten.

Erst als sie kurz davor standen, blickte Greifenklau auf und sah, einen alten, weißhaarigen und weißbärtigen Herrn, der beschäftigt war, einem am Boden sitzenden Verwundeten den Arm zu verbinden. Überrascht blieb er stehn. Es überkam ihn eine dunkle Ahnung und mit schnellen Schritten setzte er den Weg fort, ohne auf seinen Begleiter zu achten, der lächelnd zurückblieb.

Wahrhaftig! Er hatte sich nicht getäuscht: mit gebreiteten Armen eilte er auf den Alten zu.

„Großvater!"

Hugo von Greifenklau richtete sich beim Klang dieser metallenen Stimme verwundert auf.

„Richard!"

Sie lagen einander in den Armen.

„Aber", meinte Richard nach der ersten Begrüßung, „wie kannst du es wagen, hierher zu kommen?"

„Wagen? Ah, Junge, die Kriegserklärung hat mich wieder jung gemacht! Als du fort warst, hat es mich auch nicht länger an der Spree gelitten. Als Haudegen hat man mich freilich nicht annehmen wollen, aber ich habe wenigstens die Erlaubnis erzwungen, Wunden flicken zu dürfen."

„Und sie haben dich daheim so ohne weiteres fortgelassen?"

„O nein! — Sie sind einfach mitgekommen."

„Mit? — Wer?"

„Du fragst, wer? Alle natürlich, bis auf Mutter, die sich diese Anstrengung nicht mehr zumuten darf!"

„Alle? Also auch der Vater?"

„Ja."

„Und Emma?"

„Versteht sich! Sie hat auch noch andere bei sich!"

„Etwa Nanon und Madelon?"

„Erraten! Und außerdem Mister Deephill oder vielmehr den jungen Herrn von Bas-Montagne, der seine Töchter nicht allein fortlassen wollte. — Warte, ich werde sie holen!"

„Sie sind hier, grad hier?"

„Ja, wo denn sonst? Man ist uns auf dem Kommando in jeder Weise entgegengekommen — die stolzen Namen Blücher und Waterloo haben noch bis heut in Berlin ihren Klang nicht verloren!"

Mit wahrhaft jugendlichem Eifer machte er kehrt und verschwand im Lazarett, während Richard verblüfft draußen stehn blieb.

Das gab ein Wiedersehn! Man schüttelte sich die Hände und lag sich in den Armen. Hager, mit grauem Haar, aber fast vollkommen aufrecht, stand Gebhard von Greifenklau vor seinem Sohn, der ihn aus dem gräßlichen Verlies von Ortry befreit hatte. Nur der tiefe, ein wenig verschattete Blick erinnerte noch an die entsetzlichen Jahre seiner unterirdischen Qualen. Sein Händedruck war noch nicht so fest wie einst, aber ein glückliches Lächeln lag auf den schmalen Lippen, während er Richard unverwandt ansah.

„Mein Sohn! Mein lieber Sohn!" flüsterte er immer wieder.

„Mein Vater!"

In aufwallendem Gefühl beugte sich Richard über die welke Hand und küßte sie inbrünstig. —

„Fritz, lieber Fritz!"

Nanon flog dem einstigen Kräutermann entgegen, der sie herzlich an sich drückte und dafür Kuß auf Kuß bekam.

„Na", meinte da Mister Deephill-Bas-Montagne, „darf

ich mir nicht auch ein Wörtchen der Begrüßung ausbitten, Herr von Eschenrode?"

„Sogleich, sogleich!" rief Fritz zwischen zwei Küssen. Greifenklau, Vater und Großvater mit Emma erhielten vom Oberarzt für kurze Zeit Urlaub und begaben sich mit Richard ins Lager.

Eben hatten sie Platz genommen, als ein Ordonnanzoffizier meldete, daß eine Dame eingetroffen sei, die schon seit einigen Tagen nach dem Gardekorps forsche, um Angehörige der Familie Greifenklau aufzusuchen.

„Eine Dame?" meinte Richard. „Das ist kühn, ja, das ist sogar verwegen, unter diesen Verhältnissen dem Heer zu folgen. Woher kommt sie?"

„Aus Paris."

„Unglaublich! Eine Dame aus Paris? Eine Französin, die nach uns die Schlachtfelder absucht? Wer könnte das sein?"

„Übrigens kommt sie nicht unmittelbar aus Paris, sondern aus Berlin, wo sie vergebens nach Ihnen gesucht hat."

„Sonderbar. Wie heißt sie?"

„Agnes Mascaret."

„Mir völlig unbekannt. Doch lasse ich bitten."

Die Tochter des Lumpenkönigs trat ein. Sie ging in Trauer, sah sehr blaß und angegriffen aus und grüßte fast demütig.

„Bitte, nehmen Sie Platz", sagte Richard, indem er ihr eine umgestürzte Kiste hinschob.

„Ich muß danken, mein Herr", sagte sie traurig und mit leiser Stimme. „Sie wissen ja nicht, in welcher Angelegenheit ich zu Ihnen gekommen bin."

„Ich werde es hören. Also bitte, setzen Sie sich!"

Und um ihr Mut zu machen, fügte der alte Greifenklau bei:

„Wir hörten, daß Sie von Berlin kommen?"

„Ja. Ich reiste von Paris dorthin, um Sie aufzusuchen."

„Ist die Angelegenheit denn so dringlich, daß Sie sich

zu solchen Anstrengungen und Wagnissen entschließen mußten? Hätte es sich nicht aufschieben lassen?"

„Nein. Ich weiß nicht, ob Ihnen von dem Offizier, der die Güte hatte, mich zu Ihnen zu bringen, mein Name genannt wurde?"

„Sie heißen Agnes Mascaret."

„Ja. Jedenfalls ist dieser Name Ihnen unbekannt?"

„Vollkommen."

„In Paris kennt ihn ein jeder. Mein Vater war der bedeutendste vendeur de chiffons in ganz Frankreich. Man nannte ihn nur den Lumpenkönig. Verzeihen Sie, daß die Tochter eines Lumpenhändlers ..."

„Bitte!" sagte Richard. „Auch dieser Beruf ist wichtig. Ich weiß sehr gut, was ein Pariser Lumpenhändler zu bedeuten hat. Er gehört keineswegs zu den unbeachtlichen Leuten. Jedoch, Sie tragen Trauer, und Sie sagen, daß Ihr Vater vendeur de chiffons gewesen sei — er ist es also nicht mehr? Er ist tot?"

„Ja. Er starb vor kurzer Zeit, und zwar in Algier, wo ich mich mit ihm aus Geschäftsgründen aufhielt. Er wurde ermordet."

„Ermordet?"

„Ja, von zwei Franzosen — zwei berüchtigten Kerlen, nach denen die Polizei schon längst vergebens fahndet. Der eine ist ein Mensch, der nur Vater Heimlich genannt zu werden pflegte, und der andre heißt Grigaut und war Seiltänzer."

„Alle Wetter!" entfuhr es Richard. „Vater Heimlich und Grigaut!"

„Kennen Sie diese beiden Verbrecher?"

„Ja. Erst gestern haben wir von ihnen gesprochen. Sie sind beide ergriffen worden. Vater Heimlich steckt in Metz in Gewahrsam und wird mit dieser Stadt in unsere Hände fallen — hoffentlich wenigstens. Und den andern habe ich selber über die Grenze nach Deutschland gebracht.

Er befindet sich in Berlin in Untersuchung und hat schon wichtige Geständnisse abgelegt."

Agnes Mascaret faltete unwillkürlich die Hände.

„So hat sie ihr Schicksal also doch ereilt. Diese beiden Männer ermordeten meinen Vater, während ich im Nebenzimmer weilte. Er konnte mir nur noch sagen, sein Name sei nicht Mascaret, und ich solle im Geldschrank nachsehn. Dort fand ich neben seinen Ersparnissen eine Brieftasche, nur für mich bestimmt. Sie enthielt zwei Briefe und sodann ein Geständnis meines Vaters, das sich auf Sie bezieht."

„Auf uns?" fragte Richard. „Wieso?"

„Der eine Brief war vom Grafen Rallion und der andere von einem Kapitän Richemonte geschrieben."

„Weiter, weiter!"

„Beide Schreiben beweisen, daß die Genannten beabsichtigten, das Besitztum der Familie Greifenklau mit Hilfe eines Berliner Grundstückmaklers zu kaufen —"

„Großer Gott!" rief der alte Greifenklau.

„So ist es!" fuhr Agnes Mascaret fort. „Der Preis sollte ausgezahlt, dann aber gestohlen und unter die beiden Genannten verteilt werden."

„Das ist auch geschehn! — Also geteilt haben sich diese beiden Schurken in die Summe? Dachte ich es mir doch!"

„Nein, mein Herr, sie haben nicht geteilt. Derjenige, der das Geld stahl, hat es den andern gar nicht gegeben; er hat sie darum betrogen. Sein Name war" — sie stockte — „George de Lormelle."

Der alte Hugo von Greifenklau fuhr sich mit der Hand nach dem Kopf und nickte vor sich hin.

„Das sind böse Erinnerungen", murmelte er. „Diese Schurkentat kostete meiner Frau das Leben. Oh, Margot, meine Margot!"

Es trat eine minutenlange Pause ein. Alle waren tief erschüttert.

„Was aber haben Sie mit jenen Ereignissen zu tun, Mademoiselle?" begann Richard von neuem.

„Nun, meine Herrschaften, mein Vater war — war jener — George de Lormelle."

Bei diesen Worten fuhr der alte Greifenklau auf — groß und starr war sein Blick auf Agnes Mascaret gerichtet.

„Was? Ihr Vater war dieser Dieb?"

„Ja!" schluchzte sie.

„Er half, mir mein Hab und Gut zu stehlen", sagte er langsam mit heiserer Stimme, „und mordete mir dadurch mein Weib. Ich habe ihm geflucht mit Worten und in Gedanken, und —"

„Großvater!" unterbrach ihn Emma in flehendem Ton. „George de Lormelle ist tot, und sie ist ja unschuldig!"

„Unschuldig! Oh, Kind, möge es dir immer im Leben erspart bleiben, das Liebste auf Erden zu verlieren!" Er ließ plötzlich die erhobenen Hände sinken. „Aber du hast recht: sie ist unschuldig, und ich will sie nicht betrüben."

„Sprechen Sie weiter!" sagte Richard.

Sie gab sich Mühe, ihr Schluchzen zu überwinden und fuhr fort:

„Ich las die Bekenntnisse meines Vaters und die beiden Briefe; ich erkannte, daß er ein Dieb — o mein Gott, ein Dieb gewesen ist, und daß ihm nichts, gar nichts gehört und mir auch nicht. Alles, was er hinterließ, ist Eigentum der Familie Greifenklau. Ich muß und will es zurückgeben."

„Das ist natürlich ein schwerer Schlag für Sie!" sagte Emma mitfühlend.

„Daß ich das Geld zurückerstatten muß und bettelarm werde, das ist es nicht. Aber daß mein Vater ein Dieb ist, das traf mich ins tiefste Leben."

„Ja, das ist bitterschwer für Sie, Mademoiselle", sagte Richard teilnahmsvoll. „Warum aber haben Sie die Bekenntnisse Ihres Vaters nicht einfach vernichtet? Niemand wußte davon, und Ihnen wär viel erspart geblieben!"

„Herr Rittmeister!" sagte sie aufweinend.

„Beruhigen Sie sich, bitte. Sie sind brav und ehrlich. Hier haben Sie meine Hand. Ich gebe sie Ihnen im Namen aller meiner Verwandten und versichere Ihnen dabei, daß von der Tat Ihres Vaters nicht die Spur eines Schattens auf Sie fällt."

Ein Zug stillen Dankes glitt über ihr schönes, bleiches Angesicht.

„O mein Herr, dieser Augenblick ist seit dem Tod meines Vaters der erste, an dem ein Strahl in das Dunkel meines Daseins fällt! Ich war verzweifelt. Und doch mußte ich handeln, um Ihnen Ihr Eigentum zurückzuerstatten. Der Krieg stand vor der Tür; was würde werden? Ich tat, was ich für das beste hielt. Ich wußte einen zahlungsfähigen Käufer und verkaufte ihm das Geschäft und alles, was wir besaßen. Den Erlös und die Summen, die der Vater bar hinterlassen hatte, verwandelte ich beim Bankier in Anweisungen auf Berlin und reiste damit nach Deutschland, um Sie zu suchen. Nun habe ich Sie endlich gefunden. Hier haben Sie die Anweisungen — hier ist auch die Brieftasche meines Vaters. Seien Sie überzeugt, daß Sie alles erhalten, was ich besaß."

Sie reichte dem alten Greifenklau zwei Brieftaschen hin. Er zögerte, die Hand danach zu heben.

„Mademoiselle, Mädel!" sagte er. „Sie sind ja ganz und gar des Teufels!"

„Bitte, nehmen Sie!" drängte Agnes. „Es ist ja nur Ihr Eigentum."

Gerührt streckte ihr der Alte nun beide Hände entgegen.

„Fräulein Mascaret", sagte er herzlich, „Sie sind doch unschuldig an diesem ganzen Elend, das uns traf, und — und —" es wurde ihm schwer, aber er fuhr doch fort: „Ihrem Vater sei vergeben. Er mag in Frieden ruhn. Was aber dieses Geld betrifft — Gebhard, Richard, was sagt ihr dazu?"

Richard machte eine abwehrende Gebärde.

„Wir werden dieses Geld nicht annehmen!" rief er. „Wir werden es aber an sicherer Stelle hinterlegen. Sobald der Krieg vorüber ist und wir wieder ruhige Zeiten haben, wollen wir die Angelegenheit prüfen. Großvater, Vater — ist das nicht auch eure Meinung?"

„Ja!" sagte der alte Hugo von Greifenklau.

Gebhard antwortete nur mit einem versonnenen Kopfnicken, als habe er alle irdischen Dinge längst verachten gelernt.

„Ich darf Ihnen jetzt nicht widersprechen!" sagte sie. „Doch geh ich getröstet von Ihnen. Sie haben mir und dem Vater verziehn."

Sie wandte sich, aber Emma hielt sie fest.

„Gehn Sie noch nicht! Sie sind ohne Mittel. Ich mache Ihnen einen Vorschlag. Bleiben Sie hier bei uns; beteiligen Sie sich an unserm Pflegerberuf! Dieses menschenfreundliche Werk wird Ihr Herz beruhigen und Ihr Gemüt entlasten."

Agnes Mascarets Augen leuchteten freudig auf.

„Wird man es mir denn erlauben? Wird man mich auch annehmen?"

„Ganz gewiß, Mademoiselle! Wir werden uns dafür einsetzen. Ist der Krieg zu Ende, so werden Sie wohl eine neue Heimat finden."

„O Gott! Ich habe nicht erwartet, eine solche Freundlichkeit bei denen zu finden, an denen von uns so schwer gesündigt worden ist. Nehmen Sie meinen Dank, meinen innigsten Dank!"

Schon am nächsten Tag widmete Agnes sich ihrem neuen Beruf — und das war der schwere Tag der Schlacht von Gravelotte und Saint Privat.

*

Eisern fielen die Würfel, und wieder fielen sie zum Vorteil der Deutschen. In grausigem Ringen wurden Bazaines Heersäulen zurückgedrängt bis unter die Kanonen von Metz und dort vollständig eingeschlossen. Ein am ersten September unternommener Durchbruchsversuch wurde vom ersten preußischen Armeekorps und der Division Kummer unter General von Manteuffel in der Schlacht von Noisseville zurückgeschlagen. Dann fanden um Metz nur noch kleinere Gefechte statt, bis die starke Festung die Waffen streckte.

Das Ergebnis dieser Übergabe war überwältigend. Drei Marschälle, fünfzig Generäle, sechstausend Offiziere, hundertdreiundfünfzigtausend Mann und zwanzigtausend in den Lazaretten liegende Soldaten mußten sich den Siegern ergeben. In der Festung wurden vorgefunden: dreiundfünfzig Adler, sechsundsechzig Mitrailleusen, fünfhunderteinundvierzig Feld- und achthundert Festungsgeschütze, Zubehör für fünfundachtzig Feldbatterien, zweitausend Militärfahrzeuge, dreimalhunderttausend Infanteriegewehre und große Vorräte an Ausrüstungsgegenständen und Schießzeug.

Vor dieser Übergabe aber war schon eine andere Festung gefallen: Sedan.

Während der blutigen Schlachten vor Metz hatte Mac-Mahon sich mit seinem bei Wörth geschlagenen Korps und demjenigen de Faillys nach Châlons zurückgezogen, wo eigentlich seine Vereinigung mit Bazaine erfolgen sollte. Da dieser aber bei Metz zurückgehalten wurde, so sollte Mac-Mahon, wie schon erwähnt, sich mit ihm durch einen Flankenmarsch über Sedan und Thionville vereinigen.

Dieser Plan war kühn, aber bei nur einiger Unachtsamkeit deutscherseits war sein Gelingen zu erwarten. Glückte er aber nicht, so stand nicht nur eine schwere Niederlage, sondern eine völlige Vernichtung der Armee Mac-Mahons zu befürchten.

Nach der Schlacht von Gravelotte waren von der ersten deutschen Armee das Garde-, vierte und zwölfte Armeekorps abgezweigt und zu einer vierten deutschen Armee vereinigt worden, über die der Kronprinz von Sachsen den Oberbefehl erhielt.

Diese hatte die gleiche Bestimmung wie die vom Kronprinzen von Preußen befehligte dritte Armee: über Verdun auf Châlons und auf der Straße von Nancy nach Toul zu gehn.

Eigentlich wäre bei Châlons eine Schlacht zu erwarten gewesen, zumal das bei Grand Mourmelon, etwa zwei Meilen von dieser Stadt befindliche stehende Lager außerordentlich befestigt sein sollte. Als aber die Führer der beiden genannten deutschen Armeen erkannten, daß die grad nach Paris führende Straße preisgegeben worden war, wurden sofort die Pläne geändert, und es ergab sich, daß Mac-Mahon seine Marschrichtung ungefähr auf Stenay und La Chêne genommen habe. Er wollte also die Absicht ausführen, die er in dem von Richard von Greifenklau aufgefangenen Brief ausgesprochen hatte.

Ohne Zögern warfen die beiden Führer ihre Armeen in eine andere Richtung, so daß es möglich wurde, die von dem Feind ins Auge genommenen Marschpunkte noch vor ihm zu erreichen.

Dieser rasche Entschluß und seine ohne den geringsten Verzug bewirkte zähe Durchführung müssen als eine der bewundernswertesten Leistungen der deutschen Truppen und ihrer Heeresleitung betrachtet werden. Die Verwirklichung des feindlichen Plans konnte damit als vereitelt gelten.

Bereits am Abend des 31. August hielten die Deutschen den Feind in einem weiten Halbkreis umspannt; war es möglich, diesen in seinem Rücken zu schließen, so war er verloren; denn er konnte dann nicht auf das freie belgische Gebiet übertreten, um sich zu retten.

Aus diesem Grund erhielt das sächsische Korps seine Stellung in Pouru-Saint-Remy und Pouru-aux-Bois, dem Feind zunächst. Das vierte preußische Korps war zur Unterstützung bestimmt, und das Gardekorps erhielt die Aufgabe, sich hinter diesen beiden Heeresteilen gegen Norden hinaufzuziehn, um die von Sedan über La Chapelle zur belgischen Grenze führende Hauptstraße zu besetzen.

Am Morgen des ersten September verhüllte dichter Nebel jede Fernsicht und breitete über die Niederung der Maas und ihre Seitentäler einen undurchdringlichen Schleier. Dennoch zögerte man nicht, die Schlacht zu beginnen...

Nun gilts ein Ringen um den höchsten Preis,
ein heißes Wogen und ein heißes Wagen,
und manch ein Herze schwitzt purpurnen Schweiß
und schlägt nur, um zum letztenmal zu schlagen.

Und auch hier wieder entschied das Schicksal zugunsten der Deutschen. Der von ihnen um Sedan gebildete, erst nach Norden zu offene Ring wurde geschlossen. Zusammengehauen und zusammengeschossen, geriet die französische Armee am Nachmittag nach vergeblichem Kampf in vollkommene Verwirrung. Zu Tausenden ließen sich die an jeder Rettung verzweifelnden Franzosen gefangennehmen; in wahnsinniger Flucht strebten ihre aufgelösten Haufen Sedan zu erreichen, wohin sämtliche Trümmer der geschlagenen Armeekorps zurückströmten.

Gleich bei Beginn der Schlacht war Mac-Mahon verwundet worden; aber auch sein Nachfolger hatte nicht vermocht, das Glück an seine Fahnen zu heften.

Nur in Douzy und Balan hatten sich zwei Korps lange Zeit behauptet, doch ein umfassender Vorstoß der Deutschen entschied auch dort. Von den Sachsen in der Front durchbrochen und von den preußischen Garden und dem vierten Armeekorps an beiden Flanken umfaßt, sahen sich die Franzosen mit unwiderstehlicher Gewalt nach Sedan hineingeworfen.

Zu diesem Schlag waren die preußischen Garden über den Bois de Garenne und durch das Tal der Givonne vorgerückt. Bei ihnen stand Richard von Greifenklau, der, da seine Vorgesetzten verwundet waren, das Regiment führte.

Kurz vor dem letzten, entscheidenden Stoß leisteten die

Franzosen noch einmal einen wahrhaft verzweifelten Widerstand. Eine ihrer Batterien mähte mit wohlgezieltem Eisenhagel die Glieder der Deutschen in Reihen nieder. Mit Artillerie war dieser Verderben speienden französischen Batterie nicht beizukommen; sie wurde außerdem von zwei Bataillonen Infanterie gedeckt und hatte im Rücken ein Bataillon Zuaven. Die deutschen Infanteriekörper waren an dieser Stelle übermäßig in Anspruch genommen, und so erhielt das Gardeulanenregiment den Befehl, die Batterie zum Schweigen zu bringen.

Greifenklau ließ zum Angriff blasen. Er wußte: das war ein Todesritt. Keine Miene zuckte in seinem Gesicht. Er hob den Säbel — das Regiment setzte sich in Bewegung.

Erst Schritt, dann Trab, dann Galopp. So brausten sie dem Feind entgegen. Salven rissen tiefe und weite Lücken — sie schlossen sich augenblicklich wieder. Wie ein Hagelsturm krachten die Ulanen in die zwei Bataillone Infanterie — die mörderischen Chassepots verstummten; die Lanzen, Säbel und Bajonette hatten die Blutarbeit übernommen. Ein kaum minutenlanges Gewirr — die Bataillone waren zusammengeritten.

Dann jagte das, was noch im Sattel saß, weiter gegen das eigentliche Ziel: die brüllenden Eisenmäuler der Batterie. Die Artilleristen fielen trotz der hartnäckigsten Gegenwehr unter dem Ansturm der Ulanen neben ihren Geschützen.

Die Batterie war genommen.

Aber da rückte das hinter ihr stehende Zuavenbataillon vor.

„Drauf und durch!" rief Greifenklau.

Die Seinen flogen hinter ihm her. Der Feind ließ sie nahe herankommen — dann erst gab er Feuer in den Rest der stürmenden Ulanen. Mancher Gaul brach zusammen; mancher raste mit ledigem Sattel weiter hinein in die Reihen der ausgezeichneten Schützen.

Greifenklau erhielt eine Kugel in den linken Arm; er

merkte es kaum. Er flog mit einem gewaltigen Satz seines Pferdes in die Reihen der Franzosen, ohne sich umzublicken, ob die Seinen ihm auch folgten.

Aber sie waren da, hart hinter ihm — und nun preschte auch Fritz an seine Seite.

Bajonette, Säbel und Lanzen wüteten. Die Reihen der Zuaven lockerten sich — aber sie standen, sie verteidigten sich.

Der Kampf löste sich zu Einzelgefechten auf.

Die meisten Zuavenoffiziere schienen gefallen oder verwundet. Unweit von Fritz von Eschenrode focht noch ein Kapitän wie ein Rasender. Wer ihm zu nahe kam, fiel. Sein Gesicht war von Pulver geschwärzt, seine Züge konnte man kaum noch erkennen.

„Teufel!" schrie Fritz, als wieder einer seiner besten Ulanen im Sattel wankte und stürzte.

Er spornte sein Pferd auf den gefährlichen Gegner zu und holte zum Hieb aus; doch der Kapitän hatte die Augen überall und wehrte ihn ab. Sein Gegenhieb traf Fritz in die Seite, aber glitt an der Säbelscheide ab.

Greifenklau war aus dem gleichen Grund auf den Zuavenkapitän zugesprengt; er sah aber auch, daß Fritz diesem Franzosen gewachsen war. Eben holte Fritz aus — der Hieb mußte den Gegner erledigen, denn er hatte sich eine verhängnisvolle Blöße gegeben.

„Um Gotteswillen!" schrie Greifenklau in dieser Sekunde auf. „Fritz halt ein! Es ist dein Bruder!"

Er schlug Fritz den Säbel zur Seite, aber die Kraft des Hiebs war zu gewaltig, als daß er sein Ziel nicht doch noch zu erreichen vermocht hätte; er fuhr dem Franzosen in die Schulter.

Trotzdem holte der Verletzte noch zum Gegenhieb aus. Er mußte treffen; Fritz hatte auf den Schrei Richards den Säbel sinken lassen und starrte dem Gegner ins Gesicht.

„Halt!" schrie Greifenklau noch einmal. „Graf Caligny, Ihr Bruder!"

Die Klingen klirrten aneinander — es war ihm geglückt, den Säbel abzufangen.

„Mein Bruder?“ stammelte Caligny verstört.

„Ja, Ihr eigner Bruder!“

*

Der Widerstand der Zuaven war gebrochen; sie wandten sich zu regelloser Flucht. Der Rest der Ulanen blieb ihnen auf den Fersen; da sie dabei aber in das Feuer einer seitlich stehenden feindlichen Batterie gerieten, ließ Greifenklau zum Sammeln blasen.

Das Regiment hatte seine Aufgabe glänzend gelöst. Es hatte drei Bataillone niedergeritten und eine Batterie zum Schweigen gebracht; aber — jeder vierte Mann war geblieben ...

Fritz hielt den Kapitän bei der Hand.

„Bruder, du mußt mit mir!“ sagte er einfach.

„Ich kann nicht. Ich bin französischer Offizier.“

„Und du denkst wirklich, daß ich dich fortlasse?“

„Du mußt! Noch habe ich meinen Säbel.“

„Unsinn! Sieh dich um! Dort laufen deine Zuaven. Du bist mein Gefangner. Du bist ja von uns vollständig eingekreist!“

Caligny blickte finster hinter den Fliehenden her.

„Übrigens bist du verwundet“, fügte Fritz hinzu. „Wir werden uns nähen und pflastern lassen da unten im Tal. Ich lasse mich von einer gewissen Nanon verbinden, und du —“ und da Kapitän Caligny noch immer stumm in die Ferne starrte, fügte er hinzu: „— und du von einer gewissen Madelon.“

„Mille diables! — Madelon? Sie ist hier?“

„Jawohl, Herr Bruder — als Krankenpflegerin. Na, siehst du, jetzt wirst du vernünftig! — Na, meinetwegen behalte deinen Säbel!“

Das Regiment trabte zurück. Der General sprengte ihnen entgegen und reichte Richard die Hand.

„Bravo, Herr Rittmeister! Das war ein Meisterstück! Man wird es nicht vergessen."

Er ließ ein Regiment Infanterie vorgehn, um das eroberte Gelände zu besetzen, und gab den Ulanen den Befehl, sich aus dem Feuer zurückzuziehn.

Die Schlacht war gewonnen und der Widerstand des Feindes vollständig gebrochen.

Die Sonne neigte sich zum Untergang. Rot lag ihr scheidender Blick auf den Höhenzügen, um deren Besitz so blutig gerungen worden war.

Die Aufmerksamkeit der Führung hatte sich jetzt ausschließlich auf die Festung gerichtet. Der König hatte einen Generaladjutanten mit der Aufforderung zur Übergabe abgesandt und war, um die Lage besser beurteilen zu können, bis zu der auf der Höhe von Saint Pierre aufgefahrenen großen Batterie geritten. Dorthin sandten die Truppen alle heut dem Feind entrissenen Feld- und Siegeszeichen.

Endlich, gegen sechs Uhr sprengten einige Reiter der Höhe zu, auf der der König mit dem Stab hielt. Es war der nach der Festung gesandte Generaladjutant, in dessen Begleitung sich General Reille befand, der Erste persönliche Adjutant des Kaisers Napoleon.

General Reille händigte dem König jenes berühmte Schreiben ein, durch das Napoleon seine Übergabe erklärte:

Monsieur mon frère!

N'ayant pas pu mourir au milieu de mes troupes il ne me reste qu'à remettre mon épée entre les mains de votre Majesté.

Je suis de votre Majesté le bon frère Napoléon.

Sedan, le 1er Sept. 1870.

Das hieß zu deutsch: „Da es mir nicht vergönnt war, inmitten meiner Truppen zu sterben, bleibt mir nichts übrig, als meinen Degen in die Hände Eurer Majestät zu legen. Napoleon."

Man hatte im deutschen Hauptquartier keine Ahnung gehabt, daß auch Napoleon in Sedan eingeschlossen war. Der König teilte diese Kunde dem Kreis seiner Heerführer mit; sie pflanzte sich wie ein Lauffeuer fort. Ein Freudentaumel schien die um die Festung harrenden Hunderttausende zu ergreifen. Die Trommeln wirbelten, die Trompeten schmetterten. Und von Höhe zu Höhe erscholl es über die blutgetränkte Walstatt: „Herr Gott, dich loben wir! Herr Gott, dir danken wir!“

Die Nacht sank hernieder, und welch eine Nacht! Was Frankreich seit Jahrhunderten an deutschen Landen verschuldet, das schien in dieser ewig denkwürdigen Nacht von Sedan seine Sühne zu finden.

Noch um Mitternacht wurde zwischen Moltke und dem General Wimpffen, der an Mac-Mahons Stelle heut den Oberbefehl geführt hatte, die Übergabe abgeschlossen. Am nächsten Morgen fand eine Unterredung zwischen Bismarck und Napoleon statt, und später eine zweite zwischen dem König und dem Kaiser. Das an Benedetti telegraphierte „Brusquez le roi“ hatte sich schnell gerächt.

Um die Mittagszeit des 2. September streckten die Franzosen die Waffen.

*

Nachdem Greifenklau sich mit seinen Ulanen zurückgezogen hatte, gab er den Befehl für kurze Zeit ab, um mit Fritz und dessen wiedergefundenem Bruder zum Feldlazarett zu reiten.

Von allen Seiten schleppte man Verwundete herbei und es waren alle Hände voll zu tun.

Madelon, die am Eingang beschäftigt war, schaute auf und traute ihren Augen nicht.

„Herr Haller!“ rief sie endlich.

„Ah, Mademoiselle Madelon, wer hätte denken können, Sie hier zu treffen. Sie wagen sich in die gefährliche Nähe des Todes?“

Da hob Greifenklau abwehrend die Rechte.

„Bitte, keine Verwechslung, meine Herrschaften. Dieser Herr heißt nicht Haller, sondern Eschenrode; er ist der langverschollene Bruder unseres Leutnant Fritz von Eschenrode. — Nun aber und vor allen Dingen wollen wir einmal nach unseren Wunden sehen."

Glücklicherweise zeigten sie sich bei allen dreien als nicht gefährlich.

Als später die Kunde kam, daß der Kaiser gefangengenommen worden sei, hielt Greifenklau vor seinem Regiment in der Nähe von Douzy. Sie stimmten alle in das „Herr Gott, dich loben wir" mit ein.

Ein Bataillon Infanterie marschierte vorüber. Es waren Gardeleute, hohe, breitschultrige Gestalten; daher stach ein kleiner Kerl kraß gegen sie ab, der an der Flanke marschierte. Er war dick, trug die Zeichen eines Feldwebels und hatte, anstatt Pickelhaube oder Mütze, seinen Kopf mit einem roten Taschentuch umwickelt.

Er war verwundet, beteiligte sich aber mit weitgeöffnetem Mund an dem Gesang.

Die Begeisterung, mit der er dies tat, und der Gegensatz seiner kugeligen Figur zu seinen langaufgeschossenen Kameraden entlockten den Ulanen ein lautes Lachen. Der Dicke blieb unwillig stehn und kam schnell heran.

„Mensch", fauchte er den Flügelmann an. „Was lachst du denn? Bin ich dir etwa zu dick?"

„Zu Befehl, nein, Herr Feldwebel!"

„Das wollt ich dir buntem Pinsel auch geraten haben!"

Er marschierte weiter, mußte an Greifenklau vorüber, erblickte ihn und blieb sofort wieder stehn.

„Heilige Ölfarbe! Herr Doktor Mül — — Oh, Pardon! Wollte sagen, Herr Rittmeister von Greifenklau!"

„Feldwebel Schneffke!"

„Zu Befehl. Hieronymus Aurelius Schneffke, Kunst- und Tiermaler außer Dienst."

„Was haben Sie denn am Kopf?"

„Bin aus Versehn an eine vorüberfliegende Kanonenkugel gerannt."

„Ich dachte, Sie wären gestürzt."

„Im Dienst stürz ich überhaupt nicht. Ah, wer ist denn das? Na, das ist doch der Farbenklexer aus dem Tharandter Wald? I, grüß Sie doch der liebe Gott, alter Schwede! Aber, französische Uniform und Kapitän?"

„Sie sehn, wie man sich irren kann", lachte Greifenklau. „Doch, bester Feldwebel, wie kommt denn eigentlich Saul unter die Propheten?"

„Sie meinen: der Dicke unter die Langen?"

„Ja."

„Ich hatte Briefschaften zu überbringen, und da hier der Krakeel kein Ende nehmen wollte, so hab ich tüchtig mit zugehauen. Deshalb ist der Napolium auch so rasch alle geworden."

„Wissen Sie, wie die Geschichte in Malineau ausgegangen ist?"

„Wir nahmen drei Viertel der Spahis gefangen; die andern mußten dran glauben. Übrigens, diesen Schuft Berteu, der der kleinen Köhler nachstellte, hat dort auch der Teufel geholt — wollte sagen: eine preußische Plempe!"

„Und die Damen des Schlosses?"

„Sie befanden sich durchaus wohl, als wir drei Tage später abgelöst wurden."

„Danke. Wann gehn Sie zurück?"

„Morgen."

„So gehn Sie einmal in das Feldlazarett da unten; Ihr Schädel kann einen anständigen Verband gut brauchen. Sie werden außerdem dort alte Bekannte treffen."

21. DIE LETZTE ABRECHNUNG

Am Abend der verlorenen Schlacht herrschte in den Straßen Sedans ein kopfloses Treiben und Drängen. Alle Hauptverkehrsadern waren mit Truppen aller Gattungen verstopft. Nichtsoldaten waren kaum zu sehn.

Daher kam es wohl, daß ein Mann, der langsam an einer Häuserreihe hinstrich, sich einen Begegnenden, der wie er nur Bürgerkleidung trug, etwas genauer anblickte, als er es sonst wohl getan hätte. Sie waren schon aneinander vorüber, da blieb er stehn und wandte sich um.

„Pst! Sie da! Warten Sie einmal!"

Der Angeredete ließ den andern herankommen.

„Was wollen Sie von mir? Kennen Sie mich?"

„Ja. Nur ist es Ihnen vielleicht nicht lieb, wenn ich Ihren Namen laut ausspreche. — Vater Heimlich!"

„Verfluchter Hund! Was willst du von mir?"

„Keine Sorge! Schauen Sie einmal her!"

Er schlug die Hutkrempe hoch, so daß der Laternenschein auf seine Züge fiel.

„Wetter noch einmal!" sagte Vater Heimlich. „Herr Kapitän! Was treiben Sie denn hier?"

„Haben Sie Obdach? Nicht? So kommen Sie mit mir!"

„Wohin?" fragte Heimlich argwöhnisch.

„Ich wohne bei einem Offizier."

„Bin ich dort sicher?"

„So gut wie ich."

„O weh — sicher sind Sie dann doch nur bis morgen."

„Ist das vorläufig nicht genug?"

Sie wanderten miteinander weiter. Kapitän Richemonte führte den einstigen Wirt vorsichtig in einen Hof und wies ihn eine steile, schmale Holztreppe hinauf.

„Wohin geht denn das?" erkundigte sich Vater Heimlich. „Etwa gar in den Taubenschlag?"

„Nein, es ist nur die Holzkammer. Bleiben Sie da stehn, bis ich Licht angebrannt habe."

Bald leuchtete ein Flämmchen auf, bei dessen Schein Heimlich erkennen konnte, daß er sich in einem mit Brettern verschlagenen, kleinen Raum befand, dessen vier Wände von hohen Lagen gespaltenen Brennholzes verdeckt waren. In der Mitte stand ein Schemel, und in der einen Ecke lag eine wollene Pferdedecke.

„So", meinte der Alte. „Haben Sie genug Umschau gehalten?"

„Ja. Da gibts nicht viel zu sehn. Die Bude ist klein genug."

„So wollen wir wieder auslöschen. Setzen Sie sich auf den Schemel! Ich lege mich auf die Decke. Haben Sie Hunger?"

„Mehr als genug."

„Nun, ich habe da zwischen dem Holz etwas Fleisch und Brot stecken. Das wird für uns beide reichen."

Er zog seinen kleinen Vorrat hervor und teilte ihn.

„Ein eigentümliches Zusammentreffen", sagte er zu dem Verbrecherwirt. „Ich glaubte gehört zu haben, daß Sie in Metz gefangen sitzen."

„Ich war es."

„Also entflohn?"

„Nein. Es galt Briefschaften herauszuschaffen, durch den Kreis der Belagerer. Das war bedenklich. Ich hörte davon und bot mich an. Man ließ mich frei mit der Bedingung, diese Briefe zu besorgen."

„Und Sie haben es fertiggebracht?"

„Nur halb. Die Deutschen rannten mir nach, als sie mich bemerkt hatten. Ich warf einen Brief nach dem andern von mir. Während sie hinter mir die Schreibereien auflasen, erreichte ich einen Wald."

„Und dann?"

„Dann? Verdammte Geschichte! Ihnen kann ich es ja sagen: ich bin vogelfrei. Da traf ich einen Bauern, der eine

Kriegsfuhre hatte fahren müssen. Ich bemächtigte mich seines Fuhrwerks und seiner Papiere und setzte mich auf seinen Wagen. So gelangte ich in die Nähe von Stonne. Da schnappten mich Chasseurs und zwangen mich, sie zu fahren."

„Wohin wollten Sie?"

„Hier ganz in die Nähe, nämlich nach Douzy. Da habe ich einen Verwandten, der mir Verschiedenes zu verdanken hat und mir sicher durchgeholfen hätte."

„Eigneten sich denn die Papiere zu diesem Zweck?"

„Glänzend. Der Bauer war selber aus der Gegend von Mezières; ich mußte also über Sedan, wenn ich dahin wollte."

„Das könnte mir passen."

„Was? Wie?"

„Sagen Sie mir vorher, was aus dem Bauern geworden ist, dem Sie das Fuhrwerk abgenommen haben!"

„Der wird keine Kriegsfuhre mehr zu fahren brauchen."

„Ach so! Daran kenne ich meinen Vater Heimlich."

„Haben Sie Ihr Fuhrwerk noch?"

„Das ist zum Teufel! Kaputtgeschossen."

„Aber die Papiere?"

„Ja, hier in der Tasche."

„So wird man Sie also durchlassen, und es ist Ihnen ein leichtes, auch mich durchzuschleppen."

„Man könnte es vielleicht so drehn: Sie sind aus meinem Dorf und haben mit Pferd und Wagen dem Heer folgen müssen, gradso wie ich. Sie haben dabei alles verloren, mehr noch als ich, nämlich die Papiere."

„So wird's gehn. Ich muß auf jeden Fall aus Sedan heraus."

„Was hat Sie denn in dieses elende Nest geführt?"

„Ich hatte einen Brief Mac-Mahons nach Metz zu bringen. Es gelang mir. Ich empfing Antwort und brachte sie dem Marschall, nachdem ich den Deutschen entwischt war. Sie hatten Metz noch nicht vollständig eingeschlossen. Ich blieb beim Heer, weil ich glaubte, daß wir die Deutschen schlagen würden. Nun stecke ich in der Mausefalle. Der Teufel hole das ganze Preußenvolk!“

„Meinetwegen mag er die ganze Welt holen und mich mit! Zuvor aber will ich das Leben noch ein wenig genießen. Was fangen wir heut abend an? Könnten wir nicht schon heut aus der Stadt kommen?“

„Unmöglich. Man läßt keine Maus hinaus.“

„So müssen wir uns gedulden. Aber sind wir hier denn wirklich sicher?“

„Vollkommen. Der Offizier, dem ich anvertraut wurde und dem das Haus gehört, wies mich hier herauf. Wir können ruhig schlafen.“ —

Der ungewöhnliche Lärm auf den Straßen weckte sie schon früh am Morgen. Sie begaben sich hinunter auf die Gasse. Aber die Stadt war noch vollständig eingeschlossen, und kein Mensch durfte sie vor Erledigung der Übergabe verlassen.

Infolgedessen zogen sie sich wieder in ihr Versteck zurück.

Als sie gegen Mittag die Straße nochmals betraten, erfuhren sie, daß die Übergabe abgeschlossen worden sei und daß man Nichtkämpfern schon erlaube, sich aus der Stadt zu entfernen.

So wagten sie denn den Versuch. Nur draußen am Tor wurden sie vom wachthabenden deutschen Offizier nach Namen und Stand gefragt; als Vater Heimlich seine Ausweise vorzeigte und dabei bemerkte, daß sein Begleiter ein Kamerad von ihm sei, der mit ihm zurück in die Heimat wolle, wurde ihnen nichts in den Weg gelegt.

Sie kamen an vielen Truppenteilen vorüber und sahen die Spuren des gestrigen Kampfes. Nach kurzer Zeit erreichten sie Douzy, wo der Vetter Vater Heimlichs sich vor einigen Jahren als Krämer niedergelassen hatte.

Der Kaschemmenwirt kannte das Haus genau. Sie öffneten die Tür zur Wohnstube, fuhren jedoch zurück. Der

Raum war voll Verwundeter; er wurde als Lazarett benutzt.

In diesem Augenblick trat aus der gegenüberliegenden Tür der Vetter, der Besitzer des Hauses. Er sah seinen Verwandten und erschrak.

„Himmel! Du bist hier?“ stieß er hervor. „Hat man dich gesehn?“

„Nur die da drinnen.“

„Du bist in die Stube getreten?“

„Natürlich; es war doch bisher deine Wohnstube.“

„Was? Und der dumme Lehrjunge, dieser Nichtsnutz, steht hier an der Tür und sagt dir nicht, daß da das Lazarett ist! Wie nun, wenn jemand die erkannt hätte? — Warte, Bursche!“

Er gab dem Knaben eine Ohrfeige und führte dann die beiden eine Treppe höher.

Das Haus besaß nur ein Stockwerk. Unten befanden sich die Wohnstube und der Kramladen. Darüber lagen zwei einfache Kammern mit Bretterwänden, und in eine davon brachte sie der Vetter.

„Hier hause ich jetzt“, sagte er. „Dieser Krieg ist ein Unglück; aber er bringt mir Geld ein. Ich habe seit gestern früh fast alle meine Vorräte verkauft. Jammerschade, daß ich nicht mehr hatte! — Wer ist dieser Herr?“

„Ein Freund von mir.“

„So kennt er dich und deine — hm — deine gegenwärtigen Verhältnisse?“

„Nicht genau. Er weiß nur, daß die Polizei die Patschhändchen nach mir ausstreckt.“

„Wie aber kannst du dich nur in diese Gegend wagen?“

„Gefährlich ists überall für mich. Ich mußte zu dir, weil ich Geld brauche; ohne Geld kann ich nicht weiter.“

„Du sollst haben, was ich entbehren kann. Wohin willst du?“

„Nach Amerika.“

„Hast du Papiere?“

„Hier mein Freund hat ausgezeichnete Beziehungen — Hölle und Teufel!"

Er hatte durch das Dachfenster gesehn. Sein Vetter warf auch einen Blick hinaus.

„Das ist nur meine Einquartierung."

„Sie wohnen bei dir?"

„Ja. Es ist ein deutscher Rittmeister von den Ulanen mit seinen Verwandten. Diese Leute sind auch froh, wenn sie unter Dach und Fach sind. Die Zimmer werden als Lazarette benutzt, darum nehmen die Herren die Kammern."

Auch Kapitän Richemonte war ans Fenster getreten.

„Kommen diese Männer wirklich hierher?" sagte er, bleich bis in die Lippen.

„Ja. Sie wohnen drüben in der andern Kammer."

„Sie dürfen uns auf keinen Fall sehn! Was ist da zu tun?"

„Sind es Bekannte von Ihnen?" fragte Vater Heimlich.

„Meine erbittertsten Feinde!"

„Pfui Teufel!" fluchte der Krämer. „Das ist Pech!"

„Und hinunter können wir nicht mehr, denn sie sind nur noch wenige Schritte entfernt. Ein Versteck, ein Versteck! Gibt es denn keins hier oben?"

„Einen ganz engen Raum oben unterm Dachfirst."

„Schnell hinauf!"

„Es führt weder Leiter noch Treppe hinauf. Turnen Sie sich am Balken in die Höhe!"

Die beiden Flüchtlinge halfen sich gegenseitig auf den engen schmalen Boden hinauf und krochen so weit wie möglich hinein. Sie hatten sich kaum in Sicherheit gebracht, so kamen die drei Männer die Treppe herauf — der alte Greifenklau mit Gebhard und Richard.

Richard trat in die Kammer des Wirts.

„Hat jemand nach mir verlangt?"

„Nein, Herr Rittmeister."

„So gehn Sie hinunter; sorgen Sie dafür, daß niemand heraufkommt!"

Der Krämer gehorchte und stieg hinab. Richard überzeugte sich, daß niemand in der Nähe war; dann traten sie in den gegenüberliegenden Raum, über dem die beiden Flüchtlinge steckten.

Diese Kammer enthielt drei Strohsäcke und einen Stuhl; das war die ganze Einrichtung. Ein Dachfenster erlaubte den Ausblick ins Freie.

Hugo von Greifenklau nahm auf dem Stuhl Platz; die beiden andern setzten sich auf die Strohsäcke.

„So", sagte Richard. „Die Anstrengung ist für Großvater zu viel. Gestern und die ganze Nacht im Lazarett tätig gewesen! Du solltest nun einige Stunden schlafen."

„Ein wenig ruhn, ja", meinte der Alte. „Schlafen aber kann ich nicht. Kinder, ihr glaubt nicht, was in mir vorgeht! Ich befinde mich hier doch auf dem Schauplatz meiner Jugendtaten."

Er trat ans Fensterchen und zeigte hinaus.

„Dort geht es nach Raucourt und Chesne. Dort sang ich als Sicherheitszeichen das Lied: Ma chérie est la belle Madeleine. Da drüben geht es zum Meierhof Jeanette, wo ich den großen Napoleon belauschte! Und da rechts führt die Straße nach Bouillon, wo ich damals — ah, die Kasse, die Kasse, die Kriegskasse! — Denken will ich, denken muß ich! O mein Gott, die Erinnerung kommt — die Erinnerung kommt!"

Er hielt sich am Fensterbalken fest und starrte hinaus. Seine Lippen zitterten, über sein altes, faltenreiches Gesicht wetterte es.

„Da geht es nach Bouillon. In der Schenke blieb ich über Nacht. Dann am Wasser entlang, bei den Bäumen links ab an der Köhlerhütte vorüber nach der Schlucht. Dort erschlug Richemonte den Baron Reillac. Und da gruben wir — gruben wir — die Kriegskasse aus und — schafften sie — Herr, mein Heiland, ich habs, ich habs! So ists gewesen! O Gott, o Gott — endlich, endlich weiß ich alles, was damals geschehn ist! Hört, Kinder — ich muß es euch erzählen!“

Und er erzählte es, Wort für Wort, was damals geschehn war. Er konnte sich plötzlich auf jede Einzelheit, auf jeden Strauch besinnen. Er beschrieb die Stelle, an der er die Kasse zum zweitenmal vergraben hatte, so genau, als wenn er es erst gestern getan hätte.

„Wir müssen unbedingt hin“, sagte er mit jugendlichem Feuer, „heut oder morgen oder wann es sei — aber bald, recht bald!“

Stumm und versonnen wiegte Gebhard von Greifenklau den Kopf.

„Nun möchte ich nur noch diesen Schurken, diesen Richemonte vor meine Fäuste kriegen! Ah, könnte ich doch mit ihm kämpfen, noch heut, noch heut! Kinder, ich weiß nicht, wie mir ist — es strengt mich doch an! Laßt mich ruhn; ich will schlafen, und dann gehn wir nach der Kasse — der Kasse — — der Kasse!“

Er stand vom Stuhl auf und hockte sich auf einen der Strohsäcke.

Gebhard schüttelte den Kopf, als wolle er etwas dagegen sagen, aber Richard wehrte ihm.

„Laß ihn, Vater! Ja, er mag schlafen. Später werden wir ja weitersprechen können.“

Er nahm den Kopf des Alten in den Arm und ließ ihn langsam nach hinten gleiten. Wunderbar — es währte nicht eine Minute, so war Hugo von Greifenklau in tiefen Schlaf versunken.

„Die Anstrengung des Gehirns war zu groß“, meinte Richard. „Der Schlaf wird ihn stärken. Komm, Vater, gehn wir — wir könnten ihn stören!“

„Seltsam — seltsam“, murmelte Gebhard.

„Sogar unbegreiflich! Der über fünfzig Jahre lang verlorene Zusammenhang ist plötzlich gefunden, einzig und allein durch den Anblick dieser Gegend. Komm, wir werden bald wieder nach ihm sehn!"

Sie gingen.

Die beiden Männer über ihnen hatten jedes Wort verstanden; sie konnten sogar durch einige Ritzen im Boden hinabblicken.

„Da waren Sie gemeint", flüsterte Vater Heimlich.

Der Kapitän nickte; er berechnete schnell, daß er ohne Hilfe nichts unternehmen könne.

„Diese Kriegskasse ist wirklich vorhanden?"

„Es ist genau so, wie dieser alte Satan erzählte."

„Das wäre ein Fressen für uns!"

„Es fehlt nur eins dazu: Geld. Wir können von hier nicht mitnehmen, was wir brauchen: Wagen, Hacken, Schaufeln und anderes."

„Mein Vetter mag Geld schaffen. Oder, noch besser, er soll mit. Drei sind besser als zwei."

„Das ist richtig. Dann wollen wir aber bald aufbrechen! Die Menschen könnten uns zuvorkommen."

„Ich will den Vetter holen."

Er stieg vorsichtig hinab, und Kapitän Richemonte folgte ihm so behutsam, daß er den alten Greifenklau nicht in seinem Schlaf störte.

Vater Heimlich brachte sehr rasch den Wirt. Sie führten eine kurze, eifrige Unterhaltung.

Währenddessen kam leise der geohrfeigte Knabe zur Treppe heraufgeschlichen und drückte das Ohr an die Bretterwand. Als er merkte, daß die Unterredung zu Ende war, wollte er sich zurückziehn, stolperte aber in seiner Hast und polterte zu Boden. Sofort wurde die Kammertür aufgerissen, und der Krämer trat heraus.

„Bube, du hast gelauscht!"

„Nein! Es sind Leute unten im Laden, und ich wollte Sie rufen; dabei stolperte ich in der Eile."

„Da hast du etwas für das Stolpern!"

Er gab ihm abermals eine Ohrfeige und stieß ihn roh die Treppe hinunter.

Als der Krämer nach einiger Zeit mit seinen zwei Gästen das Haus verließ, um die Straße nach Bouillon einzuschlagen, folgte ihnen der Knabe mit haßerfüllten Blicken.

Und als bald darauf Richard von Greifenklau wiederkam, um nach seinem Großvater zu sehn, ging der geprügelte Knabe ihm nach die Treppe hinauf und machte sich oben durch Husten bemerkbar.

„Was willst du?"

„Sie wollen die Kriegskasse holen."

„Wer? Was? Wie?" sagte Richard verblüfft.

„Die drei. — „Welche drei?"

„Mein Meister und die Fremden. Sie kamen und versteckten sich da oben."

Er zeigte nach dem Dachgebälk.

„Da oben haben Männer gesteckt?" fragte Richard erschrocken.

„Ja, zwei. Ich kenne sie nicht; aber der Alte war ein Kapitän. Der andre hat ihn so genannt."

„Beschreib ihn mir!" Der Knabe gehorchte.

„Was haben sie denn gesprochen?"

„Als Sie fort waren, kam der eine herab in den Laden, nicht der Alte, sondern der andre. Sie sprachen leise; aber ich hörte doch, daß sie einen Schatz heben wollten. Dann gingen sie hinauf zum Kapitän. Ich schlich nach und horchte. Sie wollen die Kasse ausgraben und teilen. Und wenn sie wiederkommen, wollen sie die drei töten, die Greifenklau heißen."

„Haben sie nicht gesagt, wann sie zurückkehren?"

„Nein."

„Gut, mein Sohn — hier hast du fünf Frank. Aber sag jetzt noch keinem Menschen ein Wort von dem, was du hörtest!"

Richard ließ seinen Großvater schlafen und eilte ins Feldlazarett, um dem Vater das Ereignis zu erzählen.

Gebhard von Greifenklaus Augen gewannen bei dem Bericht Richards einen eigenartigen Glanz. Bei der Nennung des Namens seines alten Feindes und der Möglichkeit, ihm endlich gegenüberzutreten, schien es, als zerreiße der Schleier der Schwermut und Weltversonnenheit, der seit seiner Befreiung noch immer über seinem Wesen gelegen hatte. Eine neue Tatkraft durchglühte ihn und drängte ihn ungestüm zum Handeln.

„Das ist ein Glück für uns!" rief er lebhaft.

„Natürlich. Der Alte läuft uns selber in die Hände!"

„Nur schleunigst nach!"

„Bitte, keine Überstürzung, Vater! Wir reiten natürlich, und die drei sind zu Fuß. Wir werden sie überholen, und das ist in diesem Fall nicht vorteilhaft."

„Warum nicht? Wir nehmen sie fest, da, wo wir sie treffen!"

„Bedenke, daß Bouillon jetzt belgisch ist. Ich darf nicht einmal im Waffenrock hinüber."

„Das ist unangenehm!"

„Großvaters Beschreibung nach aber liegt die Kasse wieder auf französischem Boden vergraben, da man von Bouillon sich nach rechts, also nach Westen, zu wenden hat. Fassen wir die Kerls dort, so sind sie uns sicher!"

„Werden wir sie fortschaffen dürfen?"

„Ja. Wenn wir sie auf französischem Boden verhaften und nur durch ein Stückchen belgischen Gebiets wieder auf französisches Gelände schaffen, kann man es uns nicht verbieten. Übrigens wird es Nacht sein, da können wir alles möglich machen."

„Wer reitet mit?"

„Du, Großvater, ich und Fritz. Vier wären genug. Um aber auf alle Fälle sicher zu sein, wollen wir auch Fritzens Bruder mitnehmen."

„Werdet ihr Urlaub erhalten?"

„Gewiß. Das laß mich sorgen! Freilich brauchen wir Zivilanzüge für die beiden Brüder Eschenrode und mich.

Ich hoffe, daß sie in Sedan zu haben sind. Kurz vor Einbruch der Dunkelheit reiten wir dann."

„Aber wird Großvater während der Nacht den Ort auch finden? Es ist über fünfzig Jahre her."

„Ich hoffe es. Er hat ihn übrigens so genau beschrieben, daß ich ihn mir allein zu finden getraue."

*

Gegen Abend ritten die fünf davon, drei ledige Pferde am Zügel.

Da sie keine Uniformen trugen und auch keine Waffen sehen ließen, wurden sie an der Grenze nicht belästigt. Jenseits erfuhr Richard in einer Straßenschenke, daß Richemonte mit seinen Begleitern dort gerastet hatte.

Es war seltsam, welchen Eindruck der Anblick dieser Gegend auf Hugo von Greifenklau machte. Er fühlte sich wie ein Jüngling, ritt an der Spitze und machte erst wieder halt, als sie Bouillon durchquert und die letzten Häuser erreicht hatten.

„Hier", sagte er, „ist die Schenke, in der ich übernachtete. Es ist ein neues Gebäude angebaut worden, wie ich sehe; aber das alte erkenne ich sofort. Von hier aus müssen wir laufen, lieber Richard."

„So steigt ab und wartet! Ich werde die Pferde unterbringen. Fritz mag helfen."

Die Tiere wurden in der Gasthofstallung untergestellt; dann begann die Wanderung.

Sie folgten dem Wasser bis zu den bekannten Erlen, wo sie links einbogen und den Berg hinaufstiegen.

Die Köhlerhütte war zwar nicht mehr vorhanden, doch diente die Lichtung, auf der sie gestanden hatte, zum Zurechtfinden. Von da aus erreichten sie die Schlucht, die Hugo von Greifenklau trotz der Dunkelheit und dem veränderten Baumwuchs sofort erkannte.

„Da drinnen hat der Schatz gelegen!" meinte er. „Dort wurde Reillac erschlagen. Jetzt drehe ich mich nach Süden.

Kommt, folgt mir, aber leise! Die drei Halunken sind gewiß in der Nähe."

Der Abend war hell; die Sterne glänzten am Himmel. Hier gab es kein Unterholz. Man konnte ohne große Schwierigkeiten die Richtung einhalten.

Es ging talab und dann wieder empor. Auf der Bodenwelle oben blieb der Alte stehn. Trotz seinen Jahren war sein Gehör so scharf, daß er einen hier des Nachts ungewöhnlichen Laut vernommen hatte.

„Horcht!" flüsterte er. „Da unten ist der Ort. Habt ihr es gehört? Das klang wie eine Hacke."

„Ja. Ich sehe sogar Licht!" bestätigte Richard.

Sie stiegen leise hinab, einer hinter dem andern. Je tiefer sie kamen, desto heller und größer wurde der Schein des Lichts. Endlich waren sie so nah, daß sie alles genau unterscheiden konnten.

Die drei Schatzgräber hatten schon ein ziemlich bedeutendes Loch ausgeworfen.

Eine Laterne stand dabei. Zwei hackten, und der Kapitän schaufelte.

„Das ist Richemonte, mein Herr Schwager", flüsterte Hugo von Greifenklau, „und unser Wirt aus Douzy. Wer aber ist der dritte?"

„Ich kenne ihn!" erwiderte Richard ebenso leise. „Er ist einer der gefährlichsten Verbrecher der Hauptstadt und muß aus Metz entsprungen sein. Umgehn wir sie! Sobald ich mit der Zunge schnalze, werfen wir uns von allen Seiten auf sie. Am besten wird es sein, wir stoßen sie ins Loch hinab. Das vermindert ihre Beweglichkeit. Stricke zum Binden haben wir mit."

Sie verteilten sich, um die Burschen zwischen sich zu bekommen.

Da erscholl ein dumpfer Schlag.

„Was war das?" fragte Kapitän Richemonte.

„Das war meine Hacke“, antwortete Vater Heimlich. „Sie muß auf einen hohlen Gegenstand getroffen sein.“

„Weiter, weiter! Es ist die richtige Stelle; sie ist es, bei allen Teufeln, ja!“

In wenigen Minuten war ein Stück des Deckels bloßgelegt.

„Ha!“ stieß der Alte gierig hervor. „Da steckt das Geld — da, da! Ihr Hunde aus dem verfluchten Geschlecht der Greifenklaus: kommt doch her, wenn ihr uns den Fund noch streitig machen wollt!“

„Hier sind wir schon!“ ertönte es hinter ihm.

Zehn Hände griffen zu. Im nächsten Augenblick stürzten die drei Schatzgräber in die von ihnen geschaufelte Grube.

„Tod und Teufel!“ brüllte Vater Heimlich. „Wer ist das? Ha, das soll euch nicht gelingen!“

Er schnellte sich aus der Grube heraus, wie ein Panther aus seiner Höhle springt. Richard faßte ihn; Fritz und Gebhard von Greifenklau griffen zu. Er schlug mit den Fäusten um sich wie ein Rasender.

„Vater Heimlich, deine Stunde ist gekommen! Uns sollst du nicht entweichen, wie du aus Metz entwichen bist!“ rief Richard.

Der Mörder erkannte die Gefahr, in der er schwebte. Das verdoppelte, verdreifachte seine ungewöhnlichen Kräfte.

„Ihr kennt mich?“ knirschte er. „Nun, so wißt ihr auch, daß ich nicht mit euch spaßen werde.“

Er ließ sich nicht anfassen. Er schlug mit den Fäusten und stieß mit den Füßen. So gelang es ihm bei dem unsicheren Licht, erst den einen, dann den anderen von sich abzuhalten. Dabei entfernte er sich von der Grube. Geriet er ins Dunkel, dann war es schwierig, ihn zu halten.

„Drauf!“ rief Richard. „Fassen, fassen müssen wir ihn!“

„Versuchts doch!“

Auch der Krämer wollte sich herausschnellen; aber Caligny warf sich auf ihn. Er hielt ihn fest, doch um ihn zu fesseln, dazu waren zwei nötig, und drei hatten mit dem wütenden Vater Heimlich zu tun.

Kapitän Richemonte war im ersten Augenblick ruhig liegen geblieben. Er war von jeher mehr schlau als kühn gewesen; das zeigte sich auch jetzt. Erst als er bemerkte, daß Vater Heimlich mehrere beschäftigte, machte er den Versuch, sich zu erheben. Er sah die hohe Gestalt seines alten Feindes vor sich stehn, der die Arme über der Brust verschränkt hielt und sich um die andern gar nicht zu kümmern schien.

„Greifenklau!" entfuhr es ihm wider Willen.

„Ja, hier bin ich, Richemonte! — Heut rechnen wir ab!" tönte es ihm kalt und drohend entgegen.

Der Kapitän überflog mit einem schnellen Blick die Szene. Er sah sich dem Feind allein gegenüber; das steigerte seinen Mut.

„Ja, heut rechnen wir ab!" erwiderte er. „Heut gilt es die Entscheidung, und die ist dein Tod!"

Er raffte eine Hacke auf und drang überraschend auf Hugo von Greifenklau ein. Aber in dem ehrwürdigen Kämpen aus der Blücherzeit schien mit dem alten Kriegergeist auch die alte Geistesgegenwart erwacht zu sein — er bückte sich, sprang zur Seite und schlug dem Gegner die Faust unter das Kinn, daß ihm ein heiserer Schmerzensschrei entfuhr und die Hacke aus der Hand flog. Sie bohrte sich bei einer Wurzel in die Erde und wies mit einer Spitze nach oben.

„Hund, das war dein letzter Hieb!" giftete Richemonte.

Er tat einen Satz auf den Gegner zu. Abermals wich Hugo von Greifenklau geschickt zur Seite, und Kapitän Richemonte, zu steif und ungelenk, sich im eigenen Schwung zu hemmen, stürzte mit dem ganzen Gewicht seines Körpers zur Erde.

Ein fürchterlicher Schrei erscholl aus seinem Mund. Er blieb liegen, ohne sich zu regen.

Hugo von Greifenklau kniete sofort bei dem Besinnungslosen nieder und band ihm die Füße zusammen.

Jetzt endlich war Vater Heimlich überwältigt worden. Er schäumte wie ein wildes Tier. Man war eben dabei, ihn zu binden.

„Hierher, zu mir!" rief Caligny.

Hugo von Greifenklau eilte hinzu und half den Krämer fesseln. Er wurde neben Vater Heimlich gelegt. Als man nun auch Richemonte aufheben wollte, um ihn zu seinen Genossen zu legen, entdeckte man erst die gräßliche Verwundung des alten Verbrechers — er war, wohl im Bestreben, sich im Sprung zu halten und zu wenden, auf die Hacke gestürzt, und deren Spitze hatte ihm den Rücken durchbohrt.

„Ist es tödlich?" fragte Fritz.

„Vielleicht", antwortete Richard. „Wollen ihn, so gut es geht, verbinden."

Selbst während man dies tat, blieb Richemonte besinnungslos.

„Was nun?" fragte Caligny. „Die Kasse ist da."

„Aber fortschaffen können wir sie nicht. Das muß berechtigteren Leuten vorbehalten bleiben. Füllen wir die Grube wieder zu, und zwar so, daß man keine Spur der Arbeit, die hier getan worden ist, entdecken kann."

Dies geschah, und nun machte man sich auf den Heimweg.

Unten im Tal weckten Richard und Fritz den Hausknecht des Gasthofs, um sich ihre Pferde ausliefern zu lassen. Die Gefangenen wurden festgeschnallt; dann trat der kleine Zug den Rückweg an.

Nach kurzem Ritt erwachte Kapitän Richemonte aus der Bewußtlosigkeit. Ein immerwährendes Stöhnen ließ erraten, welche Qualen er litt. In scharfer Gangart durchquerte man Bouillon, und dann gings der französischen

Grenze entgegen, über die sie auf einem Seitenweg glücklich gelangten.

Die Gefangenen wurden in Sedan abgeliefert.

Die Frau des Krämers erhielt durch unbekannte Hand einen Brief ihres Mannes, in dem er sie benachrichtigte, daß er auf kurze Zeit verreist sei, aber bald zurückkehren werde.

Richemonte litt entsetzliche Schmerzen; sie machten ihn so mürbe, daß er ein vollständiges Geständnis aller seiner Sünden und Verbrechen ablegte. Seine Vernehmung erforderte viel Zeit; sie mußte mehrfach unterbrochen werden; der Arzt wandte alle Mittel an, um den unvermeidlichen Tod einige Zeit zu verzögern. Er starb schließlich unter körperlichen und geistigen Qualen, deren Anblick entsetzlich war.

Bei einem dieser Verhöre wurde Graf Rallion vorgeführt.

Die Nachricht vom Tod seines Sohnes hatte ihn tief getroffen; der Anblick Richemontes wirkte fast betäubend auf ihn. So gestand auch er nach anfänglichem Leugnen, und man legte ihn in ein festes Gewahrsam bis zur Entscheidung, welche Behörde zuständig sei.

Ebenso verfuhr man mit Vater Heimlich. Er hatte nur in Frankreich gesündigt; er mußte nach Friedensschluß dem französischen Strafrichter übergeben werden. Bevor es jedoch zu einer Verurteilung kommen konnte, hatte sich dieser Mordbube selbst gerichtet: man fand ihn eines Morgens erhängt in der Zelle.

Der Krämer kehrte wirklich schon nach einigen Tagen von seiner Reise zurück. Seine Frau hat nie erfahren, welcher Ort sein Ziel gewesen war.

*

Nach den blutigen Tagen von Sedan traten die deutschen Heere den Marsch auf Paris an. Der junge Graf Caligny-Eschenrode erhielt die Erlaubnis, sich dem Heer als Krankenpfleger anzuschließen. So blieb er in der Nähe seiner Madelon.

Noch am Tag nach der Schlacht von Sedan hatte Richard von Greifenklau zwei Depeschen abgehn lassen. Die eine war an den Grafen von Eschenrode gerichtet; infolgedessen setzte sich dieser mit seiner Gemahlin gleich auf die Bahn und gelangte schon am dritten Tag nach Schloß Malineau, wo er sich dem General von Perret vorstellte. Die zweite Depesche erreichte den Grafen Caligny auf dem Umweg über die Schweiz; auch er machte sich sofort nach demselben Ziel auf.

Doch Schloß Malineau sollte noch mehr Gäste sehn. Die günstige Marschrichtung des deutschen Heeres brachte für die Beteiligten die Möglichkeit mit sich, einen kurzen Urlaub zu erhalten; und so kam es, daß eines schönen Tags mehrere Wagen und Reiter vor dem Tor hielten, denen zur Begrüßung als erster — Herr Tier- und Kunstmaler Hieronymus Aurelius Schneffke entgegentrat.

„Sie hier, Herr Feldwebel?“ staunte Rittmeister von Greifenklau.

„Zu Befehl, ja!“ Und auf seine verbundene Stirn deutend, fuhr er fort: „Der Pudding, der mir den Schädel gestreift hat, ist von verflucht festem Teig gewesen. Um zwei Haare breit weiter nach hinten, so wäre eines verloren gewesen — entweder mein Kopf oder die Granate.“

Nun gab es zunächst ein Bewillkommnen, Begrüßen und Händeschütteln; dann ein wirres Durcheinander von Fragen und Antworten. Hierauf setzte man sich zur Tafel, und erst nachdem man sich einigermaßen gestärkt hatte, war es den einzelnen, die sich zueinandersehnten, möglich, sich hier oder da zu finden.

Der alte General von Eschenrode und seine Frau sowie Graf Caligny erfuhren, was der Bajazzo, den eine lebenslängliche Zuchthausstrafe erwartete, in Berlin über den Kindesraub ausgesagt hatte: er war von Richemonte und Rallion aus Rache dazu gedungen worden. Für den alten Grafen Caligny war es schmerzlich, sich nunmehr in das Vaterrecht an seinem geliebten Sohn teilen zu müssen.

Richard von Greifenklau stellte den Seinen die schöne Marion vor und hatte die Freude, sie von ihnen unter Segenswünschen umarmt zu sehn.

Baron Gaston de Bas-Montagne, gewesener Mister Deephill, stand beiseite, im Anblick Emma von Greifenklaus versunken. Sie trat auf ihn zu.

„Nun, hassen Sie die Deutschen immer noch?" neckte sie ihn.

„Hassen? — Wie soll ich Ihnen das Gegenteil beweisen?"

„Das müßte Ihnen allerdings schwer fallen."

Seine Augen leuchteten in die ihren.

„Oh, wenn Sie mir nur die Gelegenheit schenken wollten, Ihnen mein ganzes Leben lang zu beweisen, wie lieb ich wenigstens von allen Deutschen eine Einzige habe —"

Die beiden Herzen verstanden sich; fest ruhten ihre Hände ineinander. — Und auch zwei andere Hände streckten sich einander entgegen: Artur von Hohenthal und Ella von Perret.

Nur ein Umstand warf einen leisen Schatten auf das Glück: Hassan, der Zauberer, und Saadi waren vorgestern von Schloß Malineau verschwunden, und mit ihnen — Liama. Hassan hatte einen Brief hinterlassen, worin er sagte, daß Liama zu Saadi gehöre, daß sie sich in abendländischen Verhältnissen nie glücklich fühlen werde, und daß sie also mit dem geliebten Gatten gehe, um sich eine sonnige Oase zu suchen, wo sie unter Palmen segnend an Marion denken und die schwarzen Jahre der Vergangenheit vergessen könne — Allah il Allah we Mohammed rasuhl Allah.

„Nun habe ich niemand als nur dich!" sagte Marion weinend zu Richard.

„Klage nicht, mein Leben! Ihr Herz wird immer bei dir weilen. Gönnen wir ihr die Heimat — hier war sie doch immer nur eine Fremde in der Fremde!“

*

Doch noch stand das von Napoleon heraufbeschworene Gewitter donnernd am Himmel, und die Blitze zuckten ebenso drohend hernieder wie vorher. Man mußte scheiden.

Als dann aber die Friedensbotschaft durch die Gaue flog, da fanden sie sich alle zusammen, und selbst Doktor Bertrand verließ die Mosel, um sich an der Spree eine Heimat zu gründen, die ihm erlaubte, denen, die er liebte und schätzte, nah zu sein.

Auch Hieronymus Aurelius Schneffke wurde glücklich mit seiner hübschen Marie Mélac; und vermöge der fürstlich-freigebigen Kundschaft Deephill-Bas-Montagnes — eine ‚Belohnung‘ hatte er mit einem heiligen Schwur auf Pinsel und Palette abgelehnt — konnte er sorgenlos leben und sich ganz der Malkunst widmen.

Die ehemalige Baronin von Sainte-Marie vermochte den Verlust Ortrys, das als Ersatz für Jeanette in den rechtmäßigen Besitz der Familie Greifenklau übergegangen war, nicht zu ertragen. Man fand sie eines Morgens kurz nach Ende des Kriegs tot in ihrem Bett — sie hatte Gift genommen. Ihr schwachsinniger Mann wurde in eine Anstalt gebracht, wo er seine Tage verbrachte, oft noch gequält von den blutigen Schatten der Vergangenheit. Richard von Greifenklau nahm sich des Sohnes Alexander, seines einstigen Schülers, mit ganzem Herzen an. Er holte ihn nach Berlin und ließ ihm eine sorgfältige Erziehung geben, und Alexander dankte ihm mit rührender Anhänglichkeit.

Hugo von Greifenklau war noch ein langer glücklicher Lebensabend im Familienkreis vergönnt. Gebhard lebte, gehegt und gepflegt von Ida, der stillen, sorgenden Gattin, noch einmal auf; er nahm wieder Anteil am täglichen Leben, erinnerte sich gern seiner Forschungsreisen und liebte es, im Kreis der Familie alte Erinnerungen aus aller Herren Länder auszugraben. Nur von den grausamen Jahren seiner unterirdischen Gefangenschaft sprach er fast nie.

Das waren dann schöne Stunden, wenn vor den geistigen Augen der andächtig Lauschenden die bunten Bilder aus der Chronik derer von Greifenklau vorüberzogen: der weite Weg nach Waterloo, das seltsame Geheimnis des Marabut, die gefährlichen Abenteuer des Spions von Ortry, das Geschick der napoleonischen Kriegskasse — für deren endliche Bergung noch während des Krieges die Greifenklaus einen bedeutenden Finderlohn erhielten. An solchen Erzählabenden wurde auch der alte General Eschenrode gesprächig, und dann folgte man noch einmal den verschlungenen Wegen der göttlichen Fügung, die zwei längst verlorengeglaubte Menschenkinder wieder mit den Ihren zusammengeführt hatte durch ein wirklich merkwürdiges Erkennungszeichen: durch die zwei Reißzähne eines afrikanischen Löwen. —

KARL MAY
GESAMMELTE WERKE

1 Durch die Wüste
2 Durchs wilde Kurdistan
3 Von Bagdad nach Stambul
4 In den Schluchten des Balkan
5 Durch das Land der Skipetaren
6 Der Schut

7 Winnetou I
8 Winnetou II
9 Winnetou III

10 Sand des Verderbens

11 Am Stillen Ozean

12 Am Rio de la Plata
13 In den Kordilleren

14 Old Surehand I
15 Old Surehand II

16 Menschenjäger
17 Der Mahdi
18 Im Sudan

19 Kapitän Kaiman

20 Die Felsenburg
21 Krüger Bei
22 Satan und Ischariot

23 Auf fremden Pfaden

24 Weihnacht

25 Am Jenseits

26 Der Löwe der Blutrache

27 Bei den Trümmern von Babylon

28 Im Reiche des silbernen Löwen
29 Das versteinerte Gebet

30 Und Friede auf Erden

31 Ardistan
32 Der Mir von Dschinnistan

33 Winnetous Erben

34 „ICH"

35 Unter Geiern

36 Der Schatz im Silbersee

37 Der Ölprinz

38 Halbblut

39 Das Vermächtnis des Inka

40 Der blaurote Methusalem

41 Die Sklavenkarawane

42 Der alte Dessauer

43 Aus dunklem Tann

44 Der Waldschwarze

45 Zepter und Hammer
46 Die Juweleninsel

47 Professor Vitzliputzli

48 Das Zauberwasser

49 Lichte Höhen

50 In Mekka

51 Schloß Rodriganda
52 Die Pyramide des Sonnengottes
53 Benito Juarez
54 Trapper Geierschnabel
55 Der sterbende Kaiser

56 Der Weg nach Waterloo
57 Das Geheimnis des Marabut
58 Der Spion von Ortry
59 Die Herren von Greifenklau

60 Allah il Allah!

61 Der Derwisch
62 Im Tal des Todes
63 Zobeljäger und Kosak

64 Das Buschgespenst

65 Der Fremde aus Indien

66 Der Peitschenmüller
67 Der Silberbauer

68 Der Wurzelsepp

69 Ritter und Rebellen

70 Der Waldläufer

71 Old Firehand

72 Schacht und Hütte

73 Der Habicht

74 Der Verlorene Sohn

KARL-MAY-VERLAG BAMBERG

30
0
30
60
30
0
30
30
0
30
23
38
42 69
43 44 47
64 65
56 57 58 59
66 67 68
38
5
3
51
6 4
61
38
63
26
2
18
23
61
48
10
21 23
3
26 1
3
6
1
48
26
38
3
57
1
27
23
60
25
1
28
16
23
1
45
10
1 50
17
10
18
41
23